Dans les bras de l'ennemi

*

Le secret du chevalier

ELISABETH HOBBES

Dans les bras de l'ennemi

Traduction française de
JULIETTE FUHS

Les Historiques

HARLEQUIN

Collection : LES HISTORIQUES

Titre original :
FALLING FOR HER CAPTOR

Ce roman a déjà été publié en 2015

HARPERCOLLINS FRANCE
83-85, boulevard Vincent-Auriol, 75646 PARIS CEDEX 13
Service Lectrices — Tél. : 01 45 82 47 47 - www.harlequin.fr
ISBN 978-2-2804-5271-7 — ISSN 1159-5981

Composé et édité par HarperCollins France. Achevé d'imprimer en février 2021.
par CPI Black Print - Barcelone - Espagne
Dépôt légal : mars 2021.

MIXTE
Papier issu de sources responsables
FSC® C159065

Pour limiter l'empreinte environnementale de ses livres, HarperCollins France s'engage à n'utiliser que du papier fabriqué à partir de bois provenant de forêts gérées durablement et de manière responsable.

Chapitre 1

— C'est la troisième demande en mariage que tu refuses cette année, Aline, et la cinquième au total ! Quand vas-tu enfin te décider à faire ton devoir, comme je te le demande ?

Le vieux duc de Leavingham, Haut Seigneur des Cinq Provinces, se renfonça dans son fauteuil avec un froncement de sourcils. Debout, le dos droit, lady Aline lui rendit son regard, choisissant d'ignorer les murmures des nobles et des chevaliers présents dans la salle du conseil. Puis ses yeux tombèrent sur le parchemin enluminé posé sur la table.

— Votre Grâce, si la demande concerne le comte lui-même, j'y réfléchirai. Cependant, s'il s'agit d'épouser son fils, ma réponse est non. Ce garçon n'a que neuf ans !

— La plupart des femmes seraient honorées d'entrer dans une famille aussi riche et respectable, répliqua sévèrement le duc.

Aline sentit ses joues s'enflammer. La température de la pièce lui semblait soudain insoutenable.

— Votre Grâce, les termes de cette demande en mariage sont effectivement généreux, néanmoins certaines personnes ici estiment déjà que les rênes de Leavingham ne devraient pas être transmises à une femme. Que diraient-elles si ces mêmes rênes passaient aux mains d'un enfant ?

Un pâle rayon de soleil perça les nuages, et Aline laissa son regard s'échapper vers la fenêtre tandis que lui parvenaient les murmures approbateurs de l'assemblée. Elle redressa les épaules et replaça une mèche blonde dans sa coiffure.

— Messires, je sais que je dois me marier et je vais le faire, reprit-elle en s'adressant au conseil. Si mon frère avait vécu, s'il avait hérité, j'aurais accepté de bon cœur le mari que vous m'auriez choisi. Toutefois, l'homme que j'épouserai régnera non seulement sur Leavingham, mais également sur la totalité des Cinq Provinces. Je refuse de faire un tel choix à la légère !

Un lourd silence plana. Pour donner plus de poids à sa victoire, Aline contourna la table et vint s'agenouiller devant son grand-père, dont elle saisit humblement les mains avant de relever la tête.

— Je vous en prie, grand-père, ne me forcez pas à accepter cette union !

Le vieux duc la contempla, les lèvres pincées, et Aline retint sa respiration en fixant ses yeux gris, si semblables aux siens.

— Soit, tu n'es pas obligée d'accepter cette demande-là, concéda-t-il avec raideur. Seulement le temps commence à manquer. Tu es ma seule descendance. Quand je t'ai désignée comme héritière, je me suis juré que tu serais mariée à ton vingtième anniversaire. Il ne te reste que six mois. Je te conseille de trouver les futures demandes plus acceptables. Dans le cas contraire, je choisirai pour toi. Tu peux disposer.

Aline se releva prestement, salua d'une révérence l'assemblée d'hommes, puis gagna la grande porte, le cœur battant la chamade.

Dieu du ciel, elle l'avait échappé belle ! L'atmosphère était étouffante dans la salle du conseil, et sa convocation inattendue l'avait troublée plus que de raison. Un peu d'air frais lui ferait du bien ! Elle grimpa en hâte le grand escalier qui menait à sa chambre et s'empressa d'enfiler sa tenue d'équitation. Elle ne voulait pas manquer l'une des seules occasions de liberté qu'il lui restait avant l'arrivée de l'hiver ! Son palefrenier devait déjà l'attendre aux écuries, sa monture prête.

Aline redescendit l'escalier en courant et traversa le plus petit des deux halls du château, tout en attachant le fermoir de sa cape à son cou. Enfin, elle se retrouva à l'air libre et prit une grande inspiration sans cesser de courir. Parvenue à l'angle du bâtiment, elle manqua heurter une haute silhouette qui arrivait en sens inverse. Elle recula d'un bond avec un petit cri, tandis que l'homme l'attrapait par la taille pour l'empêcher de perdre l'équilibre. Sir Godfrey, son ami d'enfance, lui sourit.

— Quel magnifique sens des convenances, Aline ! s'exclama-t-il, moqueur. Je doute toutefois que ton grand-père apprécierait de te voir courir de la sorte.

En temps normal, Aline lui aurait rétorqué une politesse bien sentie. Cependant, après l'épreuve qu'elle venait de subir devant le conseil, elle se sentait vidée de toute énergie.

— Tu sais bien que je ne lui donne jamais la moindre occasion de mécontentement, répondit-elle, sur la défensive. N'ai-je pas lu toutes les histoires poussiéreuses que je devais connaître, étudié tous les traités diplomatiques que l'on m'a fait apprendre ? Je suis une châtelaine courtoise et dévouée, une grande dame modeste. Je fais tout ce qu'il exige de moi. Il n'y a rien qu'il m'ait demandé auquel je n'ai consenti !

— Mis à part choisir un prétendant, rétorqua Godfrey, amusé.

— Des prétendants qui formulent leurs demandes en ne parlant que du pouvoir qu'ils obtiendront ou de la dot que je leur apporterai ! fulmina Aline. Et aujourd'hui, on me propose un enfant ! Serais-tu tellement impatient, à ma place ?

Le chevalier leva les mains en une supplique exagérée.

— Aline, je plaisante ! se défendit-il d'un ton plus bienveillant. Pardonne-moi. Tu as raison d'attendre la bonne personne, autant pour toi que pour Leavingham. Tes parents auraient été fiers de toi, tout comme ton frère.

A ces mots, Aline sentit s'éveiller dans sa poitrine la douleur coutumière. Six ans après la terrible fièvre qui les avait emportés tous les trois, ils lui manquaient toujours atrocement. D'instinct, ses doigts cherchèrent le collier qui ne la quittait jamais : une améthyste polie, sertie dans un entrelacs d'argent, héritage de sa mère, qui avait suivi son mari et son fils dans la tombe.

— Tu as envie de te marier, n'est-ce pas ? demanda Godfrey en la prenant par le bras pour se remettre en marche avec elle dans l'air vif du matin.

Aline haussa les épaules, fataliste.

— Que je le veuille ou non n'est pas le sujet. Je n'ai guère le choix. Tu as entendu ce qu'a dit grand-père tout à l'heure : je suis à court de temps. De toute façon, j'ai perdu toute chance de faire un mariage d'amour dès l'instant où je suis devenue l'unique héritière des Cinq Provinces. Tout ce que je puis espérer désormais, c'est trouver un mari que je parvienne à supporter !

Godfrey se mit à rire.

— Allons, mon épouse à moi n'était pas mon premier choix et, pourtant, nous vivons heureux. Ce sera le cas pour toi aussi.

Aline ne répondit rien. Cette perspective lui semblait de moins en moins probable.

Les deux amis se séparèrent devant le porche qui menait aux écuries. Aline regarda un instant Godfrey repartir vers le château, regrettant vaguement d'avoir dit non à l'époque où elle avait été son « premier choix »…

Par chance, le ciel s'était éclairci lorsqu'elle pénétra dans les écuries. Interdite, elle s'arrêta sur le seuil. A la place de son vieil écuyer, un homme beaucoup plus jeune tenait les rênes de sa monture.

— Bien le bonjour, madame, lança-t-il avec un large sourire.

— Où est Robert ? s'enquit Aline, prudente.

L'homme la parcourut d'un regard certes flatteur, mais fort peu respectueux, puis il écarta nonchalamment une mèche blonde qui lui retombait sur le front. En l'observant de plus près, Aline prit conscience que ce visage aux traits séduisants lui était familier. Elle avait déjà aperçu ce palefrenier une ou deux fois près des écuries ces dernières semaines.

— Je m'appelle Dickon, madame. Robert vous présente ses excuses pour son absence, mais une maladie de nature, comment dire… un peu délicate, lui interdit de s'éloigner des lieux d'aisance…

Amusée par sa grimace autant que par ce qu'il disait, Aline éclata de rire. Contre toute raison, elle ne pouvait se défendre d'apprécier ce jeune homme audacieux, avec son franc-parler. Seulement… le vieux Robert était son escorte attitrée depuis toujours ; c'était lui qui lui avait appris à monter lorsqu'elle était petite et il avait la confiance du duc pour l'accompagner où qu'elle aille. S'éloigner du château en compagnie de ce palefrenier inconnu qui semblait bien peu soucieux du protocole ne serait-il pas inconvenant ? Son grand-père aurait bien des choses à en dire… si jamais il le découvrait.

— Je ne sais pas… Peut-être faudrait-il annuler ma sortie…, commença-t-elle, indécise.

Dickon pencha la tête de côté en esquissant un demi-sourire.

— Comme il vous plaira, madame — toutefois, il serait bien dommage de manquer une aussi belle journée.

J'en suis particulièrement attristé, d'autant que je vais me retrouver avec les mouches et le pot de liniment pour seules compagnies !

Aline se mordit la lèvre, tentée. Dans une telle situation, une demoiselle respectable et bien élevée enverrait quérir une servante pour les accompagner. Le problème, c'était qu'aucune de ses servantes ne montait aussi bien qu'elle, et elle désirait tant passer une journée agréable ! Le regard brun de Dickon était posé sur elle, plein d'une honnêteté de bon aloi. Alors, le souvenir oppressant de l'audience devant le conseil lui revint à la mémoire et l'étincelle de rébellion qui avait jailli lorsque Godfrey l'avait gentiment raillée s'enflamma aussitôt. Pour l'heure, elle était encore libre, autant en profiter…

— Allons-y ! lança-t-elle d'un ton résolu.

Quand il l'aida à monter sur sa jument grise, Dickon arborait un large sourire et Aline sentit qu'il laissait sa main s'attarder plus que nécessaire sur sa taille. Ce badinage interdit fit courir en elle un petit frisson d'excitation et elle se sentit le cœur plus léger. Côte à côte, ils commencèrent à trotter le long des larges allées de la ville jusqu'à la porte principale, tout en parlant avec entrain de l'itinéraire qu'ils allaient suivre.

Aline aimait la vitesse et avait l'habitude d'aller loin, aussi fut-elle enchantée de découvrir en Dickon un cavalier chevronné et sans peur. Ils galopèrent à travers la campagne, se défiant tour à tour à la course. En fin de matinée, ils parvinrent aux abords d'un village, où une matrone vendait de la bière devant sa porte. Sans avoir besoin de se concerter, tous deux descendirent de cheval et Aline en acheta deux bocks, qu'ils burent avec grand plaisir.

Après s'être essuyé la bouche sur sa manche, Dickon prit la parole.

— Si vous voulez bien attendre ici, madame, je vais me mettre en quête d'un déjeuner au marché.

En le regardant partir, Aline ne put s'empêcher d'admirer sa démarche décidée. Son statut d'héritière lui interdisait toute aventure romantique. Alors que ses amies moins bien nées avaient été embrassées au moins une fois et que beaucoup étaient déjà mariées, elle-même ne s'était jamais permis le moindre écart. Or, pour être honnête, elle se sentait très curieuse des choses de l'amour. Un jour peut-être, un homme ferait battre son cœur et elle découvrirait avec bonheur les plaisirs de la chair... A condition bien sûr qu'il lui soit permis de l'épouser, songea-t-elle avec amertume.

Elle vit bientôt Dickon émerger de derrière une chaumière, son sac négligemment passé sur l'épaule. Avec un salut galant, il lui proposa son bras et ils traversèrent ensemble le village. Trop consciente de la proximité de ce corps viril, Aline fut soulagée — et vaguement déçue — de pouvoir chasser ses pensées indécentes lorsqu'ils revinrent près des chevaux.

Midi était passé depuis longtemps lorsqu'ils arrêtèrent de nouveau leurs montures. Autour d'eux, la bruyère rouge s'était raréfiée et les bouquets d'arbres qui s'élevaient çà et là offraient une ombre bienfaisante. Aline, qui avait laissé à Dickon le soin de choisir l'itinéraire, s'aperçut qu'ils se trouvaient à présent à l'extrême limite de la province de Leavingham. Ce ne fut qu'en descendant de cheval qu'elle sentit le malaise l'envahir. Elle était décidément bien loin du château, avec pour toute escorte un jeune page qu'elle ne connaissait pas ! Quelle imprudence ! Dès qu'ils auraient pris leur en-cas, il conviendrait de rentrer.

Une fois les chevaux attachés à un arbre, Aline prit le temps de leur flatter les naseaux tandis que Dickon déchargeait les provisions. Il lui tendit un gobelet de vin frais, qu'elle but avec plaisir. L'alcool eut le mérite de chasser son inquiétude.

La journée était chaude et ils ôtèrent leurs capes. Aline s'assit, adossée à un arbre, pour paresser au soleil, et son compagnon l'imita. Ils se mirent alors à bavarder en sirotant le vin et en mangeant le pain et le fromage que Dickon avait achetés. Aline savait fort bien qu'elle ne devait pas se comporter de la sorte avec un garçon d'écurie, mais le jeune homme était de bonne compagnie et leurs conversations ne concernaient que les chevaux et la vie quotidienne des domestiques du château.

Dickon lui remplit de nouveau son gobelet et elle s'allongea dans la bruyère, somnolente, heureuse d'oublier pour un temps son rang et ses obligations. Non loin, une corne retentit et elle se demanda vaguement qui pouvait chasser dans une lande aussi reculée. Elle tenta de se redresser, mais son corps lui parut étrangement lourd et la tête lui tourna. Elle leva alors les yeux vers Dickon et croisa son regard moqueur.

— Le vin n'avait pas le moindre arrière-goût, n'est-ce pas, madame ? lança-t-il en souriant, avec une expression qu'Aline trouva soudain cruelle.

Une peur atroce s'infiltra alors dans ses veines.

— Que… que voulez-vous dire ? demanda-t-elle, horrifiée de s'apercevoir que sa voix n'était qu'un murmure.

Dickon se pencha alors pour récupérer le gobelet de vin et elle tressaillit quand il lui caressa le bras.

— Pardonnez-moi, madame, mais j'ai versé du pavot dans votre coupe. Ce n'est pas la drogue la plus sophistiquée qui soit, mais elle est efficace. Elle paralyse rapidement et le sommeil vient peu après, expliqua-t-il d'une voix calme.

— Qu'est-ce que… ? Qu'avez-vous fait ?

Aline tenta désespérément de trouver un sens à ces paroles, mais il lui était très difficile de se concentrer.

— Je viens de vous le dire : je vous ai droguée, répéta-t-il. Le duc de Roxholm m'a fort bien payé pour que je vous livre à lui. Dans peu de temps, quelques-uns de ses gardes seront là pour vous emmener à la citadelle de Roxholm.

Muette d'horreur, Aline s'efforçait sans succès de lutter contre l'engourdissement, mais les paroles de Dickon lui parvenaient de plus en plus faiblement.

— Bien entendu, je tenterai de vous défendre contre l'attaque. Hélas, je ne ferai pas le poids. Dans la soirée, je serai donc retrouvé, errant près de Leavingham avec quelques blessures impressionnantes mais sans gravité, sonné et porteur d'une lettre de rançon.

Abasourdie, Aline tenta de nouveau de se redresser. Devant tant de lâcheté, la colère balayait sa peur.

— Immonde… vous êtes un traître… Vous serez… pendu, gronda-t-elle d'une voix qui parvenait à peine à briser le silence de la campagne.

Un rictus suffisant lui répondit.

— Quelle bravoure, madame ! Croyez-vous vraiment que je vous raconterais tout cela si je courais le moindre risque de subir un tel sort ? Je serai déjà bien loin par-delà les mers lorsque votre imbécile de grand-père aura négocié votre retour.

Sans se presser, il vint s'agenouiller à son côté et se pencha pour lui murmurer à l'oreille :

— Je suis sincèrement désolé que nous devions nous séparer ainsi. Seulement, le salaire que l'on m'a proposé était encore plus séduisant que vos indéniables charmes.

Passant les doigts dans ses cheveux, il lui ôta son peigne et défit sa longue natte. Ecœurée, Aline tenta de l'écarter, mais ses bras retombèrent, inertes. Elle rassembla alors toutes ses forces pour pousser un cri, qui ressembla hélas davantage à un sanglot.

— Du calme ! reprit Dickon. Je pense qu'il nous reste

un peu de temps avant que mes associés n'arrivent ici. Alors autant nous faire nos adieux… comme il se doit. Je meurs d'envie de faire cela depuis le premier instant où je vous ai vue…

Dickon se rapprocha encore et entreprit de délacer sa robe. Il se tenait si près qu'elle sentait son haleine avinée. Sa peur et son dégoût s'accrurent encore, à supposer que ce fût possible. Lorsque les mains calleuses se posèrent sur elle, elle eut l'impression que des couteaux la transperçaient. Elle essaya de nouveau de hurler mais, avant qu'elle ait pu pousser le moindre gémissement, la bouche de son tortionnaire était sur la sienne et, de la langue, il la forçait à ouvrir les lèvres.

Alors, d'instinct, Aline le mordit violemment, et il s'écarta avec un cri de surprise. Elle vit un filet de sang lui couler sur le menton. Furieux, il la prit par les cheveux et lui tira brutalement la tête en arrière avant de la gifler.

Sous l'effet de la douleur, Aline voulut crier, mais rien ne franchit sa gorge, sinon un miaulement plaintif. Elle fixa le misérable avec toute l'intensité dont elle était capable, espérant qu'il ne pourrait se dérober à son regard plein de haine et de supplication.

— Lady Aline, déclara-t-il d'un ton de reproche, votre pudeur est charmante, mais je sais bien que je vous plais. J'ai lu le désir dans vos yeux toute la matinée, alors inutile de jouer les effarouchées. Autant prendre notre plaisir ensemble, tant que nous le pouvons.

Un instant plus tard, il se retrouvait sur elle et elle sentit son cœur sur le point d'éclater. Comment repousser ce corps lourd qui lui écrasait la poitrine ? De la bouche, Dickon s'acharnait brutalement sur la peau tendre de son cou tandis qu'il la clouait au sol d'une poigne de fer et forçait du genou un passage entre ses jambes. Elle avait l'impression que son propre corps était de plomb et le sang battait à ses oreilles.

Elle était tout aussi incapable de combattre cet assaut bestial que d'empêcher le vent de souffler.

Désespérée, elle déploya un dernier effort pour rejeter son assaillant, mais en vain. Sa tête retomba contre le sol et sa vision s'obscurcit. Ce fut à peine si elle perçut un bruit de sabots tout près. Une ombre immense s'éleva alors au-dessus d'elle et, à travers la fente de ses paupières trop lourdes, elle crut apercevoir une dague pointée sur le cou de Dickon.

— Ecarte-toi de cette dame tout de suite, ou je te tranche la gorge, gronda une voix dure.

Enfin libérée, Aline prit une inspiration sifflante. Deux vagues silhouettes gesticulaient devant elle comme des marionnettes : celle du palefrenier, dans ses habits bruns, et celle d'un homme vêtu de noir. Elle crut encore distinguer des yeux couleur saphir qui la fixaient intensément, puis l'obscurité se referma sur elle.

Chapitre 2

Emergeant d'un tourbillon de cauchemars plein de violence et de frayeur, Aline revint peu à peu à la conscience. Elle avait la tête lourde et les membres ankylosés, son estomac l'élançait douloureusement et la nausée la submergeait. Elle ouvrit les yeux, pour les refermer aussitôt sous l'effet de la douleur qui lui martelait le front. Elle déglutit avec difficulté ; sa gorge était sèche.

Un balancement régulier lui fit comprendre qu'elle se trouvait dans un véhicule en marche, encore qu'elle fût incapable de dire lequel. Les dents serrées pour affronter la douleur, elle se força à rouvrir les yeux. Ce fut plus supportable cette fois et, lorsque sa vision se précisa, elle s'appuya sur ses bras tremblants pour s'asseoir. Aussitôt, une violente nausée la plia en deux. Par chance, une personne attentionnée avait placé un seau à sa portée.

— C'est le pavot qui vous fait cet effet-là, madame.

Aline sursauta et, d'instinct, elle se rencogna dans la voiture avec un gémissement d'angoisse, les poings serrés.

— Où suis-je ? Qui êtes-vous ? demanda-t-elle, affolée.

Elle se mordit la lèvre pour cesser de claquer des dents. Un jeune homme était assis sur le banc en face d'elle, une courte épée sur les genoux. Il semblait n'avoir pas même vingt ans et ses cheveux étaient coupés à la façon des soldats.

Dieu merci, ce visage n'était pas celui qu'elle redoutait de voir ! Elle se sentit trembler sous l'effet du soulagement.

— Désirez-vous boire ? demanda le garçon avec une nervosité évidente.

Joignant le geste à la parole, il lui tendit une outre de cuir, qu'elle saisit avec reconnaissance. Elle but à grandes goulées l'ale qu'elle contenait, puis regarda autour d'elle. Elle se trouvait dans un chariot, assez long et large pour que deux hommes de bonne taille y tiennent aisément.

La partie supérieure, en toile, comportait une fente qui constituait l'unique source de lumière. Ce n'était hélas pas le genre de véhicule dans lequel on songerait à chercher l'héritière des Cinq Provinces !

— Vous n'êtes pas là pour me venir en aide, n'est-ce pas ? demanda-t-elle en sentant s'éteindre son dernier espoir.

— Hélas, non, madame ! Nous avons l'ordre de vous conduire à Roxholm.

Submergée par la détresse, Aline se laissa retomber sur le matelas et tenta de remettre de l'ordre dans ses souvenirs. Quand elle se remémora le poids de Dickon sur elle et le contact immonde de sa bouche sur sa gorge, son estomac se révolta. Elle se tourna sur le côté et releva les genoux contre la poitrine en une pauvre tentative pour se protéger.

— Avez-vous froid, madame ? s'enquit le garçon.

Aline fit non de la tête. Au même instant, comme pour lui donner tort, une sueur glacée lui enveloppa le corps. Une image s'était imprimée sur ses paupières closes : deux hommes en train de se battre. Etait-ce ce jeune garçon qui l'avait sauvée des griffes de Dickon ? Cela semblait peu probable et ce visage ne lui évoquait rien.

Le jeune homme passa la tête à travers la fente de la toile, à l'arrière du chariot, pour s'adresser à quelqu'un à l'extérieur.

— Elle est réveillée, annonça-t-il.

Le véhicule ralentit alors, puis s'arrêta, et le garçon sauta à terre, la laissant seule. Un instant plus tard, le visage d'un homme aux cheveux gris apparut entre les deux pans de tissu. D'un bref signe de tête, il lui enjoignit de sortir.

En dépit de ses jambes tremblantes, Aline parvint à descendre et découvrit trois hommes qui la regardaient. Le plus jeune et celui aux cheveux gris portaient des tuniques brunes rudimentaires ; le premier tenait toujours son épée, et l'autre, qui devait avoir une cinquantaine d'années, pointait sur elle une arbalète.

Elle tourna le regard vers le troisième homme sans oser regarder son visage. Il était vêtu d'un paletot de cuir noir et, contrairement aux autres, ne portait pas d'armes. Ce qui ne le rendait pas pour autant rassurant, car sa posture restait intimidante. Fermement campé sur ses jambes, il se tenait les bras croisés, et ses cheveux longs et ondulés étaient aussi noirs que son vêtement.

— Lady Aline, je commençais à craindre que vous ne vous réveilliez jamais !

Aline sentit un frisson étrange l'envahir. La voix masculine était grave et étonnamment raffinée. Aline se raidit en rencontrant les yeux bleus, comme frappée par la foudre. Le souvenir qui lui échappait jusqu'alors resurgit brutalement à sa mémoire. C'était lui, l'homme qui l'avait arrachée aux mains de Dickon.

— Nous allons nous arrêter un peu, annonça l'inconnu. Les chevaux ont besoin de se désaltérer.

Il fouilla ensuite dans un panier accroché au chariot et en sortit un morceau de pain, qu'il lui tendit.

— Mangez cela, ordonna-t-il, vous vous sentirez mieux après vous être restaurée. Mais restez là où vous êtes et n'en bougez pas.

Courroucée par ces manières autoritaires, Aline se mordit la lèvre pour s'empêcher de rétorquer vertement. Le plus âgé de ses gardiens monta dans la voiture, dont il ressortit avec le seau et un sac ventru, qu'il passa à son jeune acolyte.

— Occupe-toi du poulet, commanda-t-il.

Puis il s'éloigna pour aller nettoyer le seau dans le ruisseau. Le garçon lui jeta un regard nerveux, avant de tirer une volaille du sac. Bientôt, toute son attention fut concentrée sur le plumage du volatile.

Se sentant libérée de leur surveillance, Aline s'assit sur les marches du chariot et mordit dans le pain, sans cesser d'observer les alentours. Ils se trouvaient au cœur des bois, mais la route semblait être une voie importante. A en juger par l'angle des rayons du soleil qui peinaient à traverser les feuillages, elle estima qu'ils avaient dû voyager une heure ou deux. Avec un peu de chance, ils étaient encore sur le territoire de Leavingham.

Pourrait-elle courir se cacher dans les bois, puis retrouver le chemin du château, ou au moins solliciter de bonnes âmes dans le premier village venu pour la secourir ? On avait dû constater sa disparition au château désormais. A moins que Dickon n'ait retardé le moment de l'annoncer, afin de laisser plus de temps à ses complices…

Elle termina son frugal repas et se leva. Courbatue, elle s'étira pour délasser sa nuque raidie et son dos douloureux. Il lui fallait recouvrer le contrôle de son corps si elle voulait fuir. Du coin de l'œil, elle vit que le jeune garçon s'était interrompu pour la regarder. Elle devait se montrer prudente ! Si elle n'apparaissait pas comme une femme faible et sans défense aux yeux de ses gardiens, son plan ne fonctionnerait pas. Mimant un malaise, elle porta les mains à la tête et, avec un gémissement, fit mine de chanceler. Aussitôt, le garçon abandonna sa volaille pour se porter à son secours. Plein d'attention, il l'aida à se rasseoir. Aline garda les yeux pudiquement baissés et murmura avec un timide sourire :

— Je vous en prie, pourrais-je… il faudrait que… enfin, j'ai besoin d'un peu d'intimité…

Pourvu qu'elle ait été suffisamment convaincante ! Le front du garçon se plissa de confusion, puis il rougit et, mal à l'aise, regarda en direction de son acolyte, qui remplissait le seau au ruisseau. L'homme vêtu de noir se tenait un peu à l'écart, près des chevaux. Penché sur un parchemin, il leur tournait le dos. Enfin, le jeune garde acquiesça et lui indiqua des broussailles.

Le cœur battant la chamade, Aline partit dans cette direction, suivie de près, hélas, par le garçon. Avec un sourire qu'elle espérait innocent, elle se tourna vers lui.

— Oh ! je vous remercie, nul besoin de m'accompagner. Je ne m'évanouirai pas, cette fois-ci. Je ne voudrais pas que vous ayez des ennuis pour n'avoir pas terminé votre travail.

Avec un soulagement visible, le garçon jeta un regard vers le poulet à moitié plumé.

— Faites vite, madame ! dit-il.

Aline s'enfonça dans les buissons, lentement d'abord pour ne pas éveiller sa méfiance. Puis elle se baissa et rampa sur les genoux en s'aidant de ses mains, aussi silencieusement que possible, dans la direction d'où ils venaient — du moins l'espérait-elle —, les yeux rivés sur la piste.

Chaque pas la rapprochait de la liberté, songeait-elle, ou de sa capture. Ce serait seulement lorsqu'elle aurait atteint un village qu'elle pourrait s'estimer tirée d'affaire.

Elle rampa ainsi jusqu'aux abords de la forêt, puis se redressa et se mit à courir le long de la route. En atteignant un tournant, elle eut l'idée de retirer son collier. Les doigts serrés sur le seul souvenir qu'elle gardait de sa mère, elle hésita. Toutefois, ce serait un bon indice pour les gens lancés à sa recherche : ils comprendraient ainsi qu'elle était passée par là. Sans plus attendre, elle accrocha le collier à une branche basse. L'argent étincela dans les rayons du soleil. Tant mieux ! On ne pourrait pas manquer de repérer le bijou !

A pas vifs, elle s'élança vers les sous-bois, à l'abri des arbres, et se mit à réfléchir. Ne valait-il pas mieux rester sur la route ? Elle y serait à découvert, certes, mais elle irait plus vite et, avec un peu de chance, ses ravisseurs ne penseraient pas à la chercher ailleurs que dans les bois.

— Je vous déconseille de retourner dans la forêt, madame. Qui sait quels animaux sauvages et quels bandits vous y attendent ?

Médusée, Aline se retourna et un cri de surprise mourut dans sa gorge. L'homme en noir se tenait appuyé à un arbre, nonchalant, les bras croisés. Il pencha la tête et lui lança un sourire moqueur.

— Bel effort, madame ! Je suis impressionné, en vérité. Néanmoins, j'ai des ordres et il est hors de question que vos tentatives d'évasion m'empêchent d'y obéir.

La tête soudain vide, la gorge sèche, Aline s'enfonça dans les sous-bois, sans se soucier de la direction qu'elle prenait, tendue vers un seul but : échapper à cet homme. Les branches et les fourrés déchiraient sa robe et ses mains, et elle se protégeait le visage tant bien que mal. Avec sa gorge serrée par la peur, chaque respiration était une torture. En dépit de ses forces qui déclinaient, elle ne ralentissait pas. Derrière elle, son poursuivant semblait à peine courir, mais se rapprochait d'elle à chaque pas.

Bientôt, les arbres se firent plus clairsemés et Aline déboucha dans une clairière. Frénétiquement, elle chercha autour d'elle quelque chose qui puisse lui servir d'arme. Ses yeux tombèrent sur une branche morte qu'elle saisit, son autre main serrée sur une poignée de terre et de feuilles.

Lorsque l'homme émergea à son tour, elle brandissait son arme improvisée comme une épée.

— Reculez, hurla-t-elle, terrorisée.

A ces mots, l'homme rejeta la tête en arrière en éclatant d'un rire sonore.

— Et que diable ferez-vous si je n'obéis pas, madame ? Vous m'infligerez une écharde ?

— Je suis sérieuse, gronda Aline, usant de toute sa volonté pour conserver une voix ferme. Si vous n'abandonnez pas, je hurle !

— Vous pouvez crier tant qu'il vous plaira, lady Aline. Les seuls qui puissent vous entendre ici sont mes hommes, ce qui ne risque pas d'être à votre avantage…

D'un pas lent, il s'avança vers elle et Aline lança la branche sur lui de toutes ses forces. Il l'esquiva et la ramassa avec un sourire narquois. Aline lui jeta alors une poignée de terre au visage et repartit au pas de course alors qu'il se protégeait instinctivement les yeux.

Hélas, elle avait à peine atteint l'autre côté de la clairière que l'homme recouvrait ses esprits. Au moment où elle jetait un regard affolé derrière elle, elle le vit lancer à son tour la branche, qui l'atteignit à l'arrière des genoux. Elle perdit l'équilibre, ses jambes se prirent dans ses jupes et elle chuta brutalement. Avant qu'elle ait pu se relever, l'homme l'avait rejointe. Comme si elle ne pesait pas plus qu'un fétu de paille, il la retourna sur le dos et lui maintint les épaules, la clouant au sol.

Aline se débattit comme une forcenée pour le repousser, lui griffant le visage à l'aveuglette, puis, à bout de forces, agrippa le paletot noir et hurla toutes les insultes et obscénités qu'elle put se rappeler.

La stupéfaction se peignit sur le visage de son assaillant. D'un mouvement souple, celui-ci se plaça à califourchon sur elle, et elle sentit ses jambes lui enserrer les hanches tandis qu'il lui maintenait les poignets au-dessus de la tête d'une seule main. Puis, tranquillement, il passa l'autre main sous son manteau de cuir et sortit un couteau d'un étui accroché à sa ceinture.

Un sanglot d'effroi lui échappa à cette vue. Seigneur ! Elle ne voulait pas mourir ! Pas ici, pas de cette façon ! Pourtant, au lieu de lui trancher la gorge comme elle s'y attendait, l'homme découpa un morceau de sa jupe d'un mouvement vif. Elle eut un haut-le-cœur au souvenir de l'assaut violent de Dickon et, aiguillonnée par la peur, se défendit de plus belle, lui labourant le torse de ses poings, qu'il avait libérés.

— Ne me touchez pas ! hurla-t-elle, agrippant le couteau qu'il tenait toujours. Je me tuerai plutôt que de vous laisser me violenter !

A ces mots, l'homme s'immobilisa et une surprise sincère traversa son regard bleu. Aline vit sa bouche esquisser une grimace de dégoût.

— Vous estimez vos charmes fort chers, madame. Ne craignez rien de moi, je préfère toujours que mes compagnes soient consentantes.

Aline laissa échapper un soupir de soulagement et laissa ses bras retomber sans force. L'expression dure de l'homme laissa place à plus de douceur.

— Votre honneur restera sauf avec moi, je vous le garantis, déclara-t-il solennellement.

Puis, sans plus attendre, il la retourna face contre terre et lui lia les poignets dans le dos. Aline enfonça les pieds dans le sol de toutes ses forces, mais ne put lui résister lorsqu'il la prit par la taille pour la relever.

— Allez, marchez maintenant ! ordonna-t-il en la poussant légèrement dans le dos.

Désireuse de le surprendre, Aline se laissa partir en arrière et lui envoya sauvagement le talon de sa botte dans le genou, avant de prendre la fuite en criant de toutes ses forces, alors qu'il se courbait avec un léger cri de douleur.

Hélas, elle n'avait pas fait dix pas qu'il l'attrapait par l'arrière de sa robe. Il se laissa alors tomber à genoux et l'attira contre lui, lui serrant le bras autour de la gorge. Affolée, Aline sentit sa barbe drue lui râcler le cou. Le sang qui battait à ses tempes l'empêchait de réfléchir mais, d'instinct, elle se tordit pour échapper à la puissance de l'emprise. Peine perdue ! Elle se débattait comme un beau diable, et lui n'avait pas versé une goutte de sueur !

Imperturbable, il coupa alors une autre bande de tissu dans ses jupes et, cette fois, s'en servit pour lui lier les chevilles. Hors d'elle, elle l'abreuva d'une nouvelle bordée d'injures. Pour toute réponse, il se mit à rire, ôta le foulard qu'il portait au cou et l'en bâillonna. Indifférent à sa fureur, il se releva et alla s'adosser à un arbre en se passant nonchalamment la main dans les cheveux, tandis qu'elle gisait à ses pieds sur le sol de la forêt. De tout son cœur, elle espérait que la haine qu'elle ressentait pour ce malotru se lisait sur son visage.

L'homme resta de marbre, visiblement prêt à attendre aussi longtemps que nécessaire qu'elle se soumette. Alors, submergée par le désespoir, elle abdiqua et demeura immobile.

— Bien. Je vois que vous commencez à comprendre, déclara-t-il.

Alors, sans autre forme de procès, il la chargea sans effort sur son épaule. En sifflotant, il l'emporta à travers les bois en direction de la route. Humiliée, Aline se remit à se débattre et à lui infliger une série de coups de pied maladroits auxquels il parut insensible.

Après un trajet mortifiant, ils atteignirent le chariot. Le soulagement se lisait clairement sur le visage des deux autres gardes. Aline distingua une marque rouge sur la joue du plus jeune.

— Explique-toi, Duncan ! ordonna son tourmenteur.

Le plus âgé des hommes répondit d'un ton bourru :

— Le gamin s'est montré stupide, cela ne se reproduira plus.

— Dans ce cas, nous en avons terminé, déclara l'homme en noir au plus jeune. Mais si une telle chose arrive de nouveau, c'est à moi que tu en répondras, c'est clair ?

Aline vit le garçon lui jeter un regard lourd de reproches, avant de marmonner des excuses. Sans la lâcher, son odieux ennemi grimpa dans le chariot et la posa sur le matelas. Puis, lui prenant le menton, il la força à le regarder.

— Puis-je vous suggérer de prendre un peu de temps pour réfléchir à l'inutilité de toute tentative d'évasion, madame ?

Réduite au silence, Aline tourna la tête. Elle eut droit à un petit rire moqueur avant qu'il ne saute à bas du véhicule et n'ordonne le départ.

Comme le chariot reprenait sa route, Aline sentit une nouvelle nausée la submerger. Elle étouffa un sanglot, ferma les yeux et se concentra pour ne pas vomir.

Maudit soit Dickon pour sa trahison, et maudite soit-elle de s'être laissée piéger ! Enfin, maudit soit cet homme odieux dont les traits bien trop séduisants continuaient de flotter derrière ses paupières ! Elle ne savait pas encore comment, mais elle se promit qu'un jour il paierait pour l'avoir traitée de la sorte. Epuisée et malheureuse, elle se consola en imaginant les mille et une sortes d'humiliation qu'elle ferait subir à cet impudent.

Chapitre 3

Ils roulèrent pendant ce qui lui sembla durer des heures. Une brève tentative la convainquit que ses liens étaient trop serrés pour qu'elle eût la moindre chance de se libérer. Les cahots répétitifs et le martèlement des sabots sur la terre sèche la faisaient somnoler et elle ne cessait de sombrer dans un demi-sommeil.

Elle se réveilla les joues humides de larmes. A présent, elle repensait à ceux qu'elle avait laissés derrière elle. Quand apprendraient-ils ce qui lui était arrivé ? Dickon pouvait mettre des heures avant de rentrer au château raconter ses mensonges ! N'eût été son bâillon, elle aurait hurlé sa frustration.

Pourquoi l'avait-on enlevée ? Serait-elle un otage ? Cela paraissait ridicule. La paix était solide depuis plusieurs années entre Roxholm et Leavingham, alors pourquoi la mettre ainsi en péril ? Et pourtant, ce ne pouvait être que cela ! De toute façon, les autres possibilités étaient bien trop horribles pour qu'elle se prenne à les envisager.

Le chariot s'arrêta brusquement, et Aline se tint aussitôt sur ses gardes. Il faisait plus frais maintenant et la lumière voilée qui perçait à travers le toit indiquait que la nuit tombait. Ainsi, ils avaient bel et bien voyagé plusieurs heures. Il n'était guère étonnant que son corps souffre autant d'être resté allongé sans bouger sur ce matelas dur. Sa gorge était si sèche qu'elle était prête à supplier pour avoir un peu d'eau. Quant à ses doigts, ils étaient gourds et le seul fait de les remuer projetait des vagues de douleur dans tout son bras.

Elle entendit bientôt des voix et des cliquètements et comprit que ses gardiens préparaient le camp pour la nuit. Elle tenta alors de se tourner pour voir ce qu'il se passait au-dehors. Mais elle ne parvint qu'à mettre ses cheveux devant son visage et à accrocher sa jupe avec un éclat de bois. Après plusieurs minutes d'efforts vains, elle abandonna la lutte et resta immobile. Plus que tout, elle craignait que ses geôliers ne la laissent ainsi toute la nuit, aussi, pour apaiser son angoisse, se força-t-elle à respirer profondément. Enfin, alors qu'elle redoutait de s'effondrer pour de bon, quelqu'un grimpa à l'intérieur.

Elle ne pouvait rien voir à cause de ses cheveux qui lui tombaient sur le visage, et elle poussa un cri étouffé quand elle sentit qu'on lui touchait les épaules. Des bras puissants la placèrent vivement en position assise. Des mèches collaient toujours à ses joues, une preuve de sa faiblesse qui l'exaspéra. D'un mouvement brusque, elle s'essuya les joues sur les épaules pour écarter ses cheveux et put enfin voir qui était là.

L'homme en noir s'était assis en face d'elle, sans doute parce qu'il était trop grand pour rester debout. Pour la première fois, Aline put l'étudier à loisir. Il était bâti tout en force virile et devait avoir une dizaine d'années de plus qu'elle, car des rides légères marquaient le contour de ses yeux bleus magnifiques. Les coudes sur les genoux et le menton appuyé sur son poing, il la fixait lui aussi en silence sans détourner le regard un seul instant. Après quelques longues secondes chargées d'une émotion indéfinissable, il prit la parole.

— Je vous prie de me pardonner, lady Aline. Je ne me

suis pas encore présenté… Je suis le capitaine de la garde de Roxholm.

Il se tut, comme s'il attendait une réponse, qu'elle eût été bien en peine de lui donner avec un bâillon sur la bouche ! Comme elle n'esquissait aucun geste, il reprit :

— Il est essentiel que nous parvenions à un accord qui rendra ce voyage plus agréable pour nous tous, aussi laissez-moi vous expliquer la situation. Un message a été envoyé à Leavingham avec une monture et le corps de votre écuyer. Le Haut Seigneur ne doit rien faire avant de recevoir de nouvelles consignes. Toute action de sa part reviendrait à mettre votre vie en péril.

Il s'interrompit pour laisser ses paroles pénétrer la conscience de sa prisonnière, toujours sans la quitter du regard.

— Si notre voyage se déroule sans encombre, il nous faudra quelques jours pour rejoindre le reste de mes hommes. A présent, je peux vous libérer et vous permettre de passer le reste du trajet dans un certain confort, à la seule condition que vous me donniez votre parole de ne pas nous rendre la tâche difficile. Sans quoi vous resterez liée et bâillonnée. Le choix vous appartient.

Aline lui lança un regard brûlant de rage tandis qu'une infinité de réponses acides lui venaient à l'esprit. Seulement, ses bras et ses épaules la lançaient douloureusement à cause de la position dans laquelle ils étaient retenus et le bâillon lui déchirait les commissures des lèvres. Songeant qu'elle n'avait guère le choix en réalité, elle acquiesça et le capitaine se pencha aussitôt pour lui ôter le linge de la bouche. Une fragrance masculine, mélange d'odeurs de cheval, de cuir et d'un parfum musqué, lui fit retenir son souffle.

Il tira ensuite sa dague et passa derrière elle pour couper les liens qui lui entravaient les mains et les pieds. Les traces rouges qui marquaient sa peau contrastaient violemment avec sa pâleur naturelle. Elle se frotta les bras pour apaiser la douleur qui la lançait sous l'afflux du sang qui recommençait à circuler dans ses veines.

Le capitaine sortit du véhicule et elle l'entendit demander du vin. Un instant plus tard, il revenait avec une outre qu'il lui tendit. Aline tenta de la prendre, mais sans succès : ses doigts engourdis refusaient de la saisir. Comprenant son inconfort, le capitaine s'agenouilla près d'elle et porta l'outre à ses lèvres. Aline s'immobilisa, stupéfiée par ce geste de compassion inattendu. Sans doute était-ce une ruse…

— Ce n'est que du vin, je vous le promets.

Comme pour prouver qu'il ne mentait pas, il en avala lui-même une longue gorgée, avant de lui tendre l'outre de nouveau.

— Voilà… ne buvez pas trop vite.

Les yeux mi-clos, Aline but le liquide frais à gorgées lentes, consciente de ce regard posé sur elle. Pourquoi diable son cœur battait-il si vite, tout à coup ?

— Vous saviez depuis le début que j'avais fui, tout à l'heure, n'est-ce pas ? Vous vous êtes joué de moi ! s'exclama-t-elle d'un ton accusateur.

L'homme leva un sourcil.

— Je ne jouais pas. J'étais simplement curieux de voir ce que vous comptiez faire. Vous avez fait preuve d'un courage qui a forcé mon admiration. Toutefois, personne ne viendra vous sauver, sachez-le.

Il fouilla alors dans la pochette qu'il avait au cou et en sortit le collier, qu'il laissa couler entre ses mains gantées. Jusqu'à cet instant, Aline s'était raccrochée à l'espoir que l'on viendrait la secourir. Cet espoir s'évanouit définitivement en cet instant. Tout ce qu'elle avait tenté avait échoué. Sous le coup de l'émotion, elle sentit ses yeux s'embuer et elle dut battre plusieurs fois des paupières pour refouler ses larmes. Il n'était pas question de se laisser aller aux sanglots une fois de plus !

Les yeux toujours rivés sur elle, son geôlier ramassa les liens et les envoya au loin. Puis il la parcourut lentement du regard. A sa grande honte, Aline vit qu'il s'attardait sur sa tenue. Elle n'osait imaginer à quoi elle devait ressembler en cet instant : son corsage avait été déchiré par l'assaut brutal de Dickon et sa robe avait glissé, révélant bien plus qu'il n'était convenable le haut de sa gorge. Elle sentit son cou et ses joues s'empourprer et espéra que la pénombre empêcherait son ravisseur de remarquer sa gêne.

— Prenez quelques instants pour remettre de l'ordre dans votre tenue, ordonna-t-il en lui tendant le peigne que Dickon lui avait arraché, puis rejoignez-nous. Duncan va vous trouver un baume pour apaiser la douleur de vos poignets et Jack est en train de préparer le dîner. Par chance, il est meilleur cuisinier que garde, ajouta-t-il avec ce qui ressemblait à un sourire. Si jamais vous avez besoin d'un peu de solitude pour… ce que vous n'avez pas pu faire tantôt, vous trouverez un seau accroché au chariot. Nous vous laisserons l'intimité nécessaire, mais ne songez pas une seconde à vous échapper ou je vous ficelle comme un poulet et je vous laisse enfermée ici jusqu'à notre arrivée à la citadelle !

Et sur un impérieux hochement de tête, il sortit.

Tout en vitupérant contre cet arrogant, Aline relaça du mieux qu'elle put son corsage et arrangea le peigne dans ses cheveux. Elle descendit ensuite de la voiture pour trouver le seau que l'homme avait mentionné.

Ils avaient fait halte dans une clairière au bord d'une rivière. Aline s'agenouilla sur la rive pour se laver les mains et le visage à l'eau fraîche. Lorsqu'elle se releva, elle sentit sur sa nuque le regard du capitaine et fronça les sourcils, agacée. Que croyait-il ? Qu'elle allait sauter à l'eau pour s'enfuir ?

Une fois sa toilette achevée, Aline s'assit sur la marche du chariot et regarda les trois hommes achever de monter le camp. Le plus âgé, Duncan, sortit de minces couvertures d'un coffre du véhicule et, sans mot dire, lui en tendit une lorsqu'elle décida de venir s'installer près du feu. La nuit était froide et, entourant ses genoux de ses bras, la jeune femme apprécia la chaleur réconfortante de la couverture... Bien qu'elle ait été endormie ou inconsciente tout l'après-midi, elle sentait la fatigue se glisser insidieusement dans son corps. Elle étouffa un bâillement.

Le capitaine s'approcha alors et elle l'accueillit par un regard froid. Sans lui laisser le temps de protester, il s'empara d'une de ses mains et, d'un geste adroit, lui remonta sa manche pour masser délicatement son poignet endolori. Aline voulut protester, mais la sensation délicieuse que ces soins lui procurèrent l'en dissuada.

— Est-ce moins douloureux à présent ? demanda l'homme d'un ton abrupt après lui avoir massé le second poignet.

Elle se contenta d'acquiescer, par crainte d'entendre sa voix trembler. Le baume avait réellement apaisé la brûlure et les rougeurs s'étaient un peu estompées.

— Bien, conclut-il en se détournant.

Et, tout aussi brusquement qu'il était venu, il s'éloigna et fit le tour du chariot, pour revenir avec une longue chaîne terminée par des menottes de fer. Aline retint un cri de rage en comprenant l'usage qu'il comptait en faire. Elle ne dit cependant rien quand il passa la chaîne à travers les rayons de la roue et lui referma les menottes autour des poignets bien qu'elle tremblât de colère et d'humiliation. Certes, la chaîne était assez longue pour lui permettre de s'approcher du feu ou de s'allonger, mais elle lui interdisait toute autre tentative de fuite.

— Ainsi, les hommes de Roxholm brisent leur promesse encore plus vite que je ne l'aurais pensé, cracha-t-elle avec mépris.

— J'ai l'intention de dormir cette nuit, et non de rester éveillé pour m'assurer que mon otage ne se sauve pas de nouveau. Vous retrouverez votre liberté de mouvement demain matin, rétorqua-t-il avec un flegme insupportable.

La condescendance qu'il manifestait lui fit bouillir le sang dans les veines. Elle ravala pourtant la réponse acerbe qui lui venait aux lèvres. Inutile de le provoquer, elle n'y gagnerait rien…

— J'aimerais récupérer mon collier, lança-t-elle plutôt.

Hélas, l'homme sans cœur secoua la tête.

— Non, je compte le garder le reste de notre voyage… en gage de votre bonne conduite. Nous verrons si vous vous comportez correctement ces prochains jours…

Elle aurait voulu l'agonir d'injures, au lieu de quoi elle se dégagea brutalement les poignets, qu'il tenait toujours. Alors, il éclata de rire, un rire profond, appréciateur, comme s'il respectait son attitude rebelle. Puis il se leva d'un bond et s'inclina devant elle, moqueur, avant de s'éloigner.

En tirant sur ses chaînes, Aline parvint à alléger le poids du fer et à glisser le tissu de ses manches sous les menottes. Sa peau était ainsi protégée, mais cela, hélas, ne soulageait en rien sa blessure d'orgueil.

Le temps s'écoula lentement.

Toujours assis près du feu, les trois hommes jouaient aux dés en se partageant une cruche d'ale. Ils l'ignoraient avec application, aussi resta-t-elle seule à l'écart, songeant misérablement à son foyer. Au bout d'un moment, Jack lui apporta un bol d'un ragoût étonnamment bon, épaissi d'orge et d'oseille. Ses papilles s'éveillèrent aussitôt et elle mangea avidement. Un sourire timide aux lèvres, le garçon demeura à son côté, apparemment heureux de voir son repas si bien reçu. Aline le considéra avec une pointe de culpabilité : son œil avait pris une couleur violacée suite au coup que Duncan lui avait administré.

— Vous devriez mettre un peu de consoude sur votre œil, dit-elle. Ce doit être douloureux, non ?

Le garçon lui adressa un sourire contrit et passa la main sur sa joue enflée.

— Si vous étiez parvenue à vous enfuir, nous serions tous morts — y compris le capitaine. A la vérité, je m'en sors très bien…

Aline suivit son regard, qui se posait sur le capitaine, toujours aussi diablement séduisant, et un frisson lui parcourut la colonne vertébrale. Il avait ôté son manteau de cuir et n'était plus vêtu que d'une tunique. Une intense concentration marquait ses traits tandis qu'il aiguisait méthodiquement sa dague. Une étrange sensation naquit dans son ventre lorsqu'elle contempla le jeu des muscles sous la peau dorée. Cet homme serait irrésistible s'il prenait la peine de sourire, songea-t-elle soudain. Puis, furieuse d'être aussi sensible à son charme viril, elle fit taire ses idées malvenues.

Le capitaine dut prendre conscience de l'examen dont il était l'objet, car il releva la tête et elle croisa son regard direct. Hardie, elle résolut de ne pas baisser les yeux. Alors il posa ses outils et, s'emparant d'une couverture, vint près d'elle.

— Puis-je me joindre à vous, madame ?

Aline haussa les épaules avec désinvolture alors que son cœur manquait un battement dans sa poitrine. L'homme prit le bol vide qu'elle avait posé près d'elle et le tendit au jeune garçon avec un signe de tête.

— Merci, Jack.

Sans se le faire dire deux fois, le garçon repartit aussitôt. Aline était décidée à ignorer le nouveau venu, mais la question qui la taraudait depuis qu'elle s'était éveillée ne la laissait pas en paix.

— Que me veut le duc ? interrogea-t-elle d'une voix qu'elle espérait calme et posée.

Le capitaine croisa les bras sur sa large poitrine en secouant la tête.

— Je crains de ne pouvoir éclairer votre lanterne, répondit-il. Mon seigneur n'a pas partagé cette information avec moi.

A ces mots, une pensée frappa Aline de plein fouet.

— Vous avez dit qu'un message avait été envoyé avec le *corps* de mon écuyer ? Que lui est-il arrivé ?

— D'un côté, il vous a trahie, de l'autre, il a cherché à vous prendre de force, et vous vous préoccupez de son sort ? demanda-t-il d'un ton surpris.

— Je ne m'en préoccupe pas… Je veux juste savoir ce qu'il lui est arrivé ! rétorqua Aline.

Sa colère dut atteindre sa cible, car l'expression du capitaine s'adoucit un instant, avant de redevenir sévère. Il s'assit à côté d'elle et elle sentit le frottement de son épaule contre la sienne, puis il se caressa un instant la mâchoire.

— Comme vous avez dû le comprendre, cet homme travaillait pour le duc de Roxholm. Il était palefrenier à la citadelle avant d'être condamné à mort. Le duc lui a offert sa grâce, en échange de quoi il devait vous espionner et vous amener jusqu'à nous.

— Quel crime avait-il commis ? demanda Aline.

La fureur l'envahit à l'idée que l'ignoble individu n'avait eu aucune peine à se faire engager à Leavingham.

— A vrai dire, je ne sais pas exactement. Et je n'ai pas non plus participé à la décision d'en faire un espion, expliqua-t-il. Mon rôle dans cette affaire s'est borné à le rencontrer et à vous ramener à Roxholm. Nous devions le renvoyer vivant à Leavingham, et il devait raconter qu'il vous avait héroïquement défendue contre nous.

Il s'interrompit et Aline vit une étrange expression passer sur son visage. Elle se demanda un instant s'il ne gardait pas certaines informations secrètes. Déjà, il reprenait son récit :

— Il a dû croire que nous le tuerions une fois sa mission accomplie, à moins qu'il ne se soit offensé de me voir arriver juste au moment où il comptait abuser de vous. Toujours est-il qu'il a sorti un couteau. Croyez-moi, je ne regrette nullement sa mort, sachant ce qu'il avait l'intention de vous faire subir. Et vous ne devriez pas vous montrer plus miséricordieuse que moi…

A ces mots, Aline poussa un soupir et ses épaules s'affaissèrent tandis que sa tension la quittait.

— Je vous remercie de me l'avoir dit, et aussi de…

Sa voix se brisa ; elle revoyait la bouche de Dickon, elle sentait ses mains harcelant son corps. Le capitaine parut comprendre son trouble, car il déclara, non sans une certaine douceur :

— Vous devriez prendre un peu de repos, madame. Vous avez eu une rude journée et nous nous mettrons en route à l'aube. Je vous donne ma parole que, sous ma protection, vous ne serez plus agressée de la sorte.

Aline se sentit étrangement émue par la bonté qui perçait dans sa voix et elle songea aux mots durs qu'elle lui avait jetés au visage. Il avait aussitôt nié, assurant qu'elle était à l'abri de… *cela*… Pouvait-elle se fier à sa parole ?

Comme s'il avait lu dans ses pensées, il l'enroula dans sa couverture.

— Vous n'avez rien à craindre tant que vous êtes sous ma protection, répéta-t-il. Je prendrai soin de vous.

Puis, sans rien ajouter, il repartit près de ses compagnons. Aline le regarda s'enrouler à son tour dans une couverture et s'allonger. Bientôt, un léger ronflement s'éleva. C'était incroyable : on eût dit qu'il n'avait pas le moindre souci à l'esprit, qu'il n'avait pas, quelques heures plus tôt, tué un homme, et qu'il ne venait pas d'enchaîner une captive à quelques mètres de lui !

Exaspérée, Aline retourna dans le chariot et s'allongea sur la couche préparée pour elle. La présence du capitaine l'avait réchauffée tout à l'heure et, loin de lui, l'air semblait désormais glacé. Elle remonta sa couverture et serra les genoux contre la poitrine.

Dieu, comme elle haïssait cet homme ! Elle ne risquait pas de connaître la paix cette nuit, contrairement à cet odieux personnage sans remords ni conscience !

Chapitre 4

Comme prévu, Aline dormit mal. La couverture n'était qu'une faible défense contre le froid et l'humidité, aussi resta-t-elle longtemps éveillée, posant un regard plein de ressentiment sur les silhouettes des trois hommes qui dormaient près du feu. Chaque fois qu'elle parvenait à trouver une position à peu près satisfaisante, les menottes tiraient sur ses poignets et l'empêchaient de s'abandonner au sommeil. Un sommeil qui, quand il venait, restait trop léger et s'interrompait au moindre bruit, la laissant dans la confusion. Une aube grise avait déjà remplacé la lueur de la lune quand l'épuisement l'emporta enfin sur l'inconfort. Elle sombra alors dans un sommeil sans rêve.

Une petite tape sur l'épaule la réveilla. Sans réagir, elle demeura allongée, les yeux clos, tentant d'ignorer ce désagrément. Hélas, on lui secoua l'épaule plus fermement et elle dut sortir du sommeil, sans se soucier de dissimuler son exaspération sous un vernis de politesse.

Quand elle ouvrit les yeux, Jack la fixait, apparemment choqué de découvrir qu'une lady pouvait aussi connaître des jurons. A travers les mèches de cheveux qui lui retombaient sur les yeux, elle vit son expression blessée et le remords s'infiltra dans son esprit encore endormi, pour être bientôt remplacé par l'irritation face à sa propre faiblesse. N'avait-elle pas les meilleures raisons du monde de maudire ce gamin ? Elle était courbatue, frigorifiée, et retenue contre son gré ! Alors ce garçon avait intérêt à cesser de tout prendre personnellement !

La couverture mouillée de rosée autour de ses épaules, Aline se frotta les yeux. Le capitaine choisit ce moment-là pour arriver. Il s'agenouilla aussitôt devant elle pour déverrouiller les menottes et la libérer de la chaîne.

— Il est temps de partir, madame. Je vous ai laissée dormir aussi longtemps que possible.

— C'est trop aimable à vous ! rétorqua-t-elle.

Elle l'observa à travers ses cils mi-clos. Ses cheveux étaient mouillés, il avait changé de chemise et enfilé par-dessus un gilet de cuir sans manches. Maudit soit-il ! Il semblait parfaitement reposé et Aline sentit son ressentiment s'accroître.

— Votre aimable considération est-elle allée jusqu'à prévoir des habits propres pour moi ? demanda-t-elle avec morgue.

L'homme eut la décence de paraître embarrassé lorsqu'il répondit :

— Hélas, non. Toutefois, il y a de l'eau si vous voulez faire votre toilette avant de partir. Duncan s'occupe de vous trouver de quoi manger.

Aline eût tout donné pour un bain brûlant, mais elle dut se contenter de se rincer rapidement le visage et les dents à l'eau froide. Elle se démêla les cheveux à l'aide de son peigne, qu'elle planta ensuite dans une longue natte. Lorsqu'elle fut prête, Duncan lui apporta un morceau de pain et une tasse d'ale au miel délicieusement chaude. Le pain était déjà dur, mais trempé dans le liquide parfumé, il lui fit l'effet d'un repas de reine.

Heureusement, le capitaine tint parole et la laissa libre de ses mouvements. Aline en profita pour sommeiller, bercée par le balancement de la voiture pendant le voyage.

Au cours de l'après-midi, elle reprit sa place à l'arrière du véhicule et observa le paysage entre les pans de toile. Duncan et Jack alternaient la conduite du chariot et celle de son cheval, qu'ils avaient emmené avec eux, tandis que le capitaine chevauchait sa propre monture, un animal qui lui convenait parfaitement. C'était un impressionnant étalon à la robe noisette, dont Aline ne pouvait qu'admirer les flancs brillants et la démarche sûre.

La petite troupe resta sur les chemins forestiers jusqu'au moment où le sol marécageux les contraignit à regagner les routes. Le faible espoir qu'avait Aline de trouver de l'aide avait disparu, et le désir de revoir son foyer la tourmenta de plus en plus à mesure qu'ils s'éloignaient de Leavingham.

Lorsqu'il leur était impossible d'éviter les zones habitées, le capitaine attachait sa monture au chariot et venait s'asseoir en face d'elle, sa dague bien en évidence, prêt à la réduire au silence si besoin. Le plus inconfortable dans cette confrontation, c'était qu'il soutenait son regard intensément, comme un chat observant une souris. Aline se sentait prise au piège de ces yeux bleus qui la transperçaient. La troisième fois qu'il grimpa à l'arrière pour la rejoindre, il lui adressa même un sourire.

— J'espère que vous ne trouvez pas ce voyage trop inconfortable, lady Aline ? demanda-t-il d'un ton bienveillant.

C'était la première fois qu'il lui adressait la parole depuis leur départ, sauf lorsqu'il lui avait donné des ordres. Prise au dépourvu, elle choisit de se montrer froide et coupante.

— Le contraire changerait-il quelque chose pour vous ?

Visiblement contrarié de cette rudesse, le capitaine reprit son visage sévère et, sur un bref hochement de tête, quitta le véhicule. Aline ne put s'empêcher de l'observer avec curiosité à travers l'ouverture de la toile. Elle avait beau le haïr, il émanait de lui quelque chose d'animal qui la fascinait et l'empêchait de rester indifférente à son charme. Et cela l'exaspérait !

Ce ne fut qu'en fin d'après-midi que le capitaine ordonna une halte. Aline en éprouva un grand soulagement. A l'exception de son morceau de pain matinal et d'une pomme à midi, elle n'avait rien mangé et son estomac criait famine. Jack lui tendit un sac, dont elle examina le contenu avec une avidité qui fit vite place à la perplexité : un bouquet de romarin, des champignons et une poignée d'oignons. Sans un mot, Jack sortit un couteau et le lui présenta. La colère flamba en elle.

— Ne vous a-t-il donc pas suffi de m'enlever ? Il faut que je cuisine pour vous, à présent ? s'écria-t-elle en lui rendant le sac avec violence.

En entendant ces mots, le capitaine se détourna de l'étalon qu'il était en train de brosser.

— Si vous n'aidez pas, vous ne mangez pas. Bien que je doute qu'une lady ait une quelconque expérience en matière de tâches domestiques.

Aline se mordit la lèvre pour retenir les imprécations qui lui brûlaient la langue et répondit au contraire d'un ton suave :

— Je puis vous assurer au contraire que mon grand-père a tenu à ce que mon éducation recouvre le plus de champs possible, capitaine. Pour lui, un dirigeant doit pouvoir servir son peuple par tous les moyens. Je vous suggère donc de ne pas conclure que je n'ai aucun talent sous prétexte que je suis bien née, alors que vous ne l'êtes pas.

Sans le quitter des yeux, elle s'assit alors dignement et ramena les jambes sous elle, avant de commencer à peler les oignons avec des gestes adroits. Elle vit la bouche du capitaine trembler un instant, mais n'aurait su dire si c'était de colère ou d'amusement. Alors seulement, il s'éloigna sans mot dire.

Lorsqu'elle eut achevé sa tâche, Jack prépara le repas : les légumes frits mijotèrent dans l'ale jusqu'au moment où les quatre voyageurs prirent place autour du feu.

— Les oignons sont particulièrement bien coupés, madame, lança le capitaine en levant sa tasse d'ale en guise d'hommage.

Malgré elle, Aline ne put s'empêcher de lui rendre son sourire et elle leva son verre à son tour.

Plus tard ce soir-là, lorsqu'il lui prit la main pour y attacher les menottes, Aline lui jeta un regard de défi.

— Vous savez que je n'ai pas le choix, dit-il.

Avait-elle bien entendu un soupçon d'excuses dans sa voix ? Rien n'était moins sûr. Néanmoins, elle acquiesça silencieusement et lui tendit l'autre bras. Le capitaine l'ignora et attacha l'autre menotte à la roue du chariot, ce qui lui donnait deux fois plus de liberté que la veille. Elle lui lança un regard étonné.

— Il fait froid ce soir, lady Aline. Vous devriez dormir près du feu, expliqua-t-il dans un murmure, avant de lui tendre la main pour l'aider à se relever.

Comme elle s'en voulait d'être sensible à son geste, et plus encore au timbre rauque de sa voix, Aline lui répondit sèchement qu'elle pouvait se débrouiller sans son aide. Cela parut l'amuser et il leva les yeux au ciel en laissant retomber sa main. Néanmoins, il attrapa son couchage et le posa près du feu.

— Dormez bien, madame, lui souffla-t-il à l'oreille, avant de retourner s'installer de l'autre côté du foyer.

Troublée, elle serra la couverture autour de ses épaules et laissa son regard se perdre dans le spectacle des flammes jusqu'à ce qu'elle sombre dans le sommeil, bercée par les voix des trois hommes.

Au cours de la journée suivante, Aline fut surprise de constater que la peur et la colère qui l'habitaient faisaient peu à peu place à l'ennui. Elle avait plus ou moins sommeillé tout le jour sur le matelas du chariot. C'est ainsi qu'elle se réveilla en fin d'après-midi au bruit d'une dispute.

— … n'était pas là avant.

— C'était il y a neuf jours, Jack. Les choses ont changé, et notre programme avec !

Aline tendit l'oreille, mais les voix s'étaient éloignées. Au même instant, Duncan passa la tête à travers les pans de la bâche et lui fit signe de descendre.

Heureuse de prendre l'air, Aline s'exécuta. A une demi-lieue de distance, elle aperçut une foire, dont les tentes couvraient la route qui menait à un hameau. Non loin, le capitaine ajustait la selle de son cheval. Sans lever les yeux de sa tâche, il expliqua à Aline que Duncan et Jack allaient s'approvisionner au marché. Puis il amena sa monture auprès d'elle.

— Vous et moi, nous ferons un détour, madame. Je ne peux courir le risque d'attirer l'attention. Montez, je vous prie.

Il lui offrit sa main pour qu'elle y prenne appui, mais elle l'ignora ostensiblement et, la tête haute, prit ses jupes d'une main et plaça son pied dans l'étrier. Sans effort, elle monta en selle et caressa l'encolure du cheval pour le saluer.

— Vous pouvez me conduire, ordonna-t-elle.

Le capitaine éclata de rire à ces mots.

— Cette bête est bien trop vive pour apprécier une promenade au pas. Nous monterons ensemble.

Puis, sans lui laisser le temps de protester, il s'installa derrière elle, les bras de chaque côté de sa taille pour atteindre les rênes. Il fit alors faire demi-tour au cheval et le lança au trot à travers les marais.

Très droite à l'avant de la selle, Aline prenait soin d'éviter tout contact avec lui. Elle était bien trop consciente de ses bras qui lui enserraient la taille et de son souffle qui lui caressait la nuque. Comme elle tentait désespérément de ne pas le toucher, elle était incapable de se plier au rythme de l'animal et manqua glisser de la selle à deux reprises. La troisième fois, le capitaine dut resserrer son bras autour de sa taille pour qu'elle ne chute pas.

— Détendez-vous, il ressent votre nervosité.

Aline se hérissa aussitôt.

— Je n'ai pas peur de votre étalon, s'écria-t-elle en lui jetant un regard indigné. Je le monterais à la perfection si je le menais seule, au lieu de partager cette selle avec vous !

— Dans ce cas, de quoi donc avez-vous peur ? s'enquit-il, tout sourire.

Aline se retourna sur la selle pour lui faire face. Faisait-il exprès de ne pas comprendre ?

— J'ai été droguée, j'ai failli être violée par un homme à qui je pensais pouvoir me fier, puis vous m'avez clouée au sol et menacée d'une dague, avant de me laisser attachée et bâillonnée pendant des heures, tout cela pour finalement m'enchaîner aux roues d'un chariot comme un animal !

Sous le coup de la fureur, sa voix se brisa et toute sa frustration, sa peur et sa colère menacèrent de la submerger. Par chance, elle parvint à recouvrer un semblant de calme pour achever :

— Je suis ici contre mon gré. Je n'ai aucune idée de ce qui m'attend à la fin de ce voyage, et vous feignez de vous étonner que je sois… mal à l'aise de cette… de notre… proximité !

A ces mots, le capitaine arrêta l'animal et lâcha les rênes. Avec lenteur, il écarta les bras pour ne plus la toucher et les laissa retomber le long du corps en la regardant avec intensité.

— Ce que cette brute a tenté de vous faire subir était ignoble, déclara-t-il d'un ton dur. Mais ce que je vous ai dit est vrai : vous ne craignez rien avec moi, pas plus qu'avec mes hommes.

Aline leva un sourcil, dubitative. En réponse, il inclina la tête.

— Lady Aline, n'importe quel homme reconnaîtrait que vous êtes une femme plus que désirable, mais je ne suis pas un barbare. Je vous promets que nous ne faisons rien d'autre que monter à cheval.

Aline plongea le regard dans la profondeur bleutée de ses yeux et sentit sa gorge se serrer. Une myriade de délicieux picotements avaient pris naissance au creux de ses reins. Elle ne voulut cependant pas croire que ces sensations inconnues puissent être autre chose que de la peur face à un ennemi.

— Merci, dit-elle à contrecœur.

Le cheval s'ébroua alors, impatient de repartir, et elle détourna les yeux. Le lien qui s'était établi entre eux l'espace de quelques secondes avait disparu, faisant place à une compréhension muette qui la laissa troublée.

Le capitaine passa de nouveau les bras de part et d'autre de sa taille pour atteindre les rênes, en semblant prendre toutes les précautions pour éviter de la toucher plus que nécessaire. Cette attention l'émut et, enfin rassurée, elle attrapa la crinière du cheval pour s'y tenir. Après tout, elle montait depuis son plus jeune âge et l'équitation était l'un de ses plus grands plaisirs. Très vite, elle se sentit en harmonie avec l'étalon et avec l'homme qui le menait.

Dès qu'ils sortirent à découvert, le capitaine talonna la bête, qui s'élança au galop. Grisée par la course, Aline s'agrippa de plus belle à la crinière et oublia bientôt où — et surtout, avec qui — elle se trouvait.

Ils contournèrent le village et Aline supposa que le capitaine allait retourner aussitôt sur la route. Mais non : il ne semblait guère désireux de regagner le chemin principal et ils galopèrent à travers les champs. Ils sautèrent par-dessus deux ruisseaux et Aline se sentit libre, comme elle ne l'avait plus été depuis longtemps. Un rire sauvage naquit en elle et s'évapora dans le vent.

Elle éprouva une vive déception lorsqu'ils revinrent sur la route et prirent un petit trot jusqu'à une clairière. Là, le capitaine immobilisa la monture et sauta à terre avant de lui tendre la main. Cette fois, elle n'hésita qu'un instant avant d'accepter cette aide.

— Nous monterons le camp ici ce soir, annonça-t-il. Jack et Duncan ne devraient pas tarder, et ils arriveront avec des provisions.

Sans répondre, Aline s'assit sur un rocher plat afin de s'étirer les jambes. Le capitaine s'allongea pour sa part dans l'herbe et, appuyé sur les coudes, la regarda se démêler les cheveux. Du coin de l'œil, elle le vit ouvrir la bouche pour parler, puis se raviser. Pour sa part, elle n'avait toujours aucune envie de lui adresser la parole, bien que sa colère se fût apaisée. S'il comptait faire la conversation, elle n'allait certainement pas lui faciliter la tâche !

— Il s'appelle Bayliss.

Sous le regard interloqué qu'elle lui décocha, il reprit avec un sourire en coin :

— Le cheval. Au cas où vous voudriez le savoir.

— Ah, d'accord, merci. Ainsi, la prochaine fois que vous m'emmènerez faire une excursion non désirée, je saurai comment l'appeler, répliqua-t-elle.

— Pour l'amour du ciel, lady Aline ! Allez-vous admettre que vous avez apprécié cet après-midi ? Vous n'aimez peut-être pas ma compagnie, mais je m'y connais assez en équitation pour savoir que la cavalière chevronnée que vous êtes a passé un très bon moment !

Sous le coup de l'exaspération, il s'était redressé. Il parut alors remarquer son petit sourire et comprendre qu'elle se moquait de lui. Alors, il lui sourit en retour et elle sut qu'elle avait deviné juste : cet homme avait la beauté du diable lorsqu'il faisait preuve d'un brin d'humour.

Ils étaient l'un et l'autre absorbés dans leurs pensées, sereins, lorsque le chariot les rejoignit. Le capitaine se leva en le voyant approcher et se mit bientôt en devoir de vérifier le contenu des sacs. De son côté, Jack tira un ballot de derrière le siège du conducteur.

— Madame, je... nous avons trouvé ceci et je... j'ai pensé que vous pourriez l'apprécier, bredouilla-t-il en rougissant en le lui tendant.

Intriguée, Aline défit le paquet pour en sortir une robe d'un bleu profond, avec de longues manches et une ceinture de cuir brun. Des fleurs rouges ornaient l'encolure et les manches. Emue, Aline laissa courir ses doigts sur les broderies.

— Je suis désolé, ce n'est pas aussi beau que les vêtements auxquels vous êtes habituée..., bégaya Jack, toujours plus rouge.

Aline s'aperçut qu'elle avait peine à parler, tant l'émotion lui serrait la gorge.

— Jack, commença-t-elle en prenant la main du garçon, je vous remercie sincèrement. Cette robe est très jolie.

Le capitaine, qui se trouvait à l'arrière de la voiture, revint à cet instant et s'immobilisa, visiblement surpris par la scène qu'il découvrait. Comme par réflexe, Aline lâcha la main de Jack et s'en voulut aussitôt. Elle n'avait pas à se sentir coupable devant cet arrogant capitaine !

Puis le regard de ce dernier tomba sur la robe qu'elle tenait toujours. D'un geste brusque, il s'en empara et la contempla un instant, avant de se tourner vers le garçon avec une expression incrédule.

— Jack, dis-moi que tu n'as pas acheté une robe à l'héritière de Leavingham que nous sommes en train d'enlever ?

— Je… j'ai pensé… qu'elle en avait besoin, bredouilla le garçon d'une voix tremblante.

— Non, justement, tu n'as rien pensé du tout ! rugit le capitaine en jetant la robe à terre.

Furieuse, Aline vint se poster devant Jack pour le protéger.

— Il n'a pas pensé à mal, déclara-t-elle d'une voix ferme en dépit de la peur qu'elle éprouvait.

— Vous, restez en dehors de cette histoire, hurla le capitaine, visiblement hors de lui.

Mais lorsqu'il tenta de la contourner, elle fit un pas de côté, l'obligeant à lui faire face. Elle le vit alors serrer les poings et, craignant de recevoir un coup, retint sa respiration. Soudain, il se passa les mains dans les cheveux d'un geste nerveux.

— Dieu me préserve des femmes et de leur cœur tendre ! gronda-t-il.

— Mon… monseigneur, je…, protesta Jack, avant que le capitaine ne l'interrompe d'un geste exaspéré.

Seulement, Aline avait eu le temps d'entendre quelque chose qui la laissa un instant sans voix.

— Comment vous a-t-il appelé ? parvint-elle enfin à articuler, stupéfaite.

Il lui décocha un regard flamboyant de colère.

— Vous n'étiez pas supposée l'entendre, madame. Néanmoins, je suis sûr que Jack sera plus qu'heureux de répondre à vos questions dès que j'aurai le dos tourné. Je vais préparer le camp. Nous sommes sur la terre des loups à présent.

Sur ces mots, il partit à travers les arbres. Aline le vit donner un coup de poing à un tronc innocent avant de disparaître.

Ce fut le moment que choisit Duncan pour arriver. Il poussa un soupir exagéré à l'intention de Jack.

— Je t'avais bien dit comment il réagirait…

Toujours ébahie par ce qu'elle venait de comprendre, Aline ramassa la robe et se retourna vers Jack, qui était resté immobile, comme pétrifié.

— Jack, vous l'avez appelé « monseigneur », qu'est-ce que cela signifie ?

Les deux hommes échangèrent un regard entendu sans daigner lui répondre.

— Duncan, dites-le-moi ! explosa-t-elle. S'il vous plaît, ajouta-t-elle avec effort.

Jack ouvrit alors la bouche, mais Duncan parla le premier.

— Il n'y a aucune raison pour que vous le sachiez, toutefois je suis surpris qu'il ne vous ait rien dit lui-même. Il se fait appeler « capitaine » mais, en réalité, il se nomme sir Hugh de Eardham. Il est le cousin du duc Stephen, et son héritier.

Chapitre 5

Sir Hugh ! Aline se sentit terriblement honteuse. Non qu'elle l'eût traité différemment si elle avait su qu'il était de haute naissance ; après tout, un ravisseur restait un voyou, noble ou pas. Toutefois, elle l'avait insulté en mettant en avant sa propre condition élevée, alors qu'il avait, de son côté, des ancêtres aussi prestigieux que les siens. Bref, elle s'était ridiculisée et cela lui déplaisait.

Duncan sourit de sa surprise.

— Vous ne vous en doutiez pas ? Vraiment ? Ha ha ! Il sera drôlement contrarié quand je lui apprendrai que sa noblesse de sang ne transparaît pas sur sa figure !

— Et qui êtes-vous, tous les deux ? Le chancelier et le gouverneur du duc, c'est cela ? lança Aline, furieuse.

A la vérité, elle n'arrivait toujours pas à croire ce qu'elle venait d'apprendre. Le vieil homme lui répondit avec un reniflement sonore.

— Non, madame, simplement deux soldats en quête d'une vie tranquille !

— Lui, en revanche, est un véritable chevalier, ajouta Jack, comme pour lever ses derniers doutes.

Les deux hommes semblaient très peu se soucier de la fureur du capitaine, comme s'ils savaient qu'elle n'aurait guère de conséquences. Qui diable était donc cet homme, qui cachait sa haute naissance et dont les subordonnés n'avaient pas peur ?

— Allons, gamin, mieux vaut lancer le feu avant que la nuit tombe ! déclara Duncan.

Jack se précipita aussitôt, tandis que le vieil homme s'installait confortablement, le dos contre un large rocher. Il fit signe à Aline de le rejoindre et elle s'assit à côté de lui, non sans avoir plié la robe bleue qu'elle déposa sur la pierre. Hélas, la joie que lui avait procurée la vue de cette robe avait été dissipée par la dispute qui s'était ensuivie. Comme Duncan ne la quittait pas du regard, elle lui adressa un sourire triste.

— Il n'y trouvera rien à redire dès que sa colère sera retombée, affirma-t-il.

Aline ne répondit pas. Ensemble, ils regardèrent Jack allumer un feu avec des gestes experts.

— Le père du duc Stephen et la mère de sir Hugh étaient frère et sœur. Lady Eleanor est tombée amoureuse de l'intendant de son père et ils se sont mariés en dépit de leur différence de rang. Oh ! je sais bien ce que vous pensez, ajouta le vieil homme pour couper court aux protestations d'Aline. Cela paraît improbable et, pourtant, ils ont fini par convaincre le duc. Je pense qu'il a compris qu'il n'aurait plus jamais la paix tant qu'il n'aurait pas consenti à cette union et, de toute façon, ce n'était qu'une fille. C'est du moins ce qu'il pensait, mais une chose est sûre : elle a transmis sa force de caractère à son fils !

Aline fut tentée de demander de qui le capitaine avait reçu ses mauvaises manières, mais elle se contint, impatiente d'entendre la suite.

— Jusqu'à ses sept ans, Hugh a été le seul héritier. Sa tante avait eu plusieurs enfants, mais aucun d'eux n'avait survécu plus de quelques semaines. Le duc Rufus, le père de Stephen, adorait son neveu. Il a donc décrété que Hugh deviendrait duc et l'a fait élever comme tel.

— Le fils d'un intendant, vraiment ? s'exclama Aline, abasourdie.

— Eh oui, cela peut paraître étonnant, certes. Pas plus néanmoins qu'une petite-fille héritant du titre de son grand-père…

Bonne joueuse, Aline admit qu'il avait marqué un point.

— Et puis, alors que tout le monde avait abandonné l'espoir de voir un enfant du duc survivre, Stephen est né et a survécu. Dès lors, Hugh a perdu sa position d'héritier direct.

Bien malgré elle, Aline sentit une pointe de compassion lui serrer le cœur à la pensée de ce jeune garçon brusquement déshérité.

— C'est de la même façon que j'ai gagné la mienne, à la mort de mon frère, murmura-t-elle. Une naissance, comme une mort, peut changer tant de vies…

Elle se perdit dans la contemplation de Jack occupé à préparer le dîner. Le garçon se leva alors pour aller fouiller dans le chariot et il en revint avec une bouteille de vin et trois tasses. Après avoir rompu le bouchon de cire, il les servit généreusement tous les trois. Aline s'étonna d'apprécier ces instants avec ces frustes compagnons. Hier ennemis, ils se trouvaient aujourd'hui réunis dans une même complicité, concentrés sur le soleil qui se couchait derrière les montagnes et le hurlement lointain d'une meute de loups.

Sans se presser, le vieil homme continua son histoire. Aline apprit ainsi comment tous s'étaient attendus à ce que le duc Rufus se consacre désormais à son fils, son héritier légitime, au détriment de son neveu. Aussi les habitants de la citadelle avaient-ils été à la fois surpris et ravis de constater qu'il continuait à traiter sir Hugh comme un fils. Le jeune garçon avait reçu l'instruction des meilleurs précepteurs, voyagé à travers les terres du duché et hérité des terres de sa mère. Les deux enfants avaient en fait été élevés comme des frères.

— Et puis, Rufus est mort et Stephen est devenu duc, conclut Jack.

Les deux hommes échangèrent un regard plein d'amertume, nota Aline intriguée.

— Certains auraient préféré que ce soit son cousin, plus âgé, qui prenne le titre, comme il y avait jadis été destiné, expliqua sombrement Duncan.

Aline sentit une vague appréhension l'envahir, une sorte de pressentiment néfaste qui lui donna la chair de poule. Elle allait interroger Duncan pour le presser de terminer quand la conversation fut interrompue par le retour de sir Hugh.

Sans un regard, celui-ci alla inspecter les chevaux. Il donna une caresse à Bayliss avant de lui ôter son mors et, à la lueur du crépuscule, Aline remarqua que ses cheveux étaient humides de sueur. Comme il tenait son paletot à la main et que sa chemise était largement ouverte, elle comprit qu'il avait dû marcher à vive allure, sans doute pour se calmer.

Apparemment déterminé à les ignorer, il s'approcha du feu et poussa du pied quelques branches éparpillées. Enfin, après avoir humé et remué le contenu de la marmite, il alla se chercher un verre et les rejoignit. Le visage dur, il tendit son verre à Jack, qui le remplit aussitôt. Enfin, il leva les yeux vers Aline et prit la parole.

— Je vois que vous ne portez pas votre nouvelle robe.

La remarque était si inattendue qu'Aline éclata de rire. Les larmes aux yeux, elle secoua la tête.

— Non, sir Hugh, en effet.

En l'entendant mentionner son titre, il jeta un regard noir à Jack, qui pâlit, puis à Duncan, qui se contenta de hausser les épaules avec fatalisme.

— Jack, j'aurais mieux fait d'emmener ta vieille mère

en mission plutôt que toi ! lança-t-il avec brusquerie. Elle sait garder les secrets plus longtemps.

En dépit de son ton sévère, Aline remarqua une lueur d'humour dans son regard. Il regarda alors de nouveau la robe et murmura :

— Je l'aurais plutôt choisie dans les tons verts…

L'espace d'une seconde, leurs regards s'accrochèrent, puis il se détourna.

— Jack, tu as bon cœur, mais peu de cervelle. Par chance, il semble que ton achat inapproprié n'ait pas éveillé les soupçons, aussi pouvons-nous dormir tranquilles ce soir.

Lentement, ses yeux revinrent se poser sur elle.

— Je sais que ce n'est guère une consolation pour vous, lady Aline. Je suis certain que vous auriez préféré apprendre qu'une troupe se portait à votre secours. Quoi qu'il en soit, si vous me promettez de ne pas tenter de vous enfuir, je vous laisserai dormir sans chaînes ce soir. Puis-je vous faire confiance ?

Emue par cette soudaine gentillesse, Aline acquiesça en silence et il lui répondit d'un sourire. Puis il détacha l'arbalète placée sous le siège du chariot.

— Voilà de quoi nous défendre contre les loups, madame, expliqua-t-il. Ils n'approchent que rarement les voyageurs, néanmoins j'ai vu des traces de leur passage non loin d'ici. Mieux vaut être préparé.

Mal à l'aise à la pensée de ces loups qui rôdaient alentour, Aline s'empara d'une couverture et se plongea dans la contemplation du feu tandis que la nuit tombait.

Un rayon de soleil posé sur son visage la réveilla et elle s'étira en se délectant de la chaleur matinale… jusqu'à ce que des voix masculines la ramènent brutalement à la réalité et à l'endroit où elle se trouvait. Elle ouvrit les yeux pour découvrir sir Hugh qui la salua d'un sourire.

— J'espère que vous aimez marcher, madame. Car lorsque nous arriverons dans la montagne, le chariot devra être allégé le plus possible et nous irons à pied. Aujourd'hui, nous passerons le col et pénétrerons sur mes terres.

— Vos terres, ou celles du duc, sir? s'enquit Aline avec dédain.

Elle avait l'habitude d'échanger avec Godfrey des piques acérées qui ne portaient pas à conséquence. Cette fois, cependant, la douleur et la colère qui marquèrent l'expression de sir Hugh lui firent aussitôt regretter ses paroles.

— Je... pardonnez-moi... Je ne voulais pas..., commença-t-elle, mais il s'éloignait déjà sans un mot.

— Ce n'était pas très bienveillant de votre part, lady Aline, commenta Duncan d'un ton réprobateur.

Aline sursauta. Elle n'avait pas remarqué la présence du vieil homme, tout près du chariot. Sous le coup de la honte, elle sentit ses joues s'enflammer et suivit des yeux la silhouette du capitaine. Quelle idiote! Il s'était enfin montré amical et voilà qu'elle l'avait rabroué sans raison! Duncan se rapprocha.

— Je sais bien que vous ne pouviez vous en douter, étant donné les... les circonstances de votre rencontre, mais le capitaine est un homme d'honneur et il fait du mieux qu'il peut avec ce que le destin lui a donné. Ce que j'essaie de vous dire, madame, c'est que vous aurez tout intérêt à l'avoir à vos côtés quand nous serons à la citadelle.

Aline frémit. Les sombres prédictions que l'on devinait derrière ces mots la heurtèrent de plein fouet.

— Je ne vous ai pas demandé de conseil, Duncan, rétorqua-t-elle pour conjurer sa peur. Je n'ai besoin de personne pour me protéger.

Sans paraître s'émouvoir de sa rudesse, Duncan croisa les bras.

— Le conseil était gratuit, madame, et, si je puis me permettre, tout le monde a besoin d'alliés.

Aline leva de nouveau les yeux vers le capitaine, qui faisait des allers-retours comme un cheval nerveux. Ses cheveux noirs rejetés en arrière laissaient voir son beau visage assombri par une barbe de trois jours. Aline s'en voulut de le trouver aussi beau malgré cet air canaille. Et d'ailleurs, pourquoi se sentait-elle coupable ? Quelle importance, après tout, si elle l'avait blessé ? Il était dur, de mauvaise composition, et semblait incapable de se plier aux règles du savoir-vivre. Dans de telles conditions, pourquoi un seul de ses rares sourires provoquait-il un tel bouleversement en elle ?

— Lui faire confiance ? Jamais ! maugréa-t-elle entre les dents, les bras croisés comme pour se protéger.

Plus tard ce matin-là, ils atteignirent le pied des montagnes qui formaient une frontière naturelle entre les provinces. Peu à peu, la route se transforma en un chemin escarpé, ce qui ralentit leur progression. Comme l'avait annoncé sir Hugh, le cheval qui tirait le chariot peina bientôt, et ils attelèrent les deux autres pour l'aider. Aline crut entendre sir Hugh grommeler que son précieux Bayliss n'avait pas à accomplir une tâche aussi basse. Les quatre voyageurs prirent avec eux autant de bagages qu'ils le purent et l'on se remit en marche d'un bon pas.

Déterminée à suivre l'allure des hommes, Aline cheminait entre Jack et sir Hugh. Hélas, sa robe la faisait sans cesse trébucher, rendant la marche plus pénible encore.

— Lady Aline, attendez !

Perdue dans ses souvenirs, Aline sursauta. Sir Hugh ne

lui avait plus adressé un mot depuis la pique malencontreuse qu'elle lui avait envoyée et qui avait refroidi ses intentions amicales. Il avait dédaigné toutes ses tentatives de conversation depuis, et voilà qu'il lui parlait…

— Laissez-moi vous aider, ajouta-t-il.

Joignant le geste à la parole, il s'empara du sac qu'elle portait et l'ajouta à sa propre charge avec une facilité déconcertante. Elle voulut protester, mais il ne lui en laissa pas le loisir.

— Ne me remerciez pas ! fit-il d'un ton bourru. Je veux seulement atteindre notre but avant minuit et nous n'y parviendrons pas si vous nous ralentissez.

Sur ces mots, il accéléra le pas, la laissant plantée là.

— Je n'allais pas vous remercier, s'écria Aline, outrée. J'allais vous demander de ne pas me traiter comme une incapable !

Il se retourna vers elle et inclina la tête.

— Dans ce cas, c'est parfait ! Nous pouvons marcher plus vite.

Fascinée par son sourire, Aline se demanda s'il se moquait d'elle. La tête haute, elle saisit ses jupes pour les relever et se remit en marche.

Au cours de la journée, la chaleur augmenta d'heure en heure. Ils atteignirent le sommet en milieu d'après-midi et la chaleur était devenue insupportable quand ils entamèrent la descente. Comme les autres, Aline se sentait irritable et à fleur de peau lorsqu'ils arrivèrent aux abords d'un petit lac à flanc de montagne. L'eau semblait si pure et si fraîche qu'elle eut d'envie d'y plonger.

Apparemment, elle ne fut pas la seule : sir Hugh consentit à ce que ses hommes se débarrassent de leurs chemises pour aller se rafraîchir, et il en fit autant. Aline, quant à elle, dut se contenter de les regarder avec envie depuis le chariot.

Elle vit bientôt Duncan s'approcher de sir Hugh et échanger

quelques mots avec lui. Puis le vieil homme l'invita d'un geste à se baigner elle aussi. Aline hésita : elle ne pouvait tout de même pas se déshabiller devant ses ravisseurs !

Jack parut deviner ses réserves.

— Nous fermerons les yeux le temps que vous serez dans l'eau, madame ! promit-il.

Aline rit de bon cœur, sa résolution était prise. Elle jeta un regard vers sir Hugh, qui nageait à longues brasses en direction du centre du lac. Il ne la regardait pas et c'était très bien comme ça ! Alors, vaincue par la chaleur et le besoin de se nettoyer de la sueur des trois derniers jours, elle retira ses bottes et ses bas fins. Toute pudeur oubliée, elle tourna le dos aux nageurs et délaça son corset pour se débarrasser de sa robe sale et déchirée. Quelques minutes plus tard, elle entrait en chemise dans l'eau peu profonde tandis que Jack et Duncan lui tournaient respectueusement le dos.

Seigneur, le contact de l'eau fraîche était une pure merveille… Se délectant de cette sensation sur sa peau, elle dénoua sa tresse, puis, les yeux clos, s'allongea sur le dos et se laissa flotter un instant. Pour la première fois depuis des jours, elle se sentait en paix. Tout au plaisir de sa baignade, elle oublia qu'elle était prisonnière et qu'un homme mystérieux et menaçant l'attendait au bout du voyage…

De retour près de la rive, de l'eau jusqu'à la taille, Hugh observa sa prisonnière qui se laissait porter par l'eau. Ses cheveux d'or pâle s'étalaient autour d'elle comme un nuage de fumée argentée et son visage avait recouvré une certaine sérénité. Sans trop réfléchir, il avait accepté que les hommes se rafraîchissent dans le lac, au risque d'autoriser lady Aline à en faire autant.

Et puis après ? Quel mal y avait-il à la laisser profiter de l'aubaine ? Le voyage avait dû être épuisant pour elle et, en dépit du courage et de l'intelligence avec lesquels elle ne cessait de le combattre, elle semblait exténuée. Depuis sa tentative d'évasion, elle ne lui avait cependant plus posé de problèmes, et il était peu probable qu'elle tente désormais quoi que ce fût pour fuir, si loin de Leavingham.

Il avait beau ne le reconnaître qu'avec réticence, cette jeune femme lui inspirait un respect croissant. La plupart des grandes dames raffinées de sa connaissance — tout comme de nombreux messieurs, d'ailleurs — se seraient effondrées en de telles circonstances. Elle, au contraire, gardait courage. Même les piques qu'elle ne cessait de lui décocher démontraient son esprit et sa force.

Il la revit en pensée telle qu'il l'avait découverte la première fois, à peine consciente et sans défense face à l'odieux agresseur dont il l'avait débarrassée. Il serra les poings de rage au souvenir de l'ignoble proposition du palefrenier : ce dernier lui avait suggéré de profiter avec lui de la jeune femme droguée. Ces mots avaient enflammé sa fureur, et il avait décoché au misérable un coup de poing qui l'avait envoyé valser contre un tronc d'arbre. Il avait alors entendu distinctement le bruit sec de la nuque qui se brisait et avait vu le corps retomber sans vie sur le sol. Autant de détails sordides qu'il avait préféré épargner à lady Aline, afin de ne pas la perturber plus encore.

La jeune femme s'était à présent redressée et il ne voyait que son dos tandis qu'elle passait les doigts dans sa chevelure emmêlée. Hugh prit conscience qu'il était incapable de détacher le regard de sa silhouette gracieuse. Le tissu de sa chemise moulait son corps si féminin, dévoilant les rondeurs qu'il couvrait d'un voile sensuel. Bon sang ! Cela faisait des semaines qu'il n'avait pas touché une femme ! Malgré tout, la violence de son désir lorsqu'il imagina ses lèvres descendant lentement le long de ce dos l'effraya. Son cœur se mit à battre à grands coups et ses reins s'échauffèrent. Le souvenir de leur affrontement sur le sol de la clairière s'était imprimé en lui au fer rouge, à tel point que le trouble l'envahissait à la seule pensée du corps souple d'Aline serré contre le sien.

Non ! Il perdait l'esprit. Cette femme n'était pas pour lui !

Exaspéré, il plongea dans l'espoir que la fraîcheur de l'eau lui ferait reprendre ses esprits. Lorsqu'il refit surface, il rejeta la tête en arrière et, ouvrant les yeux, croisa soudain le regard intense d'Aline posé sur lui. Un long frémissement le parcourut alors et, l'espace d'un instant, ils ne purent détacher les yeux l'un de l'autre. Son membre se tendit à lui faire mal et il vit une rougeur délicate envahir la gorge de la jeune femme, qui détourna précipitamment la tête. Bon sang ! Cette femme avait-elle le pouvoir de lire dans ses pensées ?

Irrité de ne pouvoir contrôler son désir, Hugh nagea jusqu'à elle et lui saisit le bras sans délicatesse.

— Sortez, ordonna-t-il d'une voix rude. Nous partons dans dix minutes.

Elle s'exécuta sans protester et remonta sur la rive jusqu'au chariot. Il lui emboîta le pas sans la regarder et ne la regarda pas non plus lorsqu'elle ôta sa chemise et s'enroula dans une toile de tente, le temps que celle-ci sèche au soleil.

Il s'assit par terre pour enfiler rageusement ses bottes, tentant vainement d'effacer de son esprit l'image des yeux gris mouillés de larmes de la jeune femme. Puis, avec brusquerie, il annonça à ses hommes qu'il voulait parvenir au bas de la montagne avant de s'arrêter pour la nuit.

— Le temps se couvre et je n'ai aucune envie de me retrouver pris dans une tempête, conclut-il sèchement.

Suite à cette explosion de mauvaise humeur, on reprit la route en silence. Aline marchait au côté de Jack, les yeux fixés sur le chemin, et Hugh tenta de se persuader que cela lui convenait parfaitement.

Le soleil achevait de décliner dans le ciel lorsqu'ils atteignirent la vallée. Là, on détela Bayliss et la jument, lady Aline fut priée de remonter dans le chariot, et l'on put continuer à plus vive allure. Mais Hugh sentait toujours sa mauvaise conscience le tarauder.

Le soleil avait disparu à l'horizon lorsqu'ils trouvèrent un abri sous un grand rocher. Ils n'avaient pas suffisamment progressé à son goût, mais les chevaux commençaient à trébucher de fatigue. Sans un mot, Duncan partit chercher du bois pour le feu et Jack commença à préparer le souper. Pour s'occuper l'esprit, Hugh rajusta inutilement la bride et la selle de Bayliss, vérifia les provisions et les roues du chariot, puis dut reconnaître qu'il était à court de prétextes pour ignorer la jeune femme plus longtemps.

— Voulez-vous descendre, madame ? lança-t-il alors d'un ton aimable.

Il n'y eut aucune réponse. Hugh s'éclaircit la gorge en se passant nerveusement la main dans les cheveux. Il allait s'éloigner d'un pas raide lorsque le visage d'Aline apparut entre les deux pans de rideaux. Puis la jeune femme descendit de la voiture et il en demeura pétrifié. Elle avait lâché ses cheveux, qui ondulaient librement sur ses épaules, et portait la nouvelle robe bleue. Comme celle-ci était un peu large, elle en avait serré la ceinture et les plis ondoyants du tissu laissaient deviner les contours de ses hanches. Le décolleté faisait apparaître les creux délicats des clavicules, là où la peau semblait si fine et douce…

Hugh sentit aussitôt son corps réagir à ce spectacle tentateur. Il eut conscience de fixer la jeune femme de façon outrageuse et comprit qu'elle attendait qu'il se décide à parler.

— Lady Aline, articula-t-il, aussi hésitant qu'un jeune

homme, je vous prie de m'excuser pour mon comportement de tout à l'heure. Je me suis montré grossier et c'était injustifié.

A cet instant, un hurlement de terreur brisa le silence. Hugh échangea un regard inquiet avec Aline et la prit aussitôt par le bras pour l'entraîner avec lui. Avec précaution, ils contournèrent le chariot et s'arrêtèrent presque aussitôt, tétanisés. Devant eux, à quelques mètres à peine, un grand loup menaçait Jack, qui se trouvait acculé contre le flanc du roc.

Hugh comprit très vite : le garçon avait dépecé et désossé deux lapins, qu'il tenait encore à la main, et c'était sans doute l'odeur du sang qui avait attiré la bête. Celle-ci, efflanquée, devait mourir de faim pour s'être ainsi aventurée dans le camp. Elle tournait en rond devant la silhouette terrifiée, grondant et salivant et, au moindre mouvement du garçon, faisait claquer ses dents et grattait le sol de ses pattes, prête à bondir.

— Montez dans le chariot, murmura Hugh à l'adresse d'Aline.

D'un geste calme, il la poussa vers le véhicule, avant de se concentrer sur Jack.

— Envoie-lui un lapin, ordonna-t-il d'une voix neutre.

Hélas, le garçon semblait incapable du moindre geste. Il restait immobile, comme en transe, et ne semblait même pas avoir vu l'arbalète posée sur une bûche à quelques pas de lui.

Le loup, en revanche, réagit immédiatement à cette nouvelle source de bruit et émit un grognement sourd. Visiblement confus, il parut alors incapable de décider lequel des deux hommes représentait la plus grande menace. Il se retourna soudain vers Jack et, immobile, montra les crocs, en position d'attaque.

Comprenant qu'il était prêt à bondir, Hugh empoigna sa dague et s'élança sur lui avec un hurlement. Le loup se redressa aussitôt et se jeta sur lui, le projetant au sol.

Chapitre 6

Par-dessus tout le reste, il y avait l'odeur : une puanteur de sang et de viande pourrie. Puis vint la chaleur : le souffle humide du loup se répandit sur son visage. Hugh s'étonna de noter tous ces détails en un tel moment, comme si son esprit retenait les informations pendant qu'il en avait encore la possibilité. Son sang battait à ses oreilles, couvrant presque les cris de panique et les hennissements affolés qui lui semblaient venir de très loin.

Le loup grondait et claquait des mâchoires, s'acharnant à vouloir lui mordre le visage. Hugh avait beau le repousser de toutes ses forces, la bête le clouait au sol. Les griffes de l'animal lui lacérèrent le torse à travers la mince chemise et il émit un grognement sous la douleur cuisante.

D'instinct, il se couvrit le visage du bras gauche, espérant que le cuir de la manche constituerait une protection suffisante, tout en frappant à l'aveuglette les flancs de l'animal de la dague que tenait sa main droite. Hélas, la peau du loup était trop épaisse et la lame semblait aussi inoffensive qu'une plume.

Rendu furieux par la résistance qu'il rencontrait, le loup lui happa le bras avec une telle violence que la dague lui échappa. Avec la force du désespoir, Hugh enfonça les talons dans le sol et tenta de se tourner pour récupérer l'arme, tombée non loin. La bête se pencha sur lui, son museau gris plissé et ses babines retroussées. Hugh sentit une douleur fulgurante se répandre dans sa poitrine et il hurla de fureur et de peur mêlées.

La douleur n'était pas insoutenable, mais il savait qu'elle le serait bientôt — s'il avait la chance de survivre à cette attaque… Il sentit une humidité poisseuse à la base de son cou et sut que c'était son sang. Le loup dut le sentir aussi, car il leva la tête vers le ciel et poussa un hurlement de triomphe.

Hugh abandonna ses tentatives infructueuses de récupérer la dague et repoussa l'animal des deux mains, mais ses bras pesaient terriblement lourd et ses doigts répondaient à peine alors qu'il essayait d'agripper le pelage dru. Peu à peu, son champ de vision se rétrécit et devint flou.

Quelle façon stupide de mourir ! Après tous les dangers qu'il avait traversés au cours de sa vie de soldat…

Hugh ferma les yeux, se préparant à l'assaut final.

Rien ne vint. Il sentit simplement une lourde charge tomber tout à coup sur sa poitrine, comme si l'animal s'était effondré sur lui. La bête eut un soubresaut avant de s'immobiliser. Hugh ouvrit les yeux et tendit le cou pour comprendre ce qui se passait. Hélas, son cerveau semblait incapable de faire le lien entre ses diverses sensations et il lui fallut un temps infini pour prendre conscience de la réalité. Le loup était étendu sur lui, un carreau d'arbalète planté dans un œil.

Hugh tenta de se redresser sur un coude, mais son bras flancha aussitôt. Alors seulement, il perçut dans tout son corps une souffrance qui le mit à l'agonie. Il se laissa retomber au sol et tourna péniblement la tête pour comprendre d'où était venue la flèche qui lui avait sauvé la vie. A l'endroit où il s'était imaginé découvrir Duncan, se tenait lady Aline, pâle comme une morte, l'arbalète armée et pointée droit sur son cœur.

Un cri de stupéfaction s'exhala de ses poumons douloureux. Il ferma les yeux, soucieux d'échapper à la folie qui le guettait. L'hémorragie et la douleur lui donnaient le sentiment étrange d'être très léger. Dans un bref éclair de lucidité, il fut frappé par l'ironie de la situation. Ses hommes n'avaient rien pu faire pour lui, tandis qu'une femme, sa prisonnière de surcroît, venait de lui sauver la vie, et menaçait désormais de la lui ôter.

En dépit des ordres de sir Hugh, Aline n'avait pas regagné le chariot. Pétrifiée d'horreur, elle avait assisté à l'attaque du loup. Jack était resté figé au même endroit, ses sanglots bientôt remplacés par des cris affolés.

Le hurlement de douleur poussé par le capitaine les avait brutalement sortis de la transe où ils se trouvaient tous. Alors que Jack saisissait son couteau, Aline s'était emparée de l'arbalète. Elle avait pris une lente inspiration pour calmer ses nerfs, puis, sans précipitation, avait visé et tiré. Ensuite, sans attendre, les doigts tremblants, elle avait glissé un autre carreau dans l'arme. Prévoyance inutile… La flèche avait atteint sa cible et l'animal gisait, mort.

Aline demeura immobile, raide comme la justice, l'arme toujours prête à servir sur son bras. Qu'allait-elle faire à présent ? Un bruit dans son dos la fit sursauter. Elle tourna la tête, sans pour autant cesser de pointer son arme sur le capitaine. Duncan venait d'arriver, l'épée au poing, rouge et haletant. A la vue de la scène chaotique, il s'arrêta. Jack était lui aussi immobile, son couteau dans une main, tenant toujours un lapin dans l'autre, tremblant et au bord des larmes.

Etonnamment maîtresse d'elle-même, Aline reporta son regard vers sir Hugh. A sa grande surprise, celui-ci se mit alors à rire, son grand corps secoué de soubresauts sous le cadavre du loup. L'espace d'un instant, elle songea aux conséquences qu'il y aurait à se servir de son arbalète pour tuer cet homme. Elle avança lentement vers lui, sans lâcher son arme, et l'expression de sir Hugh se métamorphosa quand elle arriva au-dessus de lui. Elle vit briller le doute, et peut-être une lueur de peur dans ses yeux, et sa crise de fou rire s'évanouit aussi vite qu'elle avait commencé. Aline vit sa poitrine s'élever et s'abaisser au rythme de sa respiration entravée, ses muscles se contracter avec effort.

— Alors ? Que comptez-vous faire, madame ? demanda-t-il d'une voix rauque. Je me permets de vous rappeler que ma mort ne vous fera rien gagner. Même si mes hommes ne vous exécutent pas sur-le-champ, combien de temps pensez-vous survivre en pleine nature ?

Sans bouger un muscle, Aline plongea le regard dans les yeux de l'homme qui l'avait enlevée et humiliée. Avec un lent sourire, elle visa consciencieusement et tira.

Le carreau se planta en vibrant à quelques centimètres de l'oreille du capitaine et Aline eut l'immense plaisir de le voir sursauter. Alors seulement, elle baissa son arme et lui tendit la main. Il la prit sans hésiter.

Lorsqu'elle l'aida à se relever, il ne put retenir un grognement de douleur et ses jambes se dérobèrent sous lui. Aline tenta de le retenir, mais il était trop lourd. Lâchant son arme, elle allongea maladroitement Hugh sur le sol et, avec précaution, lui posa la tête sur ses genoux, tandis que Jack et Duncan accouraient enfin pour éloigner la dépouille du loup.

— Allumez des torches et apportez-m'en une, ordonna faiblement sir Hugh. Je dois voir à quel point la blessure est grave.

Inquiète, Aline serra les dents pour s'empêcher de trembler. Elle sentait un liquide chaud se répandre sur sa robe, là où il appuyait sa nuque. Sans compter qu'il avait à peine tenu une seconde debout… Ses blessures devaient être graves.

Au même instant, Duncan apporta une torche et dégagea doucement le manteau et la tunique du capitaine, collants de sang. Le vieux soldat jura entre ses dents tandis que Jack s'approchait et avait un haut-le-cœur. La peur au ventre, Aline se pencha et se sentit blêmir tandis que la lumière vacillante éclairait la blessure.

Des éraflures lacéraient tout son torse, mais ce n'était rien à côté de la plaie qu'il avait à l'épaule : trois morsures successives qui allaient jusqu'au cœur, irrégulières. Le capitaine posa une main sur la plaie, comme s'il cherchait à arrêter l'hémorragie, sans grand succès. A sa respiration heurtée, Aline comprit qu'il s'efforçait de rester alerte, mais qu'il pouvait perdre connaissance à tout moment. Elle-même avait la gorge si serrée qu'elle n'arrivait pas à prononcer le moindre mot.

Heureusement, Duncan prit les choses en main.

— Apporte une bouteille de whisky et prépare un feu, Jack, commanda-t-il. Je vais cautériser la plaie avant qu'il ne se vide de son sang.

Sir Hugh laissa échapper un grognement de protestation et ferma les yeux.

— Comment puis-je vous aider ? demanda Aline lorsqu'elle eut enfin recouvré l'usage de la parole.

— Tenez-le et réconfortez-le du mieux que vous pourrez, madame. Je ne sais pas si vous avez bien compris ce que je vais devoir faire : il faut à tout prix refermer la plaie. Maintenez-le fermement car, lorsque le couteau touchera la blessure, il souffrira atrocement, plus encore que maintenant. Soyez prête.

Aline acquiesça sans un mot. Entre ses bras, sir Hugh avait commencé à frissonner, d'appréhension ou à cause de l'hémorragie, elle n'aurait su le dire. D'une main tremblante, elle écarta les mèches sombres qui lui tombaient sur le visage, puis lui caressa la joue. Comme s'il s'était agi d'un petit enfant, elle murmura des paroles apaisantes, et les rides de souffrance qui marquaient le front mouillé de sueur s'estompèrent légèrement.

Jack accourut avec une bouteille de whisky et un lien de cuir qu'il enroula autour d'un solide morceau de bois. Aline surveillait du coin de l'œil Duncan, qui avait récupéré la dague de sir Hugh et passait de l'alcool le long de la lame, qu'il plaça ensuite dans la chaleur des flammes. Puis, apparemment satisfait, il fit signe à Jack, qui tendit aussitôt la flasque de whisky à sir Hugh pour qu'il boive. Le visage cireux, ce dernier en avala quelques gorgées.

Après un instant d'hésitation, Jack l'imita et passa la bouteille à Duncan qui la tendit à Aline après en avoir pris une rasade. Elle en but une petite gorgée pour se donner du courage et la chaleur rassurante de l'alcool dans sa gorge lui fit du bien.

La dague chauffée à blanc bien en main, Duncan vint s'agenouiller auprès du blessé. Il fit signe à Jack, qui plaça le bâton de cuir entre les dents du capitaine, avant de lui attraper les jambes pour les maintenir fermement. D'un geste sûr, Aline noua ses doigts à ceux de sir Hugh, inquiète de les sentir si froids. Elle lui serra doucement la main et crut percevoir sous ses doigts une très faible réponse.

— Prêts ? Jack ? Madame ? Je vais compter jusqu'à trois. Un… deux…

Sans attendre « trois », Duncan pressa la lame contre l'entaille la plus profonde. Aussitôt, l'odeur de chair brûlée emplit l'air et Aline vit sir Hugh se raidir violemment. Il mordait son lien de cuir sauvagement et, malgré cela, un long cri d'agonie presque animal lui échappa. Il serra convulsivement sa main, et elle ne put retenir un gémissement. Enfin, elle sentit qu'il se détendait : il venait de sombrer dans l'inconscience.

Une atroce nausée menaça de la submerger et elle émit un bref sanglot. Jack recula hâtivement pour vomir. Heureusement maître de lui, Duncan retira le morceau de bois de la bouche de sir Hugh et entreprit d'inspecter les plaies. Après cet examen attentif, il leva les yeux vers elle et lui sourit.

— Vous avez bien travaillé, tous les deux ! Il ne reste plus que deux entailles, moins profondes. Je dois chauffer de nouveau la lame. Si elle n'est pas assez chaude, les bords ne cicatriseront pas correctement.

— Vous ne pouvez pas recommencer ! protesta Aline, révoltée. Il ne survivra pas à un second choc !

— Je n'ai pas le choix, madame. Si nous ne faisons rien, l'hémorragie le tuera à coup sûr. Il n'y a aucun autre moyen de refermer ces plaies.

Résignée, Aline baissa le regard sur l'homme qui gisait inconscient entre ses bras, pâle et crispé. Brusquement, surgi de nulle part, un souvenir traversa sa mémoire. Elle revit en pensée un médecin venu d'un pays lointain qui avait subjugué toute la cour en cousant une plaie profonde sur le cheval préféré de son grand-père.

— Avez-vous une aiguille ? demanda-t-elle à Duncan, soudain toute excitée.

Devant son air médusé, elle lui expliqua son idée, qu'il accueillit comme elle s'y attendait par de véhémentes protestations. Aline allait lui rétorquer vertement lorsqu'elle perçut un léger mouvement de sir Hugh. Celui-ci poussa un profond soupir et ouvrit les yeux sur son homme de confiance et sa prisonnière qui se fixaient avec colère.

— Est-ce fait ? demanda-t-il dans un souffle rauque qui franchit à peine ses lèvres sèches.

— Je viens seulement de commencer, répondit Duncan

d'un ton rageur. Cette dame a perdu la raison ! Elle veut te recoudre comme… comme une tapisserie !

Avec le peu de patience qui lui restait, Aline expliqua de nouveau son idée, dédaignant les protestations indignées du vieux soldat. Sir Hugh l'écouta sans lâcher un seul instant son regard.

— Je vous en prie, laissez-moi essayer ! conclut-elle en désespoir de cause.

Il la contempla un long moment, puis finit par acquiescer lentement.

— J'aurai besoin d'eau chaude et de linges propres, ordonna aussitôt Aline.

Jack, qui avait suivi la conversation, se hâta de remplir la marmite. Sans cesser de grommeler dans sa barbe, Duncan partit au chariot et revint bientôt avec un rouleau de cuir contenant un assortiment d'aiguilles.

De son côté, Aline installa sir Hugh le plus confortablement possible et partit en quête de sa vieille robe, rangée dans la voiture. Elle s'empressa alors de découper des bandes de tissu à l'aide de la dague et défit le fil qui composait les motifs du corsage. Très calme, elle revint prendre place auprès des hommes. Les deux soldats avaient adossé le capitaine contre une roue du chariot et s'étaient installés de part et d'autre pour le soutenir. L'estomac noué, Aline comprit qu'elle ne pourrait atteindre la blessure qu'en s'agenouillant entre les jambes de sir Hugh. Allons ! Ce n'était pas le moment de s'intéresser aux règles de convenance qu'elle avait toujours méprisées !

Elle rassembla ses jupes pour s'installer, prenant garde de ne pas le heurter. Elle tendit une main incertaine vers la peau lisse de la poitrine barrée par les marques de crocs. Sir Hugh parvint à lui sourire faiblement, comme pour l'encourager.

— Je vois qu'il y a quelques avantages à être mis en

pièces par une bête féroce, madame. Sans cela, jamais je n'aurais eu le plaisir d'une telle proximité…

— Vous vous flattez, Hugh. J'apprécie mes galants moins couverts de sang, voyez-vous, rétorqua-t-elle sur un ton léger qui ne laissait heureusement rien transparaître de son angoisse.

Il fronça les sourcils un bref instant, sans doute parce qu'elle l'avait appelé par son prénom. Elle-même en avait été choquée au moment où elle avait prononcé ce mot. Mais, après tout, elle était assise entre les jambes de cet homme et allait lui recoudre la peau, il y avait largement de quoi oublier les titres de noblesse…

De ses doigts agiles, Aline sonda les abords de la plaie. Par chance, le sang s'était tari. Néanmoins, elle s'était sentie nettement plus sûre d'elle-même quand il s'était agi d'expliquer la procédure. Maintenant, face à la réalité, elle craignait de voir son courage l'abandonner.

— Je vais devoir faire beaucoup de points, prévint-elle, et il faudra nettoyer parfaitement la plaie… Etes-vous bien sûr de pouvoir le supporter ?

Les yeux mi-clos, sir Hugh acquiesça. Alors, elle prit une profonde inspiration et se mit au travail. D'abord, elle plongea une bande de tissu dans l'eau brûlante de la marmite et nettoya les contours de la blessure. Elle ignora la brûlure de l'eau chaude sur ses doigts, de même que les tressaillements de douleur du blessé. Comme ses cheveux lui tombaient sur le visage, elle les noua en un chignon rapide. Voilà, le moment était venu. Elle ne pouvait plus reculer.

Toujours attentionné, Jack lui tendit la bouteille de whisky, dont elle but deux gorgées avant de la porter aux lèvres du capitaine. Puis elle prit une nouvelle inspiration et piqua l'aiguille dans la peau du blessé. Comme il n'émit aucune plainte, elle se détendit légèrement. Peu à peu, elle s'absorba dans sa tâche et oublia tout ce qui l'entourait.

L'aiguille était un peu émoussée et ce travail de couture lui sembla durer des heures. D'autant que la peau humaine était bien plus difficile à percer que la tapisserie.

Quand elle eut terminé, il faisait pratiquement nuit noire. En dehors de quelques jurons poussés de temps à autre, Hugh était resté tranquille. Avec un soupir de soulagement, Aline coupa le fil. Les entailles ne saignaient plus. Il avait perdu beaucoup de sang mais, avec un peu de chance, il survivrait, à condition que la blessure ne s'infecte pas.

Aline utilisa le reste des bandes de tissu pour confectionner un pansement, les enroulant autour de la large poitrine de son patient. Pour passer le bandage dans son dos, elle devait se pencher sur lui, au point que leurs deux corps se touchaient presque, et cette proximité la troubla intensément, de même que le souffle haché de Hugh, qui lui caressait l'oreille chaque fois qu'elle s'approchait.

Quand elle se redressa enfin, Duncan installa des couvertures et un matelas de fortune pour le capitaine, s'activant autour de lui comme une nourrice jusqu'à ce que Hugh l'écarte d'un geste irrité. Nullement vexé, le vieux soldat vint alors trouver Aline et, une main sur son épaule, la remercia d'un sourire. Puis il partit s'occuper du feu. Fort à propos, Jack arriva avec une nouvelle bouteille de whisky.

Aline s'installa avec un plaisir réel auprès des trois hommes, étonnée de constater que toute hostilité avait disparu entre eux. Ils reparlèrent des événements de la soirée pour comprendre ce qu'il s'était passé. Même Hugh, en dépit de sa faiblesse, se joignit à la conversation.

Aline n'avait certes pas l'habitude de boire autant, mais le whisky faisait courir dans ses veines une chaleur bien trop réconfortante pour qu'elle s'en préoccupe. Bientôt, la tête se mit à lui tourner. Entre-temps, Jack avait ramené une autre bouteille et, d'une voix pâteuse, il la prévint que c'était un alcool qu'il avait lui-même fabriqué.

— C'est vraiment trop fort pour une femme, madame, ajouta-t-il d'une voix inarticulée.

Aline lui arracha la bouteille avec un haussement d'épaules et but d'un trait, en manière de défi… pour se mettre aussitôt à tousser comme une furie, les larmes aux yeux. Le rire rauque de Hugh, qui s'éleva alors déclencha en elle une myriade de sensations délicieuses. L'alcool lui montait décidément à la tête, songea-t-elle pour justifier le plaisir coupable que la proximité de cet homme faisait naître en elle.

La nuit avançait et le calme était tombé sur le camp. Peu à peu, chacun s'était tu, absorbé dans ses pensées. Malgré la fatigue, Hugh semblait le seul à être resté conscient. A son côté, assis jambes croisées, Duncan chantonnait encore et encore la même chanson — il y était question de fromage et d'une demoiselle, mais c'était difficile à déterminer, car le vieux soldat mangeait la moitié des mots. Allongé sur le dos un peu plus loin, Jack observait les étoiles en hoquetant et en marmonnant qu'il aurait mieux fait de reprendre la quincaillerie de son père.

Hugh devait se rendre à l'évidence, il ne tirerait plus rien d'eux avant le matin.

Son regard revint se poser sur la silhouette de la jeune femme, agenouillée près de lui, dont l'ombre se découpait devant le feu. Elle tentait vainement de refaire son chignon de fortune, et son corps se balançait doucement sous l'effet de l'ivresse. Hugh ne distinguait pas ses traits, mais cela n'avait aucune importance, car il pouvait sans peine retracer en pensée la moindre courbe de son visage. En dépit — ou peut-être à cause — de la fatigue et de l'alcool, il imaginait avec précision l'expression contrariée qu'elle devait arborer alors que, dans ses cheveux, ses doigts refusaient d'obéir à sa volonté.

A sa troisième tentative infructueuse, elle abandonna et ses cheveux retombèrent librement sur ses épaules, illuminés par la lueur du feu. Hugh serra les poings pour réprimer l'envie qu'il avait de plonger les doigts dans leur masse soyeuse et d'amener la jeune femme à lui.

Comme si elle avait senti son regard, Aline leva les yeux dans sa direction et Hugh, soudain honteux, lui tendit la bouteille presque vide. Avec un sourire vague, elle en prit une gorgée et la lui rendit. Alors, n'y tenant plus, il lui attrapa le poignet et l'attira à lui. Elle n'opposa aucune résistance et se retrouva aussitôt tout près de lui.

— Je vous avais dit de rentrer à l'abri du chariot, dit-il d'un ton bourru, pourquoi n'avez-vous pas obéi ?

Elle haussa les épaules.

— Si je vous avais écouté, vous seriez mort à l'heure qu'il est.

Hugh ne put que lui concéder ce point d'un signe de tête.

— Je vous remercie de m'avoir sauvé la vie, murmura-t-il en lui serrant doucement le poignet. Vous visez à la perfection.

Les yeux flous, Aline lui sourit encore, avant de perdre soudain l'équilibre et d'atterrir quasiment sur lui, le visage à quelques centimètres du sien. Sans un mot, sans un geste, ils demeurèrent ainsi un long moment, se regardant à la lueur mourante du feu.

Puis la jeune femme ferma les yeux et Hugh sut qu'elle attendait qu'il pose les lèvres sur sa bouche. Dieu ! Comme il brûlait de le faire ! Il se penchait pour l'embrasser lorsqu'elle s'effondra tout entière contre lui, profondément endormie.

— Bonne nuit, Aline…, murmura-t-il.

Chapitre 7

Le lendemain, Hugh s'éveilla avec un martèlement violent derrière les paupières qu'il reconnut aussitôt : il n'était pas dû à ses blessures, mais aux effets du breuvage infâme de Jack. Il resta allongé, les yeux clos, dans l'espoir que la nausée disparaîtrait bientôt.

L'aurore pointait à peine à l'horizon et la tranquillité du camp offrait un contraste bienvenu avec le chaos qui y régnait la veille. Son bras et son épaule droite étaient glacés et atrocement douloureux, et il ne sentait plus ses jambes. Un vent de panique l'envahit. Il se redressa avec difficulté sur le coude gauche pour vérifier le fonctionnement de ses membres.

Toujours endormie contre lui, la tête posée au creux de son épaule valide, lady Aline avait le visage à demi masqué par ses cheveux en désordre ; on ne voyait que le bout de son nez et le doux sourire qui flottait sur ses lèvres. Ces lèvres qu'il avait été à deux doigts d'embrasser la veille au soir…

Il se rallongea avec des mouvements lents, soucieux de ne pas la réveiller, et songea à cette indubitable attirance qui croissait de jour en jour entre eux. Amusé, il la revit, l'arbalète à la main, le regard dur, cherchant à paraître menaçante. A ce moment-là, elle était surtout diablement attirante ! Et pas seulement à ce moment-là, d'ailleurs. Un seul regard d'elle, et Hugh sentait sa poitrine se serrer…

A côté d'elle, il se sentait… vieux. Il avait déjà trente ans, un âge qui n'était certes pas encore très avancé — avec de la chance, il pouvait espérer vivre encore de longues années —, mais qui l'incitait à penser que cette vie de vagabond passée jour après jour sur les routes et le soir dans les tavernes, touchait à son terme. Son corps n'aspirait plus qu'à une longue nuit de repos dans un vrai lit. A cette pensée, des images sensuelles lui vinrent à l'esprit et il vit Aline nue à son côté. Il cligna les yeux pour chasser ces désirs interdits.

A travers ses paupières closes, il sentit le soleil se lever. Il leur faudrait bientôt se mettre en route. Encore un jour de marche et ils parviendraient à destination. Il sentit son sang se glacer à cette pensée et, sans réfléchir, saisit une mèche dorée des cheveux de la jeune femme qu'il enroula sur son doigt. Elle dut le sentir, car elle remua légèrement, sans toutefois se réveiller. Son visage avait une expression enfantine qui le bouleversa.

Vaguement agacé par ce dangereux accès de sentimentalité, il se redressa et secoua doucement la jeune femme par l'épaule.

— Bien le bonjour, lady tueuse de loup !

Sans ouvrir les yeux, elle étira les bras. Au spectacle de sa poitrine ainsi offerte, Hugh serra les dents. La jeune femme battit alors des yeux, pour les refermer aussitôt, les sourcils froncés. Amusé, Hugh la vit reprendre conscience de la réalité. D'un seul coup, elle s'assit, toute droite, les joues en feu.

— Je… Comment… ? Dieu tout-puissant… !

Pour ne pas aggraver encore son embarras, Hugh fit mine de regarder ailleurs et cria les noms de Jack et Duncan pour réveiller ses deux hommes. Avec difficulté, il parvint à se lever et laissa la jeune femme reprendre contenance. Lentement, il fit le tour du chariot pour aller plonger la tête dans le baquet d'eau glacée. Le froid eut au moins le mérite d'apaiser son mal de crâne.

Maintenant, il n'avait plus d'excuses pour retarder l'échéance, il devait vérifier l'état de ses blessures. Il prit une profonde inspiration, inquiet de découvrir son corps meurtri et ensanglanté, et écarta le bandage avec précaution. A la vue de la chair brûlée, il se rappela la torture du couteau cuisant sa peau et sentit son estomac se soulever. Toutefois, la blessure n'était pas trop vilaine. Quant aux points d'Aline, ils semblaient tenir et la plaie était propre. Il devrait cependant supporter la douleur quelques semaines et son épaule était bloquée. Tout bien considéré, il s'en était remarquablement bien tiré. Grâce à elle…

Il eut toutes les peines du monde à ôter sa tunique déchirée et raidie par le sang pour la plonger dans l'eau. Il se rinça le torse, heureux de se débarrasser de la crasse, du sang et de la sueur de la veille. Puis il se retourna et, surpris, se retrouva nez à nez avec Aline, qui le fixait la bouche ouverte, une tasse à la main.

Aline s'immobilisa brusquement à la vue de l'homme à moitié nu devant elle. S'il n'avait pas paru aussi abasourdi qu'elle, elle aurait sans doute tourné les talons et fui à toutes jambes. Certes, elle avait été intimement — pour ne pas dire indécemment — proche de sir Hugh pendant la nuit, mais l'obscurité les protégeait alors. Et bien qu'elle ait été consciente du trouble que cette présence masculine provoquait en elle, elle s'était surtout centrée sur les blessures dont il souffrait. A la lumière du jour, en revanche, elle se retrouvait confrontée à une attirance violente, que la nuit avait masquée.

Apparemment, elle l'avait interrompu dans ses ablutions, car des gouttelettes d'eau brillaient dans ses cheveux sombres.

Elle suivit le trajet d'une goutte d'eau qui glissa le long d'une clavicule, traversa le torse puissant et disparut dans la ligne de poils qui courait sous le nombril. Heureusement, sir Hugh la détourna de ses pensées inconvenantes en enfilant lentement sa chemise mouillée. Malgré elle, Aline admira le dessin net de ses muscles. Ses larges épaules formaient un contraste viril avec sa taille étroite. Seigneur, elle devait cesser ! Elle se força à relever les yeux, osant à peine croiser le regard du capitaine. Troublée, elle sentit une rougeur traîtresse se répandre sur son décolleté et ses joues.

— Puis-je vous aider, lady Aline ? J'espère que vous ne payez pas trop cher les abus d'hier soir ? demanda-t-il d'un ton agréable.

— C'est-à-dire… j'ai pensé que… Tenez : je vous ai apporté de l'ale. Buvez tout, il faut vous hydrater plus qu'à l'accoutumée.

Hésitante, elle finit par déposer la tasse entre ses mains, avant de s'éloigner à la hâte, les joues en feu.

Pourvu que l'air frais du matin efface vite ces rougeurs avant que les autres ne les remarquent, songea-t-elle, honteuse.

Quelques minutes plus tard, sir Hugh réapparut. Aline continua de replier les couvertures en prenant son temps, car elle n'avait aucune envie de croiser son regard. Pourtant, elle sentait avec une acuité décuplée les yeux bleus posés sur elle. L'air dégagé, elle emporta les couvertures dans le chariot, saluant Jack qui menait Bayliss à son maître. Elle regarda le capitaine placer un pied dans l'étrier et s'élancer pour monter. Il interrompit aussitôt son mouvement en lançant un juron, toujours au sol.

— Laissez-moi vous aider, sir, proposa Jack qui tenait la bride.

— Je vais pouvoir me débrouiller seul, grommela le capitaine en écartant la main du garçon avec un agacement manifeste.

Il prit son élan et refit une tentative. Cette fois, il réussit à passer la jambe par-dessus le cheval et s'installa en selle avec maladresse. Dérouté, Bayliss rua et Aline eut peur qu'il ne le désarçonne. Sans même s'en rendre compte, elle courut vers eux, avant de baisser hâtivement ses bras tendus sous le regard stupéfait de Jack. Le cœur battant, elle se hâta de monter dans le chariot.

— Madame !

Au son de cette voix, Aline cessa de respirer, s'immobilisa et risqua un regard par-dessus son épaule.

— Il fait très beau ce matin. Asseyez-vous à côté de Duncan ! proposa-t-il.

Elle acquiesça sans rien dire et il ajouta, levant un sourcil sardonique :

— Parfait ! Vous êtes un peu pâle. L'air frais ramènera de la couleur sur vos joues.

Avec un large sourire, il talonna son cheval et partit au trot, laissant Aline rouge d'embarras.

En dépit de ses protestations, il devint vite évident que sir Hugh souffrait atrocement à cheval, aussi avançaient-ils lentement. Lorsqu'ils s'arrêtèrent pour déjeuner, il avait le visage cireux et les jointures de ses doigts étaient blanches d'avoir serré les rênes.

En fin d'après-midi, ils atteignirent les collines qui marquaient l'entrée de la vallée étroite menant à Roxholm. Lorsqu'ils les eurent traversées, le terrain devint plat et le chariot se mit à avancer plus vite. Hugh, de son côté, paraissait souffrir de plus en plus sur sa monture. Il finit par leur demander de s'arrêter, visiblement à bout de forces, et descendit de cheval avec une raideur qui en disait long sur sa douleur. Il se dirigea alors vers le siège de la voiture où Aline était installée, esquissa une grimace navrée et tendit sa main saine vers elle.

— Je crains de devoir prendre votre place, madame.

De fait, il semblait exténué et la main qu'elle saisit lui parut glacée. Malgré tout, lorsqu'il lui caressa soudain la paume de son pouce, de délicieux picotements se répandirent dans tout son corps. Comme Jack s'apprêtait à attacher Bayliss au chariot, sir Hugh lui fit signe d'arrêter.

— Bayliss devient rétif quand il ne se dépense pas assez, déclara-t-il. Aimeriez-vous le monter, lady Aline ? A moins, bien sûr, que vous pensiez ne pas pouvoir le maîtriser.

Aline lui décocha un regard plein de défi. Sans un mot, elle prit les rênes des mains de Jack et se mit en selle d'un mouvement souple. Aussitôt, Bayliss s'agita, impatient de galoper. Elle sentit une vague d'excitation lui parcourir la colonne vertébrale lorsqu'elle éprouva la puissance de l'animal. En un éclair, elle songea qu'elle pourrait faire demi-tour et partir au triple galop, personne ne parviendrait à l'arrêter.

Elle jeta un regard à Hugh qui, assis sur le banc, la fixait avec intensité. Elle lui adressa alors un signe de tête et lança l'animal au galop… en direction de Roxholm.

Hugh regarda Bayliss et son écuyère s'élancer, suivis de loin par Jack qui chevauchait la jument. La brise lui apporta le rire ravi d'Aline, et il se surprit à sourire.

Puis Duncan fit claquer les rênes et le chariot s'ébranla. Hugh sentit le regard de son vieux compagnon s'attarder un instant sur lui, avant de revenir au chemin, tandis que Duncan secouait la tête en souriant. Il tenta de l'ignorer, mais la curiosité fut la plus forte.

— Qu'est-ce que tu as, Duncan ?

— Vous prenez un sacré risque, n'est-ce pas, capitaine ? Jack ne la rattrapera jamais si elle décide de prendre la poudre d'escampette !

— Je ne pense pas qu'elle essaiera. Nous sommes trop loin de ses terres, elle ne saurait pas où aller.

— Alors ce n'est que justice qu'elle profite de ses derniers instants de liberté, parce que, ensuite, le duc ne va plus la lâcher, marmonna le vieil homme.

— Elle est notre otage, Duncan, rien de plus ! rectifia Hugh, agacé. Il la gardera le temps de négocier des contrats ou des terres, puis il la renverra chez elle.

— Vous y croyez vraiment ? Et même si c'était vrai, cela m'étonnerait qu'il ne profite pas de l'occasion, avec une aussi jolie jeune fille…

Hugh serra les poings, déstabilisé d'entendre ses peurs les plus secrètes énoncées à voix haute.

— Il n'osera pas faire une chose aussi stupide une fois qu'elle sera entre les murs de la citadelle. Et puis, pourquoi crois-tu que j'aie insisté pour aller la chercher en personne, sinon pour lui éviter la compagnie des brutes de Stephen ? rétorqua-t-il, sur la défensive.

— Hugh, je te connais depuis plus de trente ans, coupa Duncan, cinglant. Je sais pourquoi tu lui as promis ta loyauté. Mais, pour une fois, écoute ton vieil ami qui a la sagesse de l'âge. En deux ans, Stephen a ruiné la province avec ses décisions incohérentes. Combien de temps encore comptes-tu le laisser agir de la sorte ?

Hugh sentit sa colère s'évanouir face au calme de son ami. Il secoua la tête, comme pour se débarrasser d'un poids trop lourd.

— Je m'efforce de préserver les intérêts de la province dans la mesure de mes moyens, tu le sais… Seulement, je suis lié par ma promesse. Aussi ferai-je ce que j'ai toujours fait : essayer de le conseiller avec sagesse et de tempérer ses élans.

Duncan le contempla pendant de longues secondes, avant de reprendre la parole.

— Son état empire, tu ne crois pas ? Stephen est certes le duc, mais le peuple te suivrait volontiers, et tu le sais.

— Es-tu en train de me suggérer de le trahir ? interrogea Hugh à mi-voix en le dévisageant.

Duncan fit la moue et haussa les épaules. Puis, détournant le regard, il secoua les rênes et le cheval accéléra l'allure.

Morose, Hugh se laissa aller à imaginer ce que sa vie vaudrait si le duc ne requérait plus ses services. Partagerait-il le destin de la plupart des vieux conseillers de Rufus, assassinés d'un coup de couteau dans le dos ? Il s'appuya au dossier du siège tandis que les paroles de Duncan tournoyaient dans son esprit, ce qui n'était pas pour améliorer son humeur déjà sombre.

Quelques minutes plus tard, à la sortie d'un virage, ils découvrirent les chevaux qui broutaient paisiblement près d'un bouquet d'arbres, à l'orée d'une forêt. Installée sur la branche basse d'un prunier, Aline lançait des reines-claudes à Jack, qui les rangeait dans sa sacoche de selle.

— J'ai pensé que vous apprécieriez quelques fruits, sir Hugh, cria-t-elle à leur approche.

Comme elle s'était mise debout sur la branche, Jack accourut vers elle et tendit les bras pour l'aider à descendre. Hug le vit la retenir par la taille quand elle s'élança vers le sol. Le spectacle des mains de Jack sur le corps fin de la jeune femme lui fit l'effet d'un coup de poing.

— Nous allons faire halte quelques minutes, abreuve les chevaux, Jack ! ordonna-t-il d'un ton tranchant.

Il descendit du siège avec moins de prestance qu'il l'aurait voulu et offrit son bras valide à Aline. Elle sembla hésiter un instant avant de l'accepter et, ensemble, ils se dirigèrent vers la forêt. Tendu à l'extrême, Hugh réfléchissait à la meilleure façon de mettre la jeune femme en garde contre les dangers qui la menaceraient bientôt.

— Lady Aline, je tenais à vous dire à quel point je suis navré d'avoir participé à toute cette misérable affaire. Vous m'avez sauvé la vie et je ne vous ai pas encore remerciée. Je suis votre obligé.

Les yeux fixés droit devant elle, Aline continua à avancer d'un pas ferme sans dire un mot. Lorsqu'elle parla enfin, sa voix était si basse que Hugh dut tendre l'oreille.

— Alors, pourquoi ne me rendez-vous pas ma liberté ? Dites que je me suis échappée, ou même que vous ne m'avez jamais trouvée…

Hugh avait envisagé cette possibilité sans se l'avouer, mais l'entendre de la bouche d'Aline révélait au grand jour la tricherie que cela impliquait. Son sang ne fit qu'un tour. Il lui lâcha le bras et lui fit face.

— Ai-je donc l'air si déshonorable, que vous me pensiez capable de renier mes vœux d'allégeance pour… pour un caprice ? Prétendez-vous que vous-même seriez prête à trahir votre province de la sorte, madame ?

Aline recula comme s'il l'avait frappée. Sans un regard pour lui, elle fit demi-tour et se mit à courir pour rejoindre le camp.

— Aline ! Aline, revenez ! Je vous en prie…

Devant lui, Hugh la vit s'arrêter et se tenir au tronc d'un arbre, comme si ses jambes ne la portaient plus. En quelques enjambées, il la rejoignit et, debout derrière elle, brûla d'envie de la prendre dans ses bras. Il s'en garda toutefois et se contenta de lui saisir les mains.

— Je vous en prie, répéta-t-il.

Aline ne chercha pas à se dégager. Du pouce, il se mit à caresser légèrement ses jointures délicates.

— Aline, vous savez que je ne peux pas agir de la sorte, reprit-il d'une voix douce. Je suis lié par des promesses que je dois honorer. Quoi qu'il advienne, je ferai mon devoir. Toutefois, je vous jure que je vous protégerai du mieux que je le pourrai. Je veux vous offrir…

Ses mots moururent sur ses lèvres quand Aline releva

les yeux vers lui. L'intensité de son regard gris était telle qu'il sentit son cœur manquer un battement. L'espace d'un instant, il fut à deux doigts de l'embrasser, d'admettre que les sentiments avaient vaincu sa raison. Dans un effort désespéré, il détourna le regard.

— Je… je vous offre mon amitié, conclut-il en se sentant ridicule.

Comme il relevait la tête, il vit le beau regard s'assombrir. Sans un mot, Aline se libéra et s'éloigna, la tête haute. Parvenue au chariot, elle ignora la coupe d'ale que Duncan lui tendait et monta dans le véhicule en fermant les rideaux derrière elle d'un geste vif.

Les deux soldats décochèrent un regard mécontent à leur capitaine, et il leva une main pour prévenir leurs questions.

— Jack, attache Bayliss au chariot. Nous devons reprendre la route. Nous avons une mission à achever et nous sommes déjà en retard.

Le crépuscule tombait lorsqu'ils rejoignirent une troupe du duc venue à leur rencontre. Six hommes étaient installés autour d'un brasero, avec une voiture attelée à quatre chevaux un peu plus loin. En les voyant approcher, le sergent se leva et les salua élégamment. Hugh sentit son regard étonné se poser sur ses bandages.

— Un loup, expliqua-t-il brièvement. Mais je vais bien. J'amène lady Aline.

Sautant de cheval, il grimpa dans le chariot et tendit la main à la jeune femme, qui se contenta de tourner la tête en signe de dédain. Elle descendit seule, sans prêter la moindre attention aux gardes, fort occupée à brosser les plis de sa jupe. Le front du sergent se plissa.

— Pardonnez mon impudence, sir, mais le duc a demandé que la prisonnière soit dans les fers. Pourquoi n'est-elle pas attachée ?

Hugh rétorqua abruptement sans regarder Aline.

— J'ai voyagé avec lady Aline pendant plusieurs jours et je refuse de lui passer les fers. Quelle menace pensez-vous qu'elle représente, avec neuf hommes pour l'escorter ?

Le sergent se balança d'un pied sur l'autre.

— Bien sûr, je comprends, monseigneur. Seulement, ce… ce sont les ordres que j'ai reçus. Je ne peux pas risquer ma tête parce que cette dame vous a convaincu qu'elle ne s'échapperait pas, expliqua-t-il d'un air malheureux.

Hugh serra les poings avec violence et avança d'un pas, prêt à en découdre avec le malotru, lorsque la voix d'Aline l'arrêta dans son élan :

— Je vous remercie de votre considération, capitaine, mais vous, plus encore que les autres, devriez comprendre la nécessité de se conformer aux ordres.

Son ton onctueux lui fit plus mal que la morsure du loup et il sentit la honte l'embraser. Aline se laissa docilement enchaîner, adressant un sourire où se mêlaient tristesse et réconfort à Duncan et Jack. Ce dernier semblait sur le point de fondre en larmes. Lorsqu'elle monta dans l'autre voiture, Hugh vit qu'elle prenait grand soin de ne pas croiser son regard, et il ne pouvait certes l'en blâmer.

— Je vais voyager avec la prisonnière, annonça-t-il d'un ton sans appel.

Il grimpa à la suite d'Aline sans laisser à quiconque le temps de protester. La jeune femme s'était réfugiée tout au fond du véhicule, les lèvres blanches tant elle les serrait. De peur ou de colère, il n'aurait su le dire. Elle ramena les jambes sous elle lorsqu'il s'installa en face, comme si risquer le moindre contact avec lui la dégoûtait.

Il s'éclaircit la gorge, mais le nœud d'angoisse et de culpabilité qui l'obstruait était toujours là. Faute de mieux, il s'installa plus confortablement et regarda le paysage à travers l'ouverture de la bâche.

Chapitre 8

Avec des chevaux fringants et un véhicule plus léger, le reste du voyage fut bien plus rapide. La voiture roulait à toute allure sur la grand-route. En réponse aux cahots, Aline sentait son estomac se soulever et, plus ils approchaient de Roxholm, plus la sensation douloureuse augmentait dans son ventre : non plus la nausée, mais un terrible sentiment d'angoisse et de solitude mêlées. Duncan et Jack avaient été laissés en arrière, avec ordre de ramener le chariot et les chevaux éreintés par le voyage. Ainsi, elle arriverait dans ces terres ennemies sans même les deux compagnons que, depuis peu, elle considérait peu ou prou comme des amis.

Après qu'elle eut fait comprendre à sir Hugh qu'elle ne souhaitait pas parler, il s'était enroulé dans son manteau, le regard sombre. A présent, il avait pris ses aises et dormait à loisir, ses longues jambes menaçant de la toucher à chaque instant. Ses cheveux sombres lui tombaient sur le visage et Aline s'accorda le plaisir de détailler ses traits. Elle avait beau le détester de la livrer ainsi à l'ennemi après tout ce qu'ils avaient traversé… elle ne pouvait s'empêcher d'être émue par ce grand corps affaibli, ainsi abandonné au sommeil. Elle l'enviait de parvenir à dormir dans de telles conditions, encore que ce fût sûrement une conséquence de ses blessures, car il gardait les bras serrés contre lui, comme si la douleur perdurait.

Aline ferma les yeux pour faire venir le sommeil. Peine perdue ! Dès qu'elle s'assoupissait, son esprit la ramenait aux épreuves qui l'attendaient et elle s'éveillait en sursaut. Abandonnant tout espoir de se reposer, elle revint à sa contemplation, regardant la poitrine de Hugh se lever et s'abaisser au rythme de la respiration.

Après ces jours de voyage, Aline ne pouvait plus nier l'attirance qu'il exerçait sur elle. Pourtant, elle se demandait si l'intimité qu'ils avaient partagée le matin même n'était pas un rêve, balayé par les mots durs qu'ils avaient échangés ensuite, dans la forêt.

Il eût été aussi inutile que douloureux de sonder son propre cœur. Elle ne pouvait oublier l'atroce sensation d'étouffement qui l'avait envahie quand il lui avait offert… son amitié. Une amitié qu'elle avait eu grand tort de rejeter, elle s'en rendait compte à présent. Hugh était un homme d'honneur, et elle aurait sans doute bien besoin de son soutien à Roxholm. Peut-être n'était-il pas trop tard, après tout. Hésitante, elle se pencha pour lui toucher la main. Il remua un peu, mais n'ouvrit pas les yeux. Son élan de courage s'évanouit. Elle était seule désormais.

Le ciel était presque noir et traversé de nuages sombres lorsqu'ils arrivèrent enfin au bas des imposantes murailles qui protégeaient la citadelle de Roxholm. Ils traversèrent au pas les rues étroites et venteuses qui menaient au château. Aline percevait les odeurs et les sons familiers de la ville à travers la bâche de la voiture, lui rappelant à quel point sa propre ville lui manquait. Au bout d'un certain temps, ils parvinrent à une poterne encore mieux gardée, construite dans l'épaisseur des murailles de la citadelle. Peu après, le véhicule s'arrêtait dans un crissement de roues. Aline regarda fébrilement autour d'elle : ils se trouvaient dans une cour intérieure, devant un impressionnant portail de bois et de fer. Des torches enflammées fixées aux murs semblaient vouloir embraser le ciel.

Elle sentit l'appréhension l'envahir. Elle s'était juré de ne pas montrer sa peur, mais un long frisson remonta le long de sa colonne vertébrale.

Hugh reprit enfin conscience, sans doute réveillé par l'arrêt du véhicule. Sans lui adresser un regard, il fixa le portail, les lèvres serrées. Puis, brusquement, il lui prit la main et la serra. Ses doigts étaient chauds sur sa peau glacée et elle sentit se répandre dans tout son corps la tension délicieuse que ce contact faisait naître en elle. Elle vit que Hugh était sur ses gardes, comme s'il craignait qu'elle ne le rejette, mais elle ne le fit pas et les petites rides d'inquiétude au coin des beaux yeux bleus s'estompèrent.

— Lady Aline, je demeurerai auprès de vous jusqu'à ce que vous rencontriez le duc Stephen, expliqua-t-il d'une voix rauque. Ensuite, il ne me sera pas permis de rester, aussi je vous supplie d'écouter mon conseil : le duc a un tempérament colérique et n'est pas habitué à ce que l'on s'oppose à lui.

Il s'interrompit, le front soucieux, avant de reprendre d'un ton pressant :

— Dans votre intérêt, je vous supplie de prendre garde à vos paroles, aussi bien qu'à votre comportement.

Avant qu'Aline, interdite, ait pu recouvrer l'usage de la parole, la porte de la voiture s'ouvrit et Hugh retira hâtivement sa main. Le sergent la prit alors par le bras et elle se laissa faire, plus morte que vive. Un détachement de gardes venait à leur rencontre. Le duc ne pouvait tout de même pas croire qu'une lady enchaînée puisse représenter un quelconque danger, aussi ces soldats n'étaient-ils destinés qu'à l'intimider, comprit-elle. Rendue furieuse par ces méthodes, Aline redressa la tête et rejeta fièrement les cheveux dans le dos.

Les gardes la conduisirent à travers des couloirs où régnaient des courants d'air, jusqu'à un large escalier. Les pas de Hugh, qui marchait à son côté, résonnaient lugubrement le long des murs et il ne lui adressa pas un mot. En dépit de sa peur, Aline éprouva la furieuse envie de lui écraser les orteils, pour lui apprendre les bonnes manières. Apparemment, il ne voulait pas révéler à ces hommes qu'il savait parfois se montrer bienveillant. Au moins, il semblait peu désireux de l'abandonner à son triste sort… Elle l'observa du coin de l'œil, curieuse de savoir quelle était sa position à la cour.

Trop vite, le sergent s'arrêta devant une porte gardée par deux sentinelles vêtues de vert. Aline frémit. L'un des gardes frappa à la porte et les coups secs se répercutèrent avec fracas dans sa tête. Son instinct lui hurla de fuir et elle chancela. Heureusement, une main secourable la rattrapa par le coude et lui serra doucement le bras, comme pour l'apaiser. Elle leva les yeux, sachant déjà qu'elle trouverait sir Hugh à son côté.

— Merci, murmura-t-elle dans un souffle.

Son visage resta de marbre et seule la pression sur son bras lui prouva qu'il avait entendu. Il la guida dans une pièce aux murs recouverts de tapisseries et aux meubles en chêne. A travers une voûte construite dans l'un des murs, Aline découvrit un immense lit de bois sombre entouré de rideaux de velours rouge. Ils se trouvaient manifestement dans les appartements privés du duc.

Alors ses yeux tombèrent sur le duc, qui était installé dans un fauteuil près de la cheminée. Les immenses flammes jetaient des ombres inquiétantes sur son visage. Les restes d'un repas gisaient sur une table, près d'une coupe de vin qu'il s'amusait à caresser du doigt.

Aline vit avec surprise le duc se hérisser à la vue de son cousin. Sans paraître remarquer cette réaction, Hugh fit la révérence, puis recula jusqu'à la porte, avant de s'appuyer nonchalamment contre le battant. Aline était cependant consciente qu'il demeurait sur le qui-vive, les muscles tendus comme s'il se préparait à partir en courant à tout moment.

Inquiète de cette attitude méfiante de Hugh, Aline reporta son attention sur le duc. La ressemblance entre les deux hommes était frappante : on aurait cru voir deux frères. Ils avaient la même carrure imposante et les mêmes cheveux sombres. Plus jeune cependant, Stephen arborait une barbe taillée et des cheveux courts peignés en arrière. Il était indéniablement bel homme, mais l'avantage que ce physique aurait dû lui conférer était anéanti par le pli moqueur de sa bouche.

Il portait un gilet bordeaux à broderies d'or qui s'ouvrait sur une chemise, elle-même ouverte au col, comme s'il avait été interrompu alors qu'il se dévêtait. Il s'adossa confortablement au dossier de son fauteuil, donnant à Aline la permission tacite de l'observer à loisir comme il le faisait avec elle. En effet, elle pouvait sentir son regard bleu clair se promener sur elle.

Sans la quitter des yeux, il servit deux verres de vin, en prit un et se leva pour se diriger lentement vers elle. Tout comme Hugh, il était très grand et elle fut obligée de lever la tête pour l'affronter.

— Bienvenue à Roxholm, lady Aline !

Il s'inclina devant elle, un demi-sourire sur les lèvres.

— J'espère que le voyage ne vous a pas trop fatiguée, reprit-il, et que vous apprécierez de demeurer ici en tant qu'invitée.

Sur ces paroles prononcées d'une voix mielleuse, il lui tendit le verre. Ce petit discours mit Aline hors d'elle, au point que sa peur s'évanouit. Pour qui se prenait cet arrogant ? Elle était peut-être sa captive, elle n'en restait pas moins lady de Leavingham, ce qui faisait d'elle son égale !

— En tant qu'invitée ? répéta-t-elle avec assurance. Est-ce donc ainsi que vous recevez vos hôtes ? ajouta-t-elle en montrant ses poignets enchaînés.

Elle vit Stephen rougir à ces mots. Alors, il reposa brutalement le gobelet sur une table toute proche et, avec une lenteur inquiétante dans les yeux, il s'empara de la chaîne qui lui reliait les poignets et l'attira brutalement à lui. Aline poussa un cri en trébuchant.

— Stephen, prenez garde…

La voix de Hugh avait retenti, basse et nette. Le regard du duc se porta aussitôt sur son cousin et il lâcha la chaîne. En sentant les lèvres du duc lui toucher presque la joue, Aline retint avec difficulté un frisson de dégoût et de terreur.

— Vous pouvez vous montrer courtoise et être traitée comme une invitée, hébergée dans une chambre confortable, bien au chaud. Mais si vous préférez, vous pouvez passer votre séjour enchaînée dans un cachot. A votre guise…

Aline acquiesça faiblement d'un signe de tête et Stephen s'éloigna pour se diriger vers la porte.

— Que quelqu'un m'apporte la clé pour libérer la dame. Elle est notre invitée, après tout, s'exclama-t-il avec un sourire moqueur.

Elle l'affronta du regard tandis qu'un garde déverrouillait ses menottes. Dès qu'elle fut libre, le garde se retira avec force révérences.

— Tu peux partir, cousin, annonça Stephen en se tournant vers Hugh. Cette dame n'aura pas besoin de ta protection, nous allons… bavarder.

Le cœur serré, Aline sentit sur elle le regard inquiet de Hugh. Elle voulut le supplier de ne pas la laisser, mais se ravisa, car c'était impossible. Alors, elle se redressa de toute sa hauteur et lui adressa un sourire assuré. Stephen surprit cet échange muet et ne dut guère l'apprécier, car il congédia Hugh d'un geste sec. Sir Hugh s'inclina alors dans une révérence et, avec un dernier regard vers elle, la laissa seule avec le duc.

Ce dernier prit tranquillement son verre à la main et revint se poster près de la cheminée avant de se tourner vers elle. Pour se donner contenance, elle s'empara du verre qu'il avait posé près d'elle et but l'alcool à longs traits. Très vite, les épices agirent sur son ventre affamé et la tête lui tourna légèrement. Tant mieux ! Cela lui donnerait la force nécessaire pour affronter cet arrogant.

— Puis-je enfin savoir pourquoi vous m'avez fait conduire ici ? Qu'espérez-vous donc obtenir par un acte aussi inconsidéré ?

Le duc leva un sourcil sarcastique, comme pour lui signifier qu'elle manquait décidément de bon sens.

— Votre famille détient le pouvoir depuis bien trop longtemps, et je n'ai plus le goût de m'incliner devant les volontés de votre grand-père. Les autres provinces sont peut-être heureuses de lui abandonner leurs prérogatives pendant que Leavingham dicte les traités de commerce et s'enrichit d'année en année en collectant les taxes. Moi, non.

— Vous voulez l'indépendance, c'est cela ? interrogea Aline avec un sursaut d'espoir.

Si le motif était celui-là, son grand-père négocierait facilement son retour… Hélas, son espoir mourut aussitôt.

— Non. Ce que je veux, c'est le contrôle des Cinq Provinces, assena le duc. Malheureusement pour vous, lady Aline, vous êtes la clé d'un tel pouvoir.

Muette de stupéfaction, Aline se sentit sombrer et tout espoir de revoir son grand-père un jour l'abandonna. Cet individu était un fou furieux. Comme dans un cauchemar, elle vit le duc s'asseoir et lui faire signe de prendre un siège.

— Vous n'aurez jamais ce contrôle, parvint-elle à articuler. Les autres provinces verraient cela comme une déclaration de guerre. Laissez-moi partir maintenant, et je vous promets que Leavingham se montrera clément.

Le duc lui sourit de toutes ses dents, et son visage s'embellit un instant, débarrassé de sa morgue habituelle.

— Vous voulez que je vous libère ? Pourquoi diable ferais-je une chose pareille ? Je tiens à devenir le Haut Seigneur des Cinq Provinces. A l'origine, je comptais vous rendre à votre grand-père dès qu'il m'aurait nommé son successeur. Mais bien sûr, il y a une solution plus simple — tellement simple que je ne comprends pas pourquoi je n'y ai pas pensé plus tôt. Vous êtes plus qu'en âge de vous marier : je vais donc écrire à votre grand-père pour l'informer que je vous prends pour épouse, de sorte que nos terres seront ainsi réunies. Vous signerez également la lettre et donnerez votre accord.

Par miracle, Aline parvint à répondre avec autant de calme que lui, alors même que des images terrifiantes de cet homme forçant sa couche et contrôlant chaque parcelle de son existence envahissaient son esprit.

— Je ne ferai rien de tel, sachez-le !

Avec lenteur, le duc se leva et vint se placer derrière le siège où elle avait pris place. Il posa ses larges mains sur ses épaules et se pencha vers son oreille. Aline sentit sa nuque se hérisser sous l'effet du souffle chaud.

— Allons, allons, lady Aline, chuchota-t-il, je ne serai pas un mauvais époux. Il se pourrait même que vous finissiez par apprécier notre vie conjugale. Je puis vous assurer que vos… vos besoins seront comblés…

Ecœurée, Aline se leva brusquement pour lui faire face, les hanches pressées contre la table qui l'empêchait de reculer encore.

— Le Haut Seigneur n'acceptera jamais vos exigences ! Quant à vos déplorables insinuations, sachez que je préfère encore renoncer à mon titre et mendier dans les rues plutôt que de vous épouser !

L'espace d'un instant, le silence s'épaissit dans la pièce, lourd de menaces. Puis, sans crier gare, le duc éclata de rire.

— Vraiment, Aline, vous êtes une femme merveilleuse ! Peut-être devrais-je vous initier dès maintenant à quelques-uns des plaisirs du mariage…

Avec un cri de rage, Aline referma la main sur son verre et le jeta au visage du duc. Le gobelet l'atteignit seulement à la poitrine, avant de heurter le sol dans un bruit de ferraille.

Stephen regarda le vin qui maculait sa chemise, puis releva les yeux sur elle. Alors, sans crier gare, il la frappa brutalement du revers de la main. Le coup la fit chanceler contre la table et elle s'écroula au sol, sonnée et tremblante.

Hugh allait et venait dans le couloir, les doigts jouant nerveusement sur le manche de son couteau. En dépit de l'épaisseur de la porte, il pouvait entendre des voix assourdies, mais ne discernait pas les mots. Tout à coup, un cri lui parvint, suivi d'un bruit métallique, et chacun de ses muscles se tendit à l'extrême. Il se précipita alors à la suite des deux sentinelles qui retournaient à la hâte dans la chambre, et son cœur se serra de rage impuissante à la vue du spectacle qui s'offrait à lui : Aline agenouillée au sol, secouée de tremblements, une main protégeant son visage blême, et le duc debout devant elle, dégoulinant de vin.

— Tu es donc toujours ici, cousin ? lança Stephen. N'as-tu rien de mieux à faire que de traîner devant mes appartements ? Apparemment, tu n'as pas profité du voyage pour enseigner les bonnes manières à cette chère lady Aline, de sorte que tu peux la conduire au cachot de ce pas. Nous verrons si cela lui sert de leçon.

Sur ces mots, il donna un coup de pied débonnaire dans

la coupe toujours au sol, puis quitta la pièce en sifflotant. Aussitôt, Hugh se précipita vers Aline, dont le regard flou semblait ne pas le voir.

— Vous et votre satanée fierté ! murmura-t-il en lui prenant les mains. Je vous avais pourtant prévenue de ne pas le contredire.

Avec toute la douceur dont il était capable, il l'aida à se relever, mais les jambes de la jeune femme se dérobaient sous elle. Etouffant une bordée de jurons, il passa son bras valide dans son dos et l'autre sous ses genoux et parvint à la soulever dans ses bras, en dépit de la douleur cuisante qui s'éveilla dans son épaule. Au moins, la souffrance l'empêchait de s'attarder sur les sensations enivrantes que le corps d'Aline serré contre le sien éveillait en lui.

Il fit signe aux sentinelles de le suivre et porta la jeune femme à travers les couloirs et la cour intérieure, jusqu'à la grille des cachots. L'un des gardes tapa sur les barreaux épais et, au bout de quelques instants, la grille s'ouvrit, laissant entrevoir un escalier qui descendait à pic. De faibles râles lui parvinrent, venus des profondeurs, tandis que l'air vicié et lourd envahissait ses narines.

Le geôlier qui leur avait ouvert, un homme grossier que Hugh ne portait pas dans son cœur, ne se gêna pas pour détailler Aline de la tête aux pieds.

— Alors comme ça, vous amenez vos jolis jouets ici, sir Hugh ? lança-t-il avec un ricanement complice, qui s'éteignit sous le regard lourd de menaces de son interlocuteur.

Hugh reposa doucement Aline. Celle-ci semblait un peu plus lucide désormais. Comme elle tremblait toujours, il la tint fermement par la taille et l'entraîna dans l'escalier.

Plus ils descendaient, plus la puanteur de la crasse et du sang devenait insoutenable. Hugh sentit le corps d'Aline se raidir d'horreur contre le sien. Bon sang ! Ce n'était pas le moment de se montrer compatissant, il devait rester fidèle à son vœu de loyauté ! Il redressa la tête, refusant de croiser le regard désespéré de la jeune femme. Lorsqu'elle voulut parler, il la fit taire d'un geste.

Un geôlier les conduisit vers des cellules humides, au fond d'un couloir étroit, et ils passèrent devant des silhouettes enchaînées qui criaient des insultes et des prières, ou qui restaient simplement allongées, à geindre avec régularité. Ils parvinrent enfin devant une porte pourvue d'une petite grille à hauteur des yeux. Faisant taire ses émotions, Hugh conduisit la jeune femme dans la cellule sans fenêtre. Le cachot, minuscule, était nu, hormis une paillasse dans un coin. La porte se referma derrière eux, les laissant dans une semi-obscurité.

Aussitôt, la jeune femme referma les mains sur ses bras, au bord de la panique.

— Je vous en supplie, Hugh, ne faites pas ça ! Ne me laissez pas ici !

En l'entendant prononcer son nom pour la seconde fois, il sentit ses résolutions vaciller tandis qu'un atroce désespoir lui tordait le cœur. Troublé par la violence de ses émotions, il saisit les poignets d'Aline et les serra sans ménagement.

— Je vous avais dit d'être prudente, mais vous ne m'avez pas écouté ! Que voulez-vous que je fasse, à présent ? Que je désobéisse au duc pour finir enfermé ici, comme vous ? Quel bien cela vous apportera-t-il, Aline ?

Partagé entre l'impuissance et la fureur, il se détourna et leva la main pour ouvrir la porte. Alors la culpabilité le percuta de plein fouet et l'arrêta. Ravagé de chagrin, il se tourna de nouveau vers la jeune femme et voulut la prendre dans ses bras, l'embrasser avec passion pour leur faire oublier à tous deux l'enfer dans lequel ils venaient d'arriver. Toutefois, son honneur se rappela à lui et il se ravisa. Un homme plus fort que lui l'aurait peut-être emportée loin de cette cellule, indifférent aux conséquences d'une telle désobéissance ; lui se contenta d'ôter son manteau et d'en couvrir les épaules de la jeune femme avant d'en tirer fermement les pans autour d'elle.

— S'il vous donne une seconde chance, ne commettez pas la folie de la rejeter, déclara-t-il en la regardant droit dans les yeux, car, alors, je ne pourrai plus rien pour vous. Mon cousin n'est pas réputé pour son sens de la justice, vous l'avez compris à vos dépens.

Sans lui laisser le temps de répondre, il quitta la cellule, tirant la porte derrière lui. Une fois dehors, il plaqua le geôlier contre le mur.

— Ne la touchez pas, ou il vous en cuira, c'est clair ?

L'homme acquiesça nerveusement. Bien sûr, cela ne suffirait nullement à apaiser sa conscience ravagée par la culpabilité, se dit Hugh, mais c'était tout ce qu'il pouvait faire pour le moment.

Le cœur lourd, il s'enfonça dans la nuit.

Chapitre 9

A minuit, Hugh était complètement soûl.

Des cachots, il était remonté dans ses appartements pour retrouver son valet, qui était resté pétrifié d'horreur à la vue des points de suture. Remis de sa surprise, son domestique lui avait fait subir un interrogatoire en règle sur la manière dont sa peau avait été recousue. Le récit des soins qu'Aline lui avait prodigués n'avait fait qu'accentuer son sentiment de culpabilité.

A bout de nerfs, il avait fait demander de l'eau chaude et s'était frotté tout le corps avec violence, dans l'espoir que se débarrasser de la puanteur des cachots l'aiderait à apaiser sa conscience.

En vain…

Il s'était alors mis au travail, afin de traiter les problèmes qui s'étaient accumulés en son absence. Après avoir lu le même document pour la troisième fois sans en comprendre le sens, il avait conclu qu'il se fichait éperdument de savoir lequel des métayers devait obtenir des pâturages supplémentaires. Il s'était levé de son siège et avait fait les cent pas dans son bureau pendant plus d'une heure. A peine conscient de ce qu'il faisait, il s'était ensuite engouffré dans les rues étroites de la citadelle, avec l'espoir que la marche au grand air lui apporterait une solution… et l'apaisement.

A présent, assis dans un coin d'une taverne crasseuse,

l'esprit en déroute, il se laissait bercer par le bruit et les va-et-vient incessants, qui ne parvenaient hélas pas à l'extraire de son humeur sombre. En revanche, le vin avait eu pour effet d'atténuer la douleur de sa blessure. C'était désormais plus une irritation qu'une véritable souffrance. Hugh tira sur son col pour dégager le pansement, et le souvenir des doigts agiles d'Aline courant sur son cou et son torse s'imposa aussitôt à lui.

Par-delà la souffrance, il avait ressenti la puissante attirance qui les avait sans cesse ramenés l'un vers l'autre tout au long de ce voyage. Lorsqu'elle l'avait soigné, il n'avait pas souffert le martyr, parce qu'il était bien plus troublé par la proximité de son corps que par la gravité de ses plaies.

Déjà ivre, Hugh se prit à rêver qu'ils n'étaient pas ennemis, qu'elle n'avait plus à le combattre, ni lui à la soumettre comme ce fameux matin dans la forêt. Il ferma les yeux, imaginant le plaisir qui les submergerait lorsque, enfin, il pourrait embrasser ses lèvres pleines et promener les mains sur sa peau soyeuse. Elle n'aurait plus alors ni le désir ni le besoin de se défendre contre lui.

Non ! Il ne fallait pas ! Que lui arrivait-il ? Jamais aucune des femmes qu'il avait eues pour maîtresses n'avait exercé un tel pouvoir sur lui, ni sur son corps, ni surtout sur son esprit ! Et de toute façon, Aline serait toujours inaccessible, il n'avait rien à gagner à la désirer ainsi. Il devait passer à autre chose désormais. Il l'avait amenée à Roxholm conformément aux ordres qu'il avait reçus, sa mission était arrivée à son terme. A présent, il ne pouvait que la protéger de loin, sans qu'elle n'en sache jamais rien.

Il s'empara de sa coupe, hélas vide, et fit signe à la tenancière de lui en servir une autre. La servante qui accourut était une jolie fille aux yeux sombres, avec des cheveux trop roux pour être naturels. Lorsqu'il grogna un vague remerciement, elle vint s'installer sur ses genoux et lui posa un baiser sonore dans le cou. N'importe qui aurait accueilli avec joie de telles manifestations de tendresse, mais il en était incapable. Avec impatience, il détacha les bras qu'elle avait placés autour de son cou.

Comme il aurait voulu pouvoir s'abandonner dans des bras accueillants, pourtant ! Le seul souvenir d'Aline suffisait à faire bouillir son sang dans ses veines. Il se rappelait avec un amusement amer la façon dont elle était tombée en arrêt devant lui lorsqu'elle l'avait découvert à demi nu au moment où il faisait sa toilette. La curiosité vaguement inquiète de la jeune femme avait vite disparu au profit d'un intérêt sensuel. Hugh prit alors conscience qu'elle n'avait sans doute jamais vu un homme à ce point dévêtu.

A ces souvenirs, ses reins s'enflammèrent et la servante, toujours sur ses genoux, recommença ses baisers, sans doute flattée. Elle lui murmura ensuite une suggestion osée à l'oreille et il résolut d'y répondre favorablement. Il devait oublier Aline, alors autant commencer tout de suite, pendant que l'alcool émoussait sa conscience et le poids de sa culpabilité.

Il se leva non sans brutalité et chercha quelques pièces pour payer son vin. A cet instant, ses doigts rencontrèrent un objet inhabituel, qu'il sortit de sa bourse, étonné. Le collier d'Aline… Il ne le lui avait pas rendu.

La servante s'impatientait, les mains sur les hanches et la tête de côté.

— Alors, mon beau seigneur, vous venez, oui ou non ?

Hugh serra un long moment le bijou entre ses doigts, avant de le remettre à l'abri dans la bourse. Il jeta ensuite quelques pièces sur la table et fit signe à la fille, qui s'empressa de le conduire à l'étage supérieur.

Dans une petite chambre miteuse, la servante alluma une lanterne et fit mine de préparer le lit. Exaspéré, Hugh l'attira à lui pour l'embrasser. Elle lui rendit son baiser avec un gémissement de plaisir sans doute simulé. Qu'importe ! Lui non plus n'avait pas réellement envie d'elle. Les yeux clos, il lui caressa la poitrine, reculant vers le lit sur lequel il se laissa tomber. Il sentit des mains qui tiraient sur sa chemise et soupira profondément, impatient d'être bientôt apaisé. La fille grimpa sur lui et passa les doigts dans ses cheveux. Quand elle descendit plus bas sur sa poitrine, à l'endroit exact où Aline avait posé les doigts, il ouvrit brusquement les yeux, tout désir envolé. Ces yeux noirs n'étaient pas ceux dans lesquels il voulait plonger le regard, ces lèvres n'étaient pas celles qu'il voulait embrasser. Il tendit la main pour prendre doucement le poignet de la fille.

— Je suis désolé, déclara-t-il.

— Désolé de quoi ? s'enquit-elle, perplexe.

— Je ne peux pas. Je… c'est une autre que je veux.

Elle sauta à bas du lit, l'agonisant d'une bordée d'injures. Soudain très calme, il se leva à son tour et sortit de la pièce, poursuivi par les sarcasmes de la fille. D'un pas rapide, il prit la direction des geôles.

Sans se soucier des protestations du geôlier, il s'engouffra dans les couloirs et gagna la cellule d'Aline. Aucun son n'en sortait. Il alluma une torche et regarda à travers le grillage de la porte. La jeune femme était allongée sur le côté, face à lui, le manteau qu'il lui avait donné serré autour d'elle. Sa tresse dorée faisait comme une corde autour de son cou pâle.

L'espace d'un instant, il se contenta de la regarder dormir. Il aurait voulu la réveiller, mais la sérénité de son visage l'en dissuada. Cela eût été égoïste de l'arracher à un sommeil réparateur. Soulagé de la savoir en paix pour le moment, il retourna dans sa chambre et se laissa choir sur son lit. La dernière chose qu'il vit avant que le sommeil ne l'emporte à son tour fut le visage d'Aline.

Aline ouvrit les yeux lorsqu'elle entendit la porte s'ouvrir. Elle ne fut pas surprise de découvrir Hugh. Il s'était lavé de la poussière du voyage, s'était rasé, et ses cheveux humides tombaient autour de ses mâchoires carrées. A la place de son habituel gilet de cuir, il portait une tunique de laine douce.

A la lumière des bougies, il était beau à couper le souffle. Avec un sourire, il s'approcha de sa silhouette toujours allongée, retira doucement le manteau qui la couvrait et s'assit à son côté. Ses yeux restèrent fixés aux siens lorsqu'il défit le ruban qui retenait le corsage de sa robe légère. Lentement, il fit glisser le tissu sur ses épaules dénudées, puis il prit possession de sa bouche, légèrement d'abord, puis avec une intensité qui la consuma. Son odeur chaude et virile l'enivrait, et elle ferma les yeux, la tête rejetée en arrière tandis qu'il promenait ses lèvres brûlantes sur son cou.

Elle ne put retenir un gémissement de surprise et de plaisir mêlés lorsque sa bouche descendit plus bas, alternant de doux baisers avec de légères morsures qui lui enflammaient la peau. Lorsqu'il atteignit ses seins, c'est à peine si elle pouvait encore respirer. D'instinct, elle arqua le dos pour venir à la rencontre de sa bouche.

Il la mordit alors sauvagement, lui arrachant un gémissement de douleur, et elle ouvrit les yeux pour croiser son regard. Celui-ci était dur et froid. C'est alors qu'elle reconnut le visage du duc. Sous ses yeux terrifiés, Stephen ouvrait la bouche, dévoilant des crocs de loup. Il émit alors un grognement et lui sauta à la gorge. Son rire moqueur résonna à ses oreilles tandis que le sang coulait de sa plaie…

Aline s'éveilla sur un cri de terreur, les joues et la gorge brûlantes. Son rêve lui avait paru si… réel ! Elle dut cligner des paupières plusieurs fois pour effacer de son esprit l'image des yeux glacés de Stephen qui la regardaient mourir. Le manteau de Hugh ne la couvrait plus et elle tâtonna à sa recherche en frissonnant. Elle le passa autour de ses épaules et enfouit le visage dans les plis du tissu, heureuse de retrouver sur la laine l'odeur de l'homme qui avait hanté le début de son rêve.

Le bruit du verrou et de la porte qu'on ouvrait la firent tressaillir. Le geôlier pénétra dans la cellule pour lui tendre un bol en proférant des paroles qui ressemblaient à un grognement. Après avoir placé un seau d'eau dans un coin, il ressortit, la replongeant dans l'obscurité.

Prudemment, Aline renifla le contenu du bol avant d'y plonger un doigt. C'était une sorte de potage à l'odeur écœurante, mais elle n'avait pas mangé depuis si longtemps qu'elle se força à ingurgiter le liquide graisseux. Une fois sa faim satisfaite, elle utilisa avec un réel bonheur l'eau du baquet pour se laver.

Puis, propre et rassasiée, elle ferma de nouveau les yeux. Elle chercha à susciter dans son esprit les images rassurantes de son grand-père, de ses amis et de sa maison, mais cela ne fit hélas qu'aggraver son sentiment de solitude. Elle avait beau se raisonner, elle ne pouvait s'empêcher de se sentir responsable. Toute cette histoire avait commencé par sa bêtise. Sans cette folle escapade avec Dickon, elle n'aurait pas été capturée. A présent, Leavingham était perdu. Par sa faute ! Il lui sembla rester des heures à ressasser ces pensées déprimantes dans le noir.

Puis, incapable de tenir en place, elle se leva et commença à marcher de long en large dans la minuscule cellule, comptant ses pas pour s'occuper l'esprit. Elle répéta ensuite toutes les passes d'escrime qu'elle connaissait et, comme l'ennui la rendait folle, se mit sur la pointe des pieds pour regarder à travers la grille de la porte. Le couloir était vide et, à la lueur mouvante des torches, elle distingua la silhouette du geôlier, avachi sur un petit tabouret.

— Je veux parler au duc, lui cria-t-elle. Allez chercher sir Hugh !

L'homme ne bougea pas. Il dormait. L'unique son qu'elle entendit alors, des cris perçants provenant d'un autre cachot, lui glaça le sang. Terrorisée, elle sentit son ventre peser comme une pierre et recula au fond de sa cellule, la gorge serrée. Combien de temps pourrait-elle encore tenir en ce lieu avant de perdre la raison et d'accepter les conditions du duc ?

Le temps s'égrena de nouveau, avec lenteur.

Combien d'heures avaient passé, Aline eût été incapable de le dire, mais la faim recommençait à la torturer. Quand elle entendit enfin des bruits de pas s'élever dans le silence, elle sauta sur ses pieds. La porte s'ouvrit sur deux gardes, qui lui ordonnèrent de les suivre.

Oscillant entre soulagement et terreur, elle fut entraînée hors des cachots et traversa la cour intérieure. Le soleil était sur le point de se coucher et elle comprit, interdite, qu'elle avait passé près d'un jour complet dans sa cellule. Les deux gardes l'escortèrent jusqu'aux appartements du duc, qu'elle reconnut avec un frémissement d'appréhension. Hélas, elle n'eut pas le temps de reprendre contenance : elle fut poussée sans ménagement à l'intérieur.

Le duc l'attendait à la même place près du feu, la même coupe de vin à la main, comme pour la narguer. Elle nota du coin de l'œil les deux bouteilles vides sur la table, qui indiquaient que l'homme n'était sans doute pas d'humeur à être défié. Le duc lui adressa un large sourire et désigna une chaise tapissée de velours rouge près de la table. Heureuse malgré elle de retrouver un semblant de confort, elle se laissa aller avec un frémissement de plaisir contre le tissu moelleux, puis attendit avec une anxiété grandissante la suite des événements.

— Eh bien, Aline, j'espère que ce petit séjour au cachot vous aura fait retrouver un peu de bon sens et apprécier pleinement mon offre de vous accueillir en invitée..., commença-t-il d'une voix altérée par l'alcool.

Aline avait froid, faim et terriblement sommeil mais, pour rien au monde, elle ne l'aurait reconnu devant cet homme.

— Je ne me rappelle pas vous avoir autorisé à m'appeler par mon prénom, rétorqua-t-elle avec hauteur.

Si Stephen fut froissé, il n'en laissa rien paraître. Il lui saisit la main et la baisa, avant d'éclater de rire. Comme elle tentait de se dégager, dégoûtée par ce contact, il resserra son étreinte.

— Sachez que je n'ai nul besoin de votre autorisation, *madame.*

Il désigna alors un parchemin et une plume posés sur la table.

— Ce document détaille mes exigences. Je vous renverrai saine et sauve à Leavingham dès que votre grand-père aura abandonné son titre de Haut Seigneur et abdiqué en ma faveur. En échange, vous serez libérée. Je veux également la promesse sur l'honneur qu'il n'y aura aucune tentative de vengeance ni de reconquête du pouvoir. Votre grand-père pourra continuer à diriger Leavingham jusqu'à sa mort, après quoi le domaine sera rattaché à Roxholm.

Il s'interrompit, attentif à l'effet de ces paroles. La jeune femme s'efforça de rester de marbre.

— Mon grand-père n'acceptera jamais, répondit-elle d'une voix qu'elle espérait ferme.

— Je suis au contraire persuadé qu'il acceptera... A moins qu'il ne veuille vivre en sachant qu'après avoir perdu son fils et son petit-fils il aura condamné sa petite-fille à passer sa vie dans un cachot. A présent, venons-en à l'autre exigence qui nous concerne. Je compte toujours faire de vous mon épouse ; seulement, je vois que vous avez besoin d'un peu de temps pour vous faire à cette idée. Je ne suis pas un homme insensible, aussi ne vous contraindrai-je pas. J'annoncerai toutefois notre union dès que votre grand-père sera décédé.

L'air satisfait, il posa en souriant une main sur le dossier du fauteuil où elle avait pris place.

— Bien entendu, poursuivit-il, cela faciliterait grandement les choses si vous acceptiez de bon cœur de m'épouser avant que cet événement se produise.

En dépit de l'horreur que cet individu lui inspirait, Aline garda la tête haute pour lui répondre.

— Je ne vous épouserai jamais !

— Oh que si, croyez-moi ! Vous devez vous marier, votre grand-père le sait aussi bien que vous. Et votre avenir sera décidé par le Haut Seigneur, comme cela doit être. Après tout, vous devriez vous estimer heureuse d'avoir pu profiter de toutes ces années de liberté. Vous seriez mariée depuis belle lurette si votre père avait vécu. Pour ma part, j'ai besoin d'héritiers, et un mariage avec l'héritière légitime de Leavingham ne peut que renforcer ma position. De surcroît, qui d'autre voudra encore vous épouser, maintenant que vous avez passé trois jours dans la nature avec mes soldats pour unique compagnie ? Votre réputation est ruinée, conclut-il d'une voix faussement désolée. Maintenant, signez !

Aline s'était sentie faiblir à mesure que ces mots pénétraient sa conscience. Désespérée, elle baissa la tête pour cacher les larmes qui lui brouillaient la vue. Le duc disait vrai. Elle avait refusé tant d'unions pour des raisons qui lui semblaient désormais dérisoires ! Une vie auprès de ce monstre serait sa pénitence. Toutefois, elle ne se rendrait pas sans combattre.

— Que ferez-vous si je refuse malgré tout de signer ? demanda-t-elle d'une voix faible.

— Décidément, Aline, vous forcez mon respect ! s'exclama joyeusement le duc. Personne à ma cour ne s'aviserait de me contredire comme vous le faites. Vous avoir pour femme sera pour moi un défi bien plaisant…

Il éclata de rire, avant de se pencher vers elle.

— A vrai dire, que vous signiez ou non ne changera rien, ma très chère. Si ce n'est qu'en attendant la réponse de votre grand-père, je vous ferai de nouveau jeter au cachot — mais, cette fois, ce sera en compagnie des condamnés. Je suis certain que les occupants de cette cellule apprécieront de pouvoir faire la connaissance de la jolie demoiselle que vous êtes avant d'être pendus. Comme j'estime qu'il faudra six jours à mon messager pour parcourir le voyage aller-retour… je vous laisse imaginer ce qu'ils vous infligeront. Combien de temps résisterez-vous avant de perdre l'esprit ?

Aline sentit la nausée lui tordre le ventre. Quel que soit son devoir envers Leavingham et son grand-père, personne ne pouvait exiger d'elle un tel sacrifice. A contrecœur, elle prit la plume entre ses doigts tremblants et signa « votre loyale fille », le code qui indiquerait à son grand-père qu'elle écrivait sous la contrainte.

— Je vous remercie, madame, chuchota Stephen.

Il examina un instant sa signature avant de replier la lettre pour la sceller.

— C'était étonnamment facile, n'est-ce pas ? A présent, je vais donner des ordres pour que l'on vous prépare des appartements plus à votre goût pour le reste de votre séjour.

Sur ces mots, il tira sur une corde. La porte s'ouvrit presque aussitôt sur deux servantes, à qui le duc ordonna de préparer une chambre et un bain. Aline observait tout cela à travers un voile opaque. Elle était hébétée et tout lui semblait immatériel. Elle vit ensuite le duc échanger quelques mots avec une sentinelle et lui tendre la lettre. Après quoi, il se tourna de nouveau vers elle et l'étudia en silence. Cet examen réveilla brusquement sa conscience assommée, et elle lui renvoya son regard sans ciller.

Brusquement, les yeux du duc s'assombrirent. En quelques enjambées, il la rejoignit et lui arracha le manteau des épaules. Elle tressaillit, effrayée, mais sa frayeur se révéla infondée : ce fut sur le manteau qu'il s'attarda, et non sur son corps.

— Voilà un intéressant ajout à votre garde-robe, maugréa-t-il. Il me semble reconnaître ce manteau, aussi je me demande à quoi peut bien penser mon cousin pour vous donner ainsi ce qui lui appartient. Que s'est-il passé durant votre voyage pour qu'il agisse de la sorte en dépit de mes ordres ?

Aline sentit la panique l'envahir en même temps qu'un flot d'images de Hugh emplissaient son esprit. Quelle serait la meilleure réponse ? Elle fit une brève prière pour que son expression ne trahisse pas les émotions qui l'assaillaient à la pensée de Hugh.

— Que s'est-il passé ? répéta-t-elle d'une voix volontairement morne. Je lui suis venue en aide lorsqu'il a été blessé. Je suppose que c'était sa façon de me remercier de lui avoir sauvé la vie.

— Vraiment ? Voyons, je ne vous tiendrai pas rigueur d'avoir voulu le séduire, étant donné votre situation. Beaucoup de femmes auraient agi de la sorte. Néanmoins, il est évident que vous avez échoué, conclut-il en riant. Aucune femme n'est encore parvenue à prendre mon cher cousin dans ses filets ! Sa loyauté est sans égale.

Aline garda le silence, mais elle détourna un instant le

regard, ce qui prouva sans doute à Stephen qu'elle n'était pas aussi indifférente qu'elle voulait le laisser paraître, car il éclata d'un rire sauvage. Il riait toujours quand une servante vint la chercher et l'entraîna hors de la pièce.

Chapitre 10

Une sentinelle resta devant les appartements du duc et une autre les escorta, la servante et elle, tandis qu'elles traversaient une nouvelle cour tapissée d'herbe pour atteindre une tour carrée dont la large silhouette se découpait, noire à la lueur de la lune. Malgré l'obscurité, Aline reconnut le bâtiment qui menait aux cachots et la panique s'empara d'elle. Sans réfléchir, elle se mit à prier pour que Hugh vienne à son secours. Cet ignoble duc était un menteur de la pire espèce !

Elle se demanda combien de temps ses jambes allaient encore la porter et il lui fallut un suprême effort de volonté pour continuer à avancer. Elle était cependant déterminée à ne pas montrer sa faiblesse devant ses ennemis.

A son grand soulagement, ils passèrent devant la porte de fer des cachots sans s'arrêter, pour entrer dans la tour par une autre porte. Là, ils gravirent trois volées d'escaliers étroits et balayés par le vent. De la musique et des rires s'échappant d'une chambre au deuxième étage ravivèrent sa mélancolie, elle se sentait plus nostalgique que jamais de Leavingham. Au troisième étage, aucun bruit ne se faisait entendre lorsque le petit groupe s'engagea dans un très long couloir. Parvenus à l'extrémité de celui-ci, ils s'arrêtèrent devant une unique porte, que la servante déverrouilla. Dépitée, Aline remarqua qu'elle laissait la clé dans la serrure avant de s'effacer pour la laisser entrer. Elle s'immobilisa un instant sur le seuil, inquiète, tandis que le garde lui faisait signe d'avancer.

La chambre était petite et chichement meublée mais, au moins, c'était une chambre et non une cellule. Un haut lit encadré de lourds rideaux était poussé contre un mur et une table et une chaise agrémentaient une alcôve dotée d'une fenêtre étroite. Aline manqua pleurer de joie lorsqu'elle vit la baignoire de bois posée près du feu, qui dégageait une délicate odeur de fleurs. Un tel confort fit si bien pour lui remonter le moral qu'elle ne se préoccupa guère de la clé qui tournait derrière elle dans la serrure. Elle était seule.

Alors, son attention se porta sur la savoureuse odeur de nourriture qui provenait d'un plateau sur la table. Aussitôt, son estomac se manifesta bruyamment. Elle retira sa cape à la hâte et se jeta sur ce repas bienvenu sans même s'asseoir. Elle dévora les cuisses de poulet et le pain, puis mordit dans une pomme avec bonheur. C'était un repas simple, mais il lui semblait qu'elle n'avait jamais rien mangé d'aussi bon.

Rassérénée, elle se dévêtit et rentra avec délice dans la baignoire. Lentement, elle se laissa glisser dans l'eau chaude, savourant le bien-être que cela lui procurait. Elle se frotta le corps et les cheveux avec un savon parfumé à la lavande jusqu'à ce que sa peau rosisse. Qu'il était bon de se débarrasser ainsi de la poussière du voyage, de la puanteur des geôles et de la sensation écœurante des mains du duc sur elle ! Se sentant enfin propre, elle appuya la tête contre le bois et ferma les yeux. L'eau chaude faisait des merveilles sur ses muscles endoloris.

Bien sûr, sa confrontation avec Stephen lui revenait sans cesse à l'esprit, mais elle repoussait ce souvenir avec obstination. Plus tard… Plus tard, quand elle aurait les idées claires, elle réfléchirait aux conséquences de cette lettre qu'elle avait signée. Si elle y pensait maintenant, elle ne trouverait pas la paix. Or, elle avait plus que tout besoin d'avoir l'esprit reposé pour parvenir à combattre cet homme à moitié fou.

Quand sa tête devint lourde de sommeil, Aline sortit de la baignoire à contrecœur et s'enroula dans le large tissu qu'une main prévoyante avait déposé juste à côté. Elle prit ensuite le pichet de vin, auquel elle n'avait pas encore touché, et s'en servit un verre. Ce breuvage riche et entêtant lui fit tourner la tête. C'était aussi bien : avec un peu de chance, un second verre l'aiderait à dormir.

Elle s'approcha alors de la cheminée et s'installa sur une fourrure moelleuse qui faisait office de tapis afin de faire sécher ses cheveux. Elle sombra alors dans un demi-sommeil dont elle s'éveilla soudain en sursaut. Elle se releva, songeant qu'elle n'avait aucun vêtement à mettre, sinon ceux qu'elle avait ôtés. La robe et les dessous étaient couverts de boue et de sang et la puanteur des cachots s'y accrochait. Il lui semblait hors de question de les remettre. Elle se glissa donc nue entre les draps, non sans avoir pris soin de refermer les rideaux autour d'elle.

Lorsqu'elle était chez elle, elle ne fermait jamais ses courtines, car elle adorait être réveillée par les premiers rayons du soleil. Dans cette chambre étrangère, en revanche, elle se sentait vulnérable. Elle s'installa confortablement au creux du matelas, bien au chaud sous la couverture épaisse. Les draps étaient certes un peu râpeux et les plumes d'oie la picotaient, mais ces désagréments étaient bien peu de chose. Ces derniers jours, elle avait dormi sur la terre, dans les bois ou dans une geôle crasseuse, et la douceur du matelas lui donnait l'impression d'avoir atteint le paradis.

Le corps enfin au repos, son rêve de la nuit précédente lui revint soudain à l'esprit et elle sentit une chaleur traîtresse s'insinuer en elle. Au souvenir de ce qu'elle avait fait en pensée avec Hugh, elle sentit son corps réagir et prit conscience que cet homme lui manquait terriblement, avec son rire, sa force, et même ses moqueries. Sans compter qu'ils ne s'étaient pas quittés en bons termes et que le regret la taraudait. Etrangement, au cours de leur voyage, elle avait fini par se sentir en sécurité auprès de lui. Elle l'avait même considéré comme… non pas comme un ami, mais comme une personne proche. Rien de plus, toutefois ! Ces rêves inconvenants n'étaient sans doute dus qu'aux multiples épreuves qu'elle avait traversées ces derniers jours…

Elle se blottit entre les couvertures, impatiente de le revoir bientôt. Ce fut en pensant à lui qu'elle s'endormit.

Alors qu'Aline sombrait dans un sommeil réparateur, Hugh, de son côté, ne trouvait pas le repos. Il avait beau s'efforcer par tous les moyens de garder son calme et sa lucidité : une lutte faisait rage en lui un besoin viscéral de retourner auprès d'Aline pour lui servir de protecteur s'affrontait à son devoir vis-à-vis de Stephen. Il s'était assuré, en distillant les bonnes informations aux oreilles des gardiens, qu'Aline ne serait pas importunée par qui que ce fût et avait appris avec soulagement qu'elle avait quitté les cachots la veille au soir. Il ignorait cependant où on l'avait emmenée.

Lorsque le jour parut, ses bonnes résolutions avaient faibli : non, il ne garderait pas son calme. Il devait agir. Il était en train d'attacher sa dague à sa ceinture lorsqu'un valet vint lui transmettre un message de Stephen. Le duc le sommait de le rejoindre dans ses appartements. Optant pour la prudence, il retira la dague et résolut de ne rien commettre d'inconsidéré.

Il trouva son cousin assez calme et se détendit, rassuré. Selon toute vraisemblance, Aline se trouvait en sécurité pour l'heure. Il fit à son cousin un rapport sur la façon dont il avait capturé Aline et l'avait amenée jusqu'à la citadelle — un rapport tronqué et sélectif —, et le duc l'écouta sans un mot. Lorsqu'il se tut, Stephen se retourna et saisit quelque chose sur une petite table derrière lui. Avec effroi, Hugh reconnut son manteau.

— Voudrais-tu bien m'expliquer pourquoi elle avait ceci sur les épaules quand elle est venue ici hier ? hurla brusquement Stephen en jetant le manteau à terre dans un accès de rage. Je ne l'ai pas envoyée au cachot pour qu'elle y soit à son aise ! C'était pour l'affaiblir, et toi, qu'as-tu fait ? Tu as pris l'initiative d'adoucir l'épreuve de cette garce !

— Ne parlez pas de lady Aline en ces termes !

Les mots étaient sortis tout seuls, pleins d'une fureur retenue mais manifeste.

Stephen parut un instant interloqué, puis il éclata d'un grand rire.

— Ah, voilà ! Je comprends mieux, à présent... Diable ! Je sais que tu as toujours eu du mal à résister à un joli visage mais, là, tu t'es surpassé !

Déjà, Hugh se maudissait pour sa propre bêtise. Comment avait-il pu se dévoiler ainsi ?

— Peu m'importe cette femme, elle n'est rien pour moi, assura-t-il d'un ton léger. Mais elle m'a sauvé la vie, voilà tout. Lui donner mon manteau n'était qu'une manière de payer ma dette, inutile d'aller chercher plus loin.

Ces mots sonnaient faux même à ses propres oreilles. Il enchaîna malgré tout, ne pouvant résister davantage à la curiosité.

— Où est-elle à présent ?

Le visage de marbre, Stephen se leva et gagna la cheminée d'un pas lent.

— Elle n'est plus là où tu l'as laissée, épargne-toi la peine d'aller vérifier, répondit-il avec une sérénité qui fit bouillir le sang de Hugh dans ses veines.

Méthodiquement, le duc tisonna le feu, puis il revint vers son cousin et déclara d'une voix chargée de haine :

— J'ai demandé à lady Aline pourquoi, à son avis, tu lui avais donné ce manteau. Elle m'a répondu qu'elle ne s'était même pas posé la question — elle s'en moquait éperdument. Je suis navré, cousin, quels que soient tes sentiments à son égard, ils ne sont pas réciproques. De toute façon, que pourrait-elle bien éprouver pour quelqu'un qui l'a tenue enchaînée dans un chariot pendant des jours, sinon de la répulsion ?

Piqué au vif, Hugh se redressa de toute sa hauteur pour affronter son cousin. Les deux hommes étaient aussi grands l'un que l'autre et ils restèrent un long moment à se défier du regard. Stephen finit par hausser les épaules avec désinvolture et se détourna en ricanant.

— Prends garde, cousin ! Si j'ai encore à douter de ta loyauté, je pourrais bien me débarrasser de toi pour de bon, s'exclama-t-il. Dis-moi que je peux te faire confiance ! Jure-le !

— Vous savez parfaitement que je suis lié à vous par la promesse que j'ai faite à votre père. Mon allégeance n'a pas changé, répliqua Hugh en dépit de l'amertume qui lui obstruait la gorge.

Apparemment satisfait, Stephen hocha la tête.

— Les hommes que tu avais pris avec toi sont arrivés ce matin avec le chariot et les chevaux. Tu peux rentrer sur ton domaine, Hugh. Je n'ai plus besoin de toi. Rien ne te retient plus ici.

Hugh ignora le sarcasme et s'inclina. Puis il quitta la pièce, l'esprit en ébullition, non sans avoir ramassé son manteau. D'un pas résolu, il traversa la ville fortifiée et gagna la boulangerie. Il frappa à la porte et entendit des pas descendre l'escalier. Une jeune fille brune vint lui ouvrir et demeura bouche bée à sa vue.

— Bonjour, Kate, dit-il, je viens voir ton grand-père.

Reprenant contenance, la jeune fille l'invita à entrer et le conduisit à l'étage. Elle poussa ensuite la porte d'une chambre. Duncan se leva à sa vue.

En découvrant Hugh, le vieux soldat eut un sourire triste.

— Venez vous asseoir, capitaine, lança-t-il en lui désignant un tabouret. Vous feriez mieux de me raconter ce qu'il s'est passé…

Hugh s'exécuta et, d'une voix blanche, lui exposa les derniers événements, répondant à chacune de ses questions sans cacher la fureur et la honte que lui inspirait son propre comportement.

— A vrai dire, commenta Duncan lorsqu'il eut terminé, il ne fallait pas être grand clerc pour comprendre qu'elle faisait battre votre cœur. Que pensiez-vous donc qu'il allait se passer avec le duc ? Avez-vous vraiment cru qu'il se contenterait de la renvoyer chez elle et qu'elle vous épouserait sur le chemin du retour ?

Hugh ne put réprimer un soupir mécontent.

— A la vérité, je pensais que je ne m'en soucierais plus une fois ma mission accomplie. Mais voilà que je me retrouve quasiment banni de la citadelle, alors que j'ai promis à lady Aline de la protéger, et je ne peux rien faire — du moins au grand jour. Si Stephen soupçonne l'intérêt que je lui porte, il mettra tous les obstacles possibles en travers de mon chemin.

Il se passa la main dans les cheveux et, tournant la tête, s'aperçut que la petite-fille de Duncan était toujours dans la pièce. Il lui sourit malgré son tourment, puis s'adressa à elle.

— Puis-je te demander une faveur, Kate ? demanda-t-il. Tu travailles toujours au château, n'est-ce pas ?

Kate acquiesça d'un hochement de tête.

— Dans ce cas, reprit Hugh, pourrais-tu te débrouiller pour veiller sur lady Aline et la protéger autant que possible ?

Et si tu estimes qu'elle se trouve en danger, envoie-moi un message et j'arriverai au plus vite.

Kate accepta avec empressement, et il se sentit un peu rassuré. Il vouait à cette famille une confiance aveugle et Kate, qu'il connaissait depuis sa plus tendre enfance, était débrouillarde. Il se leva alors pour partir et prit congé de son vieil ami. Arrivé à la porte, il s'arrêta soudain et saisit sa bourse, dont il tira le collier d'Aline. La poitrine douloureuse, il le serra un instant entre ses doigts, avant de le presser dans la main de Kate.

— Ce bijou appartient à lady Aline. S'il te plaît, Kate, pourrais-tu le lui remettre ? Dis-lui… Dis-lui que je suis désolé de ne pas pouvoir le lui rendre moi-même.

Une voix féminine fredonnant un air charmant réveilla Aline tard dans la matinée. Elle avait dormi d'un sommeil de plomb, aussi s'accorda-t-elle quelques instants de paresse dans son lit. Le sourire aux lèvres, elle s'étira et se mit sur le dos… avant d'ouvrir les yeux et d'être frappée de plein fouet par la réalité. Elle était à Roxholm, bien que le chant d'une servante et l'odeur du pain frais fussent les mêmes qu'à Leavingham.

Elle s'enroula dans le drap et passa la tête à travers les rideaux. Une servante était en train de débarrasser l'âtre de ses cendres. Lorsqu'elle l'aperçut, elle sursauta violemment et se redressa en hâte, écarlate, avant d'épousseter son tablier maculé de cendres pour la saluer d'une révérence.

— Oh ! madame, vous m'avez fait peur ! s'exclama-t-elle. Pardonnez-moi, je ne voulais pas vous réveiller. Je m'appelle Kate. Vous êtes venue jusqu'ici en compagnie de mon grand-père, Duncan. Vous devez avoir faim, je vous ai apporté de quoi déjeuner. Je vous en prie, mangez tant que c'est chaud !

Aline lui sourit, vaguement réconfortée par le ton enjoué de la jeune fille.

— Je vous remercie mais, le problème, c'est que je n'ai pas de vêtements, répondit-elle. Ceux que je portais jusqu'à hier sont trop sales pour que je les remette.

Kate leva les yeux au ciel en avisant le tas de vêtements crasseux abandonnés près de la baignoire.

— Ma parole ! Voilà bien les hommes ! Il y a des petits détails auxquels ils sont incapables de penser ! Ne bougez pas, madame, je vous apporte le plateau dans votre lit. Et dès que j'aurai remis de l'ordre dans votre chambre, j'irai vous chercher des vêtements.

Rassurée, Aline s'adossa confortablement aux oreillers et laissa Kate installer le plateau. Elle sentit son appétit s'éveiller en découvrant une miche de pain encore chaude, du miel, du poisson fumé et une tasse de lait. Et elle mangea avec avidité, non sans échanger quelques paroles avec la jeune servante.

Elle avait presque terminé son repas quand des pas se firent entendre dans le couloir. Kate alla ouvrir la porte et Aline l'entendit parler à quelqu'un. Lorsqu'une voix masculine lui parvint, Aline n'en crut pas ses oreilles. Dire qu'elle avait cru ne jamais plus l'entendre ! Alors, sans même se soucier de l'indécence de sa tenue, elle sauta du lit et se précipita vers la porte, le cœur battant.

Chapitre 11

Aline arriva à la porte au moment où Hugh faisait demi-tour pour repartir.

— Sir Hugh, attendez ! appela-t-elle d'une voix tremblante d'émotion.

Elle vit la haute silhouette s'immobiliser à ces mots. Puis Hugh se tourna vers elle et leurs yeux se rencontrèrent.

— Sir ? répéta-t-il avec un froncement de sourcils amusé. La dernière fois, vous vous êtes contentée de mon prénom...

— Eh bien, la dernière fois, vous m'avez laissée seule dans un cachot ! rétorqua-t-elle.

Cette réplique dut le piquer au vif car, en trois enjambées, il se retrouva devant elle, si proche qu'Aline sentit la chaleur de son corps l'envelopper.

— Un cachot dans lequel vous ne vous seriez pas retrouvée si vous aviez écouté mes conseils de prudence ! répondit-il avec humeur. Vous ne me facilitez pas la tâche, madame.

Aline détourna le regard. Elle n'avait aucune intention de reconnaître qu'il avait raison.

— Pourquoi êtes-vous venu ? interrogea-t-elle.

— Parce qu'il me faut quitter la citadelle, expliqua-t-il d'un ton radouci, et que je voulais m'assurer par moi-même que vous étiez à l'abri.

— Voir si j'étais à l'abri, et non me voir, moi, si je

comprends bien..., lâcha Aline, incapable de cacher sa tristesse.

Elle releva les yeux vers lui, espérant qu'il la détromperait. Il n'en fit rien et recula d'un pas, comme si le regard qu'elle posait sur lui le brûlait. Aline chancela, blessée. Seigneur ! De quoi avait-elle l'air, enroulée dans ce drap, presque nue devant lui ? Elle était ridicule d'avoir cru... d'avoir pensé que, peut-être, il partageait les sentiments contre lesquels elle ne pouvait lutter ! Elle avait espéré qu'il la prendrait dans ses bras, alors qu'il ne pensait qu'à la fuir...

A cet instant, les yeux de Hugh se promenèrent sur elle, comme s'il découvrait tout à coup sa tenue, et elle vit une lueur dangereuse assombrir son regard. Alors, le rêve brûlant qu'elle avait fait lui revint à la mémoire et elle sentit une chaleur subite sourdre au creux de ses reins. Un léger soupir lui échappa, et Hugh redressa brusquement la tête, visiblement tendu.

Puis il se détourna et elle sentit tout son corps se glacer. Quelle idiote elle faisait ! Non contente de ressentir des élans inappropriés envers un homme qu'elle aurait dû haïr, elle voulait se persuader qu'il partageait ses sentiments... Humiliée et malheureuse, elle s'enfonça les ongles dans les paumes pour ne pas le supplier de rester.

— Ainsi, vous comptiez partir sans me dire adieu ? demanda-t-elle dans un souffle.

Les lèvres serrées, Hugh gardait une expression indéchiffrable.

— Oui. Cela aurait été plus facile pour moi. De toute façon, si je reste, il ne pourra rien en sortir de bon, déclara-t-il sombrement. Repenser aux bons moments passés ensemble ne nous apportera que du chagrin et de la peine.

Sur ces mots, il lui caressa doucement la joue, et Aline sentit ses yeux s'emplir de larmes. Ce simple contact lui faisait si mal qu'elle dut baisser la tête, submergée par un désir inavouable.

— Adieu, Aline.

Il tourna aussitôt les talons et s'éloigna dans le couloir sans lui laisser le temps de répondre.

Revenant peu à peu à elle, le cœur en lambeaux et le corps ravagé par le désir, Aline demeura de longues secondes immobile, hébétée.

Elle sentit soudain une main qui la tirait doucement vers l'intérieur de la chambre. Kate ! Celle-ci avait assisté à la scène et elle l'avait complètement oubliée ! Pour peu que cette servante ait été envoyée comme espionne par le duc Stephen, son sort était scellé !

Comme si elle avait perçu son angoisse, la servante referma la main sur la sienne en y déposant quelque chose. Surprise, Aline ouvrit la main et découvrit son collier. Au comble de l'émotion, elle serra le bijou et se détourna en hâte pour que Kate ne voie pas ses larmes couler. Elle se sentait si malheureuse ! Dire qu'elle avait été assez folle pour croire que Hugh se préoccupait d'elle ! Admettre qu'elle avait eu tort lui faisait l'effet d'un coup porté en plein cœur.

Elle entendit Kate pousser un soupir de compassion, puis quitter la pièce sans rien dire. Lorsque la porte se referma, elle se précipita vers le lit et se mit à pleurer à chaudes larmes jusqu'à s'endormir d'épuisement.

Ce fut Kate qui la réveilla peu avant midi. Une vieille femme l'accompagnait, qu'elle lui présenta comme maîtresse Themper, la couturière du château. Cette dernière l'examina à travers ses yeux mi-clos, puis lui tendit une chemise de lin beige et une robe en lainage gris. Kate l'aida à s'habiller et laça la robe aussi serrée que possible. Même ainsi, le tissu bâillait encore légèrement autour de son corps amaigri. L'air navré, maîtresse Themper se répandit en excuses.

— Nous ne nous attendions pas à recevoir une invitée de votre qualité, madame, déclara-t-elle en prenant ses mesures.

Elle repartit bientôt avec la promesse de nouvelles robes, plus adaptées au rang d'une lady.

Si elle s'était efforcée de sourire, Aline se sentait indifférente à tout. Son collier gisait toujours entre les draps, à l'endroit où il avait glissé pendant qu'elle dormait. Suivant son regard, Kate l'aperçut et s'en empara pour venir le lui passer au cou. Emue, Aline posa les doigts dessus. Kate comprenait-elle le véritable sens du présent qu'elle lui avait remis ?

— Mon grand-père m'a fait le récit de votre voyage, madame, déclara la servante, comme si elle avait lu dans ses pensées. Il a dit que vous aviez fait preuve d'un grand courage lorsque sir Hugh a été attaqué par un loup, et je peux vous dire que grand-père est du genre avare en compliments !

Aline la gratifia d'un pauvre sourire.

— Je ne me sens pas du tout courageuse à présent, murmura-t-elle d'une voix tremblante.

A vrai dire, le seul nom de Hugh menaçait de déclencher de nouveaux sanglots. Comment pourrait-elle supporter de parler de lui, sachant qu'il l'avait abandonnée ici ?

De façon irrationnelle, Aline espéra que Kate allait la rassurer, lui dire que tout irait bien, qu'après tout le duc n'était pas un si mauvais bougre… La jeune fille se contenta toutefois de garder le silence, en serrant doucement sa main.

C'était encore pire…

Au cours des premiers jours de sa captivité, Aline n'eut guère besoin de nouveaux vêtements. Son corps épuisé avait fini par succomber à la fatigue contre laquelle elle s'était ardemment défendue, si bien qu'elle se sentait en permanence faible et fiévreuse. Pendant trois jours, elle ne fit rien, sinon dormir ou s'asseoir à la fenêtre, enroulée dans des fourrures qui ne l'empêchaient pas de trembler.

Des invitations à souper du duc lui parvenaient chaque jour — de vraies invitations, galantes et polies, et non des menaces ou des sommations. Chacune était accompagnée d'un cadeau : un voile brodé, un couple de roitelets en cage… Aline les renvoya tous et prit soin de libérer les oiseaux avant de lui retourner la cage. Elle n'avait jamais eu de goût pour les animaux en captivité et, d'ailleurs, il était fort possible que le duc les lui ait envoyés pour l'ironie du présent.

Depuis la tour, elle pouvait observer la cour qui s'étendait devant le château. Elle passait de longs moments à se laisser bercer par le spectacle des gens qui se hâtaient vers leurs affaires, indifférents ou ignorants du sort de la prisonnière qui les observait. Debout, elle pouvait voir plus loin, au cœur de la ville fortifiée, les rues étroites et, au-delà des murailles, les collines verdoyantes nappées de brume.

Aline pensait souvent au messager qui reviendrait de Leavingham, porteur de la missive qui déciderait de son destin. Parfois, sa colère reprenait de plus belle et elle échafaudait des plans d'évasion, cherchant mille manières de sortir du château puis de la ville. Mais ensuite ? Même si elle parvenait à fuir, elle n'avait personne vers qui se tourner, nulle part où aller. Le seul homme qui aurait pu lui venir en aide avait très clairement choisi son allégeance.

Pendant de longues heures, elle repensait au départ de Hugh, revivant sans cesse leur conversation, s'arrêtant sur chaque mot qu'il avait prononcé et tentant d'y découvrir un sens caché. Si elle l'avait écouté, si elle n'avait pas défié le duc, serait-il resté ? Elle n'avait pas de réponse, bien sûr. Et chaque nuit, le visage du capitaine revenait la hanter, parfois ensanglanté et sans vie, parce qu'un loup lui avait sauté à la gorge, parfois souriant, ses magnifiques yeux saphir étincelants de promesses. Aline aurait été incapable de dire laquelle de ces images la perturbait le plus.

Sans compter que le seul souvenir des rares contacts physiques qu'ils avaient eus lui faisait bouillir le sang. Elle ne l'aimait pas, c'était certain — comment pouvait-on aimer une personne que l'on connaissait si peu ? Et dans des circonstances aussi tragiques ? —, mais son cœur se serrait à la pensée qu'ils auraient pu, justement, se découvrir avec le temps. Pendant des heures, elle tenta de lutter contre la violence de l'attirance qu'il continuait à éveiller en elle malgré son départ.

Elle finit par parvenir à la conclusion que la protection qu'il lui avait promise n'était rien d'autre qu'une chimère. Il s'était montré bienveillant dans le seul but de l'amener jusqu'à Roxholm sans trop de peine. Alors, jour après jour, la tristesse fit place dans son cœur à une fureur nourrie de déception. Au moins, Hugh cessa-t-il dès lors de la visiter en songe. Ce fut cette colère qui la poussa, le matin du quatrième jour, à accepter l'invitation à souper de Stephen.

Comme les jours précédents, le billet lui avait été apporté en milieu de matinée, accompagné d'un plat de fruits confits au miel : des pêches, des abricots et les premières mûres de l'année. Aline relut le billet du duc, dans lequel il exprimait l'espoir qu'elle se remettait de sa fatigue et qu'elle lui ferait le plaisir de sa compagnie le soir même. Elle le froissa dans sa main et s'apprêtait à le jeter au feu quand elle se ravisa.

Certes, ses deux rencontres avec le duc l'avaient terrifiée. Néanmoins, les lettres qu'il lui avait fait parvenir étaient toutes courtoises et aimables. De surcroît, elle se sentait terriblement seule dans cette chambre, avec sa seule colère et parfois Kate pour lui tenir compagnie. La réponse de Leavingham n'arriverait pas avant au moins deux jours et jamais Aline ne s'était retrouvée aussi longtemps condamnée à une telle inactivité.

Elle sourit au page qui attendait son habituel refus.

— Dites au duc que j'accepte.

Dans l'après-midi, une boîte lui fut apportée dans sa chambre. Curieuse, Aline l'ouvrit et poussa une exclamation de surprise qui précipita Kate à son côté. Sur un lit de velours était posée une couronne d'argent composée d'une multitude de fils entrelacés qui dessinaient des boucles et des fleurs. Des rubis occupaient le centre de chacune des fleurs. Lorsqu'elle le sortit de la boîte, le bijou étincela de mille feux.

— Vous devriez lire le mot qui l'accompagne, suggéra Kate, subjuguée.

Nettement moins pressée de savoir ce que le duc exigerait en échange d'un cadeau aussi extravagant, Aline prit le billet d'une main tremblante et le lut à haute voix :

Lady Aline,

Vous me feriez grand honneur en portant ce présent ce soir, accompagné de votre plus belle robe.

Votre dévoué,

Stephen.

— Je ferais bien d'appeler maîtresse Themper, soupira Kate.

Le reste de la journée se passa dans une activité incessante. Kate s'occupa de lui faire préparer un bain et lui lava les cheveux avec une eau parfumée au jasmin. Dans un coffre empli de vêtements apporté par maîtresse Themper, Aline choisit une robe de velours bleue sans manches, magnifiquement brodée de roses d'argent, qu'elle accompagna d'une chemise blanche à manches bouffantes. Elle enfila la robe et se regarda d'un œil critique. Le vêtement tombait en plis amples resserrés par une ceinture de brocart qui mettait en valeur sa taille fine. Le décolleté, un peu trop profond, laissait deviner la naissance de ses seins. Kate la coiffa de façon à faire retomber librement les boucles dans son dos, avant de poser sur sa tête le cercle d'argent. Elle sembla ravie du résultat.

Cependant, quand on présenta à Aline son reflet dans un grand morceau de verre poli, le doute l'envahit.

— C'est bien trop habillé ! s'exclama-t-elle. Je ne peux pas porter cela.

— Madame, vous êtes magnifique ! protesta Kate. Et n'oubliez pas que le duc Stephen vous a demandé de porter votre plus belle tenue pour aller avec ce présent.

Le cœur soudain serré, Aline secoua la tête.

— J'aurais dû refuser son invitation, murmura-t-elle.

— Allons, madame ! Cela ne vous fera aucun bien de rester enfermée dans cette chambre à vous torturer avec des questions sans réponse !

— Je le sais bien, mais j'ai très peur de ce qui m'attend. Comment pourrais-je supporter la compagnie du duc après ce qu'il m'a fait ? Et en songeant à ce qu'il compte faire de moi…

— A la vérité, madame, beaucoup de mariages commencent sur de mauvais départs, argua la servante. Peut-être serez-vous plus heureuse avec lui par la suite, mais, pour cela, il vous faut commencer à passer du temps en sa compagnie…

Kate avait beau l'encourager ainsi, Aline ne manqua pas de lire l'incertitude dans son regard bienveillant. Elle repensa à la façon dont Stephen avait parlé de leur mariage. Après tout, il n'avait dit que la vérité : les femmes n'avaient pas à choisir leur destinée, elles devaient se plier aux exigences des hommes. Elle avait été plus chanceuse que d'autres jusque-là, car beaucoup avaient été mariées très tôt à des hommes intéressés par leurs terres et leur fortune. Si son grand-père s'était avisé de choisir lui-même son futur époux, aurait-elle mieux accepté une telle union ?

Hélas, tandis qu'elle contemplait son reflet d'un œil contrarié, un autre souvenir lui revint et son cœur se serra. Epouser un homme qu'elle n'aimait pas aurait pu lui être supportable, mais en épouser un qui ressemblait autant à Hugh lui serait une torture de chaque instant. Elle devait reconnaître que ce dernier avait fait preuve de sagesse en quittant la citadelle. A cette pensée, le ressentiment qu'elle lui vouait s'atténua légèrement.

Un coup frappé à la porte la fit tressaillir. Kate alla ouvrir. Un gros homme doté d'une longue barbe entra dans la chambre et salua Aline avec un sourire épanoui.

— Madame, je suis très honoré ! Permettez-moi de me présenter : Lorimer, chambellan du duc Stephen. Sa Seigneurie m'a prié de vous escorter jusqu'à lui.

Rassurée par sa bonhomie, Aline accepta le bras qu'il lui tendait et jeta un regard à Kate, qui l'encouragea d'un sourire.

Elle traversa le château en compagnie de Lorimer, qui lui présenta avec force détails toutes les particularités architecturales du château. Une distraction qu'elle trouva bienvenue, de même que le bras amical qui la soutenait, car cela l'aida à calmer ses nerfs. Comme ils arrivaient au croisement qui menait aux appartements du duc, Aline voulut prendre sur la gauche, mais Lorimer l'arrêta.

— Pas par là, madame. Sa Seigneurie souhaite que vous le rejoigniez dans la grande salle d'apparat, expliqua-t-il en l'entraînant de l'autre côté.

Des hérauts se tenaient devant une immense double porte, qu'ils ouvrirent en grande pompe dès qu'ils les aperçurent. Aussitôt, Aline fut submergée par la chaleur et le bruit qui s'échappaient de la grande salle et elle s'immobilisa sur le seuil, stupéfaite. Ce maudit duc l'avait piégée ! Il l'avait conviée à un dîner public, et non à un souper en tête à tête. Elle fit volte-face pour fuir, mais les portes s'étaient déjà refermées. Elle n'avait d'autre choix que d'avancer.

Par chance, la plupart des invités étaient absorbés dans le spectacle d'une troupe de jongleurs qui évoluaient au milieu de la salle, et ils ne parurent pas remarquer son arrivée. Elle parcourut la pièce du regard, le temps de reprendre contenance.

Stephen trônait au centre de la longue table, l'expression sinistre alors qu'un vieil homme lui parlait à l'oreille. Aline se figea lorsque deux yeux bleus la transpercèrent, des yeux qu'elle ne pensait pas revoir un jour, encore moins dans cette salle. La tête lui tourna, et elle s'agrippa au bras de Lorimer par peur de s'évanouir. Il lui fallait à tout prix quitter cette pièce !

Malgré ses dires, Hugh était toujours là, et il paraissait furieux.

Chapitre 12

Hugh n'avait eu aucun désir d'assister à ce banquet. Il aurait préféré être à peu près n'importe où ailleurs. Seulement, comme il était de retour à la citadelle, il n'avait pas eu le choix. Il s'était installé aussi loin de Stephen que le lui permettait son rang sans éveiller les questions et délier les langues. Il n'entendait pas les rires autour de lui. Il songeait seulement qu'il serait resté un jour de plus à l'écart s'il avait su qu'un tel événement avait lieu ce soir.

Et voilà qu'elle venait d'apparaître à la porte. Il y avait eu dans la salle un très léger murmure, une sourde rumeur qui lui avait fait lever la tête. Elle était là, au bras du chambellan, bouleversante. Depuis leur première rencontre, il avait vu Aline endormie, inconsciente, trempée ou à demi nue. Il aurait pu décrire le moindre trait de son visage, la couleur exacte de ses cheveux, ou même la cambrure de son dos quand elle s'étirait le matin.

Pourtant, c'était une étrangère qu'il dévisageait à présent. A la lumière des flambeaux, elle semblait une reine, digne et élégante. Ses cheveux clairs brillaient comme de l'or. Les ombres du foyer se mouvaient sur son corps, dessinant des figures ensorcelantes sur sa svelte silhouette. Pétrifié d'incrédulité, il gardait le regard fixé sur le diadème d'argent qui ornait la chevelure dorée. Alors, il se sentit pris de dégoût.

Aline était là depuis moins d'une semaine et elle paradait déjà avec la couronne de duchesse ! Aucun messager n'avait pu parcourir le chemin depuis Leavingham en si peu de temps. Elle avait donc choisi de ne pas attendre pour accepter la demande en mariage de Stephen…

Brutale, violente, la flèche de la jalousie l'atteignit en plein cœur. La rage au ventre, il s'empara de la bouteille de vin pour remplir de nouveau sa coupe, mais il arrêta son geste en rencontrant le regard d'Aline. La surprise venait de laisser place au désespoir sur les traits de la jeune femme. Elle se détourna comme un héraut en livrée se matérialisait à son côté. Elle sembla vaciller et Hugh la vit se redresser dans un effort de volonté admirable. Il remarqua alors les cernes sous ses yeux et ses poings serrés.

Bon sang ! Quel imbécile ! A l'évidence, elle ne souhaitait pas plus que lui participer à ce simulacre de fête ! Toute sa colère s'évanouit, remplacée par un besoin irrépressible de protéger cette femme de toute cette mascarade hypocrite. Il ouvrit la bouche pour l'appeler, conscient qu'elle ne pouvait l'entendre dans le brouhaha ambiant, mais les mots restèrent bloqués dans sa gorge. Déjà, Lorimer entraînait Aline vers Stephen et il était trop tard pour lui signifier d'un regard qu'il était avec elle, trop tard pour s'excuser.

— … est-elle ?

— … la connais…

— Le duc n'a rien dit…

Des bribes de conversations parvenaient à ses oreilles, tandis qu'on l'escortait jusqu'au duc. Elle se préoccupait peu des rumeurs qu'elle suscitait. Une seule chose lui importait : Hugh. Elle avait bien vu la façon dont il l'avait regardée et était mortifiée d'une telle hostilité. Pourquoi lui avait-il jeté un tel regard, alors qu'elle avait senti son propre cœur bondir dans sa poitrine en le revoyant ? Il avait semblé croire — et cette idée la rendait folle — qu'elle accueillait avec joie les attentions du duc.

Comme dans un cauchemar, elle prit place à côté de Stephen à la grande table, saluant de la tête les visages alentour sans les distinguer. Elle sourit machinalement lorsque Stephen raconta à ses hôtes qu'elle était arrivée depuis peu, mais que la fatigue l'avait empêchée de quitter sa chambre plus tôt. Elle sentait peser sur elle les yeux du duc, comme s'il la défiait de le contredire.

Les jongleurs terminèrent leur numéro et un trio de musiciens les remplaça. Tout à coup, les portes s'ouvrirent en grand et une nuée de serviteurs déferla sur la salle. La gorge serrée, Aline refusa d'un signe de tête la viande rôtie que deux d'entre eux proposaient sur un large plateau. L'odeur et la vue d'une tête de cochon en gelée entourée de faisans dans leurs plumes lui donnèrent la nausée. La chaleur dans la salle était étouffante, et Aline eut peur de perdre connaissance si elle ne quittait pas au plus tôt cet endroit.

— Lady Aline, vous ne mangez pas ! souffla le duc à son oreille, menaçant.

Un frisson terrifié lui parcourut l'échine. L'homme charmant avait de nouveau disparu derrière celui qui avait ordonné son incarcération dans ces affreuses geôles.

— Je ne m'étais pas préparée à une telle compagnie. Je suis encore trop faible pour la supporter. Pourquoi ne pas m'avoir prévenue ?

— Pourquoi ? Tout simplement parce que je me doutais que vous refuseriez, voyons.

— Je ne me sens pas très bien. J'aimerais retourner à ma chambre… Votre Grâce, dit Aline en reculant sa chaise.

Elle n'eut pas le temps de se lever : Stephen lui avait saisi le poignet et le serrait au point de lui arracher un petit cri de douleur. Avec un sourire de façade, il lui cracha au visage, parlant à mi-voix :

— Vous ne quitterez pas cette salle. Je ne suis pas homme à me laisser défier ou humilier devant mes sujets.

— Vous me faites mal, protesta-t-elle dans un souffle.

Il resserra son étreinte.

— Ce n'est rien à côté de ce que je pourrais vous infliger. Alors vous allez rester assise là, sourire et vous montrer aussi charmante que vous savez l'être. Après tout, ces gens seront vos sujets quand vous m'aurez épousé. Au moindre esclandre, je vous ferai souffrir au-delà de tout ce que vous pouvez imaginer. Me suis-je bien fait comprendre ?

Plus morte que vive, Aline acquiesça et Stephen lâcha enfin son poignet meurtri. Quand le sang recommença à circuler dans sa main, elle dut réprimer un gémissement.

Sans savoir comment, Aline parvint à supporter le reste de la soirée. Son éducation sut prendre le pas sur ses émotions et elle agit comme on lui avait appris à le faire. Elle picora et sourit avec élégance lorsque son voisin de droite remplit sa coupe. Elle parvint même à rire et à applaudir en même temps que les autres lorsqu'une volée d'oiseaux s'échappa de l'un des plats. Stephen semblait approuver son comportement. De fait, elle se comportait comme une parfaite lady, mais elle songeait sans cesse à la seule personne à qui elle aurait voulu parler.

Du coin de l'œil, elle observait Hugh, en grande conversation avec ses voisins de table. Il avait les cheveux plus courts qu'à leur dernière rencontre et il avait rasé sa barbe, ce qui le rajeunissait. Lorsque l'homme à qui il parlait esquissa un signe de tête dans sa direction, elle s'empressa de baisser les yeux, afin de ne pas croiser le regard de Hugh et d'y lire de nouveau de la haine.

Lorsque, enfin, le repas prit fin et que les musiciens se retirèrent, Stephen cogna bruyamment son gobelet sur la table pour attirer l'attention des convives.

— L'heure de la danse est venue ! annonça-t-il, et une salve d'applaudissements lui répondit.

Il se leva alors et lui tendit la main. Aline ne put se dérober sous son regard menaçant. A contrecœur, elle la prit et ils s'avancèrent ensemble au centre de la piste de danse, sans qu'elle lève jamais les yeux du sol. Un brusque silence s'était abattu sur l'assistance.

— Jouez un quadrille en l'honneur de lady Aline, ordonna Stephen.

Aussitôt, une musique bien connue s'éleva. Stephen prit ses deux mains pour l'entraîner dans une série de figures qu'elle effectua machinalement. Alors qu'ils dansaient ainsi, elle aperçut Hugh qui conversait avec une jeune femme vêtue d'une magnifique robe rouge. Cette dernière posait familièrement la main sur son bras et hochait la tête avec coquetterie. Aline fronça les sourcils malgré elle, puis se morigéna lorsqu'elle prit conscience de cette réaction. Qu'est-ce que cela pouvait bien lui faire qu'il parle à de jolies femmes ? Bien qu'il n'ait pas changé d'expression, elle crut le voir jeter un regard vers elle au moment où Stephen la faisait tournoyer. Comme le duc la dévisageait sans relâche, elle veilla à éviter Hugh par la suite, malgré l'impatience qui lui rongeait le cœur.

Bientôt, les musiciens accélérèrent le tempo et d'autres couples se joignirent à eux. La danse était plus complexe désormais et les couples changeaient sans cesse. Débarrassée de la présence oppressante de Stephen, Aline se laissa happer par le rythme enjoué. Après ces longs jours de confinement dans sa chambre, qu'il était bon de bouger ainsi ! Elle sautait haut dans les bras des danseurs qui se succédaient et riait de bon cœur. Jusqu'au moment où elle découvrit le visage de son nouveau partenaire.

Un demi-sourire flottait sur les lèvres de Hugh lorsqu'il se courba pour la révérence. Il la fixa ensuite dans les yeux en lui encerclant la taille et la souleva pour la faire tournoyer dans les airs. Sans se quitter du regard, ils marquèrent les pas, épaule contre épaule, et leurs mains s'effleurèrent fugitivement. Aline savoura ce moment d'intense communion. Puis il fallut changer de partenaire et Aline se demanda si elle n'avait pas rêvé cette union parfaite.

Son nouveau compagnon lui prit la main mais, dans sa distraction, elle manqua un pas. Si la danse ne lui avait pas été si familière, elle aurait été incapable de reprendre le tempo. Les couples initiaux se retrouvèrent et la musique s'arrêta. Aline fit la révérence devant Stephen, qui s'inclina vaguement avant de taper dans ses mains pour ordonner une nouvelle danse. Les danseurs se placèrent en cercle et tournoyèrent de plus en plus vite avant de se ranger par deux. Sans cesser de suivre le rythme, Aline chercha Hugh des yeux. Il n'était plus sur la piste de danse.

La musique continua longtemps, de plus en plus rapide, et l'enthousiasme de la foule diminua progressivement. Pourtant, Stephen ne cessait d'ordonner de nouvelles danses. Aline se sentait au bord de l'évanouissement. Le duc la dévisagea soudain et hurla :

— Assez !

La musique s'interrompit d'un coup, et Stephen quitta la salle tout aussi brusquement, abandonnant ses hôtes confus. Peu à peu, ceux-ci se dispersèrent et la salle se vida. Incapable de bouger, vaincue par les émotions de la soirée, Aline demeura seule. Au bout d'un moment, un garde s'approcha et la pria de le suivre. Elle s'exécuta comme un automate. Comme ils atteignaient la grande porte, une haute silhouette leur barra le passage et s'exclama :

— Je te relève de tes fonctions, soldat ! Je veillerai en personne à ce que madame regagne ses quartiers sans encombre.

Le garde sembla hésiter.

— Messire, mes ordres étaient très clairs. Je ne sais pas si…

— Je ferai en sorte que tu n'aies pas de problèmes. Tiens, prends cela pour ta peine.

Aline eut à peine le temps de se remettre du choc que le soldat avait déjà disparu. Elle n'eut d'autre choix que d'affronter l'homme qu'elle redoutait plus que tout de revoir.

— Bonsoir, sir Hugh, articula-t-elle d'une voix étrangement désincarnée. En quoi puis-je vous aider ?

Hugh tressaillit devant tant de froideur et d'indifférence.

— Je comprends votre colère, répondit-il, incapable de trouver des mots susceptibles d'apaiser la jeune femme.

— Vous êtes parti, énonça-t-elle d'une voix basse et contrôlée. Vous aviez promis de rester à mes côtés pour me protéger et vous êtes parti.

— Je vous l'ai expliqué, Aline, il était plus prudent d'obéir au duc. Comment pourrais-je vous aider si je suis emprisonné à mon tour, voire pire ? Vous savez désormais à quel genre d'individu nous avons affaire — même s'il a manifestement su vous présenter d'autres facettes de sa personnalité.

Elle releva brusquement la tête à ces mots.

— Que voulez-vous dire, sir Hugh ?

Il avait beau savoir qu'il s'aventurait sur un terrain dangereux, il n'avait pu retenir ses paroles. En réalité, il s'en voulait à lui-même, bien plus qu'il n'était en colère contre elle.

— Quand je suis parti, vous étiez sa prisonnière. Et je vous découvre ce soir attablée près de lui devant toute la cour ! Je vous vois danser dans ses bras en souriant ! Et bon sang, quand allez-vous cesser de m'appeler « sir Hugh » ?

Il accompagna ces paroles d'un violent coup de poing à

la porte, fou de rage et de frustration. Quelques serviteurs qui s'activaient à ranger la salle s'immobilisèrent, alarmés, et il se sentit honteux. Une main légère se posa alors sur son épaule et il redressa brusquement la tête. Aline s'était approchée. Elle fit cependant un pas en arrière lorsqu'il lui fit face, mais le mur derrière elle ne lui permit pas de reculer davantage. Elle demeura si proche qu'il sentait son souffle tiède sur sa joue.

Du coin de l'œil, Hugh s'aperçut que les domestiques ne les quittaient pas des yeux. Il leur décocha un regard sévère et ils se remirent aussitôt au travail, tandis qu'il entraînait Aline dans le large couloir que n'éclairait plus que la lune. Le beau visage d'Aline restait fermé.

— Pourquoi êtes-vous revenu ?

L'espace d'un instant, il fut tenté de lui avouer la vérité, d'admettre qu'il ne pouvait vivre loin d'elle, parce qu'il y avait... parce qu'il existait entre eux... quelque chose, une sorte de sortilège sur lequel il n'avait pas prise. Par chance, il se ravisa à temps.

— J'ai été contraint de revenir pour exercer ma charge de capitaine. En outre, quelle que soit votre décision, je veux être présent, ajouta-t-il avec un sourire désabusé.

Dans l'ombre, il vit Aline tressaillir.

— *Ma* décision ? répéta-t-elle à mi-voix, avec une violence retenue. Ne comprenez-vous donc rien ? Je n'ai aucun contrôle sur mon avenir ! Je n'avais pas la moindre envie d'assister au banquet de ce soir, croyez-moi, et...

Elle s'interrompit et releva son visage pâle vers lui.

— Vous ne pensiez tout de même pas que je lui avais donné volontairement ma main ? Mon cœur ?

Avec douceur, Hugh caressa l'une de ses longues boucles et toucha la couronne qu'elle portait toujours.

— Comprenez-vous la signification de cette couronne ? interrogea-t-il.

Aline secoua la tête, visiblement confuse.

— Elle appartenait à la mère de Stephen, expliqua-t-il, ainsi qu'à chaque duchesse avant elle. Alors, quand je vous ai vue avec ce soir, j'ai pensé…

Sa voix mourut. Aline avait enfoui le visage dans ses mains et s'était mise à pleurer. A la vue d'une telle détresse, il ne put résister plus longtemps. Il cessa de lutter contre la passion qui le submergeait et attira la jeune femme contre lui. Elle se débattit sans conviction, mais il la serra dans ses bras et la tint ainsi un long moment, jusqu'à ce que ses sanglots s'apaisent. Ses cheveux dégageaient un délicat parfum de fleurs et il inclina la tête, les yeux clos, comme enivré. Des nuages couvrirent la lune à cet instant, et ils restèrent enlacés, protégés par l'obscurité bienveillante.

Chapitre 13

Aline n'aurait su dire combien de temps ils demeurèrent enlacés. Elle n'avait qu'une seule certitude : elle avait trouvé le lieu où elle était bien. Jamais encore elle n'avait ressenti une telle plénitude qu'ainsi protégée par ces bras puissants. Le nuage passa et un rayon de lune vint briser l'enchantement. Hugh resserra un bref instant son étreinte, puis s'écarta. Elle frissonna en sentant l'air froid.

— A présent, il me faut remplir mes obligations et vous ramener dans votre chambre, soupira Hugh. Savez-vous que Stephen vous a installée juste au-dessus de mes appartements, qui sont au deuxième étage. Cet ignoble individu a fait exprès de vous placer près de moi, dans l'espoir de pouvoir me prendre en défaut… Comme il doit être content de lui !

La haine qui transparaissait dans sa voix surprit Aline. Que s'était-il passé entre les deux hommes pour que le premier en arrive à un tel degré de cruauté morale, et l'autre à une aversion impuissante et à une obéissance contrainte ?

— Duncan m'a dit que vous aviez grandi comme deux frères, murmura-t-elle. Alors pourquoi votre cousin vous hait-il à ce point ? Et surtout, pourquoi lui restez-vous loyal en sachant qu'il vous veut tant de mal ?

Hugh serra les lèvres.

— Il y a de nombreuses choses que j'ai été contraint de

faire dans ma vie et dont j'ai honte. Je vous en prie, Alinc, ne me posez pas de questions, murmura-t-il d'une voix rauque.

A ces mots, elle recula, agacée, et croisa les bras. Il ne s'en tirerait pas aussi facilement ! Sans s'émouvoir, elle lui décocha un regard sévère.

— Eh bien si, je vous le demande ! Je ne comprends pas le duc et il m'effraie. Cependant, il y a de fortes chances que je me retrouve mariée de force avec lui. Alors si vous savez comment il a pu devenir l'homme qu'il est aujourd'hui, je vous prie de me le dire !

Hugh se passa une main nerveuse dans les cheveux.

— Soit… Mais pas ici. Rentrons à la tour, vous y serez au chaud. Pas dans ma chambre ni dans la vôtre, bien sûr, ajouta-t-il avec un sourire triste. On y trouve des salles publiques où nous pourrons nous entretenir sans éveiller les soupçons du duc.

Il lui offrit son bras et elle le prit, se délectant de sentir ses muscles tendus sous sa paume. Elle avait beau s'inquiéter des révélations qu'elle allait entendre, elle n'en était pas moins amusée de voir que Hugh se préoccupait de sa réputation alors que, quelques minutes plus tôt, il l'avait tenue dans ses bras au milieu d'un couloir où n'importe qui aurait pu les surprendre…

Hugh conduisit Aline au premier étage de la tour, dans un petit salon où une poignée de nobles du château étaient installés. Discrètement, il l'escorta vers une profonde alcôve qui donnait sur une fenêtre et commanda du vin. Ils seraient à l'abri des regards ici, car de lourds rideaux les dissimuleraient. Tandis qu'Aline s'asseyait dans un fauteuil, il resta debout, les yeux fixés sur la nuit sombre à l'extérieur, incapable de parler. Puis, jugeant inutile de retarder l'échéance, il avala sa coupe d'un trait et fit face à Aline, le cœur sombre.

— Voyez-vous, les causes de ma loyauté sont inextricablement liées à celles de ma haine, commença-t-il.

Il s'arrêta aussitôt et déposa son verre sur l'accoudoir d'un fauteuil avant de s'y installer. Du coin de l'œil, il observa la réaction d'Aline. Elle se tenait tout au bord de son siège, comme si elle s'apprêtait à s'envoler à tout instant. Elle serrait sa coupe entre ses doigts nerveux, et il remarqua que ses joues s'étaient creusées en quelques jours. Heureusement, il ne voyait sur elle nul signe de mauvais traitements, rien ne laissait présager que ses pires cauchemars s'étaient réalisés pendant son absence. Sa gorge se serra au souvenir des images qui l'avaient réveillé nuit après nuit, tremblant de sueur. Seigneur ! Cette femme lui faisait perdre la raison. Elle s'était abandonnée avec une telle volupté dans ses bras, son corps tendre était si plein de promesses de délices qu'il brûlait de la serrer de nouveau contre lui. Imaginer Stephen posant un seul instant ses mains sur elle lui était insupportable.

Elle avait raison, il lui devait cette explication, même s'il avait secrètement espéré qu'elle n'apprenne jamais rien de son passé. Seulement, à présent que l'avenir de la jeune femme se dessinait auprès du duc, quelle importance si elle le méprisait ? Pourtant, il avait beau se raisonner, il désirait plus que tout qu'elle ne lui enlève pas son estime. Il avala une longue gorgée d'alcool après s'être resservi, et reprit :

— Vous avez remarqué à quel point le tempérament de Stephen est versatile, n'est-ce pas ?

Aline acquiesça. Son expression s'assombrit un instant et Hugh sentit son cœur se briser sous le coup de la rage et de la culpabilité. Elle voulut parler, mais il l'arrêta d'un geste, car il savait que, s'il ne lui racontait pas son histoire d'une traite, il n'en aurait plus le courage ensuite.

— Il est sujet à des sautes d'humeur, à des crises de colère incontrôlées. Je crois — tout comme les docteurs — que cela est une conséquence de mes mauvaises actions…

Sans l'interrompre, Aline écouta Hugh lui raconter les événements qu'elle avait en partie entendus de la bouche de Duncan. En dépit des espoirs que nourrissaient les gens de la cour, les deux garçons s'étaient éloignés en grandissant. Très tôt, Stephen avait montré une tendance à la cruauté et son passe-temps favori avait été de se moquer des origines moins nobles de Hugh. Celui-ci, de son côté, n'avait pas manqué une occasion de le rabaisser par des traits d'esprit et de lui prouver sa supériorité au combat.

Pour Aline, ce type de rivalité fraternelle n'avait rien d'extraordinaire. D'une main sur la manche de Hugh, elle l'interrompit avec douceur.

— Je connais un peu le récit de votre enfance. Duncan m'a expliqué comment vous avez perdu votre position d'héritier à la naissance de Stephen. Mais, Hugh, rien de tout cela n'explique votre loyauté inconditionnelle à son égard.

Hugh sentit la nervosité le gagner et se leva pour se mettre à marcher comme un lion en cage le long de l'alcôve. Puis il s'arrêta à la fenêtre, s'y appuya et reprit son récit.

— Quand j'ai eu seize ans, la rivalité entre nous a atteint des sommets. L'hiver prenait fin et, après des mois de proximité forcée, plus personne ne supportait d'être enfermé. Alors, au premier jour de soleil, mon oncle a organisé une grande partie de chasse. Il y avait à l'époque une jeune fille qui me plaisait et j'avais hâte de l'impressionner.

Hugh s'arrêta un instant, comme perdu dans ses souvenirs, et Aline dut combattre la jalousie ridicule qui l'envahissait.

— J'espérais ainsi gagner ses faveurs, poursuivit Hugh. Evidemment, Stephen avait remarqué mes ambitions. Il était donc décidé à tout faire pour me distancer et m'éjecter de la chasse. Quand il a compris qu'il n'y parviendrait pas, il s'est rabattu sur ses injures habituelles, déclarant à qui voulait l'entendre que jamais aucun noble ne laisserait sa fille épouser le fils d'un serviteur. Alors… alors, dans un moment de rage, j'ai envoyé mon faucon sur lui.

Terriblement pâle, Hugh prit une brève inspiration et ferma les yeux, comme s'il revivait cet instant fatidique.

— Et que s'est-il passé ? interrogea doucement Aline.

— Stephen a voulu se protéger le visage, il a lâché les rênes et il est tombé. Les sabots de son cheval l'ont atteint à la tête. Six jours durant, il est resté inconscient, entre la vie et la mort, puis il s'est réveillé pour rester comme hébété pendant plus d'un mois. Nul ne savait s'il allait s'en sortir. Quand, enfin, il s'est remis, il avait… changé. Lui qui avait déjà un caractère brutal et emporté, il éclatait brusquement de rire ou partait en fureur à la moindre provocation. Les médecins ont déclaré que les coups qu'il avait reçus à la tête lui avaient altéré l'esprit.

— Voyons, Hugh, vous n'avez pas voulu ce qui est arrivé…, chuchota Aline, émue aux larmes.

Il lui répondit d'un sourire si triste qu'elle sentit son cœur saigner pour lui.

— C'est aussi ce qu'a dit mon oncle Rufus. Il savait que Stephen ne serait jamais à la hauteur de la tâche qui l'attendait. Toutefois, il comprenait notre rivalité et il m'a laissé choisir la manière de me racheter. Lorsque je suis devenu un homme, il m'a nommé capitaine de la garde. Alors qu'il était sur son lit de mort, je lui ai juré de servir Roxholm et de protéger Stephen de lui-même. Ainsi, me voilà lié à lui pour toujours et je dois faire mon possible pour modérer ses excès. Stephen le sait et il me hait, car il a besoin de moi.

Submergée de pitié, Aline serrait les poings à s'en

faire mal pour ne pas laisser transparaître ses émotions. Elle comprenait désormais les contradictions de Hugh, attentionné et bon, puis soudain rigide et dur. Il portait sur ses épaules le poids d'une terrible culpabilité depuis si longtemps ! Lorsqu'elle fut sûre que sa voix ne tremblerait pas, elle prit la parole.

— Stephen se montrait déjà cruel auparavant. Comment pouvez-vous être sûr que son tempérament aurait été différent sans cet accident ? Hugh, écoutez-moi ! Vous ne pouvez pas passer votre vie à expier cette unique faute. Stephen a d'autres conseillers, vous n'êtes pas le seul à pouvoir modérer ses actions.

L'air abattu, Hugh secoua la tête.

— C'était peut-être le cas autrefois, mais, à présent, son inconstance s'aggrave de jour en jour. Il a refusé d'écouter les conseils de prudence que tous lui donnaient, il vous a fait mener ici, au risque de déclencher une guerre générale entre toutes les provinces.

— Et me voilà condamnée à devenir sa femme, ajouta Aline avec amertume, et la responsabilité de tempérer son comportement va retomber sur mes épaules.

Sous le coup de poignard que les mots d'Aline venaient de lui porter, Hugh redressa la tête. Puis il tomba à genoux devant elle et s'empara de sa main, qu'il serra violemment.

— Non ! Nous n'avons pas encore reçu de réponse de Leavingham. Je ne veux pas croire que le sort vous réserve un destin aussi cruel !

— Peut-être… Seulement, mon grand-père pourrait y voir un moyen bien pratique de résoudre le problème de mon mariage. J'ai refusé tant de demandes de prétendants qu'il a perdu toute patience.

Hugh fut incapable de retenir la question qui lui brûlait les lèvres.

— Ainsi, personne… aucun de tous ces hommes n'a su capturer votre cœur ?

— Mon cœur ? Certainement pas ! répliqua-t-elle en lui retirant sa main. Ils n'ont même pas essayé, d'ailleurs. Dès l'instant où je suis devenue l'héritière de mon grand-père, toute chance de me marier par amour a disparu pour moi. Quelle importance, après tout ? L'amour n'existe que dans les ballades et les contes pour enfants. J'ai toujours su que je devrais faire mon devoir pour le bien de ma province. Néanmoins, je me raccrochais à l'espoir que, si je continuais à refuser ceux qui ne me plaisaient pas, le suivant pourrait être quelqu'un que… j'apprécierais. J'ai été bien naïve d'en espérer autant.

Elle se leva et marcha jusqu'à la fenêtre, où il la rejoignit. Une faible lueur pourpre commençait à percer à l'horizon, révélant la mer au-delà des murailles de la ville forte, et il s'aperçut alors que l'aurore approchait et qu'ils avaient passé trop de temps seuls ensemble. Il ne pouvait la garder davantage près de lui.

Comment réagirait-elle s'il la serrait contre lui comme il en mourait d'envie ? Inutile d'essayer, cela ne ferait qu'accroître sa torture. Les yeux clos, il prit une profonde inspiration dans l'espoir d'apaiser son esprit et son corps tourmentés. Puis, enfin plus calme, il se tourna vers elle et lui offrit son bras.

— Venez, lady Aline. Laissez-moi vous reconduire à votre chambre. Cette conversation a été difficile pour nous deux et je ne voudrais pas vous voir plus fatiguée que vous ne l'êtes déjà.

Il la vit hésiter une seconde avant d'accepter son bras. Lorsqu'elle le prit, une chaleur traîtresse l'envahit et il dut faire un gros effort sur lui-même pour ne pas l'attirer plus près de lui. A pas lents, ils quittèrent la pièce et montèrent l'escalier sans un mot. Devant la porte d'Aline, le garde s'était endormi sur son tabouret et ronflait bruyamment. Hugh frappa du pied le siège du paresseux et ordonna sévèrement :

— Réveille-toi et fais entrer la dame dans sa chambre !

Le soldat ouvrit des yeux vagues, avant de se redresser d'un bond en effectuant un salut militaire. Il saisit alors une lourde clé accrochée à un clou enfoncé dans le chambranle et l'enfonça dans la serrure.

Avant de pénétrer dans la chambre, Aline fit face à Hugh pour lui murmurer d'une voix basse mais claire :

— Rufus est mort. Combien de temps allez-vous continuer à vous sacrifier pour Stephen ? N'avez-vous pas vos propres rêves à réaliser ?

Hugh eut un petit rire triste.

— Si vous saviez, Aline… Mes rêves vont à l'encontre de mon sens de l'honneur. Et qui, parmi nous, peut prétendre pouvoir suivre les inclinations de son cœur ?

— En effet, admit Aline en esquissant à son tour un sourire contrit.

Soudain, contre toute attente, elle s'approcha alors de lui et posa les lèvres sur sa joue.

— Bonne nuit, Hugh, dit-elle, avant de se glisser dans sa chambre sans qu'il ait pu articuler un son.

Hugh regarda le garde verrouiller la porte, puis il regagna ses appartements en souriant, la main posée à l'endroit où les lèvres d'Aline l'avaient effleuré.

Aline se réveilla tard le lendemain matin. On n'avait pas rallumé le feu et la chambre était sombre et froide. Elle frissonna en enfilant un manteau de fourrure par-dessus sa fine chemise et alla à la fenêtre. Le ciel était lourd de nuages qui cachaient le soleil. Le temps était en accord avec son humeur.

Au cours de sa courte nuit, elle avait pris une décision : elle allait affronter Stephen. Ses yeux tombèrent sur la couronne d'argent et son indignation resurgit de plus belle. Tout comme Hugh, le reste de la cour avait dû déduire, en la voyant ainsi parée, qu'elle était devenue intime avec le duc. Or, elle ne comptait pas laisser sa dignité ainsi foulée au pied par ce tyran. S'il fallait en croire Hugh, défier le duc comportait de gros risques, elle en avait d'ailleurs fait l'amère expérience. Toutefois, au risque d'encourir sa colère, elle se devait de le faire. Forte de cette résolution, elle se dirigea alors vers la porte et cogna. L'impatience la gagnait tandis qu'elle entendait son geôlier déverrouiller la porte. Elle s'ouvrit enfin sur une personne qu'elle n'imaginait pas revoir de sitôt.

— Jack ! Qu'il est bon de retrouver un visage familier !

Fidèle à lui-même, le garçon rougit comme une pivoine devant cet accueil chaleureux.

— Lady Aline, je suis heureux de vous revoir, moi aussi. Duncan et moi étions terriblement inquiets en apprenant ce qui s'était produit à votre arrivée. J'ai bien essayé d'être affecté au château, mais je n'y suis pas parvenu. Ce n'est que ce matin que la liste des tâches a changé, et me voici !

Aline sentit son cœur s'émouvoir. Sans nul doute, ce changement inattendu était lié au retour de Hugh dans la citadelle… Un peu rassérénée par cette marque d'attention, elle expliqua alors à Jack qu'elle souhaitait une audience avec le duc, sans se préoccuper de l'expression de panique qui marqua les traits du garçon.

— Si c'est là votre désir, j'y vais de ce pas, madame, répondit-il. Euh… voulez-vous que j'appelle une servante pour vous aider à vous habiller ? demanda-t-il en jetant un regard gêné à sa tenue de nuit.

Aline acquiesça en le remerciant et Jack partit en refermant la porte. Peu après, elle fut tirée de sa méditation par un coup frappé au battant. Le garçon était de retour, un livre de cuir à la main.

— Pardonnez-moi, madame, j'ai failli oublier. Quelqu'un m'a demandé de vous remettre ceci.

Il plaça le petit livre dans sa main avec ce qui pouvait passer pour un clin d'œil. Intriguée, Aline retourna le volume et l'ouvrit. C'était un recueil de poésie, écorné et usé d'avoir été souvent lu. Elle le feuilleta, la gorge serrée par l'émotion.

Le Chevalier Harald. La Jeune Fille de Kemp. L'Honneur du cœur.

Tous des poèmes connus qui avaient bercé son enfance…

Elle sentit ses joues s'enflammer en repensant à la phrase qu'elle avait dite la veille : « L'amour n'existe que dans les ballades et les contes pour enfants. » Elle n'avait nul besoin d'un billet pour savoir de qui provenait ce joli présent.

— Merci, Jack, si vous le voyez, je vous en prie, remerciez-le de ma part, dites-lui… dites-lui que j'accepte ce présent avec plaisir.

Le garçon s'inclina poliment et partit. Aline attendit le bruit de la clé dans la serrure avant de se précipiter dans le fauteuil près de la fenêtre pour commencer sa lecture. Toutefois, elle pressentait que l'heure des comptes était venue, et même le cadeau de Hugh ne parvenait pas à apaiser l'angoisse dans son cœur affolé. Elle tenta de se concentrer sur les mots, mais ces histoires d'amour impossible ramenaient ses pensées sur des chemins dangereux.

Alors, le cœur chagrin, elle leva les yeux vers le ciel envahi de nuages sombres. Elle était plongée dans cette contemplation quand Kate arriva avec un plateau chargé de nourriture. Bientôt, un bon feu se mit à crépiter dans la cheminée et Aline sentit son humeur s'alléger.

Elle revêtit sa robe la plus chaude, celle en velours bordeaux, avec son collier pour seule parure. Alors que Kate la coiffait, elle répondit patiemment mais sans intérêt réel aux questions de la jeune fille sur le bal de la veille. Kate semblait transportée par le récit, et son ravissement ne connut plus de bornes quand elle sut que le duc avait passé la soirée à danser avec elle. Aline aurait voulu hurler devant tant de naïveté. Ne voyait-elle pas la méchanceté qu'il y avait dans cet atroce spectacle de marionnettes que le duc lui avait imposé de jouer ? Elle se mordit la lèvre pour retenir les paroles acerbes qui lui brûlaient la gorge. Kate n'était encore qu'une toute jeune fille, disposée à croire qu'un homme aussi séduisant et aussi puissant que Stephen ne pouvait être qu'un partenaire de danse idéal.

Pour détourner ces pensées moroses, elle ferma les yeux et revit en pensée les instants trop brefs qu'elle avait passés dans les bras de Hugh. Elle était si intensément perdue dans sa rêverie qu'elle n'entendit ni ne vit Kate prendre le livre de poésie.

— Un livre ? Est-ce un cadeau de Sa Grâce ? Comme vous devez être déçue, après le magnifique présent qu'il vous a fait hier !

Aline se redressa et lui prit le livre des mains.

— Non, cela ne vient pas du duc, dit-elle doucement, et non, je ne suis pas déçue…

— Madame ? Dois-je comprendre que vous avez un admirateur secret ? s'extasia Kate en rejetant ses boucles brunes dans son dos.

— Comme vous y allez ! Un simple cadeau n'est pas une preuve d'amour…, protesta Aline, tout en espérant de tout cœur que celui-ci en fût une.

— De quoi parle ce livre, alors ? demanda Kate.

— D'amour. De souffrance. D'espoir. Veux-tu que je t'en lise un passage ?

C'est ainsi que Jack les trouva : assises auprès du feu, plongées dans la poésie. En le voyant arriver, Aline referma le livre, soudain oppressée.

— Le duc a-t-il accédé à ma demande ? demanda-t-elle avec angoisse.

— Je suis navré, madame, je n'ai pas pu le rencontrer. Le duc est parti chasser. Il ne sera pas de retour avant ce soir.

— Avez-vous au moins vu… ? Avez-vous pu transmettre mon autre message ? demanda-t-elle avec un détachement feint.

— Hélas non. Tout le monde est à la chasse, répondit Jack avec un sourire entendu.

Aline marcha de long en large à travers la pièce avec la sensation que les murs se resserraient autour d'elle. Elle allait perdre la tête si elle restait ici sans nouvelles toute la journée. Sans compter que le messager qui avait été envoyé à Leavingham n'allait plus tarder…

— Jack, s'exclama-t-elle brusquement, le duc m'a donné la permission de me promener autour du château avec une escorte. Auriez-vous l'obligeance de m'accompagner ?

— Je suis à vos ordres, madame, répondit-il avec empressement.

Aline nota avec amusement le regard de Jack glisser vers Kate. La jeune servante affichait une attitude réservée et digne qu'Aline ne lui avait jamais vue.

— Je crois que je devrais également amener un chaperon par respect des convenances, ajouta-t-elle en souriant, un sourcil levé.

Jack lui décocha un large sourire.

— Parfait ! Kate, prends mon manteau, je suis curieux de voir ta ville…

Chapitre 14

La biche bondit hors des buissons d'ajoncs, les flancs brillants de sueur. Elle courait avec ce qui lui restait de force pour échapper aux chiens de meute. Un cavalier l'aperçut et lança son cheval à sa poursuite, aussitôt imité par le reste de la troupe. Hugh demeura à l'arrière du groupe. A l'aube, il venait à peine de se jeter sur son lit que des coups frappés à sa porte l'avaient éveillé pour l'informer qu'il était attendu à la chasse. D'ordinaire, une journée à cheval l'aidait à oublier tous ses soucis mais, aujourd'hui, la fatigue et l'inquiétude ne le quittaient pas. Il souffrait en outre de sa blessure et il se promit d'inclure dans son programme des prochains jours une visite au médecin.

Bayliss hennit, frustré, lorsque le reste des chevaux partit au galop. Alors Hugh le talonna et lâcha la bride pour laisser libre cours à sa puissance. Lorsqu'il rejoignit les piqueurs, les chiens avaient encerclé la biche et claquaient les crocs au moindre de ses mouvements. Stephen sauta de cheval et tendit la main vers un domestique pour prendre sa lance. Avec des gestes précis, il visa et l'arme atteignit la biche en pleine poitrine. L'animal s'effondra avec un cri rauque. Non sans répulsion, Hugh regarda la vie s'éteindre dans les yeux dorés de la biche, dont les longs cils lui rappelaient étrangement un autre regard. Une brusque nausée l'obligea à se détourner.

Les chevaliers louèrent en chœur le talent de Stephen tandis que des écuyers chargeaient la bête sur un cheval, entourés des chiens rendus nerveux par l'odeur du sang. Accablé, Hugh fit faire demi-tour à Bayliss et s'apprêtait à le lancer au galop pour rentrer lorsqu'il croisa le regard de son cousin. Avec un sourire narquois, ce dernier vint à sa rencontre.

— Il n'y a pas si longtemps, tu aurais été en tête de meute et désireux de participer à la chasse, Hugh. Que se passe-t-il ? Est-ce l'âge qui commence à peser sur tes épaules ?

— Il y a des jours où l'on n'est pas d'humeur à prendre la vie d'une créature innocente, répliqua sombrement Hugh.

Il entendit un murmure parcourir la foule des courtisans, sans doute choqués de cette animosité à peine masquée. Stephen se raidit, la main sur la garde de son épée. Du coin de l'œil, Hugh vit Lorimer lui adresser un imperceptible signe de tête. Le message, très clair, le rappela à la raison : pas maintenant.

— Mais peut-être dites-vous vrai, ajouta-t-il d'un ton léger. A mon âge, j'ai besoin de plus de sommeil, et mon humeur est trop sombre pour s'éclairer des joies de la chasse.

— Je vois, sir Hugh, acquiesça Stephen d'une voix suave. Votre récente mission a épuisé vos forces. Si vous ne vous sentez plus en mesure de commander mes troupes, j'accepterai votre départ de la cour, bien sûr.

Hugh allait lui répliquer vertement lorsqu'un appel brisa soudain le silence et les détourna de la tension qui régnait entre eux. D'un même mouvement, ils se retournèrent et virent un cavalier qui arrivait à vive allure sur la route de Roxholm. Stephen talonna aussitôt sa monture pour aller intercepter le messager, et la troupe le suivit à bonne distance, s'arrêtant lorsque le cavalier s'agenouilla devant le duc et lui tendit un épais parchemin.

Un frisson d'angoisse parcourut Hugh qui, concentré à

l'extrême, ne quitta pas un instant des yeux le visage de Stephen. Celui-ci lut en silence le parchemin avant de le ranger dans son manteau, le visage fermé. Puis, soudain, il poussa un grand cri de triomphe.

Il fit ensuite faire demi-tour à son cheval et reprit au galop la direction de la citadelle, la cour à sa suite. Hugh avait l'atroce sensation qu'on lui martelait la poitrine à grands coups de bélier.

Comparé aux jours précédents, Aline passait un après-midi véritablement agréable, suivant avec amusement le timide jeu de séduction qui s'était instauré entre ses deux compagnons. Au début, Jack était resté muet et Kate timide et rougissante. Puis, avec le temps qui s'écoulait, leurs sourires empruntés étaient devenus plus naturels et plus francs. A présent, ils riaient sans gêne et Aline sentit combien leur bonheur évident d'être ensemble lui réchauffait le cœur.

Lorsque des nuages noirs de pluie s'amoncelèrent dans le ciel, ils reprirent l'escalier des remparts et grimpèrent sur la tour de guet. Aline serra son manteau autour d'elle pour lutter contre le vent froid venu de la mer et, captivée, contempla un long moment le littoral et l'océan agité, tout en écoutant d'une oreille Jack qui racontait l'épisode du loup à Kate — dans son récit, il semblait nettement plus courageux que dans les souvenirs qu'elle en gardait, songea-t-elle, amusée.

La vie serait si simple pour Jack et Kate ! Aucune chaîne, aucune responsabilité, aucun tiers ne les empêcherait de se déclarer leur amour. Le cœur serré, Aline se rappela la chaleur bienfaisante du corps de Hugh lorsqu'elle s'était réveillée serrée contre lui, le lendemain de l'attaque du loup. Une sensation qu'elle avait retrouvée intacte la nuit précédente, lorsqu'ils s'étaient enlacés dans le noir. Elle retint un sanglot en songeant que son avenir serait dépourvu d'amour et qu'elle ne connaîtrait jamais le bonheur et l'insouciance.

Alors qu'elle se détournait en hâte pour que ses compagnons ne lisent pas la peine sur son visage, elle aperçut un mouvement au loin sur la route. Des silhouettes à cheval galopaient vers la citadelle, une première en avant, les autres à sa suite. La partie de chasse s'était visiblement achevée plus tôt que prévu…

La colère et l'appréhension qu'elle avait ignorées tout l'après-midi resurgirent alors avec violence et, d'instinct, elle se mit à courir. Elle était déjà à mi-chemin de l'escalier lorsque Jack la rattrapa, inquiet.

— Jack, regarde ! hurla-t-elle en lui saisissant désespérément le bras.

Il suivit la direction qu'elle lui indiquait et vit à son tour les cavaliers, dont l'un soufflait dans une trompe pour annoncer leur arrivée.

— Conduis-moi à la porte principale, demanda Aline. Je dois parler au duc sans attendre.

Le visage de Jack exprimait une peur intense lorsqu'il bredouilla :

— Mais, madame, je ne peux pas faire cela ! Ce serait inconvenant…

— Jack, l'interrompit-elle d'une voix sans appel, ma présence ici est inconvenante. Je dois parler au duc ! Tout de suite !

Elle soutint le regard du garçon, qui finit par baisser les yeux, manifestant son assentiment. Ils partirent alors en toute hâte et arrivèrent, haletants, au moment précis où les portes de la ville forte s'ouvraient et où Stephen les passait. Le duc ralentit aussitôt son cheval avec aisance. Son manteau de fourrure était élégamment rejeté sur l'épaule pour révéler un gilet de cuir. Des éclaboussures de sang maculaient ses bottes. Il semblait plein de vigueur et si sûr de lui qu'Aline serra les mains l'une contre l'autre pour ne pas trembler. La tête haute, elle s'avança vers lui, prenant une profonde inspiration.

— J'ai à vous parler, Votre Grâce, lança-t-elle d'une voix nette.

— Lady Aline, quel plaisir inattendu ! Votre accueil si chaleureux me fait grand honneur, répondit Stephen avec son sourire faux.

Il s'inclina devant elle et de sa main gantée lui fit signe d'approcher. Elle le fit avec dégoût.

— J'ai là une chose que vous attendiez, ma chère, annonça-t-il alors.

Le cœur glacé, Aline le regarda fouiller son manteau et en sortir un parchemin. Son cœur manqua alors un battement et ses genoux vacillèrent. La réponse de Leavingham ! Elle tendit la main pour prendre possession du document, mais Stephen ne le lui remit pas.

— Tss, tss…, fit-il. Quelle impatience, madame ! Demandez-le-moi… gentiment ! déclara-t-il avec un sourire concupiscent qui lui donna la nausée.

Par bonheur, des claquements de sabots dans la cour attirèrent son attention et Aline recula précipitamment au moment où il se retournait. Les autres cavaliers arrivaient. Ils descendirent de cheval et s'assemblèrent derrière Stephen. Aline chercha parmi eux celui qu'elle désirait tant voir. Elle reconnut plusieurs des visages aperçus au bal, dont celui de Lorimer, puis repéra la silhouette qu'elle recherchait, montée sur Bayliss. Hugh se tenait très droit sur sa selle, les cheveux en désordre. Son habit ouvert révélait une parcelle de sa peau dorée par le soleil. Il était magnifique…

Aline prit peur quand leurs yeux se rencontrèrent. En cet instant décisif où son sort se jouait, elle voulait pouvoir compter sur lui. La veille, elle s'était laissé aller à croire qu'il éprouvait des sentiments pour elle, mais le doute reprenait le dessus à présent. Elle tenta de chasser le souvenir des sensations entre ses bras, soucieuse de réunir ses forces en prévision de ce qui l'attendait. Elle aurait tout donné pour ne pas avoir à affronter le duc en présence de Hugh, mais elle était heureuse que celui-ci ait ainsi la preuve qu'elle n'avait pas partie liée avec les projets de Stephen.

Elle sentit soudain le souffle d'un cheval sur son visage. Le duc s'était encore rapproché d'elle. Elle jeta un dernier coup d'œil à Hugh, qui ne disait toujours rien, mais qui, du bout des doigts, touchait l'endroit de sa joue où elle avait posé ses lèvres la veille. Son visage trahissait l'anxiété et elle détourna le regard, en proie à la détresse.

Stephen tira sur les rênes de son cheval pour se placer face à la foule et prit la parole d'une voix forte et triomphale.

— Messieurs, c'est la seconde fois aujourd'hui que je requiers vos félicitations. Il y a moins d'une heure, j'ai reçu des nouvelles d'une importance capitale. Sachez qu'à la prochaine lune je serai couronné Haut Seigneur des Cinq Provinces. Et que je serai marié !

A ces mots, il posa un regard victorieux sur Aline, qui sentit un désespoir immense la saisir. Sa tête se mit à bourdonner et elle n'entendit que de très loin la réaction des courtisans. Comme au ralenti, ses genoux cessèrent de la porter et sa vision s'obscurcit. Très lentement, le monde disparut autour d'elle.

Les dernières choses qu'elle perçut furent le cri d'alerte de Hugh, puis les mains secourables de Jack et de Kate qui la retenaient dans sa chute.

Hugh serrait les poings à les briser et la fureur grondait en lui. Il prit soudain conscience qu'il était debout sur ses étriers et se força à se rasseoir. Attirer l'attention maintenant serait imprudent. Stephen contemplait avec indifférence le corps inconscient d'Aline.

— Il semble que ma fiancée soit de constitution fragile et que l'émotion suscitée par ces heureuses nouvelles ait eu raison de ses forces.

Il se tourna vers Kate.

— Quand elle aura repris connaissance, amenez-la-moi. J'ai à lui parler.

Alors, ses yeux se fixèrent sur Hugh et ne le quittèrent plus tandis qu'il s'adressait aux courtisans.

— En attendant, messieurs, rassemblons-nous dans la grande salle d'apparat. Nous avons du pain sur la planche.

Sur ces mots, il partit au galop vers les écuries, suivi par la procession des nobles.

S'efforçant de détourner le regard d'Aline, Hugh dirigea son cheval à la suite de Stephen avec un juron. Bon sang ! Il ne pouvait pas abandonner la jeune femme dans cet état ! Il tira alors sur les rênes et sauta à bas de la selle pour se diriger à grands pas vers la silhouette inconsciente soutenue par Jack et Kate. Le pauvre visage était couleur de cendres. Se retenant de la prendre dans ses bras, il s'agenouilla près du petit groupe.

— Monseigneur, je suis désolé… Elle m'a ordonné de la conduire au duc. J'ai essayé de la convaincre de changer d'avis, mais…

Hugh secoua la tête pour l'apaiser.

— Elle n'a pas voulu t'écouter, n'est-ce pas ? Ce n'est pas ta faute, mon garçon, elle n'écoute pas souvent…

Fallait-il admirer ou déplorer cette ténacité ? Hugh se le demandait. D'une main douce, il écarta du visage d'Aline les quelques mèches échappées de sa tresse. Ses cils frémirent sans qu'elle reprenne connaissance. C'était mieux ainsi. Hugh savait que, si elle ouvrait les yeux, il serait incapable de la quitter.

— Fais ce que le duc t'a ordonné, mais reste avec elle. Je dois le rejoindre pour savoir ce qu'il prépare.

Le cœur dévoré par la jalousie et la haine, il se remit en selle et partit rejoindre la troupe.

— Si vous voulez bien pardonner mon impertinence, je ne pense pas que cette annonce vous ait surpris, sir Hugh.

La voix de Lorimer tira Hugh de ses pensées, qui l'entraînaient dans un puits de misère. Le chambellan s'était attardé sous le porche et chevauchait maintenant à son côté.

— A ma grande honte, je suis celui qui a amené lady Aline ici, répondit Hugh en guise d'explication.

Lorimer fit claquer sa langue et posa sur Hugh son regard pénétrant.

— Je me demandais en effet où vous étiez parti. Je suis cependant étonné qu'un homme de votre valeur se soit abaissé à jouer les ravisseurs. Enfin, ce qui est fait est fait ! Qu'en dites-vous, sir Hugh ? Pensez-vous que ce mariage puisse transformer notre maître en une créature susceptible de ressembler à un être humain ?

— Même si cela était possible, le sacrifice serait encore trop grand, rétorqua Hugh entre ses dents, submergé par la colère et la honte.

Lorimer reprit la parole, pensif.

— De ce que j'ai pu voir, j'en conclus que lady Aline n'a pas dû être une captive docile… Pourtant, elle a dansé avec vous hier. Je trouve cela très intéressant.

— Vraiment ? En quoi est-ce intéressant ?

Comme souvent lorsqu'il parlait à Lorimer, Hugh se rappela que le chambellan avait beau jouer les donneurs de leçons, il était l'un des rares hommes suffisamment intelligents pour avoir survécu à la prise de pouvoir de Stephen.

— Eh bien, commença-t-il avec un sourire, je sais que vous ne dansez pas volontiers, ce qui signifie que vous ne dansez qu'avec des personnes qui vous importent. De plus, la cruauté n'étant pas dans votre nature, vous ne mettriez jamais une dame qui a toutes les raisons de vous haïr dans l'embarras devant toute la cour.

En réponse, Hugh se contenta d'un vague grognement et agita les rênes pour prendre de l'avance, agacé par les insinuations du chambellan. Comme ils approchaient des écuries, Lorimer ajouta à voix basse :

— Prenez garde, mon ami ! Je n'ai pas besoin de vous apprendre quelles sont les punitions pour les coupables d'adultère. Après tout, vous avez vu suffisamment de pauvres hères privés de leurs attributs et de leurs yeux…

Hugh se raidit sur la selle, furieux des propos du chambellan.

— Je pourrais vous punir pour vos insinuations !

— Néanmoins, vous avez assez de bon sens pour ne pas attirer l'attention sur vous en ce moment, rétorqua Lorimer sans se départir de sa bonne humeur. Allons, hâtons-nous vers la grande salle pour savoir ce que notre seigneur et maître a à nous dire. Rappelez-vous cependant : soyez prudent — sinon pour vous, du moins pour cette jeune lady dont j'admire le courage et la dignité.

La grande salle vibrait d'impatience. Stephen n'était pas encore arrivé et les courtisans s'étaient dispersés en petits groupes, chevaliers et conseillers discutant à voix basse. Hugh se tenait à l'écart, attentif aux alliances que trahissaient ces rassemblements. Les factions et querelles de la cour ne l'avaient jamais intéressé, mais il se demandait désormais qui étaient ses ennemis et, surtout, lesquels de ces courtisans étaient parvenus aux mêmes conclusions que Lorimer.

Par ailleurs, Hugh s'inquiétait pour Aline. S'était-elle remise du choc que les dernières nouvelles lui avaient infligé ? Il ressentait le besoin élémentaire de la rejoindre et de l'étreindre jusqu'à ce qu'elle se sente à l'abri. Hélas, ce n'était pas là son rôle, et ce ne le serait jamais. Avec un frisson d'appréhension, il se rappela la mise en garde du chambellan : la castration et la cécité — une infamie qu'aucun homme ne pouvait supporter. Sans compter qu'Aline ne serait pas épargnée. La punition pour une femme adultère était d'être brûlée au visage en public. Hugh eut un haut-le-cœur à cette idée. Il préférait quitter la citadelle pour toujours que de risquer d'exposer Aline à un tel danger.

Un héraut apparut à la porte et frappa le sol de pierre de sa lourde canne. Aussitôt, le silence se fit. Stephen entra et chacun prit place à la longue table.

— Nous pouvons commencer, lança Stephen avec un large sourire.

Triomphalement, il informa la cour de son plan d'enlèvement, du rôle que Hugh y avait joué et du succès obtenu, puisqu'il serait bientôt le seigneur des Cinq Provinces. La mine réjouie, il sortit un parchemin et le plaça en évidence sur la table.

— Ceci est signé de la main même du Haut Seigneur. Il accède à toutes mes demandes. Dans cinq jours, nous partirons pour Tegge's Eyot. Là-bas, le duc de Leavingham me transmettra lui-même le sceau sacré et me proclamera son successeur.

La foule approuva avec un enthousiasme apparent ces nouvelles. Mais comment savoir quels étaient les sentiments réels de sujets habitués depuis longtemps à toujours acclamer un tyran ?

Tegge's Eyot avait longtemps été le lieu du pouvoir,

la résidence du Haut Seigneur et des rois avant lui. L'îlot rocheux se dressait dans un méandre de la rivière Arlen, à la jonction de quatre provinces.

Stephen répondit aux questions logistiques de ces conseillers : combien d'hommes prendrait-il avec lui ? Où installeraient-ils le camp sur la route ? Comment pouvait-il être sûr qu'il ne tomberait pas dans une embuscade ?

— Il n'y aura pas d'embuscade, car je tiens lady Aline en mon pouvoir. S'il m'arrive quoi que ce soit, je lui ferai couper la gorge sur-le-champ, annonça-t-il avec hauteur. Leavingham sait tout cela, aussi ne risquera-t-il rien qui puisse causer du tort à sa précieuse petite-fille.

— A ce propos, quand célébrerons-nous vos noces avec lady Aline ?

Hugh se tourna vers celui qui avait parlé : c'était Lorimer. Il adressa au chambellan un regard de gratitude et reçut un très léger sourire de connivence en retour.

— J'admets que j'ai exagéré en annonçant cette heureuse nouvelle à lady Aline, répondit Stephen sans paraître embarrassé. En fait, le mariage aura lieu dans douze mois, ou avant si le seigneur de Leavingham vient à mourir — ce qui se produira sans doute avant la fin de l'année, vu son âge avancé. En attendant, lady Aline retournera à Leavingham. Une troupe de nos soldats restera en mission là-bas pour s'assurer que rien ne vient s'opposer à la réalisation du contrat.

Hugh aurait égorgé son cousin avec la plus grande joie ! Il eut toutes les peines du monde à contenir sa fureur. L'annonce que Stephen avait faite à Aline était délibérément malveillante. Une cruauté de plus, à ajouter à la liste des griefs que lui, Hugh, avait envers son cousin. Un toussotement éloquent attira son attention et il releva la tête pour découvrir que tous, y compris Stephen, le regardaient. L'expression du duc était hostile et il se tint aussitôt sur ses gardes.

— J'ai *ordonné*, capitaine, que vous ne preniez part à

aucun des détachements qui partiront pour Tegge's Eyot ou Leavingham, reprit Stephen avec hauteur. Cependant, j'attends de vous que mes troupes soient prêtes à partir dans quelques jours.

— Bien entendu, Votre Grâce, répondit Hugh d'un ton glacé. Avec votre permission, je vais commencer les préparatifs dans l'instant.

Il repoussa sa chaise et se leva, sans cesser de défier Stephen du regard. Ce dernier baissa les yeux le premier et congédia Hugh d'un geste indifférent. A peine sorti de la salle, Hugh se mit à courir droit vers la tour.

Une dernière fois, il voulait la revoir une dernière fois. Pour lui dire adieu…

Il grimpa les marches quatre à quatre et arriva devant la chambre d'Aline hors d'haleine et débraillé. La douleur de sa blessure s'était réveillée, mais ce n'était rien à côté de la souffrance qui rongeait son cœur.

Heureusement, aucun garde n'était là pour assister au spectacle d'un capitaine qui n'était plus lui-même. Il cogna à la porte, mais n'eut aucune réponse. La clé était pendue au clou du chambranle, aussi déverrouilla-t-il la porte, qui s'ouvrit sur une pièce déserte. Aline n'était pas là.

Chapitre 15

Au bord de la nausée, Aline patientait dans les appartements du duc. Lorsqu'elle avait repris connaissance, ébahie de se retrouver allongée sur le sol, elle avait écarté d'un geste Jack et Kate qui la suppliaient d'aller se reposer dans sa chambre et avait exigé de se rendre directement dans les quartiers de Stephen pour l'y attendre. Devant une telle détermination, ils n'avaient pu que s'incliner et l'avaient accompagnée. Puis, à contrecœur, Jack avait laissé les deux femmes pour retourner à ses tâches.

En fin d'après-midi, alors que le ciel s'était chargé de nuages lourds, la porte s'ouvrit enfin sur Stephen. Aline se leva aussitôt, exaspérée de sentir ses jambes trembler sous elle, et fit un effort suprême sur elle-même pour ne pas s'évanouir de nouveau. Si elle perdait connaissance, le duc l'abandonnerait sans nul doute sur le sol !

Stephen ôta son manteau pour le poser sur le dossier d'un fauteuil et, le regard moqueur, s'abîma dans une révérence exagérée, avant de baiser la main d'Aline en une parodie de courtoisie. Ecœurée, Aline sentit l'odeur du vin dans son haleine, et son appréhension ne fit que croître. Kate vint alors se placer à son côté et cette présence la rassura. Mais Stephen tourna les yeux vers la jeune fille.

— Sors ! ordonna-t-il.

Pleine de prévenance, Kate demanda confirmation à Aline

du regard. Celle-ci hocha la tête. La gorge serrée, elle suivit des yeux Stephen, qui l'avait contournée pour s'emparer de la main de la servante. Avec une politesse feinte, il accompagna la jeune fille jusqu'à la porte et lui saisit soudain le visage entre les mains, animé d'une douceur inquiétante.

— L'intérêt que tu portes à ta maîtresse t'honore, ma chère petite, mais nous n'avons nul besoin de chaperon. Déguerpis !

Sur ces mots, il la poussa hors de la pièce et referma la porte. Puis, avec une lenteur sans doute étudiée, il se tourna vers Aline, le regard plein d'une lubricité de mauvais aloi.

— Enfin seuls ! s'exclama-t-il en passant la langue sur les lèvres.

— Vous m'écœurez, cracha Aline entre ses dents.

Il éclata d'un rire méprisant. Aline sentait ses doigts la démanger tant elle brûlait de le frapper pour effacer son rictus suffisant. Elle parvint néanmoins à contrôler sa colère.

— Il me semble que vous devriez commencer à me traiter avec plus de déférence. Après tout, vous serez bientôt mon épouse aimante et dévouée ! fit-il remarquer.

— Aimante ? Sachez que jamais je ne vous aimerai ! rétorqua-t-elle.

— Rassurez-vous, je n'ai nul besoin de votre amour, ricana-t-il. Je n'en veux pas, à vrai dire.

En trois enjambées, il se retrouva près d'elle, la dominant de sa haute taille. Un sourire cruel transforma ses traits séduisants en un masque grotesque, et Aline frissonna.

— Ce que j'exigerai de votre part, c'est une entière soumission jusqu'à ce que ma semence prenne racine en vous et que vous me donniez un héritier.

A ces mots, Aline recula précipitamment derrière la table, et un cri d'horreur resta bloqué dans sa gorge.

— Dites-moi quand… quand le mariage doit-il avoir

lieu ? balbutia-t-elle d'une voix brisée, sans plus se préoccuper de cacher son déchirement.

Le triomphe marqua les traits de Stephen et elle eut peur qu'il refuse de répondre ; devrait-elle le supplier pour obtenir cette simple information ? A sa grande surprise, il tira cependant un parchemin de son gilet et le lui tendit. Les jambes faibles, Aline se laissa tomber dans un fauteuil et parcourut le contenu du document.

— Et vous acceptez ces conditions ? demanda-t-elle avec méfiance. Vous me laissez repartir à Leavingham pour l'année à venir ?

— A moins que votre grand-père ne meure avant, acquiesça-t-il. Un long délai, mais j'imagine qu'il vous semblera ne durer que quelques jours.

Il était déjà tard lorsque le duc autorisa Aline à retourner dans sa chambre. Epuisée et l'esprit embrumé, elle remarqua à peine que la porte n'était plus gardée ni verrouillée. A peine l'eut-elle franchie qu'elle s'immobilisa, interdite, à la vue de la silhouette installée dans le fauteuil devant le feu. Elle ne put retenir un petit cri, et l'intrus se tourna vers elle.

— Pardonnez-moi, commença Hugh d'une voix grave. Je ne voulais pas vous effrayer.

— Que faites-vous ici ?

Malgré elle, ses yeux se posèrent sur la courtepointe du lit et une chaleur traîtresse lui brûla les joues tandis que des images inopportunes lui traversaient l'esprit. Hugh se leva et elle remarqua qu'il avait ôté son paletot. La lueur mouvante des flammes dessinait des ombres sensuelles sur le haut de son torse, qu'on apercevait sous sa chemise ouverte.

— Je vous attendais, murmura-t-il avec un sourire contrit.

— Pourquoi ? insista Aline.

Il haussa les sourcils, visiblement surpris.

— Après ce qui s'est passé cet après-midi, pouvais-je ne pas venir ? J'avais besoin de savoir comment vous vous portiez.

Il passa une main dans ses cheveux, comme souvent lorsqu'il était nerveux, sans cesser de la regarder au fond des yeux, et Aline sentit une myriade de picotements délicieux dans tout son corps.

— A l'origine, j'étais aussi venu pour vous dire adieu…, ajouta-t-il.

Ces mots firent à Aline l'effet d'une flèche en plein cœur.

— Adieu… ? répéta-t-elle.

— Oui, je… En fait, j'avais décidé de quitter Roxholm. L'idée de vous voir chaque jour sans pouvoir vous parler et… enfin, cela m'était insupportable. Toutefois, je ne veux pas faire preuve de lâcheté à votre égard. Je ne puis vous laisser seule et sans soutien face à lui.

Alors il vint à sa rencontre et, avec des gestes tendres, lui prit les mains et l'attira à lui. Aline ferma les yeux en se délectant de la chaleur que lui procurait le contact de ce corps robuste.

— Vous n'avez qu'un mot à dire, je me tiens à votre service, Aline. Je ferai tout ce que vous souhaitez.

A ces mots, Aline resongea avec horreur aux mises en garde faites par Stephen quelques minutes plus tôt : « Votre conduite sera irréprochable, lui avait-il dit. Si je vous soupçonne d'avoir posé les yeux sur un autre homme, je le ferai exécuter et vous-même aurez le visage brûlé comme toute femme adultère. Croyez-moi, malgré la peine que j'aurai de défigurer un aussi beau visage, vous n'y couperez pas. » Une panique sans nom la saisit alors.

— Non ! Je ne veux pas ! cria-t-elle en se libérant d'un

mouvement. Je n'ai nul besoin de vous ! Je voudrais n'avoir jamais posé les yeux sur vous !

Elle le vit chanceler, sous l'effet de la stupéfaction sans doute, mais il se ressaisit aussitôt.

— Si c'est là votre souhait, déclara-t-il d'une voix blanche, je quitte Roxholm immédiatement.

En deux enjambées, il était à la porte. Elle se précipita pour le rejoindre.

— Non, ne partez pas !

Hugh se retourna pour lui faire face, le visage dur.

— Pardonnez-moi, mais je ne vous comprends pas… Que voulez-vous de moi, Aline ?

Elle secoua la tête, ne sachant que dire.

— Croyez-vous pouvoir me blesser plus encore ? reprit doucement Hugh d'une voix rauque de souffrance contenue.

— Je… Je suis désolée… Je ne voulais pas. Enfin, je voulais seulement…

Aline s'interrompit, les yeux brillants de larmes. Emu, Hugh tendit la main comme pour lui caresser la joue, mais y renonça avant de l'avoir touchée. Elle ferma les yeux, désespérée.

— Je… je voulais dire que… que le mariage avec cet homme aurait pu être supportable si… si je ne vous avais pas connu…, balbutia-t-elle, se sentant misérable.

A ces mots, Hugh sentit les dernières barrières qu'érigeait sa raison céder, et il attira Aline contre lui, avant d'enfouir la main dans sa chevelure.

Aline posa le front contre sa poitrine avec un doux soupir d'abandon et le serra à son tour contre elle, de sorte qu'il put sentir la moindre courbe de son corps. Il lui sembla alors qu'ils ne formaient plus qu'un. Brûlant de s'emparer de ses lèvres, il émit un grognement de désir lorsque les doigts délicats lui effleurèrent la bouche.

A cet instant, il la sentit se raidir et ouvrit les yeux, surpris. Elle gardait les paupières baissées, et des larmes s'accrochaient à ses longs cils avant de glisser le long de ses joues pâles.

— Aline ! murmura-t-il, bouleversé.

Elle étouffa un sanglot. Impuissant, il l'étreignit avec force, mais elle se déroba, tremblante.

— Laissez-moi vous aider, je vous en prie, supplia-t-il.

— Je n'ai pas besoin de votre aide, elle arrive trop tard ! Je vous ai supplié de me libérer et vous avez refusé. Je ne peux certes pas vous rendre responsable de tous mes malheurs, d'ailleurs je serais bien incapable de vous en vouloir, mais… mais c'est vous qui m'avez amenée ici sur ses ordres !

Aline leva les yeux et Hugh y lut le reflet de ses propres angoisses.

— Comprenez-vous, Hugh ? Il est trop tard, je ne peux pas ressentir quoi que ce soit pour vous. Je n'en ai pas le droit. Alors si vous éprouvez quelque chose pour moi, partez, je vous en supplie, partez ! Pour notre sauvegarde à tous les deux.

Elle avait raison et il le savait. Incapable de prononcer un mot, le cœur déchiré par la culpabilité et le chagrin, il acquiesça et s'écarta brusquement avec l'impression qu'il s'arrachait le cœur de la poitrine. Puis il tourna les talons et sortit en refermant la porte derrière lui. A travers le battant, il entendit s'élever des sanglots déchirants.

La détresse qu'exprimaient ces pleurs l'empêcha de s'éloigner. Il posa le front contre le chambranle, les doigts crispés sur la porte, comme pour partager la souffrance de la jeune femme et demeura dans cette position jusqu'à ce que le silence se fasse. Alors, avec une volonté qu'il n'imaginait pas posséder, il s'en alla.

Des coups sourds à la porte tirèrent Aline de son sommeil le lendemain matin. Ivre de désespoir, elle avait fini par perdre connaissance sur son lit, après avoir pleuré jusqu'à l'épuisement. Voilà pourquoi elle était toujours habillée, comprit-elle en se redressant maladroitement.

La voix agacée de Kate s'éleva de l'autre côté de la porte :

— Pourquoi tout ce bruit ? criait-elle. Vous allez réveiller lady Aline !

— J'ai un message pour ta maîtresse et je frapperai chez elle comme il me plaît, répondit une voix masculine.

Une litanie d'insultes s'ensuivit, puis Kate entra dans la pièce, chargée d'un plateau et suivie d'un garde au visage écarlate. Sur une brève révérence, ce dernier s'expliqua, visiblement mal à l'aise.

— Mon maître vous fait donner l'ordre de le rejoindre, madame. Il vous attend dans la salle du conseil et vous demande de ne pas tarder.

Aline serra les dents pour réprimer une réplique trop vive. Voilà à quoi se résumerait sa vie désormais : à devoir suivre une suite ininterrompue d'ordres et d'exigences.

— Dites au duc que je le rejoindrai dès que j'aurai mangé et que je me serai baignée, répondit-elle d'une voix ferme. Je serai prête d'ici une heure.

Fidèle à sa promesse, Aline rejoignit Stephen avant que l'heure se soit écoulée, bien décidée à ne pas montrer le moindre signe de faiblesse face à lui. Il était installé dos au foyer et elle comprit à son expression qu'il ne s'agirait pas d'un entretien aimable, si tant est qu'il fût capable d'une telle chose. La jeune femme se prit à regretter de l'avoir fait attendre.

— Vous avez pris votre temps, madame. Sachez que je ne permettrai pas une telle indocilité quand vous serez mon épouse.

Ignorant la menace, Aline croisa les bras et lui rendit son regard sans trembler.

— Que voulez-vous ?

— Vous montrer quelque chose.

Stephen l'entraîna hors de la pièce et ils marchèrent un moment à travers le château, jusqu'à un balcon qui donnait sur une cour où des gardes s'exerçaient au combat. Au milieu du groupe, elle reconnut aussitôt la haute silhouette vêtue de noir qui se dressait. Bien qu'il fût impossible de discerner ses traits, elle perçut la concentration qui transparaissait dans chacun de ses gestes : Hugh possédait une puissance manifeste qui n'empêchait pas ses mouvements d'être pleins de grâce et de souplesse. Aline revit en pensée les instants magiques où ils avaient dansé ensemble. Elle retrouvait presque la sensation de ses bras musclés serrés autour d'elle. Puis, le souffle court, elle se rappela avec quelle ardeur elle avait réagi à son étreinte la veille. Il aurait été si simple alors de se laisser aller entre ses bras, de se laisser embrasser... Hélas, où cela les aurait-il menés ? Elle avait eu raison de réprimer son désir, de le forcer à partir.

Elle s'aperçut soudain que Stephen la regardait avec insistance.

— Pourquoi m'avez-vous fait venir ici ? demanda-t-elle aussitôt d'un ton froid.

— Pour avoir confirmation d'une chose que je soupçonne depuis longtemps déjà, souffla-t-il en se penchant à son oreille. J'ai remarqué que vous aviez dansé avec mon cousin au bal. Et je viens de voir de quelle façon vous le regardiez à l'instant. Or, figurez-vous que rien ne me ferait plus plaisir que de lui causer de la souffrance. Voilà pourquoi je compte le garder en vie... au moins jusqu'à notre mariage.

Aline se sentit blêmir et dut s'agripper au rebord de pierre pour ne pas s'effondrer. A côté d'elle, Stephen se mit à rire sans la quitter du regard. Puis, sur un claquement de doigts, il fit signe au héraut d'annoncer leur arrivée.

Depuis l'aurore, Hugh s'efforçait de faire mine de continuer à vivre, mais toute personne le connaissant aurait compris sans peine qu'il ne tenait que par la force de sa volonté. L'esprit vide et le cœur en déroute, il avait poussé ses hommes jusqu'à leurs dernières limites, et lui-même plus loin encore, dans le but de se libérer ne serait-ce qu'un instant de sa frustration. La matinée s'achevait déjà et pourtant, le corps indifférent à la fatigue, il continuait de s'entraîner avec ses soldats.

Brusquement, la trompette du héraut retentit et, peinant à reprendre son souffle, il se retourna comme les autres vers le balcon, s'attendant à y découvrir Stephen comme d'habitude. Lorsqu'il vit Aline à son côté, le visage dénué d'expression, sa vision s'obscurcit brutalement, comme si le simple spectacle de la jeune femme menaçait de lui faire perdre ses dernières forces.

Rejetant ses cheveux en arrière d'un geste nerveux, il donna des ordres à ses hommes et, conscient de son apparence négligée après ces heures passées à se battre, il alla saluer Stephen, l'épée sagement rangée dans son étui. Parvenu devant son cousin, il se força à le fixer, redoutant sa réaction s'il s'avisait de regarder la frêle silhouette d'Aline.

Stephen lui répondit d'un hochement de tête.

— Capitaine, soldats de Roxholm, je vous apporte des nouvelles. Cette ravissante demoiselle a consenti à devenir mon épouse, annonça-t-il à la ronde en levant la main d'Aline au-dessus de leurs deux têtes.

Le sang de Hugh ne fit qu'un tour. *Consenti !*

Tandis que les applaudissements s'élevaient, il s'aperçut qu'il avait posé la main sur la garde de son épée. Du coin de l'œil, il remarqua la moue de répulsion de la jeune femme.

Il sentit soudain le goût du sang envahir sa bouche : il s'était mordu sans même s'en rendre compte. La veille au soir, Aline n'avait pas caché qu'elle le rendait responsable de ses malheurs et elle avait eu raison.

— Je serai couronné seigneur des Cinq Provinces avant la fin du mois, reprit Stephen en le regardant droit dans les yeux. Comme convenu, lady Aline retournera à Leavingham, où elle demeurera jusqu'au mariage.

Hugh sentit une colère brutale se répandre dans ses veines. Que se passerait-il s'il tuait cette vermine maintenant, devant tous les hommes rassemblés ? Combien se lèveraient pour venger le duc ? Combien se détourneraient ? Combien mettraient leur épée au service de la sienne ?

Il s'aperçut tout à coup qu'Aline le fixait intensément. Alors qu'il pensait trouver dans son regard de la froideur, voire de la haine, il n'y lut qu'une infinie tristesse. Elle battit plusieurs fois des paupières, puis Stephen l'entraîna et elle se détourna pour disparaître bientôt.

Hugh sentit le chagrin l'envahir. Ce simple battement de paupières avait été un signe d'adieu.

Sans attendre, il remit ses troupes à l'entraînement et se perdit dans la violence des combats jusqu'à ce que ses jambes ne puissent plus le porter, jusqu'à ce que les yeux gris d'Aline s'effacent de sa conscience épuisée. Une fois ses hommes libérés, il allait atteindre ses quartiers lorsqu'il aperçut la gracieuse silhouette d'Aline qui retournait à la tour. Il faillit faire demi-tour afin d'obéir à la supplique de la jeune femme de ne plus la voir. De toute façon, il n'y avait rien à espérer d'une nouvelle rencontre… Toutefois, il ressentit le besoin de s'assurer qu'elle allait bien.

Il la rejoignit au bas de l'escalier et remarqua aussitôt ses yeux cernés de noir et sa pâleur inquiétante. Il jura entre ses dents et congédia le garde qui accompagnait la jeune femme. Puis, barrant le chemin d'Aline, il croisa les bras.

— Lady Aline, il faut que nous parlions.

Chapitre 16

Avec ses cheveux et son corps trempés par l'effort physique, Hugh n'était pas présentable… et absolument irrésistible, songea Aline en le contemplant. Une vague brûlante avait envahi son corps à l'instant où elle avait rencontré son regard et elle dut refréner une brutale envie de s'approcher. Si elle le faisait, elle savait que sa résolution de le fuir ne tiendrait pas longtemps.

— Laissez-moi passer, Hugh, pria-t-elle malgré le nœud qui lui obstruait la gorge.

— Pas tant que je n'aurai pas la certitude que vous allez bien. Etes-vous restée avec Stephen tout ce temps ?

— Oui, mais il ne m'a rien fait. Pourquoi persistez-vous à me rencontrer, Hugh ? J'ai pourtant été claire hier soir. Je veux que vous restiez loin de moi !

— C'est ce que vous avez dit, ma douce, je sais, mais tout votre corps proclame le contraire. N'essayez pas de me cacher ce que vous ressentez ! plaida Hugh d'une voix sourde et vibrante de passion.

Du pouce, il lui caressa alors la joue, et elle ferma les yeux en appuyant le visage contre la paume rugueuse, qu'elle recouvrit de la sienne. Avec un soupir, Hugh l'enlaça aussitôt. Non ! C'était trop dangereux ! Ils risquaient leur vie l'un et l'autre ! Luttant contre l'instinct qui la poussait à profiter de l'instant, Aline se raidit, incitant Hugh à s'écarter sur-le-champ. Il la dévisagea, les sourcils froncés.

— Quels qu'ils soient, mes sentiments n'ont aucune importance et ce que nous avons fait hier soir ne doit plus jamais se reproduire, commença-t-elle d'une voix incertaine. Stephen a annoncé à tout son peuple que je lui appartenais, peu importe s'il n'est pas encore entré en possession de son bien, je suis liée à lui désormais.

— Non, rétorqua Hugh avec force. Vous êtes libre, jusqu'à ce que l'année prenne fin !

— Le croyez-vous ? demanda-t-elle doucement. Feriez-vous de moi une femme perdue alors que je suis promise à un autre ? Non, je pense que vous avez bien trop d'honneur pour cela, Hugh.

Il partit d'un rire amer, et Aline garda les yeux baissés, les ongles enfoncés dans les paumes pour lutter contre les larmes.

— Je voulais vous dire… J'ai été dure avec vous la nuit dernière et je m'en excuse. Je n'ai pas le droit d'exiger que vous renonciez à la loyauté que vous devez à votre cousin. Pas alors que je connais votre histoire. Je sais quelle valeur vous accordez à l'honneur et je vous admire pour cela.

— Dans ce cas, je dois vous quitter, répondit Hugh d'une voix blanche. Car sachez que mon honneur est devenu le dernier de mes soucis désormais.

— Nous devrions être reconnaissants que je m'en aille pour si longtemps. Une année est bien assez pour qu'un homme oublie une femme.

— Une vie entière ne suffirait pas à vous oublier, assura-t-il d'un ton abrupt, les yeux brillants de fièvre.

A ces mots, Aline sentit sa résolution flancher. Non ! Pour leur bien à tous deux, cette folie devait prendre fin ! Rassemblant le peu de volonté qu'il lui restait, elle se redressa et releva le menton.

— Hier, vous m'avez promis de faire tout ce que je souhaiterais. Alors respectez votre promesse : apprenez à m'oublier.

Sans oser croiser son regard, elle le contourna et s'élança dans l'escalier, le laissant pétrifié au bas des marches.

Au cours des jours suivants, Aline se promena beaucoup à travers le château. Sa porte n'étant plus verrouillée, elle était libre d'errer à sa guise et, trop souvent, ses pas la menaient vers la cour d'entraînement. Toutefois, elle s'arrêtait toujours à temps. Elle était plus que jamais déterminée à oublier Hugh dès qu'elle songeait aux odieuses menaces de Stephen.

Quand, à l'occasion, ils ne pouvaient éviter de se trouver face à face, ils se contentaient de formules de politesse, puis l'un ou l'autre trouvait une excuse pour s'éclipser au plus vite. Chacune de ces rencontres imprévues laissait Aline avec un sentiment de désir et de douleur mêlés, mais elle tentait de se convaincre que, si elle parvenait à tenir durant les quelques jours à venir, son amour pour cet homme finirait tôt ou tard par s'éteindre lorsqu'elle serait loin de lui.

A la veille de son départ pour Leavingham, tout changea cependant. Ce matin-là, Aline s'apprêtait à quitter sa chambre pour une promenade matinale lorsqu'un messager apparut, porteur d'un parchemin. Intriguée, elle brisa le sceau et reconnut aussitôt l'écriture élégante du chambellan de Leavingham. Quinter ? se demanda-t-elle, alarmée. Pourquoi diable lui écrivait-il ?

Madame,

Je suis profondément meurtri de devoir vous annoncer de bien tristes nouvelles. Peu après que le Haut Seigneur a consenti aux termes du duc Stephen, il est tombé gravement malade. Soupçonnant des menées criminelles, nos hommes ont donné les restes de sa nourriture à quelques chiens. Tous sont morts dans l'heure. Hélas, votre grand-père a connu le même sort après deux jours.

Le duc Stephen a été informé de la chose, bien qu'il ne fasse aucun doute à mes yeux qu'il a lui-même commandité cet assassinat. Comme votre grand-père est mort avant d'avoir pu lui remettre le Sceau suprême — Dieu en soit remercié —, vous portez désormais le titre de Haute Dame. Dès à présent, nous nous préparons à marcher sur Tegge's Eyot. Dieu soit loué, pour l'heure, nous n'avons aucune raison de craindre que le duc modifiera ses plans.

Je vous supplie de vous montrer prudente, lady Aline. Ne faites confiance à personne !

Votre plus fidèle serviteur,

Thos Quinter.

Comme dans un rêve, Aline entendit un hurlement qui lui semblait venir de très loin, mais qui sortait en fait de sa propre bouche. Terrassée de douleur, elle était incapable d'arrêter ce cri qui montait des tréfonds de son être. Peu à peu, le rythme accéléré de son cœur fit enfler dans son âme blessée un unique sentiment qui éclipsa tous les autres : le désir de vengeance.

Prise d'une rage folle, elle saisit un lourd chandelier et le jeta de toutes ses forces à l'autre bout de la pièce. Une carafe de vin suivit le même chemin un instant plus tard. Accrochés par un éclat de lumière, ses yeux se posèrent sur un couteau posé sur la table. Il n'était sans doute pas assez aiguisé pour tuer, mais il lui permettrait au moins d'effacer pour toujours le sourire suffisant de ce monstre…

Elle glissa résolument l'arme dans sa manche et, le parchemin serré dans son poing, sortit d'un pas vif. Le front baissé pour cacher son visage, elle traversa le château sans prendre garde à ceux qu'elle croisait. Devant les appartements de Stephen, le jeune garde tressaillit à sa vue.

— Laissez-moi entrer ! ordonna-t-elle en secouant le parchemin froissé. Je dois voir le duc immédiatement !

— Impossible, madame, répondit le garde d'un air navré. Je regrette, mais le duc a expressément demandé que…

— Ecartez-vous si vous tenez à votre poste, coupa-t-elle sans le laisser achever.

Visiblement anxieux, il hésita un instant puis s'exécuta. Aline ouvrit elle-même la lourde porte et découvrit alors un spectacle qui décupla sa haine. Stephen était penché au-dessus de la longue table, sur laquelle était allongée une servante en larmes, qu'il maintenait en tirant en arrière sa chevelure sombre. La robe de la pauvre fille était déchirée. Aline reconnut alors le visage affolé de Kate, et son sang ne fit qu'un tour.

Furieux, Stephen s'était redressé pour lui faire face.

— Qui vous a laissée entrer ? hurla-t-il.

Profitant de la diversion, Kate descendit précipitamment de la table en tentant de rassembler les lambeaux épars de son décolleté,

— Pars, Kate ! lança Aline. Tout de suite !

La jeune fille ne se le fit pas dire deux fois et, quelques instants plus tard, ils se retrouvaient seuls. Le regard de Stephen tomba soudain sur le couteau qu'Aline serrait dans la main. Il éclata de rire.

— Que comptez-vous faire avec ça ? s'exclama-t-il en croisant nonchalamment les bras.

— Vous n'avez jamais eu l'intention d'attendre toute une année, déclara Aline d'une voix étrangement mesurée. Vous aviez tout planifié !

Elle s'approcha pour lui mettre le parchemin sous les yeux.

— Vous commencez à éprouver mon esprit de tolérance, chère lady Aline, prévint Stephen.

Malgré sa morgue, il recula de quelques pas pour aller se placer derrière la table. Soudain, Aline entendit des éclats de voix qui se rapprochaient et elle songea que, si elle attendait une minute de plus, elle ne pourrait plus rien faire. Alors, elle se jeta sur Stephen, le couteau dressé au-dessus de la tête.

Hugh grimaça en sentant le métal froid sur sa peau ; il chercha une position plus confortable tandis que le médecin lui ôtait les fils à l'épaule.

— La blessure guérit bien, estima l'homme de l'art. La technique employée est remarquable !

Il enduisit ensuite la blessure d'un onguent à l'odeur infecte. Hugh alla ensuite se rafraîchir le visage au moyen d'un pichet d'eau placé sur le rebord de la fenêtre. L'odeur nauséabonde du soin demeura néanmoins tenace, lui empoisonnant l'odorat.

Il poussait un soupir contrarié lorsqu'un cri perçant retentit dans les étages. Puis ce furent des coups sourds et un bruit de métal heurtant la pierre. Aline ! Le tapage provenait de la tour, il en était sûr ! Son sang se figea dans ses veines et il enfila sa tunique en toute hâte pour se ruer dans l'escalier. Il les gravit quatre à quatre et atteignit la chambre d'Aline. Il régnait à l'étage un complet silence et la porte entrouverte lui parut un signe inquiétant.

Il tira sa dague hors de son étui et en tint fermement le manche, puis poussa le battant tout doucement. Ces précautions se révélèrent inutiles : la pièce était vide.

Il jeta un regard ébahi sur le désordre qui régnait dans la chambre. Seigneur ! Où était passée Aline ? Il était sûr d'avoir entendu des pas précipités quelques instants plus tôt, il avait dû la manquer de peu. Comme il se penchait par la fenêtre, il aperçut un très bref instant un pan de robe bleue qui disparaissait à l'angle de l'aile principale du château. Au comble de l'inquiétude, il se lança à la poursuite de la jeune femme en luttant pour maîtriser l'affolement qui l'avait gagné. Car il n'y avait qu'un seul endroit où elle ait pu vouloir se rendre.

En redescendant l'escalier, il manqua percuter le médecin, auquel il ordonna de le suivre, puis se mit à courir comme si sa vie en dépendait jusqu'au large couloir qui menait aux appartements de Stephen. Il s'arrêta net en découvrant Kate, appuyée contre le mur, la robe déchirée. Elle se précipita vers lui, les mots se bousculant dans sa bouche. Malgré les sanglots qui l'étouffaient, il comprit vite qu'Aline venait de la sauver d'un sort terrible.

— Elle est à l'intérieur… Elle a un couteau…

Sans en écouter davantage, Hugh se rua dans la pièce, juste au moment où Aline se jetait sur Stephen, son arme à la main. Le duc l'évita sans peine, d'un pas sur le côté. Hélas, Aline était visiblement hors d'elle-même, trop déchaînée pour prendre conscience de la folie de son geste. Elle se rua de nouveau vers son ennemi, sans voir que Stephen venait de saisir une épée.

— Aline ! Arrêtez ! cria Hugh d'une voix forte.

Elle ne dut pas l'entendre, à moins qu'elle ne se souciât pas de l'écouter. En trois enjambées, il la rejoignit, puis il la saisit par la taille et la fit passer derrière lui, la protégeant de Stephen de son corps. Lorsqu'il se tourna vers elle, la fureur qu'il lut dans ses yeux lui fit l'effet d'un coup de poignard.

— N'essayez pas de m'arrêter ! lui lança-t-elle d'une voix lourde de menaces.

— Je me dois de le faire, Aline ! rétorqua-t-il. Vous savez bien que ce n'est pas la bonne réponse. Quoi qu'ait fait cet homme, la violence ne vous avancera à rien.

Tout en prononçant ces paroles, il observait son cousin du coin de l'œil. Ce dernier, tremblant de colère, semblait possédé par la haine.

— Une chance que vous soyez arrivé, capitaine, cracha-t-il. Cette idiote a perdu l'esprit.

Hugh sentit une sueur froide envahir son corps. Peu importait désormais ce qui avait mené à cet affrontement, songea-t-il, il devait soustraire Aline à ce monstre, la faire sortir saine et sauve de cette pièce, car, dans l'état où il était, Stephen était capable de tout, y compris d'ordonner la mise à mort de la jeune femme.

— Lady Aline, ça suffit, calmez-vous, hasarda-t-il d'une voix qu'il voulait rassurante. Donnez-moi ce couteau.

La jeune femme n'en fit rien et tenta au contraire d'échapper à son emprise. Au passage, Hugh sentit le couteau lui déchirer la manche de sa tunique. Aussitôt, il s'empara du poignet d'Aline et, avec douceur, lui maintint le bras en arrière pour lui faire lâcher le couteau, ce qu'elle fit avec un cri furieux. Pour tenter de la calmer, il l'attira vers lui, le dos de la jeune femme pressé contre sa poitrine, et serra les bras autour d'elle. Elle se débattit comme une furie à coups de pied, et Hugh eut le cœur déchiré en entendant les affreux sanglots de détresse qu'elle ne pouvait retenir.

— Calmez-vous, Aline, répéta-t-il, je ne peux vous laisser blesser cet homme.

— Laissez-moi ! hurla-t-elle. Pourquoi m'avez-vous arrêtée ? Pourquoi ?

D'une brusque secousse, elle se libéra et lui décocha un coup de poing dans la figure.

— Quelqu'un pourrait-il m'aider ? grogna Hugh, de plus en plus exaspéré. Où est passé ce satané docteur ?

L'intéressé apparut à la porte, visiblement nerveux, sa sacoche plaquée devant lui en guise de bouclier. A la vue du visage congestionné d'Aline, il retrouva cependant son professionnalisme. Il s'empara du poignet de la jeune femme et mesura son pouls un instant, à la faveur d'une accalmie.

— Ses battements de cœur sont trop rapides. Il faut la calmer au plus vite, avant que le délire n'envahisse définitivement son esprit, annonça-t-il. Emmenons-la à l'infirmerie.

Il lui lâcha le poignet, qui retomba comme une poupée de chiffon. Hugh sentit son cœur se serrer face au désespoir évident qui se lisait sur les traits de la jeune femme.

— Emmène cette folle loin de moi, Hugh, cracha Stephen. J'ai bien envie de l'envoyer se calmer dans les cachots.

Le corps d'Aline réagit immédiatement au son de la voix sifflante, aussi Hugh la souleva-t-il du sol pour l'emporter avant que son cousin ne mette sa menace à exécution.

Il traversa les couloirs faiblement éclairés jusqu'à l'infirmerie. Avec douceur, il déposa Aline sur le lit et elle se replia sur elle-même, les bras autour de la tête, sanglotant toujours. Alors seulement, Hugh remarqua le parchemin qu'elle serrait dans son poing. Sans qu'elle semble s'en apercevoir, il écarta ses doigts et glissa le document dans sa tunique.

Non loin, le médecin fourrageait dans un coffre. Il en sortit bientôt un flacon rempli d'une poudre rouge, mesura rapidement la dose nécessaire et la mélangea à un verre de vin. Une odeur piquante envahit aussitôt la pièce et Hugh se tint sur ses gardes.

— Que comptez-vous lui administrer ? interrogea-t-il.

D'un geste, le médecin désigna Aline, qui restait roulée en boule, immobile.

— Cette pauvre femme a perdu l'esprit, répondit-il. Il faut l'endormir pour lui permettre de retrouver un semblant d'équilibre. Sans quoi, elle pourrait encore blesser des gens, ou s'en prendre à elle-même.

Fou d'angoisse, Hugh finit par s'écarter pour livrer passage au praticien. Sur le lit, Aline se retourna soudain et gémit.

— Je te faisais confiance… Comment ai-je pu… ? Je n'aurais pas dû… j'ai cru…

A travers ces propos décousus perçaient de nouveaux sanglots qui secouaient le pauvre corps. Hugh se sentit terriblement impuissant face à une telle souffrance. Il s'agenouilla à côté d'Aline et saisit ses doigts glacés. Elle sembla tressaillir d'horreur à ce contact, et ce mouvement de recul lui fit mal.

— Qu'y a-t-il, Aline ? Dites-moi ce qui s'est passé, je vous en prie…

Elle posa les yeux sur lui comme si elle le voyait pour la première fois et s'écarta brutalement.

— Vous ! gronda-t-elle. Vous saviez tout !

— Je savais quoi ? protesta Hugh sans comprendre. Expliquez-moi !

Comme folle, Aline se jeta alors sur lui, toutes griffes dehors, et Hugh dut esquiver ses mains crispées avant de la plaquer contre lui. Il la maintint ainsi, bouillonnant de frustration et de terreur, le visage dans ses cheveux, et lui murmura des paroles apaisantes qu'elle ne semblait pas entendre. Un long moment passa ainsi, elle sanglotant, lui, la berçant dans ses bras, jusqu'à ce que le médecin toussote dans son dos.

— Pardonnez-moi, sir Hugh, il est dangereux de reporter plus longtemps le traitement de madame. Si vous ne me laissez pas la soigner, je vous prierais de quitter la pièce, conclut-il sans ménagement.

Obéissant, Hugh allongea Aline sur l'oreiller. A peine eut-il relâché son étreinte qu'Aline se dressa d'un bond et, d'un revers de main, envoya la potion du médecin au sol. Elle avait presque atteint la porte lorsque Hugh l'intercepta. En dépit des coups qu'elle ne cessait de donner en tous sens, il s'exhorta à la patience.

— Aline, calmez-vous ! insista-t-il. Je ne laisserai rien

de mal vous arriver. Ce traitement vous fera du bien, vous devez me croire.

— Sir Hugh, elle a l'esprit trop perturbé pour vous entendre, l'interrompit le médecin. Maintenez-la, le temps que je lui administre le traitement.

Hugh contempla la jeune femme. Ses cheveux d'or étaient emmêlés et son visage marqué par l'angoisse et le désespoir. Oui, elle avait besoin d'être apaisée. Alors, aussi doucement qu'il le put, il la maintint contre lui pendant que le médecin préparait une nouvelle potion.

— Je vous en prie, Aline, faites-moi confiance ! murmura-t-il à l'oreille de la jeune femme d'une voix rauque d'émotion. Laissez-nous vous aider.

Mais lorsqu'elle leva les yeux vers lui, ils étaient pleins de haine et révélaient un intense sentiment de trahison. Malgré sa peine et son incompréhension, Hugh la porta jusqu'au lit et s'agenouilla près d'elle en la maintenant immobile, le temps que le médecin lui fasse ingurgiter sa potion. Une fois le liquide avalé, Aline tenta encore de se révolter mais, bientôt, ses yeux se fermèrent d'eux-mêmes. Elle eut tout juste le temps de murmurer avec amertume :

— Sortez ! Retournez auprès de votre maître, comme un bon serviteur.

Ces paroles frappèrent Hugh de plein fouet, mais il n'en continua pas moins de lui caresser tendrement le front.

— Dormez à présent. Je reviendrai bientôt, souffla-t-il bien qu'elle semblât déjà assoupie.

— Vous êtes à sa botte, bredouilla-t-elle encore, vous avez toujours été de son côté.

Hugh ouvrait la bouche pour protester, mais elle avait tourné la tête vers le mur. Alors, il se contenta de la bercer encore jusqu'à ce que sa respiration s'apaise et qu'il sente son corps s'abandonner au sommeil.

Ce n'est que lorsque le médecin s'approcha pour la

couvrir d'une fourrure que Hugh se rappela le parchemin enfoui dans sa tunique. En quelques lignes, il comprit toute l'histoire, et une fureur brutale s'éleva dans tout son être.

— Quand lady Aline reprendra connaissance, gardez-la ici, ordonna-t-il au médecin en le remerciant d'un signe de tête. Faites tout ce qu'il faut pour qu'elle aille mieux.

Comme malgré lui, ses doigts se crispèrent sur le message. Aline était en sursis. Et sa vie à lui ne valait guère plus désormais.

Les mâchoires serrées, il se hâta, bien décidé à obtenir des explications.

Chapitre 17

Lorsque Hugh pénétra dans les appartements du duc, celui-ci était installé à sa place favorite près de la cheminée, un verre de vin à la main. Avec un sourire suffisant, il désigna la bouteille à Hugh, qui refusa d'un signe de tête. Stephen éclata de rire, comme s'il venait de faire une bonne plaisanterie.

— Le vin n'est pas empoisonné. Si je voulais te tuer, je choisirais une mort plus adaptée. Je veux pouvoir regarder tes yeux et voir la vie quitter peu à peu ton corps, cher cousin. Je chargerai sans doute ma chère épouse de donner au bourreau le signal pour qu'il fasse tomber sa hache…

— Et je ne doute pas que l'impliquer dans l'événement vous procurera le plus grand plaisir, répondit Hugh avec un calme qu'il était loin de ressentir.

Il posa alors le parchemin sur la table, sous les yeux du duc.

— Vous aviez tout programmé depuis le début, n'est-ce pas ? reprit-il d'un ton égal. Je vous ai soutenu pendant toutes ces années, j'ai suivi le moindre de vos ordres, si inconsidérés soient-ils. Mais à présent, c'est fini !

— Ainsi, te voilà dans le rôle du chevalier galant, prêt à tout pour défendre la dame de son cœur, ricana Stephen. Vas-tu me défier publiquement, ou bien m'attaquer maintenant alors que je suis sans défense ?

En dépit de son ton arrogant, Hugh crut sentir la peur

qui perçait dans la voix de Stephen. Cela suffit à lui faire conserver son calme.

— Aucun des deux, cousin. Pour le moment. Vous m'écœurez, le savez-vous ? A quoi pensiez-vous ? Pourquoi ne vous êtes-vous pas contenté de ce que vous aviez déjà gagné ? Vous finirez par détruire Roxholm avec ce genre d'actes irréfléchis et meurtriers !

— Allons, cousin ! Tu sais comme moi qu'en un an la loyauté peut changer de camp. Les promesses peuvent être rompues, n'est-ce pas ? Et puis… pour tout te dire, une année m'a semblé un délai trop long. J'ai eu envie de profiter sans trop attendre de la charmante Aline. Je suis sûr que tu me comprends…

Malgré ses efforts, Hugh ne put réprimer un mouvement de colère. Stephen ricana de plus belle.

— Je me demande quelles autres choses tu désires parmi celles qui sont en ma possession… Allons, j'ai bien vu comment tu regardais cette mignonne. J'ai d'abord pensé qu'il ne s'agissait que de désir physique, bien sûr, mais en réalité, tu es amoureux d'elle. Ha, ha, mon cousin est amoureux ! Mais t'aime-t-elle en retour, cousin ? Pensera-t-elle à toi au moment où je la prendrai ? Peut-être au début, mais pas longtemps, je peux te le pro…

Hugh ne lui laissa pas le temps d'achever. Fou de rage, il le saisit à la gorge et le plaqua sur la table. Stephen réagit en le frappant à la tête avec le lourd gobelet de métal qu'il tenait à la main, sans doute en prévision de l'assaut. Sous la violence du coup, Hugh desserra son emprise et Stephen en profita pour se précipiter à la porte et appeler sa garde.

Haletant, le crâne douloureux, Hugh se remit d'aplomb et tira sa dague. Il sentait le sang couler le long de sa joue, mais n'avait guère le temps de s'y attarder.

Déjà, quatre gardes se ruaient dans la pièce, l'épée au

clair. Ils s'arrêtèrent dans leur élan à la vue du spectacle qui s'offrait à eux.

— Sir Hugh est en état d'arrestation, cria Stephen. Saisissez-le !

Interdits, les hommes regardaient tour à tour leur seigneur puis leur capitaine, sans savoir que faire.

— Faites-le ! hurla Stephen.

Hugh sentait son esprit fonctionner à toute allure tandis qu'il cherchait un moyen de sortir de cette situation. Face à un tyran comme Stephen, le défi et la maîtrise de soi restaient les meilleures tactiques. Sa résolution arrêtée, il se mit à rire avec une assurance qu'il était loin d'éprouver.

— Et que comptez-vous faire de moi, exactement ? Me décapiter dans la grande cour ? Me pendre au gibet ?

Alors que les yeux de Stephen brillaient de fureur, il sentit pour sa part un grand calme s'installer en lui.

— Donne-moi une bonne raison de ne pas te tuer aujourd'hui même ! siffla le duc.

— Si vous m'exécutez, quel signal enverrez-vous aux chevaliers et aux seigneurs qui vous soutiennent ? N'y en aura-t-il pas qui se lèveront contre vous pour venger ma mort ? Quel beau geste pour commencer votre campagne comme Haut Seigneur demain !

Visiblement ébranlé, Stephen garda le silence pendant un temps qui lui parut une éternité.

— Emmenez-le au cachot et mettez-le sous bonne garde, annonça-t-il enfin.

A sa grande satisfaction, Hugh vit que les soldats guettaient son approbation d'un regard. Il esquissa un discret hochement de tête, laissa tomber son arme au sol et leva les bras en signe de reddition. Ses hommes l'encerclèrent aussitôt, leurs épées pointées sur sa poitrine.

Alors seulement, Stephen s'approcha de lui.

— Ne crois pas un instant que tes arguments m'ont

convaincu. Demain à l'aube, tu seras reconduit sur le domaine que tu as hérité de ta mère et, à compter de ce jour, je te retire ton titre et les terres qui l'accompagnent. Tu n'es plus capitaine de la garde.

Sur ce, il frappa dans ses mains et les soldats se mirent en marche pour escorter leur prisonnier. Hugh eut au moins le plaisir de voir que ceux qui n'étaient désormais plus « ses » hommes gardaient le front baissé, visiblement mal à l'aise.

Tandis qu'il parcourait les couloirs du château, les murmures et les regards ébahis se succédèrent sur son passage. La sentinelle qui gardait l'entrée des cachots adressa un regard incrédule à la petite troupe, avant de se ressaisir pour tirer un soldat ivre de la première cellule. Ce dernier écarquilla lui aussi les yeux en reconnaissant son capitaine. Hugh réprima un sourire amer. La nouvelle de sa disgrâce allait se répandre comme une traînée de poudre dans la citadelle.

— Entrez ici, capitaine, s'il vous plaît ! demanda l'un des gardes, hésitant.

Sans discuter, Hugh pénétra dans la petite cellule, le garde à sa suite. Ce dernier lui demanda de lever les bras, afin de vérifier qu'il n'était pas armé et entreprit de procéder à son inspection. Hugh l'admonesta sévèrement.

— Ne t'ai-je donc rien appris ? Si j'avais eu un couteau, à l'heure qu'il est tu serais mort ! Il ne faut jamais fouiller un prisonnier lorsqu'on est seul avec lui.

Penaud, l'homme marmonna des excuses avant de se retirer.

A peine la porte verrouillée, Hugh se maudit. Quel idiot ! Il aurait dû en finir avec Stephen dès qu'il était entré dans ses appartements, sans préambule ni explication. Il aurait alors été plus facile de gérer les conséquences d'un tel acte. A présent, il se retrouvait à la merci de ce fou, impuissant à protéger sa propre vie comme celle d'Aline. Furieux contre lui-même, il se mit à arpenter sa cellule comme un lion en cage.

Peu à peu, la nuit tomba et Hugh s'allongea sur la maigre paillasse, observant le mouvement des ombres sur les murs. Dans quelques jours, le triomphe de Stephen serait complet. Pourtant… étrangement, l'espoir refusait de mourir tout à fait dans son âme. Il était toujours en vie, sinon libre. Et tant qu'il vivrait, il n'abandonnerait pas. Peu lui importait le nombre de soldats que Stephen lui enverrait, il les combattrait tous pour rejoindre Aline et la sauver de cet enfer dans lequel il l'avait lui-même conduite.

Il espéra que la nouvelle de sa captivité parviendrait aux oreilles de la jeune femme, afin qu'elle sache pourquoi il n'était pas auprès d'elle en ces instants dramatiques. Qu'elle puisse penser qu'il l'avait abandonnée de nouveau lui était intolérable. Hélas, elle le croyait complice de Stephen, alors pourquoi se préoccuperait-elle de son sort ?

Seigneur ! Il devait la revoir, lui expliquer… — mais accepterait-elle encore de lui parler, après les événements des derniers jours ? Pourtant, cela seul comptait : il devait lui prouver qu'il était digne de confiance. Les yeux clos, il invoqua son image, non pas celle, pâle et douloureuse, qu'il avait vue quelques heures plus tôt, mais le visage radieux qu'elle avait lorsqu'il l'avait embrassée, le soir du bal. Concentré sur le souvenir heureux de leurs deux corps serrés l'un contre l'autre, de leurs lèvres unies, il s'abandonna au sommeil.

Des cris le réveillèrent quelques heures plus tard. Inquiet, il cogna contre la porte.

— Que se passe-t-il ? cria-t-il aux gardes.

Un visage soucieux apparut aussitôt à la grille.

— Quelqu'un fait du raffut, capitaine.

— Je l'avais remarqué, en effet. Laissez-moi sortir, je veux savoir ce qu'il se passe.

Le gardien s'exécuta, et Hugh sortit de la cellule, pour découvrir une série d'arbalètes dressées dans sa direction, mais il lui suffit d'un froncement de sourcils pour que les armes s'abaissent. Il parcourut les couloirs qu'il connaissait bien jusqu'à l'armurerie, d'où s'échappaient les cris. La porte était ouverte, aussi Hugh vit-il celui qui causait tout ce désordre.

— Jack, bon sang, qu'est-ce que tu fabriques ?

Le garçon tournait à travers la pièce, essayant des casques, jetant des lances au sol, jusqu'à arrêter son choix sur une courte épée qu'il fixa à sa ceinture.

— Je vais le tuer, cracha-t-il d'une voix sourde de fureur rentrée.

Ces mots furent suivis d'un nouvel éclat, et il enchaîna avec virulence :

— C'est un monstre ! Il s'en est pris à Kate, vous vous rendez compte ? A ma Kate ! Et bientôt, ce sera au tour de cette pauvre lady Aline ! Qu'arrivera-t-il alors ? Vous le laisserez encore faire ? Vous ne réagirez pas ?

Ces paroles étaient une torture pour Hugh et il dut serrer les poings pour ne pas réduire le garçon au silence avec violence. Jack n'était pas la cible de sa rage, il en avait conscience, mais il avait besoin de laisser sa fureur s'exprimer.

— Imaginer qu'il puisse s'approcher d'elle est une agonie ! rétorqua-t-il. Mon âme appartient à lady Aline, et tu oses dire que je ne réagirai pas ?

Les yeux de Jack s'élargirent à ces mots et il émit un faible gémissement. Hugh se détendit alors et alla le rejoindre contre le mur.

— Ecoute-moi, mon garçon, reprit-il avec plus de douceur, ce n'est pas la bonne manière de procéder. Emmène ton amie et quittez ensemble ce lieu maudit tant qu'il en est encore temps ! Allez-vous-en et commencez une nouvelle vie ailleurs. J'ai moi-même voulu combattre le duc et j'ai échoué. Et à présent…

Il s'interrompit, submergé par l'ampleur de son désespoir. Néanmoins, comme il gardait les yeux posés sur le visage décomposé du jeune garçon, un plan commença à prendre forme dans son esprit. Il releva la tête et fixa Jack droit dans les yeux.

— Ecoute, Jack, dit-il. Je dois atteindre Tegge's Eyot avant que Stephen ne soit couronné. Je dois trouver Aline. Tu m'y aideras ?

Jack resta silencieux, les doigts crispés sur les manches de sa chemise. Enfin, il se tourna vers Hugh et essuya d'un geste rageur les larmes qui lui maculaient les joues.

— Que faut-il faire ?

Aline s'éveilla désorientée. La colère n'avait pas encore déserté son cœur. Depuis combien de temps était-elle ici ? La pièce baignait dans la pénombre et une unique chandelle brûlait plus loin sur une table. Encore sous l'effet de la drogue qu'on lui avait administrée, elle se redressa maladroitement, se leva et tituba en direction de la porte.

A cet instant, le médecin surgit de l'ombre pour se dresser devant elle.

— Madame, vous ne pouvez pas sortir, sir Hugh l'a expressément défendu.

Pleine de mépris, Aline contourna l'homme, déterminée à sortir. Alors il la saisit par le bras et la ramena à son lit, comme si elle n'avait été qu'une enfant capricieuse. Galvanisée par la colère, elle le gifla avec ce qui lui restait de force et, à son grand soulagement, il la lâcha et se précipita vers la porte, qui se referma derrière lui. Elle-même y était presque arrivée lorsqu'elle entendit la clé tourner dans la serrure. Elle était prisonnière !

Peu de temps après, le médecin revint, accompagné de deux hommes et d'une femme à l'air revêche. Il portait une boîte éclaboussée de sang qui donna la nausée à Aline. Réunissant tout son courage, elle bondit de nouveau vers la porte, mais les hommes, plus rapides, la ramenèrent à son lit et la maintinrent immobile, le temps que la femme lui enserre les poignets et les chevilles avec des liens de cuir. Acceptant pour l'heure son échec, Aline se calma et observa ses compagnons avec attention.

Le médecin surtout l'inquiétait. Il fourrageait dans la boîte, d'où il sortit un bol de cuivre et un couteau à lame fine et acérée. Aline blêmit. Elle avait vu ce que les saignées avaient fait de sa mère à une époque où elle était déjà fragile : un fantôme vivant. Incapable de maîtriser sa terreur, elle les supplia de la libérer.

— Quand sir Hugh saura ce que vous avez fait, il vous tuera tous, menaça-t-elle, au bord des larmes.

Le médecin lui adressa un regard plein de douceur.

— C'est sir Hugh lui-même qui m'a ordonné de vous garder ici. Et il m'a autorisé à vous donner tous les traitements susceptibles de vous faire du bien.

Aline secoua la tête, incrédule. Le peu de force qui lui restait encore l'abandonna quand elle comprit son impuissance et sa solitude. Elle cessa alors de résister et regarda le chirurgien relever sa manche et serrer un lien de cuir sur son bras. Elle poussa un faible cri lorsque la lame pénétra sa peau. Peu à peu, sa vision se troubla et le visage au-dessus d'elle devint flou. Le sommeil s'abattit sur elle en quelques minutes tandis que son sang s'écoulait de la veine entaillée.

Dans son inconscience, des mots revenaient encore et encore dans son esprit : *Je ne veux pas mourir. Je t'en prie, Hugh, ne me laisse pas mourir. Maudit sois-tu de m'avoir trahie…*

A plusieurs reprises, elle s'éveilla, incapable du moindre

effort, pour tenter de refuser les nouvelles saignées que le médecin lui infligeait. De son lit, elle apercevait un carré de ciel sombre. Etait-ce l'aube ou le crépuscule ? Elle avait hélas perdu toute notion du temps. Bien sûr, elle aurait dû en être affectée, mais elle se sentait si fatiguée…

Plus tard encore, quelqu'un entra dans la chambre. Malgré le délire qui embrumait son esprit, elle crut reconnaître les cheveux sombres et la silhouette virile de Hugh. Etait-il enfin venu la libérer ? Comment avait-elle pu douter de lui ? Un sanglot lui échappa, alors que l'espoir renaissait en elle : il allait enfin lui expliquer que tout cela n'était qu'une énorme méprise.

Néanmoins, son instinct lui soufflait de se méfier. Sur ses gardes, elle se concentra sur la silhouette floue. Non ! Cette posture, ce n'était pas Hugh… c'était Stephen ! Le duc se tenait aux pieds du lit, un regard plein de lubricité posé sur elle. Elle se sentit nue sous le fin tissu de sa robe.

— Je peux voir sans conteste pourquoi il vous désire, mais vous aimer ? Je ne comprends vraiment pas…, déclara pensivement Stephen.

La peur paralysa Aline. Sa vulnérabilité était complète. S'il prenait l'envie à ce fou d'abuser d'elle maintenant, elle savait qu'elle en mourrait. Stephen contourna lentement le lit pour s'approcher de son visage.

— Je suis venu vous dire que je vous pardonne votre égarement d'hier. Vous étiez au désespoir et, fort heureusement, mon cousin est arrivé à temps pour me protéger… comme toujours. Le sujet est clos.

Je vous hais !

En dépit de sa faiblesse, elle avait dû parler à voix haute, car le visage masculin s'assombrit. Aline le vit secouer la tête.

— Je ne vous ferai pas de mal, assura-t-il d'un ton chargé de reproches. Quels que soient les mensonges qu'il vous a dits sur moi, je ne suis pas inhumain.

Aline refusa de croiser son regard. Alors, il se tourna vers le médecin.

— Libérez lady Aline de ses liens et assurez-vous qu'elle soit suffisamment remise pour voyager. Nous partons pour Tegge's Eyot demain à l'aube. Je veux que ma fiancée soit au mieux de sa forme.

Et sur un salut courtois à l'adresse de la jeune femme, il quitta la pièce. Aline sentit sont cœur affolé s'apaiser peu à peu. Avec une grande douceur, le médecin refit son bandage, puis dénoua ses liens. Avec un gémissement de soulagement, elle s'étira, insistant sur les muscles qui se rebellaient contre ces mouvements de liberté après avoir été si longtemps maintenus dans la même position.

Perplexe, elle repensa à ce qui venait de se passer. Son pire ennemi l'avait libérée, alors que Hugh l'avait conduite dans cette prison, la condamnant à des heures de souffrance, à la mort peut-être. Des larmes de déception et de colère coulèrent sur ses joues quand elle repensa à la façon dont il avait pris la défense de Stephen. Il l'avait empêchée de faire ce qui était juste, puis il l'avait fait emprisonner.

L'esprit en déroute, elle glissa avec reconnaissance dans l'inconscience.

Une aube lugubre venait de pointer à l'horizon lorsque quatre cavaliers, accompagnés d'un cinquième cheval, approchèrent des portes de la citadelle. Chaudement vêtus de manteaux de laine, ils avançaient dans la bruine qui semblait suspendue dans l'air. Ils vérifièrent discrètement leurs armes. Quatre gardes à pied apparurent. Ils pointaient leurs épées sur un homme qui marchait devant eux, les mains liées, et dont on aurait pu croire, en remarquant sa fière allure, qu'il était aux commandes de toute cette équipée.

Hugh avançait sur le sol inégal, très droit. Il se retourna à demi et adressa un signe de tête à son escorte. Il connaissait tous ces soldats — il les avait entraînés, affrontés au combat, il était donc hors de question qu'il laisse paraître devant eux la moindre faiblesse. En réponse à son salut, les hommes lui adressèrent de brefs signes et des sourires attristés. Un seul lui décocha un clin d'œil, attirant aussitôt son attention.

Jack ! Par bonheur, le gamin était parvenu à faire partie de son escorte ! Combien, parmi les autres, restaient loyaux au duc ? Avec un peu de chance, il le découvrirait bientôt.

A travers la brume matinale, il vit Stephen se remettre en marche pour rejoindre la troupe armée.

— Bien le bonjour, cousin ! s'exclama Stephen. J'espère que tu as bien dormi la nuit dernière ! Un long voyage t'attend aujourd'hui pour regagner ton manoir.

Hugh le toisa du regard sans un mot.

— J'ai rendu visite à lady Aline, poursuivit Stephen, et je suis ravi de t'informer qu'elle semblait beaucoup plus calme. Plus aucun obstacle ne s'oppose à notre mariage désormais.

Hugh prit une inspiration pour conserver son sang-froid. Il ne donnerait pas à Stephen la satisfaction de le voir perdre patience. Il ne le laisserait plus l'exaspérer avec le nom d'Aline qui ne fit, cette fois-ci, qu'affermir sa résolution.

— Avez-vous quelque chose à dire ou n'êtes-vous venu que pour m'agacer ? demanda-t-il au duc avec hauteur.

— Seulement ceci : aujourd'hui, je pars avec lady Aline pour Tegge's Eyot, comme prévu. Je veux que tu vives en sachant que, chaque jour, elle se réveillera à mon côté. Je veux que ta dernière pensée, tous les soirs, soit pour te souvenir que tu es seul, alors qu'elle dort dans mes bras et que tu ne peux rien y faire. Si je croise de nouveau ta route, cher cousin, ta sentence sera la mort. Maintenant, hors de ma vue !

L'espace de quelques secondes, les deux hommes s'affrontèrent du regard. L'air était chargé d'animosité.

— Soyez bon envers elle, lança enfin Hugh.

Il s'attendait à une nouvelle mesquinerie, mais Stephen se contenta de hocher la tête. La gorge nouée, Hugh monta sur Bayliss et lui fit faire volte-face. Comme il partait au galop, entouré de son escorte qui était montée à cheval elle aussi, il songea que son cœur restait en arrière, auprès d'Aline, mais son esprit était déjà tout entier tourné vers la tâche qui l'attendait.

Chapitre 18

Avec la mine d'un condamné montant à l'échafaud, Aline traversa la cour, tenant les pans de son nouveau manteau de fourrure posé sur ses épaules et étouffant un bâillement. Depuis qu'elle avait échappé aux autres saignées du chirurgien, elle n'avait fait que glisser par intermittence dans l'inconscience. Elle ne se sentait plus réellement malade, mais le moindre mouvement lui rappelait à quel point elle était encore faible.

Au cours des jours précédents, de nombreux nobles des alentours étaient arrivés à la citadelle pour prêter allégeance à Stephen. Pour l'heure, ils étaient tous réunis avec leurs troupes, prêts au départ. Y avait-il des scènes similaires à Leavingham ? Les seigneurs qui avaient prêté serment à son grand-père avaient-ils envoyé leurs armées pour défendre les provinces contre Stephen ? Sir Godfrey était-il en route pour Tegge's Eyot ? Elle se prit à rêver que Stephen soit finalement vaincu.

Bien sûr, parmi l'assemblée, un homme manquait à l'appel. Elle avait beau le chercher des yeux, Hugh restait introuvable. Stephen se matérialisa soudain à son côté, déjà en selle. Une fois de plus, elle frissonna sous son regard malveillant.

— Si vous cherchez sir Hugh, vous ne le trouverez pas. Il a quitté la citadelle ce matin.

— Il est parti ? souffla-t-elle d'une voix brisée.

Que lui importait que Stephen voie son chagrin ? Tout espoir était vain désormais.

— Il est rentré chez lui.

Le duc descendit de cheval et prit le bras d'Aline. Sans résister, elle l'accompagna jusqu'à une voiture.

— Ses actes ne vous ont-ils pas encore convaincue de la véracité de mes paroles ? Vous n'êtes pas la première femme à qui il ait fait de vaines promesses, Aline. Votre visage n'est pas le premier qui lui ait tourné la tête, ni sans doute le dernier. Quoi qu'il ait pu vous raconter, il me sera toujours loyal.

Après s'être incliné en une brève révérence, il remonta en selle, laissant la cruauté de ses paroles transpercer Aline, assise sans force sur le siège de la voiture. Celle-ci s'ébranla bientôt.

Avant midi, la pluie se mit à tomber. Elle claquait contre les parois du véhicule en un battement ininterrompu qui berçait Aline. La jeune femme put au moins se reposer, la tête appuyée contre l'étroite fenêtre. Elle ne s'éveilla que lorsque la troupe fit une halte. Elle regarda autour d'elle, désorientée. Elle s'était à peine redressée sur son siège que Stephen s'introduisait dans l'habitacle.

— Bonsoir, Aline. J'espère que votre voyage a été confortable.

Nerveusement, Aline ramena les pans de son manteau sur elle. Stephen fronça aussitôt les sourcils.

— Vous savez, il va falloir que vous cessiez de me regarder de la sorte, reprit-il avec humeur. Je sais que vous ne pensez pas grand bien de moi, mais je sais me montrer bienveillant. N'ai-je pas ordonné au médecin de cesser de vous vider de votre sang ? Cet imbécile vous aurait tuée si je n'étais pas intervenu !

Hélas, Aline ne pouvait lui donner tort sur ce point. Il

l'avait sauvée, quand Hugh ne s'était pas même enquis de sa santé.

— Je vous en remercie, répondit-elle d'un ton neutre. Inutile de blâmer le médecin cependant, il pensait me soigner ainsi.

— Mais bien sûr que je le blâme ! Je l'ai d'ailleurs fait exécuter ce matin, et sa tête orne désormais les remparts de la citadelle. Sans doute aurait-il apprécié le spectacle de tout ce sang s'il avait pu y assister, conclut Stephen en riant de sa plaisanterie.

Aline en resta pétrifiée, et il en profita pour baiser sa main inerte, avant de quitter la voiture.

Un long moment, elle demeura les yeux clos, priant pour le salut du pauvre médecin sacrifié à la cruauté d'un monstre. Au moment où elle aurait pu croire, l'espace d'une seconde, qu'il restait un peu de bonté en lui, le duc lui prouvait qu'il était dépourvu de la moindre parcelle d'humanité.

Hugh et son escorte galopèrent la moitié du jour sans faire de halte. Chaque mile parcouru l'éloignait d'Aline, et il commençait à perdre tout espoir de parvenir à s'échapper. Une fois parvenu à son manoir, il serait trop tard : il serait enfermé et surveillé, sans aucune possibilité de fuite. Il devait absolument agir au plus tôt. Restait à savoir comment…

Aucune occasion ne se présenta avant qu'ils approchent les limites de ses terres. A la rivière, tous mirent pied à terre pour laisser les chevaux se désaltérer. C'était là sa seule chance, songea-t-il, et il adressa un signe discret à Jack. Aussitôt, le garçon tira son épée et la lui lança avant qu'aucun garde ait seulement compris ce qui se passait. Dos à dos, les deux hommes firent face à leurs adversaires.

— Laissez-moi partir à présent ! ordonna Hugh. Sinon, vous mourrez.

Il serra les dents, prêt à se battre jusqu'à la mort, mais le destin devait être avec lui, car deux des gardes se rangèrent d'emblée du côté de celui qui avait été leur capitaine. Les forces ainsi réparties, ils vaincraient sans difficulté les hommes de Stephen. Un troisième garde s'approcha alors pour le libérer de ses menottes. Aussitôt, les autres se rendirent sans lutter. Hugh remercia chaleureusement ceux qui l'avaient aidé et se tourna vers Jack.

— Bravo, mon garçon ! A présent, retiens-les ici cette nuit, cela devrait me laisser assez de temps.

Il prit le manteau de l'un des hommes qui gisaient attachés au sol, et se changea rapidement. Il ne savait pas encore ce qu'il ferait quand il retrouverait Aline, mais il avait un jour entier de voyage pour y songer. Il grimpa en selle et se lança à la poursuite de Stephen. Il était encore loin de son ennemi et de la femme qu'il aimait, mais l'espoir renaissait enfin dans son cœur.

Le trajet devint plus lent et plus malaisé tandis que les voyageurs s'enfonçaient dans les collines boisées. Aline passait le temps en imaginant des plans d'évasion et des stratégies pour tuer Stephen. Tous, hélas, semblaient voués à l'échec, mais cela lui permettait de ne pas sombrer dans la folie tandis qu'ils approchaient de leur destination. Elle n'avait d'autre choix que d'essayer ! Après tout, elle ne pouvait plus compter que sur elle-même.

Elle repensa aux paroles de Stephen. Devait-elle croire que Hugh était un fourbe qui lui avait menti du début à la fin ? Les paroles de ce dernier lui avaient semblé si sincères, ses baisers si doux… Non ! Elle ne voulait pas croire qu'il ait pu feindre une telle passion…

Pourtant, elle savait par Hugh lui-même que Stephen avait dit vrai : elle n'était pas la première à l'avoir charmé.

Peut-être n'avait-il ressenti qu'un émoi passager pour elle ? Ou, pire encore, avait-il seulement voulu l'utiliser pour obtenir plus de pouvoir à travers elle, comme tous ses précédents prétendants ? Quelle importance, désormais ? Il était parti, et elle restait seule avec Stephen.

Vers la fin de l'après-midi, leur troupe atteignit la rivière Arlen, qui était sortie de son lit sous la violence inattendue des pluies. Les soldats furent obligés de transporter les charrettes de vivres à gué et, bientôt, les esprits épuisés s'échauffèrent.

Au dernier arrêt avant la nuit, on fit halte non loin d'une haute falaise balayée par le vent. Le lendemain commencerait la dernière partie du voyage, il leur faudrait descendre dans une gorge escarpée avant de rejoindre Tegge's Eyot.

Aline avait pris place sur un lit de camp, les yeux fixés sur la robe suspendue qui se balançait au gré des courants d'air sous la tente. Lorsqu'elle était entrée, elle l'avait trouvée là, accompagnée d'une lettre de Stephen qui lui ordonnait de la revêtir le lendemain. L'étoffe était un velours rouge sombre, de la couleur d'un vin capiteux. L'ample jupe était unie, le décolleté et les manches brodés de fils d'or et de perles. L'ensemble était splendide… et lui donnait la nausée.

Si elle avait eu un couteau à portée de main, elle aurait été heureuse de lacérer le tissu jusqu'à n'en laisser que des rubans.

Dieu maudisse sa robe de mariée…

Et le jour de son mariage !

Peu avant l'aube, elle s'était enfin endormie d'un sommeil sans rêves et elle n'entendit pas qu'on se glissait dans sa tente. Soudain, la sensation d'une présence tout près d'elle la réveilla. Ouvrant les yeux, elle aperçut avec effroi une haute silhouette penchée sur elle et reconnut la livrée de Roxholm.

Affolée, elle ouvrit la bouche pour appeler à l'aide, mais

l'homme lui plaqua une main sur la bouche et s'agenouilla près du lit. Elle s'étrangla, les yeux élargis de terreur. Alors l'intrus prononça son nom et le cœur d'Aline cessa de battre. Non, ce n'était pas possible… Elle se dressa d'un bond sur le lit et regarda, incrédule, le visage enfin libéré de sa capuche sombre. Elle ouvrit la bouche sous l'effet de la stupéfaction et ses mains tremblantes se levèrent vers son visiteur.

Un mince sourire éclaira le visage de Hugh. Sans hésiter, il la prit dans ses bras et la serra contre lui avec une telle intensité qu'elle sentit des larmes perler à ses paupières. Très vite cependant, elle le repoussa. L'étonnement venait d'être remplacé par la fureur et le ressentiment. Se libérant la main, elle lui assena soudain une gifle qui retentit comme un claquement de fouet dans le silence. Hugh recula, les yeux emplis de surprise. La seconde suivante, il poussa un grognement rageur et saisit au vol le poignet qu'elle levait pour le frapper encore.

— Pouvez-vous m'expliquer cet accueil, madame ? souffla-t-il.

— Cela vous étonne ? Alors que vous m'avez abandonnée à la merci de Stephen ! rétorqua-t-elle sur le même ton. Vous l'avez défendu, malgré tout ce qu'il a fait, puis vous êtes reparti tranquillement chez vous sans songer un instant à mon sort ! Et voilà que vous réapparaissez, alors que je vous croyais à des kilomètres d'ici, et feignez d'être étonné que je ne sois pas heureuse de vous revoir !

— Est-ce ce que Stephen vous a dit ? Que j'étais parti de mon propre chef ? Et vous l'avez cru ? Quelle confiance vous avez en ma fidélité, madame !

A ces mots, Aline sentit sa colère retomber d'un coup. L'épuisement se lisait sur le visage de Hugh et ses vêtements portaient les traces d'un voyage long et pénible. Soudain, le doute envahit son esprit.

— Ça n'aurait pas été la première fois que vous agissez ainsi, fit-elle remarquer froidement. Voilà pourquoi je n'ai eu aucune peine à croire votre cousin.

Comme elle tentait de raffermir sa juste colère, elle rencontra le regard de Hugh : deux immensités d'azur, dans lesquelles elle fut tentée de s'abandonner sans plus penser. Si ce n'est que, pour l'heure, elles étaient emplies d'indignation. Hugh jura entre ses dents et elle sentit son corps robuste se raidir.

— Stephen vous a menti ! gronda-t-il, visiblement exaspéré.

Aline eut peur que sa voix n'ait porté au-dehors, aussi jeta-t-elle un coup d'œil inquiet vers l'entrée de la tente. Hugh reprit d'un ton plus bas :

— Stephen n'a aucune morale. Il est prêt à dire n'importe quoi pour parvenir à ses fins.

— C'est plus ou moins ce qu'il a fait, rétorqua Aline, qui retrouvait toute son indignation. Et que faites-vous là, de toute façon ?

Le visage suppliant, Hugh s'empara de ses mains.

— Je suis venu vous sauver de ses griffes. Venez avec moi, je vous protégerai. Nous traverserons la rivière plus au sud, puis nous rejoindrons Leavingham.

Aline frémit devant l'intensité de sa prière. Cependant, cette promesse de protection, qu'il lui avait déjà faite, l'empêcha de tomber dans le piège. En dépit de la douleur qui lui déchirait le cœur, elle répondit avec calme :

— Non, je ne fuirai pas. Un jour, vous devrez choisir à qui revient votre loyauté ; d'ici là, je ne vois pas comment vous faire confian…

Aline s'interrompit brutalement à la vue des ombres qui remuaient à l'extérieur de la tente. Des voix étouffées se rapprochèrent alors, et elle croisa le regard de Hugh, toute querelle oubliée. Inquiets pour leur survie mutuelle, ils redevenaient alliés. Hugh avait déjà tiré son épée et se tenait prêt à combattre.

— Je t'assure que si, j'ai entendu des voix dans sa tente, déclarait une voix grave.

— Bon, d'accord… Allons vérifier que tout va bien. Nos pauvres cous seront raccourcis s'il lui arrive quoi que ce soit, répondit une autre.

Aline s'approcha de Hugh, tendue à l'extrême.

— Partez ! souffla-t-elle dans un murmure pressant en le poussant vers l'arrière de la tente.

Ils échangèrent un dernier regard, lourd de tout ce qu'ils ne s'étaient pas dit, puis Hugh remit sa capuche avant de se glisser vers le fond de la tente.

Malade de peur, Aline gagna en hâte l'entrée de la tente et jeta un regard à travers les plis de l'ouverture. Deux soldats s'apprêtaient à entrer, leurs épées tirées. S'efforçant au calme, elle compta jusqu'à cinq, puis poussa un hurlement strident. Les soldats sursautèrent avant de bondir à l'intérieur.

— Quelqu'un était dans ma tente, hurla-t-elle en s'agrippant à leurs bras.

Les hommes jetèrent un regard confus sur la pièce vide.

— Il est parti par là, déclara-t-elle en désignant la direction opposée à celle qu'avait prise Hugh. Dépêchez-vous, qui sait ce qu'il pourrait faire !

Aussitôt, les soldats partirent en chasse. A travers les ombres, Aline aperçut une sombre silhouette se glisser entre deux tentes et disparaître. Lentement, elle poussa un soupir, prenant conscience qu'elle avait retenu sa respiration jusqu'à cet instant.

Très vite, d'autres hommes arrivèrent, des flambeaux à la main, et Stephen se fraya un passage parmi la petite foule rassemblée à l'entrée de sa tente. Comme en terrain conquis, il entra et Aline fit de son mieux pour arborer un air effrayé plutôt que révulsé.

— Que diable s'est-il passé ?

Patiemment, Aline répéta son histoire, agrémentée de quelques larmes qui lui vinrent facilement, priant pour que ces demi-vérités suffisent. Hélas, Stephen croisa les bras, l'air soupçonneux.

— Décrivez-moi cet homme, ordonna-t-il.

— Je ne l'ai pas bien vu. Il… il était plutôt grand et il portait une capuche… une capuche verte qui lui couvrait le visage, bredouilla Aline en pleurant. Il avait aussi des gants noirs. Je me suis réveillée et il était juste au-dessus de moi mais, dès que j'ai crié, il s'est enfui.

— Vous mentez.

Le cœur de la jeune femme se fit aussi lourd qu'une pierre dans sa poitrine. Elle chercha désespérément ce qu'elle pouvait dire pour le convaincre. Stephen, qui s'était mis à faire les cent pas, vint s'arrêter juste derrière elle, et elle sentit une sueur froide lui couler dans le dos. Alors, il l'agrippa brutalement par les cheveux et la fit tomber à genoux. Elle cria de douleur.

— Je suis sûr qu'il n'y a jamais eu personne d'autre que vous dans cette tente, déclara-t-il entre ses dents. Quel était votre plan, lady Aline ? Fuir pendant que mes hommes partaient à la recherche d'un fantôme ? Pensiez-vous réellement que ce petit stratagème fonctionnerait ?

Aline secoua fébrilement la tête tandis qu'un sanglot lui échappait — non plus de peur ni de douleur, mais de soulagement. Sur une dernière torsion, il lui relâcha enfin les cheveux.

— Je serai couronné Haut Seigneur demain et vous serez ma femme avant la fin du jour, ajouta-t-il. Dormez bien, ma chère. Ou mal, d'ailleurs, cela m'importe peu.

Plusieurs minutes après son départ, Aline tremblait encore violemment. Elle se mordit les doigts pour retenir le cri de terreur qui était resté coincé dans sa gorge.

Tout ce qui venait de se passer, depuis l'arrivée de Hugh jusqu'au départ de Stephen, lui semblait n'avoir été qu'un atroce cauchemar. Elle avait encore peine à croire que Stephen se soit laissé abuser.

A présent, le calme était revenu et la jeune femme s'était recouchée. Soudain, elle prit conscience qu'elle avait été tellement occupée à se disputer avec Hugh qu'elle ne s'était pas demandé un seul instant pourquoi il était venu la voir secrètement ! Seigneur ! Elle aurait voulu lui dire tant de choses ! Hélas, elle avait sûrement laissé échapper leur dernière occasion, tout cela pour vitupérer contre lui…

Submergée de chagrin, Aline se força à l'immobilité, guettant chaque son, et garda les yeux fixés sur le toit de la tente en attendant l'aurore.

Chapitre 19

Au matin, Aline souffrait d'un terrible mal de tête. Le peu qu'elle avait dormi avait été entrecoupé de cauchemars, si bien qu'elle était réveillée lorsque les torches s'étaient éteintes et que le soleil avait commencé sa course.

Le cœur lourd, elle revêtit la robe prévue pour la cérémonie. A ses yeux rougis, la robe ne semblait plus lie-de-vin, mais de l'exacte couleur du sang séché. Aujourd'hui, elle était même incapable de pleurer, son âme torturée était au-delà de la souffrance.

Alors, au plus profond de son cœur, elle se jura qu'elle ne serait pas mariée aujourd'hui, quoi qu'il lui en coûte. Ce jour lui apporterait la liberté, même s'il lui fallait la trouver dans la mort. De toute façon, elle se moquait désormais de mourir.

Tandis qu'on la conduisait à travers les rangées de tentes jusqu'à l'extérieur du camp, elle sentit une tension dans l'air, aussi perceptible que le brouillard qui s'enroulait aux drapeaux de Roxholm. Tous les soldats la contemplaient avec un mélange de curiosité, d'admiration et de pitié.

Bien malgré elle, ses yeux cherchèrent Hugh parmi eux. Evidemment, il n'était visible nulle part et cela lui fit mal, même si elle était soulagée de le savoir à l'abri, à des lieues de cet endroit maudit.

Stephen attendait sur son cheval, aux abords du camp.

Dès qu'il la vit, il lança son cheval au galop et ne l'arrêta qu'à quelques pouces, au risque de la percuter. Visiblement très content de lui, il lui adressa un salut moqueur.

— Vous avez pris votre temps, madame… Mettons les choses au point en guise de bonjour : je vous interdis de mettre en péril le déroulement de cette journée, sans quoi je peux vous promettre que votre vie future sera plus misérable que tout ce que vous pouvez imaginer de pire.

Déterminée à ne pas se laisser intimider, Aline lui répondit d'un petit sourire en coin destiné à l'exaspérer. Elle n'avait plus rien à perdre, après tout. Stephen claqua des doigts : un soldat s'approcha aussitôt avec une jument blanche et l'aida à se mettre en selle. Tranquillement, elle s'installa, calmant de la main la jument inquiète. Puis, sans aucune hésitation, le soldat sortit une corde qu'il lui noua autour des poignets, avant d'en fixer l'autre extrémité au pommeau de la selle et d'adresser à Aline un regard effronté. Stephen rit de cette offense, aussi détourna-t-elle la tête avec hauteur.

Le soldat conduisit la monture d'Aline par la bride au centre d'une rangée de soldats déjà en selle et prêts à partir. Alors, au signal de Stephen, tout le monde quitta le camp.

Hugh avait passé la nuit allongé sur une terre humide et boueuse, à une ou deux lieues du camp. Il avait dû dormir dans une mauvaise position car, au réveil, sa blessure le faisait souffrir et son bras était gourd et endolori. Il prit le temps de détendre ses membres courbatus pour recouvrer toutes ses sensations.

Il avait vainement essayé de ne pas penser à Aline après sa fuite et de lutter contre la tentation impérieuse de retourner sur-le-champ la chercher au campement, sans plus se préoccuper des conséquences.

Lorsqu'il avait entendu son cri, son sang s'était glacé dans ses veines, puis il avait compris qu'il s'agissait seulement d'une diversion qui devait lui permettre de fuir. Il sourit en songeant à sa ruse. Quoi qu'elle ait raconté, cela avait fonctionné, car il n'avait vu personne se lancer à sa recherche.

Sa délicieuse petite lady, si courageuse, si têtue… Il avait eu le plaisir de la contempler quelques instants dans son sommeil. Avant son réveil, lorsqu'il s'était penché sur elle pour lui baiser le front, elle l'avait attiré à lui, comme si, dans ses rêves, elle l'avait reconnu…

Quoi d'étonnant, dès lors, à ce que ses propres rêves cette nuit-là lui aient représenté la jeune femme amoureuse et épanouie ? Il se souvenait encore du sourire spontané qu'elle lui avait adressé dans son rêve. Les yeux rieurs, elle lui avait juré qu'elle l'aimait, qu'elle serait sienne.

Mais, à peine réveillé, il se rappela ses sombres accusations. Comment avait-elle pu se laisser ainsi berner par les mensonges de Stephen ? Dire qu'elle l'avait cru ! Cette pensée lui était intolérable. Il comptait bien trouver un moyen de convaincre la jeune femme qu'elle s'était fourvoyée en le jugeant déloyal. Toutefois, échaudé par son impulsivité de la veille, qui avait bien failli leur coûter la vie à tous les deux, Hugh se promit d'être plus prudent. Il resterait à l'écart et attendrait le bon moment pour agir.

Lorsqu'ils longèrent le sentier qui suivait la rive du cours d'eau, la terre devint boueuse et traîtresse. Mal à l'aise sur sa monture, Aline se cramponnait du mieux qu'elle pouvait à la selle. Avec ses mains liées, elle ne contrôlait sa monture que grâce à ses jambes, qui restaient faibles depuis le traitement du médecin. Les pluies des jours précédents avaient créé un bourbier où les chevaux s'enfonçaient. Même les plus adroits cavaliers avaient bien du mal à rester en selle.

Enfin, Stephen ordonna une halte et fit appeler auprès

de lui les seigneurs qui l'accompagnaient. Après un bref conciliabule, ils décidèrent de laisser les chevaux en arrière et de continuer à pied.

La marche n'était pas tellement plus aisée, surtout pour Aline, qui portait de fines chaussures et dont on n'avait pas daigné dénouer les liens. Elle trébuchait et glissait sans cesse, et les deux soldats qui la tenaient de part et d'autre devaient l'empêcher à chaque instant de tomber à genoux dans la boue.

Ainsi, ils avancèrent lentement le long du sentier tortueux, bordé d'un côté par une pente abrupte qui tombait vers la rivière. Au loin, on apercevait déjà la haute tour de Tegge's Eyot. A présent, Aline avait abandonné tout espoir de tuer Stephen, celui-ci était trop loin devant et, surtout, trop bien protégé. Il ne lui restait plus qu'une solution pour échapper à son destin funeste : se libérer et fuir.

Le sentier grimpait de plus en plus lorsqu'elle avisa un mouvement furtif sur l'autre rive. Aucun doute, une tache rouge et argent, les couleurs de Leavingham, se déplaçait entre les arbres. Dieu merci, ses hommes étaient tout près ! Son cœur manqua un battement tandis que l'espoir reprenait vie en elle. Il ne lui restait plus qu'à saisir sa chance au moment le plus favorable. Soudain ragaillardie, elle repartit d'un pas plus sûr.

L'occasion se présenta peu de temps après. Un arbre avait poussé sur le sentier, ne laissant qu'un passage étroit à peine suffisant pour une seule personne. Le premier soldat lui lâcha le bras pour passer sous une grosse branche qui barrait le passage à hauteur du torse. Le second aida Aline à baisser la tête, avant de la lâcher à son tour pour ne pas perdre l'équilibre. A peine s'était-il redressé qu'elle lui envoya un coup de pied à l'entrejambe. Comme il tombait à genoux, elle se jeta dans le ravin et se laissa rouler jusqu'au surplomb en dessous duquel coulait la rivière.

Dans son dos, elle entendit des cris furieux en provenance du sentier. Il n'y avait plus de retour en arrière possible et toute peur l'avait quittée. Elle se redressa et s'élança vers le cours d'eau. L'espace d'un instant, ses jambes s'agitèrent dans le vide avant de rencontrer l'eau rugissante et glacée. La violence du courant lui rejeta la tête en arrière et lui coupa la respiration. Elle se laissa couler au fond de l'eau sans lutter, jusqu'à ce qu'elle sente une pierre sous elle. Alors elle remonta à la surface d'un violent coup de pied. Elle prit ensuite une inspiration avant de couler de nouveau.

Par chance, le courant l'entraînait en aval, dans la direction d'où ils venaient, et les soldats, rendus maladroits par la boue du chemin, ne parvenaient pas à aller aussi vite que lui. Une euphorie sauvage l'envahit. Elle avait réussi à leur échapper !

Presque aussitôt, la peur remplaça l'euphorie. L'eau glacée l'emprisonna soudain, l'empêchant de remonter à la surface. Sa bouche s'emplit d'eau, et Aline eut beau tenter de remonter à la surface, ses jupes lourdes l'en empêchèrent. Ses mains liées ne lui étaient d'aucun secours. Sans savoir comment, elle refit néanmoins surface et aspira une goulée d'air, avant d'être de nouveau happée par le fond. Sa poitrine était à l'agonie et des points noirs clignotaient sous ses paupières.

Le visage de Hugh flotta devant ses yeux et elle s'en réjouit malgré la douleur. Quelque chose la heurta et la ramena à la surface, mais elle était trop faible pour s'en soucier. Elle sombra alors dans l'inconscience.

Caché dans la forêt un peu en amont du chemin, Hugh avait les yeux rivés sur la procession de soldats de Roxholm lorsqu'il assista à la tentative de fuite d'Aline. Devinant qu'elle allait plonger, il lança Bayliss au galop, traversant comme un éclair la troupe médusée, puis sauta de sa selle pour courir de toute la puissance de ses jambes. Arrivé sur la rive, il vit la jeune femme se jeter à l'eau sous les cris de fureur des soldats et entendit des ordres. Les hommes commencèrent à ôter leurs chemises, et il comprit, la peur au ventre, qu'ils n'arriveraient pas à temps pour la sauver.

Par miracle, le courant portait Aline dans sa direction, vers l'arrière de la troupe. Il courut jusqu'à un rocher élevé en se débarrassant de son épée et de sa chemise, puis, de tout son élan, plongea dans l'eau et nagea avec toute son énergie pour combattre les flots glacés.

Le courant était puissant, mais Hugh était bon nageur. Une fois remonté à la surface, il jeta un regard affolé alentour. Où était passée Aline ? Enfin, il aperçut un éclair rouge, qui disparut aussitôt dans les flots. Il plongea de nouveau et rejoignit la jeune femme, qui s'était remise à couler vers les profondeurs. Il parvint à attraper une mèche de cheveux et la tira à lui, puis il réussit à la ramener à la surface. Elle était inerte et le poids de son corps abandonné menaçait de les faire couler tous deux. Voyant que le courant l'éloignait à chaque instant de lui, il s'efforça de raffermir sa prise. Il parvint finalement à la maintenir d'un bras et nagea vers la rive opposée afin d'échapper à Stephen. Il pria avec ferveur pour que ses forces ne l'abandonnent pas, pour que le froid n'ait pas raison de ses membres engourdis. Occupé à combattre le courant, il n'était qu'à peine conscient des cris qui s'élevaient des deux côtés de la rivière.

Après ce qui lui sembla une éternité, il parvint enfin à déposer la jeune femme sur la berge, épuisé et tremblant de peur. Elle demeura immobile sur le sol, ses membres contorsionnés dans d'impossibles positions. Sa peau était d'un blanc crayeux et ses lèvres d'une affreuse teinte bleue. Hugh poussa un cri de désespoir et la prit dans ses bras, refusant d'admettre qu'il n'avait pas réussi à la sauver. Dans un sursaut d'énergie, il redressa son aimée et lui frotta le dos pour lui donner un peu de sa force, de sa chaleur. Elle ne réagit pas, mais de l'eau sortit de sa bouche. Il la serra plus fort, et un nouveau jet coula de ses lèvres. Pris d'une soudaine inspiration, il la rallongea et appuya sur sa poitrine et son ventre, faisant sortir l'eau de son corps. Hélas, elle ne reprenait pas conscience, alors il continua, même lorsqu'il n'y eut plus d'eau à extraire. Des larmes brouillaient sa vue et il prononçait inlassablement les mêmes mots :

— Ne me quitte pas, reviens, Aline, reviens-moi, je t'en prie…

Au fond de lui, sa raison lui soufflait qu'il n'y avait plus rien à faire, qu'elle était déjà partie. Il l'ignora. Avec l'énergie du désespoir, il continua à presser la poitrine d'Aline avec l'espoir fou d'y insuffler la vie.

Il était au bord de l'épuisement lorsqu'il crut voir les cils de la jeune femme bouger très légèrement. Ce fut si infime qu'il se demanda si ce n'était pas le fruit de son imagination mais, alors, la poitrine se raidit sous ses doigts et Aline se mit à tousser. Inspirant une brusque bouffée d'air, elle retomba sur le dos, inanimée.

Hugh sentit un intense soulagement l'envahir et il jeta la tête en arrière, moitié riant, moitié hurlant sa joie. Fou de bonheur, il enfouit le visage dans le cou de la jeune femme, se délectant de la douceur de sa peau, puis il l'attira à lui pour l'étreindre encore et encore, ne parvenant pas encore tout à fait à croire à ce miracle.

Les mains d'Aline étaient toujours liées. Comme il cherchait fébrilement sa dague, Hugh ne vit pas venir le violent coup de pied qui l'atteignit aux côtes.

— Enlève tes sales pattes de cette femme !

Trois hommes les entouraient, portant la livrée rouge et argent de Leavingham. L'un d'eux, un grand homme blond, leva le poing pour le lui envoyer en pleine figure. A demi assommé, Hugh voulut se relever, mais déjà les deux autres avaient rejoint leur camarade. Il se retrouva coincé au sol, les bras dans le dos, un couteau sur la gorge.

Le géant blond s'agenouilla et prit avec précaution la tête d'Aline dans ses mains. Il approcha le visage féminin de sa bouche pour écouter le faible murmure de sa respiration heurtée. Une fois certain qu'elle était en vie, il déclara :

— Attachez ce scélérat et ramenez-le au camp. Je pars en avant avec notre Haute Dame.

Alors que les deux soldats lui attachaient les mains, Hugh vit l'homme couper les liens d'Aline. Malgré sa position peu favorable, il était heureux qu'Aline ne soit pas retombée aux mains de son cousin. Quoi qu'il arrive désormais, elle était protégée par les siens.

— Aline, tu es sauvée, déclara l'homme blond avec une infinie bienveillance tandis que la jeune femme commençait à reprendre conscience.

Ouvrant les yeux, Aline émit une faible exclamation de surprise.

— Godfrey ? Dieu merci, je pensais ne jamais te revoir…

Sans voir Hugh, elle enlaça l'homme blond et s'accrocha désespérément à lui, fondant en larmes de pur soulagement. Pour Hugh, le bonheur évident de ces retrouvailles fut comme un couteau planté en plein cœur. Jamais il n'avait supposé qu'Aline avait déjà donné son cœur à un autre. Humilié et battu, impuissant à attirer son attention, il regarda le chevalier l'emporter sur son cheval, une fureur jalouse empoisonnant son âme.

Cette fois, il l'avait bel et bien perdue. Et cette constatation lui fit plus mal qu'il ne l'aurait cru possible.

Les deux autres soldats le relevèrent sans ménagement. L'un d'eux le débarrassa de sa dague et lui attacha une corde autour du cou. Puis il monta en selle et tira violemment, forçant Hugh à le suivre sous peine de mourir étouffé.

Chapitre 20

— Comment m'avez-vous retrouvée ? demanda Aline.

— Nous avions des hommes en faction le long de la rivière, partout entre notre camp et Tegge's Eyot, pour suivre votre progression. Seigneur, Aline, quand je pense à ce qui aurait pu t'arriver ! Tu aurais pu mourir !

Ebranlée par l'accueil de son ami, Aline se sentit fléchir sous le choc et le froid. Elle se mit à trembler sans pouvoir se contrôler. Chaque respiration lui était une souffrance intolérable, comme si on lui avait écrasé la poitrine. Elle ne parvenait pas à comprendre ce qui s'était passé depuis qu'elle avait plongé et commencé à se noyer. Ce n'était pas Godfrey qui l'avait sortie de l'eau, ses vêtements étaient secs. Avec difficulté, elle se concentra sur ses souvenirs. Rien, sinon l'eau glacée qui se refermait sur elle et l'entraînait vers le fond. Puis la voix de Godfrey.

Visiblement inquiet de son état, Godfrey marqua l'arrêt pour l'envelopper de son propre manteau.

— Calme-toi, chère Aline ! Tu ne crains plus rien. Pensais-tu que je laisserais qui que ce soit te faire du mal ?

Sous l'effet conjugué du manteau et de ces paroles de réconfort, Aline sentit une chaleur bienfaisante pénétrer ses os. Elle bâilla, prenant conscience qu'elle ne souhaitait plus qu'une chose : s'allonger et dormir… Hélas, Godfrey éperonnait déjà son cheval.

— Nous ne pouvons pas nous arrêter ici, expliqua-t-il. Je dois t'amener à l'abri, dans un endroit chaud et sec. Et puis, il me faut envoyer un message aux autres groupes pour qu'ils cessent les recherches.

Aline se blottit contre lui et ferma les yeux. Malgré le galop du cheval qui blessait ses côtes endolories, elle était sauve et protégée par des bras forts et amis. Lorsqu'elle sombra dans le sommeil, une seconde plus tard, ses souvenirs embrouillés prirent vie dans son inconscient.

Elle était en selle devant lui et son large corps était indécemment pressé contre elle. Cela faisait si longtemps qu'ils n'avaient pas chevauché ensemble. Depuis les tout premiers jours de leur rencontre… Comme elle avait été ridicule de tant le haïr, à l'époque ! Bien sûr, elle avait peur alors, même si, déjà, sa présence éveillait en elle des sensations délicieuses et troublantes.

Elle s'éveilla le sourire aux lèvres. Elle voulut se retourner vers Hugh pour lui rappeler ces souvenirs amusants mais, à la place, elle découvrit les cheveux blonds et les yeux bruns de Godfrey qui la saluait d'un sourire amical. Elle fronça les sourcils, confuse.

Ce n'était pas Hugh. Le reverrait-elle jamais ? Ne pas le savoir lui fit l'effet d'un coup de poing. Non ! Elle refusait de penser à lui maintenant. Inutile d'éveiller des émotions violentes qu'elle n'était pas en mesure d'affronter pour le moment. Mieux valait se concentrer sur ce qu'elle était en mesure de combattre.

— Godfrey, nous devons arrêter le duc, dit-elle.

— Bien sûr. Nous l'abattrons, et tous ses hommes avec lui, pour les tourments et le déshonneur qu'ils t'ont causé. Que s'est-il passé, Aline ?

Aline se mordilla la lèvre, pensive. Que lui dire ? Godfrey comprendrait-il ? Ils se connaissaient depuis si longtemps, avaient partagé tant de secrets ! Elle lui dirait tout, mais pas maintenant.

— Plus tard… Dis-moi, comment va Matilda ? Le bébé est-il arrivé ? demanda-t-elle pour détourner la conversation.

Son ami s'illumina à ces mots et il se révéla intarissable sur la perfection de son épouse et de leur nouveau-né.

Aline sentit une mélancolie douce-amère l'envahir. Un homme parlerait-il un jour d'elle avec une telle adoration dans la voix ? Hugh aurait-il pu être cet homme ? Etait-il seulement encore en vie ?

Ils arrivèrent au campement peu après le coucher du soleil, et Aline fut surprise par son ampleur : celui de Stephen comptait une trentaine de tentes, alors que celui de Leavingham en avait au moins le triple. Godfrey crut bon de lui fournir des explications.

— La moitié des nobles de Leavingham ont voulu monter à l'assaut de Roxholm pour te secourir.

Face à une telle démonstration de loyauté, Aline se sentit submergée de reconnaissance. Elle dut prendre sur elle pour ne pas fondre en larmes sous le coup de l'émotion.

Apparemment, les soldats de Leavingham savaient déjà qu'on l'avait secourue, car un coffre contenant des robes qui lui appartenaient avait été apporté dans la tente confortable dressée pour elle. Avec un plaisir sans mélange, elle se débarrassa de la tenue rouge qu'elle haïssait et enfila une robe d'intérieur en lainage bleu. Puis, épuisée, elle s'allongea sur le lit.

Elle aurait dû ressentir une joie immense de se trouver de nouveau parmi les siens, elle le savait. Pourtant, elle avait juste l'impression d'être terriblement… vide.

Quelques heures plus tard, elle déclina l'invitation à manger de ses vassaux et préféra passer la soirée en compagnie de Godfrey, à qui elle raconta en détail tout ce qui lui était arrivé depuis son départ de Leavingham. Elle omit seulement de mentionner le rôle de Hugh. Elle craignait de ne pouvoir parler de lui sans trahir ses sentiments.

Au milieu de la soirée, un messager vint dire quelques mots à l'oreille de Godfrey. Celui-ci s'excusa alors auprès d'elle, visiblement pressé de la quitter. Aline l'arrêta d'un haussement de sourcils interrogateur.

— C'est à propos de l'homme qui était avec toi quand nous t'avons retrouvée, expliqua Godfrey. Je veux découvrir qui il est et ce qu'il peut nous apprendre.

— Très bien, et je vais venir avec toi pour le remercier, puisqu'il semble que ce soit lui qui m'a sauvé la vie.

— Je ne crois pas que ce serait sage, Aline. Vu ce qu'il s'apprêtait à faire quand nous vous avons trouvés, je ne pense pas que la conversation sera très amicale.

Trop lasse pour discuter, Aline le laissa partir sans comprendre que la chaleur subite qui lui réchauffait le cœur était de l'espoir.

Tremblant de froid et de faim, Hugh avait été attaché en périphérie du camp. Sous les quolibets de ses deux gardiens, il s'était retrouvé à genoux, empêché de se relever par les coups incessants qu'ils lui administraient.

Malgré la douleur, il releva les yeux quand apparut le chevalier blond qui avait secouru Aline et à qui celle-ci avait parlé avec une tendresse insoutenable. L'homme lui dit s'appeler sir Godfrey, il était aussi grand que lui, mais sans doute plus jeune. Jeune, beau et plein d'assurance… Hugh se jura de ne rien lui dire.

Aline savait-elle qu'il était ici ? Evidemment que oui ! Et savoir qu'elle l'avait si vite oublié ne faisait qu'ajouter à la souffrance qu'il éprouvait.

— Je vais vous donner une chance de parler avant de vous frapper, le prévint sir Godfrey d'une voix calme.

— Vous pouvez aller brûler en enfer ! Je ne parlerai qu'à lady Aline.

Sur un geste de sir Godfrey, deux soldats s'emparèrent de lui, ajoutèrent une corde au lien qui lui entravait déjà les poignets et attachèrent celle-ci à la branche d'un arbre. Il fut alors brutalement tiré vers le haut et crut que ses bras allaient se rompre. Son corps tout entier ne fut plus qu'un océan de douleur, mais pas une plainte ne franchit ses lèvres. Il avait à peine repris son souffle qu'un soldat lui envoya son poing dans l'estomac. Cette fois, il dut combattre une violente nausée et manqua s'évanouir.

— Lady Aline se remet de ses épreuves. J'agis sous ses ordres. Vous ne parlerez ni d'elle ni à elle. Après le traitement que lui a infligé votre seigneur, je ne laisserai pas un maudit soldat ennemi l'approcher.

— Mon seigneur ? Mais il n'est plus mon seigneur ! Je n'ai pas de maître, je n'ai plus rien !

Hugh n'ignorait pas qu'il était dangereux de provoquer cet homme qui le tenait à sa merci, mais la douleur le plongeait dans une sorte de délire qui l'empêchait de se taire. Il avait désormais la confirmation qu'Aline savait qu'il était là et qu'elle n'avait rien fait pour lui venir en aide. Elle ne voulait pas même lui parler !

Sir Godfrey s'approcha tout près de son visage et le saisit à la gorge.

— Dites-moi ce que le duc Stephen a en tête. Que savez-vous de ses manœuvres ?

— Rien. Je ne sais rien de ce qu'il compte faire maintenant. Et peu m'importe, d'ailleurs. Vous avez Aline…, acheva-t-il dans un souffle.

— Fort bien ! Dans ce cas, comment souhaitez-vous mourir ? Vous savez que je dois vous tuer, alors dites-moi ce que je veux savoir et je vous promets de faire vite.

Les doigts de Godfrey se serrèrent autour de son cou et

la douleur devint insoutenable. Le visage du chevalier se mit à flotter, trouble, devant lui. D'un mouvement brusque de la tête, il parvint heureusement à se libérer et il se concentra pour regarder son ennemi dans les yeux.

— Pourquoi me soucier de vivre ? Je me moque de mourir puisque ma tueuse de loup m'a préféré un imbécile arrogant.

Derrière un brouillard, il vit la perplexité marquer le visage de Godfrey.

— Qui êtes-vous ? insista ce dernier. Vous êtes noble, je l'entends à votre voix.

Hugh garda le silence sans baisser les yeux. Il se sentait près de perdre connaissance. Déjà à demi inconscient, il entendit la voix de Godfrey.

— Surveillez-le attentivement, ordonnait le chevalier aux deux gardes. S'il dit le moindre mot, avertissez-moi. Je serai auprès de lady Aline, mais je reviendrai le voir demain matin. Du moins, s'il survit jusque-là, ajouta-t-il en s'approchant de Hugh.

— J'ai quelque chose à dire, articula Hugh d'une voix rauque dans un suprême effort. Dites-lui que si elle voulait m'arracher le cœur, il eût été plus miséricordieux de sa part de laisser faire le loup…

Godfrey leva le poing pour le frapper, mais Hugh, à bout de forces et submergé par le chagrin et la souffrance, avait déjà sombré dans l'inconscience.

Dès que Godfrey pénétra sous sa tente, Aline se rua sur lui avec une avalanche de questions.

— A quoi ressemble-t-il ? Comment est-il vêtu ?

Godfrey secoua la tête en riant.

— Cheveux sombres. Il porte un uniforme de soldat,

pourtant il semble de haute naissance. De toute façon, je crois qu'il a perdu l'esprit. Il a commencé à délirer à propos d'une histoire de loup…

— De loup ?

Aline sentit son ventre se serrer brusquement.

— Que veux-tu dire ? reprit-elle, affolée. Qu'a-t-il dit *exactement* ?

— Qu'être tué par un loup aurait été plus agréable, ou quelque chose comme ça… Rassure-moi, ils ne sont tout de même pas aussi barbares à Roxholm, si ? Ils n'envoient pas des loups achever les prisonniers ? Je pense qu'il délirait.

— Où est-il ? cria Aline sans répondre.

— Aline, calme-toi, je t'en prie. Je ne crois pas que ce soit bien que tu le voies. Il n'est pas en très bon état, et ce n'est pas un spectacle pour une dame, je t'assure.

Folle de rage, Aline se tourna vers lui, et lui répondit d'une voix que l'angoisse faisait trembler :

— Ces dernières semaines, j'ai vu et fait des choses qui choqueraient le cœur d'un chevalier comme toi ! Par ailleurs, je ne suis pas une dame, je suis *ta* dame et tu me dois obéissance. Je t'ordonne donc de me mener à cet homme ! Dis-moi où il est !

Interdit par tant de violence, Godfrey pointa un doigt pour lui montrer la direction à suivre. Aline se précipita aussitôt dans la nuit, courant à toutes jambes, sous le regard stupéfait des hommes qui montaient la garde. Ceux qui surveillaient le prisonnier lui livrèrent passage, et elle découvrit une silhouette pendue à un arbre par les poignets. La tête du malheureux retombait sur son torse, et il était immobile.

Le cœur d'Aline cessa soudain de battre et un chagrin insondable l'enveloppa tout entière. Elle était arrivée trop tard pour le sauver ! Elle l'avait perdu à jamais !

Seulement conscient que son corps n'était plus qu'une vaste étendue de souffrance, Hugh reprit soudain connaissance. Il était toujours pendu à l'arbre, mais quelque chose autour de lui avait changé. Le silence… Oui, voilà la différence : tout était devenu silencieux autour de lui. Sans doute était-ce cela qui l'avait tiré de son opportun évanouissement. Quelqu'un était là, tout près. Ainsi, le moment était venu, il allait mourir ainsi, arraché à la vie par un couteau qui lui trancherait la gorge. Son seul regret était de n'avoir pas revu Aline. De n'avoir pas pu lui dire combien il l'aimait…

Ce ne fut cependant pas le bruit d'un couteau qu'on dégaine qu'il entendit, mais une voix de femme. Le son de *sa* voix.

Non, c'était impossible ! La souffrance physique, sans doute, le faisait halluciner. Il força ses yeux fatigués à s'ouvrir.

Aline ! Dieu merci, c'était elle ! Elle se tenait devant lui, si belle… mais son visage exprimait l'horreur.

— Hugh, mon Dieu, tu es en vie ! murmura-t-elle d'une voix entrecoupée de sanglots. Oh ! pardonne-moi, pardonne-moi, je ne savais pas que c'était toi !

Elle écarta d'une main douce les cheveux raides de sang qui lui retombaient sur le visage, et il ferma les yeux, savourant l'extraordinaire sensation de cette paume fraîche sur ses blessures. Pouvait-il y croire ? Son adorée était-elle réellement venue pour lui ? Délirait-il ?

Aline lança un ordre qu'il ne comprit pas, et un soldat approcha pour couper la corde qui le retenait à l'arbre. La douleur l'aurait fait chuter à genoux s'il n'avait trouvé aussitôt refuge dans les bras accueillants de la jeune femme. A son commandement, deux soldats le saisirent et l'emportèrent avec précaution. Quelques instants plus tard, il se retrouvait sous une tente, allongé sur quelque chose qui devait être un lit. Il devint alors le spectateur à demi inconscient d'une effervescence qui lui resta étrangère.

Des servantes se chargèrent de lui ôter ses vêtements ensanglantés et boueux. Des mains fermes mais douces le lavèrent avec application. En temps normal, jamais il ne se serait laissé manipuler ainsi comme une marionnette, mais, là, il était privé de toute force et ces soins procuraient à son corps endolori un tel apaisement qu'il ne pouvait que rester inerte, les yeux mi-clos. Enfin propre, il fut recouché dans un lit et recouvert jusqu'à la taille d'une couverture fine.

Les voix s'estompèrent l'une après l'autre, remplacées par le silence. Il était seul. Peu à peu, il retrouvait les sensations de ses bras, accompagnées de souffrances abominables. Il émit un grognement de douleur et, aussitôt, un chuchotement apaisant s'éleva près de lui.

Il n'était pas seul. Elle était là.

Incapable d'ouvrir les yeux, il tourna la tête vers la voix. Il sentit alors qu'elle remontait la couverture sur son corps. Il murmura son nom et, en réponse, elle vint s'asseoir sur le lit et lui caressa les cheveux.

Seigneur, la douceur de ce toucher était un baume pour son corps et son âme endoloris. Malgré sa faiblesse, ce simple contact suffit à éveiller son désir.

Il sentit qu'elle portait une coupe à ses lèvres et il but avec reconnaissance un vin parfumé d'herbes, qui lui apporterait enfin repos et oubli. Aline se mit ensuite à lui masser lentement les poignets et les bras, apaisant un peu la douleur.

— Tu es venue pour moi, murmura-t-il en ouvrant péniblement les yeux.

Elle lui répondit d'un doux sourire et mêla ses doigts aux siens. Pour l'heure, il ne voulait pas la laisser partir.

— Reste, je t'en prie, souffla-t-il, les yeux déjà clos.

Aline installa Hugh le plus confortablement possible et contempla un long moment le mouvement de son torse soulevé par sa respiration profonde. Elle continua à lui tenir la main jusqu'à ce que le sommeil détende ses longs doigts robustes.

Le cœur serré, elle s'attarda sur les nombreuses traces de coups qui lui striaient le corps. Son visage et sa poitrine étaient couverts d'ecchymoses, des marques rouges s'enroulaient autour de ses poignets et pourtant, il émanait toujours de lui cette force sauvage qui la mettait en émoi. Elle essaya en vain de détourner le regard de ce corps qu'elle savait nu sous la mince couverture qui en dessinait les contours.

Soudain, son angoisse et sa colère firent place à une puissante vague de désir. Inutile de le nier plus longtemps, quelque chose la poussait irrésistiblement vers cet homme. Elle se ressaisit : on ne pouvait régler qu'un problème à la fois. Aussi, pour l'heure, elle se concentrerait sur les blessures de Hugh pour l'éloigner définitivement de la mort qu'il avait frôlée. Elle trembla rétrospectivement de peur en songeant que, sans cette allusion au loup qu'il avait faite devant Godfrey, il serait sans doute mort à présent.

Elle sourit avec tendresse. Sa survie n'avait rien à voir avec la chance. Il avait dit ces mots en connaissance de cause. D'un doigt léger, elle suivit la cicatrice que le loup avait laissée sur son épaule. Dieu bénisse cet animal qui lui avait indirectement permis de sauver l'homme qu'elle aimait.

Elle se pencha sur lui et, avec douceur, baisa ses lèvres pleines. Quelle importance, après tout ? C'était si bon, et il ne le saurait jamais… Quelle ne fut pas sa surprise lorsqu'elle le sentit alors répondre à son baiser ! Interdite, elle voulut s'écarter, mais il plaça une main dans son dos et l'attira à lui. Puis sa main rude remonta jusqu'à son visage et il lui caressa la joue. Le souffle coupé, elle ferma les yeux et s'abandonna au plaisir.

Sa bouche était douce et avait un goût de gingembre et de cannelle. Elle le vit ensuite ouvrir des yeux embrumés par la passion, et elle perdit tout contrôle. Glissant les doigts dans les cheveux noirs en désordre, elle posa son front contre le sien. Il prit de nouveau ses lèvres et les caressa de la langue. Grisée par la sensualité de ce contact, elle le laissa l'emporter dans une danse passionnée.

Sans qu'elle comprenne comment, elle se retrouva allongée contre lui, seulement séparée de son corps nu par la fine couverture. Elle sentait chaque muscle de Hugh se fondre contre sa peau et, plus bas, éprouvait la raideur troublante de sa virilité.

Choquée de sentir ce feu inconnu qui s'empara de son corps à ce contact, elle voulut s'écarter et vit Hugh esquisser un faible sourire tandis qu'il passait une main douce sur la rougeur qui devait colorer ses joues et son décolleté. Le goujat, il savait très bien ce qu'il faisait !

Elle allait le réprimander quand elle vit son regard s'embrumer. La drogue faisait finalement effet.

— Je crains de ne… je ne… Aline…

Ce furent les derniers mots qu'il prononça ce soir-là.

Chapitre 21

Aline était restée entre les bras de Hugh longtemps après qu'il se fut endormi. La fatigue l'avait rattrapée, si bien qu'elle n'avait pu garder les yeux ouverts bien longtemps. Elle s'éveilla peu avant l'aube et regagna sa propre tente à travers le camp silencieux, sous le regard somnolent des quelques sentinelles qu'elle croisa. Elle se réfugia sous ses fourrures et, lorsqu'elle se réveilla, le soleil était déjà haut dans le ciel.

Bien reposée, elle commanda un bain. Même après sa toilette, il lui sembla que sa peau continuait de porter l'odeur terriblement virile de Hugh. Tandis qu'elle se perdait dans une rêverie sensuelle, ses yeux tombèrent sur la mince cicatrice que les saignées du médecin lui avaient faite, et la colère flamba en elle.

Il restait tant de questions sans réponse ! Hugh devrait lui expliquer bon nombre de mystères avant qu'elle puisse décider de la conduite à tenir. Et, pour ce faire, il lui fallait se défaire du sortilège charnel que ce diable d'homme lui avait jeté. Hélas, il lui suffisait de fermer les yeux pour se remémorer la douceur de ses doigts sur sa peau ! Seigneur ! Comment oserait-elle lui faire face après l'étreinte de cette nuit ?

Pour empêcher son esprit de s'aventurer sur un terrain périlleux, Aline se mit en devoir de fouiller dans son coffre et elle en sortit sa robe grise. Elle l'avait à moitié enfilée lorsqu'elle changea d'avis, lui préférant un habit plus élégant en lainage vert. Une fois vêtue, elle fit appeler un messager et lui donna des instructions. Puis, pour patienter, elle entreprit de démêler sa lourde chevelure.

Hugh était seul à son réveil, il le savait déjà. S'il avait tendu le bras, il n'aurait trouvé que des draps froids, là où il avait cru tenir le corps chaud d'Aline. Ce rêve si réel… peut-être n'avait-il été que le délire enfiévré d'un homme revenu de tout, ou bien le résultat fantasmatique de son sommeil drogué. Si tel était le cas, il aurait été heureux de boire de cette drogue jusqu'à son dernier souffle, afin de passer ses dernières heures à revivre un intense sentiment de plénitude.

Etrangement, tout son corps lui criait que cela n'avait pas été un simple rêve. Oui, il se souvenait… Elle s'était réellement abandonnée, douce et brûlante de passion, entre ses bras… et lui n'avait rien trouvé de mieux à faire que de s'endormir ! Maudite soit cette potion qui lui avait fait manquer la félicité auprès d'Aline. La seule pensée de ce qui se serait passé s'il n'avait pas bu la drogue éveilla son désir.

Allons, il n'était plus temps de rêver ! Au pied du lit, il vit ses vêtements, qui avaient été nettoyés et séchés. Hugh enfila hâtivement les chausses grossières et l'uniforme, puis sortit de la tente… pour se heurter à quatre gardes en faction, armes au poing.

— Bien le bonjour, messieurs, commença-t-il plaisamment. Je dois parler à lady Aline.

Le plus grand des quatre hommes le regarda sans aménité.

— Venez avec moi. J'ai reçu l'ordre de vous conduire à elle.

Hugh les suivit jusqu'à une tente de dimensions imposantes.

Il s'apprêtait à y entrer seul, mais les gardes l'entourèrent. Cachant mal son exaspération, il pénétra à l'intérieur.

Aline était debout au milieu de la tente lorsque Hugh fit enfin son entrée. Son cœur chavira à la vue de ses blessures. La moitié de son visage n'était qu'un immense hématome, qu'atténuait un voile de barbe sombre. Cela lui donnait un air dangereux et, si elle n'avait su de quelle gentillesse il était capable, elle aurait sans doute eu peur de lui en cet instant.

Il lui adressa une révérence protocolaire, puis jeta un regard agacé sur les gardes qui l'entouraient. Amusée, Aline renvoya les hommes, qui s'effacèrent sans discuter.

— Sir Hugh, commença-t-elle d'un ton courtois mais distant, je dois m'excuser pour les mauvais traitements qui vous ont été infligés hier. Si j'avais su que vous étiez l'homme que sir Godfrey a ramené, je serais venue aussitôt. J'espère que vous avez récupéré un semblant de forces ?

— Je pense que je survivrai, grâce aux soins… exceptionnels que j'ai reçus, répondit-il avec un sourire en coin. Aline, lorsque tu es venue la nuit dernière…

— Ce que j'ai fait était parfaitement inapproprié, l'interrompit-elle. Et je vous en demande pardon. Je n'ai aucune excuse, sinon le soulagement que j'ai ressenti à vous savoir vivant, conclut-elle sans oser affronter son regard.

— Du soulagement ! s'exclama Hugh d'un ton incrédule. Vous vous êtes abandonnée contre moi par *soulagement* ! Vous n'espérez tout de même pas me faire croire une telle absurdité, n'est-ce pas ?

Il la rejoignit, lui offrant un sourire hardi et engageant. Elle recula légèrement, soucieuse de se préserver de son charme.

— Peu m'importe ce que vous croyiez ou non, répliqua-t-elle. Hugh, vous m'avez sauvé la vie hier et je vous en serai éternellement reconnaissante, mais nous n'avons rien d'autre à nous dire désormais. Lorsque j'avais le plus besoin de vous, vous avez conservé votre allégeance à Stephen et, cela, je ne puis l'oublier.

— Est-ce la raison pour laquelle vous m'avez adjoint des gardes ? Vous craignez que je ne vous fasse du mal ? Je suis donc votre prisonnier ? Douce revanche, n'est-ce pas, madame ?

Dans sa voix restée calme perçait une amertume qui mit Aline mal à l'aise. Elle s'obligea à rester ferme. Elle ne devait pas oublier qu'il l'avait forcée à avaler la drogue du médecin, ni tout ce qui s'en était suivi. Sans lui, elle n'aurait pas eu à traverser de telles épreuves.

— En vérité, je ne sais pas qui vous êtes, sir Hugh, déclara-t-elle froidement, sinon un soldat ennemi parmi mes hommes. Vous m'avez empêchée de tuer Stephen un jour. Comment être sûre que vous ne courrez pas le rejoindre avec un rapport précis sur notre nombre et notre position si je vous laisse circuler à votre guise ?

— Aline, comment... Comment pouvez-vous m'accuser d'une telle trahison ? s'exclama-t-il, le visage rouge. Ne comprenez-vous pas que je vous suis entièrement dévoué ?

Les doigts tremblants, Aline remonta sa manche pour lui montrer la cicatrice qui avait failli lui coûter la vie.

— Je porte les marques de votre *dévotion* dans ma chair, sir, comment pourrais-je l'oublier ?

Toute couleur quitta le visage de Hugh tandis qu'il fixait d'un air égaré sa blessure à peine refermée.

— Qui vous a fait cela ?

— Vous ! C'est vous qui m'avez laissée à la merci de ce médecin et lui avez ordonné de me garder enfermée par tous les moyens possibles !

— Mais pas de cette façon ! Si j'avais su...

Sa voix rauque d'émotion se brisa mais, quand il voulut lui toucher le bras, Aline recula précipitamment.

— Savez-vous ce que c'est d'être absolument seul et sans soutien ? De savoir que vous allez mourir vidé de votre sang d'un instant à l'autre ? souffla-t-elle, les bras serrés autour d'elle.

— Oui, je le sais, répondit-il calmement en tendant ses poignets entaillés par la corde.

Cette fois, elle ne s'écarta pas lorsqu'il lui prit les mains et la regarda droit dans les yeux.

— Hier soir, j'étais sur le point d'abandonner tout espoir, j'appelais même la mort de mes vœux… jusqu'à ce que vous veniez à moi. Quand je pense à ce que vous avez souffert, cela me met à la torture, Aline. Je vous jure solennellement de vous protéger de tout danger à compter de ce jour ! Rien de tout cela ne se reproduira plus jamais.

— Vous ne jurerez rien de tel ! Vous avez renoncé au droit de le faire lorsque vous avez choisi Stephen plutôt que moi.

— Ce que j'ai fait n'avait rien à voir avec une quelconque loyauté envers mon cousin ou ma province ! Stephen se jouait de vous, vous n'auriez jamais pu le blesser, encore moins le tuer, protesta-t-il avec emportement.

— Eh bien, vous auriez dû me laisser essayer !

— J'aurais dû le laisser vous passer la corde au cou, c'est cela ? Savez-vous seulement ce que c'est que tuer un homme, Aline ? Vous n'êtes pas une meurtrière. Si, par miracle, vous aviez réussi à le tuer, que pensez-vous qu'il se serait passé ? Même si vous n'aviez pas été exécutée sur-le-champ, jamais vous n'auriez pu vivre avec un tel poids sur la conscience !

La voix de Hugh trahissait une telle assurance qu'Aline sentit sa colère s'accroître.

— De quel droit jugez-vous ce que supportera ou non ma conscience ? Je suis la Haute Dame des Cinq Provinces, et non une faible femme incapable de prendre soin d'elle-même ! Ce n'est pas votre rôle de me protéger ! Vous n'avez aucun droit sur moi depuis l'instant où vous avez quitté Roxholm en m'y abandonnant !

— Je vous l'ai déjà dit, Stephen vous a menti ! Je ne suis pas parti de mon plein gré, rugit-il, hors de lui.

Ses mots sonnaient justes, mais Aline se demanda si elle était bien placée pour en juger : elle se méfiait de son propre désir. Elle voulait tant que Hugh dise vrai… mais le risque était trop grand.

— Pourquoi ne pas me l'avoir dit plus tôt, dans ce cas ? demanda-t-elle, prudente.

— Nous avons été interrompus, si vous vous souvenez bien. J'ai cru que vous aviez attaqué Stephen à cause de ce qu'il voulait faire à Kate. Dès que j'ai découvert la véritable raison de votre présence dans ses appartements, j'ai défié Stephen et nous nous sommes battus.

Cette révélation la laissa pétrifiée. Hugh la conduisit alors jusqu'à un fauteuil où elle prit place et s'installa à ses pieds pour lui faire le récit de tout ce qui s'était passé depuis leur dernière rencontre. Aline ne soufflait mot, profondément perturbée par ce qu'elle apprenait.

— J'étais déjà banni de Roxholm avant de vous rejoindre, conclut Hugh. Aline, j'ai perdu mon foyer, mes richesses, mes amis et ma position. Je n'ai plus rien à vous offrir, aussi je vous supplie de me laisser vous servir, la pria-t-il en prenant sa main glacée.

Il posait sur elle un regard si intense qu'Aline se sentit faiblir dans sa détermination. Lorsqu'il la contemplait avec tant de passion, elle ne pouvait que lui pardonner… presque tout.

— Je… je ne sais pas, balbutia-t-elle. J'ai besoin de temps pour y réfléchir.

Elle se leva brusquement et se mit à faire le tour de la

tente d'un pas impatient. Pourvu que son expression ne trahisse pas la vérité de son cœur ! songea-t-elle. Hugh ne devait pas savoir que, quoi qu'il ait fait, elle ne pouvait s'empêcher de l'aimer. Car jamais plus elle n'accepterait qu'un homme, par la force ou l'amour, lui dicte sa conduite !

— Aujourd'hui, pour la première fois, je dois endosser mon titre de Haute Dame, poursuivit-elle. Mon peuple me jugera digne de ma fonction suivant ce que je déciderai concernant Stephen. Je ne peux pas réfléchir à cela… je veux dire, à nous, pour le moment. Il me faut parler à mon conseil. Je vous prie de retourner dans votre tente. Je vous ferai appeler plus tard.

La matinée ne fut qu'une longue course d'endurance pour Aline. Les esprits s'échauffèrent lorsque les conseillers et les seigneurs discutèrent des actions à entreprendre contre Stephen. Assise au côté de Godfrey, elle n'écoutait que d'une oreille. A la vérité, son esprit revenait sans cesse à la discussion qu'elle avait eue avec Hugh.

Peu à peu, le tumulte des voix s'éleva dans la tente : la majorité des hommes rassemblés exigeaient vengeance et guerre. Ils planifiaient des attaques et des assassinats stratégiques. Certains suggéraient un siège ; d'autres préféraient un assaut brutal.

Aline frappa dans ses mains et le calme revint aussitôt. Quoi qu'il arrive, elle devait garder la maîtrise de la situation. Tout à coup, un messager entra et vint parler à Godfrey, mais Aline distingua sans mal ses paroles.

— L'homme que vous avez amené hier est dehors, sir. Il demande à parler à Sa Grâce.

Aline sentit son souffle se bloquer dans sa poitrine et ses doigts serrèrent la manche de Godfrey tandis que la colère flambait en elle. Elle lui avait expressément demandé —

non, ordonné ! — d'attendre son appel et il méprisait ses demandes !

Soudain, elle prit conscience que tous les regards étaient braqués sur elle.

— Amenez-le, ordonna Godfrey avant qu'elle ait pu recouvrer l'usage de la parole. Il est grand temps que nous entendions ce qu'il a à dire.

Aline se rencogna dans son fauteuil, incapable de comprendre les mots que Godfrey lui glissait à l'oreille tant son sang lui battait les tempes. Et elle n'avait que quelques secondes pour retrouver une contenance digne avant que Hugh ne fasse son entrée…

Son regard se porta sur Aline à la seconde où il entra. A la gauche de la jeune femme se tenait un vieil homme, à sa droite, sir Godfrey. Hugh serra les poings en voyant le chevalier penché vers elle, leurs deux têtes blondes se touchant presque. La jalousie lui noua le ventre.

Il prit aussitôt conscience que l'assemblée était silencieuse et reporta son attention sur Aline, qui l'accueillit d'un regard fort peu hospitalier. Il se tint très droit, attendant qu'elle parle, mais ce fut son voisin de gauche qui prit la parole.

— Qui êtes-vous, sir ?

Hugh s'approcha de la table d'apparat, agacé par la nervosité inhabituelle qui l'envahissait. Si seulement il avait eu une arme, il se serait senti moins démuni devant ces hommes qui le considéraient comme un ennemi ! Mais face à tous ces combattants aguerris, armé ou pas, il ne ferait pas le poids, de toute façon, s'il leur prenait l'idée de l'attaquer.

— Je suis Hugh d'Eardham, cousin du duc Stephen et, jusqu'à récemment, capitaine de la garde de Roxholm.

A cette annonce, les chevaliers se levèrent comme un seul

homme, l'épée tirée, prêts à le mettre à mort. Hugh frémit. Chacun de ses muscles était tendu à l'extrême.

Heureusement, Aline fut plus rapide. Déjà debout, elle s'avança et écarta les bras en signe d'apaisement. Entourée de tous ces guerriers, elle paraissait terriblement fragile, mais, lorsqu'elle parla, sa voix claire et forte imposa le silence. Hugh sentit une fierté immense l'envahir en voyant celle qu'il aimait garder un tel contrôle d'elle-même et de son pouvoir.

— Rangez vos épées, messires. Cet homme m'a sauvé la vie hier. J'ai une dette envers lui, aussi est-il sous ma protection.

— Pour quelles raisons ? demanda un chevalier d'une voix mécontente.

— Parce que j'en ai décidé ainsi. Que cela vous suffise ! Sir Hugh n'est pas en procès. Je me porte garante de lui et, plus encore, il est mon invité. Je ne permettrai pas que vos questions offensent mon hospitalité, conclut-elle d'un ton ferme.

Altière, elle fit le tour de la table et se tint devant Hugh un moment, le temps que les conversations reprennent autour d'eux. Alors, d'une voix si basse qu'il devina plus qu'il n'entendit ses paroles, elle reprit :

— Vous avez fait fi du respect qui m'est dû et que je vous avais demandé ! Je vous avais pourtant dit d'attendre que je vous fasse quérir.

— Je vous en demande pardon, répondit-il avec humilité. Toutefois, il me fallait être présent à cette assemblée. Je veux connaître le sort que vous réservez à Stephen. Vous la première devriez comprendre que je veux savoir.

Un éclair de colère enflamma les beaux yeux gris et un délicat voile rose couvrit le visage et le décolleté d'Aline. A cette vue, Hugh sentit aussitôt son désir s'éveiller. Dieu, qu'elle était tenace et fière ! Et furieuse après lui également, mieux valait ne pas l'oublier…

— Ainsi, vous continuez à vous préoccuper de son sort, siffla-t-elle. Très bien, vous pouvez rester — comme spectateur silencieux, évidemment. Ne pensez pas un instant que vous aurez le moindre rôle dans ce qui se joue aujourd'hui.

Elle lui désigna un siège tout au fond de la tente, et tous rejoignirent leurs places. Hugh vit sir Godfrey poser une main protectrice sur le bras d'Aline sans cesser de le fixer d'un regard froid. S'il espérait lui faire baisser les yeux, il allait être déçu ! songea Hugh en soutenant son regard avec défi. Et il ressentit une immense satisfaction en voyant Aline se dégager le bras avec un sourire aimable.

Au cours de la réunion, le chef des éclaireurs revint pour les informer que Stephen était arrivé à Tegge's Eyot et s'y était installé.

— Nous avons placé une surveillance des ponts des deux côtés de la rivière, ajouta le soldat. Le duc ne pourra pas quitter l'île sans combattre.

— Dans ce cas, autant attendre que la faim les affaiblisse, puis nous pourrons les exterminer comme des veaux à l'abattoir, s'exclama le chevalier belliqueux de tout à l'heure.

— Nous ne sommes certes pas aussi déshonorables, sir Hennessey, contra Aline. Nous combattrons loyalement, et ce, dès demain.

Hugh sentit un long frisson le parcourir, non à cause de la bataille à venir, mais parce que le nom qu'Aline venait de prononcer lui rappelait quelque chose… quelque chose d'important.

— Nous ne devons pas nous montrer faibles ! insistait le chevalier.

— Il ne s'agit nullement de faiblesse, protesta Aline, indignée. Ces hommes ont aussi peu de choix que les nôtres et ils sont pour la plupart à la merci d'un tyran. De plus, je refuse de voir des gens mourir sans nécessité.

— Dans ce cas, peut-être devrions-nous reprendre les négociations avec le duc concernant votre mariage, suggéra Hennessey. Ce serait une façon de traiter l'affaire à l'amiable…

Le regard chargé de dégoût et de mépris qu'Aline lui jeta eut au moins le mérite de faire taire l'impertinent. Hélas, d'autres voix se joignirent à la sienne.

— Votre grand-père ne voyait pas cette union d'un mauvais œil…, dit l'une.

— Une alliance avec Roxholm serait la meilleure solution pour les parties impliquées…, ajouta une autre.

— Vous devez vous marier au plus tôt pour fortifier votre position…, renchérit une troisième.

Voilà ce que Hugh saisit du chaos ambiant. Bon sang ! Si seulement il avait eu le moindre pouvoir, il serait venu au secours de sa belle…

Aline recula son fauteuil et se dressa dignement, regardant sans peur l'assemblée d'hommes, bien que Hugh sache, à la pâleur de son teint, qu'elle était bouleversée.

— Ce mariage est hors de question, tenez-vous-le pour dit ! Bien entendu, je compte me marier prochainement, et au bénéfice de Leavingham.

A cet instant, Hugh vit qu'elle le regardait et leurs yeux restèrent accrochés. Elle vacilla alors légèrement, et Hugh sentit son cœur se mettre à battre la chamade.

— Je vais me marier, reprit-elle courageusement. Mais cela se fera au moment que je choisirai, et jamais avec cet homme-là.

— Lady Aline a raison. Stephen n'a aucun droit à cette union, il ne l'aura jamais.

Hugh se tut brutalement en prenant conscience qu'il avait parlé d'une voix forte.

— Pourquoi diable n'épousez-vous pas Stephen comme c'était prévu ? insista Hennessey en se dressant d'un bond.

A ces mots, Hugh eut un flash. Il savait où il avait déjà entendu ce nom !

Avec un cri d'alarme, il s'élança vers Aline.

Chapitre 22

Le temps s'était arrêté tandis qu'Aline voyait Hennessey s'avancer vers elle. Elle avait le corps lourd comme du plomb et elle ne put qu'à grand-peine lever les bras pour se protéger le visage.

Le cri d'alerte lancé par Hugh résonnait sans fin dans sa tête. A la limite de son champ de vision, elle vit ce dernier sauter par-dessus la table, dispersant coupes et documents, et fondre sur elle. Il l'attira contre sa poitrine et se plaqua avec elle au sol. Puis, levant son bras libre en un arc parfait, il envoya sont poing sous la machoire de Hennessey, qui s'effondra. Le traître resta au sol, incapable de recouvrer son souffle, tandis que Godfrey tirait son épée et la pointait sur le chevalier félon.

Hugh, loin de relâcher son étreinte, la serra plus fort encore. Aline pouvait sentir la violence des battements de son cœur.

— Aline, mon amour, tout va bien, tu es sauve…, souffla-t-il d'une voix blanche.

La force de son étreinte témoignait de la peur et de l'émotion qu'il avait éprouvées. Pour sa part, à l'abri entre ses bras puissants, Aline ne craignait plus rien. Les mots d'amour qu'il avait laissés échapper se répétaient à l'infini dans son âme, l'embrasant d'une joie sauvage. Elle ne sut pas combien de temps elle s'abandonna ainsi à cette étreinte.

Les exclamations alarmées et virulentes de ses sujets la ramenèrent soudain à la réalité. Elle devait régler le sort de Hennessey au plus tôt, afin que tout rentre dans l'ordre. Apparemment, Hugh en était arrivé à la même conclusion, car il la libéra. Elle se redressa et s'approcha de Hennessey, toujours à terre.

— Vous êtes un traître ! s'exclama-t-elle. Quel rôle avez-vous joué dans le plan de Stephen, dites-le lui moi !

Comme Hennessey gardait le silence, Aline sentit Hugh lui serrer brièvement la main avant de l'entendre prendre la parole.

— J'ai déjà entendu votre nom, Hennessey. Vous êtes de connivence avec Stephen. C'est vous qui avez introduit Dickon au château de Leavingham, n'est-ce pas ?

A la rage qui perçait dans sa voix, Aline craignit qu'il n'en dise trop. Elle lui serra le bras en chuchotant :

— Pas ici, je vous en prie ! Nous ne pouvons changer le passé, c'est vrai, mais je voudrais oublier cette épreuve pour toujours…

Elle le vit fermer un instant les yeux, le visage crispé, comme s'il revivait l'événement avec elle. Lorsqu'il les rouvrit, leur dureté lui fit peur.

— La mort de cet homme m'appartient, parce qu'il vous a attaquée, madame. Un mot de vous, et je l'écrase dans l'instant.

Un frisson la parcourut à ces mots. Depuis les caresses et les baisers qu'ils avaient échangés la nuit passée, elle avait oublié la férocité dont Hugh était capable. La voir resurgir pour sa défense était pour le moins… troublant et réconfortant.

— Est-ce vous qui avez tué mon grand-père ? demanda-t-elle d'une voix dure à Hennessey. Vous m'avez trahie, quelle devait être votre récompense ?

Hennessey eut un sourire amer.

— Quelle importance ? J'ai échoué…

Avec un juron, Hugh envoya un coup de pied dans la poitrine du traître, et Aline entendit ses côtes se briser sans sourciller. Des gardes arrivèrent, munis de chaînes avec lesquelles ils attachèrent Hennessey.

— Vous ne régnerez jamais sur les Cinq Provinces, cracha ce dernier. Vous n'êtes qu'une femme, vous n'en aurez pas la force !

— Emportez cette racaille ! Il sera pendu, écartelé puis décapité, comme le prévoit le châtiment pour trahison, rugit Godfrey.

Aline ferma les yeux, le cœur soulevé par le sort qui attendait Hennessey. Heureusement, elle sentit le bras de Hugh glisser autour de sa taille et s'appuya sur lui. Elle avait l'impression qu'elle se serait effondrée sans sa présence.

En entendant sa sentence, Hennessey se décomposa puis, devenu fou, se débattit lorsque les soldats le saisirent pour l'emmener. Lorsqu'il parvint à se libérer, il se jeta aux pieds d'Aline.

— Je vous en prie, madame, épargnez-moi ! Je vous en prie !

— M'auriez-vous épargné le sort que vous me réserviez si je vous avais supplié ? rétorqua-t-elle, agacée par tant d'indignité.

— Accordez-moi au moins une mort brève, je vous en conjure ! J'en appelle à votre miséricorde !

— Cette même miséricorde que vous avez qualifiée tout à l'heure de faiblesse ?

Aline jeta un regard froid à l'accusé.

— Non, vous ne méritez pas mon indulgence, conclut-elle sans trembler.

Les hurlements de Hennessey résonnèrent à ses oreilles tandis qu'on l'emportait.

L'exécution eut lieu dans l'heure. Le campement tout entier s'était réuni pour assister à la mise à mort du traître. Hugh se tenait à côté d'Aline et aurait tout donné pour l'éloigner de ce spectacle.

Ils n'avaient pas eu un instant à eux depuis le funeste événement, et le besoin de lui parler en tête à tête le rongeait. Cependant, il devait prendre garde à ne pas se montrer trop proche d'elle devant ses gens, aussi fit-il de son mieux pour garder ses distances.

Quatre soldats apparurent, traînant Hennessey vers un cheval placé sous un chêne. L'animal attendait patiemment, un bout de corde attaché à sa selle, l'autre serrée en nœud coulant et passée autour d'une branche haute.

— Je vous en prie, Votre Grâce, gémissait Hennessey, je vous en supplie !

Tous les visages étaient tournés vers Aline. Hugh prit alors conscience qu'il avait cessé de respirer. Aline secoua la tête d'un geste définitif.

Le bourreau plaça le nœud coulant autour du cou du traître, dont les gémissements se transformèrent en sifflements. Puis le bourreau frappa la croupe du cheval qui fit un bond en avant. Hennessey se retrouva les pieds à quelques centimètres du sol mais, avant qu'il ait complètement perdu conscience, la corde fut coupée. Le bourreau se mit en devoir de continuer son œuvre macabre.

Hugh détourna les yeux de l'horrible spectacle pour les poser sur Aline. Il aurait tant voulu lui apporter du réconfort, mais il ne pouvait agir de la sorte devant la foule. Le dos droit, l'air digne, la jeune femme ne détourna pas un instant la tête et l'admiration que Hugh éprouvait pour elle grandit encore.

Pourtant, au-delà de son apparente fierté, Hugh devinait sa fragilité. Il aurait voulu l'arracher à son destin de Haute Dame et l'emmener loin de cette brutalité.

Enfin, le bourreau mit fin aux tourments du traître. Alors Aline s'avança parmi ses hommes, le menton haut, et annonça qu'ils partiraient à l'aube pour Tegge's Eyot.

— Nous avons été trahis par un homme en qui le Haut Seigneur avait placé sa confiance, et il a été puni comme il se doit. Que cela ne nous détourne pas de notre véritable ennemi. Demain, nous partirons en guerre contre le duc de Roxholm, et il paiera pour ses crimes !

Sous les hourras de la foule, Aline quitta le lieu de l'exécution. Très vite, le camp fourmilla d'activité. Un à un, les nobles vinrent s'agenouiller aux pieds de la jeune femme pour renouveler leur vœu d'allégeance, avant de préparer leurs troupes au combat.

Au bout d'un moment, Aline se retrouva seule. Hugh, qui s'était tenu à l'écart, se rapprocha alors pour s'assurer qu'elle allait bien.

— Si méritée qu'ait été cette mise à mort, il n'est jamais facile d'assister à ce genre de spectacle. Allez-vous bien, madame ?

L'angoisse qui traversa un instant le beau visage disparut si vite que Hugh l'aurait manquée s'il n'avait été aussi attentif. Mais Aline s'était très vite reprise et son courage émut Hugh plus qu'il n'aurait su le dire.

— Bien sûr que je vais bien. Je ne suis pas faible, Hugh. Doutiez-vous que je puisse regarder mes ennemis mourir sans trembler ?

Il s'apprêtait à répondre lorsque la vérité de son accusation le heurta de plein fouet.

— Je sais que vous n'êtes pas faible. Pour autant, vous n'êtes pas obligée de faire semblant devant moi, Aline. Un tel spectacle retournerait les sangs du plus robuste des guerriers. Il n'y a pas de honte à l'admettre. Vos hommes ne vous en estimeront pas moins.

— Mes hommes m'ont montré plus de respect aujourd'hui

que jamais auparavant, rétorqua-t-elle avec amertume. Et ce qui m'a valu ce sursaut d'estime, c'est la mort d'un homme, le spectacle brutal et inhumain de sa torture.

— Hennessey méritait de mourir pour sa trahison. Sa sentence était écrite dès l'instant où il s'en est pris à vous. J'aurais seulement voulu le tuer moi-même, afin de vous épargner cette responsabilité.

— Moi aussi, Hugh. Ainsi, il ne serait pas mort de cette façon atroce. Personne ne devrait mourir ainsi. J'aurais pu arrêter tout cela d'un mot. J'aurais pu ordonner qu'il soit simplement décapité. Mais j'ai choisi de ne rien dire.

Aline ferma les yeux et il vit des larmes percer sous ses paupières.

— En quoi suis-je meilleure que Stephen ? murmura-t-elle.

Hugh s'empara de ses mains tremblantes. Ses pleurs coulaient librement à présent, faisant briller ses longs cils noirs. Il essuya une larme du bout des doigts. Il mourait d'envie de l'embrasser comme il l'avait fait la veille, pour écarter toute peine de son cœur, mais il ne fallait pas : à coup sûr, elle le rejetterait.

— Vous n'avez rien de commun avec lui, Aline, ne serait-ce que parce que vous vous blâmez de la mort d'un traître, alors que lui tue sans remords des innocents. Jamais il ne réagirait comme vous. Il y a bien longtemps qu'il a cessé d'écouter son cœur, si tant est qu'il l'ait jamais fait.

Aline recula d'un pas et l'étudia avec circonspection. Hugh ne lui avait plus vu ce regard depuis les premiers jours de leur rencontre, lorsqu'ils voyageaient vers Roxholm. Il eut l'impression qu'elle ne lui faisait pas plus confiance aujourd'hui qu'alors et cela le fit souffrir. Comment lui prouver qu'il lui était loyal ?

— Vous vous êtes efforcé de veiller sur votre cousin, répondit-elle enfin. Vous ne pouvez pas passer le restant de vos jours à vous rendre responsable de ses actes.

Elle posa la main sur son bras, et ce geste éveilla en lui un sentiment proche de l'adoration. Sans le quitter des yeux, elle reprit :

— Je ne vous ai pas remercié pour ce que vous avez fait ce matin — je veux dire, pour m'avoir préservée de l'assaut de Hennessey. J'ai tant de fois affirmé que je n'avais pas besoin de protecteur… Vous m'avez de nouveau prouvé combien j'avais tort.

— Et je vous protégerais de mille autres façons, si seulement vous me le permettiez ! s'exclama Hugh, la voix rendue rauque par la passion.

Les yeux d'Aline s'agrandirent, comme sous l'effet du même désir. Seigneur ! Il n'avait qu'une envie, la prendre dans ses bras et l'y garder à jamais. Pour se distraire de ses pensées déplacées, il baissa la tête et regarda la cicatrice laissée par la morsure du loup. Comme ce voyage lui paraissait loin, désormais !

— A la vérité, je n'ai fait que rembourser la dette que je vous devais, depuis que vous m'avez sauvé du loup.

Aline toucha la cicatrice et Hugh se demanda si elle sentait la violence des battements de son cœur. Ses yeux gris étaient sérieux à présent.

— Maintenant que nous sommes quittes, que comptez-vous faire ? demanda-t-elle.

Il la contempla un moment, ne sachant que répondre. Qu'attendait-elle de lui ? Voulait-elle le voir partir, maintenant qu'elle était de nouveau parmi les siens et ne craignait plus rien ? Il n'eut pas la force de lui poser la question.

Le sourire d'Aline dissipa aussitôt ses idées noires.

— Il y aura une fête ce soir, je ne peux manquer d'y assister. Voudrez-vous être mon cavalier ?

— Ce serait pour moi un honneur, madame, répondit Hugh, la gorge serrée.

— Fort bien. Je vais vous faire porter des vêtements

moins… voyants, pour l'occasion, conclut-elle avec un rire léger.

Les poings serrés pour résister à l'envie de la garder près de lui, Hugh salua et se retira, le doux rire d'Aline résonnant encore à ses oreilles.

Le campement avait retrouvé son calme lorsqu'il rejoignit ses quartiers, aussi la voix qui s'éleva brusquement parmi les tentes le fit-elle sursauter.

— Un mot, sir Hugh !

C'était Godfrey qui approchait, les épaules droites et le regard sévère.

— Il y a deux choses que je souhaiterais vous faire comprendre. Ce n'est pas parce que vous vous êtes porté au secours de lady Aline aujourd'hui que je vous fais confiance. Ce n'est pas pour cela non plus que je vous apprécie. Je ne compte donc pas m'excuser pour le traitement que je vous ai réservé hier, il était parfaitement justifié étant donné les circonstances.

Hugh éprouva une satisfaction très masculine en constatant que son rival avait dû préparer ce petit discours à l'avance. Malgré la jalousie qui continuait de lui échauffer le sang, il parvint à laisser triompher son bon côté.

— Vos actions n'ont besoin d'aucune justification, sir Godfrey. En fait, votre loyauté me semble tout à fait louable. J'aurais fait la même chose si la situation avait été inversée.

Cette absence d'hostilité parut surprendre Godfrey, qui caressa pensivement sa barbe blonde. Hugh le salua poliment puis, sans lui laisser l'occasion de répondre, il passa devant lui et pénétra dans sa tente.

Chapitre 23

Un vaste chapiteau avait été transformé en salle de réception. Les hommes étaient installés autour de longues tables à tréteaux pour le repas, plus ou moins proches de celle où siégeait Aline, selon leur importance.

Hugh n'était pas arrivé, et elle ne pouvait s'empêcher de garder les yeux rivés sur l'entrée du chapiteau, vaguement inquiète. Pour tromper son impatience, elle se mit en devoir de déambuler à travers les tables, adressant quelques mots ici et là à ses sujets. Elle constata avec bonheur que son attitude bienveillante suscitait l'admiration. Aucun de ces hommes ne savait à quel point chaque sourire lui coûtait.

Elle vit soudain Hugh se profiler à l'entrée de la tente et son pouls s'accéléra. Il était irrésistible. Il s'était rasé la barbe et avait coiffé ses cheveux en arrière, comme à son habitude. La tunique de lainage qu'il portait lui moulait le torse, attirant l'attention sur le dessin de ses muscles. Le feu du désir déferla dans ses veines quand elle songea qu'elle avait caressé cette peau dorée pendant qu'il dormait, la nuit dernière.

Son beau visage s'éclaira d'un large sourire quand il la vit. Il vint aussitôt à sa rencontre et Aline sentit sa main trembler légèrement lorsqu'elle la lui tendit pour le mener jusqu'à son siège, à droite du sien. Godfrey posa sur le nouveau venu un regard franchement hostile, et elle vit Hugh se hérisser. Bien que leur antipathie soit compréhensible, Aline en fut exaspérée.

— Aline, je ne comprends pas ce que cet homme fait ici, lui lança Godfrey avec colère. Lorsque je t'ai retrouvée, il était… Enfin, j'ai des raisons de penser qu'il te voulait du mal. Il devrait être sous bonne garde, au lieu de se promener librement dans le camp. Tu l'as libéré sans la moindre explication et voilà que tu l'invites à présent à dîner avec nous !

— Ce n'est pas un étranger pour moi, je le connais bien ! Et je vous interdis à tous deux d'adopter ce comportement hostile ! Ce soir moins encore que les autres ! Il ne doit pas y avoir de bataille entre alliés aujourd'hui.

Les deux hommes la regardèrent. Godfrey semblait surpris de ces propos autoritaires, mais les yeux de Hugh disaient son approbation.

— Tu as changé, Aline, fit remarquer Godfrey en lui serrant la main d'un geste affectueux. Tu as dû traverser beaucoup d'épreuves ces dernières semaines. Ce que tu as enduré aurait éprouvé le plus solide guerrier, aussi personne ne te blâmera si tu te sens parfois… confuse.

— Je ne suis pas confuse, assura-t-elle avec hauteur en retirant sa main. Mais oui, j'ai changé. Comment aurais-je pu surmonter ces dernières semaines, sinon ?

Au silence qui les entourait, Aline prit conscience que les hommes avaient cessé leurs conversations pour les écouter. Hugh la couvait toujours du regard, un léger sourire aux lèvres, et elle se sentit plus forte.

— Comment peux-tu être certaine que cet homme n'est pas un espion ? reprit Godfrey. En outre, il me semble qu'il n'a plus ni titre ni position, il ne devrait donc plus se faire appeler « sir »…

— Il me semble avoir été claire, Godfrey, l'interrompit sèchement Aline. Demain, combien parmi vous mourront pour ma cause ? Beaucoup trop à mon goût ! C'est pourquoi je ne permettrai pas que, ce soir, mes sujets fidèles s'attaquent les uns aux autres !

— Sir Godfrey a posé cependant une question légitime, madame, fit remarquer Hugh d'une voix forte. Aussi, je lui répondrai que je ne puis rester loyal à mon ancien seigneur après les multiples méfaits qu'il a commis. Je préfère mille fois demeurer un paysan pour le restant de mes jours plutôt que d'être noble sous son gouvernement. Lady Aline, laissez-moi me mettre à votre service pour combattre demain au sein de votre armée.

Non ! aurait voulu hurler Aline. Elle ne voulait pas qu'il se batte, elle ne voulait pas qu'il risque sa vie ! Hélas, il avait parlé de façon à être entendu de tous. Sous ses yeux angoissés, il se leva et se plaça au centre des regards.

— Tout le monde ici est d'accord pour que Stephen meure, après le tort qu'il a causé à lady Aline. Il est de ma responsabilité, de mon devoir et de mon droit de l'amener devant la justice. Seulement, je n'y parviendrai pas tout seul.

Un vacarme approbateur résonna comme un tambour dans la grande tente pour saluer ces paroles.

— Et pourquoi devrions-nous vous accorder un tel droit ? s'écria Godfrey quand le tumulte se fut un peu calmé.

Quelques cris révélèrent quels étaient ses partisans.

— Trop longtemps j'ai cru que servir Roxholm signifiait soutenir le duc Stephen, répondit Hugh. Mais je me suis trompé. Mon allégeance aurait dû aller à ma province, et non à ce tyran. Si je suis responsable de quelque chose, c'est d'être resté trop longtemps à ses côtés. Et je compte bien me racheter de cette faute dès demain.

— J'accepte.

Aline avait élevé la voix au-dessus de la mêlée, faisant revenir le silence. Elle se sentait étourdie par l'afflux d'émotions qui la traversait mais, lorsqu'elle croisa le regard brûlant de Hugh, elle redressa la tête.

— Vous combattrez à nos côtés, sir Hugh.

Debout, elle leva son gobelet d'une main ferme, souhaita à ses hommes une bonne fortune et inclina gracieusement la tête pour répondre à leurs acclamations. Peu après, elle quitta l'assemblée, se demandant si ses jambes affaiblies la porteraient jusqu'au bout.

Dans sa tente, les torches avaient été allumées et un brasier réchauffait l'atmosphère. L'air était lourd de l'odeur du bois de santal, ce qui n'arrangea pas son mal de tête. Malgré son chaud manteau de fourrure, elle ne cessait de frissonner. De toute façon, cent fourrures n'auraient pu réchauffer le froid qui s'était infiltré dans ses os.

Par chance, elle était parvenue à garder le contrôle d'elle-même devant ses hommes. Elle était fière à vrai dire de n'avoir pas montré sa faiblesse en public. Seulement, à présent qu'elle était seule, ses forces l'abandonnaient. Elle s'allongea sur le lit, mais fut incapable de se reposer.

A travers ses paupières closes, elle perçut soudain un éclair de lumière : la tenture de l'entrée s'était ouverte. Sans avoir besoin de soulever les paupières, elle sut que c'était Hugh.

— Je vous dérange, Aline ? demanda-t-il doucement.

Pour toute réponse, elle enfonça la tête dans l'oreiller. Elle sentit Hugh s'approcher à pas lents.

— Parlez-moi, je vous en prie ! reprit-il.

Il posa une main légère sur son épaule et s'assit sur le lit.

— Je suis désolée pour ce qu'a dit Godfrey, murmura-t-elle. C'est ma faute, je n'aurais jamais dû vous faire asseoir au milieu d'eux, c'était une erreur.

— Non, Aline. Ils se montrent simplement protecteurs vis-à-vis de leur dame, et je suis au contraire heureux de leur suspicion.

L'odeur virile qu'il dégageait l'enivra lorsqu'il se pencha sur elle, presque à la toucher.

— Je suis si fatiguée, souffla-t-elle dans un soupir. J'aimerais tant que tout cela soit derrière nous !

— Ce sera bientôt fini. Stephen mourra demain. Je vous jure qu'il ne vous fera plus jamais de mal, ni lui ni personne, s'exclama Hugh d'une voix rauque de passion.

Loin de la réconforter, ces paroles eurent l'effet opposé. A l'idée que Hugh pourrait mourir au cours de l'affrontement, le souffle lui manqua. Elle ouvrit des yeux hagards.

— Je ne veux pas que vous combattiez, s'écria-t-elle.

— Est-ce parce que vous souffririez de ma mort ? Me pleureriez-vous, Aline ?

Choquée par cette question, Aline se redressa brusquement sur le lit.

— Comment pouvez-vous me poser une telle question ? protesta-t-elle.

— Eh bien, ma foi, vous avez retrouvé Godfrey, maintenant. Pourquoi vous préoccuperiez-vous de mon sort ?

Aline fut si surprise qu'elle mit plusieurs secondes à recouvrer l'usage de la parole.

— Vous pensez que je suis amoureuse… de Godfrey ?

L'idée était si surprenante qu'elle ne put retenir un éclat de rire. Hugh refusa de croiser son regard, et son évidente jalousie, si éloignée de l'assurance qu'il affichait d'ordinaire, accrut encore son hilarité.

— Lorsqu'il nous a trouvés près de la rivière, j'ai vu la rage dans ses yeux. Ce qu'il m'a fait endurer ensuite, c'est précisément le sort que j'aurais réservé à n'importe quel homme qui vous aurait fait du mal. Voilà pourquoi j'en ai déduit que ses sentiments étaient les mêmes que les miens.

Profondément émue, Aline croisa les bras pour se donner une contenance.

— Godfrey est un ami très cher. Je le connais depuis

toujours. A vrai dire, il est même le premier prétendant que j'ai refusé, il y a de cela des années.

— Vous l'avez éconduit ? Pourquoi ? demanda Hugh sans pouvoir cacher une intense satisfaction.

— Parce que je ne l'aimais pas, tout simplement ! Je vous l'avais dit, lors de notre rencontre, qu'aucun homme n'était parvenu à prendre possession de mon cœur.

Hugh se rapprocha de son visage. Et Aline se sentit presque malade de désir, tant le besoin de le toucher la consumait. Elle aurait dû lui dire de partir, elle le savait. Cependant, elle n'en fit rien.

— Aucun homme ? demanda Hugh, les yeux étincelants.

Il n'y avait plus que quelques centimètres entre eux à présent. Aline secoua la tête, le cœur battant.

— Je n'ai jamais désiré aucun homme… avant vous. Pas comme je vous ai désiré hier. Et comme je vous désire toujours, murmura-t-elle dans un souffle.

Avec un grondement, Hugh lui prit le visage entre les mains et l'embrassa avec une passion farouche qui la laissa haletante. A peine l'eut-il touchée qu'Aline se sentit fondre sous ses doigts. Des frissons d'excitation coururent sous sa peau. Comment un baiser pouvait-il créer une telle exaltation ? se demanda-t-elle.

Pour ne pas perdre l'équilibre, elle s'appuya sur lui et lui passa les bras autour du cou pour l'empêcher de reculer, si tant est qu'il l'ait voulu. Ce qui semblait peu probable car, au même instant, il la serra contre lui au point qu'elle se retrouva sur ses genoux. La tête lui tournait et elle lut dans le regard de Hugh l'impatience et la faim qu'elle éprouvait elle-même.

Brusquement, il l'écarta et se redressa, la laissant interdite. Elle se leva à son tour.

— Qu'y a-t-il ? Pourquoi… ? bredouilla-t-elle.

— Madame, je vous désire plus que je ne pourrais le

dire, aussi je n'abuserai pas de votre innocence. Comprenez-vous ce que nous faisons ?

L'hésitation d'Aline ne dura qu'une seconde. A la vérité, elle ne pouvait pas plus cesser ce qu'ils avaient commencé qu'elle ne pouvait empêcher son cœur de battre. Elle fit courir ses doigts dans les boucles sombres de Hugh et l'attira à elle. Il lui couvrit alors les joues de légers baisers, et elle frissonna sous la rugosité de sa barbe. Lorsqu'il caressa de la langue son oreille, elle poussa un soupir d'abandon et se cambra sous la puissance d'un besoin qu'elle ne comprenait pas. Ses hanches et ses seins se tendaient vers lui et elle le sentit se raidir contre elle.

Hugh commença alors à défaire les rubans qui fermaient son décolleté, un à un, avec une lenteur délibérée, sans jamais la quitter des yeux. Enfin, il fit glisser la robe sur ses épaules et celle-ci tomba à terre, la laissant nue sous sa chemise légère. Elle frissonna.

Hugh dut prendre cela pour de la peur, car il s'interrompit aussitôt et la regarda.

— Vous n'avez qu'un mot à dire pour m'arrêter, Aline.

Pour toute réponse, elle se débarrassa de ses chaussures et glissa ses mains fraîches sous la tunique de Hugh. Ses ongles griffèrent délicatement les muscles fermes de son dos et il émit un grognement sourd. D'un geste fluide, il se déshabilla à son tour et laissa tomber son habit au sol. Aline caressa du bout des doigts son torse cuivré, s'émerveillant de la douceur de sa peau.

Pris de frénésie, Hugh la souleva dans ses bras pour la poser avec douceur sur les fourrures qui ornaient le lit. Comme il restait immobile, la contemplant avec intensité, elle craignit un instant qu'il n'ait décidé de repartir. Alors elle l'attira à elle. Ils se retrouvèrent enlacés l'un à l'autre et leurs baisers se firent plus profonds, leurs caresses plus pressantes.

Bientôt, Hugh roula sur le côté pour se débarrasser de ses bottes et de ses chausses. Tout en posant à la base de son cou, des baisers. Aline riait de ses contorsions impatientes, mais s'arrêta net lorsqu'il la regarda par-dessus son épaule avec cette flamme qu'elle aimait tant. Il revint s'allonger contre elle et, de la bouche et des doigts, fit lentement glisser la fine chemise qu'elle portait encore jusqu'à ce qu'elle soit aussi nue que lui. Bientôt, il n'y eut plus un centimètre de peau qu'il n'eût caressé, léché, mordillé. Aline gisait à demi inconsciente, perdue dans un océan brumeux de plaisir.

Hugh ramena bientôt une couverture sur leurs corps nus et, enveloppée par son odeur mâle, Aline sentit son cœur s'emballer lorsqu'il posa les lèvres sur la peau tendre de son cou. Elle sentit les mains fermes remonter de sa taille à ses seins et se cambra au moment où leurs pointes se dressaient sous les douces caresses. Elle fit courir à son tour ses mains et ses ongles sur la largeur du dos de son amant, puis enroula les jambes autour de sa taille pour l'attirer plus près, toujours plus près. Elle ne comprenait pas elle-même ce qu'elle faisait, c'était comme un besoin impérieux qui la poussait, lui brûlait les veines et la faisait gémir.

— Hugh, je t'en prie..., murmura-t-elle, au bord de la folie.

Sourd à sa prière, il poursuivit ses tortures délicieuses en lui mordillant les seins, puis en lui couvrant le ventre de baisers avant de descendre lentement vers le nombril, puis plus bas encore. Lorsque ses doigts vinrent caresser la douce toison qui couvrait sa féminité, Aline ouvrit grand les yeux et émit un gémissement de volupté. Il revint alors auprès de son visage et la contempla avec passion. Alors, lentement, il glissa ses doigts en elle et elle sentit des ondes de plaisir se propager dans tout son corps. Elle se tendit, les reins cambrés, la tête renversée. Elle ne s'appartenait plus.

D'instinct, sa main trouva le membre viril qui durcit encore sous sa paume. Hugh gémit sourdement et balbutia dans son cou quelques mots pour la guider. A l'entendre haleter contre sa peau, elle sut que le plaisir qu'elle lui prodiguait n'avait rien à envier au sien.

Enfin, les yeux hagards, Hugh s'écarta pour venir se placer entre ses cuisses. Elle se tendit, dans l'attente de la douleur dont on lui avait parlé. Comme s'il avait lu dans ses pensées, son aimé la rassura d'un murmure. Mais elle n'avait pas peur, au contraire, elle brûlait d'impatience. Pour le lui prouver, elle posa les mains sur ses hanches et l'attira plus près encore.

Lorsqu'il la pénétra, elle sentit une brève douleur, aussitôt suivie d'une sensation de plénitude inégalée. Dès qu'il se mit à bouger, des vagues de plaisir l'envahirent et se propagèrent dans tout son corps. Prise dans le rythme imposé par Hugh, elle se cambra. Une délicieuse pression menaçait de la submerger à chaque instant, et elle se sentit perdre pied. Le souffle court, elle enfonça les ongles dans le dos de son amant quand le plaisir de l'extase explosa en elle.

Déjà il s'emparait de sa bouche avec vigueur pour boire ses cris de volupté. Comme fou, il accéléra encore ses coups de reins jusqu'à ce que la jouissance l'emporte à son tour.

Chapitre 24

Le ciel était à peine éclairé par l'aube lorsque Aline s'éveilla, tirée du sommeil en sentant Hugh se glisser hors du lit. L'air frais du matin s'infiltra aussitôt à la place qu'il avait laissée et elle se blottit sous les fourrures. Les yeux clos, elle resta un moment allongée, se remémorant les mille et un plaisirs de la nuit passée avant que leur souvenir ne s'évapore.

Quelle révélation pour elle ! Jamais elle n'aurait pensé que son corps puisse répondre avec une telle intensité aux caresses d'un homme. Elle avait les membres courbatus comme si elle avait galopé à cheval pendant des heures. Ses joues s'échauffèrent au souvenir de leurs ébats.

Les yeux à demi ouverts, elle regarda Hugh prendre la carafe d'ale posée sur la table et s'en servir un verre. Dès qu'il eut vidé son gobelet, il le remplit de nouveau et revint s'asseoir au bord du lit. Il était nu et Aline contempla avec bonheur le spectacle magnifique qu'il offrait. Sans un mot, il lui tendit la coupe avec un sourire dévastateur qui la mit en émoi. Elle promena encore un instant le regard sur tout son corps, puis elle se détourna en hâte, soudain timide. Alors seulement, elle prit conscience de ce qu'ils avaient fait. D'un geste brusque, elle tira les couvertures pour les faire remonter jusqu'au menton, comme si cela pouvait la protéger du désir qui montait en elle.

Le sourire mourut sur les lèvres de Hugh et son visage se ferma. Il secoua la tête.

— Non, Aline. Pas de regrets ni de honte entre nous. Et surtout pas aujourd'hui ! Je te désirais depuis si longtemps ! Tu t'es enfin abandonnée au plaisir et, ce matin, tu voudrais jouer les biches effarouchées, ou prétendre que cette nuit passée ensemble ne signifiait rien ? Je ne vous laisserai pas faire. Ce que nous avons fait dans ce lit, nous le voulions autant l'un que l'autre ! Tu me désirais autant que je te désirais.

— Oui ! C'est vrai, acquiesça-t-elle en levant les yeux vers lui. Je te désirais. Pour une fois dans ma vie, je souhaitais savoir ce qu'était la passion. Je voulais me sentir désirée pour moi-même, et non pour mes richesses et mon pouvoir.

Les yeux pleins de larmes, elle glissa sa main dans celle de Hugh.

— Je ne regrette pas un instant cette nuit avec toi, Hugh. Mais ce que nous avons fait ne doit plus se reproduire et nous devons en garder le secret. Aucun homme ne voudra plus m'épouser si l'on apprend que je me suis donnée à toi.

— Aucun homme ne l'épousera ! gronda Hugh avec force. Tu m'appartiens, tu as toujours été à moi, tout comme je suis à toi !

Aline frémit. Un flot de tristesse l'envahit à ces mots.

— Nous savons l'un comme l'autre que c'est impossible. Je ne suis pas libre de choisir mon destin et mes conseillers ne me permettront jamais de faire un mariage… d'amour. En tant que femme, mon destin est aux mains des hommes, si injuste cela soit-il. Tu pourrais coucher avec la moitié des femmes des Cinq Provinces sans aucune conséquence néfaste pour toi, tandis qu'en ce qui me concerne le seul fait de m'être donnée à l'homme que j'aime est en soi une faute impardonnable.

— Nul ne l'apprendra, assura Hugh avec une tendresse déchirante.

Il l'attira dans ses bras et la serra avec douceur contre lui. Elle se laissa faire avec la certitude qu'elle ne serait jamais plus en sécurité qu'entre ces bras. Hélas, ce bonheur lui était interdit…

— Aline, tu n'es pas une femme comme une autre. Je comprends… je sais que tu ne pourras jamais être à moi, mais sache que, lorsque je ne serai plus qu'un vieillard édenté aveugle — si tant est que je vive jusque-là —, je n'oublierai jamais la nuit que nous avons partagée.

Aline sourit. Elle lui était reconnaissante d'alléger ainsi l'atmosphère par ses plaisanteries. Et lorsqu'elle sentit sur elle ses yeux qui parcouraient son corps avec une faim non déguisée, un frisson de volupté l'envahit tout entière. Elle posa les mains sur le torse de Hugh, caressant la toison douce qui recouvrait ses pectoraux, puis releva les yeux vers lui. Alors il l'embrassa avec avidité, comme s'il plaçait dans ce baiser toutes les promesses qu'il ne pouvait pas lui faire. Emportée par la violence de leur désir, Aline s'aperçut qu'elle pleurait et ne le laissa pas mettre un terme à leur baiser.

Enfin, il fallut bien l'autoriser à se détacher. Hugh lui caressa tendrement les joues pour en essuyer les larmes.

— Ne prenons pas de risques, ma douce. Le soleil se lève, je dois partir avant que l'on s'avise de me chercher.

Incapable de répondre, Aline le regarda se lever et ramasser les vêtements qu'ils avaient éparpillés la veille. Le cœur en berne, elle se blottit sur elle-même et contempla Hugh avec mélancolie, s'émerveillant de voir ses muscles bien dessinés jouer sous sa peau. Imaginer ce corps qu'elle avait caressé, embrassé, adoré, pris sous les coups d'épée en plein combat lui fut une torture. Mais il fallait l'accepter : dans quelques heures, Hugh serait au cœur de la bataille.

Hugh acheva d'enfiler ses bottes et la contempla en se passant une main distraite dans les cheveux.

— Ne sois pas si triste, mon amour, je t'en prie, souffla-t-il.

Assise dans le lit, Aline replia les genoux sous le menton.

— J'ai peur, articula-t-elle. Je ne cesse de penser à ce qui va se passer aujourd'hui. Je… Si tu mourais, je ne pourrais pas le supporter.

A ces mots, Hugh vint s'asseoir près d'elle et l'attira contre lui. D'une main légère, il lui caressa le dos pour l'apaiser. A travers le tissu de sa tunique, Aline sentait la puissance de ses muscles et le rythme rapide de son cœur. Lui aussi était ému.

— Ne t'inquiète pas, c'est précisément pour cela que Stephen n'aura aucune chance de l'emporter face à moi. Dès la fin du combat, je viendrai te retrouver. Comment pourrais-je mourir en sachant que tu m'attends ici ?

— T'attendre ici ? Mais non, voyons ! Je serai à Tegge's Eyot avec toi !

— Quoi ?

La voix forte de Hugh avait envahi toute la tente.

Aline le regarda, stupéfaite.

— Croyais-tu que je n'accompagnerais pas mes sujets ? C'est à moi de les mener combattre l'ennemi.

— Certainement pas ! C'est bien trop dangereux ! Aline, je te l'interdis !

Hugh bondit sur ses pieds et elle eut besoin de quelques secondes pour comprendre ce qu'il voulait dire, tant elle était effarée par sa réaction. A son tour, elle se leva, seulement couverte par la couverture en fourrure, qu'elle enroula comme elle put autour d'elle pour faire face à Hugh.

— Me l'interdire ? Vous n'êtes pas en position de m'interdire quoi que ce soit, sir Hugh, riposta-t-elle avec hauteur.

Hugh prit une profonde inspiration, manifestement hors de lui.

— Ainsi, je suis redevenu « sir Hugh » ? s'exclama-t-il. Et pourquoi ? Parce que je cherche à vous préserver du danger ?

La froideur qu'elle perçut dans sa voix la blessa au plus haut point. Elle sentit ses joues s'enflammer et se mordit la lèvre pour recouvrer un semblant de calme.

— Vous n'avez aucun droit de me commander ! lui rappela-t-elle. Ce n'est pas parce que je vous ai donné pendant une nuit le contrôle sur mon corps que je vous autorise à prendre le contrôle sur ma destinée. Vous n'êtes ni mon geôlier ni mon époux.

Elle regretta ces paroles dès qu'elle les eut prononcées. Sa voix s'était faite plus dure qu'elle ne l'avait souhaitée et Hugh réagit comme si elle l'avait frappé. Ses traits se durcirent et toute douceur déserta son visage.

— Vous avez raison, madame. Je ne prétends pas posséder un tel droit sur vous. Permettez-moi de prendre congé !

Sans attendre de réponse, il salua et se dirigea vers la sortie, les poings serrés.

— Non ! s'écria Aline, affolée à l'idée qu'ils allaient se quitter ainsi, peut-être pour toujours.

Hugh s'arrêta mais ne se retourna pas tout de suite. Quand il le fit au bout de quelques interminables secondes, son visage était sombre. Ils restèrent immobiles, éloignés de quelques pas à peine l'un de l'autre, mais incapables de se rapprocher à cause des mots trop durs qu'ils avaient échangés.

— Non, répéta Aline dans un murmure.

Alors, l'expression de Hugh passa de la colère à la tendresse, et il revint vers elle. Elle résista de toutes ses forces au désir brutal qu'elle avait de se jeter dans ses bras. Elle leva la main, comme pour ériger une barrière entre eux.

— Je t'en prie, ne pars pas ainsi, dit-elle néanmoins. Je suis désolée, Hugh. Je ne veux pas me quereller avec toi… Mais ne me demande pas de rester ici, alors que tu pars au-devant de Stephen. Que je le veuille ou non, je suis la Haute Dame des Cinq Provinces. Je n'enverrai pas mes hommes se faire tuer en les attendant sagement bien à l'abri. Si tu ne peux ou ne veux l'accepter, nous n'avons plus rien de bon à nous dire…

Hugh carra les épaules et releva le menton.

— Ce n'est pas mon rôle de t'arrêter, malgré le désir que j'ai de te protéger. Je n'ai ni terres ni richesses qui pourraient me permettre d'obtenir ta main avec l'approbation du conseil. Je ne pourrai jamais avoir la moindre place dans ta vie. Mais ne me demande pas d'accepter avec joie que tu risques ta vie. A présent, si tu veux bien m'excuser, je dois aller me préparer pour la bataille.

Il tourna les talons sur ces mots, puis, sans un regard en arrière, sortit de la tente. Aline alla se jeter sur son lit, submergée par le désespoir. Comment parviendrait-elle à diriger son destin alors qu'il lui fallait prendre tant de décisions impossibles ?

Une pluie fine s'était mise à tomber lorsque Hugh retourna vers sa tente, et la grisaille du ciel reflétait son humeur morose. Il ne savait si sa colère était due au refus d'Aline d'entendre raison ou à l'impossibilité dans laquelle il se trouvait de l'épouser. Bien sûr, il n'avait rien à lui offrir, puisque Stephen lui avait tout pris. Il ne possédait plus rien, rien sinon l'amour qu'il ressentait pour une femme bien au-dessus de sa condition. Pourquoi n'avait-il pas combattu cet infâme personnage quand il en avait eu l'occasion ? Une rage bouillonnante l'envahit et il envoya son poing dans l'un des poteaux de sa tente.

— Sir, venez avec moi, je vous prie.

Un garde qu'il n'avait pas vu se tenait à quelques pas de lui. Il conduisit Hugh jusqu'à l'armurerie, où un contremaître lui fournit une cotte de maille, un épais surcot rembourré et une épée tranchante. Hugh s'empara de l'arme et fut surpris de la trouver si lourde et encombrante. Il prit soudain conscience que son corps avait véritablement souffert ces derniers jours et songea qu'il manquait d'entraînement pour le combat qui l'attendait. Il était trop tard désormais, les jeux étaient faits.

Lorsqu'il ressortit sous la bruine, il se sentit submergé par une implacable solitude. Les hommes qu'ils croisaient lui jetaient des regards peu amènes ; il n'avait plus de troupes à commander, plus de missions prestigieuses à accomplir. Il était devenu inutile et cela ne lui était encore jamais arrivé.

Il affûtait son épée lorsqu'il vit Godfrey venir vers lui.

— Je vous ai vu quitter sa tente à l'aube, lança ce dernier sans ambages. Que faisiez-vous chez elle ?

Hugh aurait aimé lui conseiller de s'occuper de ses affaires, mais une demi-vérité valait mieux, en l'occurrence, qu'un mensonge. Et puis, ce chevalier se préoccupait du sort d'Aline presque autant que lui. Ne valait-il pas mieux s'en faire un allié, afin de mieux protéger cette entêtée ?

— Je parlais avec lady Aline. Elle a l'intention de se rendre à Tegge's Eyot avec ses troupes et j'ai tenté de l'en dissuader.

— Mais vous avez échoué ! compléta Godfrey, le front soucieux. Si vous la connaissiez, vous sauriez qu'une fois qu'elle a pris une décision, elle n'en change pas — surtout si quelqu'un s'avise de lui intimer l'ordre de faire autrement...

Les deux hommes échangèrent un regard navré, unis par une même inquiétude.

Soudain, le son d'un cor retentit, appelant les hommes à se rassembler. Parmi la foule des soldats, Hugh perçut un éclair de couleur qui accrocha son regard : Aline. Partagé entre l'admiration et la peur, il la regarda avancer de sa démarche altière. Il savait que cette image resterait imprimée pour toujours dans son esprit. Il sentait peser sur lui le regard de Godfrey, mais peu lui importait, il ne pouvait détourner les yeux de celle qu'il aimait et qui lui était interdite.

— Je ne vous apprécie pas et je n'ai aucune confiance en vous, reprit Godfrey. Cependant, pour une raison que j'ignore, lady Aline semble vous tenir en haute estime. Je ne sais pas ce qui l'a convaincue de votre valeur, en revanche je peux vous jurer que si, d'une façon ou d'une autre, ma dame avait à souffrir de vos actions, je vous tuerai de mes mains.

— Merci pour l'avertissement, sir Godfrey, mais il est inutile. Quiconque aurait eu l'intention de blesser Aline m'aurait déjà tué, car c'est le seul moyen de m'empêcher de la protéger.

Dans un brusque éclair de lucidité, Hugh songea qu'il existait un moyen, et un seul, de sauvegarder Aline. En quelques secondes, un plan prit forme dans son esprit. Il traversa d'un pas raide les troupes assemblées, avec Godfrey marchant dans son sillage.

Aline était déjà en selle lorsqu'il parvint enfin à elle. Ses cheveux avaient été rassemblés en un lourd chignon tenu par un filet d'or sur sa nuque. Elle portait un manteau d'équitation de cuir fin par-dessus sa robe. Accrochés à sa selle, Hugh vit une arbalète et un carquois plein de carreaux prêts à l'emploi.

Malgré son humeur sombre, il ne put réprimer une bouffée de désir à la voir si belle et lointaine alors qu'elle avait été nue et tremblante sous son corps quelques heures auparavant. A présent, elle ressemblait plutôt à la jeune femme qui l'avait tenu en joue après l'avoir sauvé des griffes du loup. Seulement, la situation était bien plus dangereuse cette fois-ci.

— Nous n'allons pas chasser le loup, madame, une épaisseur de cuir ne vous protégera pas contre les épées ou les flèches ! lui lança-t-il.

— Merci pour le conseil, rétorqua froidement Aline. A moins que vous n'ayez autre chose à me dire, je vous suggère de vous mettre en selle. Ma décision est prise et il n'est plus temps de discuter.

Devant son expression blessée, Hugh regretta ses paroles. En guise d'excuse, il baissa la tête, avant de reprendre la parole avec humilité.

— Puisque c'est peut-être la dernière fois que nous avons l'occasion de nous parler, accepterez-vous de m'accorder quelques pas en votre compagnie ?

Elle hésita et Hugh attendit son refus, la gorge serrée. Enfin, sans un mot, elle sauta à bas de sa monture et l'entraîna à l'écart. Dès qu'ils furent hors de vue des soldats, Hugh lui prit les mains.

— Je vous en conjure, Aline, réfléchissez encore ! Je ne veux nullement insulter votre fierté en vous suppliant de rester ici. Je veux seulement combattre en vous sachant à l'abri. La seule pensée que vous pourriez retomber aux mains de Stephen me rend fou, comprenez-vous ?

Comme elle gardait le front baissé, il embrassa lentement la jointure de ses doigts. Elle ne retira pas sa main, et il l'attira entre ses bras sans qu'elle résiste non plus. Il la tint longtemps enlacée, toujours meurtri par les mots durs qu'ils avaient échangés, mais puisant de la force et du courage dans leur intimité retrouvée.

— Je n'ai pas peur de la mort, souffla-t-il à son oreille. Ce qui me terrifie, en revanche, c'est l'idée que, si je venais à mourir, il puisse vous reprendre en son pouvoir sans que je sois là pour l'en empêcher… Oui, cela me terrifie plus que tout.

— Je n'ai pas peur de mourir, moi non plus, affirma-t-elle d'une voix très douce. Si je pensais pouvoir tuer Stephen de mes propres mains, je le ferais avec plaisir. Mais je sais que cela m'est impossible. Je suis trop faible, comme je l'ai découvert ces derniers jours.

Une flambée de colère marqua son beau visage.

— Quand je songe qu'il a assassiné mon grand-père, poursuivit-elle, et qu'il a meurtri mon peuple, la haine me consume. L'idée de me retrouver de nouveau à sa merci me terrifie moi aussi. C'est pour cela que je dois le voir mort. Si je vous demandais de ne pas combattre, le feriez-vous ? Certainement pas. Eh bien, il en va de même pour moi.

Hugh fixa un long moment la jeune femme. De la peur mêlée à de la détermination se lisait sur son visage. Il comprenait, bien sûr, mais la savoir si proche du danger lui était intolérable.

— Si votre décision est prise, je ne vous demande qu'une chose. De rester à l'arrière. Sans quoi je serai distrait à tout instant pendant l'affrontement, par l'inquiétude de vous savoir en danger.

Il n'attendit pas sa réponse et ne trouva pas non plus la force de croiser une nouvelle fois son regard. Il tourna les talons et rejoignit les troupes prêtes à partir, cherchant sir Godfrey des yeux. Il savait ce qu'il lui restait à faire.

Chapitre 25

Tegge's Eyot.

Ce simple nom faisait frissonner Aline tandis qu'ils approchaient de l'île. Elle pouvait se représenter à la perfection le paysage désolé de cet affleurement rocheux qui s'élevait au milieu de la rivière tourbillonnante. Elle avait visité la vieille forteresse quand elle était enfant et passé un après-midi à examiner les sièges de granit et le trône érodé, passant les doigts sur les inscriptions à demi effacées. La crypte, surtout, qui renfermait les dépouilles des précédents seigneurs des provinces, lui avait donné des cauchemars pendant des semaines. Elle n'y était jamais retournée, mais les lieux étaient restés gravés dans sa mémoire.

Au fil du temps, l'île était devenue un lieu de rendez-vous pour les tournois et les affrontements. Un cadre idéal pour départager des ennemis, gagner des fortunes ou enterrer de vieilles querelles. Lors de cette visite, Aline avait joué à se battre à l'épée avec son frère sur la crique qui formait une arène naturelle. Aujourd'hui, du sang chaud serait versé sur ce sol sablonneux. Elle frissonna et sentit sa gorge se serrer. Tous ses hommes étaient prêts à perdre la vie pour elle et, pour beaucoup, il en serait ainsi.

Aline avançait au milieu du rang, accompagnée de Godfrey et Hugh. Leurs protestations conjointes avaient eu raison de son désir de chevaucher au premier rang. Pour avoir la paix, elle leur avait concédé cette petite victoire. Maintenant, elle s'inquiétait de les voir si proches. Depuis le signal du départ, les deux hommes avaient cheminé côte à côte en conversant à voix basse. Hugh avait le visage sévère et les sourcils froncés, mais tous deux ne semblaient pas se quereller, bien au contraire… Elle avait même la nette impression qu'ils avaient conclu un accord.

Elle observa Hugh. Une fois n'était pas coutume, ses cheveux étaient noués sur sa nuque. Comme tous les soldats de la procession, il avait revêtu une fine cotte de mailles. Contrairement aux autres toutefois, il n'arborait pas de tabard aux couleurs de Leavingham, seulement un surcot de cuir lâche. Il montrait ainsi qu'il était un paria et ne se soumettait à aucune allégeance. A la pensée de tout ce qu'il avait perdu… pour elle, elle s'émut de compassion.

Hugh dut sentir son regard, car il tourna la tête vers elle. En dépit de la gravité des circonstances, elle sentit son cœur s'envoler comme un oiseau libéré de sa cage. Quel pouvoir il avait sur elle, pour lui faire ainsi battre le cœur ! Quoi qu'il arrive aujourd'hui, elle ne permettrait pas qu'il meure !

Sur un sourire, Hugh revint à sa conversation avec Godfrey. Ce dernier la regarda à son tour avant d'acquiescer fermement.

La procession fit halte lorsque les bois s'éclaircirent. Bientôt, ils atteindraient les champs qui menaient au pont, seul passage vers l'île. Tout autour d'elle, les soldats fourbissaient leurs armes et se rassemblaient en petits groupes pour partager des rasades de vin.

Hugh descendit de cheval et tendit aussitôt le bras pour aider Aline à en faire autant. Il ne lui avait plus parlé depuis leur aparté, aussi fut-elle ridiculement émue de sentir sa large paume rester posée un peu plus longtemps que nécessaire sur son dos. Elle dut faire un effort sur elle-même pour ne pas se laisser aller dans ses bras sans plus se préoccuper du monde qui les entourait.

Elle déclina toutes les offres de boisson et nourriture, car le nœud d'angoisse qui l'habitait ne lui permettait pas d'avaler ne fût-ce qu'une gorgée d'eau. Elle déambula à travers la clairière, incapable de se calmer. Elle se sentait aussi frustrée et impuissante qu'un animal en cage. Les regards inquiets de ses hommes lui pesaient. Quelle importance ? Elle se moquait de révéler son agitation. Après tout, mieux valait marcher que pleurer.

— Nous allons repartir bientôt, annonça Godfrey. Avec de la chance, nous aurons encore quelques heures de jour pour débusquer Stephen et faire ce que tu as à faire.

Ce que tu as à faire ? En levant les yeux vers Godfrey, Aline comprit que ces derniers mots s'adressaient à Hugh, et non à elle. Que voulait-il dire ? Pour couronner le tout, elle surprit entre les deux hommes un regard entendu qui mit le comble à sa fureur. Sans un mot, elle rejoignit son cheval et monta en selle.

Soudain, un mouvement furtif dans les sous-bois attira son attention. La bouche ouverte sur un cri d'alarme, elle vit surgir une dizaine d'hommes portant la livrée de Roxholm, l'épée au clair. Aussitôt, elle chercha Hugh du regard. Il avait déjà tiré sa dague et il tua deux hommes sans qu'ils aient eu le temps de comprendre ce qui leur arrivait. Mais au même moment, deux autres surgirent sur sa droite. Alors, avec une maîtrise dont elle ne se serait pas crue capable, Aline s'empara de son arbalète et tira. La flèche atteignit l'un des attaquants en pleine poitrine alors qu'il courait droit sur elle. Une nausée la submergea lorsqu'elle vit le visage du mourant. Il était à peine plus âgé qu'elle.

Affolée, elle sauta à bas de sa selle et s'agenouilla près de lui. Elle sentait son sang bourdonner à ses oreilles, au point qu'elle craignit un instant de s'évanouir. Alors elle croisa le regard empli de compassion de Hugh. D'un même mouvement, ils se relevèrent et coururent l'un vers l'autre. Aline ne reprit son souffle que lorsqu'elle sentit contre elle la force puissante de Hugh, ses bras qui ne la lâchaient pas, son odeur qui l'apaisait…

— Mon Dieu, je… je l'ai tué. J'ai…

Sa voix se brisa sous le choc.

— Je sais, ma douce. Rien ne peut préparer au combat. Peu importe le nombre d'heures d'entraînement, peu importe le talent à l'épée ou au tir, il est impossible de vivre à l'avance ce que sera la réalité de la bataille. C'est pour cela que je voulais t'éviter d'assister à de tels spectacles.

Les mains tremblantes, Aline serra son manteau autour d'elle, regrettant amèrement d'avoir été trop fière pour l'écouter.

— J'aimerais tant que tout cela prenne fin… Je ne supporte pas l'idée que du sang va être encore versé. Combien d'autres devront mourir avant… avant la fin ?

Hugh la saisit aux épaules et lança un rapide regard vers Godfrey, qui se tenait à quelques pas.

— Il n'y aura plus de sang versé, promit-il, la regardant de nouveau dans les yeux. Je vais mettre un terme à tout cela. Godfrey conduira un détachement pour sécuriser les alentours et, dès que nous arriverons à Tegge's Eyot, je demanderai une trêve et défierai Stephen en duel.

Aline ne saisit pas tout de suite le sens de ces mots. Elle le regarda d'abord sans comprendre, puis, lentement, son cerveau enregistra la signification réelle de ses paroles. Alors, ses genoux se mirent à trembler.

— Non ! s'exclama-t-elle en lui serrant les bras de ses doigts fins comme si elle pouvait ainsi l'empêcher de s'éloigner.

Le regard dur, Hugh désigna les hommes qui les regardaient.

— Qui choisirais-tu alors ? demanda-t-il. Lequel de ces hommes mérite de mourir à ma place ? Combien de vies pour la mienne ?

Désespérée, Aline retint un cri de douleur. Il n'y avait pas de réponse à ces questions. Cependant, une peur primitive et viscérale s'infiltrait dans tous ses membres à l'idée que l'homme auquel elle tenait tant allait défier Stephen.

Godfrey vint rejoindre Hugh et l'entoura d'un bras fraternel.

— Tu es prêt ? Nous prendrons une demi-heure d'avance sur vous.

Elle les arrêta d'un geste.

— Depuis combien de temps avez-vous planifié cela ? demanda-t-elle avec colère.

— Depuis que j'ai compris que je ne parviendrais pas à t'empêcher de venir, répondit Hugh avec simplicité, avant de montrer du doigt les corps sans vie qui gisaient sur le sol. Tu aurais dû me faire confiance : tu n'as pas ta place sur un champ de bataille. Bien sûr, tu sais tirer et tu t'es défendue avec bravoure, mais le jour où tu feras face à dix ennemis ? Cent ennemis ?

Aline s'écarta de lui avec humeur.

— Quand comptais-tu me le dire exactement ? A moins que tu n'aies eu l'intention de me laisser l'apprendre par d'autres ? Ou mieux encore, en découvrant ton cadavre ? Tu parles de confiance, mais tu n'en as pas eu suffisamment pour m'informer de ton projet. Comment pourrais-je jamais te donner la mienne ?

— Tu peux me faire confiance pour ne pas t'exposer au danger, si impatiente sois-tu de t'y confronter, répondit-il en croisant les bras.

— Tu n'as aucun droit de décider à ma place ce qui est dangereux et ce qui ne l'est pas ! s'exclama-t-elle, furieuse.

— Peut-être. Seulement, j'ai le droit de défier Stephen.

Cela va bien au-delà de la vengeance pour ce qu'il t'a fait, Aline. Je ne puis le laisser continuer à régner. Je n'ai plus rien : mes terres sont perdues et, si je retourne à Roxholm, ma vie ne vaudra rien. Si j'affronte Stephen et remporte le combat, je pourrai réclamer son titre, ce serait légitime. Comprends-tu ? Je dois le faire pour avoir une chance de me construire un avenir.

Aline le contempla, emplie d'une angoisse mêlée de rage, les ongles enfoncés dans ses paumes pour ne pas crier.

— Tu as gardé tout cela pour toi. Eh bien, puisque tu as pris cette décision sans moi, sache que, lorsque tout sera fini, nous n'aurons plus rien à nous dire, jamais.

Hugh cligna des paupières à ces paroles, comme si une lumière trop forte l'éblouissait. Il se reprit néanmoins très vite et déclara d'un ton calme qui la mit au supplice :

— Si c'est là votre souhait, madame, qu'il en soit ainsi. Je préfère risquer de m'attirer votre haine que de vous voir mourir.

Sur ces mots, il se remit en selle et fit caracoler son cheval pour obtenir l'attention de tous.

— Je suis le dernier descendant de Rufus, duc de Roxholm, après Stephen. Je compte en finir aujourd'hui avec le règne de mon cousin et revendiquer le titre de duc. Si je gagne, personne ne pourra douter que je l'ai obtenu légitimement. Aussi, je demande à chacun d'entre vous votre aide et votre soutien dans cette lutte. Etes-vous avec moi ?

Un tonnerre d'acclamations résonna dans la clairière tandis qu'Aline contemplait ses hommes, les yeux rougis.

— Bien, conclut Hugh, il n'y a pas de temps à perdre.

Le reste du voyage jusqu'à l'île se déroula sans encombre. Aline et Hugh chevauchaient côte à côte en silence. La jeune femme gardait la tête baissée et, lorsqu'il lui jetait des regards, il voyait avec tristesse ses doigts trembler sur les rênes. Il comprenait bien sûr son ressentiment. Cependant, l'idée de ne plus jamais la voir lui arrachait l'âme. S'il survivait, il trouverait un moyen de gagner son pardon, et sinon… Non ! Il vaincrait, il le fallait ! Il se concentra sur la route pour ne pas penser à l'avenir. Seul le présent comptait désormais.

Lorsque sa troupe rejoignit celle de Godfrey, les combats étaient terminés. Les hommes du jeune chevalier s'étaient montrés d'une efficacité redoutable. Par chance, il y avait moins de corps étendus que Hugh ne l'avait craint. Godfrey et ses hommes se reposaient au bord de la rivière.

Aline sauta à terre dès qu'elle vit Godfrey. Quand elle serra le chevalier dans ses bras, Hugh sentit la morsure de la jalousie lui déchirer le cœur. Il n'en montra rien cependant.

— Vous avez fait du bon travail, commenta-t-il en serrant le bras de Godfrey.

— Cela n'a guère été difficile, expliqua ce dernier. J'ai l'impression que les hommes du duc n'ont aucune envie de mourir pour lui. Ils se sont quasiment tous rendus sans résistance.

En effet, à quelques pas, deux douzaines de soldats étaient assis, dos à dos, les bras et les jambes attachés. Ils semblaient plus inquiets de leur sort que honteux de leur défaite.

Hugh s'approcha d'eux et crut reconnaître un visage, sans toutefois se rappeler le nom de cet homme.

— Me reconnais-tu ? Sais-tu qui je suis ? demanda-t-il au vieux soldat.

Celui-ci poussa une exclamation de surprise et de joie mêlées.

— Monseigneur ! Vous êtes ici ? Alors nous allons gagner à présent !

Hugh secoua la tête.

— Non, mon brave, je ne suis pas ici pour me battre sous la bannière de Stephen. Je suis venu le défier. Dis-moi où le trouver, sa vie m'appartient.

D'abord interdit, l'homme sembla vite comprendre les intentions de Hugh et les conséquences qui pouvaient en découler. Sans hésiter, il fit un signe de tête en direction de l'île.

— Le duc était tout à l'heure au cercle de pierre. Il ne quittera pas le trône volontairement, monseigneur, sachez-le. Il s'est déjà déclaré Haut Seigneur des Cinq Provinces.

— A ton avis, combien d'hommes sont encore loyaux à sa cause ?

Le soldat secoua la tête et haussa les épaules.

— Peu, à mon sens. Beaucoup pensent qu'il est devenu fou.

Faisant signe à Godfrey et à un messager, Hugh se dirigea vers la rive. Le héraut s'empara de son cor et en tira trois longs appels qui résonnèrent alentour. Un silence attentif tomba sur l'assemblée. Enfin, depuis l'île, un son long retentit, puis un autre. Lentement, des silhouettes apparurent tout autour de l'île.

Hugh s'avança alors à l'entrée du pont.

— Abaissez vos armes, soldats ! cria-t-il en direction de l'ennemi. Je demande une trêve. Je suis venu défier le duc Stephen en duel judiciaire.

De l'autre côté du pont, un chevalier de Roxholm, pour lequel il n'avait jamais eu d'amitié, l'interpella.

— Sir Hugh, avez-vous perdu l'esprit ? Vous prenez cette décision sans aucune consultation du conseil. Pensez-vous que nous laisserons l'avenir de notre province se décider de la sorte ?

— Vous avez vous-même pris votre décision en ne vous portant pas au secours de lady Aline lorsqu'elle était captive dans notre cité. Roxholm a été déshonoré par notre inaction et notre silence face aux méfaits de Stephen. Au nom de lois plus anciennes que nous tous ici, je ne demande rien que ma naissance ne m'autorise.

Sa voix n'avait cessé de gagner en ampleur et en intensité, si bien qu'autour de lui le silence était presque palpable. A son côté, pâle mais digne, se tenait Aline. Elle ne lui avait plus adressé la parole depuis leur dernière explication et, pourtant, elle le soutenait en ces instants fatidiques. Quand il reprit la parole, il le fit à l'attention de tous, mais les mots n'étaient destinés qu'à elle.

— Nous avons de nombreuses fautes à expier.

Elle tressaillit et leva les yeux sur lui. Leurs regards s'accrochèrent un long moment. Mais Hugh aurait été bien incapable de deviner ce qu'elle pensait.

— Rassemblez vos hommes, ordonna-t-il enfin à la cantonade. Peu importe à quel camp ils se rallient, je veux que tous soient témoins de l'affrontement.

Il se tourna vers Aline et lui tendit une main. Elle la refusa, comme il s'y attendait.

— Je viendrai aussi, déclara-t-elle d'une voix claire, le menton haut. C'est votre droit de défier Stephen, c'est le mien d'assister à sa chute.

Hugh sentit une sueur froide couler dans le dos tandis qu'il calculait ses chances de l'empêcher de venir. L'intensité de ses sentiments lui fit presque mal en cet instant. Pour être honnête, c'était d'abord pour sa force de caractère et son courage qu'il était tombé amoureux d'Aline. Elle ne changerait pas d'avis, sauf à devenir une autre femme, et cela, il ne le voulait pas. Et puis, entourée de ses hommes, elle serait relativement à l'abri, même s'il aurait mille fois préféré veiller sur elle lui-même.

— Très bien, madame. Puisque vous insistez, qu'il en soit ainsi.

Hugh posa un regard déterminé sur le pont qui menait à Tegge's Eyot. Il était assez large pour que quatre hommes s'y tiennent côte à côte ; quant à sa longueur, elle devait correspondre à dix chariots. Sous les arches, la rivière impétueuse coulait à gros bouillons. En l'absence de parapet, les risques de chute n'étaient pas à exclure et, dans cette eau sauvage, la mort était quasiment inévitable.

Le souvenir d'Aline se jetant dans la rivière lui revint soudain à la mémoire. La jeune femme avait combattu avec vaillance la violence des flots. Comme il avait eu peur de ne pas arriver à temps pour la sauver ! Revivant la panique qui l'avait envahi alors, il se rapprocha d'Aline et saisit sa main avec force.

Comme si elle avait lu dans ses pensées, elle soupira d'un air exaspéré.

— Je ne vais pas sauter, Hugh ! Et je ne vais pas tomber non plus, cesse de t'inquiéter. Quand comprendras-tu enfin que je n'ai nul besoin d'être traitée comme une enfant ou une faible femme, tout juste bonne à faire de la tapisserie ? Après tout ce que nous avons traversé, cesse de douter de moi !

— Je n'ai jamais douté de toi, répondit-il avec une surprise réelle. Je veux seulement que tu te mettes à l'abri.

Ses grands yeux gris s'élargirent sous l'effet d'une brusque colère. Aussitôt, le tutoiement intime laissa la place au vouvoiement guindé qu'elle lui réservait quand elle était mécontente.

— Je n'oublie pas que vous avez gardé vos intentions secrètes et je ne vous le pardonne pas. Cependant, je serai à vos côtés pour combattre Stephen. Et je n'ai pas changé d'avis sur la suite : une fois la bataille achevée, je partirai et nous ne nous reverrons jamais.

Hugh garda le silence. Il n'y avait rien à répondre à cette condamnation sans appel.

Tandis qu'ils discutaient, les soldats de Leavingham

avaient fait une percée sur le pont et les portes de la forteresse s'ouvrirent devant eux sans qu'aucun combat n'ait été engagé. Les hommes de Roxholm qui avaient ouvert saluèrent Aline et Hugh avec enthousiasme lorsque ceux-ci pénétrèrent dans la cour du château.

— Informez tout le monde de ma présence, lança Hugh à trois soldats qu'il connaissait bien. Réunissez les hommes qui soutiennent ma cause.

Hugh sentit l'excitation de la bataille croître en lui. L'heure était enfin arrivée. Il vit avec satisfaction que les trois gardes partaient comme des flèches en criant son message. Il jeta un regard circonspect autour de lui, à la recherche du moindre péril. La cour était déserte, bien que le sol soit jonché de débris : des ustensiles de cuisine, des foyers éteints… autant de signes que les hommes de Roxholm y avaient élu domicile à leur arrivée.

— Où est ce cercle de pierre dont le vieux soldat m'a parlé ? demanda-t-il à haute voix.

— Venez, je vais vous montrer, répondit Aline.

Comme prisonnière d'un rêve éveillé, elle traversa la cour et passa sous une arche qui longeait la forteresse. Accroché à ses pas, Hugh la suivit, l'épée tirée.

Après quelques mètres, ils se retrouvèrent devant une autre arche imposante, gardée par quatre sentinelles lourdement armées. Elle marquait l'entrée de larges arènes de pierre.

— Laissez-nous passer ou vous devrez m'abattre, annonça tranquillement Hugh aux soldats qui pointaient vers eux leurs hallebardes.

Les hommes échangèrent quelques regards, puis abaissèrent leurs armes. Aline derrière lui, Hugh pénétra dans un espace herbeux, ouvert aux quatre vents. Douze sièges de pierre étaient disposés en fer à cheval face à un trône de granit immense. Sur ce trône, une silhouette se découpait, une épée à la main. Aline s'immobilisa. Inquiet pour elle,

Hugh la surveilla du coin de l'œil. Mis à part deux taches rouges sur sa peau blême, elle semblait résister à la peur que Stephen éveillait en elle.

Hugh s'arrêta près d'elle et lui serra tendrement la main. Il eut mal en voyant la peur primitive qui lui écarquillait les yeux.

— Je suis là, ma douce, vous êtes en sécurité, je vous le promets. Vous n'avez plus rien à craindre. Attendez ici.

Le dos droit, étrangement libéré de toute émotion, Hugh avança en direction de la silhouette.

En entendant le bruit de ses pas, l'homme leva le regard et le vit. Alors son visage se transforma en un masque de haine. Parfaitement calme, Hugh lui rendit un regard neutre.

— Bonjour, Stephen.

Chapitre 26

Stephen bondit sur ses pieds, l'épée dressée. Il afficha un sourire plein de dérision, mais Hugh vit avec une satisfaction intense que ses mains tremblaient. Il eut à peine le temps de lever son épée pour contrer le premier coup que Stephen lui destinait. Le bruit du métal heurté fit courir un frisson d'anticipation dans ses veines. Avec une puissance nourrie par le feu de la vengeance, il contra l'attaque suivante, et l'épée de Stephen rebondit sur le trône de marbre, avant d'aller s'échouer au pied d'un des sièges dans un fracas de ferraille.

Chacun de ses muscles lui hurlait de terrasser Stephen dans l'instant, et il affermit sa prise sur le pommeau de son épée. La rage enflammait son sang à présent, il importait d'en finir au plus vite, d'achever l'homme recroquevillé à ses pieds, celui qui leur avait fait tant de mal, à lui et à Aline… A cet instant, la voix de la jeune femme retentit dans son dos.

— Non ! Hugh, pas comme ça ! Tu ne veux pas réellement que ça finisse de la sorte.

Comme dégrisé, Hugh baissa son arme, et Aline le rejoignit.

— Vous ! hurla Stephen d'une voix perçante. C'est impossible, vous ne pouvez pas être là. Comment… comment avez-vous survécu ?

Il se tourna vers Hugh tandis que son sourire cruel revenait sur ses lèvres.

— Ainsi, c'est toi que je dois remercier, mon cher cousin, pour m'avoir ramené ma douce épouse ?

Aline recula. L'horreur marquait son visage. Aussitôt, Hugh tendit le bras pour attirer la jeune femme près de lui. Les paroles de Stephen n'éveillaient nulle peur en lui, elles ne faisaient que décupler sa rage. La seule pensée qu'Aline avait un jour souffert en croyant de tels mensonges lui fit lever son épée de nouveau.

— Aline ne sera jamais tienne, cracha-t-il. Elle n'appartient à personne d'autre qu'à elle-même. Et je suis venu pour toi, cher cousin.

Tassé sur lui-même, Stephen ne put qu'émettre un gémissement, les bras levés pour se protéger.

— J'ai survécu à la rivière, ainsi qu'à tout ce que vous m'aviez fait subir avant cela, déclara Aline d'un ton de mépris royal. Et j'y suis parvenue grâce à l'aide d'un homme bon et généreux. Bien meilleur que vous ne pourriez jamais rêver de l'être.

Hugh sentit son cœur se gonfler d'émotion à ces mots. Stephen, une fois la stupéfaction passée, se releva et se mit à hurler à l'adresse des gardes qui regardaient la scène sans bouger :

— Que quelqu'un les tue ! Tous les deux !

— Assis, cracha Hugh avec mépris.

Comme sur commande, les genoux de Stephen flageolèrent et il tomba sans force sur le trône. Il n'osa plus prononcer une parole.

La répulsion de Hugh était si forte qu'il lui semblait avoir un goût amer dans la bouche. Abaissant son épée sans pour autant la ranger, il regarda derrière lui. Rapidement, l'arène se remplissait. Des hommes des deux camps se rassemblaient en groupes épars en échangeant des regards peu amènes. Hugh pria pour que cela change bientôt.

Enfin satisfait par la foule de témoins assemblée, Hugh se tourna vers Stephen, qui restait effondré sur le trône, la mine lugubre.

— Stephen, fils de Rufus, vous êtes responsable de la mort du Haut Seigneur des Cinq Provinces, de l'enlèvement de lady Aline de Leavingham ici présente, aujourd'hui Haute Dame des Cinq Provinces, et de la ruine de notre province, sans compter vos autres méfaits, qui sont bien trop nombreux pour être énumérés.

Tandis qu'il parlait en s'adressant aussi bien à son cousin qu'aux soldats présents, Hugh reconnaissait des visages parmi la foule : des hommes qu'il avait entraînés, des amis avec lesquels il avait partagé du vin, des seigneurs qu'il côtoyait de longue date.

— Etant donné ses actions, cet homme ne mérite plus de gouverner ! reprit-il d'une voix forte. Alors, que ceux qui acceptent de me soutenir pour le titre de duc de Roxholm abaissent leurs armes. Je ne veux plus de sang versé, conclut-il en s'arrêtant sur chaque visage.

Lorsque l'onde de choc qui avait accompagné ses mots se dissipa, une immense clameur s'éleva dans l'arène, à peine tempérée par quelques cris de protestation vite étouffés. Il y eut un brouhaha de métal heurté lorsque les armes furent jetées au sol. Puis de nombreux hommes se mirent d'eux-mêmes à genoux, emplissant Hugh d'une immense fierté et du besoin viscéral de protéger ceux qui se plaçaient ainsi à son service.

— Plus de sang ? cracha Stephen d'un ton plein de mépris. Tu t'es bien adouci, cousin ! A la vérité, ta loyauté envers Roxholm et son duc est devenue un souvenir depuis que tu as posé les yeux sur lady Aline, admets-le ! Tout cela n'a rien à voir avec mes prétendues mauvaises actions : tu convoites la promise de ton propre cousin, de ton seigneur !

— Ma loyauté n'est pas morte assez tôt, rétorqua brutalement Hugh sans se laisser troubler.

Soudain, il sentit la main d'Aline se glisser dans la sienne et ils échangèrent un rapide regard. Ils étaient unis contre un ennemi commun, même si cela ne durerait pas.

— J'aurais dû te tuer quand j'en ai eu l'occasion et la prendre aussitôt, avant même que ton sang ait cessé de couler. Et c'est ce que je vais faire, d'ailleurs. Le peuple ne t'acceptera jamais comme leur duc, éructa Stephen, les yeux fous. Je suis le souverain légitime.

— Vraiment ? Regarde autour de toi ! Pourquoi ne m'ont-ils pas encore réduit en pièces, si tu dis vrai ? Toutefois, tu marques un point, cousin. Je ne permettrai à personne de dire que j'ai pris le trône illégitimement. Ma cause est juste. C'est pourquoi je compte gagner le titre de duc par des moyens honnêtes. Stephen, je te défie en duel judiciaire. Le vainqueur deviendra le légitime duc de Roxholm.

— En vertu de quelle autorité ? hurla Stephen.

— En vertu de l'autorité de votre Haute Dame ! déclara Aline d'une voix assez claire pour être entendue de tous.

La tête haute, elle marcha jusqu'au trône, ôta son gant et en gifla Stephen avec force. Le duc se recula avec un cri de stupéfaction ridicule, la main pressée sur sa joue.

— S'il ne tenait qu'à moi, je vous ferais exécuter comme la racaille que vous êtes. Mais sir Hugh a trop d'honneur. Alors, sans le soutien de votre armée, avez-vous le courage de vous battre ou bien n'êtes-vous que l'ignoble lâche que je crois ?

Dressée au-dessus de Stephen comme une pythie vengeresse, les yeux étincelants, Aline était magnifique. Son expression victorieuse émut Hugh jusqu'au fond de l'âme. Comme il avait eu tort de vouloir l'empêcher de venir ! Sans elle à ses côtés, jamais son défi n'aurait eu un tel poids. Une ombre de regret assombrit son cœur : il avait été tellement préoccupé par sa seule protection qu'il avait sacrifié leur complicité, leur merveilleuse entente ! S'il sortait vainqueur, il lui en demanderait pardon.

— Ainsi, votre ravisseur devient votre champion ? Charmant, siffla Stephen, toujours blême. Je ne te croyais pas si fleur bleue, Hugh, reprit-il à voix basse pour n'être entendus que d'eux. Tu fais tout cela pour qu'elle partage ton lit, c'est cela ?

Le regard mauvais, il lorgna vers Aline. Hugh sentit son sang ne faire qu'un tour. Il pourrait faire taire cet imbécile en lui révélant la vérité, en lui disant qu'Aline et lui s'étaient déjà aimés. Cela le rendrait fou de rage... Seulement, ces instants d'amour partagés n'appartenaient qu'à eux. Leur souvenir emplit aussitôt son cœur d'une sérénité nouvelle.

— Que proposes-tu ? demanda Stephen en voyant que sa provocation ne prenait pas.

— De régler tout cela comme l'auraient fait nos ancêtres. Nous combattrons pour la succession. Un combat à mort.

Hugh n'aurait pas manqué un tel spectacle pour un empire : le visage de Stephen se décomposa, il passa de l'incompréhension à l'incrédulité, à la colère et, enfin, à la peur. Les yeux révulsés de terreur, il ouvrit la bouche sans pouvoir prononcer un mot.

Hugh se baissa dans une révérence moqueuse et souffla à son cousin :

— Ta mort sera nette et rapide, tu as ma promesse.

A ces mots, Stephen croisa les bras et déclara d'une voix empreinte de méchanceté :

— Je relève le défi. Je t'ai déjà vaincu par le passé, je peux recommencer. Rendez-vous dans une heure, dès que le soleil aura passé la rivière.

Hugh s'inclina avec un sourire. Si son cousin l'avait

déjà vaincu, c'est qu'il l'avait laissé faire pour échapper à ses caprices.

Lorsque le protocole précis du combat eut été défini, les seigneurs des deux provinces se réunirent pour organiser l'aménagement des lieux.

Un peu à part, Aline contemplait toute cette agitation en silence. Stephen, quant à lui, ne la quittait pas des yeux. Inquiet pour elle, Hugh voulut s'approcher pour la prendre dans ses bras, mais elle se détourna dès qu'elle l'aperçut. Le message était clair : elle n'avait pas l'intention d'oublier le vœu qu'elle avait fait de ne plus l'approcher.

Alors, il se dirigea vers le seigneur qui avait remis en cause son discours avant qu'il passe le pont. Il ne l'appréciait guère, mais le tenait pour un homme d'honneur.

— Lord Combell, je veux votre parole que, quoi qu'il advienne aujourd'hui, il ne sera fait aucun mal à lady Aline et que, désormais, le conseil contrôlera avec rigueur et fermeté le gouvernement de Stephen, si celui-ci venait à triompher.

L'homme fit claquer le poing sur sa poitrine et s'inclina.

— Je jure que Roxholm ne tentera rien contre lady Aline.

Hugh se sentit légèrement rassuré. Quand il se détourna, il vit Aline, qui s'était rapprochée et les avait visiblement écoutés. Il lui adressa un sourire rassurant.

— Vous serez en sécurité, lady Aline. Quelle que soit l'issue du combat, je peux me battre avec sérénité désormais.

Comme il parlait, les yeux de la jeune femme se remplirent de larmes et elle baissa la tête. Pour ne pas l'embarrasser devant l'assemblée, il détourna le regard.

— Suivez-moi, sir Hugh, il est l'heure, pria un soldat qui venait d'arriver.

— Où l'emmenez-vous ? s'écria aussitôt la voix crispée d'Aline.

— Cela fait partie de la tradition avant un duel, Aline. Une heure d'isolement permet aux combattants de se préparer et évite les tentatives de fuite avant le duel, expliqua Hugh d'un ton calme.

— Parce que certains s'enfuient ? s'étonna-t-elle, la voix pleine d'espoir.

— Certains, oui. Ceux qui ne peuvent affronter l'idée de la mort.

Aline posa une main sur son bras et leva les yeux vers lui. Sur ses gardes, Hugh se raidit. Allait-elle le prier de ne pas se battre ? Seigneur, il ne se sentait pas capable de recommencer la même dispute…

Au lieu des reproches qu'il avait craints, elle lui adressa un doux sourire et, dans ses yeux gris, il lut une immense fierté, et aussi quelque chose d'autre, de plus puissant, de plus fort, une émotion qu'il n'espérait plus revoir.

— Pas toi, dit-elle simplement.

L'intensité de son regard lui fit mal. L'espace d'un instant, il envisagea la possibilité de repartir maintenant pour rester auprès d'elle pour toujours, même sans titre, sans terres et sans autre espoir que de la soutenir au mieux. Laisser un autre combattre Stephen… Cela ne dura qu'une seconde, bien sûr. Il était allé trop loin pour faire demi-tour et, de toute façon, son destin et son honneur se jouaient dans ce duel, il n'aurait laissé sa place à personne d'autre.

— Après tous les événements qui m'ont amené ici ? Jamais je ne pourrais fuir, affirma-t-il avec gravité.

Et sur un dernier regard qui disait tout son amour, il emboîta le pas au soldat.

L'heure qui suivit fut la plus longue de sa vie. La pièce dans laquelle il se trouvait était inconfortable et glacée. Par le passé, Tegge's Eyot avait hébergé une garnison permanente, mais de longues années de paix avaient rendu inutile un tel séjour. A présent, le château était à peine meublé, et seulement agrémenté de quelques tapisseries moisies. Hugh se laissa retomber sur le matelas plein de bosses et fixa le plafond.

A présent qu'il affrontait ce qui serait peut-être sa dernière heure, il se sentait étrangement calme, à moins que l'épuisement de ces derniers jours n'engourdisse tous ses sens. S'il mourait aujourd'hui, il mourrait seul, sans bras réconfortants pour le soutenir dans son dernier souffle. Néanmoins, Aline serait à l'abri, et c'était tout ce qui comptait. Il avait au moins réussi cette mission-là. Il ferma les yeux et invoqua son visage. Hélas, il ne parvint pas à fixer l'image, qui s'évaporait aussitôt en une nuée indistincte.

Un coup à la porte le tira brutalement de sa rêverie. L'heure était-elle enfin arrivée ? Il se leva pour voir qui était là.

Hugh était à mi-chemin de la porte lorsque Aline entra. A sa vue, elle sentit son corps se tendre de désir. Elle vit une lueur d'heureuse surprise éclairer son visage, puis son expression se fit dure et elle hésita.

— L'isolement avant le duel est supposé se faire en solitaire, Aline. Bien que je ne sois guère surpris que tu n'aies tenu aucun compte des conventions.

Vaguement honteuse, elle baissa le regard.

— Je ne pouvais supporter l'idée de te savoir seul entre ces murs. Je suis simplement venue te tenir compagnie, mais si tu préfères que je parte…

— Reste ! l'interrompit-il. Il n'y a personne d'autre que je souhaiterais avoir à mes côtés en ces instants. Je sais que nous devons nous séparer bientôt, mais je ne veux pas que nous nous quittions ennemis.

Aline sentit ses lèvres trembler. Elle aurait tant voulu se blottir dans ses bras, le supplier d'oublier ce duel dangereux, mais elle savait que ce serait inutile. Il était bien trop tard pour autre chose que les prières.

— Tu n'es pas mon ennemi, murmura-t-elle. Ne crois jamais cela.

L'expression de Hugh s'adoucit à ces mots. Il la tint à bout de bras, comme pour la contempler à loisir, et elle s'efforça de respirer profondément, car son calme n'était qu'une façade : à l'intérieur, elle tremblait de peur.

— Je n'ai nul besoin de réconfort, assura-t-elle, comme pour elle-même.

— Peut-être, dit Hugh. Mais moi, si.

Il l'attira dans ses bras avant qu'elle ait pu protester. A son contact, tout son corps s'enflamma d'un besoin primitif. Elle posa ses mains tremblantes sur la largeur rassurante de son dos mais, au lieu de la peau douce et chaude qu'elle s'attendait à trouver, ses doigts rencontrèrent le froid de la cotte de mailles. Cette sensation fit naître en elle des images terrifiantes de la mort de son aimé sous l'épée de Stephen. Choquée, elle vacilla et retint à grand-peine le cri d'horreur qui montait de sa poitrine. Non, elle ne devait pas se laisser envahir par l'angoisse. Elle devait profiter de ses derniers instants avec l'homme qu'elle aimait.

Le visage de Hugh était solennel lorsqu'il lui adressa un sourire plein de tristesse.

— Difficile d'imaginer que, ce matin même, je me réveillais dans tes bras, souffla-t-il avec émotion.

Ils s'étreignirent avec force. Et lorsque les larmes menacèrent de la submerger, Aline le serra plus fort encore contre elle. Elle inspira profondément dans son cou, se délectant de son odeur tant aimée. Elle se souvint de la première fois où elle avait respiré ce mélange délicieux de senteur mâle, de grand air et de musc.

Le cœur serré, elle chercha ses lèvres et sentit l'amour la submerger lorsqu'il lui rendit son baiser avec passion. Il lui prit le visage entre ses larges mains et elle eut l'impression de fondre de délices. Alors qu'elle cherchait frénétiquement le contact de sa peau chaude, sous le métal de sa cotte, un coup à la porte refroidit soudain leur ardeur. Une voix annonça que l'heure était écoulée, et Aline sentit son cœur se glacer.

Hugh lui prit les mains et parla d'une voix rauque et grave qui lui déchira le cœur.

— Aline, promets-moi que, quoi qu'il arrive, tu resteras à l'abri. Fais ce que Godfrey te demandera. J'ai pris mes précautions pour te protéger, mais, si jamais tu es en danger, je t'en supplie, fuis.

Il approcha son visage du sien et lui murmura à l'oreille :

— Si le destin veut que je vive, je reviendrai vers toi, je te le jure. Sinon…

— Non, je t'en prie, tais-toi ! Je ne veux pas l'entendre, l'interrompit-elle, affolée.

— Sinon, insista-t-il, je veux que tu te rappelles toujours que je t'aime, plus que je ne l'aurais jamais cru possible.

Des larmes de douleur et d'amour coulaient à présent sur ses joues, mais elle s'en moquait.

— Nous avons eu si peu de temps…, articula-t-elle d'une voix brisée.

— Le temps que nous avons partagé a surpassé en bonheur tout ce que j'avais vécu auparavant, mon amour. Et je ne l'échangerais pas pour cent ans de vie sans toi.

Il l'embrassa tendrement et elle ne put retenir de nouveaux sanglots. Submergée par l'émotion, elle ferma les yeux et Hugh déposa un baiser délicat sur chacune de ses paupières.

— Stephen attend…

— Hugh, tu n'as pas à faire cela, murmura-t-elle d'une voix mourante.

— Si, je le dois, répondit-il avec un pâle sourire.

Ils échangèrent un dernier regard et, main dans la main, sortirent de la pièce.

Le soleil avait dépassé la rivière et de hautes ombres assombrissaient le décor d'une nuance uniforme de gris. Lorsque les sentinelles escortèrent Hugh et Aline jusqu'au lieu de l'affrontement, Godfrey les rejoignit. Il plissa les yeux en avisant les yeux rougis d'Aline et lança un regard accusateur à Hugh, qui le lui rendit avec assurance.

— Puisque c'est le duc Stephen qui a été défié, il a eu le choix des armes. Il s'est décidé pour l'épée courte, annonça Godfrey.

Hugh se mordit pensivement la lèvre, conscient qu'Aline le regardait avec angoisse. Il préférait d'ordinaire les épées à double tranchant mais, avec son bras affaibli, le choix d'une lame à une main serait peut-être son unique chance de survie.

— Madame, bien que j'aie abandonné la prétention de vous conseiller, je vous supplie de quitter l'île, souffla-t-il à Aline.

— Vous ne me voulez pas à vos côtés ! s'indigna-t-elle avec un sentiment de profonde trahison.

Il lui caressa la joue d'une main légère.

— Je n'offense nullement votre courage, seulement je ne veux pas que vous me voyiez mourir, si cela devait arriver. Je ne veux pas que ce soit là le souvenir que vous garderez de moi !

Il s'attendait à l'entendre protester, mais elle se contenta de baisser le front en signe d'acquiescement.

— Je vous remercie, murmura-t-il d'une voix émue.

Il porta la main fine à ses lèvres, qui s'y posèrent un peu plus longtemps que la décence ne l'autorisait. Après quoi, il prit Godfrey à part.

— Je veux votre parole que, si je venais à mourir, vous mettrez Aline en lieu sûr.

— Vous feriez mieux de trouver le moyen de survivre. Je peux certes promettre de l'empêcher de se mettre en danger, seulement je n'ai pas le pouvoir de réparer un cœur brisé…

Bouleversé, Hugh regarda le jeune chevalier retourner auprès d'Aline et lui placer un bras protecteur autour des épaules. Il suivit des yeux la mince silhouette qui s'éloignait, peut-être pour la dernière fois.

Il marcha seul jusqu'à l'arène, où les quelques nobles encore loyaux à Stephen entouraient le duc. Avec un salut à la foule, les deux duellistes s'avancèrent au centre de l'arène. Deux épées à lame courte étaient plantées en terre, à quelques pas l'une de l'autre.

Bientôt, l'excitation de l'assistance ne connut plus de bornes et les acclamations s'intensifièrent. Quand les trompettes sonnèrent, les deux hommes se jetèrent sur leur arme.

Hugh avait à l'esprit une unique pensée : il devait vaincre.

Chapitre 27

A peine eut-elle traversé le pont qu'Aline regretta d'avoir suivi Godfrey. Elle courait déjà pour revenir sur ses pas lorsqu'une soudaine musique de fanfare s'éleva, pour s'interrompre aussi brusquement qu'elle avait commencé. Puis le vent porta une immense clameur et, tout de suite après, un bruit de métal entrechoqué.

Godfrey la rattrapa à cet instant et lui enjoignit d'aller s'asseoir. Incapable d'apaiser son cœur affolé, elle ne lui obéit pas et resta debout à faire les cent pas.

Seigneur, pourquoi avait-elle accepté de ne pas rester ? Depuis qu'elle avait quitté Hugh, chaque minute avait été une torture. Son imagination lui présentait des images cauchemardesques, son esprit enfiévré le voyait mourir au moins une fois par minute, et elle se mordait violemment la lèvre pour ne pas hurler sa frayeur.

Le vent tourna soudain, et elle n'entendit plus rien du combat. Comment le temps pouvait-il passer aussi lentement ? Ses mains tremblaient en imaginant Hugh étendu à terre, blessé, mort peut-être. Jamais elle n'aurait dû l'abandonner.

— Viens avec moi, lança-t-elle avec brusquerie.

— Où donc ? demanda Godfrey.

Aline leva les yeux au ciel, exaspérée.

— Nous retournons sur l'île, évidemment ! Je dois y être.

Et sans se préoccuper de savoir s'il la suivait, elle s'élança en courant vers le pont. Parvenue sur l'île, elle dut passer à travers la foule des hommes, assemblés sans se soucier de leur rang pour assister au combat.

Elle jouait des coudes pour dépasser ceux qui lui cachaient la vue lorsqu'une main lui saisit brusquement le bras.

— Aline, tu ne dois pas regarder un tel spectacle ! s'exclama Godfrey d'une voix pressante.

Elle tenta de se débarrasser de son emprise. En vain.

— Attends, écoute-moi ! insista-t-il. Tu lui as donné ta parole. Sir Hugh n'a pas besoin de distraction pour l'heure. S'il te voit parmi la foule, il perdra sa concentration. Et s'il perd, alors…

— Il ne perdra pas ! s'exclama-t-elle.

Malgré la douleur que les mots de Godfrey avaient éveillée en elle, elle comprit qu'il avait raison. Si Hugh perdait parce qu'elle était venue, elle ne se le pardonnerait jamais.

— Donne-moi ton manteau, s'il te plaît. Je veux assister au combat, mais tu as raison, il ne doit pas me voir.

Godfrey ne répondit pas tout de suite et elle eut peur qu'il refuse. Enfin, il poussa un soupir et défit l'attache de son manteau.

— C'est un brave, Aline, dit-il en le lui passant. Peut-être même qu'il te mérite. Presque…, ajouta-t-il avec un sourire.

Emue, Aline jeta le manteau sur ses épaules en remontant la capuche sur son visage. Avec l'aide de Godfrey, elle s'approcha du premier rang. Bien sûr, elle avait assisté à des combats auparavant, mais seulement dans le cadre de spectacles ou de compétitions. Jamais elle n'avait vu de duel entre deux hommes qui se battaient à mort avec toute la violence de la haine.

Cette vision affola son cœur. Comme Stephen, Hugh saignait là où la lame avait entaillé les chairs, aux bras et aux jambes. Les armes s'entrechoquaient encore et encore, le bruit métallique surpassant même les clameurs de la foule et la faisant grincer des dents. Cela devait faire dix minutes qu'ils s'affrontaient. Jamais ils ne pourraient tenir longtemps ce rythme effréné…

Malgré sa terreur, Aline se força à ne pas détourner les yeux, comme si elle pouvait par son regard transmettre à Hugh la force de son amour.

Soudain, les deux hommes se retrouvèrent face à face, leurs lames verrouillées entre eux. En dépit de la boue qui les faisait glisser, ils se tenaient bien campés, les mâchoires serrées par l'effort. Alors, Stephen envoya un violent coup de pied dans la cheville de Hugh qui poussa un cri de douleur. Aline sentit ses jambes sur le point de se dérober sous elle et, sans la cohue qui la maintenait debout, elle serait tombée.

Très vite, Hugh lança son poing dans la mâchoire de Stephen, qui recula aussitôt. Le poing n'atteignit qu'à moitié sa cible, et Hugh, déséquilibré, chuta lourdement au sol.

Oubliant tout de son vœu de discrétion, Aline hurla son nom.

Hugh atterrit brutalement sur son bras droit et la cotte de mailles entailla ses chairs. Son épée lui échappa alors et glissa hors de sa portée. Il voulut s'élancer pour la rattraper, mais elle était trop loin.

Par-dessus les hurlements et les huées de la foule, il entendit son nom, crié par une voix de femme vibrante de désespoir qui lui glaça les os.

Aline !

Incrédule, il tourna la tête à sa recherche. C'est alors qu'il la vit — l'éclat doré d'une mèche sous une capuche sombre. Il eut le temps de lire l'angoisse et le tourment sur son visage. L'espace d'une seconde, leurs yeux se rencontrèrent et Hugh sentit une paix immense descendre sur lui. Jusque-là, il avait ressenti la douleur de chaque coup, répondu par d'autres coups : seul le combat avait importé. Désormais, il savait *pourquoi* il se battait. Sa raison de vivre, de vaincre, était là, à quelques pas de lui.

— Ainsi, elle est là, croassa Stephen en venant vers lui, l'épée haute. Que pense-t-elle de son champion couvert de boue et sur le point de mourir ? Quelle ironie qu'après toutes ces années ce soit encore une femme qui te mène à ta perte ! Penses-y dans tes dernières secondes, cousin !

— Elle est ma force ! Pas ma faiblesse, hurla Hugh.

Déjà remis sur pied, il fonça sur Stephen et l'envoya rouler au sol avant que ce dernier ait eu le temps d'abattre son arme. Stephen se retourna aussitôt sur le dos, pointant sa lame entre eux, le visage tordu par l'effort qu'il faisait pour se relever.

Les dents serrées, Hugh lui attrapa le poignet pour détourner la lame. L'épée se balança au-dessus d'eux tandis qu'ils se livraient à un terrible bras de fer. Hugh sentit son coude se déplacer et former un angle anormal. Les tendons risquaient de rompre à tout instant, mais lâcher l'arme signifiait la mort.

Il tint bon et la pointe de la lame vint entailler le cou de Stephen. Le sang coula aussitôt et Stephen sembla choqué. Il desserra légèrement sa poigne, ce qui lui fut fatal. Sans que jamais le visage d'Aline ne quitte son esprit, Hugh planta la lame dans le corps de l'homme qui lui avait tout pris.

Stephen s'effondra en avant, l'incrédulité marquée sur ses traits. Hugh le rattrapa et le tint dans ses bras tandis que l'épée vengeresse tombait au sol. Lui-même s'effondra alors à genoux, et ses dernières forces l'abandonnèrent. Tandis que le corps agonisant du duc touchait le sol, Hugh roula à son côté.

Il entendit la rumeur de la foule comme si elle venait

de très loin. Il avait les membres engourdis et froids et la douleur causée par ses blessures était atroce.

Un flot de soulagement le submergea lorsqu'il comprit qu'enfin Aline était sauve. Il pouvait s'accorder un peu de repos. Oui, il allait se laisser aller au sommeil…

Le monde d'Aline vola en éclats. Elle ne parvenait pas à croire ce qu'elle voyait : les deux corps immobiles sur le sol boueux. C'était impossible, elle avait bien vu la lame s'enfoncer dans le corps de Stephen, alors pourquoi Hugh restait-il allongé, inerte ? Sûre que son cœur allait éclater, elle attendit qu'il se relève, qu'il crie victoire…

En vain ! Peu à peu, sa confusion se transforma en effroi. Elle parvenait à peine à respirer sous le poids qui comprimait sa poitrine. Un cri monta de son cœur, mais tout ce qui franchit ses lèvres fut un long gémissement plaintif. Elle était trop engourdie par la douleur pour pleurer.

— Ce n'est pas possible, il ne peut pas être mort ! souffla-t-elle d'une voix étranglée.

Elle regarda Godfrey, dans l'espoir de l'entendre la rassurer. Hélas, son visage sombre disait qu'il n'y avait plus rien à faire. Elle tourna de nouveau la tête et ses yeux revinrent se poser sur le grand corps immobile. Sans savoir comment, elle marcha vers le centre de l'arène. Elle devait le toucher, le sentir, elle le devait.

— Aline ! Non !

La voix de Godfrey lui parvint de très loin tandis qu'elle fendait la foule. Le lourd manteau entravait sa marche et elle s'en débarrassa d'un mouvement d'épaules. Elle entendit des exclamations de surprise lorsque les hommes la reconnurent. Comme si une main invisible l'avait écartée, la foule lui livra passage. D'un regard absent, elle vit que certains tombaient à genoux sur son passage, d'autres criaient son nom, mais elle resta indifférente à tout cela. Quelques seigneurs s'étaient déjà rassemblés autour des corps des combattants, gênant son passage.

— Ecartez-vous tous ! ordonna-t-elle.

Les visages autour d'elle la fixèrent d'abord avec surprise, puis avec compassion en percevant le chagrin dans sa voix.

— Laissez-moi passer ! répéta-t-elle.

Ils s'écartèrent. Un vieux chevalier grisonnant vint lui proposer son bras, prononçant des mots qu'elle ne comprit pas. Elle passa devant lui sans songer à lui répondre.

Les deux adversaires ressemblaient à des jouets cassés, jetés là par un enfant peu soigneux. Stephen reposait sur le dos, ses yeux ouverts fixés sur le ciel assombri. Son ennemi était mort et elle s'en moquait.

Hugh reposait juste à côté. Du sang coulait de ses blessures, détrempant le sol boueux. Elle ne pouvait encore voir son visage, tourné et masqué par ses cheveux.

Elle avança encore de son pas chancelant, puis elle s'arrêta. Se voûtant sous le poids d'un désespoir trop lourd, elle s'entoura le corps des bras, comme pour contenir la souffrance intérieure qui menaçait de l'emporter. Elle trébucha en avant et tomba à genoux à côté de Hugh. Secouée de tremblements convulsifs, elle s'empara de la main de son aimé, inerte et cependant toujours chaude.

— Votre Grâce, le duc est mort, vous n'avez plus rien à craindre désormais.

Un instant, les mots tournoyèrent dans son esprit sans qu'elle en saisisse le sens. Puis, quand elle comprit, une immense colère se leva en elle, contre la destinée qui lui avait arraché l'homme qu'elle aimait.

— Mort ? Que m'importe ? Le prix était trop élevé ! cria-t-elle sans savoir à qui.

Elle avait envie de hurler sa rage et son malheur à la face du ciel, mais ne trouvait pas les mots susceptibles de soulager la peine qui menaçait de l'étouffer. Un sanglot enflait dans sa gorge et était sur le point d'exploser en elle lorsqu'un imperceptible mouvement au creux de sa main la pétrifia.

Oui, la main qu'elle tenait dans la sienne avait exercé une très légère pression. Le mouvement recommença.

Interdite, Aline se jeta contre Hugh. Incapable d'en croire ses yeux, elle vit que sa poitrine se soulevait doucement. Il bougea la tête et poussa un soupir. Aline émit un cri, à mi-chemin entre le sanglot et l'éclat de rire et vint nicher le visage dans son cou. Alors seulement, ses larmes commencèrent à couler.

Hugh grogna. Consciente qu'elle pesait sur lui et craignant d'aggraver ses blessures, elle s'écarta. Il leva alors des bras sans force pour les passer autour d'elle tandis qu'elle demeurait secouée de sanglots.

— Je t'avais dit de me laisser, maugréa-t-il. Quand vas-tu enfin faire ce que je te demande ?

— Je… je ne pouvais pas rester loin de toi, balbutia-t-elle entre deux sanglots. Je t'ai vu tomber… J'ai pensé que tu étais… que tu étais…

Ses sanglots reprirent de plus belle, mais elle souriait à travers ses larmes.

— Cela veut-il dire que tu acceptes de me parler ? A moins que tu ne sois venue pour me dire adieu ?

— Te dire adieu ? répéta-t-elle sans comprendre.

Hugh leva les yeux au ciel, puis expliqua :

— Nous ne devions pas nous revoir après ce combat. Alors, comptes-tu partir, maintenant qu'il est terminé ?

Aline trembla. Elle avait complètement oublié les mots durs qu'elle lui avait lancés le matin même.

— Je n'aurais jamais dû dire cela. J'étais en colère et pleine de ressentiment. Je ne le pensais pas. Si…

Sa voix se brisa d'émotion, et elle dut s'interrompre.

— Si tu avais péri, reprit-elle dans un souffle, je ne sais pas comment j'aurais pu survivre. Je ne suis pas assez forte sans toi.

D'une caresse Hugh écarta les mèches qui lui balayaient le visage. Son regard était empli d'amour et de fierté et elle sentit son cœur se dilater de tendresse.

— Bien sûr que si, tu l'es ! Tu es la personne la plus forte que j'aie jamais rencontrée ! Tu as traversé toutes ces épreuves avec courage et dignité. C'est ma faute... J'étais tellement obsédé par l'idée de te préserver du danger que j'en ai oublié ta force. Tu feras une merveilleuse Haute Dame. Je te souhaite une belle vie, Aline...

— Je ne pourrai jamais être heureuse sans toi ! s'écria-t-elle.

Elle recula légèrement pour lui faire face.

— Tu es le seul homme que j'aie jamais aimé, Hugh. Le seul que je voudrai jamais. Si la décision m'appartenait, je ne te laisserais plus partir.

Interdite, elle vit les lèvres de Hugh s'étirer en un large sourire, éclairant son beau visage d'une joie profonde.

— Tu es Haute Dame et je te connais bien, tu as assez de détermination pour obtenir exactement ce que tu veux.

Aline le fixa, puis comprit soudain ce qu'il voulait dire. Elle éclata alors d'un rire joyeux.

Elle se demanda soudain ce que tous les hommes alentour devaient penser de leur Haute Dame, affalée dans la boue, embrassant un guerrier couvert de sang. Peu lui importait, de toute façon, et elle serra de nouveau Hugh dans ses bras.

— Aide-moi à me relever, veux-tu ? demanda-t-il.

Elle l'épaula fermement, mais la cotte de mailles était lourde et elle échoua dans son entreprise. Déjà, d'autres mains s'empressaient de soutenir Hugh. A contrecœur,

Aline dut renoncer à rester tout contre lui, mais avec la ferme intention de le rejoindre au plus vite.

Pour l'heure, deux chevaliers le relevaient et les soldats de Roxholm et de Leavingham affluaient. Mêlés les uns aux autres sans distinction de clan, ils vinrent s'agenouiller devant Hugh et leur Haute Dame. Parmi eux, Aline vit Godfrey lui adresser un clin d'œil. Lorsqu'ils eurent terminé leur démonstration improvisée, Hugh se tourna vers elle.

— Lady Aline, j'ai perdu beaucoup de temps au nom d'une loyauté mal placée et d'un honneur ridicule ! Le reste de ma vie ne suffira pas à racheter les tourments que je vous ai causés. Aussi, je vous donne ma loyauté et ma vie. Toutes deux vous appartiennent.

Malgré ses blessures, il voulut s'agenouiller, et elle dut l'arrêter d'un geste impérieux.

— Non, sir Hugh, je refuse de vous voir à genoux devant moi. Il n'y a rien à pardonner.

Sa voix trahissait à peine l'intensité de son émotion. Elle lui prit les deux mains et le releva. Alors, elle se tourna vers son peuple.

— Cet homme est le duc légitime de Roxholm. Que personne ne remette en cause son titre. Ce sera un duc honorable, bon et courageux, proclama-t-elle.

Les acclamations l'empêchèrent de continuer. Elle adressa à Hugh un sourire ému avant de lever une main pour obtenir le silence.

— Plus encore, j'ai donné à cet homme ma main et mon cœur. Je l'ai choisi comme époux et Haut Seigneur des Cinq Provinces.

Passé la seconde de stupéfaction générale, Aline reçut avec joie les félicitations bruyantes des soldats, les hourras de Godfrey et, surtout, le sourire incrédule de Hugh, qui semblait vissé à son visage. Elle s'approcha de lui, soudain timide.

— S'il accepte de m'épouser, bien sûr, murmura-t-elle sans oser lever le regard vers lui.

Comme il ne répondait pas, elle finit par le regarder et vit briller des larmes de joie dans ses yeux. Apparemment incapable de parler, il prit sa main et la porta à sa bouche, puis, peu soucieux des convenances, il l'attira brusquement dans ses bras pour l'embrasser sous les acclamations de la foule.

Le cœur débordant d'amour, Aline lui rendit son baiser. Enfin, ils pouvaient s'aimer sans crainte.

Épilogue

Les étoiles étaient hautes dans le ciel lorsqu'ils rentrèrent au camp de la forêt. Comme les soldats de Roxholm les accompagnaient, ils agrandirent l'espace pour accueillir toute la troupe. Les soldats allumèrent des feux et une barrique de whisky ajouta encore un peu de bonne humeur à l'euphorie générale. Quelques hommes étaient partis chasser et, bientôt, l'air fut envahi par une alléchante odeur de viande grillée. A mesure que la lune montait dans le ciel, le camp s'animait. Quelqu'un sortit une flûte, un autre fabriqua un tambour de fortune et un chant tribal s'éleva dans les airs.

Aline prit courtoisement congé de la noble compagnie pour s'installer à l'écart près d'un petit feu, le regard perdu dans le spectacle des flammes. Elle attendait avec impatience le retour de Hugh, dont on était en train de soigner les blessures. Il n'y avait plus de raison de se presser cependant, ils avaient toute la vie devant eux.

Il apparut enfin à l'autre extrémité du camp, soutenu par Godfrey, et son visage se fendit d'un large sourire quand il l'aperçut. Le cœur en joie, Aline regarda les deux hommes venir à sa rencontre. Godfrey aida ensuite Hugh à s'asseoir, avant d'adresser un sourire complice à Aline. Puis, sans un mot, il disparut dans la foule des soldats.

— Bonsoir, murmura Aline en prenant la main de Hugh.

Doucement, elle passa le pouce sur le bandage qui ceignait son bras blessé.

— Ton travail de couture était bien meilleur, observa-t-il avec malice. Toute armée qui se respecte devrait avoir une gente dame pour broder les plaies, ne crois-tu pas ?

Sans répondre, Aline étudia ses traits à la lumière du feu. Il semblait pâle et affaibli et, sous sa peau, les bleus apparaissaient déjà.

— J'ai mal au moindre mouvement, grommela-t-il en réponse à sa question muette. J'ai même mal à des endroits où j'ignorais que ce fût possible.

Amusée de l'entendre admettre sa faiblesse, Aline se pressa contre lui et posa les lèvres sur sa joue contusionnée. Elle l'entendit pousser un léger soupir, qui n'était pas de douleur. Alors elle recommença, et il tourna la tête pour rencontrer ses lèvres.

Lorsqu'il mit fin à leur baiser, elle croisa son regard lourd de tristesse, et il prit la parole d'une voix rauque de regret.

— Tu sais que je dois partir dès demain. Je dois retourner à Roxholm. Il y a tant de choses à réparer là-bas…

— Je le sais bien. Mais tu seras bientôt de retour. Et cette nuit, tu es à moi, tu n'iras nulle part. Et puis… nous avons désormais une vie entière devant nous, alors quelle importance si nous sommes séparés quelques semaines de plus ?

— Ne devrions-nous pas construire un nouveau château ? demanda Hugh, sa bonne humeur retrouvée. Quelque part entre nos deux provinces ? Ou alors, nous pourrions passer les étés au bord de la mer et les hivers à Leavingham ?

— J'aime cette idée, chuchota Aline en imaginant avec délectation les années à venir auprès de cet homme qu'elle aimait plus que tout.

Elle se laissa aller contre lui et ils écoutèrent la musique qui s'élevait un peu plus loin, les yeux perdus dans les étoiles.

Quand Hugh se mit à bâiller, elle l'envoya se coucher en plaisantant, sans oser lui demander où il comptait dormir.

Comme elle était encore trop secouée pour se coucher, elle se promena un moment parmi ses hommes, discutant avec eux et écoutant leurs histoires. Seulement, ses yeux revenaient sans cesse vers sa tente et son cœur se gonflait d'espoir. Lorsqu'elle estima avoir accompli son devoir, elle prit congé de la compagnie et se glissa entre les rideaux.

Sans surprise, elle y découvrit Hugh. Il ronflait légèrement, à demi recouvert d'une fourrure. Son beau visage était serein à la lueur des torches.

Elle s'assit pour ôter ses bottes puis ses bas, détacha sa tresse et démêla ses cheveux, heureuse de sentir la tension diminuer à chaque coup de brosse. Les yeux posés sur la silhouette virile étendue sur son lit, elle délaça sa robe qui tomba à terre. Avec un petit sourire d'anticipation, elle fit suivre le même chemin à ses sous-vêtements. Alors elle se glissa, entièrement nue, à côté de Hugh et s'enroula langoureusement dans les fourrures, avant de presser ses jambes contre le corps chaud.

La légère modification qu'elle perçut dans sa respiration lui indiqua qu'il s'était réveillé. Il garda les yeux clos, mais lui saisit la main. Aline sourit tandis qu'une douce chaleur s'emparait d'elle. Hugh se tourna vers elle pour passer un bras autour d'elle et elle vint aussitôt se blottir contre lui, frémissante de désir au contact de sa peau brûlante.

Comme elle enroulait ses jambes aux siennes, ses pieds glacés se réchauffèrent bientôt au contact des mollets solides. Elle fit paresseusement glisser sa main sur le torse qui se soulevait au rythme de la respiration, et le soupir de plaisir qu'il poussa accrut encore la faim qu'elle avait de lui.

— Aie pitié, Aline ! implora-t-il en une feinte supplique. J'ai l'intention de passer le reste de mes jours à te faire l'amour mais, là, j'ai déjà eu mon compte de batailles pour la journée. Je crains de ne pas survivre à une autre conquête, si irrésistible soit-elle.

Aline rit doucement de sa plaisanterie et se redressa sur un coude, ses seins caressant négligemment le torse de Hugh.

— Me promettez-vous une vie entière, monseigneur ? Dans ce cas, je vous excuse pour ce soir.

Elle lui planta un baiser joyeux sur la bouche avant de s'allonger tout contre lui, sa tête trouvant une place parfaite au creux de son épaule. Il l'entoura de son bras et joua avec ses cheveux, qui s'étalaient en corolle sur l'oreiller.

Ils restèrent ainsi sans parler, attentifs aux bruits du camp qui s'assourdissaient peu à peu. Une agréable somnolence s'empara d'elle et elle soupira d'aise. Elle ne voulait être nulle part ailleurs que dans les bras de cet homme. Avec gourmandise, elle goûta ses lèvres en un baiser sensuel.

En réponse, Hugh referma les doigts sur sa nuque. Elle pressa davantage son corps contre le sien et cambra les hanches avec un gémissement de volupté.

Alors, Hugh roula pour venir entre ses cuisses, et elle découvrit avec bonheur qu'en fin de compte il n'aurait pas la patience d'attendre…

CATHERINE ARCHER

Le secret du chevalier

Les Historiques

HARLEQUIN

Titre original :
AUTUMN'S BRIDE

Ce roman a déjà été publié en 2015

Chapitre 1

Angleterre, 1472

Annelise Stanhope jeta un regard méfiant autour d'elle tandis qu'elle pressait Hinge, le hongre un peu lent de son père, d'accélérer le pas. Elle savait qu'elle n'aurait pas dû s'attarder chez la veuve Swift, mais celle-ci était très seule et appréciait beaucoup sa compagnie.

Annelise lança un nouveau coup d'œil aux bois qui l'entouraient. Le jour, ils étaient plutôt riants, mais à la tombée de la nuit, l'endroit devenait sinistre. Ce n'était pourtant pas la forêt qui nourrissait ses appréhensions, mais la menace des mauvaises rencontres.

Son chien, qui semblait percevoir et partager son malaise, poussa un petit grondement sourd. Pour se rassurer, la jeune fille se répéta que son fidèle Max la protégerait, quoi qu'il arrive. Une autre partie d'elle-même songea qu'il serait d'un faible secours contre la vermine qui infestait ces bois, car cette vermine-là marchait sur deux jambes et portait des armes dont elle n'hésitait pas à se servir contre les hommes et les bêtes.

Cependant, toute consciente du danger qu'elle fût, ce n'était pas cela qui préoccupait le plus Annelise, mais la certitude que son retard causerait du souci à son père. Après avoir perdu sa femme dans des circonstances épouvantables, il redoutait constamment que la même sauvagerie ne s'abatte sur sa fille, et le moindre retard était pour lui une source d'angoisse terrible.

Au souvenir du drame, elle ravala les larmes qui lui montaient aux yeux : il fallait écarter ces tristes pensées et se concentrer sur le chemin du retour. Pour autant, elle n'oubliait pas que les assassins de sa mère étaient peut-être les responsables de la vague d'attaques et de crimes perpétrés dans la région, ce qui ne faisait qu'aggraver l'inquiétude de son père pour elle.

Annelise savait pourquoi il avait tendance à la surprotéger, cependant elle supportait mal les restrictions à sa liberté de mouvement. Les hommes qui écumaient les forêts et les routes isolées faisaient trembler le village et les environs, et cela la révoltait.

Quelques jours plus tôt le vieux John, qui vivait à l'autre bout du village, avait été dépossédé de sa charrette, de son âne, et des fruits qu'il emportait sur le marché. Il avait expliqué qu'il était parti juste avant l'aube, espérant ainsi éviter les ennuis, car la plupart des attaques avaient lieu en pleine nuit. Il n'avait rien pu faire contre le groupe d'hommes à cheval masqués et armés qui l'avait assailli.

Annelise fut immédiatement sur ses gardes lorsque son chien poussa un nouveau grognement qui sonnait comme un avertissement.

Le cœur battant, elle incita le cheval à aller plus vite et tenta de percer l'obscurité. Elle n'avait rien entendu, mais Max, qui se tenait derrière elle, était en alerte.

Annelise posa une main tremblante sur sa grosse tête et s'efforça encore de distinguer quelque chose dans la pénombre. Sa voix s'éleva, murmure rauque qui trahissait l'anxiété qu'elle essayait de se dissimuler.

— Qu'y a-t-il, mon chien ?

L'animal gronda de nouveau et, avant qu'elle ait pu l'en

empêcher, sauta à bas de la charrette. Tirant sur les rênes, elle l'appela :

— Allons, Max, viens !

Contrairement à son habitude, l'animal n'obéit point. Il renifla avec insistance les taillis qui bordaient le chemin, se tourna vers elle et poussa un gémissement aigu. S'éclaircissant la gorge, Annelise prit un ton plus autoritaire.

— Ici, Max !

Il gémit de nouveau, d'une façon encore plus pitoyable. Il semblait déchiré entre sa fidélité à sa maîtresse et ce qui l'avait attiré dans ce coin.

Les yeux tournés dans sa direction, la jeune fille comprit la cause de son comportement étrange quand elle parvint à discerner les contours d'une forme humaine parfaitement immobile.

D'abord paralysée par la peur, Annelise finit par se raisonner. Après tout, si la personne étendue à terre avait été mal intentionnée à son égard, elle l'aurait attaquée depuis longtemps.

Malgré tout, en descendant de la charrette, elle avait conscience de son audace. Lentement, elle s'approcha du gros chien, simple silhouette se découpant vaguement dans la nuit. Aussitôt, il vint à sa rencontre ; ses halètements rapides ressemblaient à des soupirs de soulagement. Lorsqu'elle se pencha vers lui, il lui lécha la joue avec enthousiasme. Annelise lui tapota le dos, ne sachant si c'était pour le rassurer ou se réconforter elle-même.

— Qui est-ce, Max ? Qui as-tu trouvé ?

Il gémit de nouveau et se retourna vers le corps presque invisible. Bien que l'inconnu n'ait pas esquissé le moindre geste, la crainte lui noua la gorge. Max leva la tête vers elle comme pour l'inciter à s'approcher. Annelise comprit qu'elle n'avait pas d'autre choix que de se fier à lui, tout comme lui la suivait aveuglément dans toutes ses entreprises.

— Tu veux que je jette un œil, c'est ça ?

Son ton devait exprimer sa bonne volonté, car il émit un nouveau son qui traduisait une certaine excitation avant de retourner sous les arbres pour renifler l'inconnu. Docilement, elle alla s'agenouiller à côté de Max et palpa la tête inerte. Avec un petit cri, elle retira vivement les mains quand elle sentit quelque chose d'humide et poisseux sous ses doigts. Du sang !

La jeune fille songea immédiatement que l'infortuné qui gisait là avait sans doute été victime des hommes qui semaient le malheur à Lundy et dans ses environs. Avec précaution, elle recommença à lui tâter le haut du corps. Touchant ses larges épaules, elle découvrit avec stupéfaction qu'elles étaient nues. La fraîcheur et l'humidité de la nuit risquaient fort d'aggraver son état, s'il était encore vivant.

En le retournant sur le dos, elle se rendit compte qu'il avait une forte carrure. Une faible plainte, à peine un gémissement, lui échappa : ainsi, l'homme avait encore un souffle de vie en lui, mais il avait besoin de soins, et vite.

Annelise savait qu'elle aurait du mal à le déplacer et à le hisser seule sur la charrette, cependant, elle n'avait pas le choix. Le temps d'aller chercher son père et de revenir, l'inconnu serait peut-être mort.

Elle se hâta de faire reculer la charrette pour la rapprocher le plus possible de l'homme. Max demeura au côté de celui-ci en aboyant pour marquer son approbation.

Tant bien que mal, elle parvint à l'adosser à l'arrière avant de grimper. Son chien, qui paraissait avoir saisi ses intentions, referma les mâchoires autour des braies de l'homme et se joignit à ses efforts.

Avec l'énergie du désespoir, Annelise prit l'inconnu sous les bras et le tira sur la charrette. En temps normal, elle aurait été bien incapable de le soulever, mais sa détermination à ne pas abandonner la dernière victime de ceux qui avaient détruit la paix de son foyer lui donnait une force surhumaine.

Dès qu'elle y fut parvenue, elle s'installa sur le petit banc et claqua de la langue.

— Allez, hue Hinge !

Le cheval dut percevoir la gravité de la situation, car il partit d'un pas alerte qu'elle ne lui avait jamais connu. Pourtant, même ainsi, le trajet sembla durer une éternité. Enfin, elle s'arrêta devant la maison où elle avait toujours vécu.

A peine Annelise avait-elle sauté à terre que la porte d'entrée s'ouvrit. Son père se tenait dans l'encadrement, sa large silhouette éclairée par les chandelles derrière lui.

— Annelise ! J'étais fou d'inquiétude !

Pleine de remords, la jeune fille ne s'excusa cependant pas immédiatement : la vie de l'homme qu'elle avait ramené passait avant tout.

— Père, j'ai besoin de votre aide. Avec Max, nous avons trouvé un homme blessé dans la forêt.

Son père, qui s'était avancé vers elle, se figea. Des émotions contradictoires se reflétèrent sur son visage.

— Un homme blessé, tu dis ?

Annelise prit ses grandes mains usées dans les siennes et le conduisit à l'arrière de la charrette.

— Oui. Nous devons absolument le soigner.

— Comment a-t-il…

— Comme moi, père, vous n'aurez aucun mal à trouver la réponse, répondit-elle, la mine sombre.

Un silence pesant accueillit ses paroles. Elle savait à quoi il pensait.

Reconnaissant le pas de sa tante Jane, elle se tourna vivement vers elle. La voix de sa tante était aussi troublée que celle de son père.

— Que se passe-t-il, Annelise ?

D'un geste, celle-ci désigna l'inconnu.

— Max et moi, nous sommes tombés sur cet homme en traversant la forêt. Quand je me suis rendu compte qu'il était sans doute gravement blessé, j'ai décidé de le ramener ici.

A l'évidence, cette explication suffisait amplement à Jane.

— Il faudrait l'installer à l'intérieur pour que je puisse l'examiner.

— Oui, approuva Annelise, qui piaffait d'impatience.

Lorsque son père se retourna vers elle, il avait le visage grave.

— Va nous chercher de la lumière, ma fille.

Elle s'empressa de s'exécuter, partagée entre le soulagement d'avoir remis l'affaire entre ses mains et le sentiment qu'elle s'était plutôt bien débrouillée seule jusque-là. Elle trouvait un peu injuste qu'on l'envoie chercher de la lumière tandis que son père et sa tante prenaient le contrôle de la situation. Mais bien vite, elle fit taire sa révolte. Elle comprenait l'attitude excessivement protectrice de son père à son égard. Depuis la perte d'un être cher, il ne supportait plus l'idée que sa fille coure le moindre risque.

Lorsqu'elle revint dans l'entrée avec une lanterne, son père et sa tante avaient descendu l'homme de la charrette. Ils le transportèrent avec difficulté et Annelise s'effaça pour les laisser entrer. Levant la lumière, elle fixa l'inconnu. Comme elle ne décelait pas le moindre signe de vie, son cœur se serra et elle suspendit son souffle. Etait-elle arrivée trop tard ? Elle s'autorisa à respirer de nouveau quand elle remarqua une faible contraction de ses paupières.

Alors qu'elle continuait à l'observer, son angoisse fut remplacée par une immense pitié. L'homme était couvert d'un mélange de boue et de sang. Il était entièrement nu jusqu'à la taille, et ses braies étaient aussi sales et tachées de sang que le reste de son corps. Apparemment, il avait été blessé à l'arrière de la tête et à la poitrine. Ses cheveux, assez sombres, ressemblaient à une perruque de terre et d'aiguilles de pin. Son visage était tellement sale qu'il était impossible de distinguer ses traits.

Interrompant son examen, son père et sa tante avancèrent. Grâce à son métier de menuisier, son père jouissait d'une force peu commune, cependant elle le vit ployer sous le poids de l'inconnu.

Quant à sa tante, de robuste constitution elle aussi, elle luttait pour ne pas lâcher les jambes de l'homme tandis que son beau-frère s'engageait dans l'escalier étroit qui menait à l'étage.

Annelise enrageait de se sentir inutile. Elle leva la lanterne le plus haut possible pour les éclairer. En même temps, les questions tourbillonnaient dans sa tête. Qui était ce mystérieux étranger ? D'où venait-il ? Que faisait-il aux environs du village ? Les hommes de main de Kramon étaient-ils responsables de ses blessures comme elle le croyait ?

En haut des marches, son père fit mine de se diriger vers sa chambre, mais Jane l'arrêta.

— Non, Joseph, nous allons l'emmener dans la mienne.

Il acquiesça et à reculons gagna la petite pièce où dormait sa belle-sœur. Annelise les suivit.

Lorsqu'ils entrèrent, leurs pieds martelèrent le plancher jonché d'herbes odorantes. Une fois l'homme installé sur le lit étroit, son père lui prit la lanterne des mains.

— Merci, Annelise. Tu peux t'en aller, maintenant. Jane va s'occuper de lui.

Ignorant cet ordre à peine déguisé, la jeune fille demanda :

— Qui est-ce, à votre avis ?

L'homme remua, gémit, et elle le regarda en espérant qu'il allait revenir à lui. Elle fut déçue de constater qu'il n'en était rien.

Son père lui prit le bras, la conduisit sur le palier et referma la porte derrière eux.

— Les questions viendront plus tard. Pour le moment, Jane doit soigner ce pauvre hère et nous ne devons pas la gêner.

— Je peux aider ma tante, répliqua Annelise en fronçant les sourcils. Après tout, je l'ai bien amené ici toute seule.

Son père secoua la tête en signe de dénégation.

— C'est tout à ton honneur, Annelise, mais je ne veux pas que tu demeures auprès d'un étranger.

Vexée, elle se raidit.

— Je ne suis plus une enfant, père. Avez-vous oublié que j'ai dix-huit ans passés ?

Il lui adressa un sourire doux et rassurant.

— Non, je ne l'ai point oublié, et je sais que tu n'es plus une enfant, mais tu es ce que j'ai de plus précieux au monde. Tant que nous n'en saurons pas plus sur lui, je te demande de te tenir à l'écart de cet homme.

Annelise ne pouvait en vouloir longtemps à son père quand il s'adressait à elle ainsi, en la considérant de ses yeux mélancoliques. Bien qu'aucun des deux n'en ait soufflé mot, elle savait qu'il pensait à sa mère, et à la façon dont elle était morte.

Elle n'insista donc pas. Elle verrait plus tard. Son père parut soulagé de ne pas avoir à discuter davantage.

— Tu n'as trouvé aucune indication de ce qui s'était passé, là-bas ? Rien concernant l'identité des agresseurs ?

La jeune fille fit non de la tête.

— Je n'ai rien vu, mais il faisait très sombre. Peut-être aurais-je découvert quelque chose à la lumière du jour.

— J'irai voir ce qu'il en est demain matin. Mais même si je trouve des indices, je doute qu'ils nous soient d'une quelconque utilité.

Annelise perçut nettement l'inquiétude et l'amertume de sa voix lorsqu'il ajouta :

— Si les responsables sont les hommes qui dépouillent

et tuent en toute impunité dans les environs, je doute qu'on puisse faire quoi que ce soit. Il n'y aura pas de justice dans cette partie de l'Angleterre tant que le baron vivra.

Annelise ne sut que répondre à cela.

Elle pivota sur ses talons quand sa tante sortit de la chambre et reporta toute son attention sur elle. Jane soupira.

— Sa blessure à l'épaule m'inquiète : elle s'est infectée et suppure. Il a également reçu un coup à la tête, mais je ne pense pas que ce soit trop grave, même si ça a un peu enflé. Le pauvre homme devait être dans ce triste état depuis un bon moment quand tu l'as trouvé.

— Qu'est-ce qui a causé les blessures, à votre avis ? demanda Joseph.

Jane haussa les épaules.

— Celle à la tête peut avoir été faite par n'importe quel objet contondant, y compris la garde d'une épée. Pour ce qui est de l'épaule, on lui a enfoncé une longue lame qui est passée à quelques centimètres du cœur.

— Cet homme a certainement été laissé pour mort, nota Joseph.

— C'est donc le destin qui m'a mise sur son chemin, car si je n'avais pas quitté la veuve Swift aussi tard, jamais je n'aurais pris cette route, affirma Annelise.

— Mais si tu recommences, je t'interdirai de quitter la maison, déclara fermement Joseph.

La jeune fille savait que la sévérité de son père était à la mesure de la frayeur rétrospective qu'il éprouvait : il devait penser qu'elle aurait très bien pu être à la place de l'inconnu.

— Vous avez raison, Joseph, approuva Jane, mais pour cet homme, c'est Dieu lui-même qui a guidé Annelise jusqu'à lui. Sans elle, il aurait pu mourir avant la fin de la nuit. Et cela aurait été bien triste, car je doute qu'il ait vu plus de vingt-cinq printemps. En tout cas, bien que votre fille l'ait trouvé à moitié nu et sans le sou, il est vigoureux, ce qui l'aidera peut-être à s'en sortir. Il ne s'agit certainement pas d'un nécessiteux.

Annelise sentit croître sa curiosité à l'égard de l'étranger. Le fait de l'avoir découvert lui donnait l'impression que d'une certaine façon, il lui appartenait.

Malgré elle, elle posa la question qui l'angoissait le plus.

— Croyez-vous qu'il survivra à ses blessures ?

— Je l'ignore, répondit Jane. Seul le temps nous le dira. S'il était conscient, nous pourrions lui demander d'où il vient et qui il est. Quelque chose me dit que quelque part, une famille l'attend et va se soucier de son absence.

Nerveusement, Annelise lissa sa manche en belle laine bleue. Elle n'imaginait que trop bien ce qu'elle éprouverait si son père disparaissait ainsi.

Il ne fallait pas que cet homme meure, songea-t-elle avec force. Non ! il n'était pas question qu'une autre famille soit plongée dans l'affliction. Elle ferait tout son possible pour l'en empêcher.

Une fois devant la porte de la chambre où reposait l'étranger, Annelise tendit l'oreille, à l'écoute des bruits de la maison. Tout était calme, à l'exception de l'atelier où travaillaient son père et Walter, l'apprenti. Suivant son habitude, son père ne quitterait pas l'atelier avant l'heure du souper. Quant à sa tante Jane, partie au village, elle ne serait pas de retour avant au moins une heure.

Depuis la veille, en raison de la surveillance étroite de son père, elle n'avait pu poser les yeux sur leur hôte inattendu. Elle savait simplement que sa fièvre n'était pas retombée, qu'il n'avait toujours pas repris connaissance, et que sa physionomie était beaucoup plus avenante qu'on aurait pu le croire au premier abord. Cette dernière réflexion avait attisé sa curiosité dévorante. Sa tante ne cessait de répéter qu'il serait dommage qu'un jeune homme si aimable soit enlevé précocement à l'affection des siens, et elle ponctuait ses remarques de soupirs de compassion tandis qu'Annelise rongeait son frein.

Décidée à vérifier par elle-même ce qu'il en était, la jeune fille songea qu'il était temps d'agir. Après tout, Jane ne lui avait-elle pas dit de dresser l'oreille pour le cas où le malade aurait besoin d'elle ? Autant entrer dans la chambre pour s'assurer par elle-même que tout allait bien. De toute façon, elle ne resterait pas longtemps.

Lentement, elle tourna la poignée ; grâce à ses gonds bien huilés, la porte s'ouvrit sans grincer.

En silence, Annelise se glissa dans la chambre. A travers la petite fenêtre, la lumière de fin d'après-midi n'était pas très forte mais suffisante pour distinguer le corps allongé sous le couvre-lit.

L'homme était parfaitement immobile. « Maudits soient Kramon et ses hommes ! », songea-t-elle en s'approchant sur la pointe des pieds.

Seule sa respiration faible et irrégulière indiquait que l'inconnu vivait encore. A l'évidence, il était toujours en proie à la fièvre qui inquiétait tant Jane.

Annelise alla se poster au pied du lit et eut la confirmation qu'il était grand. Plus grand que Daniel, lui souffla une petite voix qu'elle s'empressa de faire taire. Elle ne souhaitait pas penser à Daniel pour le moment, ni aux reproches qu'il ne manquerait pas de lui faire s'il apprenait qu'elle avait passé quelques instants dans la chambre d'un étranger.

Il n'y avait pourtant pas lieu de s'inquiéter, elle désirait simplement jeter un œil au blessé. L'interdiction de l'approcher qui lui avait été faite lui paraissait hautement injuste. Son père et sa tante semblaient avoir oublié qu'elle avait grandi et que c'était elle qui l'avait trouvé et ramené. Elle savait que Daniel se montrerait aussi intransigeant qu'eux à son égard. Il la traitait toujours comme une enfant alors qu'à dix-huit ans, elle se sentait parfaitement adulte. Elle avait eu raison de se dispenser de leur consentement pour rendre visite à leur hôte : compte tenu de son état, il n'était pas en position de lui faire du mal.

A ce moment-là, il poussa un gémissement. Son bras, qui était placé en travers de son visage, retomba à côté de sa tête. En le découvrant, Annelise étouffa un cri de surprise. Sa tante n'avait pas menti. Lavé et rasé d'une main experte par Jane, le visage de l'inconnu était plus que plaisant. En outre, malgré la fièvre et les cernes noirs qui lui soulignaient les yeux, quelque chose dans ses traits commandait le respect. La jeune fille laissa errer son regard sur le front large, les pommettes hautes et la mâchoire puissante de l'homme. Comme il murmurait des paroles incohérentes, Annelise s'attarda sur sa bouche. Elle la trouva si bien dessinée que sans savoir pourquoi, elle posa une main sur la sienne.

Alors qu'il continuait à délirer dans son sommeil, l'inconnu s'agita et fit glisser la couverture, découvrant ses épaules. Jane avait bandé l'une d'elles, et le linge d'un blanc immaculé était taché au milieu. Reportant son attention sur l'autre, elle ne put en détacher les yeux, fascinée.

Sa peau tannée semblait à la fois douce et ferme. Si elle exceptait celles de son père, c'était la première fois qu'Annelise observait les épaules nues d'un homme. Etrangement, cette vision ne suscitait pas les sentiments de sécurité, de fierté et d'affection qu'elle éprouvait pour son père dans une telle situation, mais éveillait des sensations nouvelles, inconnues, qui prenaient naissance plus bas, dans son ventre. Ce qu'elle ressentait à présent était…

— Annelise !

Elle sursauta en reconnaissant la voix de son cher Daniel. Que penserait-il s'il la trouvait ici ?

— Annelise !

Après un dernier coup d'œil à l'étranger, elle s'éclipsa discrètement en se répétant que sa réaction n'était probablement due qu'à son souci pour celui qu'elle avait sauvé d'une mort certaine. Elle referma la porte très doucement et dévala l'escalier.

Daniel se tenait dans l'entrée. Bien que la haute et maigre silhouette de son ami lui fût familière, et en dépit de toute la tendresse qu'elle avait pour lui, elle ne put s'empêcher de comparer la carrure de Daniel à celle de l'inconnu. Elle fut déçue que la comparaison tourne au désavantage de son ami. Même dans sa grosse houppelande, il était loin d'être aussi bien bâti. Elle se réprimanda aussitôt pour cette réflexion déplacée. Après tout, Daniel n'avait pas besoin d'une musculature développée. C'était un lettré, un érudit, et elle l'aimait comme il était.

Néanmoins, elle évita son regard quand il reprit la parole.

— Je suis venu dès que j'ai su, Annelise. Le vieil Angus m'a appris que tu avais trouvé un homme blessé sur la route. C'est Jane qui le lui a dit.

Il parlait d'une voix soucieuse. La jeune fille acquiesça, incapable de se débarrasser de la culpabilité qui l'avait envahie. Elle n'avait pourtant rien à se reprocher.

— Oui, je l'ai ramené hier soir, dit-elle d'un air dégagé.

Les yeux bleus de Daniel exprimaient une vive inquiétude.

— Quelle folie, Annelise ! On ignore tout de cet homme.

— Il est tellement malade que même s'il le voulait, il ne pourrait pas nous faire le moindre mal, Daniel.

Sa réponse ne parut pas apaiser son ami, qui passa une main agitée dans ses fins cheveux blonds.

— Que s'est-il passé ? Comment a-t-il été blessé ?

— Nous n'avons pas encore pu l'interroger. Il n'est toujours pas revenu à lui. La seule chose dont nous soyons sûrs, c'est qu'on lui a enfoncé une lame de couteau dans l'épaule et qu'il a reçu un coup à la tête.

Elle repoussa l'image de la peau attirante de l'inconnu qui s'imposait à elle. Daniel fronça les sourcils.

— Tu vas vraiment t'occuper de cet étranger ? Ça pourrait être n'importe qui. Il a pu gagner ses blessures en tentant de tuer quelqu'un.

Annelise lui adressa un sourire rassurant. Tant d'agitation la surprenait, Daniel étant d'un naturel plutôt calme. Il s'était toujours montré bon et patient avec elle. Depuis que leurs familles se fréquentaient, il lui avait enseigné un certain nombre de choses et s'était comporté en frère aîné. Sa présence avait toujours été source de réconfort, surtout ces dernières années. C'était lui qui avait écrit de leur part au shérif pour lui transmettre leurs soupçons quant à l'implication de Kramon dans le meurtre sauvage de sa mère. Seul quelqu'un qui le connaissait bien pouvait savoir à quel point son comportement présent était étrange. Uniquement préoccupé de ses chères études, le jeune homme passait ses journées au-dessus de manuscrits qu'il avait souvent recopiés lui-même. Tout ce qui sortait des pures spéculations de l'esprit ne présentait guère d'intérêt à ses yeux. L'anxiété qu'il manifestait en cet instant était d'autant plus flatteuse : elle prouvait assez l'affection qu'il avait pour Annelise et les siens.

Et son amour pour elle, ajouta-t-elle *in petto*.

Bien qu'il n'y ait jamais fait la moindre allusion et qu'il ne se soit pas encore déclaré, la jeune fille était certaine qu'un jour ils se marieraient. Elle n'était ni surprise ni troublée par son silence, car elle savait combien ses livres l'absorbaient. Sans compter qu'il continuait à la traiter comme une enfant ! Mais même si elle s'était métamorphosée en femme sans qu'il s'en aperçoive, elle ne cherchait pas à hâter ce mariage. Il y avait un temps pour tout, et elle était heureuse de demeurer auprès de son père et de sa tante.

Une nouvelle fois, l'image de l'inconnu fit irruption dans son esprit. Depuis qu'Annelise connaissait Daniel, jamais elle n'avait éprouvé une sensation similaire à celle qu'elle avait expérimentée quelques minutes plus tôt en observant l'étranger. Bien qu'elle se sente liée par cet homme auquel elle avait sauvé la vie, sa réaction lui paraissait excessive et incompréhensible.

Au fond d'elle-même naquit une question dérangeante : n'aurait-elle pas dû ressentir la même chose pour son cher Daniel ?

La jeune fille s'admonesta aussitôt. Quelle sottise ! Ces sensations étranges ne signifiaient rien. Son mariage avec Daniel serait fondé sur l'amitié, la tendresse et l'estime. Telle était l'idée qu'elle se faisait d'une union réussie. Et pourtant…

Elle repoussa avec agacement des pensées qu'elle jugeait indignes d'elle. Bien sûr qu'elle ne pouvait imaginer meilleur époux que Daniel. Elle n'avait aucune raison de douter.

Le jeune homme soupira.

— J'imagine que ton père se montrera prudent et qu'il ne se laissera pas abuser par cet homme. Il a tellement bon cœur.

Annelise lui sourit affectueusement : elle l'appréciait d'autant plus qu'il comprenait la nature foncièrement généreuse de son père. Elle chercha à le rassurer.

— Nous ferons très attention, mais je suis persuadée que l'homme a été attaqué par des scélérats, et non l'inverse. Tu sais bien que depuis quelques années, nos routes ne sont plus sûres.

Il détourna les yeux.

— Oui, je ne le sais que trop, et je te demande de ne plus prendre de risques inconsidérés, Annelise.

Elle fit un rapide signe de tête pour abonder dans son sens.

— Cet étranger devra s'en aller dès qu'il sera rétabli, poursuivit-il fermement.

— Il partira peut-être plus tôt que prévu, répliqua-t-elle gravement. D'après ma tante, nous ne devons pas placer trop d'espoirs dans sa guérison…

Annelise avait du mal à croire à ses propres paroles. L'homme était robuste : il vivrait.

— Je vois.

Lorsque Daniel posa de nouveau les yeux sur elle, il la considéra avec tristesse, et elle sentit son cœur se gonfler d'amour. L'homme qui gisait à l'étage n'était qu'un pauvre malheureux : c'était ainsi qu'elle devait songer à lui.

Daniel désigna le fond de la maison, où se trouvait l'atelier.

— Ton père est là ?

— Oui, jamais il ne me laisserait entièrement seule avec un étranger, tout malade qu'il soit. Je crois qu'il travaille à une commande spéciale. Personne n'a été autorisé à voir de quoi il s'agit.

Daniel eut un sourire affectueux. Comme elle, il savait que l'artisan aimait garder ses plus belles œuvres pour lui tant qu'elles n'étaient pas terminées.

— Je vais donc retourner à mes études sans le déranger.

Annelise eut un petit sourire amusé. Daniel était pressé de se replonger dans ses livres. Elle ne fit cependant aucun commentaire, se contentant de répondre :

— Il comprendra.

La passion pour son travail était un trait de caractère qu'il partageait avec son père et qui plaisait à la jeune fille. Une fois mariée, pensa-t-elle, sa vie ressemblerait beaucoup à celle qu'elle menait déjà. Et cela lui convenait parfaitement.

Chapitre 2

Lorsque sa tante revint du village, Annelise abandonna la chemise qu'elle reprisait depuis le départ de Daniel et la suivit dans la cuisine. En continuant à vider son panier, Jane demanda :

— Tout s'est bien passé pendant mon absence ?

Annelise répondit en évitant le regard de sa tante.

— Il a été très calme.

Ce qui était la vérité, ou à peu près. Elle s'empressa de changer de sujet.

— Daniel est venu. Il était déjà au courant !

— Les mots voyagent plus vite que le vent, déclara sentencieusement Jane.

Elle se détourna pour verser de l'eau fraîche dans une marmite qu'elle suspendit au-dessus du feu.

— J'ai bien peur que sa tranquillité ne dure pas, poursuivit-elle. Comme je te l'ai dit en partant, sa blessure n'est pas belle.

L'inquiétude qui perçait dans sa voix réveilla les appréhensions d'Annelise. Elle avait beau se répéter que l'homme était doté d'une solide constitution, elle savait que Jane n'était pas femme à se faire du souci pour rien. Elle était bien trop raisonnable pour cela. La jeune fille songea à la tache qui souillait le bandage.

— Vous ne croyez tout de même pas qu'il va… mourir ?

Jane ne se retourna pas. Comme l'eau commençait à bouillir, elle y jeta les simples qu'elle avait rapportés.

— On ne sait jamais. J'ai vu de semblables infections emporter des hommes bien plus robustes.

Annelise ne put dissimuler ses accents horrifiés quand elle reprit la parole.

— Mais il ne peut pas mourir ! Ce serait…

Sa tante pivota sur ses talons et lui lança un regard intrigué.

— Pourquoi tant de véhémence pour un homme que tu ne connais même pas ?

Affichant un détachement qu'elle était loin de ressentir, Annelise haussa les épaules.

— Ce serait vraiment terrible que les hommes du baron puissent se vanter d'avoir fait une nouvelle victime.

Jane la considéra d'un air à la fois compatissant et anxieux.

— Oui, mon enfant, mais même sous ce toit, je te déconseille de prononcer le nom du baron chaque fois qu'un crime est commis. Pour ma sœur, nous n'avons aucune preuve concernant son implication directe, et nous ignorons s'il est lié aux hommes qui menacent notre sécurité. De toute façon, comment savoir si ce sont eux qui ont blessé l'étranger ?

Secouant la tête avec obstination, Annelise l'interrompit.

— Je n'ai pas besoin de preuve supplémentaire pour le viol et l'assassinat de ma mère. N'avons-nous pas trouvé un gantelet aux armes de Kramon à côté de son corps meurtri, dans l'atelier ? Et puis, si sa seigneurie souhaitait débarrasser les environs de toute cette canaille, ne l'aurait-elle pas fait depuis longtemps ? Quant à l'étranger, ce n'est pas lui qui a essayé de se planter un couteau dans le cœur, à moins qu'il n'ait pris la peine de le cacher ensuite. En tout cas, père n'a rien vu à l'endroit où je l'ai découvert.

Jane regarda vivement autour d'elle et répondit à voix basse. Pourtant, personne ne pouvait surprendre leur conversation hormis Walter, et lui aussi détestait le baron.

— Il ne faut pas continuer à tenir de tels propos, Annelise. Cela pourrait être dangereux pour nous tous. Si jamais le baron venait à l'apprendre, nous irions au-devant de graves ennuis. N'oublie pas que n'importe qui pourrait surprendre notre conversation. L'homme qui est dans mon lit…

— Est une victime, tout comme nous.

Sa tante ne contesta pas cette affirmation, mais répliqua :

— Néanmoins, tu sais fort bien que Daniel nous a conseillé d'abandonner cette affaire après la réponse du shérif à notre dernière lettre. Le shérif nous a tout de même intimé l'ordre de cesser nos accusations envers Kramon !

Annelise acquiesça avec réticence. Elle savait à quel point sa tante redoutait le baron. Pourtant, son être se révoltait à l'idée qu'ils étaient privés de tout recours et que les assassins de sa mère ne seraient jamais jugés et châtiés. Il lui était difficile, voire impossible, d'accepter une telle injustice.

Au cours de ces cinq douloureuses années, Daniel avait envoyé lettre après lettre au shérif de Haversham. A chaque fois, il leur avait rapporté la même réponse officielle. Jusqu'au courrier leur enjoignant de cesser leurs accusations, le shérif leur conseillait régulièrement de soumettre leurs griefs à leur seigneur.

Indigné de n'avoir aucun recours contre cet homme simplement parce qu'il était bien né, Joseph Stanhope évitait tout contact avec lui et, dans la mesure du possible, avec les autres nobles. Il ne souhaitait pas se retrouver dans une situation où l'on pourrait lui faire du tort sans qu'il lui soit permis de protester.

Annelise partageait les sentiments de son père. Si les nobles s'estimaient au-dessus des lois et pouvaient disposer des autres à leur guise, il valait mieux garder ses distances avec eux.

Cependant, tout en regardant Jane préparer une tisane de simples, Annelise se sentait détachée de son chagrin familier : l'inconnu qui reposait dans la chambre à l'étage l'occupait tout entière. Au fond, se dit-elle aussitôt, son intérêt pour cet homme n'avait rien de surprenant. Il était très malade, et elle avait l'impression d'être responsable de lui.

Elle ne pouvait peut-être plus rien faire pour sa mère, mais l'étranger était bien vivant, et il avait besoin d'aide. Sur lui, elle pourrait concentrer son désir d'agir et d'une certaine façon, modifier la destinée que Kramon leur avait tracée. Si elle pouvait lui être de quelque utilité, ses pensées ne seraient plus constamment tournées vers lui.

Mais comment convaincre les siens ?

Plus tard dans la soirée, Annelise observa sa tante tandis qu'elle redescendait lentement les marches, la mine sombre.

— J'ai réussi à lui faire absorber la tisane, mais sa fièvre a empiré. Je ne sais pas si…

Son père abandonna l'esquisse à laquelle il travaillait et releva la tête.

— Faut-il envoyer chercher le prêtre ?

Tendue, Annelise continua à arpenter nerveusement la pièce. Malgré ses efforts pour en détourner le cours, ses pensées revenaient sans cesse à l'homme qui était là-haut et à son visage séduisant. Elle croisa les bras comme pour se protéger en attendant la réponse de sa tante. Celle-ci secoua la tête.

— Non, pas encore. Nous ne serons pas fixés sur son sort avant demain matin, à mon avis. En attendant, je vais devoir le veiller cette nuit.

Annelise remarqua les plis de fatigue autour de sa bouche et son expression lasse. Jane avait passé de nombreuses heures auprès du malade et était visiblement épuisée tandis qu'elle-même, frustrée de ne rien faire, avait perdu son temps en vaines spéculations. Tout cela était parfaitement absurde.

— Je ne vois pas pourquoi vous devriez porter ce fardeau

toute seule, ma tante. Je suis parfaitement capable de vous aider, déclara la jeune fille avec force.

Les deux autres lui lancèrent un regard surpris et désapprobateur.

— Je vous en prie, ne me dévisagez pas ainsi ! Comme je ne cesse de vous le répéter, je ne suis plus une enfant.

— Mais tu ne t'es jamais occupée d'un malade, objecta sa tante, et il serait plutôt inconvenant de prodiguer des soins à un homme qui n'est pas de ta famille.

Annelise projeta le menton en avant.

— Vous accordez trop d'importance à ce détail. L'étranger est bien trop malade pour constituer une menace. S'il vous plaît, père, poursuivit-elle en se tournant vers lui, soutenez ma proposition. Ne voyez-vous pas comme ma tante est épuisée ? Cette lourde tâche ne doit pas retomber sur ses seules épaules.

Ce fut en posant un regard neuf sur sa belle-sœur que Joseph Stanhope s'aperçut que sa fille disait vrai.

— Annelise a raison, Jane. Vous avez trop pris sur vous.

— Vous voyez, dit gentiment la jeune fille à sa tante. J'ai eu raison de soulever la question. Je vous assure que je me débrouillerai très bien.

Jane n'avait guère d'autre choix que d'approuver.

— Très bien. Je te montrerai ce qu'il faut faire. Mais tu viendras me chercher au moindre signe qu'il revient à lui.

Après un long silence, elle ajouta :

— Si Dieu veut bien lui prêter vie.

Ces mots rappelèrent la gravité de la situation à Annelise. Elle se redressa d'un air déterminé. Elle ferait l'impossible pour qu'il vive.

Kendran Ainsworth remua, soudain conscient de la douleur qui s'était emparée de tout son corps. Il tenta de réfléchir, de comprendre ce qui se passait autour de lui, mais il ne parvenait pas à rassembler ses idées. Il avait l'impression de se débattre au fond d'un étang, dans une eau chaude et boueuse. Malgré tous ses efforts, il lui était impossible de remonter à la surface.

Il entendit des voix et sentit des mains fraîches se poser sur son front. Kendran ignorait s'il se trouvait à Brackenmoore, le berceau de sa famille, mais quelque chose lui disait que non. Il enrageait de ne pouvoir le vérifier : ses paupières étaient bien trop lourdes.

Il lui sembla qu'il était dans cet état depuis quelque temps déjà, et qu'il balançait entre perception de la douleur et perte de connaissance. Que lui était-il donc arrivé ?

Faisant appel à toute sa volonté, il tenta de se souvenir, mais en vain : son esprit refusait de lui obéir. Il était fatigué, tellement fatigué... Il lâcha prise et retomba dans un puits sans fond.

En se redressant, Annelise se passa la main sur le front. Elle s'était endormie, songea-t-elle, mécontente d'elle-même, avant de jeter un œil à l'inconnu. Toujours aussi agité, il paraissait cependant loin du seuil de la conscience. Il se trouvait déjà dans cet état lorsqu'elle avait pénétré dans la chambre après minuit. Plusieurs heures s'étaient écoulées depuis : la chandelle s'était entièrement consumée et l'aube était proche.

Avec un soupir, la jeune fille se leva, étira son dos raide, et alluma une autre bougie. Il fallait qu'elle reprenne les soins. Après tout, elle avait affirmé à son père et à sa tante qu'elle était assez grande pour s'en charger seule ; elle devait faire ses preuves. Rejetant sa longue tresse blonde en arrière, elle imbiba un linge d'eau fraîche avec l'intention de baigner le front et la gorge du malade comme Jane le lui avait montré.

Lorsqu'elle se retourna vers lui, elle constata qu'il avait rejeté les couvertures. Se remémorant son trouble de l'après-midi, Annelise se précipita pour les remettre en place. C'est alors qu'elle s'aperçut que l'homme était couvert de sueur. Son torse puissant luisait à la faible lueur de la chandelle. Elle lui effleura le front : trempé, lui aussi. Déconcertée par ce nouveau phénomène, elle se mordit la lèvre inférieure.

Devait-elle appeler sa tante ? Non, la pauvre femme avait besoin de se reposer. Elle se débrouillerait seule, au moins jusqu'au lever du jour. Pourquoi ne pas se servir du linge pour lui essuyer la poitrine avant de le border ? Annelise mit son idée à exécution sur-le-champ. Tandis qu'elle passait le tissu humide, ses doigts effleurèrent le torse de l'étranger par inadvertance. Vivement, elle retira la main comme si elle s'était brûlée et la frotta sur sa jupe. Peut-être ferait-elle mieux de le laisser en attendant le réveil de Jane.

Il gémit et se tourna dans tous les sens, suscitant la pitié et le remords d'Annelise. Elle ne pouvait tout de même pas l'abandonner ! Et puis, il était tellement malade qu'il n'avait dû se rendre compte de rien.

Heureusement que personne ne la voyait, songea-t-elle soudain. Son comportement n'était pas digne d'une jeune fille de dix-huit ans. L'inconnu méritait toute sa sympathie, et il ne pouvait guère être tenu responsable de ses réactions incontrôlées à elle.

Avec détermination, Annelise inspira profondément et ramassa le linge en l'enveloppant soigneusement autour de sa main de façon à éviter tout contact direct avec l'homme.

Pourtant, alors qu'elle reprenait sa tâche, elle se surprit à se demander si elle éprouverait la même émotion en le touchant de nouveau. Immédiatement, elle se dit qu'elle n'avait nul besoin d'obtenir de réponse à une telle question.

Malheureusement, la curiosité ne la quittait pas. Son père estimait qu'il était à blâmer pour avoir développé ce trait de caractère chez elle. Depuis son enfance, il avait toujours pris à cœur de répondre à toutes ses questions, y compris les plus déroutantes, et les leçons de Daniel avaient développé sa soif de connaissances et de découvertes.

Après la mort de sa femme, son père avait changé d'attitude, attendant d'elle qu'elle adopte un comportement beaucoup plus prudent.

La mine coupable, elle lança un coup d'œil à la porte fermée et laissa retomber le linge dans la bassine. Puis elle tendit la main et la posa bien à plat sur la poitrine de l'homme. Elle ne sursauta pas comme la première fois, mais la douceur de la peau la retint. Outre la douceur, elle percevait les muscles saillants, et cette expérience avait pour elle tout l'attrait de la nouveauté.

Il poussa un gémissement, et elle hésita à retirer sa main. Elle lui lança un regard contrarié et il s'immobilisa aussitôt, les yeux en mouvement sous ses paupières closes. A l'évidence, il était perdu dans un rêve fiévreux. Enhardie par le constat qu'il ne semblait nullement conscient de sa présence, elle posa l'autre main sur lui.

Doucement, elle lui caressa le torse avec un mélange d'admiration et de ravissement. Ressentirait-elle le même trouble délicieux avec un autre homme ? Non, songea-t-elle instantanément. Elle se reprit aussitôt : sûrement, elle trouverait le corps de Daniel aussi plaisant à toucher quand ils seraient mariés. Elle s'empressa de repousser le doute qui menaçait de l'envahir.

Quand l'inconnu remua de nouveau, elle vérifia simplement qu'il n'avait pas ouvert les yeux avant de poursuivre son exploration. En cercles concentriques, elle descendit lentement jusqu'au nombril. Son cœur battait à tout rompre.

Une nouvelle fois, Kendran eut l'impression d'émerger au milieu d'un épais brouillard. Il avait été tiré de son sommeil agité par le doux contact de mains inconnues. Au cours de ses vagues tentatives de réveil, il avait déjà senti des mains se poser sur lui, mais celles-ci le touchaient différemment. C'était une caresse plus intime qui avait réussi à le ranimer.

Si son esprit ne comprenait pas bien ce qui se passait, son corps, lui, trouvait cela très agréable.

Petit à petit, il prit conscience de la douleur qui lui transperçait l'épaule et se rendit compte qu'il devait être allongé sur un lit. A présent, il était certain que quelqu'un le touchait vraiment, non près de son épaule souffrante, mais plus bas.

Malgré son désir d'en découvrir davantage, il hésita à ouvrir les yeux, songeant qu'il valait peut-être mieux ne pas alerter la personne qui se tenait près de lui. Si celle-ci était animée d'intentions hostiles, comment pourrait-il se défendre ? Il était beaucoup trop faible pour le moment.

Désespérément, Kendran tenta de rassembler ses pensées éparses et de réfléchir. Dans son dernier souvenir lucide, il se revoyait à cheval, en route pour le village de Lundy. Il devait remettre la somme que Raine lui avait confiée à l'homme qui fabriquait le cadeau d'anniversaire de Benedict.

Tandis qu'il chevauchait dans la forêt, il avait trouvé le silence particulièrement inquiétant. Mais que lui était-il donc arrivé ? Il ne se rappelait rien.

A moins que ses sens ne l'aient trompé en lui indiquant qu'il reposait sur une couche moelleuse plutôt que sur le sol froid au milieu des bois, il s'était forcément passé quelque chose.

Ces pensées s'envolèrent aussi vite qu'elles étaient venues, balayées par les signaux de plaisir que lui envoyait son corps. Les mains mystérieuses, qui continuaient à descendre paresseusement, provoquèrent un début de réaction plutôt embarrassante au niveau de son bas-ventre.

Cette perte de contrôle ressemblait à une trahison. Après tout, il ignorait qui était la personne qui le touchait ainsi, et ce qu'elle voulait.

Retenant son souffle, Kendran ouvrit lentement un œil. Il eut la confirmation qu'il se trouvait bien sur un lit, dans une petite chambre mansardée éclairée par une bougie.

Mais la vue qui lui fit écarquiller les yeux fut celle de la jeune femme qui s'apprêtait à soulever le couvre-lit qui masquait encore sa virilité.

Une exclamation lui échappa. En réponse à celle-ci, l'inconnue lâcha un petit cri de surprise et de frayeur. Elle plaqua les mains sur sa bouche et se retourna vivement pour lui faire face.

L'épouvante qu'il lut dans les beaux yeux bruns qui le fixaient lui parut presque comique.

Tout en luttant pour maîtriser son membre indiscipliné, il prit la parole d'une voix rauque.

— Qui êtes-vous ?

— Vous… vous êtes réveillé, bégaya l'étrangère.

Tout en remarquant la rougeur plaisante qui envahissait ses joues et son cou délicat, Kendran constata qu'elle n'avait pas répondu à sa question. Tandis qu'il continuait à l'observer, une lueur de défi s'alluma dans ses yeux de biche aux longs cils. Levant un petit menton volontaire, elle rejeta sa tresse épaisse derrière son épaule. Le souffle coupé, Kendran songea que cette jeune femme étrange et attirante était une véritable beauté.

La porte s'ouvrit brusquement, et les deux jeunes gens sursautèrent. Une femme aux cheveux grisonnants vêtue d'une longue chemise en laine apparut dans l'encadrement, un bougeoir à la main. Elle eut une expression de joie lorsque ses yeux verts rencontrèrent ceux de Kendran.

— Vous êtes réveillé, dit-elle avant de se tourner vers la jeune femme. Tu aurais dû m'appeler.

— Il vient de revenir à lui, ma tante, et j'allais justement... vous chercher. Comme il transpirait abondamment, j'ai cru que son état avait empiré, mais je n'arrivais pas à me décider à vous tirer de votre sommeil. Vous en aviez tellement besoin. Je pensais pouvoir m'occuper de lui toute seule...

— Il a transpiré ?

La nouvelle venue contourna sa compagne et se précipita à son chevet. Tout en installant sa chandelle sur la table de nuit, elle posa une main ferme sur son front.

— Le Seigneur s'est montré miséricordieux. Loué soit-Il !

La jeune femme n'avait pas croisé une seule fois le regard de Kendran pendant cet échange. Il savait de quelle façon particulière elle s'était occupée de lui et avait compris qu'elle était terriblement gênée d'avoir été surprise. Il n'avait pas l'intention de la plonger dans l'embarras. Enfin... pas tout de suite, décida-t-il.

Une nouvelle fois, il dut faire un effort pour s'exprimer. Sa gorge était terriblement sèche.

— Si vous pouviez me donner un peu d'eau...

La plus jeune intervint avec empressement.

— L'eau de la cruche n'est plus fraîche. Je vais aller la changer.

S'emparant du récipient, elle s'enfuit tellement vite que personne n'eut le temps de lui répondre.

Bizarrement, elle n'avait pas plus tôt quitté la pièce que Kendran sentit toute énergie l'abandonner. Il regarda l'autre femme. Celle-ci parut percevoir son trouble et son épuisement, car elle se pencha vers lui avec un tel air de bonté qu'il en fut profondément ému.

— Je sais, mon garçon, vous êtes exténué. Mais heureusement pour vous, vous êtes solide. C'est grâce à votre robuste constitution que vous avez survécu. Un homme moins fort aurait succombé à une telle fièvre.

Malgré sa fatigue, il s'obligea à poser la question qui le tourmentait.

— Que m'est-il arrivé ?

— En fait, nous espérions l'apprendre de votre bouche. Ma nièce vous a trouvé blessé au bord d'une route, au milieu des bois. Nous ignorons combien de temps vous êtes resté allongé là-bas. Votre blessure à l'épaule n'était pas suffisamment grave pour vous tuer, mais elle s'est infectée et nous avons craint pour votre vie.

Kendran soupira.

— Je ne me souviens de rien, hélas.

Ses paupières devinrent très lourdes. En dépit des nombreuses questions qui lui tourbillonnaient dans la tête et de ses efforts pour se concentrer, il glissa de nouveau dans les bras de Morphée.

A son retour, Annelise éprouva un certain soulagement en découvrant que l'homme s'était rendormi. Elle ignorait s'il l'avait longuement observée tandis qu'elle explorait son corps, mais elle se doutait qu'il avait été témoin de sa grande curiosité et de sa terrible audace.

Heureusement, il l'avait alertée juste avant qu'elle ne commette l'acte le plus scandaleux de tous. Mais que lui avait-il donc pris de vouloir soulever le couvre-lit ? Pleine d'un désespoir silencieux, elle tenta de se consoler en songeant que n'importe qui aurait fait la même chose à sa place. La bosse sous la couverture avait attiré son regard : il était naturel qu'elle ait cherché à en comprendre l'origine.

Mais tandis qu'elle cherchait à se convaincre, elle ne

pouvait oublier ses propres réactions et les frissons délicieux qui l'avaient parcourue tandis qu'elle caressait l'inconnu.

Elle fut reconnaissante à sa tante de prendre la cruche de ses mains tremblantes sans se tourner vers elle. Annelise se sentait incapable de soutenir un examen attentif. Elle tenta de se défaire de son trouble lorsque Jane déclara :

— Il a de nouveau sombré dans l'inconscience, mais j'ai l'impression que le pire est derrière nous. J'aurais dû te prévenir, pour la fièvre.

— Comment ça ?

Sa tante lui jeta un œil tandis qu'elle remplissait une tasse et maintenait la tête de l'homme pour le faire boire.

— La transpiration dont tu parlais est bénéfique. Elle indique que le corps a rejeté le poison de l'infection pour s'engager sur le chemin de la guérison.

Annelise se mordilla la lèvre.

— Dire que j'ai cru le contraire !

Cette information la renvoyait à son imprudence. Si elle avait su que son état était en train de s'améliorer, jamais elle n'aurait pris le risque de le toucher.

— Il faut remercier Notre Seigneur pour cette guérison, reprit Jane. L'étranger m'a parlé quelques instants avant de tomber dans un profond sommeil. C'est très bon signe. Il semble parfaitement sain d'esprit.

Annelise s'exprima avec une certaine agitation.

— A-t-il dit quelque chose… à mon sujet ?

— Non, il m'a simplement dit qu'il ne se souvenait pas comment il avait été blessé.

Satisfaite d'avoir réussi à lui faire absorber un peu de liquide, elle reposa la tasse sur la table en coulant un regard intrigué à sa nièce.

— A son prochain réveil, il se sentira mieux, je pense. Peut-être nous apprendra-t-il enfin qui il est.

Attentive à ne pas éveiller les soupçons de sa tante, Annelise eut un sourire forcé.

— Ce serait merveilleux.

Elle espérait simplement qu'il aurait tout oublié de ce qui s'était passé dans cette chambre. Et elle formait le même vœu pour elle-même.

Chapitre 3

Quand Kendran se réveilla, il fut immédiatement conscient de la sécheresse de sa bouche et de sa douleur à l'épaule. En ouvrant les yeux, il se souvenait parfaitement des deux femmes et de la courte conversation qu'il avait eue avec la plus âgée. Ainsi, il avait été gravement malade à cause d'une blessure.

Ses pensées dérivèrent vers la plus jeune. D'une beauté étonnante, avec sa chevelure dorée et ses yeux sombres, elle était un peu mystérieuse et avait un comportement ambigu : à en juger par les réactions de son corps, Kendran l'imaginait experte en caresses, pourtant elle avait paru terriblement embarrassée lorsqu'il l'avait surprise.

Lui-même éprouvait un certain malaise d'avoir réagi si favorablement, mais après tout, elle était fort séduisante et l'avait touché d'une façon très agréable.

Ecartant ces idées, il tenta de se concentrer sur des choses plus importantes. Il fallait absolument qu'il sache où il se trouvait.

En tout cas, Kendran avait la nette impression qu'il ne reverrait jamais son épée. Il eut un petit pincement au cœur : l'arme lui avait été offerte par son frère aîné, Benedict, le jour où il avait été fait chevalier. Ce cadeau ainsi que son étalon lui étaient plus précieux que toutes ses autres possessions.

Avec précaution, il tâta son épaule. Le bandage n'était

pas bien large, et il ne croyait pas la blessure trop sévère. Puis il s'intéressa à la douleur un peu sourde qui résonnait dans son crâne : posant la main à l'arrière de sa tête, il sentit une croûte et une grosse bosse sous ses doigts. Or il avait beau réfléchir, il ne parvenait pas à se remémorer comment il avait reçu ces coups, ni qui les lui avait portés.

L'idée d'avoir été attaqué en traître, par-derrière, exaspérait Kendran au plus haut point. Pourtant, c'était sans doute ce qui s'était passé, puisqu'il ne gardait pas le moindre souvenir de son ou de ses assaillants.

Dans un combat, il y avait toujours un vainqueur et un vaincu, cela faisait partie du jeu, et il l'admettait volontiers. Mais l'acte de lâcheté dont il avait été victime lui paraissait inadmissible.

Son maître d'armes lui avait appris à affronter courageusement ses adversaires, à les regarder en face. Il lui avait enseigné que le courage et le sens de l'honneur étaient des vertus à cultiver. Kendran avait suivi ces préceptes et s'en était toujours trouvé bien.

Soudain, tandis qu'il remâchait sa colère, la porte s'ouvrit. La déception qui s'empara de lui lorsqu'il vit que c'était la femme plus âgée le prit au dépourvu. Bien vite, il songea qu'il n'avait aucune raison d'être désappointé, puisque la jeune inconnue ne lui était rien.

La femme s'approcha avec un large sourire.

— Vous êtes réveillé. C'est bien.

— Oui, dit-il d'une voix encore enrouée. Et je suis désolé d'avoir terminé notre conversation de façon aussi abrupte, tout à l'heure.

— Il ne faut pas vous inquiéter pour cela, mon garçon. Pour ma part, je suis ravie de vous voir parler. Vous revenez de loin, vous savez.

Elle eut une expression satisfaite en posant la main sur son front.

— Ah, votre peau est fraîche. C'est parfait.

— Où suis-je ? lui demanda Kendran.

— Vous êtes sous le toit de mon beau-frère, Joseph Stanhope. C'était sa fille, Annelise, qui s'occupait de vous quand vous avez repris connaissance pour la première fois. Et moi, je m'appelle Jane Greenwood.

Kendran ne fut guère surpris d'apprendre que la jeune inconnue était la fille de la maison. C'était bien ce qu'il avait supposé. Il se demanda si son père savait à quel point sa fille était hardie. Annelise, répéta-t-il silencieusement. C'était un prénom plutôt inhabituel, et malgré lui, il fit cette réflexion à voix haute.

— C'est un prénom original.

Une voix féminine lui répondit depuis le seuil.

— C'était celui de ma grand-mère. Elle venait du Saint Empire romain germanique.

C'était Annelise en personne qui lui avait répondu, et il ne put s'empêcher de noter qu'elle était aussi jolie que dans son souvenir. Comme elle se présentait de profil, il la dévora des yeux. Ses cheveux étaient toujours réunis en une lourde tresse qui lui arrivait au milieu du dos. A la lumière du jour, il put en admirer la belle couleur de blé mûr.

La jeune femme fit un pas en avant, serrant un panier contre sa poitrine. Il s'aperçut qu'elle évitait de le regarder en face. Elle s'adressa à celle qui se nommait Jane Greenwood.

— Voilà les chiffons propres que vous m'avez demandé d'apporter, ma tante.

— Vous ne nous avez pas donné votre nom, observa Jane en regardant Kendran.

— Je m'appelle Kendran, Kendran Ainsworth.

La femme hocha la tête.

— A présent, nous savons au moins cela.

La fixant intensément, il l'interrogea :

— Il y a quelque chose que j'aimerais beaucoup savoir : quand votre nièce m'a trouvé dans les bois, j'étais seul ?

Annelise s'empressa de lui répondre.

— Oui, vous gisiez inconscient en bordure du chemin.

— Et mon cheval ? Mes affaires ?

— Vous n'aviez plus rien, hormis vos braies.

Malgré la confirmation qu'il avait tout perdu, Kendran se sentit plein de gratitude envers la jeune femme.

— Je vous dois la vie, déclara-t-il en inclinant la tête.

Leurs yeux se croisèrent et elle soutint longuement son regard avant de baisser le sien. Timidement, elle répliqua :

— En fait, c'est mon chien Max, qui vous a découvert. Il est resté près de vous jusqu'à ce que j'accepte de descendre. Il faisait nuit, et je ne distinguais pas grand-chose. Voilà l'histoire, acheva-t-elle en rougissant.

Il fut touché par sa réaction. Elle avait une personnalité étonnante, à la fois pleine de réserve et d'audace.

Il reporta son attention sur Jane Greenwood pour dissimuler son émotion à la jeune femme.

— Je ne peux que vous remercier du fond du cœur de m'avoir si bien soigné. D'autant plus que vous ne savez rien de moi, ni de la façon dont j'ai été blessé.

Il sentit le regard d'Annelise peser sur lui lorsqu'elle prit la parole.

— Nous avons notre petite idée là-dessus. Il est fort probable que ce soit l'œuvre des hommes de ce maudit Kramon.

— Tais-toi, Annelise, murmura Jane Greenwood, l'air horrifié.

Kendran leva la main et considéra la jeune femme.

— Non, je vous en prie, poursuivez. J'ai l'intention de venger cet affront moi-même et je souhaite en apprendre davantage.

L'expression d'Annelise devint amère.

— Malheureusement, vous n'obtiendrez pas justice si le baron est coupable. C'est un noble, et il est au-dessus des lois lorsqu'il s'en prend aux gens du peuple. Pas un seul noble n'a franchi le seuil de cette maison depuis que Kramon a détruit nos vies.

— Annelise ! Tu dois apprendre à tenir ta langue ! l'admonesta Jane d'une voix qui trahissait son trouble.

Aussitôt, la jeune femme baissa ses yeux furieux. Kendran faillit rétorquer qu'elle insultait ses pairs. Comment pouvait-elle se permettre de juger tous les nobles à l'aune d'un seul ? Il ouvrit la bouche pour déclarer qu'il était le plus jeune frère du baron de Brackenmoore, un homme reconnu et estimé de tous, mais il y renonça.

Il était curieux de découvrir ce qu'avait fait ce Kramon pour s'attirer ainsi la haine de personnes apparemment bonnes et généreuses, mais il garda ses questions pour lui. Il était évident qu'il n'obtiendrait aucune réponse en présence de la tante de la jeune femme. Son regard effrayé ne lui avait pas échappé.

Frustré, Kendran songea qu'il devrait attendre une occasion propice pour en apprendre davantage. Comme il se faisait cette réflexion, il fixa Annelise. Le visage écarlate, elle releva fièrement la tête et s'exprima avec un air de dignité offensée.

— Ma tante, je vous prie de vous souvenir que je ne suis plus une enfant. Je préférerais que vous ne me parliez point sur ce ton. A présent, si vous voulez bien m'excuser...

Et elle quitta la chambre avec la majesté d'une reine.

Jane Greenwood poussa un soupir après son départ.

— Elle dit vrai. Nous avons du mal à nous faire à l'idée qu'elle a grandi.

Comme elle continuait, et alors même qu'elle s'adressait à lui, Kendran eut l'impression qu'elle avait oublié sa présence.

— Trop de choses ont changé depuis la mort de sa mère,

ma chère Mary. Annelise a eu le cœur brisé. Elle n'avait que treize ans, mais elle a essayé de prendre la suite de sa mère et de remplir toutes ses tâches. Elle a beaucoup d'affection pour le chien qui vous a trouvé. Quand il était tout petit, il était faible et malade. On croyait qu'il ne survivrait pas. Elle lui a prodigué des soins jour et nuit, et il vient de sauver une vie à son tour, la vôtre. C'est une excellente nature, notre Annelise. Elle aime faire le bien autour d'elle. Un jour, je suis certaine qu'elle en récoltera les fruits.

Songeant à la peine de la jeune femme, Kendran sentit sa gorge se serrer. Elle avait fait preuve d'une grande force de caractère en refusant de se laisser submerger par ce deuil et en se tournant vers les autres pour les aider.

— Si nous nous montrons un peu trop protecteurs vis-à-vis d'elle, c'est uniquement parce que nous craignons pour sa sécurité, surtout lorsque nous croyons…

Elle pâlit et se tourna vers Kendran. Celui-ci tenta de l'apaiser.

— Je suis sûr que vous agissez toujours dans son intérêt.

Visiblement gênée de s'être laissée aller à des confidences, Jane s'éclaircit la gorge.

— Il faut que je m'en aille. Vous devez vous reposer, à présent.

Kendran acquiesça, soudain trop fatigué pour tenter de tirer les choses au clair.

— Soyez encore remerciée pour tout ce que vous avez fait pour moi.

Une fois seul, et malgré son envie de dormir, il se mit à réfléchir à tout ce que la femme lui avait appris sur sa nièce. Bien qu'Annelise condamnât les nobles, il y avait une certaine noblesse dans son attitude. Et il avait remarqué le malaise de sa tante quand elle avait évoqué les possibles dangers menaçant la jeune femme.

Tout cela était fort intrigant.

Kendran songea qu'il devait absolument envoyer un message au vassal de son frère. En effet, sir Peter l'attendait dans son château de Wingate et devait commencer à s'inquiéter de son absence. Mais il s'en occuperait plus tard, car pour l'heure, ses paupières étaient bien trop lourdes…

Kendran leva les yeux vers l'homme à la forte carrure qui se tenait sur le seuil. Malgré son sourire, ses doux yeux bruns étaient empreints de tristesse. Le jeune homme se souvint des paroles d'Annelise : « Kramon a détruit nos vies. »

— Jane m'a dit que vous étiez prêt à descendre, dit l'homme d'un ton aimable.

— Oui. Vous êtes mon hôte, je présume.

— Joseph Stanhope. Je suis heureux de faire votre connaissance. J'avais l'intention de monter plus tôt, mais vous dormiez.

— Kendran Ainsworth. J'avoue que je me suis rendormi, dit-il d'un air contrit. D'ailleurs, sans votre famille, je serais peut-être plongé dans un sommeil éternel.

Joseph hocha la tête.

— C'est possible. Mais il arrive que les choses s'arrangent d'elles-mêmes… parfois. Pourtant, je souhaite qu'Annelise se montre plus prudente à l'avenir, et qu'elle se tienne loin des bois à la nuit tombée.

Kendran répondit avec chaleur.

— Je ne vous remercierai jamais assez pour ce que vous et votre fille avez fait pour moi. Vous avez toute ma reconnaissance.

— Votre gratitude me touche, jeune homme. A présent, je vais vous aider à descendre.

— J'en serais ravi. Chez… moi, Maeve dit qu'il n'est pas bon de garder la chambre si on veut guérir vite.

Si l'homme avait remarqué son hésitation, il ne fit aucun commentaire.

— Et où est-ce, chez vous ? demanda-t-il.

— Près de Douvres.

Kendran avait bien conscience du flou de sa réponse, mais comme son hôte avait des préjugés envers les nobles, il ne souhaitait pas donner trop d'indications sur lui.

— C'est très joli, par là-bas, observa simplement Joseph Stanhope.

— C'est vrai. Vous connaissez ?

— J'y suis allé il y a bien des années, avant d'épouser la mère d'Annelise, répondit-il d'une voix chagrinée. J'avais envie de voir le monde, à l'époque.

Puis il reporta son attention sur Kendran.

— Au fait, nous ne savons rien de vous.

— Il n'y a pas grand-chose à dire. Moi aussi, j'avais dans l'idée de voyager un peu. Et je me suis réveillé dans ce lit.

— Nous devrons nous contenter de cela pour le moment. Bon, vous vous sentez prêt ?

Kendran prit une profonde inspiration.

— Oui. Allons-y.

Il était reconnaissant à son hôte de ne pas avoir insisté davantage.

Jane lui avait donné des vêtements propres mais un peu usés qui avaient dû appartenir à Joseph Stanhope.

Une fois au bas des marches, il prit le temps d'examiner la pièce dans laquelle il se trouvait. Elle était assez grande et décorée avec goût. Kendran admira les coffres ouvragés et la tapisserie. Même s'ils n'étaient sans doute pas très riches, ces gens n'étaient pas dans la gêne.

Tandis que Joseph Stanhope l'installait dans un fauteuil confortable près de la fenêtre, il lui dit :

— Je dois reprendre mon travail, à présent. Je viendrai vous aider à vous recoucher quand vous serez fatigué.

— Votre travail ? demanda Kendran sans dissimuler sa curiosité.

L'homme eut un sourire qui exprimait une certaine fierté.

— Je suis menuisier de mon état. Les meubles que vous voyez, c'est moi qui les ai fabriqués.

Lorsqu'il prononça ces mots, Kendran songea que, par le plus grand des hasards, il était sans doute arrivé à destination. Son projet initial avait été de s'arrêter à Lundy pour payer le menuisier, puis de séjourner à Wingate et de chasser avec les hommes de son frère en attendant que le présent qui lui était destiné soit prêt. Raine, l'épouse de Benedict, avait entendu parler de cet artisan par le châtelain de Wingate, qui avait loué l'extraordinaire talent de cet homme. Elle avait alors décidé de lui confier la fabrication d'un bureau pour son époux. Ce serait un merveilleux cadeau qui aurait sa place dans la bibliothèque, la pièce préférée de Benedict.

Mais rien ne s'était passé comme prévu, et la bourse remplie de pièces d'argent confiée par Raine était perdue, ainsi que tout le reste.

L'espace d'un instant, la stupeur rendit Kendran muet. Quelle coïncidence ! Et comment se faisait-il que l'homme n'ait pas reconnu le nom d'Ainsworth ? Il n'eut pas le temps de s'interroger davantage, car Joseph Stanhope appela sa fille.

— Annelise !

Elle entra par une porte située à l'autre bout de la pièce.

— Oui, père ?

Elle ne regarda pas Kendran, mais celui-ci ne se priva pas de la détailler. Ses yeux s'attardèrent sur ses longs cils, ses pommettes hautes, la courbe délicate de sa bouche, avant d'envelopper d'un air appréciateur toute sa silhouette terriblement féminine.

Kendran s'obligea à prêter attention aux paroles du père à sa fille. Il y avait beaucoup d'amour et de tendresse dans sa voix et son expression.

— Ma colombe, j'aimerais que tu restes à la disposition de notre hôte, pour le cas où il aurait besoin de quelque chose.

Elle se raidit, mais le menuisier, qui s'apprêtait à regagner son atelier, ne parut pas s'en apercevoir.

— Oui, père.

Passant outre sa déception devant sa réaction, Kendran lui parla d'un ton détaché.

— Ne vous inquiétez pas pour moi. Je me sens bien. Vous pouvez parfaitement vaquer à vos occupations.

Elle lui lança un regard de biais.

— Je ferai ce que mon père m'a demandé.

Les mains croisées devant elle, elle demeura immobile un instant. Quelle énigme que cette jeune femme ! songea-t-il avec étonnement. Après l'audace de la nuit et la majesté du matin, elle se comportait à présent en fille obéissante.

— Si vous voulez bien m'excuser, déclara-t-elle brusquement. Je reviens tout de suite.

Et elle s'éclipsa sans lui laisser le temps de répondre, tandis qu'un chien de chasse abandonnait sa place au coin du feu pour s'approcher de lui. Le voyant boiter légèrement, Kendran se pencha vers lui.

— Qu'y a-t-il, mon chien ? Tu t'es fait mal ?

L'animal lui lança un regard implorant. Tout en faisant bien attention à ménager son épaule blessée, Kendran lui saisit délicatement la patte pour l'examiner. Au début, il ne vit rien, puis il repéra une écharde qui s'était logée entre deux griffes, au niveau des coussinets.

— Que se passe-t-il ?

Annelise se tenait à quelques pas de lui, portant un balai, un seau et une grosse toile à laver. Kendran haussa les épaules.

— Il a une écharde…

Elle poussa un cri et abandonna aussitôt balai, seau et toile pour se précipiter vers eux. Kendran lui présenta la patte.

— Vous voyez ? Juste là.

Agenouillée près de son chien, elle murmura :

— Oh, mon pauvre Max.

Celui-ci parut apprécier sa compassion, car il lui lécha la joue avec enthousiasme. Kendran l'arrêta quand elle voulut l'attirer à elle.

— L'éclat est assez petit. Je vais lui écarter les griffes pour que vous puissiez l'ôter.

Elle le considéra longuement mais ne protesta pas et eut tôt fait de retirer l'écharde. Après lui avoir brièvement sauté sur les genoux, manquant la renverser, le chien grimpa sur ceux de Kendran et lui donna un joyeux coup de langue. Bien que ce ne fut pas le remerciement le plus agréable qu'il ait jamais reçu, Kendran passa affectueusement la main sur le dos rêche de l'animal, songeant que ce devait être ce même chien qui l'avait trouvé dans les bois.

Annelise interrompit cet échange de caresses d'un ton mécontent.

— Allons, Max, descends, tu vois bien que tu gênes.

Le chien regarda sa maîtresse : elle fronçait les sourcils. Avant d'aller s'asseoir devant elle, il se tourna une dernière fois vers Kendran comme pour s'excuser. La jeune femme l'emmena devant la porte d'entrée et le fit sortir.

Lorsqu'elle revint, Kendran déclara :

— Ce n'était pas la peine de le mettre dehors. Il ne me dérangeait nullement.

L'air contrarié, la jeune femme lui répondit d'une voix tendue :

— C'est fort aimable à vous, mais j'ai beaucoup de travail, et je n'ai pas envie de l'avoir dans les jambes pendant que je nettoie.

Kendran se le tint pour dit et se tut. Annelise commença par balayer la jonchée fanée puis, saisissant la toile à laver, elle entreprit de frotter le sol. Il nota qu'elle évitait soigneusement de s'approcher de l'endroit où il était assis.

L'espace d'un instant, Kendran se demanda avec agacement si elle n'avait pas éloigné le chien par jalousie, pour l'empêcher de rester auprès de lui. Mais cette idée lui parut tellement ridicule qu'il l'écarta d'un revers de la main. De toute façon, elle semblait avoir complètement oublié sa présence.

Lui, en revanche, avait du mal à détacher les yeux de sa personne. Il ne put s'empêcher d'admirer sa poitrine, qui tendait la robe de laine bleue à chaque mouvement. S'arrachant à cette contemplation à regret, il se retrouva bientôt à fixer l'endroit où le tissu moulait son joli postérieur.

Embarrassé par la réaction presque instantanée de son corps, il remua dans le fauteuil.

Annelise leva un front soucieux vers lui.

— Qu'y a-t-il ? Vous souffrez ?

Il déglutit avec difficulté.

— Non, mais j'ai terriblement soif.

Le son rauque de sa voix l'irrita contre lui-même. Il se comportait comme un jeune niais qui n'avait jamais connu les femmes. Depuis le temps, il aurait dû apprendre à mieux se contrôler.

Visiblement étrangère à ses réflexions, Annelise hocha la tête.

— Je vais vous apporter du lait. Il est bien frais et vous adoucira la gorge.

Quand elle lui eut tourné le dos, Kendran fit la grimace. Vu son état, il aurait préféré un peu de vin. Tout un pichet, même : il aurait voulu s'enivrer pour anéantir le désir qui sourdait en lui.

Elle revint avec le lait et lui tendit un gobelet en étain d'un air maternel ; celui qu'elle avait eu pour son chien, songea-t-il avec une pointe d'amertume. Il préférait cependant cette attitude à l'indifférence absolue qu'elle lui avait témoignée depuis qu'il était installé en bas.

Kendran but une longue gorgée de lait et, à sa grande surprise, se sentit mieux. La jeune femme avait dit vrai : c'était bon et rafraîchissant. Il but le reste d'un trait et rendit le gobelet à Annelise avec un chaleureux :

— Merci bien.

Elle lui sourit. Captivé par ce sourire qui illuminait son visage et ses yeux, Kendran s'en détourna avec effort et lança la première chose qui lui vint.

— Vraiment délicieux, ce lait. Comment faites-vous pour qu'il soit si frais ?

— Nous gardons en permanence une cruche pleine dans la rivière, derrière la maison.

Il hocha la tête avant de chercher désespérément comment poursuivre cette conversation laborieuse. En regardant par la fenêtre, il aperçut un potager bien entretenu. A côté, dans un carré d'herbe, une chèvre broutait tranquillement non loin d'un chêne aux larges branches. Ses feuilles aux reflets dorés dansaient dans la légère brise d'automne. Kendran comprenait qu'on pût aimer vivre dans ce lieu tranquille.

— Vous avez toujours vécu ici ? demanda-t-il.

— Oui.

— Vous devez être attachée à cet endroit. C'est tellement paisible.

Elle inspira profondément et le chagrin se peignit sur son visage.

— Pas toujours, hélas.

Il ne put s'empêcher de l'interroger.

— Vous avez déjà fait allusion à quelque chose, ce matin. D'après vous, le coupable est un certain Kramon. Pourquoi pensez-vous que ce baron aurait pu m'attaquer ?

Voyant qu'elle hésitait, il insista.

— Si je disposais de davantage d'éléments sur cet homme, cela pourrait m'être utile, vous savez.

Annelise étudia attentivement Kendran, incertaine quant à la conduite à tenir. Quand elle l'avait revu, dans la matinée, elle avait redouté qu'il ne se souvienne de la scène qu'il avait eue sous les yeux lors de son premier réveil.

Pourtant, rien dans son attitude n'avait indiqué que c'était le cas. Et lorsqu'il avait demandé ce qui lui était arrivé, elle n'avait pu s'empêcher de lui livrer son interprétation des faits. Sans doute en avait-elle déjà trop dit, mais elle avait l'impression que d'une certaine façon, il existait un lien entre eux.

Pourtant, maintenant qu'elle se retrouvait seule avec lui, l'idée qu'il aurait pu la surprendre la mettait encore plus mal à l'aise.

Malgré elle, Annelise le regarda dans les yeux. Ils étaient d'un bleu si intense que son cœur se mit à battre à tout rompre. Une nouvelle fois, elle n'y lut ni condamnation ni signe qu'il se rappelait quoi que ce fût. Peut-être avait-il vraiment oublié, après tout.

En tout cas, il s'était montré gentil avec son chien, et Max lui avait immédiatement accordé sa confiance alors qu'habituellement, il se méfiait des étrangers.

Depuis qu'elle avait fait sortir l'animal, Kendran Ainsworth avait un air préoccupé. Bien sûr, elle avait surpris son regard à plusieurs reprises tandis qu'elle travaillait, mais s'était étonnée de son expression un peu souffrante. Peut-être avait-il été si malade pendant la nuit qu'il ne s'était pas rendu compte de son manège.

Une petite voix lui chuchota que ce serait trop beau, mais Annelise était optimiste de nature.

Tandis qu'il attendait sa réponse, elle nota avec quelle détermination il la fixait. Comment pouvait-on avoir des yeux aussi bleus ? songea-t-elle. Peut-être étaient-ce uniquement ses longs cils noirs qui en soulignaient la couleur.

— Je vous en prie, Annelise.

Devant son ton pressant, elle répliqua :

— J'ai besoin d'y réfléchir.

Il n'ajouta rien, mais elle vit qu'il n'abandonnerait pas si facilement la partie.

Elle baissa les yeux et s'obligea à se concentrer sur sa demande. Une partie d'elle-même penchait pour la franchise. Après tout, le fait d'avoir été attaqué et laissé pour mort donnait à Kendran Ainsworth le droit de savoir. D'un autre côté, elle n'avait pas oublié l'avertissement de sa tante. Jane ne serait pas contente si elle se confiait à cet homme. En effet, si jamais il les trahissait, il les mettrait tous en danger. Et ils n'avaient aucune preuve que Kramon et ses hommes étaient bien responsables de ses blessures.

Au même moment, Annelise comprit qu'elle devait suivre son instinct pour prendre une décision, et cet instinct lui disait que Kendran Ainsworth ne se servirait jamais de ses propos pour leur faire du mal. C'était un homme qui commettait peu d'erreurs, elle le sentait. Même affaibli, il émanait de lui une certaine autorité et une grande assurance.

Son corps musclé indiquait qu'il était habitué à se battre. Et il avait parlé d'un cheval.

Bien qu'elle brûlât de lui poser toutes sortes de questions, Annelise refréna sa curiosité. Son père avait dit qu'ils attendraient sa guérison pour l'interroger.

— Je vais vous raconter une histoire qui vous fera comprendre ce qui a bien failli vous arriver, déclara-t-elle soudain.

Après avoir pris une profonde inspiration, elle poursuivit :

— Il y a cinq ans, ma mère a été assassinée.

Kendran la regarda avec compassion.

— Mes parents sont morts dans un accident quand j'étais enfant. Je me souviens du chagrin que j'ai éprouvé, mais je n'ose pas imaginer l'immensité du vôtre.

L'envie d'en apprendre davantage sur lui la poussa à demander :

— Vous avez de la famille ? Une épouse peut-être ?

— Non, je ne suis pas marié. Mais je suis très proche de ma famille.

Annelise acquiesça et baissa les yeux pour dissimuler le soulagement qui s'y reflétait. Une partie d'elle-même s'étonna : pourquoi la nouvelle de son célibat avait-elle engendré une telle réaction ?

— J'aurais beaucoup aimé avoir des frères et des sœurs. Mais Dieu en a décidé autrement. Et je ne crois pas que mon père…

Elle soupira et releva fièrement la tête.

— Il… Nous étions tellement certains que la mort de ma mère serait vengée. Le temps a passé, mais plus nous nous heurtions à l'indifférence du shérif, plus nous étions déterminés à ce que justice soit faite. Nous avons compris un peu tard que c'était sans espoir. Celui que nous accusons est un personnage bien trop important.

— Pourquoi être restés à Lundy, dans ce cas ?

— Nous ne pouvions pas partir. Il nous aurait fallu aller suffisamment loin pour échapper à l'influence de Kramon, et alors, à qui nous adresser pour demander justice ? Cela dit, maintenant que le shérif nous a ordonné de cesser d'écrire, j'ignore quels sont les projets de mon père. Tout ce que je sais, c'est que partir signifierait quitter nos amis et ceux qui dépendent de nous.

Il la dévisagea attentivement et décela son agitation intérieure.

— Dites-moi comment elle a été tuée, Annelise, et

pourquoi vous soupçonnez le baron de Kramon. Quel lien faites-vous avec ce qui m'est arrivé ?

Elle commença son récit d'une voix étranglée.

— Ma mère a été retrouvée dans l'atelier de mon père, violentée et sauvagement assassinée. Les environs de Lundy étaient déjà peu sûrs depuis quelque temps, mais la situation n'a fait qu'empirer au fil des ans. Nous croyons le baron de Kramon responsable, pourtant nous n'avons pas pu exposer nos arguments. Le shérif n'a jamais convoqué mon père pour entendre ce qu'il avait à dire. La position de Kramon lui garantit l'immunité pour le meurtre d'une simple épouse d'artisan.

— Comment est-ce possible ? La couronne d'Angleterre n'aimerait certainement pas voir un crime impuni. Un noble doit répondre de ses actes.

— Je ne vous savais pas si naïf. Comme je vous l'ai dit, le shérif n'a pas souhaité nous recevoir. Il veut que nous portions d'abord nos griefs devant notre seigneur, ce qui est impossible. Croyez-vous que Kramon irait jusqu'à s'accuser lui-même ? Edgar, baron de Kramon, fait régner sa propre loi, comme nombre de ses pairs.

Kendran secoua la tête.

— Un autre que lui aurait-il pu commettre ce crime odieux ?

— Non. Nous avons la preuve de ce que nous avançons.

— C'est-à-dire ?

Sa voix était teintée d'amertume quand elle répondit :

— Mon père a trouvé son gantelet à côté du corps de ma mère.

Kendran inspira profondément.

— Il faudrait porter cette affaire devant le roi en personne.

La jeune femme eut un rire désabusé.

— C'est bien ce que nous avons fait, par l'intermédiaire du shérif. Il n'y a pas de justice pour nous, gens du peuple, quand le coupable est un noble. Nous avons bien retenu la leçon, et nous ne nous fions plus à ces gens-là, puisqu'ils ne nous respectent pas. Mon père accepte de leur fabriquer des meubles afin de subvenir à nos besoins, mais nous n'oublions pas qu'ils se considèrent bien au-dessus de nous en toutes choses. A leurs yeux, nos vies ne valent rien.

Elle fit la grimace et croisa son regard.

— Pourquoi les villageois ne s'unissent-ils pas pour se défendre, s'ils connaissent le coupable ? demanda Kendran.

Annelise poussa un soupir d'exaspération.

— Tout d'abord, il n'est pas seul. Et vous croyez que ses hommes agissent au grand jour ? La plupart du temps, ils se cachent dans la forêt et attaquent les voyageurs isolés à la nuit tombée. Et comme par hasard, alors que Kramon est parfaitement au courant, il ne fait rien pour empêcher cela. Pourtant, certains ont été dépossédés de leurs biens, et d'autres y ont aussi perdu la vie. Mais le baron a toujours été un seigneur cruel et avide, même avant le début de ces attaques. Il nous réclame sans arrêt davantage d'argent et punit sévèrement les villageois à la moindre occasion. Nous vivons dans la peur, et nous n'avons personne en dehors de nous-mêmes pour assurer notre protection. Le soir où je vous ai trouvé, je n'aurais pas dû rentrer si tard, ni emprunter le chemin à travers bois, mais il est plus direct et je voulais arriver à la maison avant la nuit noire. Vous avez eu de la chance, Kendran Ainsworth. Beaucoup de chance.

Chapitre 4

Même s'il en connaissait l'existence, Kendran fut choqué d'entendre parler d'une telle corruption. Son frère aîné, qui était la probité même, administrait ses terres d'une façon juste, et il était aimé de tous.

Par ailleurs, le jeune homme était profondément préoccupé et troublé par le fait qu'Annelise se soit consciemment mise en danger le soir où elle l'avait trouvé.

Se raisonnant, il se dit qu'il ne pouvait que s'en remettre à Joseph Stanhope pour assurer la sécurité de sa propre fille. Pour sa part, il devait s'en tenir aux choses sur lesquelles il pouvait avoir une influence.

Benedict avait bien connu Richard d'York, le père du présent roi. Edward IV, de retour au pouvoir depuis peu, n'apprécierait certainement pas d'apprendre qu'on bafouait la loi dans son royaume. A la différence d'Annelise et de sa famille, Kendran n'aurait pas de mal à obtenir une audience auprès du roi. Mais il lui faudrait disposer de davantage d'éléments avant d'entamer la moindre démarche. Même si les Stanhope étaient de braves gens, ils pouvaient se tromper dans leur interprétation des faits. Et Kendran ne pouvait pas se permettre d'accuser un baron à tort.

Il réfléchirait plus tard à cette question, lorsqu'il serait seul, décida-t-il. Pour l'instant, il songeait à Annelise et à ses paroles acides contre la noblesse. Elle avait sans doute des motifs de se plaindre, mais il regrettait qu'elle en soit venue à étendre son mépris à tous ceux de son lignage. Kendran avait conscience que s'il souhaitait en apprendre plus sur ce qui se passait à Lundy, il lui faudrait garder secrète l'identité de sa famille. Ainsi, il devrait faire preuve de dissimulation vis-à-vis de ses hôtes, et ce dans leur propre intérêt.

Bien éloignée des pensées de son interlocuteur, Annelise reprit :

— Daniel dit que c'est inutile de continuer à espérer. Selon lui, nous devons accepter cette situation et vivre comme avant. Comme c'est un érudit, c'est lui qui a servi d'intermédiaire entre mon père et le shérif. Il a écrit toutes les lettres et reçu les réponses décourageantes du shérif, y compris la dernière. Il aimerait que nous renoncions à nos démarches, compte tenu de l'interdiction qui nous a été faite d'accuser plus longtemps Kramon.

— Qui est Daniel ? demanda Kendran.

Les beaux yeux de biche de la jeune fille se dérobèrent soudain et elle rougit.

— Daniel est mon... Enfin, nous sommes d'accord pour...

Il n'eut pas de mal à comprendre, malgré ses phrases inachevées. Ce Daniel était son fiancé. Soudain, la fatigue qu'il était parvenu à repousser jusque-là fondit sur lui, et il se passa une main tremblante sur le front. Annelise dut lire la tension sur son visage, car elle déclara :

— On se fatigue vite quand on a été aussi malade que vous.

Il ne la contredit pas. En effet, à quoi attribuer ce brusque épuisement, sinon à la fièvre qui avait failli l'emporter ?

La jeune femme se dirigea vers le fond de la pièce.

— Je vais chercher mon père.

Kendran n'esquissa pas le moindre geste pour la retenir. Même s'il détestait sa faiblesse présente, il avait vivement besoin de se reposer avant d'agir. Il regrettait simplement que le futur époux d'Annelise ait incité les Stanhope à se résigner à l'inacceptable.

Ce qu'il ne comprenait pas, c'était pourquoi lui, un étranger, prenait les intérêts de cette famille tant à cœur. Sans doute parce qu'elle l'avait si bien traité, songea-t-il. Pourtant, en cet instant, il ne voyait rien d'autre que les grands yeux tristes d'Annelise.

Le lendemain matin, quand Kendran se réveilla, il se sentait nettement mieux. A Jane, qui était venue s'assurer que tout allait bien, il déclara qu'il avait très faim. Elle acquiesça avec un large sourire et dit qu'elle allait de ce pas lui préparer à manger.

Afin d'éviter que quelqu'un ne l'aide à s'habiller, il remit ses vêtements de la veille et quitta la petite chambre. En entendant frapper à la porte d'entrée, Kendran s'arrêta en haut des marches et aperçut Annelise, qui s'était précipitée pour ouvrir. Avec un certain déplaisir, il remarqua son sourire radieux et son exclamation de joie lorsqu'elle découvrit un grand jeune homme blond sur le seuil.

— Daniel !

Ce ne pouvait être que l'homme dont elle avait parlé la veille, celui qu'elle devait épouser. Kendran eut un pincement de… il ne savait pas quoi au juste, mais il ne s'agissait pas d'un sentiment très agréable.

Il observa cependant que les deux jeunes gens restaient à une certaine distance l'un de l'autre, et que le visiteur, quoique amical, ne manifestait pas la même chaleur qu'Annelise. Kendran songea que si cette jeune femme belle et désirable avait été sa promise et qu'elle l'avait accueilli avec un tel enthousiasme, il aurait eu du mal à contenir ses émotions et à garder ses mains le long de son corps.

Soit elle n'avait pas prêté attention à son attitude réservée, soit elle ne s'en était pas formalisée, car Annelise poursuivit sur le même ton :

— Entre, je t'en prie. Je vais demander à tante Jane de faire chauffer un peu d'hydromel. La matinée est fraîche.

Kendran ne put s'empêcher d'éprouver une certaine réticence en voyant Daniel pénétrer dans la demeure. C'était absurde, puisqu'il ignorait tout de ce grand jeune homme maigre. Pourtant, il ne pouvait s'empêcher d'examiner ses épaules étroites et son menton fuyant avec un préjugé défavorable. Le fait qu'Annelise semble enchantée de le voir n'avait pas influencé sa réaction, se répéta-t-il fermement. Après tout, l'attitude de la jeune femme était normale, puisqu'ils étaient plus ou moins fiancés.

Soudain mal à l'aise, Kendran décida de regagner sa petite chambre. Comme il se retournait, son épaule heurta le mur et un gémissement lui échappa. Il jeta un œil en bas et vit les deux tourtereaux qui le considéraient d'un air surpris. Avant qu'il ait pu prononcer un mot, Annelise se rua dans l'escalier.

— Vous n'auriez pas dû vous lever sans assistance, le réprimanda-t-elle avec douceur.

Il haussa les épaules, et ce mouvement faillit lui arracher un nouveau cri de douleur.

— Je suis las de rester couché, répondit-il. Je ne peux tout de même pas passer ma vie dans cette chambre, ni vous déranger chaque fois que j'ai envie de faire un pas. Ça ne se voit peut-être pas, mais je me sens mieux ce matin.

La voix de Daniel s'éleva soudain.

— Tu t'inquiètes pour rien, Annelise. On voit bien que ton hôte n'est pas homme à garder la chambre. Il est bâti comme un soldat.

Le regard de Daniel pesait lourdement sur Kendran, qui avait perçu le dédain avec lequel il s'était exprimé. Kendran savait que sa taille et sa robustesse le désignaient comme un combattant, et il n'était pas habitué à ce qu'on le prenne de haut. Tous les hommes de sa famille soumettaient leur corps à un entraînement rigoureux, car ils savaient que la force physique pouvait s'avérer nécessaire pour assurer la protection de leur famille, de leurs gens et de leurs terres. La formation de leur esprit n'avait pas été négligée pour autant, et ils avaient reçu une bonne instruction. Néanmoins, dans les circonstances présentes, il était préférable que l'homme le prenne pour un simple soldat.

— C'est vrai, la guerre est mon métier.

— Cela ne me surprend guère, répliqua Annelise tout en lui jetant un regard qui trahissait sa curiosité.

Pas plus que son ton hautain, l'expression méprisante de Daniel n'échappa à Kendran. A présent, il savait pourquoi il avait éprouvé une antipathie instinctive à son égard.

Mais cette pensée s'évanouit au moment où il sentit les mains fraîches d'Annelise sur son bras. Un petit frisson de désir le parcourut.

Se méprenant sur le sens de sa réaction, la jeune femme lui enlaça la taille pour mieux le soutenir.

— Oh, mon Dieu, vous êtes en train de prendre froid ! Il faut retourner vous coucher.

Malgré son envie de se lever, Kendran n'eut pas d'autre choix que d'acquiescer : il ne pouvait tout de même pas lui expliquer son erreur !

— Vous avez raison, contrairement à ce que j'espérais, j'ai peut-être encore besoin de repos.

Il tenta de s'écarter d'elle, mais elle le guida fermement vers la petite chambre. Il osait à peine respirer tant il était conscient de la douce courbe de sa poitrine contre lui et du contact de ses mains autour de sa taille et sur son bras. Il fixa la manche de sa robe vert pâle et essaya de réfléchir à ce que cette couleur lui évoquait, mais malgré la brièveté du trajet, il eut des sueurs froides qui n'étaient pas liées à sa condition de convalescent.

Tandis qu'il s'étendait sur le lit, Annelise s'empressa de remonter les couvertures. Kendran la dévisagea et découvrit avec étonnement qu'une vive rougeur avait envahi ses pommettes et sa gorge d'albâtre. Sa respiration s'était accélérée, et elle semblait fort troublée.

Comme si elle avait senti qu'il l'examinait, elle releva brusquement la tête et leurs regards se croisèrent. Celui de la jeune femme exprimait un mélange de désir, de plaisir et d'ébahissement. « Mon Dieu, songea Kendran avec émotion, elle a ressenti la même chose que moi. »

Annelise mit un terme à leur échange silencieux et recula d'un pas en triturant nerveusement le ruban noué autour de sa lourde tresse.

Kendran prit une profonde inspiration et se laissa aller contre les oreillers. Tout sensible qu'il fût aux charmes d'Annelise, il ne devait pas oublier qu'elle était promise à l'homme qui l'attendait en bas. Il fit de son mieux pour se convaincre qu'il n'éprouvait que de la gratitude à son endroit, mais comment nier les réactions de son propre corps ? Il devait lutter contre son attirance.

Kendran évita le regard de la jeune femme qui s'apprêtait à quitter la chambre. Elle hésita sur le seuil, et il y avait une certaine tension dans sa voix lorsqu'elle dit :

— La fièvre est revenue, j'en suis sûre. J'en informerai tante Jane. Elle montera sûrement pour s'occuper de vous.

— Inutile de la déranger, répondit-il vivement.

Mais ses paroles furent perdues : elle était déjà partie.

Kendran passa une main tremblante dans ses cheveux. C'était vrai, il avait de nouveau la fièvre. Mais il doutait que Jane, toute compétente qu'elle fût, puisse le guérir de ce mal-là.

Avant de descendre pour déjeuner, Annelise contempla un peu trop longuement la porte fermée de la chambre de Kendran.

Elle rougit d'embarras en se remémorant ce qui s'était passé entre eux la veille. La façon dont elle réagissait au moindre contact avec lui l'épouvantait et la déroutait. Comment était-ce possible, alors que Daniel, son bien-aimé, l'attendait en bas de l'escalier ?

Lorsqu'elle avait aidé son hôte à regagner sa chambre, son cœur battait la chamade, et elle respirait trop fort. Dès qu'elle en avait eu la force, elle s'était détournée et avait couru chercher sa tante dans la cuisine.

Jane s'était aussitôt rendue au chevet de Kendran et n'avait pas tardé à ressortir pour annoncer à Daniel et Annelise que son patient n'avait rien de grave. Il était toujours très faible et épuisé, mais il n'avait pas de fièvre.

Annelise avait dissimulé son soulagement aux deux autres. Elle n'avait pas été fâchée que sa tante retourne à ses occupations et que Daniel déclare qu'il ne pouvait pas rester.

Pendant le reste de la journée, la jeune femme avait fui Kendran Ainsworth comme la peste. Il s'était relevé dans la matinée et avait passé une bonne partie de l'après-midi en bas, dans un fauteuil. Annelise s'était trouvé des tâches à l'extérieur, laissant — non sans un certain sentiment de culpabilité — l'entière charge du convalescent à Jane.

Une fois attablée, elle suivit avec attention la conversation entre son père et sa tante ; tous deux s'émerveillaient de la guérison rapide de leur hôte. Jane affirma que bientôt il serait sur pied et libre d'aller et venir à sa guise.

A cette idée, Annelise eut un frisson d'anticipation, mais elle se reprit bien vite. Baissant la tête, elle picora distraitement la nourriture posée devant elle. Comment pouvait-elle trahir si facilement Daniel ? Et s'il le savait, comment la jugerait-il ? La repousserait-il avec horreur ?

Il ne s'était jamais déclaré, pourtant la jeune femme était certaine que lui aussi estimait qu'ils étaient bien assortis. Sa demande en mariage viendrait en son temps.

La voix de son père interrompit ses pensées tourmentées.

— Tu te sens bien, Annelise ?

Malgré la rougeur qui avait envahi ses joues, elle fit son possible pour répondre d'un air détaché :

— Bien sûr, père. Pourquoi cette question ?

— Tu sembles fort préoccupée, aujourd'hui.

Elle lui adressa un sourire rassurant, ce qui, étant donné son état d'esprit, constituait un véritable exploit.

— Je vais très bien. Il n'y a pas lieu de s'inquiéter pour moi. J'étais un peu perdue dans mes pensées, voilà tout.

Son père eut un large sourire.

— Par la faute d'un certain jeune homme, n'est-ce pas ?

Horrifiée, Annelise écarquilla les yeux.

— A qui faites-vous allusion ?

Une expression perplexe se peignit sur le visage de son père.

— A qui d'autre que notre jeune Daniel ?

Elle retint un immense soupir de soulagement.

— Oui, vous me connaissez bien, père. Je songeais à Daniel, en effet.

Un peu honteuse, Annelise apaisa ses remords en se disant que ce n'était qu'un demi-mensonge. Après tout, elle s'était interrogée sur la réaction de Daniel devant ce qu'elle éprouvait pour Kendran.

Quand elle détourna la tête pour dissimuler son malaise à son père, elle croisa le regard attentif de sa tante et baissa vivement les yeux : mieux valait échapper à la clairvoyance de Jane.

Annelise lui lança un coup d'œil furtif lorsqu'elle reprit la parole.

— Si Kendran continue à se rétablir ainsi, il ne tardera pas à nous quitter, j'imagine.

La jeune fille sentit que cette déclaration lui était directement destinée. Toute peinée qu'elle fût, elle tenta néanmoins de soutenir le regard perçant de Jane. Celle-ci surveillait son attitude d'un peu trop près.

— Bien le bonjour à tous, déclara soudain une voix masculine.

D'un même mouvement, ils se tournèrent vers celui qui venait de parler. C'était bien Kendran Ainsworth qui s'avançait vers eux. Malgré elle, Annelise retint son souffle, fascinée par la puissance et la virilité qui se dégageaient de lui. Ses yeux d'un bleu profond brillaient davantage que les jours précédents, et ses cheveux d'ébène étaient illuminés par le doux soleil d'automne.

Joseph et Jane l'accueillirent chaleureusement, mais Annelise, paralysée par l'émotion, ne put articuler un son. Quelques instants plus tard, Jane fit installer Kendran en face de sa nièce et le servit généreusement.

Annelise constata que l'attention et les soins de ses aînés embarrassaient Kendran, et elle en éprouva une vive sympathie à son égard, avant de se demander pourquoi cet homme robuste ne la laissait jamais indifférente, malgré tous ses efforts. Elle voulut se composer un masque impénétrable, mais eut toutes les peines du monde à le conserver quand il se tourna vers son père pour dire :

— Je vous remercie, Joseph Stanhope, et vous aussi, Jane Greenwood, ajouta-t-il à l'adresse de sa tante.

Son regard ne s'attarda pas sur Annelise lorsqu'il ajouta :

— Vous vous êtes tous montrés tellement bons avec moi.

Sa tante rougit de fierté et son père répliqua :

— Voyons, ne vous sentez pas obligés de nous remercier constamment, jeune homme. Nous sommes tous ravis de vous avoir aidé.

— Peut-être, mais je n'oublierai jamais que vous m'avez sauvé la vie. Si vous avez besoin de mes services, n'hésitez surtout pas à me solliciter.

Son père fit un geste de la main qui signifiait « Ce n'est vraiment pas la peine », mais Annelise vit que son hôte lui avait fait plaisir. Se levant, il déclara :

— A présent, Kendran, si vous voulez bien m'excuser… Mon atelier m'attend.

Jane se mit debout à son tour, et la jeune fille se rendit compte qu'elle allait se retrouver en tête à tête avec Kendran. Pour éviter cette situation, elle devait à tout prix trouver un prétexte pour s'éloigner. Comme elle faisait mine de quitter la table, son père l'arrêta d'un geste.

— Je te saurais gré de rester pour t'occuper de notre hôte, ma fille.

Kendran s'exprima avec un peu trop de précipitation.

— Ce n'est vraiment pas nécessaire, vous savez.

Joseph Stanhope l'étudia un instant et répondit à la place d'Annelise.

— Nous ne vous offrons rien de plus que l'hospitalité sous notre toit. Annelise veillera sur vous avec ma bénédiction. Cela ne la dérange pas le moins du monde, n'est-ce pas, ma mie ?

L'idée de lui tenir compagnie alors que la gratitude qu'il avait témoignée à sa famille l'avait rendue vulnérable ennuyait la jeune femme au plus haut point, mais elle se garda bien de le montrer.

— Je ferai de mon mieux, père, répondit-elle modestement.

Après le départ de Jane Greenwood et Joseph Stanhope, un lourd silence retomba autour de la table.

Les yeux fixés sur sa nourriture presque intacte, Kendran songea qu'il aurait dû insister davantage pour libérer

Annelise de ses obligations vis-à-vis de lui. En effet, il n'était pas aveugle, et il avait parfaitement compris qu'elle aurait donné cher pour être ailleurs. A présent, il s'expliquait mieux pourquoi chaque fois qu'il avait quitté la chambre, il ne l'avait jamais aperçue.

Elle cherchait à l'éviter, c'était une certitude, mais pourquoi ? Il n'eut pas le temps de s'interroger davantage : quelqu'un frappait à la porte. Il fut d'abord soulagé, car l'atmosphère était devenue pesante, mais l'empressement avec lequel Annelise alla ouvrir l'agaça un peu. Son humeur s'assombrit encore quand elle s'exclama d'un air ravi :

— Daniel !

Décidément, la chance n'était pas avec lui. Il avait justement fallu que le visiteur soit l'homme qui lui inspirait de l'aversion. Pourtant, Kendran lui adressa un signe de tête poli quand Annelise le fit entrer.

Tandis que la jeune femme allait chercher un gobelet, Daniel s'installa à sa place, en face de Kendran.

— Bonjour.

Son ton était aimable, mais il avait toujours ce petit air supérieur qui irritait tant Kendran.

— Bonjour.

— Je vois que vous vous portez beaucoup mieux. J'en suis fort aise pour vous, même si cela signifie que vous nous quitterez bientôt.

A l'évidence, Daniel ne serait pas fâché de le voir partir. Son affirmation ressemblait un peu trop à un ordre déguisé.

Kendran afficha un sourire placide.

— Oui, je me sens mieux en effet, mais ce n'est certainement pas grâce à ceux qui m'ont attaqué lâchement et laissé pour mort.

Son interlocuteur détourna les yeux, ce qui éveilla aussitôt la méfiance de Kendran. Daniel savait-il quelque chose, ou trouvait-il simplement dérangeant d'aborder ce sujet ?

Kendran n'avait pas oublié les paroles d'Annelise. C'était Daniel qui avait conseillé de ne plus chercher à obtenir justice pour l'assassinat de la mère de la jeune femme. Craignait-il à ce point la colère du baron ? Etait-il irrité contre ceux qui lui résistaient ?

Kendran ignorait ce qu'il en était, mais il savait qu'il ne devait pas négliger son instinct. Celui-ci lui avait rendu bien des services par le passé.

— Vous n'êtes pas attendu quelque part ? l'interrogea soudain Daniel.

— Non, pas particulièrement, rétorqua Kendran.

— Vous n'êtes donc lié à aucun seigneur ?

Kendran haussa les sourcils.

— Pourquoi cette question ?

— Vous êtes un guerrier. Je pensais que vous aviez peut-être obligation de retourner auprès de votre maître le plus tôt possible.

— Non, je peux faire comme bon me semble.

Sa réponse était pour le moins évasive, et il sentit que Daniel brûlait de lui poser d'autres questions, mais à ce moment-là Annelise revint, gobelet en main, et il n'insista pas, se composant un visage aimable.

Ce brusque changement d'attitude réveilla la méfiance de Kendran, mais il cessa d'y prêter attention en voyant la jeune femme approcher. Le soleil d'automne illuminait ses traits doux et délicats, mettant en valeur sa peau de pêche et jouant avec sa chevelure aux reflets dorés. L'attrait qu'elle exerçait sur lui était indéniable, et il se demanda si son hostilité pour son futur époux pouvait être due à un sentiment de possessivité déplacé.

Le reste du repas se déroula dans la plus grande civilité, mais Kendran fut soulagé lorsque Daniel se leva et annonça :

— Je vous laisse, mes études m'appellent, et j'ai beaucoup à faire aujourd'hui, à la différence de certains, qui sont libres de baguenauder. Je suis heureux de vous voir rétabli, dit-il en s'adressant directement à Kendran. Il se peut que nous nous voyions pour la dernière fois. Que Dieu vous accompagne.

Son message était limpide. Il souhaitait que Kendran quitte cette maison le plus rapidement possible.

— Nous verrons, répliqua Kendran, agacé.

Cette réponse ne parut pas satisfaire son vis-à-vis. Pourtant, hormis sa bouche un peu pincée, rien ne trahit ses véritables pensées. Il se tourna vers Annelise.

— Tu veux bien me raccompagner jusqu'à la route ?

Elle se leva avec un grand sourire.

— Bien sûr.

Kendran était surpris qu'elle n'ait pas perçu la tension qui régnait entre Daniel et lui. Après leur départ, il se dit que c'était préférable : compte tenu de ce qu'il ressentait chaque fois qu'il se trouvait auprès d'elle, il valait mieux qu'elle lui prête peu d'attention.

Brusquement, il se demanda si Daniel allait embrasser Annelise avant de s'éloigner. Impuissant, il se leva et se mit à arpenter nerveusement la pièce. Puis il se réprimanda vertement et songea : « Concentre-toi plutôt sur ce qui est important ».

Loin de le décourager, Daniel n'avait fait que renforcer sa détermination à découvrir ce qui se passait dans le village. Pour cela, il devrait rester plus longtemps que prévu chez les Stanhope. Son hôte accepterait-il qu'il demeure sous son toit ?

Distraitement, il alla se poster devant l'âtre vide. Il sursauta en entendant la voix d'Annelise.

— Tout va bien ?

Il pivota sur ses talons pour lui faire face, étonné de la trouver si proche. Malgré lui, son regard se porta sur sa bouche. Il était évident qu'elle n'avait pas été embrassée, et son regard paisible le lui confirma.

Le soulagement l'envahit, bien qu'il se sentît ridicule de se réjouir qu'elle n'ait pas reçu de baiser de son futur époux.

Poussé par une force irrésistible, il s'approcha d'elle. Elle fit un pas en arrière, mais cela ne l'empêcha pas de continuer à avancer jusqu'à l'acculer contre le mur.

Kendran fronça les sourcils : il n'avait pas l'habitude que les femmes le fuient ; d'ordinaire, elles recherchaient plutôt sa présence. Quand ses parents étaient morts, lui, le plus jeune des frères Ainsworth, avait été choyé par toutes les femmes de son entourage. Au fur et à mesure qu'elles entraient dans la famille, les épouses de ses frères lui avaient témoigné de l'attention et de l'affection. Il était agacé de passer après un homme qui se donnait des airs supérieurs et se prenait pour un érudit.

Des paroles peu flatteuses lui échappèrent.

— Il n'est pas très impressionnant, votre Daniel.

Annelise le dévisagea ouvertement. Même si elle n'avait guère envie de l'admettre, Kendran était beaucoup plus séduisant que son bien-aimé. Désireuse de prendre la défense de Daniel, elle affirma :

— Un physique agréable n'est pas tout.

Kendran se pencha vers elle, le regard brillant.

— Vous me trouvez beau, Annelise ?

Le cœur de la jeune fille se mit à battre à tout rompre quand elle se rendit compte de ce qu'elle avait révélé malgré elle.

— Je ne le nie point, mais pour moi, cela n'a aucune importance.

Une lueur entendue s'alluma dans les yeux bleus du jeune homme.

— Dois-je en conclure que l'apparence ne vous intéresse pas ?

— J'aime Daniel parce que c'est un homme réfléchi,

intelligent, instruit, et généreux, répliqua-t-elle d'un air de défi.

— Pour vous, je suis donc étourdi, stupide, ignorant et égoïste ?

Elle rougit.

— Non, bien sûr que non ! Je voulais simplement dire qu'il était normal qu'un homme… tel que vous soit conscient de ce que la nature lui a donné. Vous seriez aveugle si vous ignoriez votre…

Elle s'interrompit brusquement, consciente de la façon étrange dont il la fixait. Désemparée, elle se demanda comment se tirer d'affaire.

Kendran se rapprocha encore.

— Poursuivez. Que j'ignore… quoi ?

Vivement, elle fit un pas de côté pour éviter son contact.

— Je ne flatterai pas votre vanité, Kendran Ainsworth. Je suis certaine qu'il y a suffisamment de femmes toutes disposées à le faire à ma place.

Il eut un nouveau sourire plein d'assurance.

— C'est ce que vous croyez, Annelise ? Que je plais aux femmes et qu'elles me complimentent sur mon physique ?

— C'est faux, peut-être ? demanda-t-elle avec un aplomb feint.

— Et cela vous trouble ? poursuivit-il tranquillement.

Ses yeux luisaient d'un éclat diabolique, ce qui acheva de la déstabiliser. Mais Annelise se redressa fièrement, tentant de résister à ce charme ravageur. Elle enrageait de le voir si sûr de lui.

— Vous ne me troublez pas le moins du monde, Kendran Ainsworth. En fait, je ne m'intéresse absolument pas à vous. Je m'inquiète simplement pour votre santé. Après tout, je vous ai sauvé la vie, et il est bien naturel que je me soucie de votre guérison.

Il fit un nouveau pas dans sa direction, et son souffle tiède souleva les petites mèches sur ses tempes.

— Je pense que vous ne dites pas toute la vérité, Annelise. Je sais que vous vous êtes intéressée à moi autrement que comme à un malade ordinaire.

Son petit cri horrifié déclencha l'hilarité de Kendran. Son rire grave et doux fit frissonner la jeune fille, mais son indignation reprit aussitôt le dessus. Sans lui laisser le temps d'esquiver, elle administra une gifle retentissante au malotru.

Un silence assourdissant succéda à cet acte, et lorsqu'elle songea à s'enfuir, il était trop tard : elle se retrouva plaquée contre le torse puissant de Kendran et sentit ses lèvres impérieuses se poser sur les siennes.

Soudain, elles se firent plus douces, et Annelise eut l'impression de fondre tandis qu'une vague de plaisir et de chaleur la parcourait. Elle retint son souffle et son cœur se mit à cogner de façon désordonnée dans sa poitrine.

Prise de vertige, la jeune fille se serra contre Kendran et leva un peu la tête afin de mieux recevoir ses baisers.

Tout aussi brusquement qu'il avait commencé, Kendran la repoussa en la prenant par les épaules tandis qu'elle le dévisageait sans comprendre. Atterrée, elle découvrit qu'il arborait une expression d'intense satisfaction.

Hors d'elle, elle se dégagea d'une secousse et tenta de retrouver ses esprits. En lui lançant un regard hostile, Annelise se demanda à qui elle en voulait le plus : à lui pour l'avoir embrassée, ou à elle-même pour s'être abandonnée.

Peu soucieuse de savoir ce qu'il penserait de sa fuite, elle tourna les talons et s'élança dans l'escalier, poursuivie par un rire moqueur.

Chapitre 5

Après une nuit fort agitée, Annelise se réveilla avec un besoin urgent de voir Daniel. Elle voulait se réchauffer à son sourire et espérait trouver l'apaisement auprès de lui. Tout en se répétant que cette réaction n'était pas liée à ce qui s'était passé avec Kendran, elle s'habilla à la hâte et descendit informer sa tante qu'elle allait sortir.

Après avoir vu Daniel, elle rendrait visite à la veuve Swift, qu'elle avait négligée depuis la nuit où elle avait trouvé Kendran Ainsworth. Qui aurait pu croire que cet événement bouleverserait son existence à ce point ? Depuis, elle avait l'impression d'avoir subi une métamorphose : ses sentiments, ses pensées avaient changé. Et tout cela par la faute d'un étranger.

Mais, songea-t-elle, si elle reprenait sa vie d'avant, elle parviendrait peut-être à repousser au tréfonds de son être toutes les sensations qui la dérangeaient tant.

Jane ne s'étonna pas de la voir si matinale, mais elle l'obligea à se restaurer avant son départ. Docilement, Annelise s'exécuta et avala rapidement son déjeuner sans même prêter attention à ce qu'elle mangeait. Lorsqu'elle eut terminé, sa tante lui confia du bouillon pour la veuve et lui demanda d'inciter celle-ci à rester au chaud par ces fraîches matinées d'automne.

En s'éloignant de la maison, Annelise écouta les bruits

familiers qui provenaient de l'atelier. D'ordinaire, ils la rassuraient : ils lui rappelaient la présence de son père, l'élément le plus stable et le plus rassurant de son quotidien. Mais ce jour-là, même avec Max sur ses talons, elle fut privée de ce réconfort. Elle eut beau résister, il lui fut impossible de ne pas lever la tête vers la petite fenêtre de la chambre de sa tante.

Furieuse contre elle-même, elle s'arracha à cette contemplation et partit d'un bon pas en direction du village.

Daniel vivait au-dessus de la boutique qui avait appartenu à son père, un apothicaire. Afin de se consacrer exclusivement à l'étude, il en avait confié la direction au fidèle Hamil, qui s'occupait de préparer pommades, potions et décoctions en tout genre. Celui-ci salua Annelise d'un grand geste de la main lorsqu'elle traversa la pièce pour aller emprunter l'escalier étroit. Elle lui répondit par un large sourire : elle avait beaucoup d'affection pour le petit homme.

A l'étage, Daniel avait transformé la pièce principale en bibliothèque après la mort de ses parents. Des rayonnages et des niches remplis de livres de toutes formes couraient le long des murs.

Annelise trouva son ami installé devant un lutrin, entièrement absorbé par sa lecture.

Quand elle s'éclaircit la gorge, il se retourna d'un air distrait. Découvrant qu'il s'agissait d'Annelise, il abandonna aussitôt son ouvrage.

— Annelise, quelle bonne surprise ! Je ne m'attendais pas à te voir ce matin. Quelque chose ne va pas ? demanda-t-il en l'examinant avec attention.

Elle évita son regard.

— Non point. Je passais juste te saluer avant d'aller voir la veuve Swift. Jane lui a préparé un délicieux bouillon, ajouta-t-elle en désignant son panier.

Tous deux savaient que la boutique n'était pas sur le

chemin de la petite ferme de la veuve, mais la jeune fille avait l'habitude de s'arrêter chez Daniel quand elle sortait, aussi s'abstint-il de l'interroger davantage.

— Je suis content que tu sois venue. C'est toujours un plaisir de te voir. Je peux t'offrir quelque chose à boire ?

Elle secoua vivement la tête en signe de dénégation, envahie par un sentiment de culpabilité. N'avait-elle pas cherché refuge chez Daniel en espérant oublier le trouble suscité par Kendran ? Pourtant, elle ne remettait pas en cause l'amour qu'elle éprouvait pour l'étudiant. Non, elle était sûre de son inclination pour lui. Elle lui adressa un sourire forcé.

— Non merci. Je n'ai pas soif.

Il lui indiqua une chaise en face de la sienne.

— Assieds-toi, je t'en prie. Comment se porte votre hôte ?

Annelise parut soudain fascinée par son siège, puis par ses pieds. Lorsqu'elle releva enfin la tête, elle lui sourit de nouveau d'un air qu'elle espérait joyeux.

— Comme tu as pu le constater toi-même, il va de mieux en mieux.

— Tu m'en vois fort aise. Il ne devrait pas tarder à partir, dans ce cas.

Pour des raisons qu'elle préférait ignorer, Annelise eut un pincement au cœur en entendant cette affirmation. Daniel avait raison, et elle aurait dû s'en réjouir. Cependant, ce fut d'une voix tendue qu'elle lui répondit :

— Sans doute.

Daniel la dévisagea avec curiosité et elle s'obligea à soutenir son regard. Au bout d'un moment, ce fut lui qui se détourna.

— Tu dois te montrer prudente avec cet homme, Annelise. C'est un étranger, et ton père est souvent trop généreux pour son propre bien. J'ai l'impression qu'il éprouve une vive sympathie pour cet homme. Toi aussi, d'ailleurs.

Le ton étrange de Daniel surprit la jeune fille, mais elle ne s'interrogea pas plus avant.

— Je le sais bien, Daniel, s'empressa-t-elle de répondre. Il est normal que j'aie de la compassion à son endroit. Il a tout de même été attaqué et laissé pour mort. En outre, il traite ma famille avec le plus grand respect. Il s'est montré fort compréhensif quand je lui ai parlé du meurtre de ma mère.

L'étonnement d'Annelise fut à son comble lorsque Daniel se leva brusquement pour se poster devant elle.

— Tu lui as parlé de ta mère ?

Sa véhémence la choqua.

— Je… oui, Daniel. Je ne pensais pas que…

L'agitation du jeune homme disparut d'un coup.

— Pardonne-moi, Annelise. Je ne voulais ni te bouleverser ni te critiquer, mais je me méfie de cet étranger. Qui nous dit qu'il ne fait pas partie de ceux qui sèment le malheur autour de Lundy ?

Annelise poussa un petit cri indigné.

— Comment peux-tu répéter une chose pareille ? On l'a attaqué par-derrière, enfin !

— C'est ce qu'il dit. Peut-être a-t-il récolté ses blessures en essayant de dépouiller un innocent.

Cette idée horrifia la jeune fille, mais elle la repoussa aussitôt. C'était absurde. Kendran était sans doute un coq vaniteux fier de ses attributs, mais cela n'en faisait pas un criminel pour autant. La seule activité coupable à laquelle il se livrait, selon elle, était la séduction. Quand cette pensée la traversa, elle rougit.

— Vous a-t-il dit ce qu'il faisait sur cette route, et où il se rendait ?

Annelise se mordilla la lèvre inférieure.

— Non, mais cela ne signifie pas…

Daniel l'interrompit.

— S'il était innocent, il aurait spontanément raconté son histoire, n'est-ce pas ?

Elle baissa les yeux, ne sachant que répondre à une telle question.

— Je ne l'oublierai pas.

Il la considéra gravement.

— C'est une bonne chose. Tu ne dois plus te confier à lui, Annelise.

Elle acquiesça. A son regard, elle voyait qu'il était inquiet.

— Je serai prudente, je te le promets. De toute façon, il n'y a pas lieu de se tourmenter. Comme tu l'as dit toi-même, il ne tardera pas à s'en aller.

— Fais bien attention à toi, en tout cas.

Elle posa une main sur son bras, contrariée de n'avoir pas su contrôler ses réactions en présence de Kendran.

— Daniel, je veux que tu saches à quel point j'apprécie tes attentions pour nous tous. Tu as toujours été tellement bon avec nous. Surtout depuis la mort de ma mère.

Il lui tapota affectueusement la main.

— Je ne vois pas comment il aurait pu en être autrement, Annelise. C'était bien le moins que je puisse faire.

Comme il prononçait ces mots, elle nota que son regard bleu pâle se voilait et devenait distant.

La culpabilité la saisit de nouveau. Il serait le meilleur des époux, elle n'en doutait pas.

— Il faut que tu saches que tu occupes une place à part… dans mon cœur.

Daniel rougit modestement avant de la considérer d'un air fraternel. Visiblement, il n'avait pas deviné la direction que ses pensées avaient prise.

— Je n'ai rien fait de remarquable.

— Bien sûr que si. Combien de personnes auraient pris le risque de s'attirer le courroux de Kramon, à part toi ?

Il lui tourna brusquement le dos. Sa voix trahissait une certaine nervosité.

— Ne te fais pas de souci pour moi, Annelise. Je ne souhaite pas que ton père et toi vous attiriez les foudres du shérif ou du baron. C'est pourquoi je vous ai conseillé de cesser vos demandes. Je n'aimerais pas qu'il vous arrive malheur.

Révoltée, elle répliqua :

— Si seulement il y avait un autre moyen…

Il se retourna vers elle et la fixa avec une intensité qui la prit au dépourvu.

— N'y songe même pas, Annelise. Nous avons tout tenté. C'est terminé.

Cela ne lui ressemblait pas, de se montrer autoritaire. De nouveau, la révolte gronda en elle, mais elle la fit taire.

Il fallait accepter la douloureuse réalité. En cinq ans, les efforts de Daniel n'avaient jamais porté leurs fruits. Une autre démarche était vouée à l'échec. Il le regrettait sûrement autant qu'elle.

Pourtant, Annelise avait beau faire de son mieux pour présenter un visage souriant à son bien-aimé, elle ne pouvait se défaire de sa frustration. Et les paroles de Daniel lorsqu'elle se releva ne contribuèrent pas à alléger son humeur sombre.

— Tu dois encourager ton père à renvoyer votre hôte le plus vite possible.

— Il agira comme bon lui semble, rétorqua-t-elle sans le regarder.

— Mais tu lui diras que tu souhaites son départ, insista Daniel.

Pour des raisons sur lesquelles elle ne souhaitait pas s'étendre, elle s'abstint de répondre à ce qui ressemblait un peu trop à un ordre.

— Au revoir, Daniel. A bientôt.

En lui jetant un coup d'œil furtif, Annelise aperçut son

expression de mécontentement. Malgré son amour pour lui, elle ne chercha pas à l'amadouer par de fausses promesses : elle n'avait pas l'habitude d'obéir aveuglément.

Le cœur lourd, elle appela son chien et quitta la boutique. Elle tenta de secouer sa tristesse, mais sa journée était gâchée.

La jeune femme dirigea alors son irritation contre Kendran Ainsworth. Tout cela arrivait par sa faute. A cause de lui, elle avait défié son bien-aimé, alors que ce paon ne méritait certainement pas qu'on le défende.

Kendran se réveilla avec l'impression d'avoir récupéré des forces depuis la veille. Ce constat renforça sa détermination : il commencerait son enquête sur ce qui se passait à Lundy le plus tôt possible.

Auparavant, il lui fallait trouver un prétexte pour demeurer sous le toit des Stanhope. En effet, plus il y réfléchissait, plus il était convaincu que le meurtre de la mère d'Annelise et l'attaque où il avait failli perdre la vie étaient étroitement liés.

Penser à la jeune fille l'amena à d'autres considérations assez embarrassantes. Il ne savait pas quel démon lui avait soufflé ce qu'il lui avait dit la veille et ne comprenait pas pourquoi il l'avait embrassée ainsi, contre son gré. Il devait apprendre à contrôler les élans qui le portaient vers elle. Mais comment se faire pardonner ? Il y réfléchirait plus tard, décida-t-il. Dans l'immédiat, il lui fallait trouver un moyen de demeurer chez Joseph Stanhope. Pourquoi ne pas lui proposer ses services à l'atelier ?

Même si l'art de fabriquer des meubles lui était totalement étranger, il était robuste, et plutôt adroit de ses mains. Son offre intéresserait peut-être son hôte.

Kendran se leva avec décision et enfila prestement les vêtements propres que Jane lui avait fournis. Avec plaisir, il constata qu'il n'éprouvait rien de plus qu'une raideur persistante à l'épaule.

A l'intérieur, tout était tranquille. Les seuls bruits provenaient de derrière la maison. Il en conclut que c'était là que se trouvait l'atelier. Après avoir traversé la pièce principale et la cuisine — toutes deux vides, nota-t-il avec une déception passagère —, il ouvrit la porte située au fond de la cuisine et se retrouva dans une vaste pièce illuminée par le soleil grâce aux nombreuses ouvertures. Les rayons éclairaient une fine poussière blonde, et l'air sentait bon le bois brut.

Joseph et un autre homme travaillaient, entièrement absorbés par leur tâche. Aucun des deux ne parut remarquer l'arrivée de Kendran.

Celui-ci s'approcha de son hôte pour mieux l'observer tandis qu'il polissait une planche. Lorsqu'il leva les yeux, l'artisan parut surpris de découvrir Kendran.

— Vous vous êtes donc levé seul ?

— Oui. Puis-je vous dire deux mots ?

Le menuisier posa ses outils.

— Bien sûr.

Kendran savait que s'il connaissait sa véritable identité, jamais son hôte n'accepterait sa proposition. Il s'exprima d'une voix égale.

— Je me demandais si vous aviez une place pour moi.

Le père d'Annelise le scruta attentivement.

— Eh bien, il se trouve que je cherche un ouvrier, en ce moment. Mais pourquoi souhaiteriez-vous faire un tel travail ?

— Pourquoi pas ? Je pourrais vous être utile.

Joseph Stanhope esquissa un sourire.

— Il est évident, Kendran, que vous êtes guerrier de votre état. Avez-vous été renvoyé de quelque puissante maisonnée dans des conditions telles que vous ne pouvez plus vous présenter nulle part ?

Kendran se redressa fièrement et regarda son hôte dans les yeux.

— Non, personne ne m'a chassé, et je n'ai commis aucune action répréhensible.

— Pourtant, vous ne souhaitez pas m'expliquer dans quels termes vous êtes parti.

— Je ne le puis, pour des raisons personnelles. Je vous donne cependant ma parole que je n'ai pas le moindre crime sur la conscience et que je ne vous veux aucun mal.

— Et vous n'êtes pas attendu ?

— Non.

« Enfin, pas une fois qu'ils auront de mes nouvelles », ajouta-t-il *in petto.*

— Pourquoi un homme qui, je n'en doute pas, excelle dans l'art de la guerre, désire-t-il exercer un métier d'artisan ?

— Parce que rien de pressant ne m'appelle, répliqua Kendran en se passant la main dans les cheveux. Ne vous sentez pas obligé de me prendre, si vous vous défiez de moi. Je comprendrai. Je vous suis déjà extrêmement reconnaissant pour tout ce que vous avez fait. Je m'en voudrais d'être un sujet de préoccupation.

Il y eut un silence pesant, durant lequel Kendran ne fit rien pour se soustraire à l'examen attentif de Joseph Stanhope. Enfin, ce dernier hocha la tête.

— Je serais très heureux que vous acceptiez cette place.

Kendran était gêné de ne pouvoir révéler qui il était, mais il savait qu'il valait mieux maintenir l'homme dans l'ignorance.

— Soyez-en remercié du fond du cœur.

Un sourire taquin se dessina sur les lèvres du menuisier.

— Ne me remerciez pas si vite, jeune homme. Vous verrez qu'ici, on gagne son pain à la sueur de son front.

Soulagé, Kendran songea qu'à présent il devait absolument faire parvenir un message à sir Peter pour ne pas qu'il s'alarme de son absence. Il ne souhaitait pas que le châtelain prévienne Raine ou Benedict de sa disparition.

Annelise s'immobilisa sur le seuil en apercevant Kendran attablé près de son père. Elle savait qu'il se remettait rapidement, pourtant elle ne s'était pas attendue à le trouver là.

Malgré elle, elle le détailla avec avidité : débordant de virilité, il avait certainement belle allure dans la houppelande de laine brune appartenant à son père.

Les joues d'Annelise s'embrasèrent quand elle songea à la façon dont il l'avait serrée contre lui la veille. De nouveau, elle sentit son souffle chaud dans son cou, et ses lèvres fermes posées sur les siennes. Réprimant un frisson, elle se ressaisit. Oui, il y avait trop de virilité en lui, et il était bien trop conscient de sa propre valeur.

Quelle folle elle avait été, de lui céder et de lui rendre son baiser ! Elle ne se le pardonnait pas, de même qu'elle ne lui pardonnait pas son acte et ses propos insolents et moqueurs.

Son père interrompit ses pensées en lui demandant avec un sourire :

— Où étais-tu donc passée, Annelise ?

— Ma tante ne vous l'a pas dit ?

— Si, mais ne te voyant pas revenir, je commençais à m'inquiéter.

Annelise baissa les yeux. Elle sentait peser sur elle le regard de Kendran.

— J'ai tenu compagnie à la veuve Swift. Elle ne se sentait pas très bien, et n'avait guère envie de me voir partir.

C'était la vérité. Il n'en était pas moins vrai que la jeune fille avait été enchantée de trouver un prétexte pour demeurer à l'écart de son foyer le plus longtemps possible.

Comme elle s'était approchée, son père lui tapota affectueusement la main.

— Je suis fier de toi, ma fille.

Elle rougit. Coulant un regard furtif en direction de Kendran, elle remarqua son expression sérieuse et pensive à la fois, mais n'eut pas le temps de s'interroger là-dessus car son père poursuivit :

— J'ai d'excellentes nouvelles, Annelise. J'ai trouvé un nouvel ouvrier.

Elle déglutit avec difficulté et ne put que répéter :

— Un nouvel ouvrier, père ?

— Oui, le jeune Kendran Ainsworth a accepté la place.

Les jambes molles, elle éprouva le besoin de s'asseoir, néanmoins elle se força à rester debout.

— Mais où va-t-il loger ? Il ne peut pas indéfiniment garder la chambre de ma tante.

La jeune fille était consciente qu'elle avait parlé d'un ton tranchant, mais elle n'y pouvait rien.

Sourcils haussés, Kendran l'étudia. Son visage était à présent un masque impénétrable.

Mal à l'aise, Annelise se tourna vers son père.

— Eh bien, nous allons lui offrir le vivre et le couvert, répondit celui-ci. Il peut s'installer dans l'atelier, si cela lui convient.

Annelise ne savait que dire. Jusque-là, sa présence sous leur toit avait été une sorte de supplice agréable, mais elle était convaincue que cette torture prendrait fin un jour. Que se passerait-il, si elle devait se retrouver face à lui pendant des semaines, des mois, ou davantage ?

En outre, qu'allait-elle dire à Daniel, qui attendait le départ de Kendran avec une impatience non dissimulée ?

A ce moment-là, Jane entra avec un plateau chargé de victuailles.

— Ne reste donc pas plantée là, mon enfant. Enlève ton manteau et viens t'asseoir. Le repas va refroidir.

Cela la dispensa de tout commentaire. De toute façon, que pouvait-elle dire ? Son père avait déjà pris sa décision.

Annelise se retrouva installée sur le banc à côté de son père et en face de son nouvel ouvrier. Bien qu'elle n'eût guère d'appétit, elle se mit à manger très lentement pour se donner une contenance. Tout lui semblait préférable à lever les yeux vers lui pour tenter de deviner ce qu'il avait derrière la tête.

Elle se jura qu'elle parviendrait à dominer ses réactions vis-à-vis de Kendran Ainsworth. Il le fallait. De toute façon, sa préférence allait à Daniel. Elle ne voulait pas d'un guerrier sans maître à la suffisance insupportable. Peu importait qu'il fût beau comme le diable ou qu'il ait des manières confiantes et aristocratiques dignes du roi en personne.

L'air de noblesse de Kendran ne l'attirait pas le moins du monde, bien au contraire. Elle n'aimait pas les gens de haut lignage, et il lui déplairait encore plus s'il en était.

Chapitre 6

Kendran perçut la réprobation chagrinée d'Annelise. Même s'il comprenait le motif de sa détresse, sa réaction le dérangeait énormément.

Il avait eu tort de lui dire qu'il se souvenait de la scène embarrassante qui avait eu lieu dans la chambre. Pourquoi l'avait-il provoquée ainsi ? Peut-être s'était-il imaginé que la jeune femme lui montrerait son vrai visage. En effet, entre l'audacieuse qui le détaillait dans son sommeil, l'offensée qui se proclamait adulte, la fille obéissante, et la courageuse assoiffée de justice, il se sentait un peu perdu.

Ou peut-être, lui souffla une petite voix, était-ce parce qu'il ne supportait pas l'idée qu'elle appartiendrait un jour à ce Daniel pour lequel il n'avait aucune estime.

De toute façon, Kendran s'était permis des privautés impardonnables, et ce comportement n'était pas digne de lui. Il avait cédé à l'envie de la tourmenter, oubliant tout sens de la mesure. Quelle idiotie ! Après tout, il ne devait pas s'intéresser de trop près à Annelise Stanhope.

Tout en songeant à cela, il entreprit de transporter les quelques affaires que Jane lui avait procurées dans l'atelier. Joseph l'aida à installer une grosse paillasse au fond de la pièce. Rapidement, ils disposèrent quelques panneaux de bois autour de sa couche pour lui ménager une certaine intimité.

Habitué à vivre dans des conditions beaucoup plus dures lorsqu'il participait à des campagnes, Kendran se montra satisfait. Et puis, cette situation n'était pas appelée à durer. Dès qu'il aurait trouvé les coupables, il retournerait à Brackenmoore.

Bizarrement, cette idée ne lui plaisait pas autant qu'il l'aurait voulu. D'un geste de la main, il repoussa son malaise et suivit Joseph jusqu'au centre de l'atelier. Là, il fut présenté à l'apprenti, Walter. Celui-ci lui sourit timidement et le considéra d'un air amical.

L'apprenti n'engagea cependant pas la conversation, mais se remit immédiatement au travail. Tandis qu'il préparait un pot de mélange noir et huileux, Joseph et lui discutèrent du nombre de couches à appliquer sur le meuble en chêne qu'il venait de terminer pour mieux le protéger sans empêcher le bois de respirer.

En les écoutant deviser, Kendran comprit que Joseph tenait Walter en haute estime et que celui-ci deviendrait bientôt compagnon. Le menuisier le lui confirma tandis qu'il l'entraînait dans une autre partie de l'atelier. En quelques mots et peu de gestes, il montra à Kendran comment raboter des pièces de bois. Ce dernier n'eut aucun mal à saisir comment il fallait s'y prendre et se mit à la tâche avec entrain. Après l'avoir observé pendant quelques minutes, Joseph hocha la tête et déclara qu'il allait reprendre son propre travail.

Kendran maniait le rabot avec ardeur. Au bout d'un moment, il trouva son rythme et commença à éprouver un certain plaisir à effectuer ces mouvements répétitifs. L'odeur du chêne lui remplissait les narines, et il entendait les voix des deux hommes qui devisaient tranquillement en travaillant.

A Brackenmoore, il n'avait jamais eu l'occasion d'apprendre ce genre de choses. Non qu'il fût oisif : en ces temps troublés, il avait souvent mené les chevaliers de son frère au combat quand la maison d'York sollicitait sa famille. Quant à Benedict, il se mettait à leur tête chaque fois que l'enjeu le concernait directement.

Kendran comprenait fort bien son raisonnement : il était essentiel que ceux qui lui avaient causé du tort répondent de leurs crimes devant lui. Pour sa part, il avait bien l'intention d'agir de même avec ceux qui l'avaient lâchement agressé. Cette pensée fit naître une grande frustration : il devait absolument trouver le temps de mener des recherches.

Dès qu'il eut terminé la tâche confiée par Joseph, Kendran se mit en quête de l'artisan.

Avec des gestes rapides et précis, Walter était en train d'appliquer le mélange noir qu'il avait préparé un peu plus tôt. Kendran suivit les bruits étouffés qui provenaient de l'autre côté de la pièce. Différents panneaux identiques à ceux placés autour de son lit dissimulaient Joseph Stanhope aux regards.

Kendran contourna l'un d'eux et s'immobilisa quand son hôte fit volte-face, l'air surpris. Visiblement, il ne s'attendait pas à être dérangé.

Embarrassé, le jeune homme recula d'un pas.

— Je suis désolé, je voulais simplement vous signaler que j'ai fini de raboter les planches.

Le menuisier lui adressa un sourire approbateur.

— Parfait. Vous avez été efficace, je vois.

Ce compliment inattendu fit plaisir à Kendran. En effet, s'il devinait aisément que Joseph Stanhope n'était pas un maître cruel, il savait aussi que l'homme n'avait pas la louange facile et qu'il ne lui aurait rien dit s'il ne l'avait pas méritée.

Le sourire aux lèvres, il inclina respectueusement la tête.

Joseph dut se déplacer pour s'essuyer les mains sur un chiffon posé sur l'établi, et Kendran eut enfin une vue d'ensemble du meuble auquel l'artisan semblait attacher tant de prix.

Il retint un cri d'admiration en découvrant un bureau magnifiquement ouvragé, et ne put s'empêcher de caresser le bois. Son hôte sourit.

— Comme vous l'avez peut-être deviné, j'en suis particulièrement fier. Vous voyez, j'ai intégré une sorte de lutrin pour qu'on puisse placer un gros livre et le lire confortablement. Et l'on peut soulever ce panneau-ci afin de ranger son écritoire ou sa correspondance.

Joseph décrivit les différentes étapes de son travail et toutes les améliorations qu'il avait apportées afin que le meuble soit à la fois beau et pratique. Sa voix vibrait d'émotion. Kendran comprit rapidement qu'il avait sous les yeux le cadeau que Raine avait commandé pour Benedict. Celui-ci serait certainement enchanté.

Le jeune homme ne put s'empêcher d'exprimer son enthousiasme à voix haute.

— Ce bureau est vraiment splendide. Je suis sûr que l'homme à qui on l'offrira saura l'apprécier à sa juste valeur.

Joseph lui lança un regard intrigué.

— C'est étrange, que vous disiez cela. Il se trouve qu'il s'agit effectivement d'un présent. C'est l'épouse du baron de Brackenmoore qui l'a commandé pour l'anniversaire de son mari. Lui-même ignore tout de ce cadeau.

Kendran se rendit compte qu'il avait failli se trahir. Heureusement pour lui, son hôte n'avait pas fait le lien entre Ainsworth et Brackenmoore. Désireux de se justifier, il fixa le menuisier droit dans les yeux.

— Il est évident que ce bureau est destiné à un homme. Et comme vous le dissimulez avec tant de précaution, je pensais que vous souhaitiez garder le secret, comme pour une surprise.

Son explication était plausible, et Kendran fut soulagé

quand l'artisan hocha la tête et reporta toute son attention sur son œuvre.

— J'ai fait de mon mieux pour créer un meuble qui plaise et qui ressemble à son propriétaire. Son épouse m'a fourni maintes indications qui m'ont été fort utiles.

Kendran dut réprimer un sourire. Connaissant Raine, il se doutait qu'elle avait dû donner un luxe de détails dans son courrier pour s'assurer que tout soit parfait. Même si elle se fâchait parfois contre Benedict, il demeurait à ses yeux le plus beau, le plus noble, et le plus merveilleux des hommes.

Joseph le considéra d'un air amusé avant de reprendre :

— En fait, je l'ai fabriqué en songeant à quelqu'un de votre carrure, jeune homme.

Kendran eut un petit sursaut. L'artisan aurait été étonné d'apprendre à quel point il était dans le vrai.

Soudain, Kendran eut envie de lui avouer que non seulement il connaissait le destinataire du meuble, mais que c'était son frère aîné. Il aurait aimé lui dire aussi qu'il aurait à reconsidérer sa mauvaise opinion sur les nobles s'il venait à le rencontrer, car Benedict était un véritable gentilhomme infiniment estimable.

Pourtant, il se tut. S'il racontait la vérité, Joseph le renverrait avec le sentiment d'avoir été trahi. L'idée de blesser les personnes qui l'avaient si bien accueilli et soigné mettait Kendran terriblement mal à l'aise.

Sous le coup de la culpabilité, il déclara brusquement :

— Je ne vous dérangerai pas plus longtemps. Je venais simplement vous demander si vous aviez une autre tâche à me confier.

Le menuisier parut surpris par tant de précipitation, mais il sourit en disant :

— Vous avez été trop diligent, Kendran. Je n'ai plus de bois à vous donner pour le moment. Les bûcherons du village doivent abattre des arbres aujourd'hui. Il faudra que j'aille me procurer de nouvelles planches chez les scieurs de long. Ils me trouvent un peu bizarre, car à la différence des autres menuisiers, je n'apporte pas mes outils sur place pour façonner le matériau. Je reconnais que le transport du bois est pénible, mais je préfère de loin le travailler ici, dans mon atelier. Cela lui laisse le loisir de me révéler quelle forme il va prendre.

En écoutant ce discours, Kendran comprit pourquoi Joseph était un artisan si exceptionnel. Pourtant, il ne fit aucun commentaire tandis que l'homme poursuivait :

— Peut-être pourriez-vous balayer les copeaux et la sciure pendant mon absence.

Kendran approuva de la tête, troublé par l'attitude ouverte et amicale de son hôte.

— Vous pouvez compter sur moi, répondit-il avec empressement.

Kendran ignorait combien de temps s'était écoulé lorsqu'une voix familière retentit.

— Père !

Il sortit du coin où Annelise ne pouvait le voir au moment où elle répétait :

— Père !

Leurs yeux se croisèrent. La jeune femme se figea, et il regretta que leurs relations soient si tendues. D'un autre côté, c'était inévitable, songea-t-il. Tous deux cherchaient à nier leur attirance réciproque parce qu'ils la jugeaient impossible, inacceptable, et Annelise lui en voulait probablement toujours pour son baiser et ses réflexions déplacées.

Elle fut la première à se ressaisir et releva fièrement le menton.

— Je cherche mon père. Savez-vous où il se trouve ?

Kendran trouva sa froideur irritante et lui répondit sur le même ton.

— Oui. Il est parti chercher d'autres planches.

Annelise se mordit la lèvre inférieure.

— J'ai besoin…

Avec un haussement d'épaules, elle s'interrompit.

— C'est inutile. De toute façon, vous ne pourrez pas me renseigner.

— Walter pourrait peut-être vous aider.

— Il n'est pas là non plus. Il n'y a que vous dans l'atelier.

Kendran tenta de conserver son calme devant son animosité : il ne devait pas se laisser désarçonner par son attitude hostile. Jetant un regard autour de lui, il constata qu'elle disait vrai. Il était tellement absorbé qu'il n'avait pas entendu les deux hommes partir.

Peut-être devrait-il mettre à profit ce face-à-face inattendu pour faire la paix avec elle. Après tout, tant qu'il serait sous le toit des Stanhope, mieux valait vivre en bonne entente avec tous les membres de la famille. Prenant une profonde inspiration, il fit un pas dans sa direction.

— Annelise, j'ai quelque chose à vous dire.

Elle se redressa de toute sa hauteur et rétorqua d'un air pincé :

— Mais moi, je n'ai guère envie de vous prêter une oreille attentive.

Kendran fronça les sourcils, mais s'obligea à continuer :

— Je tiens à vous présenter mes excuses, pour hier. Je me suis fort mal comporté envers vous, et j'en suis sincèrement désolé.

Tandis qu'il parlait, il vit ses grands yeux bruns s'écarquiller sous l'effet de la surprise : à l'évidence, la jeune femme ne s'attendait pas à une telle déclaration. Une note d'amertume vibra cependant dans sa voix quand elle voulut répondre :

— Je tiens à vous…

Il leva une main pour l'arrêter.

— Ecoutez-moi jusqu'au bout, je vous en prie. Je sais qu'il s'agit d'un sujet très délicat, mais je tiens à vous parler en toute franchise. Je vous ai dit des choses impardonnables. Je sais que vous avez pris soin de moi sans arrière-pensée, et que vous avez fait de votre mieux pour me soulager quand j'avais la fièvre. Votre dévouement n'est pas en cause.

Kendran nota qu'Annelise, dont le visage avait d'abord exprimé la circonspection, s'autorisait à présent à espérer.

— Alors, pourquoi m'avoir dit toutes ces choses, si vous ne les pensiez pas justifiées ?

La plus grande prudence était de mise, songea Kendran : Annelise n'était pas sotte.

— Je dois avouer que je ne comprends pas moi-même ce qui m'a pris. J'ai dû perdre la tête. Je ne vois pas d'autre explication qu'un moment de folie.

La jeune femme inspira profondément et se lança, le visage cramoisi.

— Et le baiser ?

Il fut non seulement surpris par tant d'audace, mais en conçut de l'admiration. Elle était courageuse de demander raison d'un incident qu'elle aurait sans doute préféré oublier, même si lui se souvenait parfaitement de sa réaction passionnée. Dans l'immédiat cependant, mieux valait dissimuler ses véritables pensées sur la question. Il haussa les épaules d'un air dégagé.

— Je me suis retrouvé seul avec une très jolie jeune femme, et j'ai cédé à la tentation. Je n'aurais pas dû prendre cette liberté, je n'ai aucune excuse.

L'espace d'un instant il crut voir passer une lueur de plaisir et de regret mêlés dans les yeux posés sur lui, mais elle disparut si rapidement qu'il tenta de se convaincre qu'il avait rêvé.

— Vous feriez mieux de contrôler vos bas instincts,

Kendran Ainsworth. Je tiens à ce que vous sachiez que je réprouve vivement ce genre d'attentions. De votre part, c'est inadmissible.

Il acquiesça.

— Je m'en souviendrai, et vous n'aurez plus à vous plaindre de moi, je vous le promets.

Annelise poussa un soupir.

— Très bien. Dans ce cas, j'imagine que nous pouvons oublier ce qui s'est passé.

Il s'inclina légèrement.

— Je vous remercie pour votre mansuétude.

La jeune femme l'observa longuement, et il eut l'impression qu'en cet instant, elle était plus sûre de ses intentions à lui que des siennes propres. Enfin, elle lui adressa un signe de tête.

— Je dois m'en aller, à présent. Nous nous verrons plus tard.

— A plus tard, donc.

Malgré lui, il ne put s'empêcher de la suivre des yeux tandis qu'elle s'éloignait.

Avec détermination, il se dit qu'il ne devait plus se laisser distraire par Annelise. S'il ne veillait pas à empêcher que se développe ce qu'il y avait entre eux, cela compliquerait singulièrement son séjour. Et aucun des deux n'avait besoin de ce genre de complications.

Kendran était confronté à un sérieux problème : il ne pouvait faire appel à quelqu'un du village pour porter un message au château de Wingate sans révéler son identité. Or, à Lundy comme partout ailleurs, aucun secret ne pouvait être gardé bien longtemps s'il était partagé.

Wingate n'étant qu'à deux heures de chevauchée, la meilleure solution serait de s'y rendre lui-même. Ainsi, tout le monde verrait qu'il se portait comme un charme et le châtelain pourrait rassurer sa famille. Mais comment faire ? Il n'avait plus de cheval, et il ne souhaitait pas attirer l'attention du menuisier en lui demandant le sien.

Deux jours après ses débuts comme ouvrier, une solution se présenta à lui. Un matin, alors qu'il s'était levé d'assez bonne heure, Joseph lui annonça qu'en ce dimanche, jour du Seigneur, toute la famille assisterait à la messe.

Kendran, qui avait perdu la notion du temps depuis son arrivée à Lundy, fut pris au dépourvu. Cependant, il songea rapidement au parti qu'il pouvait tirer de la situation. Il pria Joseph de bien vouloir l'excuser s'il ne les accompagnait pas : il se sentait encore un peu fatigué et souhaitait profiter de la journée pour se reposer.

L'artisan hocha la tête, marquant son approbation.

— Vous avez travaillé très dur alors que vous releviez tout juste d'une grave maladie. Et même si vous ignoriez tout du métier avant de commencer, vous avez montré que vous étiez désireux et capable d'apprendre vite. Je ne vous tiendrai pas rigueur de ces quelques heures de repos, au contraire.

Kendran se dit qu'il n'avait pas fait grand-chose à part raboter et poncer des planches, mais Joseph semblait satisfait de ses efforts, et c'était l'essentiel. Après tout, il n'avait pas l'intention de devenir menuisier.

Quand l'artisan lui annonça qu'ils rentreraient assez tard car Walter les avait invités chez lui pour le dîner, Kendran eut du mal à dissimuler son soulagement : ainsi, il aurait le temps d'aller à Wingate et d'en revenir avant le retour des Stanhope.

Il demeura sur sa paillasse au fond de l'atelier jusqu'à leur départ. Puis il sella Hinge et partit. Comme il s'y était attendu, la chevauchée sur le vieux hongre efflanqué ne fut pas une partie de plaisir, mais il lui fit presser le pas autant qu'il le put.

On le fit entrer dans le château dès qu'il cria son nom. Malgré sa stupéfaction visible, le palefrenier ne se permit aucune réflexion sur sa monture.

Le châtelain et ses hommes étaient installés dans la grande salle. Leur conversation s'éteignit dès qu'ils aperçurent le visiteur.

Sir Peter, un homme loyal et intelligent dans la force de l'âge, se leva aussitôt pour accueillir Kendran. Ce dernier le salua à son tour et adressa un signe de tête à la petite assemblée dont il connaissait presque tous les membres de vue.

Le châtelain l'invita à s'asseoir à sa place et Kendran, embarrassé, songea à la réaction d'Annelise si elle l'avait vu prendre le siège d'un aîné. D'un autre côté, il savait qu'il ne pouvait refuser cet honneur qui lui était accordé à la fois au nom de l'hospitalité et en sa qualité de frère du baron de Brackenmoore.

Sir Peter héla une servante :

— Kate ! Du vin pour lord Kendran.

Celle-ci s'empressa de lui obéir. En s'installant à côté de son hôte, le châtelain déclara :

— Je vous attendais un peu plus tôt, mais j'ai dû me tromper dans les dates.

— Non point. Il se trouve que j'ai été retardé, répliqua Kendran d'un ton dégagé.

Sir Peter eut un sourire entendu.

— Je vois.

Kendran s'assombrit. Il connaissait sa réputation, et même si elle était en partie justifiée, il s'était toujours bien conduit envers ses conquêtes et ne leur avait jamais donné de fausses espérances.

Pour une fois, il n'appréciait guère qu'on s'imagine

qu'il avait passé quelques jours à badiner avec une femme. Certes, le châtelain ne connaissait pas Annelise et ne pouvait donc pas être soupçonné d'avoir cherché à lui manquer de respect, pourtant le malaise de Kendran persista tandis que la servante lui servait du vin.

Comme il en buvait une gorgée, sir Peter lui demanda :

— Aurons-nous le plaisir de vous avoir longtemps parmi nous ? Suffisamment pour aller chasser, j'espère.

Kendran secoua la tête en signe de dénégation.

— C'est hélas impossible. Je dois repartir tout à l'heure.

Son hôte eut l'air décontenancé.

— Mais, en recevant la lettre de lady Raine, j'avais cru que…

Le jeune homme lui adressa un sourire délibérément complice.

— J'avais en effet l'intention de profiter un peu de votre hospitalité, mais il se trouve que certains… événements m'appellent ailleurs.

A l'instar des autres hommes de l'assistance, le châtelain sourit à son tour.

— Je comprends. Et naturellement, vous ne souhaitez pas… les faire attendre.

Kendran fut tenté de les détromper, mais y renonça aussitôt. Autant les laisser croire à cette fable : ainsi, ils ne seraient pas tentés de mettre leur nez dans ses affaires. Il aurait été peu avisé d'impliquer les hommes de son frère dans les problèmes de Lundy. Il lui serait plus aisé de découvrir la vérité si les hors-la-loi ne se sentaient pas menacés.

— Je crains que vous ne m'ayez deviné, sir Peter, admit-il d'un air faussement contrit.

Les autres hommes se mirent à rire et levèrent leur coupe à sa santé.

Kendran vida la sienne d'un trait. Il devait songer au

départ : s'il s'attardait davantage, les Stanhope risquaient de rentrer avant lui.

— J'ai une mission à vous confier, annonça-t-il soudain à sir Peter.

— Je vous écoute, lord Kendran.

— J'aimerais que vous preniez cinq souverains d'or dans le coffre de mon frère et que vous les fassiez porter à Joseph Stanhope, du village de Lundy.

C'était plus que ce que l'artisan avait demandé, mais après avoir vu son travail, Kendran pensait que cet argent était amplement mérité.

Le châtelain haussa les sourcils.

— Le menuisier ?

— Lui-même, confirma son hôte. Et quand votre homme lui remettra les pièces, qu'il le fasse de la part de lady de Brackenmoore. Je ne veux pas qu'on mentionne le nom d'Ainsworth.

— Très bien, lord Kendran. Comme il vous plaira.

— Ah, une chose encore, reprit celui-ci. Je n'ai plus rien sur moi. Pourriez-vous me procurer quelques espèces sonnantes et trébuchantes ? Aux frais du baron, bien sûr. Mon frère ne verra pas d'inconvénient à m'obliger, je pense.

— Prenez ma bourse, lord Kendran, je vous en prie, dit le châtelain en la lui tendant.

Kendran le remercia et la passa à sa ceinture. Dans les yeux de sir Peter, il lut une curiosité non déguisée et de nombreuses questions informulées.

Kendran fut soulagé qu'il ne les pose pas : ainsi, il n'aurait pas à refuser d'y répondre. Il se leva et tira de sa manche une lettre adressée à sa belle-sœur.

— Je vais reprendre la route, déclara-t-il avant de tendre la missive à sir Peter. Pourriez-vous faire parvenir ceci à lady Raine ? Votre messager devra la lui remettre en mains propres. C'est très important. Je ne voudrais pas que mon frère apprenne les projets qu'elle a formés pour son anniversaire.

Sir Peter prit la lettre avec un signe d'assentiment.

Ce ne fut qu'au moment de partir que Kendran repéra la poignée de l'épée que portait, dans un fourreau suspendu à un ceinturon, un des hommes qui s'étaient levés pour saluer son départ. Abasourdi, il s'approcha de lui et le fixa sévèrement.

— Qui es-tu ?

— Mon nom est Douglas, lord Kendran.

Kendran ne vit pas la moindre trace de culpabilité ou d'hésitation dans les yeux qui soutenaient calmement les siens. L'homme semblait ignorer d'où venait l'épée qu'il exhibait si ouvertement.

— D'où tiens-tu cette épée ?

Douglas sourit avec fierté.

— Elle est belle, n'est-ce pas ?

Kendran acquiesça, sentant peser sur lui les regards intrigués de l'assemblée.

— Certes, mais cela ne me dit point comment tu te l'es procurée.

— Je l'ai gagnée dans un jeu de hasard, avoua le chevalier, un peu gêné.

Kendran fit un pas en avant, et ses yeux se réduisirent à deux fentes étroites.

— A quel endroit ? Et qui te l'a cédée ?

Décontenancé, Douglas fronça les sourcils.

— Dans une taverne du village, messire. Mais pourquoi...

— Qui te l'a donnée ?

Le jeune homme secoua la tête.

— Je... Je ne saurais vous décrire précisément l'homme qui l'a jouée. Je dois vous avouer que j'avais déjà beaucoup bu, et... Mais il n'avait pas la mise d'un chevalier, ça, je puis vous l'assurer. Sur le moment, je n'ai rien trouvé d'anormal, mais maintenant que j'y songe… C'était un simple manant. Comment aurait-il pu se payer une épée pareille ? Et pour quel usage ? Il ne devait pas savoir la manier.

— Votre réponse ne me surprend guère. Je puis bien vous le dire, à présent : il s'agit d'une épée volée.

Douglas écarquilla les yeux.

— Volée ? Oh, messire, je… Mais comment le savez-vous ? Et…

Kendran l'arrêta d'un geste de la main.

— Je suis certain que vous l'avez acceptée sans arrière-pensée. Je sais que cette épée a été volée tout simplement parce qu'elle m'appartient. Elle m'a été offerte le jour où j'ai été adoubé chevalier par mon frère, votre seigneur et maître.

Les hommes présents étouffèrent des exclamations de surprise.

Douglas s'empressa de déboucler son ceinturon pour lui rendre l'épée.

— Pardonnez-moi, messire. Comme vous l'avez deviné, j'ignorais tout de… Mais je retrouverai le chien qui vous l'a dérobée pour le châtier. Cet homme mérite la mort !

Kendran reprit son arme et la contempla un instant avec plaisir.

— Vous ne ferez rien du tout. J'ai mes propres plans, rétorqua-t-il avant de se tourner vers une servante. Il me faut une couverture.

— Mais, lord Kendran, protesta sir Peter, ennuyé, votre frère ne souffrirait pas que nous restions les bras croisés. Cet affront doit être vengé.

La voix de Kendran s'éleva, n'admettant aucune réplique.

— Je souhaite que vous m'obéissiez aveuglément pour tout ce qui touche à cette affaire.

Il saisit la couverture que la servante lui tendait et enveloppa son épée avec soin.

— Pour cette arme qui va certainement vous faire défaut, vous recevrez un dédommagement, Douglas.

— C'est inutile, je…

Kendran l'interrompit.

— Tel est mon désir.

Sir Peter tenta une nouvelle approche.

— Messire, je dois…

— Non, vous ne conduirez aucune expédition punitive. Contentez-vous d'envoyer mon message à l'épouse de mon frère. Elle y trouvera toutes les explications nécessaires.

Il soutint longuement le regard du châtelain avant de demander :

— Est-ce clair ?

Sir Peter s'inclina.

— Pardonnez-moi, lord Kendran. Vous serez obéi.

Après avoir fait ses adieux à la compagnie, Kendran se hâta de reprendre la route. Il avait bien conscience de s'être montré brutal, mais les circonstances l'exigeaient. Il espérait simplement que le châtelain ne passerait pas outre ses ordres en prévenant Benedict.

Sir Peter ne saurait jamais que, contrairement à ce qu'il lui avait laissé entendre, il n'avait pas soufflé mot des événements à Raine. Il l'avait simplement prévenue que, le bureau n'étant pas terminé, il reviendrait un peu plus tard que prévu.

En tout cas, cette visite n'avait pas été inutile : non seulement il avait retrouvé son épée, mais il avait trouvé un moyen de rétribuer généreusement Joseph Stanhope pour son excellent travail.

Tandis qu'il chevauchait vers Lundy, Kendran forma le vœu que Raine, avec sa perspicacité habituelle, ne lise pas entre les lignes. Il était volontairement resté dans le vague pour ne pas l'alerter, mais ce détail même ne risquait-il pas d'attirer son attention ? Si jamais Benedict apprenait ce qui s'était passé, il accourrait au galop, prêt à rendre la justice lui-même.

Dernier fils d'une famille de quatre, Kendran avait toujours été couvé par ses trois frères et ses belles-sœurs. Cela pouvait être irritant parfois, mais il n'ignorait pas qu'ils agissaient de la sorte par amour pour lui.

Pour l'instant cependant, il ne devait plus se préoccuper de sa famille, mais réfléchir sérieusement à la manière de s'y prendre pour remonter jusqu'à ses attaquants.

A présent qu'il avait récupéré son épée, qu'il devait d'ailleurs songer à dissimuler à ses hôtes, il était plus déterminé que jamais. Même si le récit de Douglas ne lui avait pas appris grand-chose, la découverte de son arme lui avait au moins révélé que les hors-la-loi avaient commis une erreur. Il espérait que cela se reproduirait, et qu'il pourrait ainsi remonter jusqu'à eux, et peut-être même jusqu'à Kramon.

Songeant au baron, il se dit qu'il aimerait bien le rencontrer pour prendre sa mesure. Mais comment s'y prendre sans éveiller sa méfiance ?

Chapitre 7

Annelise suivit son père et sa tante à l'intérieur de la maison avec un soupir de soulagement. Malgré l'accueil chaleureux de la famille de Walter, elle avait passé la journée dans un état d'extrême agitation. Elle qui aimait tant les enfants n'était même pas parvenue à fixer son attention sur les deux bambins avec lesquels elle avait joué.

D'ordinaire, elle se laissait aller à rêver de petites têtes blondes aux yeux bleus. Cette fois-ci pourtant, elle avait eu du mal à chasser de son esprit la vision de garçonnets aux cheveux bruns.

Elle se mordit la lèvre, ennuyée par la persistance de cette image. Bien qu'elle ait été contente de quitter ses hôtes, elle n'était nullement pressée de revoir Kendran Ainsworth.

Heureusement, depuis qu'il travaillait comme ouvrier, elle n'avait fait que le croiser aux repas. Kendran passait la majeure partie de son temps dans l'atelier, et à table, il discutait menuiserie avec son père.

Il paraissait avoir oublié l'existence d'Annelise, et cela convenait parfaitement à la jeune fille.

Avant de pénétrer dans la cuisine, Jane se retourna soudain vers sa nièce.

— Peux-tu aller chercher les œufs, Annelise ?

Alors que celle-ci s'apprêtait à ôter son manteau de laine, elle le resserra autour de ses épaules après un signe d'assentiment et sortit. Son père ne possédait pas d'écurie, d'étable et de poulailler distincts. Leurs animaux — le hongre, une vache, et quelques poules — dormaient sous le même toit dans l'espace qui leur était réservé.

Après avoir contourné la maison, Annelise se dirigea vers la petite bâtisse. En entrant, elle sentit immédiatement que quelque chose n'allait pas, mais elle ne s'aperçut qu'au bout de quelques instants que Hinge avait disparu.

Fronçant les sourcils, la jeune fille regarda autour d'elle, espérant découvrir un élément qui permettrait d'expliquer sa disparition.

Presque aussitôt, elle entendit des sons étouffés en provenance du dehors. Elle se réfugia précipitamment dans un coin sombre et s'accroupit derrière le panneau qui séparait habituellement le cheval de la vache. Puis, le cœur battant, elle attendit.

La porte s'ouvrit et Kendran Ainsworth apparut sur le seuil, tenant le hongre par la bride.

Elle ne parvint pas à étouffer un cri de surprise. Kendran la fixa droit dans les yeux.

Annelise se releva prudemment, notant au passage la mine coupable du jeune homme. D'un ton brusque, il lui demanda :

— Que faites-vous ici ?

Se redressant de toute sa hauteur, elle rétorqua :

— Je pourrais vous retourner la question, messire, et avec plus de raison.

Il fit la moue, mais garda le silence. La mine dégagée, comme si sa conduite était parfaitement naturelle, il guida l'animal à sa place habituelle et se retrouva face à la jeune fille.

— Excusez-moi.

Il avait prononcé ces mots avec amabilité, pourtant sa carrure même était intimidante dans un espace aussi restreint.

Annelise s'écarta sans réfléchir avant de réagir, furieuse contre elle-même.

— Que faites-vous avec le cheval de mon père ?

Tranquillement, Kendran attacha Hinge avant de le desseller. Puis il se tourna vers elle et planta ses yeux bleus dans les siens.

— Nous sommes allés nous promener, tous les deux.

— Pourquoi n'avez-vous pas demandé l'autorisation à mon père ?

— Parce qu'il était absent.

Ses réponses faussement détachées irritèrent Annelise. Pour qui la prenait-il ? Pour la simplette du village ? Elle lui lança un regard hostile.

— Vous feriez mieux de tout m'expliquer, sinon j'appelle mon père. Je ne voulais pas le croire quand Daniel vous soupçonnait de faire partie de cette bande de coupe-jarrets, mais je commence à me poser des questions.

Kendran leva les yeux au ciel et se passa la main dans les cheveux.

— Votre Daniel vous a dit ça ?

Mains sur les hanches, elle se campa devant lui.

— Oui, il a peut-être vu clairement dans votre jeu, lui.

Kendran poussa un soupir.

— Pour l'amour du ciel, Annelise, je ne suis de mèche avec personne. J'ai pris le cheval de votre père parce que je souhaitais profiter de cette journée de repos pour mener ma petite enquête, voilà tout.

Désireuse de lui montrer qu'elle ne craignait pas de l'affronter, elle continua à le dévisager. Cependant, elle ne put dissimuler sa surprise.

— Qu'entendez-vous par là ?

— Eh bien, en apprendre davantage sur Kramon et ses hommes. Je suis déterminé à retrouver mes attaquants, et j'espère qu'en même temps, je parviendrai à mettre la main sur les meurtriers de votre mère.

Malgré elle, ces paroles la remplirent d'espoir. Tout n'était donc pas perdu ! Il existait peut-être encore un moyen de découvrir les coupables. Mais bien vite, la jeune fille s'obligea à modérer son enthousiasme et reprit le contrôle de ses émotions. S'il croyait pouvoir lui faire abandonner le sujet aussi facilement avec des belles promesses, il se trompait.

— Où êtes-vous allé ?

Kendran secoua la tête, le visage fermé.

— Cela, je ne puis vous le révéler. Il vous suffit de connaître le motif de mon absence. Disons qu'il s'agissait d'une première tentative pour faire éclater l'identité des hors-la-loi au grand jour.

— Plus facile à dire qu'à faire. Mais je ne vois toujours pas pourquoi je devrais cacher vos agissements à mon père.

Le visage dur, les dents serrées, il répliqua :

— Allez-y dans ce cas, allez raconter à votre père que j'ai pris son cheval. Mais souvenez-vous ce faisant que je n'ai en aucun cas cherché à nuire à votre famille. Vous avez ma parole d'honneur.

Sa sincérité frappa Annelise. S'égarant un instant dans le bleu profond de ses yeux, elle sentit qu'elle avait envie de croire tout ce qu'il lui disait.

Par ailleurs, l'idée de démasquer enfin les monstres qui avaient tué sa mère lui faisait battre le cœur à tout rompre. Elle ne devait pas pour autant oublier les avertissements de Daniel, surtout après ce qui venait de se passer. Pourquoi Kendran refusait-il de lui dire où il s'était rendu ? Et où avait-il pu aller, lui qui se prétendait étranger à la région ?

— Vous souhaitez que je vous fasse confiance, mais vous ne voulez pas me dire ce que vous avez fait aujourd'hui ?

— C'est exact.

La jeune fille se rendit compte que l'interroger de la sorte ne mènerait à rien, aussi décida-t-elle de changer de tactique.

— Je comprends votre détermination à retrouver ceux qui vous ont blessé, mais pourquoi venir en aide à ma famille ? Quel est votre intérêt ?

— Votre père, votre tante et vous-même m'avez recueilli et soigné avec dévouement. J'estime que je vous dois bien cela, en gage de reconnaissance. Je désire mettre un terme aux activités de ces malfaiteurs. Il ne faut pas qu'ils continuent à dévaliser et tuer les villageois et les voyageurs qui ont la malchance de tomber entre leurs mains. Ces couards n'ont même pas le courage d'affronter leurs victimes, et j'ai bien l'intention de leur demander des comptes.

Annelise perçut la tension qui émanait de son corps puissant. Elle était certaine qu'il n'hésiterait pas à faire ce qu'il disait, et sa force l'effrayait un peu. Kendran sentit son malaise et reprit :

— Vous n'avez rien à craindre de moi, Annelise. Jamais je ne m'en prendrai à vous ou aux vôtres. Je souhaite simplement châtier ceux qui le méritent.

Comme elle croisait de nouveau son regard, elle ne put ignorer l'extrême séduction qui émanait de lui. Jamais elle n'avait été attirée par un homme à ce point. Peut-être était-ce parce qu'une partie d'elle-même savait depuis le début qu'il les aiderait s'il le pouvait, qu'il leur apporterait la justice.

Oui, c'était sans doute cela, l'explication. Le Seigneur avait guidé ses pas, la nuit où elle l'avait trouvé. Dans son immense bonté, Il leur avait envoyé Kendran Ainsworth.

Elle éprouva un immense soulagement en comprenant enfin la nature de ce qui les liait.

Lorsqu'il reprit la parole, il s'exprima d'une voix si basse qu'elle dut tendre l'oreille.

— Vous n'avez aucune raison d'avoir peur de moi, vous savez.

Fascinée, Annelise ne parvint pas à détourner les yeux. Elle fut choquée par l'étrangeté de sa propre voix quand elle répondit :

— Je n'ai pas peur de vous. Je…

Incapable de trouver les mots pour décrire ce qu'elle ressentait, elle se tut.

— Acceptez-vous de me faire confiance, Annelise ?

Le regard de Kendran chercha le sien comme s'il espérait y lire quelque chose de particulier.

Mais c'était absurde, songea la jeune fille. C'était l'espoir, et rien d'autre, qui lui coupait le souffle et accélérait les battements de son cœur.

Elle était amoureuse de Daniel, et sa confiance en Kendran Ainsworth n'y changerait rien. Elle murmura :

— Me permettrez-vous de vous aider ?

Il fronça les sourcils, et demeura silencieux un long moment.

— Vous pourrez m'aider tant que cela ne vous mettra pas en danger.

Ce n'était pas tout à fait la réponse qu'elle attendait, mais elle devrait bien s'en contenter : il ne lui ferait pas d'autre concession, elle le savait. Malgré le désir évident qu'il avait d'être juste envers elle, il se montrait inflexible dès qu'il jugeait une demande déraisonnable. Cela exaspérait Annelise, mais comment lutter contre cette volonté de fer ?

Et puis, elle devait bien le reconnaître, la force de caractère dont Kendran faisait preuve nourrissait son espoir. Si seulement Daniel pouvait le comprendre, il approuverait sûrement son attitude. Il avait été très attaché à la mère d'Annelise, et s'il souhaitait à présent les empêcher d'agir, son père et elle, c'était uniquement parce qu'il s'inquiétait pour eux.

En croisant le regard de Kendran, elle se sentit de nouveau captivée par son rayonnement intérieur. Sans doute était-ce dû à la foi qu'elle plaçait en lui. Pourtant, c'était de la folie de lui accorder tant de crédit. Malgré sa confiance en lui, rien ne garantissait le succès de son entreprise.

Brusquement, elle lui tourna le dos et alla caresser l'encolure encore humide de Hinge. Estimant qu'elle avait mis une distance suffisante entre eux, Annelise pivota sur ses talons pour lui faire face.

— Je ne dirai rien à mon père, sauf si vous recommencez. Après tout, je ne risque rien à garder votre secret.

Coupant court à sa réplique, elle ajouta :

— Et maintenant, comment puis-je vous aider ?

— En me disant tout ce que vous savez de ce Kramon.

La jeune fille fut surprise par la désinvolture et le mépris avec lequel il parlait du baron. Son absence de déférence envers ceux qui occupaient une position plus élevée que la sienne témoignait d'une certaine familiarité avec les nobles.

Pour quelle raison avait-il donc pris la route ? Après tout, son métier lui avait sans doute permis de disposer d'avantages non négligeables. Elle se souvint qu'il avait reconnu plaire aux femmes. Peut-être était-ce à cause de l'une d'elles qu'il avait été obligé de partir.

Cette idée la contraria, mais elle se gourmanda aussitôt. Que lui importait que Kendran ait badiné avec l'épouse ou la fille d'un noble ?

Il interrompit ses pensées en répétant sa question.

— Que pouvez-vous me dire de Kramon ?

Se ressaisissant bien vite, Annelise déclara :

— C'est le fils unique du défunt baron qui, s'il n'était pas particulièrement aimé, n'était pas haï et redouté comme l'est son fils. Le baron actuel n'avait que vingt ans lorsque son père est mort. Il s'est empressé d'augmenter la taille et le cens de ses tenanciers. Sa façon de rendre la justice est terriblement impopulaire. Plus personne n'y a recours. Il s'est marié deux fois, à de riches héritières d'après la rumeur, et il a été veuf à deux reprises, bien qu'il n'ait pas encore trente ans. Le reste est déjà connu de vous. Le fait qu'il ne fasse rien pour arrêter les hors-la-loi prouve bien qu'il a intérêt à ce que la situation perdure, d'une façon ou d'une autre. Telle est mon opinion, en tout cas, et je crois que beaucoup la partagent.

— Et que pensez-vous de lui en tant qu'homme, Annelise ?

Même si elle était flattée qu'il lui ait posé cette question, elle doutait de pouvoir l'aider.

— Je… je le connais très peu. Je l'ai souvent vu à l'atelier, avant la mort de ma mère. Il venait trouver mon père, lui commandait des meubles… Mais je ne l'ai jamais vraiment approché. Quand il était là, ma mère m'obligeait à me tenir à distance. Pourtant, même de loin, son arrogance m'a toujours frappée. Et la façon dont il souriait à ma mère me mettait mal à l'aise. Il a un regard très étrange, à la fois cruel et fascinant. En fait, il me fait penser à un rapace qui tourne autour de sa proie et qui attend le moment où elle est le plus vulnérable pour fondre sur elle.

La gorge serrée, elle poursuivit :

— Et mon instinct ne m'a pas trompée…

Quand sa voix se brisa, Kendran fit un pas dans sa direction.

— Pardonnez-moi, je n'aurais pas dû vous interroger ainsi. Cela vous rappelle trop de souvenirs douloureux.

Se redressant fièrement, elle s'empressa de répliquer :

— Ne vous inquiétez pas pour moi. Ce qui compte, c'est qu'il paye pour son crime. Je serai ravie si ce que je vous ai dit vous est de quelque utilité.

Kendran posa une main sur son épaule. C'était un contact doux et ferme en même temps. Près de lui, elle éprouvait une sensation mélangée de sécurité et de danger imminent.

Malgré elle, ses yeux se posèrent sur la bouche qui l'avait embrassée avec tant de passion.

Horrifiée par sa réaction, la jeune fille recula d'un pas. Sur le visage de Kendran passa une expression incompréhensible. Il retira la main comme s'il s'était brûlé.

— Je… Pardonnez-moi. J'ai eu tort…

Devant sa mine déconfite, Annelise eut presque pitié de lui. Pourtant, sa raison lui souffla qu'elle devait maintenir une distance entre Kendran et elle, surtout en cet instant où elle se sentait si fragile. Elle était partagée entre sa soif de justice et la tristesse liée à la perte de sa mère. Jamais plus Annelise n'entendrait son rire ou ne se réfugierait dans ses bras. Terminés, les promenades pieds nus dans la rosée et les bains dans la rivière. Kramon l'avait privée de tout cela, et de bien plus encore.

Comme souvent, à sa peine succéda la colère, et elle en éprouva un certain soulagement. La rage la rendait combative et forte. Dans ces conditions, il lui était plus facile de résister à la fascination qu'exerçait Kendran sur elle. Elle releva le menton avec détermination.

— Je suis prête à faire tout ce qu'il faudra pour que vous puissiez mettre votre projet à exécution. Pour autant, nous ne devons pas adopter un comportement qui pourrait nous conduire à… réitérer certaines erreurs.

Kendran la considéra longuement et la jeune fille se demanda si son trouble se lisait sur son visage. Finalement, il acquiesça :

— Je n'avais pas l'intention de me jeter sur vous, Annelise. Nous sommes déjà tombés d'accord sur le fait que je n'aurais pas dû vous embrasser, et je croyais que le sujet était clos. De vous, je n'attends rien d'autre qu'une aide pour découvrir ceux qui nous ont fait du tort.

Il observa un silence. Les poings serrés le long du corps, les yeux rivés aux siens, Kendran ajouta :

— Simplement, il est inutile de passer votre temps à me

rappeler cet incident. Ce n'est pas ainsi que vous l'oublierez, et moi non plus.

Son exaspération la déstabilisa, mais elle n'eut pas le temps de répondre : il avait déjà tourné les talons et quittait la bâtisse.

Irrité, Kendran rejouait sans cesse son échange de la veille avec Annelise. Elle n'avait pas le droit de le traiter de cette manière, alors qu'il cherchait simplement à la réconforter. Ce n'était pas sa faute, si son simple contact l'avait enflammé.

Après tout, il n'était qu'un homme, et Annelise la jeune femme la plus ravissante et la plus désirable de toutes celles qu'il lui avait été donné de rencontrer.

Même à présent, tandis qu'il tendait au forgeron les croquis de charnières de Joseph Stanhope, il bouillait encore d'indignation. Le forgeron, un homme aussi large que haut, jeta un œil au parchemin et haussa les épaules.

— Il faudra revenir dans une heure.

C'était le temps qu'il lui faudrait pour rentrer à l'atelier et en revenir, songea Kendran. Mieux valait donc mettre cette heure à profit pour essayer d'en apprendre davantage sur Kramon.

Avec cette idée en tête, il se rendit à la taverne. Il y avait toujours quelques langues prêtes à se délier dans ce genre d'endroit.

Il commanda un pot de bière, mais à sa grande déception, il ne parvint pas à engager la conversation avec le tavernier. Ce dernier semblait en effet trop occupé à surveiller ce qui se passait au fond de son établissement. Kendran saisit donc sa boisson et chercha un endroit où s'asseoir.

Bien vite, il repéra les deux autres clients de la taverne, installés non loin de la cheminée. Le sujet de leur conversation lui fit dresser l'oreille. Ils évoquaient les dangers qu'il y avait à se déplacer la nuit. Discrètement, il prit place non loin d'eux. Les deux hommes étaient tellement absorbés par leur discussion et leur bière qu'ils ne firent pas attention à lui.

Kendran les écouta attentivement, espérant entendre des choses intéressantes. Soudain, pendant un silence, il les interpella à voix basse. Les deux autres sursautèrent.

— Vous avez bien votre petite idée sur celui qui dirige ces hors-la-loi ?

Il s'attira des regards horrifiés. Finalement, l'un des hommes demanda :

— Vous êtes étranger à la région, n'est-ce pas ?

— Oui, et j'ai moi-même été attaqué il y a peu de temps.

Soudain, une lueur de reconnaissance passa dans les yeux de celui qui l'avait interrogé.

— Vous êtes le nouvel ouvrier du menuisier.

— En effet.

— Eh bien, j'ai un petit conseil à vous donner si vous aimez la vie. Tenez donc votre…

Il s'interrompit quand la porte d'entrée s'ouvrit brutalement. Trois hommes entrèrent et regardèrent autour d'eux avec arrogance. Une tension presque palpable envahit la pièce. Le tavernier, qui était revenu pour accueillir ses nouveaux clients, s'arrêta net et pâlit.

Les voisins de table de Kendran se tassèrent sur leur siège, tentant de se faire le plus petits possible pour passer inaperçus. C'était inutile, puisque les nouveaux arrivants ne s'intéressaient qu'au propriétaire de l'établissement. Ce dernier s'inclina profondément.

— Lord Kramon.

Ainsi, il avait enfin l'occasion de rencontrer le baron ! Kendran le détailla aussitôt avec intérêt. Ses traits réguliers étaient virils. De taille moyenne, assez mince, il se déplaçait avec une aisance qui indiquait une pratique assidue de l'épée. Il portait une longue cape de velours fermée par une broche en or.

Le tavernier reprit la parole.

— C'est un grand honneur que vous nous faites, lord Kramon.

Le baron retira ses gantelets avec ostentation et demeura silencieux, laissant attendre son interlocuteur. Bien que la pièce ne soit pas très éclairée, Kendran vit que Kramon semblait beaucoup s'amuser de l'affolement du tavernier.

— Souhaitez-vous boire quelque chose, messire ?

— Non point. Je suis venu parler affaires, Guthrie. Bien que cela me peine énormément, j'ai décidé d'augmenter les taxes sur la bière que tu brasses.

La détresse se lut sur le visage du propriétaire. Il leva les mains comme pour demander grâce.

— Mais pourquoi ?

La physionomie de Kramon, qui aurait pu être agréable chez un autre homme mais qui chez lui était marquée par la cruauté, se durcit davantage.

— Qui t'a autorisé à m'interroger de la sorte ? Ici, le maître, c'est moi, et je n'ai pas à te répondre. Ni à toi, ni à tes semblables.

Guthrie baissa les yeux.

— Pardonnez-moi, messire. Il en sera fait selon votre volonté.

Kramon eut un sourire amusé et regarda ses hommes.

— C'est bien ainsi que je l'entends.

Le malheureux tavernier prit son courage à deux mains pour demander :

— De combien, messire, souhaitez-vous augmenter les taxes ?

Kramon lui annonça une somme qui arracha une exclamation de désespoir au pauvre propriétaire.

— Qu'y a-t-il, Guthrie ? Tu contestes ma décision ?

— Non point, messire. Loin de moi cette idée. Simplement je ne pourrai vous donner aujourd'hui la somme que vous demandez.

Les hommes de Kramon se mirent à rire.

— Dans ce cas, je vais faire preuve de clémence. Je repasserai dans la semaine.

Sur ces mots, lui et ses hommes quittèrent la taverne. Kendran avait l'impression que le baron s'était déplacé en personne pour jouir du malheur du tavernier. Il était rare en effet qu'un seigneur collecte lui-même les taxes.

Le jeune homme se leva. Il en avait vu suffisamment pour tirer ses conclusions sur la personnalité de Kramon. Mais malheureusement, cela ne prouvait rien quant aux affaires qui l'intéressaient.

Kendran fut désappointé de ne pas trouver Jane dans la cuisine. Joseph l'avait envoyé prévenir sa belle-sœur qu'il aurait besoin d'œufs pour ses différents mélanges. Pensant qu'elle pouvait être dans la salle principale, il se dirigea vers la porte de communication mais s'arrêta en entendant prononcer son nom. La voix qui répondit était celle d'Annelise. Elle ne lui avait pas dit un mot depuis leur conversation dans la petite bâtisse, deux jours plus tôt. Kendran était certain qu'elle lui en voulait toujours pour ce qu'il lui avait lancé en partant. Il lui avait reproché de trop en faire en passant son temps à lui rappeler qu'elle n'approuvait pas ses avances. Il ne savait pas pourquoi il lui avait envoyé cette pique, pourtant il continuait à penser que ses protestations étaient excessives. Après tout, en posant la main sur son épaule, il avait simplement voulu la réconforter. Contrairement à ce qu'elle s'imaginait, il n'avait pas eu d'autre idée en tête, même si ce contact avait aussitôt réveillé son désir.

La voix de la jeune fille le ramena au présent.

— Il va rester chez nous.

— Comment ça ? Pourquoi ne part-il pas ? Je le croyais rétabli.

Kendran n'eut aucun mal à reconnaître cette voix : c'était celle de Daniel, le promis d'Annelise. Il semblait fort mécontent.

Il se souvint de ce que la jeune fille lui avait dit : Daniel ne lui faisait pas confiance. Elle-même ne devait pas partager cette opinion, puisqu'elle avait accepté de l'aider. Quand elle répondit, son ton trahit sa nervosité.

— Il a demandé à père s'il avait besoin de quelqu'un pour l'aider, et il se trouve que père cherchait un nouvel ouvrier.

— Pourquoi ne pas m'avoir prévenu immédiatement ?

— Nous ne nous sommes pas revus depuis, répliqua-t-elle.

— Tu as donc oublié notre conversation sur cet homme ?

Daniel avait parlé lentement ; il cherchait visiblement à se maîtriser.

Le silence qui suivit fut incroyablement pesant. Kendran savait qu'Annelise se trouvait dans une situation délicate. A cause de ses sentiments pour cet homme, elle devait avoir l'impression de le trahir. Non seulement elle n'avait pas tenu compte des conseils de Daniel, mais elle avait conclu un accord secret avec l'homme dont il souhaitait le départ à toute force.

— Eh bien, Annelise ?

Percevant l'irritation du jeune homme, Kendran se demanda pourquoi il était si pressé de le voir partir. Mais soudain, il eut une illumination : c'était à cause d'Annelise !

Daniel ignorait ce qui s'était passé, néanmoins il sentait peut-être l'étrange attirance qu'ils éprouvaient l'un pour l'autre, et il en était jaloux. En outre, il devait avoir du mal à supporter qu'un homme, étranger de surcroît, vive sous le même toit que sa bien-aimée.

Distrait par le souvenir du baiser volé, Kendran dut se concentrer sur la conversation qui se poursuivait à côté.

— Pourquoi a-t-il voulu rester ici pour travailler le bois ? C'est absurde, voyons ! Cet homme est un guerrier, n'importe qui peut le deviner, et avec tous les conflits qu'il y a en ces temps troublés, il ne risque pas de sombrer dans l'oisiveté. Moi, je trouve ça extrêmement louche. Comment peux-tu être certaine qu'il ne prépare pas quelque mauvais coup ?

Annelise lui répondit d'une voix douce et patiente.

— Je connais à peine cet homme, Daniel, je ne peux donc pas t'affirmer qu'il est absolument fiable. Pourtant, mon père lui fait confiance, et il a un jugement très sûr. Ce n'est pas à moi de le remettre en cause. Au fond, même si nous en savons très peu sur Kendran Ainsworth, j'ai l'impression qu'il est honnête. Et je ne crois pas qu'il puisse constituer une menace pour nous. Je te rappelle qu'il a été attaqué, comme beaucoup d'autres avant lui. Cette nuit-là, continua-t-elle d'une voix étranglée, il aurait très bien pu mourir. Par ailleurs, depuis son arrivée parmi nous, il n'a rien fait d'inconvenant. Je ne vois pas pourquoi il chercherait à nous faire du mal. Après tout, nous lui avons sauvé la vie.

Quand il reprit la parole, Daniel s'exprima d'un ton plus égal. Visiblement, il cherchait à rentrer dans les faveurs de la jeune femme.

— Je ne voulais pas te fâcher, Annelise. Tu as raison d'avoir foi en ton père. C'est un homme généreux, et un bon juge de l'espèce humaine. Mais ne m'en veux pas de m'inquiéter pour vous. Vous êtes ma seule famille depuis que mes parents sont morts, et je tiens à vous.

Il prit une profonde inspiration et poursuivit :

— Il y a quelque chose qui m'inquiète particulièrement,

et c'est ton imprudence. Ton père n'a pas réussi à y mettre bon ordre.

Son agitation reprit brutalement le dessus quand il s'exclama :

— Ne t'ai-je pas dit des milliers de fois de ne pas traverser cette partie de la forêt ? Et pourtant, la nuit où tu as trouvé l'étranger, il a justement fallu que tu t'engages sur cette route ! Tu ne tiens donc jamais compte des conseils de ceux qui cherchent à te protéger ?

Malgré son animosité envers Daniel, Kendran pouvait difficilement le blâmer de s'inquiéter pour Annelise. Même si c'était justement son imprudence qui lui avait sauvé la vie, il était vrai qu'elle s'était mise en danger.

La jeune femme lui rétorqua vivement :

— Mon père m'a déjà réprimandée pour cela, et c'est le seul moyen qu'il possède pour me dicter ma conduite. Tout comme toi.

— Pardonne-moi, Annelise, déclara Daniel d'une voix surprise. Je vois que tout ce que je dis t'indispose, aujourd'hui. Tu t'étonnes que je me méfie de cet homme, et pourtant, je te trouve… bizarre, depuis son arrivée.

Cette réflexion dut déplaire fortement à Annelise, car elle répliqua :

— Kendran Ainsworth n'a aucune influence sur moi, si c'est ce que tu insinues. C'est toi qui as changé d'attitude depuis qu'il est là, Daniel.

Aux oreilles de Kendran, il lui sembla qu'elle faisait des efforts pour se maîtriser.

— Ne me regarde pas ainsi, lança-t-elle. Il n'y a pas lieu de t'inquiéter pour nous. De toute façon, je n'ai pas l'intention de prendre de nouveaux risques, surtout après avoir vu ce qu'ils avaient fait à un homme de la force de Kendran.

Il y eut un long silence. Kendran ne put s'empêcher de se sentir flatté par la dernière remarque d'Annelise. Il était assez fier de son habileté à l'épée, même s'il n'était pas aveugle au point de se croire invincible au combat.

La voix de Daniel interrompit ses pensées.

— Il est évident que tu admires cet homme, et bien que je ne comprenne pas pourquoi, je ne chercherai plus à te convaincre du contraire.

— Tu te trompes ! s'exclama Annelise d'un ton horrifié. Je...

La porte d'entrée claqua : Daniel avait mis un terme brutal à leur échange.

La jeune femme poussa une exclamation de rage. Malgré son amusement devant la tournure que prenaient les choses, Kendran songea qu'il serait préférable qu'elle ne contrarie pas davantage son promis. Même si Daniel n'avait aucune raison d'être jaloux, ce dernier considérait sans doute la question de façon différente.

A ce moment-là, la porte de la cuisine s'ouvrit et il se retrouva face à Annelise. Elle écarquilla les yeux avant de les plisser d'un air furieux.

— Vous étiez en train de nous écouter ?

— Oui, reconnut-il.

— Comment osez-vous ? Peut-être Daniel a-t-il raison à votre sujet.

Kendran refusa de présenter des excuses.

— J'ai surpris votre conversation par hasard, et comme vous parliez de moi...

Elle lui jeta un regard hostile.

— Cela ne vous donne pas le droit de...

— Oh que si ! En toute bonne foi, Annelise, si vous tombiez par hasard sur deux personnes qui discutent de vous, vous vous boucheriez les oreilles avant de partir en courant ?

Elle ouvrit la bouche puis la referma sans piper mot.

Comme toujours, son honnêteté foncière plut à Kendran. D'une voix plus douce, il reprit :

— Je suis désolé d'avoir épié votre conversation, Annelise. Sachant que vous êtes promis l'un à l'autre, j'aurais dû m'éloigner pour respecter votre intimité.

Les yeux de la jeune fille cherchèrent les siens tandis qu'elle lissait nerveusement le corsage de sa robe de laine bordeaux. Il tenta d'ignorer que le haut de sa poitrine n'était recouvert que par une fine chemise de lin ivoire.

Tentant de garder ses émotions sous contrôle, il s'exprima avec prudence.

— Je tiens à vous remercier de m'avoir défendu, et ce d'autant plus que nous ne sommes pas en très bons termes.

Elle releva le menton.

— Je ne vous défendais pas, je me suis contentée de donner mon opinion. A mon tour, je souhaite vous présenter des excuses pour l'autre soir. Vous ne m'aviez donné aucune raison de vous parler sur ce ton.

— Merci. J'apprécie votre droiture.

Après un long silence, il poursuivit :

— J'espère ne pas être devenu une source de conflit entre Daniel et vous. Je m'en voudrais d'être la cause de votre brouille.

Elle détourna le regard.

— Ce n'est pas le cas. Simplement, cela m'ennuie de lui avoir dissimulé vos intentions à l'égard de Kramon. Je n'ai pas l'habitude d'avoir de secrets pour lui, mais je sais qu'il désapprouverait ma conduite et qu'il chercherait à m'empêcher de vous aider s'il était au courant. Mais peut-être avez-vous changé d'avis, ajouta-t-elle en plantant ses yeux dans les siens.

Il secoua la tête en signe de dénégation.

— Non, je n'ai pas changé d'avis, Annelise.

La lueur d'espoir qui éclaira le regard de la jeune femme le bouleversa.

— C'est vrai ? Je croyais vous avoir fâché par des accusations injustes, et je me disais que vous alliez sans doute abandonner votre projet.

Quand elle le considérait de cette façon, à travers ses longs cils, Kendran se sentait prêt à tout mettre en œuvre pour la rendre heureuse.

— Une promesse est une promesse, Annelise. Il m'en faudrait plus pour abandonner. Je ne suis pas homme à baisser les bras au moindre prétexte, vous savez.

Et il lui raconta la scène dont il avait été témoin à la taverne avant de conclure :

— Votre description de Kramon était juste. C'est un homme cruel, et il tire une grande jouissance de son pouvoir sur les autres. Il aime les faire souffrir.

— Prenez bien garde à vous, Kendran. Il est capable de tout.

Il aurait tant aimé se noyer dans ces yeux de biche. Il fit un effort pour répondre.

— Ne vous inquiétez pas pour moi. Je ne me soucie que d'une chose : trouver des preuves pour mettre un terme à ses activités illicites.

Cette fois-ci, ce fut elle qui fit un pas dans sa direction pour poser la main sur son avant-bras, nu. Un courant de chaleur le parcourut avec une intensité telle qu'il inspira brusquement, comme si le souffle lui manquait. Serrant les dents, il croisa le regard d'Annelise.

Elle battit des cils et se passa involontairement la langue sur les lèvres. Kendran déglutit.

A ce moment-là, la voix de Jane s'éleva.

— Annelise !

Les yeux écarquillés d'épouvante, Annelise tourna les talons et s'enfuit. Après l'avoir suivie des yeux, Kendran quitta la cuisine par la porte qui donnait sur l'atelier. Lui non plus ne se sentait pas le courage d'affronter la tante de la jeune fille.

Dès qu'ils s'effleuraient ou se touchaient, même innocemment, leurs sens s'enflammaient. Kendran savait combien c'était dangereux. Jusqu'à présent, ils avaient à peu près réussi à se maîtriser, mais que se passerait-il s'ils perdaient le contrôle de la situation ?

Chapitre 8

Annelise se réveilla bien plus tôt que d'habitude. Ces derniers temps — depuis l'arrivée de Kendran, lui chuchota une petite voix —, elle avait le sommeil extrêmement léger.

A peine avait-elle ouvert les yeux que ses deux conversations de la veille lui revinrent à la mémoire.

Elle ne comprenait pas encore comment elle en était arrivée à se disputer avec Daniel. Elle savait qu'il ne serait pas particulièrement ravi d'apprendre que le séjour de Kendran allait se prolonger pour une durée indéterminée, mais elle n'avait pas prévu que cela susciterait des tensions entre eux. La jeune fille n'avait pas apprécié que Daniel remette implicitement le jugement de son père en cause. En outre, sa façon autoritaire de vouloir lui dicter sa conduite lui avait fortement déplu. Jamais il ne l'avait traitée ainsi auparavant. Et c'était la première fois qu'elle lui cachait quelque chose. Peut-être l'avait-il senti. Cela pouvait-il expliquer son comportement inhabituel ?

Le pire, songea-t-elle avec un fort sentiment de culpabilité, n'était pas de lui avoir dissimulé les projets de Kendran, mais ses propres réactions à son égard. Chaque fois qu'elle se retrouvait en sa présence, son cœur se mettait à tambouriner dans sa poitrine ; au souvenir du baiser qu'il lui avait donné, ses jambes faiblissaient, et au moindre contact entre eux ses sens s'enflammaient.

Ses émotions semblaient parfaitement indépendantes de sa volonté, et cela la perturbait au plus haut point. Que serait-il arrivé, la veille, si sa tante ne l'avait pas appelée ? Annelise était certaine que si elle confiait à quelqu'un l'attirance extrême qu'elle éprouvait pour Kendran Ainsworth, la personne estimerait qu'elle en exagérait l'importance. Elle-même en aurait douté si elle n'en avait pas été la victime.

Kendran avait accepté sans discuter ses dénégations répétées, mais combien de temps parviendrait-elle encore à donner le change ?

La situation était d'autant plus compliquée qu'elle lui était reconnaissante de l'aide qu'il souhaitait lui apporter. Il lui était encore plus difficile de résister à cette force qui la poussait vers lui. Pourtant, elle devait tout mettre en œuvre pour ne pas céder.

Après tout, comme Daniel l'avait souvent répété, Kendran était un étranger, et il était resté plus que discret sur lui-même.

Dès qu'il aurait prouvé que Kramon et ses hommes étaient bien les hors-la-loi qui terrorisaient la région, il s'en irait, Annelise en était persuadée. Même s'il paraissait content de travailler pour son père, il n'aurait plus aucune raison de rester.

Elle ne voulait pas souffrir de le voir s'éloigner. Il fallait qu'elle garde les pieds sur terre. Dans quelque temps, elle pourrait révéler son secret à Daniel et à sa famille, et tous seraient heureux et soulagés que justice soit faite. Daniel ne manquerait pas de lui pardonner son mensonge par omission. En revanche, elle avait du mal à se convaincre qu'il ne soupçonnait pas le moins du monde son attirance pour Kendran. La seule solution, pour le moment, était de se montrer patiente avec son bien-aimé et d'éviter Kendran le plus possible.

A l'avenir cependant, cela deviendrait sans doute de plus en plus difficile. En effet, elle souhaitait qu'il l'informe de la progression de son enquête, et si elle le fuyait, il n'aurait aucun moyen de lui transmettre ce qu'il avait appris.

Contrariée, elle se passa une main impatiente sur le front. Ne pouvait-elle donc cesser de penser à lui ?

Se rendant compte que toute tentative pour se rendormir était vaine, Annelise se leva et revêtit une robe verte comme la mousse des bois. Il lui fallut allumer une chandelle, car il ne faisait pas encore jour.

Avec détermination, elle se frotta les yeux et s'étira pour chasser les dernières brumes de sommeil qui lui obscurcissaient encore l'esprit. Aujourd'hui, elle devait aider le père Dominique à distribuer du pain et des aumônes. Cela faisait partie des devoirs qui incombaient autrefois à sa mère et qu'elle avait repris après sa disparition. Aucune des épouses de Kramon ne s'était occupée des pauvres du village. Peut-être l'auraient-elles fait si elles avaient vécu. Or il fallait bien que quelqu'un s'en charge. Sa mère lui avait toujours dit qu'il était important d'assister les moins fortunés que soi, et Annelise entendait bien lui faire honneur et rendre justice à sa mémoire en poursuivant ses actes de charité.

Sa tante était déjà dans la cuisine quand la jeune fille descendit. Le pain se trouvait sur la table, prêt à être enfourné. Jane parut surprise de voir sa nièce.

— Tu es bien matinale, aujourd'hui.

— Oui, je dois me rendre à l'église pour aider le père Dominique. Mais avant, je voulais savoir si vous aviez besoin de moi.

Sa tante lui adressa un sourire approbateur et fredonna tandis qu'Annelise et elle entreprenaient de préparer le repas du matin.

Quand Joseph arriva, il y avait du porridge et du pain frais sur la table. Comme Annelise lui souhaitait le bonjour, elle s'aperçut que le soleil s'était levé et qu'il couvrait d'or tout ce qui tombait sous le feu de ses rayons. La jeune fille aurait dû se réjouir et goûter l'instant présent : il faisait un magnifique temps d'automne, l'air était rempli de l'arôme appétissant du pain chaud, et elle était entourée des deux personnes qui l'aimaient le plus au monde.

Pourtant, elle ne réussit pas à se laisser aller à la douceur du moment, car elle savait sa sérénité menacée par Kendran. Chaque fibre de son être était en alerte. D'une minute à l'autre, il pouvait ouvrir la porte de communication entre l'atelier et la cuisine et remplir la pièce de sa présence.

Etrangement, elle attendait et redoutait cet instant tout à la fois. La simple idée qu'il pourrait l'effleurer en passant lui donnait le vertige. Comment en était-elle arrivée là ? Portant les mains à ses joues, elle les retira bien vite en découvrant qu'elles étaient brûlantes. De telles pensées, de telles réactions allaient à l'encontre de ce qu'elle avait toujours désiré.

Malgré leur récente discorde, Daniel correspondait à l'image qu'elle se faisait de son futur époux. Elle l'aimait depuis l'enfance. C'était lui qui l'avait consolée quand sa mère était morte, lui qui avait soutenu son père dans l'affliction. Il n'avait pas hésité à se mettre en danger en écrivant au shérif : lui aussi était à la merci de Kramon si ce dernier découvrait les requêtes qu'il avait adressées de leur part.

Dans toute cette affaire, sa seule consolation était que même si le shérif ne les avait jamais aidés et n'avait jamais rien fait pour réparer le tort qui leur avait été causé, il n'avait pas non plus prévenu le baron. Annelise en était certaine. Dans le cas contraire, Kramon n'aurait pas manqué de le leur faire payer très cher.

Comment Kendran comptait-il s'y prendre pour trouver la preuve de sa culpabilité ? Et où s'était-il rendu, le jour où il avait pris Hinge ? Elle espérait qu'il saurait se montrer prudent et qu'il n'attirerait pas l'attention du baron. La simple idée qu'il coure des risques la plongeait dans une vive inquiétude.

A ce moment-là, elle leva les yeux du porridge auquel elle avait à peine touché et découvrit l'homme qui la troublait tant debout dans l'encadrement de la porte. Le soleil semblait lui caresser la peau. Il mettait en relief sa mâchoire puissante, ses pommettes hautes et son nez aquilin.

Il croisa son regard. Elle s'empressa de baisser les yeux, mais un peu tard : son cœur s'était déjà emballé dans sa poitrine et elle avait la gorge sèche. Ses joues, elle le sentait, s'étaient de nouveau empourprées.

Son père accueillit son hôte-ouvrier avec chaleur.

— Bien le bonjour à vous, Kendran.

— Bonjour à vous tous.

Jane se leva, très souriante.

— Je reviens tout de suite.

Annelise songea que son père et sa tante témoignaient de plus en plus d'estime et de sympathie à Kendran.

En posant un gobelet de cidre tiède et une écuelle de porridge devant Kendran, Jane déclara :

— Asseyez-vous et mangez. Vous avez besoin de regagner des forces, mon jeune ami.

Kendran haussa les sourcils et se mit à rire. Annelise elle-même dut mettre une main devant sa bouche pour se retenir de pouffer : si le jeune homme continuait à gagner en puissance, elle était sûre de s'évanouir chaque fois qu'il entrerait dans une pièce.

Agacée par sa propre réaction, elle repoussa son écuelle et murmura :

— Si vous voulez bien m'excuser, je dois…

Sans achever sa phrase, elle se rendit directement dans la cuisine. Un panier recouvert d'un torchon l'attendait sur la table. Elle s'en empara prestement. Le père Dominique serait heureux de la voir, même si elle était en avance.

Décrochant son manteau, elle sortit par l'atelier pour ne pas avoir à repasser devant Kendran. Sa tante comprendrait qu'elle était partie lorsqu'elle constaterait l'absence du panier.

En voyant Annelise se ruer dans la cuisine comme si sa vie en dépendait, Kendran se força à détourner le regard. Il ne connaissait que trop la raison de ce départ précipité.

Repoussant sa frustration, il lui donna raison. Ils avaient conclu un pacte pour révéler la vilenie de Kramon, et non pour explorer les sentiments mutuels qu'ils s'employaient à repousser tant bien que mal. Il était normal qu'elle cherche à l'éviter.

Qu'est-ce que cela pouvait bien lui faire, de toute façon ? Ils n'étaient liés d'aucune manière. Certes, il éprouvait une immense gratitude envers sa famille, mais c'était tout.

Il arrivait qu'un homme et une femme ressentent cette même attirance qu'ils avaient l'un pour l'autre. Si la situation avait été différente, si Annelise avait eu de l'expérience, ils auraient pu avoir une aventure fort agréable. Mais la jeune fille était pure. Malgré sa nature passionnée, elle n'était pas encore prête à goûter les plaisirs de la chair.

Une réflexion de Jane le tira de ses ruminations.

— Mais que fait donc Annelise ? Elle est bien longue.

Elle alla dans la cuisine et en revint aussitôt, son visage exprimant l'étonnement et l'incompréhension.

— Elle a emporté le panier, mais a oublié le pain. Je l'avais mis à refroidir sur le rebord de la fenêtre.

— Comment est-ce possible ? l'interrogea Joseph, sourcils levés.

Jane haussa les épaules.

— J'avais déjà recouvert le panier d'un linge. Elle a dû croire qu'il était plein. Mais elle aurait dû s'apercevoir tout de suite qu'il était bien plus léger que d'habitude.

— Annelise m'a paru bien préoccupée, ces derniers temps. Il faut que j'aie une petite discussion avec elle. Elle s'est peut-être querellée avec Daniel. Il ne vient plus aussi souvent qu'avant, je trouve.

Kendran fixa son porridge. Il aurait pu dire à ses hôtes pourquoi Annelise était distraite, et pourquoi Daniel s'était fait rare, mais il ne tenait guère à se lancer dans des explications hasardeuses.

Il releva la tête quand Jane l'interpella.

— Kendran, Annelise a besoin de ce pain. Elle doit le distribuer aux pauvres de la paroisse. Pouvez-vous le lui porter à l'église ?

Avec réticence, il acquiesça.

— Je veux bien, mais Joseph a peut-être une tâche urgente à me confier.

Le menuisier écarta l'objection d'un geste de la main.

— Il n'y a rien qui ne puisse attendre. Si Jane vous demande quoi que ce soit, je vous autorise à abandonner votre travail à son profit. Elle ne vous sollicitera que si elle a une bonne raison de le faire, je le sais.

Jane eut un petit sourire de satisfaction devant la confiance que lui accordait son beau-frère, mais elle fit de son mieux pour le dissimuler en se tournant vers Kendran.

— Rien ne presse. Elle est partie beaucoup trop tôt. Terminez tranquillement votre repas. Vous viendrez me voir après.

Kendran se mordit la langue pour ne pas répliquer que le porridge ne l'enthousiasmait guère. Il était inutile d'attirer l'attention sur lui. Il se força donc à manger et se leva sitôt la dernière bouchée avalée.

A la cuisine, Jane lui tendit le panier et lui apprit que l'église était à l'autre bout du village.

Le jeune homme partit d'un bon pas. Il comptait s'acquitter de cette mission au plus vite pour pouvoir regagner l'atelier le plus rapidement possible.

Apercevant le clocher de loin, Kendran n'eut aucun mal

à trouver l'église. En franchissant une rangée de pommiers, il entendit les aboiements excités d'un chien, des éclats de voix d'enfants et un rire chaud de femme qui lui donna des frissons.

Ses sens en alerte lui indiquèrent immédiatement que la femme en question était Annelise. Il longea les arbres et se dirigea à l'aide des voix qui provenaient de l'autre côté de l'édifice religieux.

Un groupe d'enfants jouait à colin-maillard sur la pelouse, et parmi eux se trouvait Annelise, qui esquivait et courait aussi vivement que ses petits compagnons.

Tandis qu'il les observait, un petit garçon jovial — qui à l'évidence regardait sous son bandeau — se jeta sur Annelise. Celle-ci se déroba au dernier moment dans un grand éclat de rire. Malheureusement pour lui, son poursuivant trébucha sur quelque chose et tomba avec un cri de douleur.

La jeune femme se précipita vers lui et s'assit à même le sol pour le prendre sur ses genoux. Avec douceur, elle caressa le visage baigné de larmes.

— Pauvre petit Ned.

— Ça fait mal, geignit le garçonnet en se frottant le genou.

Elle lui écarta les doigts pour examiner la blessure.

— C'est une éraflure. Je vais essayer d'arranger ça.

Levant les yeux vers les enfants silencieux, elle déclara :

— J'ai fini de jouer pour aujourd'hui.

La déception se peignit sur tous les visages, mais aucune objection ne s'éleva, et ils s'éloignèrent pour reprendre leurs jeux sur une autre partie de la pelouse.

Remarquant le regard implorant de son chien, elle lui dit :

— Vas-y, Max. Je n'ai pas besoin de toi ici.

L'animal ne se le fit pas répéter et les rejoignit en courant.

Annelise aida Ned à se relever, le prit par la main et le conduisit jusqu'aux marches de l'église, où était posé un panier qui ressemblait comme un frère à celui que Kendran avait au bras.

Installant le petit garçon sur une marche, elle annonça :

— Je vais juste nettoyer ta vilaine égratignure avec ce linge.

Elle saisit le torchon blanc et poussa un petit cri en découvrant que le panier était vide.

Kendran la vit se mordre la lèvre. Elle paraissait très contrariée.

— Qu'y a-t-il ? demanda Ned.

La jeune femme lui sourit distraitement.

— Aucune importance. J'ai juste oublié quelque chose. Je m'en occuperai quand j'en aurai fini avec ton genou.

Kendran profita de cette occasion pour se manifester.

— Je crois avoir ce qu'il vous faut.

Surprise, Annelise sursauta et considéra le nouvel arrivant avec une lueur de méfiance dans le regard, attirant l'enfant à elle comme pour se protéger.

— Kendran !

Celui-ci s'avança, ennuyé par sa réaction qui contrastait si fortement avec son attitude précédente. Pourtant, il fit de son mieux pour dissimuler sa déception.

— Je vous ai apporté le pain. Jane s'est aperçue que vous l'aviez oublié.

Par malice, sans doute parce qu'il était vexé d'avoir été si mal accueilli, il ajouta :

— Votre père et elle se sont étonnés de votre distraction. Ils se demandent ce qui vous préoccupe, en ce moment.

— Vraiment ?

Annelise resserra son étreinte autour du petit garçon. Ce dernier dévisagea Kendran de ses grands yeux bruns. Il semblait percevoir la détresse de la jeune femme et deviner que cet inconnu en était la cause.

— Je vais nettoyer ton genou, à présent, dit-elle à Ned. Ne t'inquiète pas, ça ne fait pas mal.

Elle n'eut pas un regard pour Kendran quand il vint se poster au bas des marches. Il constata cependant que ses mains tremblaient. La tête obstinément baissée, elle tamponna l'éraflure avec une concentration et un zèle excessifs.

Comme elle ignorait Kendran, celui-ci fut surpris lorsqu'elle lui adressa la parole d'un ton assez froid :

— Vous pouvez poser votre panier à côté du mien, merci.

Le petit Ned, pour sa part, détaillait le jeune homme avec un intérêt croissant.

— Vous êtes très grand, déclara-t-il soudain.

Kendran haussa les épaules.

— C'est possible. Je suis aussi grand que mon frère aîné, vois-tu.

Annelise releva la tête et le fixa avec intensité en demandant :

— Vous avez un frère ?

Sa curiosité l'avait apparemment emportée sur son trouble.

— J'en ai même trois, répondit-il, espérant qu'il n'y aurait pas d'autre question concernant sa famille.

— Et où…

Elle fut interrompue par une joyeuse exclamation.

— Tiens tiens ! Nous avons de la visite, aujourd'hui !

Soulagé, Kendran songea que cette intervention tombait à point nommé. Il se retourna et vit un homme qui s'approchait en souriant. Son habit clérical le désignait comme un prêtre. Apercevant Ned, qui était toujours sur les genoux d'Annelise, il prit un air soucieux et se pencha vers la jeune femme.

— Notre jeune Ned a eu un petit accident ?

Elle acquiesça et reposa le garçonnet avant de se lever.

— Oui, mon père, il s'est éraflé le genou. J'étais en train

de le lui nettoyer, expliqua-t-elle en lui présentant le linge, qui avait changé de couleur.

— Tu t'es fait très mal, mon garçon ? demanda le prêtre à l'enfant.

— Oh non, mon père. En fait, je ne sens presque plus rien. Mais j'aime bien être sur les genoux d'Annelise, affirma-t-il gaiement.

Le prêtre lui rendit son sourire. Kendran, quant à lui, songea qu'il aurait bien aimé être à la place de Ned, mais il s'empressa de repousser cette pensée.

— Tu me vois ravi d'apprendre que ce n'est pas grave, dit le prêtre avant de se tourner vers Kendran. Je suis le père Dominique. Vous êtes le nouvel ouvrier de Joseph, je suppose.

— Oui, père, je suis Kendran Ainsworth.

L'homme haussa les sourcils.

— Ainsworth. C'est étrange, il me semble connaître ce nom.

— Il est assez répandu, répliqua vivement Kendran.

Heureusement pour lui, le petit garçon choisit ce moment précis pour demander :

— Je peux retourner jouer, maintenant ?

Ned avait cessé de s'intéresser aux adultes, nota Kendran. A présent, il regardait ses camarades avec envie. Ceux-ci faisaient la course avec le chien et paraissaient s'amuser comme des fous.

— Tu peux y aller, Ned, répondit le père Dominique avec bienveillance.

Après son départ, le prêtre jeta un coup d'œil aux deux paniers.

— Je vois que vous avez apporté le pain. Les Stanhope se sont montrés généreux, comme toujours. C'est bien.

Annelise rosit de plaisir.

— Venez, entrons dans l'église pour tout préparer. Souhaitez-vous nous aider ? demanda-t-il à Kendran.

Celui-ci fit non de la tête.

— Je suis désolé, mais je dois regagner l'atelier. Je suis simplement venu pour…

Devant le regard suppliant d'Annelise, il suspendit sa phrase.

— … aider à porter les paniers. Joseph Stanhope m'attend. Mais je suis heureux d'avoir fait votre connaissance, mon père.

Avant qu'il ait pu s'éloigner, le prêtre lança :

— Soyez prudent, Kendran Ainsworth. Ce matin même, Gilbert Smallwood a été attaqué en plein jour. Je reviens de sa ferme. Il a été blessé, et sa femme et ses enfants sont terrorisés. Nous devons faire très attention, tous.

Annelise poussa un petit cri.

— Comment va Gilbert ?

— Heureusement pour lui, il s'en sortira avec une grosse bosse sur la tête, mais ils ont vidé son chariot.

— A-t-il vu ses agresseurs ? demanda Kendran.

Le père Dominique le considéra attentivement.

— Non, ils sont arrivés par-derrière.

Annelise secoua rageusement la tête.

— Nous vivons des temps difficiles, vraiment !

— Oui, approuva le prêtre. L'Eglise va devoir s'occuper de la famille de ce brave Gilbert, en plus de toutes les autres. Encore des bouches à nourrir, quel souci ! Je suis très attaché à tous mes paroissiens, soupira-t-il, mais si ces hors-la-loi continuent, les aumônes et le pain n'y suffiront plus. Nous ne pouvons que placer notre foi en Dieu et prier pour qu'Il accomplisse un miracle.

— Je suis sûr qu'Il vous entendra, mon père, dit Kendran, touché par la sincérité de l'homme d'Eglise.

Ce dernier leva les yeux au ciel.

— Oui, j'en suis certain. Si seulement Il pouvait faire vite ! ajouta-t-il avec une grimace. J'aimerais qu'Il arrête la mise à sac de la région et qu'Il mette un terme à tous les malheurs qui en découlent. Enfin, nous verrons bien. Comme chacun sait, les voies du Seigneur sont impénétrables.

— Ces malfaiteurs ne sont pas invincibles, affirma Kendran d'une voix contenue. Ils prennent des risques en attaquant en plein jour, et ils finiront peut-être par tomber sur quelqu'un qui saura se défendre.

Il sentit le regard d'Annelise peser sur lui. Il avait conscience du mélange d'espoir et de peur que sa réflexion venait de susciter en elle.

— J'espère que ce jour viendra, mon fils. Mais en attendant, vous devez vous montrer prudent chaque fois que vous vous déplacez, même en milieu de journée. Et cela s'applique aussi à Annelise, évidemment.

Kendran lança un coup d'œil à la jeune femme, mais celle-ci eut un geste de dénégation.

— Ne vous inquiétez pas pour moi, Kendran, je ferai très attention en rentrant.

Il était évident qu'elle préférait prendre le risque de faire de mauvaises rencontres plutôt que de s'en retourner avec lui.

A cet instant, Kendran comprit que quelles que soient les préventions d'Annelise à son égard, il ne la laisserait pas rentrer seule. Quel genre d'homme serait-il s'il ne se souciait pas de sa sécurité ? Sachant qu'elle refuserait son offre, il décida de ne pas la consulter.

Il salua ses deux interlocuteurs.

— Bien, il faut que je retourne au travail, à présent. Je vous souhaite une bonne journée à tous les deux.

Le prêtre lui rendit son salut, mais Kendran devina qu'il se faisait du souci pour Annelise. Il aurait aimé lui dire qu'il n'y avait pas lieu de s'inquiéter, mais dut s'en aller sans avoir pu le prévenir.

Il s'éloigna donc en direction du petit verger et attendit pendant ce qui lui parut être une éternité. Enfin, Annelise passa non loin de lui sans le voir, Max sur ses talons.

Il patienta et elle put prendre un peu d'avance. Désireux de ne pas la perdre de vue, il se garda pourtant bien de se laisser distancer. Après tout, il y avait peu de chances pour qu'elle s'aperçoive de sa présence. A la différence d'un soldat, elle n'avait pas l'habitude de surveiller ses arrières. Sa seule préoccupation concernait le chien, mais Max ne faisait nullement attention à lui : il trottait allègrement au côté de sa maîtresse et reniflait le sol avec enthousiasme.

En longeant le bois, Annelise se sentait plus agacée qu'effrayée. Elle s'était vraiment ridiculisée, ce matin. Prendre un panier vide, franchement ! La honte lui brûlait encore les joues.

Et il avait fallu que ce soit Kendran qui lui apporte le pain. Pourquoi justement lui, quand elle avait déjà tant de mal à le chasser de ses pensées ? Décidément, son empressement à le fuir n'avait pas donné de bons résultats.

Tout en cheminant, elle prit progressivement conscience de quelque chose d'inhabituel. Elle s'immobilisa brusquement, cessant ainsi de piétiner les feuilles mortes, et Max l'imita. Le silence qui tomba lui parut pesant.

Lentement, la jeune fille pivota sur elle-même et regarda attentivement autour d'elle. Son chien suivit le mouvement.

Rien. Tout paraissait normal dans la forêt, et Max se comportait comme à l'ordinaire. Pourtant, elle avait la nette impression qu'elle n'était pas seule. Un frisson d'angoisse lui parcourut l'échine. Peut-être aurait-elle dû accepter la proposition de Kendran de la raccompagner à la maison.

— Qui va là ?

Pas de réponse. Prenant une profonde inspiration, Annelise se remit en route. Mieux valait ne pas s'attarder.

Elle était tellement occupée à mettre un pied devant l'autre qu'elle faillit heurter l'homme qui lui barrait le chemin. Au dernier moment, elle l'aperçut et s'arrêta net.

— Kendran !

Le chien remua la queue en signe de bienvenue. Furieuse, Annelise eut envie de lui reprocher sa traîtrise : pourquoi n'avait-il pas donné l'alerte ?

Kendran tapota affectueusement la tête du chien avant de considérer la jeune fille d'un air penaud.

— Comme vous l'avez deviné, je vous suivais. Quand vous avez appelé, il y a un instant, j'ai compris que vous aviez senti ma présence. Je ne voulais pas vous laisser dans l'angoisse, aussi je me suis manifesté, même si je ne pensais pas que vous me feriez bon accueil.

Annelise leva les yeux au ciel.

— Vous aviez bien raison de le penser, Kendran. Pourquoi avoir fait une chose pareille ?

— Vous avez entendu comme moi la mésaventure de ce pauvre paysan. Je ne pouvais tout de même pas vous abandonner, sachant que vous alliez rentrer seule !

— Vous voyez bien qu'il ne m'est rien arrivé de fâcheux, hormis ma rencontre avec vous. Vous pouvez partir de votre côté, je me débrouillerai très bien sans vous.

Il eut un rire ironique, et elle constata à quel point il était beau quand une lueur de gaieté dansait dans ses yeux bleus frangés de longs cils noirs. D'un ton raisonnable qu'elle trouva extrêmement irritant, il déclara :

— Je vous rappelle que nous allons au même endroit.

Annelise lui tourna le dos et répliqua :

— Pas du tout, je me rends chez la veuve Swift.

— Vous n'irez pas seule.

Elle se retourna vers lui, l'air furieux.

— Vous n'avez pas à me dicter ma conduite !

Mécontent, Kendran fit un pas vers elle et lui prit le bras.

— Pourquoi êtes-vous si obstinée ? Et pourquoi vous emporter contre moi ?

D'une secousse, elle se dégagea et lui jeta un regard hostile.

— Je… je suis en colère parce que j'ai beau avoir gardé le secret sur vos agissements, vous ne m'avez rien confié du tout. Vous savez tout ce qu'il y a à savoir sur ma famille et mon entourage, et nous ignorons tout de vous !

Malgré son indignation, la perplexité de Kendran lui sauta aux yeux.

— Mais, comment aurais-je pu… depuis ce fameux soir, vous n'avez cessé de m'éviter.

Il ne disait que la vérité. Muette de rage, elle lui tourna le dos et voulut s'éloigner. Il lui emboîta le pas.

— Osez dire que ce n'est pas vrai !

La jeune fille s'arrêta et s'obligea à affronter son regard. Mentant désespérément, elle tenta de sauver la face :

— Je ne comprends pas de quoi vous parlez ! Pourquoi aurais-je fait une chose pareille ?

Il prit une profonde inspiration et plongea ses yeux dans les siens.

— Je crois que nous connaissons tous deux la réponse.

Son insinuation n'était que trop évidente. Les joues cramoisies, Annelise se rendit compte que contrairement à ce qu'elle avait voulu et à ce qu'il lui avait laissé croire, il avait parfaitement senti ce qu'elle éprouvait en sa présence.

Elle aurait aimé courir se cacher et ne jamais le revoir. Suivant son impulsion, elle pivota sur ses talons et s'enfuit au hasard. Peu importait où elle allait, tout ce qui comptait, c'était de mettre le plus de distance possible entre Kendran et elle. Il connaissait son attirance pour lui, et cette idée lui était insupportable.

Chapitre 9

Kendran se rendit immédiatement compte qu'il était allé trop loin. Une nouvelle fois. Il fallait vraiment qu'il apprenne à tenir sa langue.

Pour ménager l'amour-propre d'Annelise, mieux valait la laisser en paix, c'était évident. Pourtant, il ne pouvait pas l'abandonner ainsi, même en compagnie de son fidèle Max. Comment aurait-il pu la quitter alors que le danger rôdait partout dans les bois ?

Son hésitation permit à la jeune femme de prendre de l'avance. Relevant la tête, Kendran distingua son manteau qui disparaissait entre les arbres. Un juron lui échappa, et il se précipita dans sa direction.

Il était furieux contre elle et contre lui-même. A présent, il ne faisait plus aucun effort pour étouffer le bruit de ses pas. La seule chose qui comptait était de rattraper Annelise et de la ramener saine et sauve chez son père.

— Annelise ! appela-t-il.

A son grand désarroi, elle accéléra le pas, parvenant à maintenir une certaine distance entre eux.

— Annelise, vous ne pouvez pas me fuir comme ça ! C'est inutile. Vous ne faites que compliquer les choses pour nous deux.

Elle ne daigna même pas se retourner. Malgré son

irritation, Kendran renonça à la raisonner. Il n'arriverait à rien de la sorte.

Courant à grandes enjambées, il était tellement attentif à ne pas perdre la jeune femme de vue qu'il mit plus d'une fois le pied dans un trou. Son attention était également distraite par Max, qui prenait visiblement cette poursuite pour un nouveau jeu très excitant. Il bondissait joyeusement autour de sa maîtresse comme un jeune chiot.

Enfin, celle-ci commença à ralentir, et Kendran gagna progressivement du terrain. Il était presque à sa hauteur quand il comprit pourquoi elle s'était laissé rattraper.

A ses épaules agitées de secousses, il devina qu'elle pleurait. Elle avait caché son visage dans ses mains. Quant à Max, ses petits jappements enjoués s'étaient mués en gémissements pitoyables.

Le cœur serré, Kendran songea non sans culpabilité qu'il était à l'origine de ce chagrin.

Annelise paraissait avoir complètement oublié sa présence : elle avançait en trébuchant tandis que le chien tentait d'attirer son attention. Il n'y parvint que lorsqu'il poussa un grondement sourd et saisit le bas de sa robe entre ses mâchoires puissantes.

Kendran s'arrêta près d'elle, sincèrement désolé. Il parla d'une voix si basse qu'il s'entendit à peine :

— Pardonnez-moi, Annelise. Il semblerait qu'avec vous, je sois constamment d'une maladresse incroyable. Vous savez, il n'est pas dans mes habitudes d'offenser les femmes.

Elle posa sur lui des yeux brillants.

— Je ne comprends pas.

Il prit une profonde inspiration.

— Moi non plus.

Les mots restèrent suspendus entre eux.

A ce moment-là, Kendran aperçut un éclair argenté à

quelque distance. Il reconnut aussitôt le reflet du soleil sur du métal.

Max poussa un nouveau gémissement, mais cette fois-ci il semblait sur ses gardes et regardait dans la même direction que Kendran. Averti du danger par son instinct, ce dernier fit signe au chien de demeurer silencieux et immobile. D'une main plus forte qu'il ne l'aurait souhaité, il attira Annelise à lui. Elle le considéra avec stupéfaction et s'exclama :

— Que…

Sachant confusément qu'il devait à tout prix la faire taire, Kendran plaça sa bouche sur la sienne. Elle se débattit un peu, tentant de se libérer de son étreinte, mais il la serra davantage.

Puis, alors que ses lèvres n'avaient pas quitté les siennes, il sentit un changement s'opérer en elle. Il eut l'impression que sa bouche se faisait plus douce et qu'elle s'abandonnait contre lui.

Kendran n'était que trop conscient qu'il lui fallait à tout prix résister à la tentation. Ses propres réactions risquaient de lui échapper s'il ne mettait pas un terme immédiat à cette situation. Lentement, il s'écarta d'elle et posa le bout de ses doigts tremblants sur cette bouche délicieuse.

Les yeux d'Annelise s'étaient obscurcis, trahissant une émotion qu'il préférait ignorer. Il lui était déjà suffisamment difficile de maîtriser son propre désir.

Il se pencha vers elle et lui murmura à l'oreille :

— Ecoutez-moi, Annelise. Je crois que nous ne sommes pas seuls dans la forêt. Max est sur le qui-vive.

Immédiatement, la jeune femme se raidit.

— Il ne faut faire aucun bruit, poursuivit-il.

Sans le quitter des yeux, elle hocha lentement la tête.

— Je vais m'approcher pour voir de quoi il s'agit. Si vous tenez à la vie, restez ici. Et gardez le chien avec vous.

De nouveau, elle acquiesça. Le soulagement envahit

Kendran : il n'aurait pas à s'inquiéter de sa sécurité pendant qu'il irait en reconnaissance.

Il la lâcha et se dirigea silencieusement vers l'endroit où il avait aperçu l'éclair argenté. Soucieux de ne pas attirer l'attention sur lui, il progressa très lentement. Il commençait à croire qu'il s'était trompé quand il repéra un groupe d'hommes à cheval dans une large dépression devant lui. La petite troupe formait un cercle, à l'exception d'un cavalier qui montait la garde un peu à l'écart.

Surpris de ne pas avoir entendu davantage de bruit, Kendran en déduisit qu'il avait dû apercevoir le dernier arrivant et que les autres étaient déjà réunis à cet endroit quand Annelise et lui s'étaient approchés.

A leurs vêtements, il constata qu'il s'agissait de chevaliers. Au milieu d'eux se tenait celui qu'il avait vu à la taverne : Kramon en personne. Que faisait-il donc ici ?

Afin de les observer sans être découvert, il se dissimula derrière un arbre au large tronc. La présence de ces hommes dans un endroit où tant de crimes avaient été commis lui semblait tout sauf innocente. Pour autant, cela ne constituait pas la preuve irréfutable qu'il souhaitait soumettre à la justice royale.

Après tout, le baron était sur ses terres. Il pouvait toujours raconter que ses hommes et lui avaient voulu tendre une embuscade à la bande de coupe-jarrets qui écumait la région.

Soudain, l'un des chevaux recula d'un pas, et Kendran se rendit compte que Kramon était en grande discussion avec un homme à pied. Il tenta de distinguer ses traits, mais ce fut peine perdue : drapé dans une longue cape noire, l'inconnu avait rabattu son capuchon bordé de rouge très bas, sans doute afin de dissimuler son visage.

Dépité, Kendran songea qu'il ne pourrait ni reconnaître ni décrire ce mystérieux interlocuteur. Or quelque chose lui disait que l'identité de cet homme était importante.

Peut-être que s'il parvenait à saisir les paroles échangées, il en apprendrait davantage. Alors qu'il s'avançait avec précaution, l'inconnu leva la main et désigna les bois qui l'entouraient. Le baron fronça les sourcils.

Kendran regagna précipitamment sa cachette. Il ne pouvait pas prendre le risque d'être découvert. En s'approchant, il mettait la sécurité d'Annelise et la sienne en danger.

Frustré, il continua à observer la scène de loin. Kramon et l'homme s'étaient engagés dans un échange visiblement animé. Soudain, ils se turent tous deux et échangèrent un long regard non dépourvu d'animosité. Au bout d'un instant qui parut s'éterniser, le baron acquiesça.

L'homme à la cape s'inclina légèrement avant de s'évanouir au milieu des ombres de la forêt.

Kendran aurait bien aimé le suivre, mais il ne connaissait pas suffisamment bien les bois pour cela. En outre, avec le baron à proximité, il ne pouvait laisser Annelise sans protection.

Soudain pressé de la retrouver, il attendit avec impatience le départ des hommes. La troupe finit par s'ébranler sur un geste de Kramon, mais à sa grande horreur ils se dirigèrent droit vers lui.

Oubliant toute précaution, il partit en courant. Il devait retrouver Annelise avant eux. Il fut soulagé de découvrir qu'elle n'avait pas bougé d'un pouce.

Lorsqu'il lui fit signe d'approcher, elle n'hésita pas une seconde et acquiesça quand il mit un doigt devant sa bouche.

Par précaution, elle posa une main sur la grosse tête de Max.

Kendran ne tarda pas à entendre les chevaux : leurs cavaliers ne faisaient rien pour les contraindre au silence. Mais après tout, que leur importait ? songea-t-il. Kramon était maître chez lui. Le plus étrange était que lui, le seigneur de ces lieux, ait rencontré un homme en secret au milieu des bois alors qu'il était parfaitement libre d'agir à sa guise.

Peut-être l'inconnu encapuchonné ne tenait-il pas à ce qu'on le voie traiter avec le baron ?

Tout en réfléchissant à cette question, Kendran attira Annelise derrière un arbre au tronc énorme. Leurs yeux se croisèrent, et dans ceux de la jeune femme il lut de la colère et une frayeur maîtrisée. L'obligation de se cacher du baron l'exaspérait, car c'était une façon d'admettre son pouvoir sur elle. Kendran partageait son exaspération, mais il faisait passer la sécurité d'Annelise en premier.

Il aurait aimé la prendre dans ses bras pour la réconforter, mais il s'abstint : il devait se tenir prêt à la mettre à l'abri si les hommes changeaient de direction.

Les cavaliers se rapprochaient dangereusement. Le chien poussa un grondement sourd, et Annelise s'agenouilla près de lui. Elle l'entoura de ses bras et lui murmura des paroles apaisantes à l'oreille. L'animal se calma.

Tandis que la troupe passait à quelques pas d'eux, Kendran les entendit parler mais ne comprit ce qu'ils disaient que lorsqu'ils passèrent devant leur arbre.

— Pourquoi lui permettez-vous de vous dicter votre conduite, messire ?

Kramon lui répondit d'une voix où l'amusement le disputait à la froideur.

— Pour le moment, il m'est utile. Quand j'en aurai terminé avec lui, ses menaces ne le protégeront plus, ni lui ni…

Les derniers mots se perdirent car ils s'étaient éloignés.

Annelise attendit un long moment avant de demander :

— Que voulait-il dire ? Qui peut bien commander Kramon ?

Kendran haussa les épaules.

— J'aimerais bien le savoir. Je n'ai pas réussi à m'approcher suffisamment pour surprendre leur conversation, tout à l'heure.

— Qu'avez-vous vu ? Que faisaient-ils dans la forêt ?

Kendran hésita un instant. Il sentait qu'il avait assisté à quelque chose d'important, mais ne savait pas exactement comment l'interpréter.

— Alors ? s'impatienta Annelise.

— Le baron et ses hommes se sont réunis en cachette.

— Nous les tenons ! s'exclama la jeune femme avec excitation.

— Malheureusement, malgré leur comportement étrange et suspect, nous n'avons aucune preuve contre eux. Apparemment, ils sont venus dans la forêt pour rencontrer un homme qui se dissimulait sous une cape. Une cape noire, avec une capuche bordée de rouge, voilà tout ce que j'ai vu de lui.

Repoussant une mèche folle, Annelise haussa les sourcils.

— Pourquoi tant de mystère ? s'étonna-t-elle. Le baron est sur ses terres, il n'a pas besoin de s'entourer de toutes ces précautions pour voir quelqu'un.

— Lui non, répliqua Kendran, mais l'autre homme préfère peut-être que son association avec Kramon demeure secrète.

— Qui peut bien être cet homme ? Et qui peut-il avoir à craindre, sinon le baron lui-même ?

— C'est bien ce que j'ai l'intention de découvrir, affirma Kendran.

Elle leva sur lui des yeux soudain effrayés.

— Nous devons nous montrer plus prudents que jamais. Cet homme est peut-être plus dangereux que le baron, et nous ne connaissons même pas son visage.

— Oui, approuva Kendran. Ça pourrait être n'importe qui.

Devant l'extrême pâleur de la jeune femme, il eut la confirmation de son angoisse.

— Je ne sais comment vous exprimer ma gratitude,

Kendran. En vous engageant dans cette quête, vous avez pris de grands risques.

— Je ne suis pas né de la dernière pluie, Annelise, et je sais me défendre.

— Je vous demande cependant de faire bien attention à vous.

Soudain, l'air découragé, elle leva les mains en signe d'impuissance.

— De toute façon, où cela nous mènera-t-il ? Même si vous trouvez des preuves, qui vous écoutera, vous, guerrier sans maître devenu l'aide d'un menuisier ?

Kendran fit la moue. Il n'était pas prêt à lui révéler qu'en tant que frère du baron de Brackenmoore, il avait l'oreille des plus grands du royaume. Il se contenta d'un laconique :

— Ne vous inquiétez pas pour ça. Cela me regarde.

Elle s'avança d'un pas vers lui.

— Qu'allez-vous faire, à présent ?

— Découvrir qui est l'interlocuteur de Kramon. Enfin, essayer, en tout cas.

— Comment comptez-vous vous y prendre, puisque vous n'avez aucun élément qui vous permette de le distinguer ? Et puis si ça se trouve, la révélation de son identité ne vous apportera rien.

— Au contraire, je suis certain que c'est un point essentiel de notre recherche. Cet homme a sans doute d'excellentes raisons pour dissimuler ses liens avec ce cher Kramon. Pour lui, les enjeux sont importants, et il aurait tout à perdre d'être découvert, c'est évident. Si ce n'était pas le cas, rien ne l'empêcherait de rencontrer le baron au grand jour, n'est-ce pas ? Je ne sais pas encore comment je vais m'y prendre pour le démasquer, mais je le ferai. Tout le monde commet des erreurs, et cet homme n'est pas différent des autres. J'ai le sentiment, Annelise, que ce mystérieux inconnu est la clé de tout.

L'air songeur, la jeune femme fixa les arbres sans les voir.

— Je prie simplement pour que vous ne trouviez pas la mort en tentant de nous aider. Je ne souhaite pas avoir cela sur la conscience.

Il lui adressa un sourire confiant.

— Ne vous inquiétez pas. Dans quelques années, toute cette histoire ne sera plus qu'un lointain souvenir.

Ces paroles ne la réconfortèrent nullement. Annelise ne pouvait imaginer un avenir dont Kendran serait absent, ne concevait pas d'oublier la douceur de sa bouche, la force rassurante de son étreinte, l'attirance qu'elle avait pour lui. Elle posa sur lui des yeux brûlants qui trahissaient largement ses sentiments.

— Je ne vous oublierai jamais, Kendran Ainsworth.

Il fut incapable de détourner le regard. Comme toujours, il aurait aimé se plonger dans la profondeur limpide de ces yeux bruns pour y trouver la réponse à toutes ses questions. Mais cela ne le mènerait nulle part, il le savait, puisqu'il n'avait aucun droit sur la femme qui lui faisait face.

Il réussit enfin à s'arracher à sa contemplation et le silence se prolongea dangereusement, plein de secrets inavoués et inavouables.

Soucieux de le rompre, Kendran s'éclaircit la gorge.

— Je voulais vous dire, pour le baiser de tout à l'heure…

Elle baissa la tête, mais il eut le temps d'apercevoir la rougeur qui colorait ses joues.

— C'était pour me protéger, je le sais.

Il poussa un soupir et n'ajouta rien. Elle avait raison quant à ce qui l'avait poussé à agir, mais tous deux savaient que lorsqu'il s'était écarté, les choses étaient en train de prendre une tournure différente.

Annelise inspira profondément.

— Il faut rentrer, maintenant.

Il acquiesça, et ils se mirent en route. Tandis qu'ils

cheminaient en silence, Kendran nota que Max semblait davantage sur ses gardes, et qu'Annelise était attentive au moindre mouvement autour d'eux.

De son côté, il avait beau s'appliquer à les imiter, son esprit était beaucoup plus distrait qu'il ne voulait bien l'admettre.

Ce fut avec un soulagement immense qu'Annelise aperçut sa maison. Kendran et elle avaient échangé très peu de mots depuis leur conversation dans les bois.

Il s'était excusé de l'avoir embrassée alors qu'il savait exactement ce qu'elle éprouvait. Au fond d'elle-même, elle se sentait coupable de s'être abandonnée à ce baiser avec autant de plaisir que la première fois.

Mais en cet instant, elle ne s'inquiétait pas tant de ce qu'il avait pu penser d'elle que du danger qu'il courait. Comment aurait-elle pu lui en vouloir quand il prenait tant de risques pour leur venir en aide ?

Malgré ce qu'il disait, les appréhensions d'Annelise étaient parfaitement justifiées. Si jamais le baron découvrait les intentions de Kendran, sa vie serait menacée.

Ils ne se saluèrent pas quand ils se séparèrent, Kendran contournant la maison pour se rendre à l'atelier, et Annelise se dirigeant vers l'entrée. Elle renonça à lui confier ses craintes, sachant qu'il les balayerait d'un revers de la main. Sur le seuil, elle se retourna juste à temps pour le voir disparaître au coin de la maison. Il était tellement sûr de lui. Pourtant, comme les autres hommes, il n'était qu'un simple mortel. L'idée de sa disparition était intolérable. Il ne pouvait pas mourir, c'était impossible. Quand tout serait terminé, il retournerait auprès de ses frères et de tous ceux qui l'aimaient, et la vie à Lundy reprendrait comme avant.

A quelques pas de l'atelier, Kendran se figea en découvrant le spectacle qui s'offrait à lui : les trois hommes qu'il avait vus à la taverne et aperçus dans la forêt un peu plus tôt se tenaient devant Walter, toujours juchés sur leur monture.

Il décida de s'approcher, et il entendit Kramon demander à l'apprenti :

— Quand ton maître sera-t-il de retour ?

Walter répondit en bégayant :

— Je... je ne sais p... pas, messire. Il... il ne m'a rien d... dit.

— Que sais-tu donc, imbécile ? l'apostropha rudement le baron.

Irrité par l'attitude de Kramon, Kendran voulut intervenir. Il n'en eut pas le temps, car la voix d'Annelise s'éleva, haute et claire :

— Pour quelle raison souhaitez-vous voir mon père, lord Kramon ?

Le baron tourna vivement la tête. Kendran songea qu'il avait forcément remarqué à quel point la jeune femme qui lui tenait tête était ravissante. Très droite, le menton en avant, les joues empourprées, elle ne paraissait pas du tout effrayée. Kendran en conçut une grande fierté, et une forte émotion l'envahit, qu'il préféra ignorer.

Kramon ne se gêna pas pour la détailler des pieds à la tête.

— Cela me regarde, lui rétorqua-t-il. Où est-il ?

Avant qu'elle ait pu répondre, Kendran intervint :

— Il n'est pas ici.

Le baron le considéra avec un intérêt évident et le dévisagea longuement.

— Tu es le nouvel ouvrier de Joseph.

— En effet.

— J'ai appris que tu avais eu un petit accident en arrivant ici. J'en suis désolé.

Kendran ne cilla pas.

— Ce n'était pas un accident, messire, mais une attaque de hors-la-loi.

L'un des chevaliers posa la main sur la poignée de son épée.

— Comment oses-tu contredire le baron ?

Kramon leva la main pour l'arrêter.

— Laisse, Briston. Cet homme n'est pas d'ici, il n'est pas encore familier de nos coutumes. Je lui pardonnerai donc, pour cette fois.

Son regard se durcit tandis qu'il poursuivait :

— Mais que ceci soit bien clair, manant. Si j'ai dit qu'il s'agissait d'un accident, alors c'était un accident.

Kendran fit de son mieux pour contenir sa rage. Il n'était pas en position de force, et il le savait. Son épée était dissimulée sous sa paillasse, et les trois hommes auraient le temps de tous les massacrer avant qu'il ait pu esquisser un geste. Malgré qu'il en eût, il devait attendre son heure. Mobilisant toute sa volonté, il baissa les yeux.

— Comme vous voudrez, messire, dit-il en serrant les dents, ulcéré par la satisfaction évidente du baron devant sa capitulation.

Pour se réconforter, Kendran songea que dans ces circonstances, garder son sang-froid était plus important que de démontrer sa force physique.

Spontanément, il lança un regard à Annelise, qui semblait mécontente de son échange avec Kramon. Elle considéra ce dernier d'un air de défi.

— Puisque vous avez achevé d'intimider cet ouvrier, nous pourrions peut-être revenir à la raison de votre présence ici. Si vous souhaitez parler à mon père, vous devrez revenir, car vous voyez bien qu'il est absent, et que personne ne sait où il est allé.

Kramon fit avancer son cheval vers elle et l'effleura de son étrier.

— Apprends à tenir ta langue, jeune fille. Je ne tolérerai pas d'autre insolence… même de ta part.

Un frisson parcourut Kendran. Il devait à tout prix détourner l'attention du baron, car ce dernier considérait à présent Annelise d'un air de prédateur. Sa beauté était éclatante, avec ses cheveux d'un blond doré, la finesse des traits de son visage, et la douceur pulpeuse de sa silhouette. S'adressant à ses hommes comme si elle n'était pas là, il déclara :

— Elle est aussi jolie que sa mère. Elle lui ressemble beaucoup, d'ailleurs.

— C'est ce que l'on m'a dit, intervint vivement Kendran, la gorge nouée. Mais elle est mieux surveillée que sa défunte mère, Dieu ait son âme.

Croisant le regard du baron, il poursuivit :

— En tant que seigneur de ces lieux, vous êtes sans doute au courant qu'elle a été assassinée.

Les yeux réduits à des fentes, Kramon répliqua :

— En effet. Je suis surpris que tu le mentionnes. Tu viens d'arriver à Lundy, et tu n'es pas d'ici, n'est-ce pas ?

Kendran haussa les épaules.

— C'est exact. Mais les malheurs de cette famille me touchent de près. Ce sont eux qui m'ont soigné après mon… accident.

Il sentit le regard du baron peser sur lui.

— Laisse-moi te donner un bon conseil…

— Je m'appelle Kendran, messire.

— Kendran. Tu ferais bien de ne pas trop t'intéresser aux… accidents des autres. Il pourrait t'en cuire.

L'avertissement était clair.

Comprenant que s'il éveillait la méfiance de Kramon, ses moindres faits et gestes seraient observés et rapportés, le jeune homme inclina la tête.

— Je suivrai votre conseil, messire.

Kramon eut un sourire triomphant, visiblement satisfait de l'apparente soumission de son interlocuteur. A ses hommes, il lança :

— Ce garçon sait où est sa place.

Kendran serra les dents. Il vaudrait mieux frapper le baron au moment où il s'y attendrait le moins.

Il parla avec déférence, priant pour que Kramon s'en aille.

— Messire, souhaitez-vous que je vous avertisse du retour de mon maître ?

Choisissant de répondre à Annelise, Kramon lui tourna le dos.

— Dis à ton père que j'ai augmenté les taxes sur le travail du bois. S'il peut se permettre d'engager un ouvrier, il pourra certainement me donner un peu plus d'argent. En tant que propriétaire et protecteur de ces terres, j'ai droit à une partie des bénéfices de chacun.

Kendran vit Annelise se raidir davantage, mais elle se contenta d'incliner la tête.

Saisissant les rênes d'une main ferme, le baron jeta :

— Je reviendrai avant la fin de la semaine et je ne souffrirai pas d'excuses.

Sur ce, ses hommes et lui firent demi-tour et partirent au galop.

Chapitre 10

Annelise sentit son cœur se serrer devant l'expression de rage impuissante qui déformait le visage de son père. Il s'approcha et la prit dans ses bras.

— Tu n'aurais pas dû te montrer, Annelise. Et encore moins lui parler.

Regardant par-dessus son épaule, elle aperçut Kendran qui les observait. Lui aussi était furieux à cause de ce qui venait de se passer. De son côté, elle s'inquiétait davantage de ce qui aurait pu lui arriver s'il avait continué à provoquer Kramon pour la protéger.

— Kendran, Walter m'a rapporté vos paroles. Je ne vous remercierai jamais assez d'avoir protégé Annelise à ma place.

La jeune fille repoussa doucement son père.

— Cessez de vous tracasser pour moi. Notre principale préoccupation, c'est de savoir si nous avons de quoi le payer. Père ?

Tentant de dissimuler son anxiété, ce dernier prit une profonde inspiration et secoua la tête.

— Dans l'immédiat, non. En fait, je pourrais lui donner ce qu'il demande si tous les meubles que j'ai fabriqués avaient été livrés et réglés. Mais j'ai été tellement pris par ma nouvelle commande que j'ai acheté des matériaux sans me soucier de tout ce qui était terminé.

Kendran poussa un soupir de soulagement. A sa connaissance, l'argent que devait faire porter sir Peter n'était pas encore arrivé, et il en avait conçu une certaine culpabilité. Il possédait lui-même la bourse bien garnie que le châtelain lui avait remise, mais il savait déjà à quoi il l'emploierait dès que l'occasion se présenterait. En outre, il pouvait difficilement offrir cet argent à Joseph sans que celui-ci ne le questionne sur sa provenance. D'une voix confiante, il annonça :

— Dans ce cas, nous livrerons tout ce qui est prêt avant le retour de Kramon.

Joseph acquiesça et étreignit fortement sa fille.

— Oui, c'est ce que nous allons faire. Mais je me demande combien de temps cela le tiendra éloigné de notre foyer.

Tout en partageant l'inquiétude de son père, Annelise nota non sans effroi l'expression déterminée de Kendran. Elle frissonna. Il ne devait pas prendre de risques inconsidérés.

Annelise attendit que le calme tombe sur la maison. Elle patienta jusqu'à ce qu'elle soit certaine que son père et sa tante aient sombré dans le sommeil.

La scène qui avait eu lieu l'après-midi même entre Kendran et Kramon ne devait pas se reproduire. Le jeune homme ne savait pas contre qui il se dressait, et elle ne souhaitait pas avoir sa mort sur la conscience. Car c'était ce sort fatal qui l'attendait à coup sûr si jamais Kendran tenait de nouveau tête au baron.

Sur la pointe des pieds, un bougeoir à la main, elle descendit prudemment les marches de l'escalier avant de se diriger vers l'atelier. Après avoir poussé la porte avec précaution, elle marcha droit vers le coin où il dormait.

Devant les panneaux qui l'isolaient du reste de la pièce, elle se figea, guettant son souffle. Tout d'abord, elle n'entendit rien.

Un peu étonnée, elle contourna un panneau. Sa chandelle jetait une lumière tremblante autour d'elle. A quelques pas de la couche de Kendran, Annelise hésita. Elle distinguait sa silhouette parfaitement immobile sous les couvertures, et à présent, le bruit de sa respiration régulière lui parvenait.

S'approchant davantage, elle se pencha sur lui… et constata qu'il avait les yeux grands ouverts. Elle retint un petit cri avant de poser précipitamment une main sur sa bouche. Une fois sa stupéfaction passée, elle murmura d'une voix un peu rauque :

— Kendran ?

— Oui ? répondit-il sans la quitter du regard.

— Il fallait que… que je vous voie, que je vous parle.

Il se redressa pour s'asseoir, et la couverture tomba, découvrant son torse nu. Malgré elle, la jeune fille le scruta avidement et déglutit avec difficulté.

— Annelise ?

Elle leva les yeux vers son visage, espérant, priant pour qu'il n'ait pas remarqué la rougeur qui avait envahi son cou et ses joues.

Une fois prisonnière de ses yeux bleus, son cœur se mit à battre à coups redoublés dans sa poitrine. Du bout de la langue, elle humecta ses lèvres sèches.

Kendran cligna des yeux avant de passer la main dans ses cheveux noirs.

— Vous n'auriez pas dû venir ici.

Elle s'avança vers lui, déterminée à ce qu'il écoute jusqu'au bout ce qu'elle avait à dire.

— Il fallait que je vienne, Kendran. Vous avez commis une folie en vous adressant de la sorte à Kramon. Promettez-moi de ne pas recommencer.

L'air soulagé, il prit une profonde inspiration.

— Ah oui, Kramon. Ne vous inquiétez pas pour cela, Annelise, je saurai me montrer prudent.

De plus en plus agitée, elle fit un nouveau pas dans sa direction.

— Vous n'avez pas été prudent du tout, au contraire, vous l'avez défié, Kendran. Si vous vous opposez encore une fois à lui aussi ouvertement, je vous garantis qu'il vous tuera sans l'ombre d'un remords ou d'une hésitation.

Kendran tendit le bras et prit le bougeoir de ses mains tremblantes pour le placer sur une table basse à côté de lui.

— Annelise, vous n'avez aucune raison de vous faire du souci pour moi. Je sais me défendre.

Etait-il donc fou ? songea-t-elle, au désespoir. Pourquoi ignorait-il ses avertissements ?

Posant une main sur son avant-bras pour retenir son attention, elle déclara :

— Vous croyez que vous ne risquez rien parce que vous êtes fort et courageux ? Mais quand il vous passera son épée au travers du corps, vous verrez bien que tout guerrier que vous êtes, vous saignerez à mort.

Les larmes aux yeux, elle poursuivit :

— S'il vous tuait, je ne pourrais pas le supporter.

L'expression de Kendran était telle que lorsqu'il la regarda, elle sentit ses genoux fléchir. Il lui ouvrit les bras.

— Pardonnez-moi, Annelise, la pria-t-il d'une voix pleine de remords. Dieu m'est témoin que je ne souhaitais nullement vous peiner ou vous blesser.

Elle ne chercha pas à résister à cette étreinte à laquelle elle aspirait de tout son être. Quand il l'attira à lui, elle appuya la joue contre son torse puissant. Emerveillée, elle écouta les battements précipités de son cœur et respira son odeur virile et enivrante, légèrement musquée. Elle aurait voulu s'en imprégner pour ne jamais l'oublier. Une vague de désir la submergea. La jeune fille n'avait qu'une seule idée : s'abandonner à l'ivresse du moment, et laisser son corps agir comme bon lui semblait.

Lorsqu'il prit son visage en coupe entre ses mains pour le lever vers le sien, ils demeurèrent longtemps les yeux dans les yeux, fascinés l'un par l'autre. Annelise sentait que son désir était partagé, pourtant elle lisait autre chose dans le regard bleu de Kendran : une certaine indécision.

— Kendran, murmura-t-elle dans un souffle.

Et la façon dont elle l'avait appelé, dont elle avait prononcé son nom, révéla tout ce qu'elle avait voulu cacher.

Quand sa bouche se posa sur la sienne, le monde bascula. Un frisson de plaisir la parcourut, affaiblissant ses membres, sa volonté, et Annelise se serra davantage contre lui.

Pris dans un tourbillon de pensées et d'émotions, Kendran avait le vertige. Il n'avait pas prévu d'embrasser Annelise, mais elle était si belle, si vulnérable, et si passionnée…

Il l'installa sur ses genoux tandis qu'elle se blottissait contre lui. D'une main, il lui caressa le dos avant de s'attarder sur sa hanche pendant qu'il plongeait l'autre dans sa chevelure dénouée. Lorsqu'elle inclina la tête pour qu'il puisse prendre totalement possession de sa bouche, il goûta sans réserve sa saveur fruitée.

Les doigts dans les cheveux sombres de Kendran, Annelise était éblouie par leur douceur.

Son cœur battait à tout rompre, et ses seins gonflés de désir étaient appuyés contre la poitrine du jeune homme.

Lentement, elle descendit le long de la nuque et laissa ses mains tracer les contours de ses larges épaules et suivre le dessin de ses muscles. S'attardant un instant sur la cicatrice laissée par sa blessure, elle songea que la première fois où elle l'avait touché, il était brûlant de fièvre. Cette fois encore, sa peau la brûlait, mais elle savait que c'était son corps à elle qui réagissait ainsi à son contact.

— Kendran, Kendran, chuchota-t-elle contre ses lèvres.

Perdu dans un océan de sensations, celui-ci rêvait d'explorer son corps et de la faire sienne.

Annelise sentit la main qui caressait ses cheveux descendre le long de son cou avant de s'arrêter en haut de sa poitrine. Puis les doigts s'immiscèrent sous la chemise à l'encolure assez lâche et caressèrent avec délice la peau douce et crémeuse.

La jeune fille retint son souffle, anticipant le plaisir à venir.

Sans cesser de l'embrasser, Kendran se fit plus audacieux et agaça la pointe d'un sein du bout des doigts.

La respiration entrecoupée, Annelise sentit les parties les plus secrètes de son corps s'embraser.

Kendran ne pouvait plus attendre. Il referma la main sur le sein rond et ferme et elle soupira, se laissant aller contre lui tandis que son mamelon frottait contre sa paume.

Il sentit sa virilité se durcir, et Annelise s'en aperçut aussi. Sans hésiter, elle posa la main sur son membre dissimulé par la couverture et leva des yeux interrogateurs vers lui.

— Je ne sais que faire. Guidez-moi, je vous en prie.

Il reprit vivement sa bouche et la fit allonger, la tête sur son oreiller. Passant les bras autour de son cou, elle l'attira contre elle.

Les mains de Kendran la parcouraient sans relâche, mais il était frustré de ne pouvoir toucher sa peau nue. Lorsqu'il saisit le bas de sa chemise, elle changea de position, comprenant son intention, soulevant les hanches pour mieux l'aider.

Soudain, elle s'immobilisa. D'une voix rauque, passionnée mais troublée, elle demanda :

— Qu'est-ce que…

Kendran leva les yeux vers elle et se figea en la voyant passer la main sous la paillasse. Son épée !

— Annelise…

Elle ne l'écouta pas. Roulant sur le côté pour se mettre à genoux, elle tira l'épée encore enveloppée de sa cachette, ainsi que la bourse de cuir. Sourcils froncés, elle considéra la bourse avant de découvrir l'épée d'une main tremblante.

Le gros rubis incrusté dans la poignée capta la faible lueur de la chandelle et étincela.

— Qu'est-ce que tout cela ? demanda-t-elle.

— Mon épée et mon argent.

L'air incrédule, Annelise secoua la tête.

— C'est impossible !

Il prit une profonde inspiration.

— J'ai récupéré mon épée le jour où j'ai pris le cheval de votre père. C'est aussi à cette occasion que j'ai obtenu cette bourse.

— Où ? Comment ?

Refusant de répondre, il lui fit un signe de dénégation. La jeune fille se détourna, cherchant à se reprendre avant de l'affronter.

— Ce n'est pas l'arme d'un simple soldat, affirma-t-elle.

— Je ne peux rien vous dire.

— Pourquoi ? Je ne comprends pas.

Aucune parole ne pourrait la réconforter, Kendran le savait. S'il lui avouait la vérité, il ne ferait qu'aggraver les choses. En apprenant qu'il lui avait menti sur ses origines, qu'il s'était fait passer pour quelqu'un qu'il n'était pas, elle lui en voudrait et se reprocherait son aveuglement.

Or Annelise n'avait rien fait de mal. Il ne souhaitait pas qu'elle se juge durement.

D'une voix douce et pleine de regret, il déclara :

— Il y a certaines choses sur moi que je ne peux vous confier, Annelise. Pouvons-nous oublier ce qui vient de se passer et nous en tenir là ?

Avec un hoquet de colère, elle se leva et serra sa mince chemise contre elle.

— Non, Kendran. N'essayez pas de vous convaincre que vous gardez le secret pour me protéger. Je ne sais pas ce que vous dissimulez, mais je vous soupçonne de le faire uniquement pour votre tranquillité personnelle.

Sur ces paroles, elle pivota et s'éloigna dans l'obscurité, avec le port de tête d'une reine outragée.

En la regardant partir, Kendran songea qu'elle avait tort. Il avait caché ses origines uniquement pour les protéger, sa famille et elle. Pas pour des raisons obscures.

— Je me suis tordu la cheville.

Annelise s'agenouilla à côté de sa tante pour examiner sa cheville enflée.

— Que s'est-il passé ?

Irritée, Jane leva les mains au ciel.

— Je suis tout bonnement descendue du tabouret, mais un peu brutalement, voilà tout. Je ne suis même pas tombée, mais j'ai quand même très mal, c'est rageant. Il va falloir que tu nous aides, Annelise.

— Que puis-je faire pour vous ?

— Je ne peux pas accompagner Kendran à Haversham, et il est en train d'atteler Hinge.

La jeune fille réprima une exclamation d'horreur et repoussa nerveusement une mèche folle.

— Il trouvera bien tout seul.

Sa tante fit non de la tête.

— Kendran ne connaît pas le chemin. Même si on lui indique comment se rendre en ville, jamais il ne trouvera la maison tout seul. Tu sais ce qu'il faut faire, Annelise, insista sa tante. Tu iras à ma place.

Tentant désespérément de masquer son agitation, Annelise eut un geste de dénégation.

— C'est impossible. Père ne le permettra jamais.

Jane acquiesça.

— Oui, je sais très bien ce qu'il dirait, mais nous avons besoin de ce que nous doivent Rodger et Margaret Witherspoon pour leurs chaises. Tu connais les exigences de Kramon. Il faut réunir l'argent avant son retour. Ton père ne peut pas se rendre là-bas car il est déjà parti se faire régler par d'autres personnes, et Walter est au village.

Les yeux humides, furieuse contre elle-même, sa tante ajouta :

— A cause de ma maladresse, j'ai failli à Joseph.

Annelise passa un bras affectueux autour des épaules de Jane.

— Vous n'êtes pas maladroite, chère tante, et père ne vous adresserait jamais de tels reproches. Vous vous êtes si bien occupée de nous depuis la mort de ma mère.

— Peut-être, mais aujourd'hui, je lui fais défaut au moment où il a le plus besoin de moi. Et ma tâche retombe sur tes épaules.

Annelise était déchirée entre sa culpabilité vis-à-vis de sa tante et sa volonté d'éviter Kendran à tout prix. Après ce qui s'était passé la veille dans l'atelier, elle ne pouvait se rendre seule à Haversham avec lui.

— Père risque de se mettre en colère si j'accompagne Kendran, même s'il semble le tenir en haute estime, objecta-t-elle.

— Il verra bien qu'il n'y avait pas lieu de s'inquiéter : quand il rentrera ce soir, vous serez déjà de retour, et les chaises auront été livrées.

A court d'arguments, Annelise s'écria :

— Mais je ne peux tout de même pas vous abandonner alors que vous êtes blessée !

— Ce n'est rien de grave, je me sentirai mieux demain. De toute façon, le meilleur remède, c'est de rester assise. Tu ne me seras d'aucune aide ici.

Ses yeux attentifs fixés sur sa nièce, elle reprit :

— Tu es tout à fait capable de t'acquitter de cette tâche, Annelise. Et de bien plus encore. Tu es devenue une femme sous nos yeux, et nous n'avons rien vu. Il est grand temps que nous commencions à te traiter comme telle, ton père et moi.

La jeune fille se releva lentement. Devant tant de confiance, comment rejeter la requête de sa tante ? Et puis, elle devait bien se l'avouer, elle serait heureuse de montrer à son père qu'elle savait se débrouiller sans lui. Un jour, elle l'espérait de tout son cœur, il lui témoignerait le même respect et la même admiration qu'elle éprouvait à son endroit.

D'un autre côté, Annelise n'avait pas la moindre envie de passer une journée entière en compagnie de Kendran. Elle avait partagé avec lui une intimité qu'elle n'avait jamais connue avec personne, pourtant il refusait de lui dire qui il était.

Pour elle, il était évident qu'il dissimulait beaucoup de choses. Outre le poids conséquent de la bourse en cuir, l'épée qu'elle avait découverte n'était pas celle d'un simple homme d'armes.

Et en ce moment même, il était en train d'atteler Hinge. La veille, elle avait réussi à l'éviter toute la journée. Que penserait-il en la voyant ? Allait-il s'imaginer qu'elle le désirait toujours ?

Non, c'était impossible. Il ne pouvait pas avoir de telles pensées après la façon dont il l'avait traitée, en refusant de se confier à elle après tout ce qu'ils avaient fait… A cette seule idée, le rouge de la honte lui montait aux joues.

Il fallait qu'elle se reprenne, et vite. La jeune fille refusait de laisser voir son trouble et son inquiétude à Kendran. Elle ne voulait pas qu'il croie qu'elle avait peur de l'accompagner.

En outre, elle devait à tout prix éviter que la perspicace Jane ne se doute de quelque chose. Devant sa réticence à partir, sa tante risquait de s'interroger et de deviner ce qui s'était passé. Déjà, elle la considérait d'un air intrigué.

Après une profonde inspiration, Annelise lui adressa un sourire rassurant.

— Vous avez entièrement raison. Bien sûr que j'accompagnerai Kendran à Haversham.

Jane acquiesça avec un sourire approbateur.

— Tu verras, tout se passera bien et ton père sera enchanté.

Annelise espéra avec ferveur que tout se déroulerait selon les prédictions optimistes de sa tante. D'un ton résigné, elle déclara :

— Je vais m'habiller pour le voyage.

Kendran conduisit la charrette devant l'entrée de la maison. Il fut extrêmement surpris de voir Annelise sortir quelques instants plus tard, Max à son côté. Lentement, elle s'approcha de lui.

Drapée dans une longue cape bleu foncé, le capuchon rabattu sur ses cheveux dorés, elle semblait habillée pour le voyage.

Elle s'arrêta à quelques pas de lui, lui présentant son profil, sourcils haussés. Son attitude exprimait le défi.

— Ma tante s'est fait mal à la cheville, aussi elle ne peut vous accompagner à Haversham. Elle m'a priée d'y aller à sa place car je sais où se trouve la demeure des Witherspoon. Je vous montrerai le chemin.

Aussitôt, Kendran se sentit partagé entre l'excitation et l'embarras. Il s'empressa de repousser ces deux émotions. Il ne devait éprouver que sympathie à l'égard d'Annelise Stanhope. Il l'avait déjà suffisamment blessée comme cela.

Pour lui, elle ne pouvait être rien de plus qu'une jolie fille parmi d'autres.

Se rendant brusquement compte qu'elle attendait une réponse, il hocha la tête avec indifférence.

— Très bien. Si nous voulons rentrer avant la nuit, je suggère que nous partions immédiatement.

— Oui, partons.

Quand elle voulut s'installer à l'arrière de la charrette, Annelise s'aperçut que les chaises prenaient toute la place. Sans mot dire, elle fit demi-tour et s'assit sur le petit banc à côté de Kendran. Le chien, pour sa part, réussit à se faufiler entre les deux chaises.

Sans plus attendre, Kendran donna au cheval un petit coup avec les rênes et fit de son mieux pour ignorer que, malgré l'étroitesse du banc, Annelise s'était arrangée pour éviter tout contact entre eux.

Ils firent route dans un silence total, et ce ne fut qu'en arrivant aux abords d'Haversham qu'il l'entendit marmonner quelques mots. Pensant qu'elle s'adressait à lui, il lui demanda :

— Que dites-vous ?

Elle lui lança un regard surpris.

— Je ne croyais pas avoir parlé à voix haute. J'étais en train de vouer le shérif à la damnation éternelle.

Il admira sa franchise, et fut également soulagé qu'elle ne lui ait pas encore manifesté son ressentiment.

— Et pourquoi pensiez-vous à lui ?

— Tout simplement parce qu'il vit à Haversham.

— Vraiment ?

— Ce n'est pas un secret. A la différence de certains, je ne suis pas du genre à faire mystère de quelque chose.

— Annelise, je…

Tandis qu'il cherchait ses mots, elle le considéra d'un air dédaigneux avant de reporter son attention sur la route qui s'étendait devant eux.

Ils n'échangèrent plus une parole avant leur arrivée en ville, et il ne la questionna que lorsque les circonstances l'y contraignirent.

Sans cesser de lui opposer un profil hautain, elle le guida à travers un dédale de rues étroites. Enfin, elle lui ordonna de s'arrêter devant une petite bâtisse à deux étages.

Annelise épia Kendran à travers ses cils baissés quand

il sauta à terre. Elle fit mine de l'ignorer tout en ayant pleinement conscience de sa vitalité, du soleil qui jouait dans ses cheveux d'ébène, et de sa mâchoire crispée qui trahissait son irritation à son égard.

Elle fut soulagée que Margaret Witherspoon, une femme au visage doux et aux cheveux grisonnants, lui ouvre dès qu'il eut frappé à la porte. Margaret sourit en apercevant Annelise. Epouse d'un vieil ami de son père, elle connaissait la jeune fille depuis sa naissance.

Avant de se précipiter à sa rencontre, elle s'exclama gaiement :

— Je vous souhaite la bienvenue dans notre demeure !

Annelise fit comme si elle n'avait pas vu la main tendue de Kendran, descendit majestueusement de la charrette et se retrouva bientôt dans les bras de Margaret. Après s'être extasiée sur la beauté de la jeune fille devenue femme, Margaret se tourna vers Kendran.

— Vas-tu faire les présentations à la fin, Annelise ?

— Voici Kendran, le nouvel ouvrier de mon père.

— Bienvenue à vous, Kendran.

— Je vous remercie pour votre accueil, dit-il avec un sourire si plaisant que la femme battit coquettement des cils à son intention.

Peu désireuse de le voir essayer son charme sur une amie de la famille, Annelise claironna :

— Nous avons apporté les chaises que père a faites pour vous.

Enchantée, Margaret s'empressa d'aller les examiner, et son sourire s'élargit.

— Entrez, entrez, je vous en prie. Je vais prévenir Rodger. Il va être ravi. Connaissant le talent de Joseph, nous attendions ces chaises avec impatience.

Après les avoir déchargées, Kendran empoigna les chaises et les porta à l'intérieur. Rodger, qui était à l'étage, ne tarda pas à descendre et leur réserva un accueil tout aussi chaleureux. Tirant vivement sa bourse, il donna à Annelise une somme qui lui parut importante en disant :

— Tu remercieras bien ton père de ma part. Ces chaises sont vraiment magnifiques.

Le visage de la jeune femme s'illumina : elle était fière des éloges de ses hôtes sur le travail de son père.

— Je lui transmettrai vos compliments. Il en sera très heureux.

Puis, le regard allant de Kendran à Annelise, Margaret demanda :

— Vous mangerez bien avec nous avant de regagner Lundy ?

Sans réfléchir, Annelise répondit :

— Avec grand plaisir.

Après tout, il n'était pas tard, et elle n'était guère pressée de reprendre la route avec Kendran. A sa grande surprise, ce dernier fit un signe de dénégation.

— Je vous prie de bien vouloir accepter mes excuses, ma dame, mais je ne peux rester, car j'ai à faire en ville. Je reviendrai chercher Annelise dès que j'aurai terminé.

Annelise l'observa attentivement tandis que Margaret Witherspoon acquiesçait. Elle ne lui poserait aucune question, décida-t-elle. Cette fois-ci, elle ne lui donnerait pas la satisfaction de lui opposer un refus.

Chapitre 11

Kendran sentit le regard inquisiteur d'Annelise peser sur lui tandis qu'il se dirigeait vers la porte. Peu désireux de lui laisser le temps de l'interroger, il s'empressa de partir.

Trouver la demeure du shérif ne fut guère compliqué. Le premier passant qu'il questionna la lui indiqua sur-le-champ.

En entrant, il se présenta à un homme qui se révéla être le greffier.

— Je viens voir le shérif, annonça-t-il tranquillement.

— Le shérif n'attend personne ce matin, répliqua son interlocuteur.

— C'est normal, je n'ai pas sollicité d'audience.

L'homme examina les vêtements grossièrement taillés de Kendran d'un œil indifférent.

— Dans ce cas, il n'est pas disponible.

— Pas disponible ? s'exclama Kendran avec incrédulité. Comment ça ?

— Il a beaucoup de responsabilités et ne peut pas tout abandonner à la moindre sollicitation, expliqua le greffier, impatienté.

Tout entier tourné vers la raison de sa visite, Kendran ne s'émut guère de sa mauvaise grâce.

— Je dois le voir immédiatement.

Les narines de l'homme frémirent. A présent, il dissimulait mal son agacement.

— Ceci, mon brave, ne me regarde pas. Si vous avez besoin de voir le shérif, il vous recevra à sa convenance.

Sur ce, il cessa de prêter attention à son visiteur et se remit à écrire.

Kendran n'avait pas l'habitude de voir ses demandes rejetées. En tant que frère du baron de Brackenmoore, il était au contraire accoutumé à ce que l'on y accède rapidement. Pourtant, quoiqu'il ait rarement eu besoin d'user de la position de Benedict pour obtenir ce qu'il désirait dans le passé, il décida que les circonstances l'exigeaient.

Se redressant, il déclara :

— Allez dire au shérif que Kendran Ainsworth, frère du baron de Brackenmoore, souhaite lui parler.

Le petit homme sursauta, s'empressa de se lever et s'inclina profondément en disant :

— Je suis vraiment désolé, messire, je n'avais pas…

Kendran l'interrompit sèchement.

— Oui, oui, je m'en suis aperçu.

— Pardonnez-moi, messire. Puis-je lui annoncer de quoi vous désirez l'entretenir ?

— J'aimerais discuter de certaine requête qui lui a été adressée par Joseph Stanhope, du village de Lundy.

Le greffier s'inclina de nouveau.

— Je vais le prévenir de ce pas.

Il s'éclipsa par la porte placée derrière lui et ne tarda pas à revenir.

— Sir Heath va vous recevoir maintenant, messire.

Kendran acquiesça et le suivit dans la pièce où se trouvait le shérif. A son arrivée, ce dernier fit un signe de tête au greffier, qui sortit en refermant la porte derrière lui. Puis il se leva pour accueillir son visiteur. C'était un homme grand et mince au regard droit. Il invita Kendran à prendre place en face de lui, de l'autre côté de la table encombrée de parchemins, avant de s'installer à son tour.

— Veuillez excuser mon greffier, messire Ainsworth, il ne voulait pas vous offenser.

Ses yeux examinèrent calmement son interlocuteur, mais il ne fit aucun commentaire sur sa mise fort modeste.

— Je suis Clifford Heath, ajouta-t-il.

Kendran ne perdit pas son temps en politesses inutiles.

— Je suis venu pour une affaire très grave.

— Je vous écoute. D'après Robert, cela concerne un certain Joseph Stanhope, de Lundy.

Kendran s'étonna que le shérif, en prononçant le nom du menuisier, ne donne pas un seul instant l'impression qu'il le connaissait. Il fronça les sourcils.

— Vous n'avez jamais entendu parler de lui ?

— Non, pourquoi ?

— Eh bien, depuis cinq ans, par l'intermédiaire d'un lettré du village, il vous écrit au sujet du meurtre de son épouse.

Une expression choquée se peignit sur le visage de Clifford Heath.

— Du meurtre ?

— Vous êtes donc submergé de plaintes à ce point ? Vous avez peut-être oublié cette histoire.

— S'il s'agissait d'un vol de poule, peut-être, mais d'un assassinat qui aurait fait l'objet d'une correspondance de cinq ans. Impossible !

— Je commence à trouver cela très étrange. Peut-être ai-je frappé à la mauvaise porte ?

— Non, si le crime s'est produit à Lundy, j'aurais dû en être averti. Dites-moi ce que vous savez des circonstances, je vous en prie.

Kendran le dévisagea attentivement, tentant de déceler si l'homme était un excellent comédien ou si son ignorance était réelle. Mais le shérif lui avait fait une bonne impression, et il ne percevait nulle dissimulation chez lui. Prenant une profonde inspiration, il songea que son instinct ne l'avait jamais trompé. Il devait se fier à lui.

— Le baron de Kramon est impliqué.

Le visage grave, le shérif acquiesça. Il semblait toujours aussi intrigué.

— Pourquoi ne pas tout me raconter ?

Kendran se lança alors dans le récit de sa propre mésaventure, puis relata ce qui était arrivé à la mère d'Annelise avant d'ajouter que les hors-la-loi continuaient à faire régner la terreur à Lundy et dans ses environs.

Quand il se tut, le shérif dit :

— La situation est très délicate. Le menuisier détiendrait donc la preuve de la culpabilité de Kramon, c'est ça ?

— Son gantelet a été retrouvé sur les lieux du crime.

Prenant une profonde inspiration, Clifford Heath observa :

— Malheureusement, ce n'est pas une preuve suffisante. Et même si c'en était une, nous savons vous et moi que poursuivre un noble pour l'assassinat d'une femme d'artisan sera difficile.

— C'est vrai, mais nous ne pouvons pas laisser les choses continuer ainsi.

Le shérif inclina la tête.

— Puisque vous vous êtes penché sur l'affaire, il y a peut-être quelque espoir. Malgré tout, je tiens à vous rappeler que votre projet n'est pas sans danger. Si Kramon est bien coupable de ce dont vous l'accusez et qu'il découvre vos intentions, il risque de vous faire taire à tout jamais. Et même s'il est obligé de répondre de ce crime-là, vous n'en serez pas moins mort.

— Ne vous inquiétez pas pour moi. Je ne suis pas une proie facile, répliqua Kendran.

— Je vois bien que vous ne tiendrez pas compte de mes avertissements. Mais écoutez au moins ceci : j'ignore pourquoi je n'ai jamais reçu les lettres concernant ce meurtre ou même les autres méfaits commis dans les environs. Tout ce que je sais, je viens de l'apprendre de votre bouche. Mais si je suis demeuré dans l'ignorance jusqu'à aujourd'hui, c'est que quelqu'un s'est arrangé pour que ces courriers ne me parviennent jamais. Ne l'oubliez pas.

Kendran hocha la tête. L'homme avait raison. Cependant, même si Kramon avait eu le pouvoir de s'emparer des missives, cela n'expliquait pas pourquoi Daniel avait affirmé aux Stanhope que le shérif ne voulait plus être importuné à propos d'un crime dont en réalité il ne connaissait même pas l'existence.

Comme ses pensées prenaient un tour assez déplaisant, Kendran se leva. Il s'était suffisamment attardé, et il avait dit tout ce qu'il avait à dire.

— Excusez-moi de devoir prendre congé si vite. Je suis attendu.

— Très bien. Si je le pouvais, je me rendrais aujourd'hui même à Lundy, déclara le shérif, mais je ne pourrai me libérer de mes obligations que d'ici deux ou trois jours au plus tôt. Cela me donnera le temps d'approcher Kramon sans éveiller sa méfiance.

Kendran approuva. Sa démarche avait été plus fructueuse que prévu. En arrivant, il était convaincu qu'il se heurterait au mieux à un mur d'indifférence, au pire à une hostilité ouverte.

Pourtant, une fois dehors, un sentiment de frustration l'envahit. Certes, le shérif l'avait écouté attentivement et il s'était montré compréhensif, mais il avait également laissé entendre qu'il serait très difficile d'obliger le baron à répondre de ses crimes. Ainsi, la défiance d'Annelise envers les nobles était en partie justifiée.

Mais pourquoi un homme échapperait-il à un juste châtiment simplement en raison de sa naissance ? Il n'y avait aucune raison que la justice ne soit pas la même pour tous.

Kendran était bien décidé à faire respecter ce principe. Pour cela, le baron devait être jugé. Ce dernier semblait avoir oublié, s'il l'avait jamais su, qu'un comportement exemplaire était le prix à payer pour les privilèges conférés à son rang.

Kendran prit la direction de la demeure des Witherspoon, mais au bout d'un moment, il ralentit le pas. Il n'était nullement pressé de prendre le chemin du retour. Non seulement Annelise le battait toujours froid, mais il était très troublé par la découverte que Daniel avait apparemment menti aux Stanhope concernant les lettres. D'un autre côté, se morigéna-t-il, il ne devait pas tirer de conclusions trop rapides. Ce n'était pas parce qu'il n'appréciait pas le jeune homme que celui-ci avait nécessairement commis un acte répréhensible.

Il ne ferait part à Annelise de sa démarche auprès du shérif que lorsqu'il saurait à quoi s'en tenir au sujet de Daniel et du rôle qu'il avait pu jouer.

La jeune fille parut étonnée de le revoir si peu de temps après son départ. Pourtant, elle ne fit pas de remarque et se leva avant de remercier ses hôtes pour leur hospitalité. Ils lui firent promettre de revenir bientôt avec son père.

Comme quelques heures plus tôt, une fois installés dans la charrette, ils demeurèrent silencieux. Cette fois-ci, pendant qu'ils traversaient la ville, Kendran fut plus attentif à ce qui se passait autour de lui.

Les rues étroites bourdonnaient d'activité. Passants, chevaux et charrettes ralentissaient leur progression. Alors qu'ils tournaient à un carrefour particulièrement fréquenté, Kendran repéra quelque chose qui lui arracha un cri de surprise.

Il venait d'observer une marque très spéciale sur l'arrière-train d'un cheval noir, une étoile blanche qu'il n'avait vue que sur son propre étalon, Tonnerre. L'animal disparut au coin d'une rue.

Il fit presser le pas à Hinge et l'obligea à prendre la même direction. De nouveau, il aperçut le cheval. Désirant s'assurer qu'il ne se trompait pas, il se mit debout et eut la confirmation de son intuition. Oui, c'était bien son étalon.

Dévorée par la curiosité, Annelise renonça à l'ignorer plus longtemps.

— Qu'y a-t-il ? demanda-t-elle.

— Tonnerre, fut sa réponse laconique.

Il tenta de mettre Hinge au trot, mais le hongre était gêné par la foule. Impatienté, Kendran songea qu'il irait plus vite à pied.

Se tournant vers Annelise qui le considérait avec une stupéfaction croissante, il lui tendit les rênes.

— Je reviens. Contentez-vous de me suivre à distance.

Il sauta à terre sans lui laisser le temps de prononcer un mot. Grâce à sa stature, il lui fut aisé de se frayer un chemin. Finalement, la providence était avec lui, songea-t-il en louant le ciel : tous ces gens qui l'avaient d'abord gêné le servaient à présent en lui permettant de gagner du terrain sur celui qui montait son cheval.

D'un pas alerte, il réussit à se rapprocher, mais quelques minutes s'écoulèrent avant qu'il ne puisse s'emparer des rênes. A ce moment-là le cavalier, un homme à la tenue négligée et aux dents noircies, l'apostropha rudement.

— Eh toi ! Lâche ça tout de suite ! Laisse mon cheval tranquille !

— Ton cheval ? Un cheval volé, tu veux dire, rétorqua Kendran sans se démonter. Cet étalon m'appartient.

L'expression de l'homme passa de la colère à la panique. Avec un hurlement de rage, il éperonna sa monture.

Tonnerre bondit en avant, arrachant les rênes de la main de Kendran. Ce dernier réagit aussitôt :

— En haut, Tonnerre ! cria-t-il.

L'animal se cabra sur-le-champ, battant l'air de ses deux

jambes de devant. C'était un tour que Kendran lui avait appris pour éviter les lances des autres combattants et les piques que les fantassins dirigeaient contre son poitrail large et musculeux.

Comme prévu, la ruse fonctionna à merveille, et l'étalon désarçonna son cavalier qui atterrit rudement sur le sol.

Kendran renonça à poursuivre Tonnerre : déterminé à en apprendre davantage sur le mystérieux cavalier, il se tourna vivement vers l'homme, qui s'était déjà relevé.

Le voyant sortir un couteau, Kendran fronça les sourcils. La foule, qui s'était écartée et faisait cercle autour d'eux, avait les yeux rivés sur l'arme blanche dont la lame étincelait au soleil.

Kendran n'avait nulle intention d'affronter l'homme. Comme il souhaitait l'interroger, il s'avança vers lui, mains levées en signe d'apaisement, et s'exprima d'une voix forte et claire :

— Range ton couteau, l'ami, je ne te veux aucun mal. Je veux simplement savoir comment tu t'es retrouvé en possession de ce cheval.

De nouveau, la peur se peignit sur le visage de l'inconnu. Sans répondre, il se jeta sur Kendran, couteau en avant.

Ce dernier n'eut pas d'autre choix que de se défendre, tout en espérant qu'il parviendrait rapidement à maîtriser son adversaire.

Annelise était tellement furieuse contre Kendran qu'elle l'aurait volontiers giflé. Que lui avait-il donc pris, de l'abandonner sans un mot d'explication ?

Elle le suivit néanmoins à travers les rues encombrées, marmonnant des imprécations contre lui. Soudain, alors qu'elle venait de se rendre compte qu'elle l'avait perdu de vue depuis de longues minutes, Max se mit à aboyer, attirant son attention sur l'attroupement qui s'était formé un peu plus loin. D'une voix autoritaire, elle lui ordonna :

— Ça suffit, Max ! Couché !

Le chien l'ignora et sauta de la charrette pour se précipiter vers le rassemblement. Ainsi, même son chien la trahissait ! pensa Annelise, encore plus en colère. Max se faufila au milieu de la foule sans cesser d'aboyer. La jeune fille tenta de passer à travers le mur humain, mais en vain.

Pour rattraper son compagnon indocile, elle comprit qu'elle n'avait pas d'autre solution que de descendre. Jouant des coudes, elle parvint à se frayer un passage, mais ce ne fut qu'au moment où elle le saisit par son collier qu'elle comprit ce qui avait déclenché sa réaction.

Dans la rue, au centre de la foule, Kendran luttait avec un autre homme. Avec angoisse, elle s'aperçut que son adversaire tenait un couteau.

La gorge serrée, elle observa les deux combattants, et tout le reste s'évanouit autour d'elle, comme happé par du brouillard. Même les aboiements de Max lui semblaient venir de très loin.

Elle ne pensait qu'à Kendran. Si son assaillant n'avait pas été armé, il aurait pu le dominer aisément, car il était de loin le plus fort et le mieux bâti des deux. Cependant, le couteau inversait ce rapport, obligeant Kendran à se défendre et à parer les coups à mains nues. Il ne cessait d'esquiver et de se déplacer, cherchant visiblement à déséquilibrer son adversaire pour le désarmer.

Bientôt, les deux hommes eurent le front ruisselant de sueur. Annelise sentit qu'elle allait devenir folle si le combat ne s'arrêtait pas rapidement. Petit à petit, à son grand soulagement, Kendran prit le dessus : l'inconnu commençait à fatiguer. En un éclair, Kendran réussit à passer derrière lui. D'un geste vif, il lui saisit la main et la lui broya afin de l'obliger à lâcher le couteau.

Soudain, avec une agilité qu'Annelise n'aurait pas soupçonnée de la part d'un homme apparemment épuisé, l'étranger lança un pied en arrière et faucha la jambe de Kendran. Les deux hommes tombèrent et le couteau disparut.

Annelise poussa un cri, et son cœur cessa de battre tandis qu'elle s'avançait.

A terre, les deux hommes s'immobilisèrent. Puis, lentement, Kendran se releva. Sa houppelande grise était couverte de sang. Ses yeux croisèrent ceux d'Annelise et elle songea qu'il avait dû y lire toute l'étendue de sa frayeur.

— Je vais bien, Annelise, la rassura-t-il d'une voix puissante.

Le soulagement envahit la jeune fille. Un homme sortit de la foule et se pencha au-dessus de l'adversaire de Kendran.

— Il est mort, annonça-t-il.

— Tout le monde a bien vu que je n'ai fait que me défendre, déclara Kendran.

Autour de lui, les gens acquiescèrent. Il reprit :

— Je dois partir chercher mon cheval avant qu'il ne soit volé par un autre.

L'homme qui avait déjà parlé répondit :

— Allez-y. Personne ici n'essayera de vous retenir.

Au lieu de la serrer dans ses bras, comme elle aurait aimé qu'il le fasse, Kendran prit simplement la main d'Annelise.

— Il faut que je retrouve mon cheval.

— Votre cheval ? murmura-t-elle en le suivant de mauvaise grâce. Mais enfin, que s'est-il passé, Kendran ?

— Je vous expliquerai plus tard.

La saisissant par la taille, il la hissa sur la charrette comme si elle ne pesait pas plus lourd qu'une plume. Max bondit à l'arrière, et Kendran prit place à côté d'Annelise. Sans hésiter, il s'engagea dans une petite rue, laissant la foule derrière eux.

Sillonnant inlassablement la ville, il était à l'affût du

moindre mouvement, mais ce fut Annelise qui repéra l'animal au bout d'un moment.

— C'est celui-ci ? demanda-t-elle en le montrant du doigt.

Kendran regarda dans la direction indiquée et s'écria joyeusement :

— Oui, c'est lui !

Il sauta de la charrette et se précipita pour attraper les rênes. L'étalon se tourna vers lui, le reniflant d'abord avec méfiance. Puis il hennit doucement.

Kendran lui caressa affectueusement le front sans trop insister. Il était heureux d'avoir retrouvé son vieil ami, mais souhaitait reprendre la route le plus rapidement possible.

Attachant l'animal à l'arrière de la charrette, il s'empressa de quitter la ville.

Il fallut un certain temps pour qu'Annelise, encore sous le choc de la scène dont elle avait été témoin, retrouve l'usage de la parole. Sa détermination à comprendre l'emporta finalement sur son émotion.

— Bien. Vous avez retrouvé votre cheval. A présent, vous me devez des explications. J'ai le droit de savoir qui vous êtes. D'abord l'épée, puis cette monture…

L'expression contrariée de Kendran ne la découragea nullement, et elle exprima à voix haute les soupçons qu'elle avait depuis quelque temps.

— Vous avez été chevalier dans une grande maisonnée.

Il resta de marbre, les yeux fixés sur le chemin, avant de soupirer :

— Oui.

Si elle n'avait pas été aussi préoccupée par sa question suivante, Annelise se serait réjouie d'avoir été si clairvoyante.

— Pourquoi êtes-vous venu à Lundy ? Qu'est-ce qui vous a convaincu de rester et de travailler pour mon père ?

Il se tourna vers elle quand elle formula la supposition qui la taraudait depuis longtemps.

— Est-ce à cause… d'une femme ?

Kendran ne put s'empêcher de sourire en répondant :

— Oui.

C'était la vérité, puisqu'il s'était rendu au village pour obliger sa belle-sœur, Raine. Il n'y pouvait rien si Annelise interprétait sa réponse autrement.

Au fond, c'était peut-être préférable. Il était inutile qu'ils pensent l'un à l'autre en des termes trop intimes.

— Vous l'aimez encore ? demanda la jeune femme d'une voix douce.

— Oui, je l'aime tendrement et je l'aimerai toujours.

Les yeux fixés sur les nuages noirs qui s'amoncelaient à l'horizon, Annelise déclara :

— Je vois.

« Oh non, vous ne voyez rien du tout », faillit-il répliquer. Mais s'il la détrompait, il serait obligé de lui fournir trop d'informations sur lui-même.

Tandis que Hinge cheminait tranquillement, le vent se leva et se mit à souffler en brusques rafales.

Kendran vit Annelise frissonner et resserrer son manteau autour d'elle.

— Prenez donc ma houppelande, proposa-t-il aussitôt.

Elle secoua la tête sans le regarder, visiblement mal à l'aise. Kendran aurait voulu l'obliger à la prendre, mais il n'en fit rien.

Il pressa Hinge. Le mieux, pour lui comme pour elle, était de rentrer le plus rapidement possible à Lundy.

Plongé dans de sombres pensées, il ne fit attention à ce qui l'entourait que lorsque la première grosse goutte de pluie s'écrasa sur sa main.

Surpris, il releva la tête : au loin, le ciel complètement noir d'éclairs était zébré. Les quelques gouttes du début ne tardèrent pas à se transformer en pluie battante. Trempée, gelée, Annelise se serra contre lui.

Kendran savait qu'il ne pouvait pas continuer dans de telles conditions, d'autant plus que l'orage se rapprochait. Les chevaux ne tarderaient pas à s'affoler et risquaient de s'emballer.

Désespéré, il chercha un abri des yeux.

Le rideau de pluie l'empêchait de scruter les environs à plus de quelques pas, èt il n'eut d'autre choix que d'inciter Hinge à avancer.

— Qu'allons-nous faire ? demanda brusquement Annelise, qui avait perçu sa nervosité.

— Nous devons trouver un abri.

Au lieu de protester comme il s'y était attendu, la jeune femme ne dit rien et se contenta de plisser les yeux, tentant visiblement de voir où ils se trouvaient.

Au bout de quelques instants, elle s'écria :

— Par ici, Kendran ! Vous voyez le gros chêne ?

Sans attendre sa réponse, elle poursuivit :

— D'après mes souvenirs, il y a une étable dans le champ juste derrière.

Kendran écarquilla les yeux mais ne distingua pas la moindre étable. Il songea néanmoins qu'il ne perdrait pas grand-chose à essayer de la trouver. Se servant du chêne comme point de repère, il fit tourner la charrette dans le champ, priant pour qu'elle ne s'embourbe ni ne verse. Hinge avança avec peine et les cahots se multiplièrent, mais la catastrophe n'eut pas lieu. Aussi longtemps qu'il lui fut possible, Kendran vérifia par-dessus son épaule qu'il se trouvait toujours dans l'alignement du chêne. Enfin, ses efforts furent récompensés quand la vague silhouette d'une bâtisse se dessina devant eux.

Dès qu'ils furent près de la porte, il tira sur les rênes et Hinge s'arrêta. Rapidement, il fit le tour de la charrette pour aider Annelise et découvrit qu'elle était déjà descendue. Elle parla assez fort pour couvrir le bruit de la pluie qui tambourinait sur l'étable.

— Je vais détacher les chevaux !

— Non, nous allons entrer ensemble, et ensuite je m'en occuperai ! répondit-il avec fermeté.

Elle pivota sur ses talons pour lui faire face d'un air obstiné.

— Je refuse de…

Sans lui laisser le temps de discuter, Kendran la prit fermement par le bras, la conduisit à la porte de l'étable, et l'entraîna à l'intérieur.

Soulagé d'échapper enfin à la pluie, il se tourna vers sa compagne. Cette dernière partageait visiblement son soulagement. Elle se laissa aller contre un mur et ferma les yeux. Puis, d'une main lasse, elle essuya son visage ruisselant. Aussitôt, le désir de la protéger l'envahit, mais il se réprimanda durement : il n'avait pas le droit de se laisser aller à un tel penchant.

D'un œil attentif, Kendran examina l'intérieur de la bâtisse. La jeune femme ne s'était pas trompée : il s'agissait bien d'une étable. En dehors d'Annelise et de lui-même, les seuls occupants du lieu étaient de paisibles vaches qui, après avoir levé la tête à leur arrivée, n'avaient pas tardé à la replonger dans le râtelier.

Parfait, pensa-t-il, l'endroit était sûr. Par chance, il n'y avait pas de taureau susceptible de leur causer des ennuis.

— Vous allez rester ici, Annelise. J'irai bien plus vite si je n'ai pas besoin de m'inquiéter pour vous. Je vous demande simplement d'ouvrir la porte en grand quand je vous appellerai.

Voyant qu'elle s'apprêtait à répliquer, il ne lui en laissa pas le temps et se précipita dehors, sous la pluie battante.

Annelise avait froid, tellement froid qu'elle ne pouvait s'empêcher de trembler et de claquer des dents. Elle aurait voulu défier Kendran et le suivre pour l'aider à s'occuper des chevaux, mais les forces lui manquèrent.

Lorsqu'elle entendit sa voix, elle s'empressa de lui ouvrir et Kendran entra en tirant les deux chevaux derrière lui. Après les avoir attachés à des anneaux, il saisit une poignée de paille et commença à frotter vigoureusement son étalon.

Vacillante, Annelise s'avança vers Hinge, ramassa un peu de paille et tenta d'imiter Kendran. Faible comme elle était, elle doutait de sa capacité à soulager le pauvre hongre mais au moins, elle s'activait.

Au bout d'un moment, Kendran la rejoignit.

— Je vais m'occuper de lui, dit-il.

Annelise n'eut pas le courage de lui résister. Elle tourna les talons, se laissa tomber sur un tas de foin et se mit à trembler de plus belle. Plaquant une main sur sa bouche, elle tenta d'étouffer ses claquements de dents.

A présent qu'elle était assise, fébrile, gelée, et trempée jusqu'aux os, elle prenait conscience de la situation difficile dans laquelle ils se trouvaient.

Comme elle, Kendran n'avait plus un seul vêtement sec sur le dos. Malheureusement, ils ne pouvaient pas prendre le risque de faire du feu et de provoquer un incendie. A court de solutions, elle passa les bras autour de ses jambes et les serra contre sa poitrine dans une tentative désespérée pour se réchauffer.

De nouveau, elle s'aperçut qu'elle avait perdu la notion du temps lorsqu'elle sentit les mains de Kendran sur ses épaules. Elle leva la tête vers lui, incapable de lui dissimuler son triste état.

Les yeux de son compagnon étaient pleins d'inquiétude et de détermination.

— Vous êtes transie, constata-t-il.

Elle ne put le nier et répondit en bégayant de froid.

— Ou-oui, co-comme v-vous dev-devez l'être v-vous-même.

Il la considéra avec compassion. Sans la prévenir, il la mit debout et commença à la débarrasser de son manteau.

De ses mains tremblantes, elle tenta de l'en empêcher.

— Qu-que fai-faites-vous ?

Il ouvrit ses doigts crispés avec douceur en disant :

— Il faut que vous ôtiez ces vêtements humides le plus vite possible.

— M-m-mais, je-je n'en ai pas-pas d'…

Il l'interrompit.

— Je sais cela. Mais vous ne pouvez pas rester ainsi. Vous pourriez attraper la mort, Annelise. Que dirai-je à votre père et à votre tante, si je vous ramène gravement malade ? Ils ne pourraient pas supporter de vous perdre.

Devant cet argument, elle ne sut que répliquer, pourtant elle n'avait nulle envie de se retrouver nue devant lui.

— M-mais, je-je ne peux pas…

— Bien sûr que non, la coupa-t-il de nouveau.

Avait-elle rêvé, ou le rouge lui était-il bel et bien monté aux joues ? Elle avait dû se tromper. Ce n'était sans doute que le jeu des ombres. Il poursuivit calmement :

— Je vais vous aider à vous déshabiller, et ensuite vous vous réfugierez dans le tas de foin. C'est la seule façon de vous réchauffer.

Incapable de contrer son raisonnement, Annelise resta debout, raide, tandis qu'il ôtait ses vêtements un à un. Si jamais elle s'était imaginé qu'il chercherait à profiter de la situation d'une façon ou d'une autre, elle ne tarda pas à comprendre qu'elle avait eu tort. Il s'acquittait de sa tâche avec le même détachement que lorsqu'il avait frictionné les chevaux.

Pourtant, quand elle se retrouva en chemise devant lui, elle l'arrêta.

— Lai-laissez-moi f-faire.

Sourcils froncés, il suspendit son geste avant de faire un pas en arrière et de lui tourner le dos.

Le plus vivement possible, Annelise tenta de faire passer la chemise par-dessus sa tête. Elle poussa un petit cri de frustration lorsque le tissu lui colla à la peau.

Comme Kendran s'apprêtait à se retourner pour s'enquérir de ce qui n'allait pas, elle cria :

— N-non !

Percevant son agitation, il respecta son souhait. Une fois nue, elle se précipita dans le plus gros tas de foin qu'elle put trouver et s'y enfouit le plus profondément possible, attentive à ne pas laisser la moindre parcelle de peau visible.

Le foin écorcha sa peau tendre, mais elle estima que c'était préférable au sort qui l'attendait si elle ne s'était pas débarrassée de ses vêtements glacés.

Une fois bien installée, elle chercha Kendran des yeux et le vit en train d'étendre ses vêtements mouillés un peu partout.

Sachant qu'il devait être aussi transi de froid qu'elle-même, Annelise s'émerveilla de son endurance.

La culpabilité ne tarda pas à l'envahir. Kendran aurait dû prendre soin de lui au lieu de se soucier de ses vêtements. Lui aussi risquait fort de tomber malade, s'il ne réagissait pas rapidement.

Kendran avait une conscience aiguë de la proximité d'Annelise. Il savait qu'elle tremblait toujours, malgré les mesures radicales qu'il avait prises.

Que pouvait-il faire ? Lui-même commençait à avoir froid, malgré tous les efforts qu'il avait fournis jusqu'à présent.

En se déshabillant à son tour, il entendit les dents de la jeune femme se remettre à claquer.

Kendran prit une profonde inspiration. Il savait que s'il se réfugiait dans le foin avec elle, il pourrait lui communiquer suffisamment de chaleur pour l'empêcher de tomber malade.

Avec un mélange de remords et de résolution, il se dirigea vers elle. Evitant soigneusement son regard interloqué, il s'enfouit à son tour dans le foin.

Quand il la prit dans ses bras, Annelise protesta, cherchant à dissimuler sa poitrine.

— Non !

Le visage de Kendran se contracta quand il toucha cette peau satinée. Pourtant, le fait que ce corps soit glacé l'aida à rétorquer d'une voix déterminée :

— J'essaye simplement de vous réchauffer, rien de plus.

Elle se rendit à lui dans un silence outragé.

Parfait, songea-t-il. Sa colère l'aiderait à se souvenir pourquoi il se trouvait là, tout contre elle.

Car, toute furieuse et gelée qu'elle fût, Annelise n'en était pas moins une femme. Une femme qu'il désirait de toutes les fibres de son être.

Chapitre 12

Quand Kendran, ouvrant les yeux, aperçut les poutres bien au-dessus de lui, il se demanda d'abord où il était. Puis il sentit la douce pression du corps d'Annelise, et tout lui revint : l'averse, l'orage, la découverte de l'étable, sa décision de réchauffer la jeune femme, et les heures interminables à attendre le sommeil tandis qu'il la serrait contre lui.

A l'évidence, il avait fini par s'abandonner à Morphée, même s'il ignorait combien de temps il avait dormi. Il n'entendait plus le martèlement de la pluie contre les murs et sur le toit, pourtant un léger tambourinement semblait persister. Ils pourraient bientôt partir.

Ses braies étaient presque sèches, mais elles ne le séparaient pas suffisamment d'Annelise, dont les membres n'étaient plus gelés, mais dégageaient au contraire une douce tiédeur.

Il songea qu'il vaudrait mieux, pour elle comme pour lui, qu'il se lève avant que la tentation ne l'emporte.

Pourtant, il ne s'écarta pas immédiatement, fasciné par ses formes féminines et la texture de sa peau. Lorsqu'il tourna la tête vers elle, qui était toujours appuyée contre son épaule, il découvrit que ses yeux de biche étaient grands ouverts. Kendran ferma les siens et fit de son mieux pour s'exprimer d'un ton égal.

— Vous avez chaud, maintenant.

— Oui, répondit-elle simplement.

Sa voix était si caressante qu'il rouvrit les yeux. S'éclaircissant la gorge, il déclara :

— Je vais me lever pour voir si nos vêtements ont un peu séché.

Elle se passa la langue sur les lèvres et battit des cils.

— Vous croyez vraiment qu'ils sont secs ?

Il déglutit avec difficulté, le regard rivé à sa bouche.

— Non, mais il faut que je fasse quelque chose, sinon…

Les yeux sombres d'Annelise retinrent les siens.

— Sinon ?

Presque malgré lui, il avoua la vérité.

— Sinon je risque de vous embrasser.

La jeune femme continua à soutenir son regard. A présent, il lisait une immense tristesse dans ses beaux yeux si profonds.

— Comment pouvez-vous avoir envie de m'embrasser alors que vous êtes amoureux d'une autre ?

Kendran sut qu'il était perdu quand il comprit qu'il ne voulait pas la laisser dans l'erreur à ce sujet. Il soupira.

— Je l'aime, c'est vrai, mais je ne suis pas amoureux d'elle. La femme à qui je faisais allusion est l'épouse de mon frère. J'éprouve pour elle une affection toute fraternelle.

Abasourdie par cette révélation, Annelise demanda :

— Pourquoi me dites-vous cela maintenant ?

— Je ne sais pas. C'est plus fort que moi.

— Alors dites-moi qui vous êtes. D'où venez-vous ? Pourquoi avez-vous dû partir, si ce n'est pas à cause d'une femme ?

Il prit une profonde inspiration.

— Je n'ai pas été obligé de partir. J'effectuais simplement un voyage de quelques jours quand on m'a attaqué. Ma famille m'accueillera à bras ouverts à mon retour.

— Et vous retournerez à vos devoirs de chevalier quand bon vous semblera.

— Oui.

Elle lui posa la question suivante d'un air peiné.

— Pourquoi êtes-vous resté, dans ce cas ?

— Parce que, en vous aidant, je souhaite m'acquitter de la dette que j'ai contractée envers vous et votre famille.

Elle détourna le regard.

— Je vois. C'est de la reconnaissance que vous éprouvez à mon égard, en somme.

Kendran n'aurait pas dû réagir à cette remarque, pourtant il ne put s'en empêcher, peut-être à cause de ce qu'elle ressentirait si jamais Daniel l'avait trahie. Au fond de lui cependant, il reconnut que ce n'était pas uniquement cela qui le poussait à répondre.

— De la reconnaissance, oui, mais pas seulement.

L'espace d'un instant, elle baissa les yeux avant de le fixer de nouveau.

— Moi aussi, je le sens, chuchota-t-elle.

Ils se dévisagèrent longuement, puis, avec d'infinies précautions, Kendran se pencha sur elle.

Annelise leva la tête pour venir à sa rencontre et leurs bouches s'unirent.

L'enlaçant d'un bras, il posa une main tremblante sur le bas de son dos. Le contact de sa hanche provoqua une réaction immédiate de sa virilité.

Annelise avait l'impression de rêver, pourtant, elle était éveillée, et les lèvres brûlantes de Kendran sur les siennes étaient bien réelles. Malgré tout, elle avait encore du mal à croire qu'il ait fini par révéler quelque chose de lui-même. Ce début d'aveu l'avait amené à un autre, implicite celui-là : dès qu'il aurait prouvé la culpabilité de Kramon, plus rien ne le retiendrait à Lundy, et il irait rejoindre les siens. Cette idée la faisait tellement souffrir qu'elle jugea préférable de ne pas y penser.

De toute façon, en dehors de l'instant présent, plus rien n'avait d'importance.

Kendran l'embrassait, la touchait, et elle lui rendait ses baisers. Quand elle se serra contre lui et que ses seins se pressèrent contre son torse, il gémit et enlaça Annelise encore plus étroitement.

Lorsque sa langue suivit avec insistance le contour de ses lèvres, elle les entrouvrit spontanément, et il lui mordilla légèrement la lèvre inférieure avant d'explorer sa bouche avec passion.

Frémissante, le ventre en feu, elle frotta désespérément ses cuisses l'une contre l'autre.

Les hanches d'Annelise l'effleurèrent, et Kendran sentit qu'il se durcissait davantage. Ses braies ne constituaient qu'un faible obstacle à l'assouvissement de sa passion, il n'en était que trop conscient. Or jamais il n'avait désiré une femme à ce point, et il savait que s'il se laissait emporter par la puissance de ce désir, il ne pourrait pas revenir en arrière.

Prendre l'innocence d'Annelise dans ces conditions ne serait pas honnête de sa part. Il lui semblait que la jeune femme, si elle avait le loisir de réfléchir à la question, souhaiterait faire don de sa virginité à l'homme qu'elle aimait et allait épouser. Lui, Kendran n'avait pas le droit de se l'approprier, et elle-même risquait fort de regretter amèrement ce moment de folie.

Il fit appel à toute sa volonté pour mettre fin à leur baiser et tenta de reprendre son souffle. En regardant Annelise droit dans les yeux, il prononça des paroles qui allaient à l'encontre de tout ce que réclamait son corps.

— Je… Nous ne devrions pas faire ça. Nous avons tort. Rien n'a changé entre nous, et nous savons l'un comme l'autre que nous commettrions une erreur en laissant notre désir nous dicter sa loi.

A sa grande surprise, elle se redressa et l'affronta sans ciller.

— Vous ne nous arrêterez pas cette fois-ci, Kendran ! Je veux aller jusqu'au bout avec vous, je veux...

— Non ! Ce ne serait pas bien. Je ne peux pas vous prendre ainsi. Je...

Avant qu'il ait pu terminer sa phrase, Annelise scella ses lèvres d'un nouveau baiser. Elle comprenait ses scrupules, mais il devait se rendre compte qu'elle n'en avait cure. Il fallait qu'elle sache, il fallait qu'il apaise le feu qu'il avait allumé en elle. Elle le voulait, car ce désir qui la consumait devait être comblé par celui-là même qui l'avait fait naître. C'était ainsi.

Relevant la tête, elle déclara :

— Il n'est question ici ni de promesse ni de serment. Ce que je souhaite, c'est remonter à la source de la connaissance. Je veux découvrir d'où viennent toutes ces émotions, tous ces sentiments qui me traversent lorsque je suis auprès de vous. Ma mère a été forcée par des hommes qui l'ont souillée. Ils l'ont obligée à se soumettre à eux. Mon corps m'appartient. C'est moi qui décide à qui je veux me donner. Pourquoi me refuser ce que je vous demande, quand je sais que vous le désirez autant que moi ?

Ces paroles flottèrent entre eux comme une certitude. A la torture, Kendran ne put nier l'évidence.

Annelise reprit l'initiative des baisers. D'une langue audacieuse, elle força la barrière de ses lèvres. Kendran ne lui opposa aucune résistance. Les exigences de son corps et la volonté de la jeune femme étaient bien trop fortes ; elles triomphèrent sans difficulté de la voix de sa conscience.

Annelise, qui se pressait contre lui, lui caressa le torse avec volupté.

Kendran lui saisit les poignets, la renversa dans le foin et posa ses lèvres à la base de son cou. Quand il commença à descendre, il sentit la respiration de la jeune femme s'accélérer. Puis ses doigts prirent le relais de sa bouche et il effleura les seins fermes d'Annelise. Elle noua les mains autour de sa nuque et tenta de se redresser, mais il la repoussa doucement sur le dos et elle se rendit. Puis il l'embrassa à perdre haleine, jusqu'à ce que la tête commence à lui tourner. Alors il se pencha sur elle et prit l'un de ses deux mamelons dressés dans sa bouche. La jeune femme poussa un gémissement de plaisir et attira Kendran contre elle en criant :

— Oh, Kendran, Kendran, je brûle !

Ces mots le renvoyèrent à l'urgence de son propre désir et il s'émerveilla de l'intensité de cette passion. Jamais il n'avait éprouvé pareille émotion auparavant. Toutes ses pensées furent balayées comme des fétus de paille. Seuls comptaient Annelise et l'instant présent.

Sa main s'attarda sur son ventre, et il la sentit frémir tandis qu'il descendait plus bas. Insinuant ses doigts en elle, il se réjouit de la trouver si humide, si prête. Il se dit cependant qu'il devrait se montrer doux, par égard pour son innocence.

La main de la jeune femme se referma sur sa virilité, et elle murmura :

— Oh oui, c'est ce que j'attendais depuis si longtemps.

Kendran gémit à son tour et se plaça au-dessus d'elle. Elle s'accrocha à ses épaules, et lorsqu'il posa la main sur ses cuisses, elle les écarta avec un cri rauque. Alors, incapable d'attendre plus longtemps, il se glissa en elle tandis qu'elle soulevait les hanches pour mieux l'accueillir.

Il fut ébloui de découvrir que leurs deux corps s'accordaient parfaitement et se mouvaient, comme dans une danse, au rythme de leur plaisir et de leur désir.

Kendran fut heureux de s'abandonner à cet instinct

incroyable. C'était comme s'ils avaient toujours su qu'ils étaient destinés à se rencontrer et à s'aimer sans frein.

Lorsqu'il sentit Annelise se raidir sous lui, il ouvrit les yeux, fou de bonheur de lire dans son regard une surprise émerveillée et une joie proche de l'extase.

Presque au même moment, il s'abandonna à sa propre jouissance et à la félicité de ne faire plus qu'un avec son amante.

— Annelise !

Même après que le tourbillon qui les avait emportés se fut un peu apaisé, la jeune femme le retint contre elle.

Jamais elle n'aurait imaginé éprouver de telles sensations. Si elle avait deviné que cette expérience la comblerait, elle n'avait pas prévu l'émotion qui l'envahirait ensuite, le simple contentement de se lover contre Kendran, de respirer l'odeur de sa peau.

Envahie par une langueur fort agréable, Annelise se sentit confusément glisser vers le sommeil.

Réveillé par un grondement sourd, Kendran ouvrit les yeux. Couché non loin de lui, Max gronda de nouveau. Entendant la porte de l'étable grincer, il posa une main sur la tête du chien pour le faire taire. L'animal obéit.

Kendran n'eut pas besoin de regarder Annelise, toujours blottie contre lui, pour savoir qu'elle dormait encore : sa respiration régulière le lui avait déjà appris.

Avec précaution, il jeta un œil par-dessus le foin dont il avait recouvert leurs deux corps, mais il ne vit rien. La personne qui venait d'entrer chuchota quelques mots apaisants aux deux chevaux, qui avaient henni doucement à son arrivée. Kendran savait que la charrette qu'il avait laissée devant l'étable indiquait clairement que quelqu'un avait cherché refuge à l'intérieur pendant l'averse.

Il espérait épargner à Annelise l'embarras d'être découverte dans son plus simple appareil. Pourvu que l'inconnu ne se montre pas hostile, songea-t-il non sans inquiétude.

Si seulement il réussissait à l'éloigner un peu, d'une façon ou d'une autre, il réussirait peut-être à récupérer les vêtements de la jeune femme avant toute rencontre avec le probable propriétaire du lieu.

Kendran eut beau se dégager le plus doucement possible avant de s'asseoir, Annelise ne tarda pas à ouvrir les yeux à son tour. Il mit un doigt sur ses lèvres pour lui imposer le silence, et elle fronça les sourcils quand il lui fit signe de retenir le chien.

— Eh vous, qui que vous soyez, sortez ! ordonna une voix.

Max jappa, mais sa maîtresse ne relâcha pas son étreinte.

Lentement, Kendran se releva.

— Je suis là, répondit-il.

Il aperçut un petit homme chauve vêtu d'une longue robe marron, avec une corde nouée à la taille et une croix de bois autour du cou. Il tenait un arc qu'il banda dès qu'il repéra Kendran.

Ce dernier comprit aussitôt qu'il s'agissait d'un moine et ne s'inquiéta pas de la flèche pointée vers lui. Le religieux n'avait sans doute pas l'intention de leur faire du mal : selon toute vraisemblance, il avait pris une arme avec lui pour assurer sa propre sécurité. Après tout, comment aurait-il pu déterminer à l'avance si les personnes qui s'étaient abritées dans son étable étaient recommandables ou non ?

— Que faites-vous ici ? demanda le moine d'un ton surpris.

Kendran avait terriblement conscience de sa propre nudité tandis qu'il s'avançait avec précaution vers l'autre homme. Il n'oubliait pas davantage Annelise qui, également dépouillée de ses vêtements, lui semblait encore plus vulnérable que lui.

— Vous voyez bien que je ne présente pas la moindre menace pour vous, dit doucement Kendran. Je me suis réfugié ici pour échapper à l'orage, hier soir. Il pleuvait tellement que je ne distinguais presque plus la route.

Le moine n'abaissa pas son arc pour autant.

— Vous êtes seul ?

— Oui, mentit-il.

Avec un peu de chance, soulagé de constater que Kendran était inoffensif, le religieux s'en irait. De la sorte, la jeune femme n'aurait pas à subir l'humiliation d'être découverte.

Cependant, devant l'air sceptique du moine, il se rendit vite compte qu'il avait commis une erreur.

— Que faites-vous de ça, alors ? l'interrogea le petit homme en désignant la robe d'Annelise. Et de ça ? ajouta-t-il en montrant la fine chemise de linon.

— Pardonnez-moi, je n'aurais pas dû vous mentir, mais je souhaitais épargner tout embarras à la personne qui m'accompagne. Comme nos vêtements étaient trempés, nous avons dû nous déshabiller, et…

Le moine rougit.

— Vous voulez dire qu'elle est…

Kendran acquiesça.

— Comme au jour de sa naissance.

D'un air désapprobateur, le religieux déclara :

— Dans ce cas, je vais vous attendre dehors. Mais ne tardez pas trop.

Sur ce, après un dernier regard sévère, il quitta l'étable sans un mot.

— Bien. Il faut s'habiller, et vite, annonça Kendran d'un ton un peu brusque.

Surprise par la dureté de sa voix, Annelise s'empressa de se lever, très mal à l'aise. Tentant de dissimuler une partie de son corps avec ses mains, elle jeta un œil en direction de Kendran.

Les rayons du soleil qui filtraient à travers le toit de chaume lui doraient la peau.

Kendran ne fit aucune remarque tandis qu'il lui lançait ses vêtements. Cependant, lorsqu'il la vit hésiter, il haussa de nouveau le ton :

— Dépêchez-vous !

La jeune femme voulut enfiler ses affaires à la hâte, mais le fait qu'elles soient encore humides ne lui facilita guère la tâche. Elle tremblait tellement qu'elle renonça à mettre sa chemise. Dans son agitation, elle eut beaucoup de mal à passer sa robe de laine.

Après ce que Kendran et elle avaient fait, elle ne s'était certes pas attendue à des serments d'amour éternel, pourtant elle ne comprenait pas sa soudaine froideur.

Annelise secoua la tête. Elle ne devait pas songer à tout cela maintenant. Puisqu'il semblait avoir tout oublié de leur étreinte passionnée, elle n'avait d'autre choix que de se détacher de lui et de feindre l'indifférence.

Mais comment adopter une telle attitude alors qu'un changement radical s'était produit en elle ? Comment se comporter de façon détachée à l'égard d'un homme auquel elle se sentait à présent étroitement liée ?

Tandis qu'il s'habillait, elle s'interdit de regarder dans sa direction, mais elle ne parvint pas à empêcher son esprit de se représenter ce corps si fascinant qu'elle avait longuement caressé quelques heures plus tôt.

Une fois qu'ils furent tous deux vêtus, Kendran cria :

— Nous sommes prêts !

Annelise posa la main sur la tête de Max, qui se serra contre elle comme s'il percevait instinctivement son besoin de réconfort. Elle lui en fut très reconnaissante.

L'homme, qui était un moine comme elle le découvrit

quand il poussa la porte de l'étable, demeura sur le seuil à les observer.

Il parut soulagé de voir qu'ils avaient effectivement dissimulé leur nudité, néanmoins il conserva un air réprobateur en les dévisageant tour à tour. Gênée, Annelise voulut repousser ses cheveux en arrière et s'aperçut avec horreur qu'ils étaient emmêlés et couverts de foin.

Tandis que les deux hommes commençaient à discuter, elle entreprit de se peigner avec ses doigts et défit sans douceur les nœuds qui s'étaient formés. Cette douleur physique la détourna un peu de la peine qu'elle éprouvait devant la froideur de Kendran.

Soudain, le moine prononça une phrase qui l'arrêta net.

— Cette femme n'est pas votre épouse, j'en suis sûr.

Au bout de quelques instants, Kendran demanda :

— Qu'est-ce qui vous permet de l'affirmer ?

Le petit homme eut un petit sourire de satisfaction, visiblement fier de montrer qu'il n'était pas né de la dernière pluie.

— Vous ne m'auriez certainement pas caché sa présence si vous étiez mariés.

— Vous vous trompez…

— Ne me prenez pas pour un imbécile, jeune homme. Je sais que j'ai raison.

Les lèvres pincées, Kendran cessa de protester, comprenant apparemment que c'était parfaitement inutile. Annelise se sentit rougir de honte quand le religieux lui jeta un regard dédaigneux. Enfin, il se tourna de nouveau vers Kendran et dit d'une voix un peu méprisante :

— Vous ne devez pas demeurer plus longtemps dans le péché. Il faut que vous vous mariiez.

Retenant un cri d'épouvante, Annelise plaqua une main sur sa bouche. Ils ne pouvaient pas se marier, puisqu'ils n'étaient pas amoureux l'un de l'autre.

— Je ne peux pas vous épouser, déclara-t-elle fermement à Kendran.

Sur le visage de celui-ci, les émotions se succédèrent si rapidement qu'elle n'en reconnut aucune. Il regarda le moine bien en face et s'adressa à lui, ignorant la jeune femme :

— Permettez-moi de lui dire quelques mots en privé.

Le religieux acquiesça lentement.

— Oui, parlez-lui et rappelez-lui les paroles de Notre Seigneur sur l'obéissance.

Agacée, Annelise n'eut pas le temps de réagir ; déjà, Kendran la saisissait sans douceur par le bras pour l'entraîner dans le coin le plus éloigné de l'étable. Le chien les suivit.

A brûle-pourpoint, Kendran lui déclara :

— Je sais que l'idée de m'épouser vous est odieuse, Annelise, mais vous devez réfléchir un peu avant de refuser. N'oubliez pas que nous étions attendus à Lundy hier soir. Votre père doit être fou d'inquiétude. Vous avez disparu, et il ignore où vous chercher. Nous sommes à la merci de ce fanatique, et il ne nous laissera partir que si nous l'autorisons à nous unir par le mariage.

— Mais c'est impossible ! Vous ne le souhaitez pas plus que moi, ce ne serait pas bien.

— Peut-être, mais à mon avis, vous vous mettez martel en tête pour rien. Croyez-vous que ce mariage sera valable, alors que les bans n'ont même pas été lus ? Je ne le pense pas. Plus tôt nous lui passerons son caprice, plus vite nous reprendrons la route, et tout le monde sera content.

Si on le considérait avec détachement, le raisonnement de Kendran paraissait sensé. Pourtant, quoique ce mariage ne fût qu'une ruse destinée à satisfaire un moine intransigeant, Annelise souffrait de se prêter à un tel simulacre. Si Kendran lui avait témoigné un peu de considération et d'amitié, elle s'y serait soumise avec moins de répugnance. Mais il lui opposait une raideur glaciale qui lui donnait envie de fuir. Néanmoins, avec un soupir de résignation, elle finit par hocher la tête.

— Très bien.

Le petit moine, qui se présenta finalement à eux sous le nom de frère Matthew, entreprit de les unir sans perdre de temps. En prononçant les paroles consacrées, il était presque aimable, et visiblement enchanté de sauver de nouvelles âmes de l'état de péché mortel.

Max attendit sagement pendant la cérémonie, la tête penchée sur le côté comme s'il écoutait attentivement les vœux échangés. Annelise songea que s'il avait compris la situation, il aurait sans doute partagé son désespoir. Se mordant les lèvres, elle réprima à grand-peine une forte envie de pleurer.

Quand tout fut terminé, le moine leur souhaita bon voyage et leur annonça qu'il allait enfin pouvoir se consacrer à ses tâches du matin, l'esprit en paix.

Une fois qu'ils eurent regagné la route et repris la direction de Lundy, Kendran affirma :

— Je sais combien cela doit être difficile pour vous, Annelise.

— Non, vous ne savez rien ! Si nous n'avions pas… S'il ne nous avait pas trouvés ce matin… Oh, mon Dieu, mais qu'ai-je fait ?

Il comprit qu'elle ne faisait pas uniquement allusion à leur parodie de mariage. Comme il l'avait craint, elle regrettait déjà ce qui s'était passé entre eux.

— Vous avez l'impression d'avoir trahi Daniel, n'est-ce pas ?

— Seigneur Tout-Puissant ! s'écria-t-elle avec un désespoir renouvelé, Daniel !

Son visage se décomposa et elle s'empressa de l'enfouir

entre ses mains. Kendran perçut son chagrin avec une intensité surprenante. Etrangement, il éprouvait un sentiment de perte, ce qui était absurde, car il se doutait que pas un seul instant Annelise ne s'était imaginé aimer un autre homme que Daniel.

Lui-même ne s'était jamais fait d'illusions à ce sujet. Depuis le début, il avait compris qu'ils étaient prisonniers de l'attirance puissante qui les poussait l'un vers l'autre. Si les circonstances avaient été différentes, peut-être n'y auraient-ils pas cédé.

Malgré tout, il avait du mal à croire à son amour pour Daniel. Une femme amoureuse ne pouvait pas désirer aussi passionnément un autre homme, c'était impossible. Au souvenir de ce qu'ils avaient partagé quelques heures plus tôt, il sentit tout son corps s'embraser.

Au fond de lui, Kendran savait que ces quelques instants volés au temps étaient tout ce qu'il y aurait jamais entre eux. Il devait ignorer le désir qui le brûlait encore et admettre que sa vie continuerait sans la jeune femme qui n'avait ni estime ni respect pour ceux de son lignage.

Néanmoins, il hésitait à la laisser dans l'ignorance quant à la trahison probable de Daniel. D'un autre côté, s'il choisissait de lui en parler maintenant, elle refuserait certainement de le croire. Et puis, à quoi bon lui faire part de simples soupçons ? Quel besoin avait-il de lui causer des souffrances inutiles ?

Au bout d'un moment, il ne put s'empêcher de rompre le silence pesant qui s'était installé entre eux depuis leur départ.

— Ne vous inquiétez pas, à moins que vous ne décidiez de le lui avouer, votre bien-aimé ne saura jamais rien de ce qui s'est passé.

Loin de réconforter Annelise, ces paroles semblèrent la plonger davantage dans le remords. Elle se recroquevilla sur elle-même, le plus loin possible de Kendran. Ce dernier jugea alors préférable de se taire.

Joseph Stanhope se précipita vers la charrette et les interpella avec un mélange de fureur et de soulagement.

— Mais où étiez-vous ? J'étais fou d'inquiétude !

Kendran pouvait difficilement lui reprocher sa colère. Si Annelise avait été sa fille, il aurait réagi de la même façon.

La jeune femme se précipita dans les bras ouverts de son père.

— Je vais bien, père, il ne fallait pas vous ronger les sangs pour moi. Kendran ne m'a pas fait… de mal. Nous avons dû nous mettre à l'abri à cause de l'orage. Il pleuvait tellement qu'on n'y voyait plus rien, et les chevaux étaient de plus en plus nerveux. Je me suis souvenue qu'il y avait une étable, et…

Kendran avait entendu l'hésitation dans sa voix lorsqu'elle avait déclaré qu'il ne lui avait pas fait de mal. Son père aussi l'avait remarquée, car il posa alors des yeux sévères sur son ouvrier. Le jeune homme estima préférable de confesser tout de suite une partie de la vérité.

— Annelise et moi avons quelque chose à vous dire, Joseph.

Le menuisier fronça les sourcils avant de considérer l'étalon d'un air surpris.

— Ça, je le vois bien.

— Il s'agit du cheval de Kendran, père. Si nous avons été retardés à notre départ de Haversham, c'est pour le retrouver. L'homme qui le montait a attaqué Kendran et a tenté de le tuer. Mais c'est lui qui est mort.

Joseph fixa les deux jeunes gens avec incrédulité.

— C'est la vérité, intervint Kendran, cet étalon m'appartient. Quand j'ai voulu interroger son cavalier, il s'est rué sur moi avec un couteau.

— Et quand nous avons quitté Haversham, poursuivit précipitamment Annelise, le temps avait déjà commencé à se gâter. Nous n'avions pas d'autre choix que de nous réfugier dans cette étable. Et ce matin, Kendran et moi…

Les mots moururent dans sa gorge. Kendran compatit : il savait combien cet aveu devait lui coûter. Se redressant, il reprit :

— Annelise et moi nous sommes mariés ce matin.

Sous le choc, Joseph Stanhope ne fit aucun commentaire. Jane, qui venait de sortir, laissa échapper une exclamation de surprise et s'écria :

— Comment ? Qu'avez-vous dit ?

Kendran se tourna vers Annelise, qui était devenue très pâle. Son regard était empreint de tristesse et de crainte. Pour elle, ce devait être une terrible épreuve d'annoncer à sa famille des nouvelles qui risquaient de recevoir un mauvais accueil. Sans réfléchir, il lui prit la main : elle était glacée.

— Un moine, frère Matthew, nous a trouvés ce matin. Il a dit qu'il ne nous laisserait partir que si nous acceptions de nous marier, car il estimait que nous avions péché en dormant ensemble, même si c'était pour échapper à la pluie et à l'orage. Annelise voulait refuser, mais je l'ai convaincue que c'était la meilleure solution, sachant que vous alliez vous imaginer le pire si notre absence se prolongeait davantage.

Toujours muet de stupeur, le menuisier paraissait bouleversé.

— Kendran dit la vérité, père, affirma Annelise. Nous nous sommes mariés parce que cela semblait la meilleure solution.

Ce fut Jane qui prit la parole :

— Mais nous étions convaincus que nous assisterions à ton mariage.

— Et vous y assisterez, répondit Kendran. Pour nous,

cette union n'est pas valable. Annelise n'a aucune obligation envers moi, et s'il faut en arriver là, nous n'hésiterons pas à demander l'annulation de ce mariage.

— Pourquoi ne voulez-vous pas de ma fille ? demanda Joseph avec chaleur.

Annelise retira vivement sa main de celle de Kendran. D'une voix sourde, elle expliqua :

— C'est moi qui ne veux pas de ce mariage, père. Vous connaissez mes sentiments envers Daniel. Nous irons consulter le père Dominique. S'il estime que le mariage est valable, nous le ferons annuler.

Son père hocha la tête.

— Très bien, si c'est ce que tu souhaites. Pardonnez-moi, Kendran. C'est juste que... Ma fille m'est très chère, et je ne voudrais pas qu'elle souffre. Il en sera fait selon tes vœux, ajouta-t-il en se tournant vers Annelise. Nous irons trouver le prêtre. Kendran a sans doute raison, un tel mariage ne vous lie pas forcément l'un à l'autre... sauf si certaines choses se sont produites.

Kendran sentit que Joseph guettait leur réaction. Avant qu'il ait pu prononcer un mot, Annelise s'empressa de dire :

— Je... Kendran et moi n'avons pas été ensemble comme mari et femme.

La formulation était suffisamment ambiguë pour contenir une part de vérité. Ils avaient bien fait l'amour, mais avant que le mariage n'ait lieu.

Son père garda cependant un air tendu, mais il parut se satisfaire de la réponse.

— Bien que je trouve cette mesure plutôt radicale, je constate que vous prenez les intérêts d'Annelise et les miens à cœur, Kendran. J'étais en effet dans tous mes états avant votre arrivée. Je suppose que si tel est votre désir, il ne sera pas trop difficile de vous dégager de cette union.

De nouveau, Annelise prit Kendran de vitesse.

— C'est bien ce que nous désirons.

Pour des raisons qu'il aurait eu du mal à expliquer, Kendran ne put s'empêcher de froncer les sourcils devant l'insistance de la jeune femme. Il avait bien compris qu'elle ne voulait pas de lui et n'avait nul besoin qu'elle le lui rappelle sans cesse.

Pourtant, il ne tenait pas à ce qu'Annelise ou sa famille remarquent à quel point cela le troublait. Il s'inclina poliment devant Joseph.

— Puisque tout a été dit, je suppose que je peux reprendre mon travail, dit-il en lançant un regard interrogateur au menuisier.

Ce dernier acquiesça tandis qu'Annelise déclarait avec un soudain enthousiasme :

— Père, je vous rapporte l'argent des chaises. Les Witherspoon étaient enchantés.

Joseph serra sa fille dans ses bras.

— Mon petit trésor, dit-il tendrement. Moi aussi, j'ai de bonnes nouvelles. Un messager est passé de la part de lady de Brackenmoore. Il m'a donné les fonds que j'attendais.

Kendran, qui s'était éloigné le cœur lourd, entendit cette annonce avec soulagement, sans pour autant parvenir à se réjouir. Il tenta de se convaincre que c'était parce qu'il avait dissimulé la vérité à Joseph. Après tout, l'artisan s'était toujours montré bon et compréhensif à son égard. Et lui ? Que lui avait-il donné en retour ? Il n'était pas digne de sa confiance.

Tous ses mensonges par omission lui pesaient de plus en plus. Le mieux, pour lui comme pour Annelise, serait qu'il quitte bientôt Lundy. Avec une résolution nouvelle, il se promit de découvrir ses agresseurs et les assassins de la mère de la jeune femme le plus rapidement possible. Une fois ces affaires résolues, il pourrait retourner à Brackenmoore et y reprendre sa vie d'avant.

Pourtant, au fond de lui, même s'il refusait de se l'avouer, Kendran était blessé par l'insistance d'Annelise à annuler leur union. Avec irritation, il repoussa ses sombres pensées. Il avait tort de ruminer. La meilleure solution était bel et bien de se libérer de ce mariage absurde.

Chapitre 13

Annelise se leva à l'aube. Ce fut pour elle un immense soulagement de quitter sa chambre après une nuit sans sommeil.

Elle descendit sur la pointe des pieds, heureuse d'être la seule debout dans la maison silencieuse. Sur un petit morceau de parchemin, elle griffonna un mot destiné à son père et à sa tante. Puis, après avoir revêtu son manteau le plus chaud, elle appela doucement Max, qui était couché devant le foyer de la cheminée.

Une fois dehors, son chien sur les talons, elle s'éloigna d'un pas alerte. Il ne servait à rien de remettre sa démarche à plus tard : il fallait absolument qu'elle voie le père Dominique. Plus vite elle découvrirait si son mariage était valide, mieux cela vaudrait.

Quand elle arriva au village, elle se rendit directement à l'église et s'installa sur la plus haute marche afin d'attendre le prêtre.

Ses yeux s'attardèrent sur le verger où les feuilles des arbres étaient parées des plus belles couleurs de l'automne, mais elle n'était pas d'humeur à apprécier la beauté du spectacle.

Quelques minutes plus tard, elle aperçut le père Dominique qui traversait la pelouse à grandes enjambées, visiblement perdu dans ses pensées. Ce ne fut que lorsqu'il se retrouva à quelques pas d'Annelise qu'il remarqua sa présence.

L'air surpris, il s'arrêta brusquement.

— Vous êtes bien matinale, Annelise. Je ne vous attendais pourtant pas aujourd'hui, dit-il en resserrant sa longue cape noire autour de lui.

La jeune femme se leva et épousseta nerveusement son manteau.

— Il faut que je vous parle, mon père.

Le prêtre se reprit rapidement et retrouva aussitôt son rôle de conseiller spirituel.

— Bien sûr, mon enfant. Entrons dans l'église.

Annelise ordonna à Max de l'attendre sous le porche avant de suivre le père Dominique. Son chien lui obéit à regret et se laissa tomber sur le flanc avec un petit glapissement.

Une fois dans la sacristie, le prêtre se retourna vers elle, apparemment prêt à l'écouter. Pourtant, sa distraction était tellement évidente et inhabituelle que la jeune femme lui demanda avec sollicitude :

— Quelque chose ne va pas, mon père ?

Tiré de son hébétude, il sursauta avant de se mettre à rire.

— Au contraire, tout va très bien, et c'est cela qui m'étonne. Cela faisait quelques jours que je n'avais pas vidé le tronc, et quand j'y ai jeté un œil tôt ce matin, j'ai découvert que quelqu'un avait déposé une grosse bourse. C'était totalement inattendu, mais cet argent est arrivé au bon moment.

Annelise sourit, oubliant sa détresse l'espace d'un instant.

— Vous m'en voyez ravie, mon père.

Son sourire disparut dès que le prêtre tira une bourse de cuir fauve des replis de sa soutane, car elle n'eut aucun mal à reconnaître celle de Kendran. Ainsi, c'était donc lui le mystérieux bienfaiteur. Contrariée, elle songea qu'elle n'avait nulle envie de le considérer sous un jour flatteur. Elle préférait penser à lui comme à un homme sans cœur.

Ne voyant pas que son enthousiasme avait soudain faibli, le père Dominique hocha gaiement la tête.

— Moi aussi, je suis ravi. Nous avions vraiment besoin de cet argent. On peut dire que Dieu a exaucé mes prières.

C'est alors que ses yeux s'arrêtèrent sur le visage tendu de la jeune femme. Soudain attentif à sa visiteuse, il dit :

— Mais nous reparlerons de tout cela plus tard. De quoi souhaitiez-vous m'entretenir ?

Annelise déglutit avec difficulté tandis que ses problèmes remontaient à la surface avec la force d'une rivière souterraine. Prenant une profonde inspiration, elle plongea ses yeux dans ceux du prêtre.

— Mon père, Kendran Ainsworth et moi-même nous sommes mariés hier.

— Eh bien, je ne m'attendais pas à pareille nouvelle ! s'exclama-t-il en haussant ses sourcils sombres. Je pensais avoir la joie de célébrer moi-même votre mariage, Annelise, mais il serait égoïste de ne pas vous féliciter pour autant.

— Il est inutile de me féliciter, mon père, répliqua la jeune femme, la mine grave. Ce mariage n'est pas une véritable union.

Fort perplexe, le prêtre s'écria :

— Je ne comprends pas ! Pourquoi dites-vous cela ?

Les joues cramoisies, morte de honte, elle baissa les yeux sur ses mains et lui raconta toute l'histoire le plus calmement qu'elle put, ce qui lui fut extrêmement difficile. Tout en faisant son récit, elle omit prudemment de rapporter ce qui était arrivé aux petites heures du jour, lorsqu'elle s'était réveillée entre les bras de Kendran, ainsi que la situation dans laquelle le moine les avait trouvés.

Dans le silence qui s'ensuivit, le prêtre s'exprima d'une voix douce.

— Si je vous ai bien écoutée, vous aimeriez avoir la confirmation que votre mariage n'est pas valable, c'est ça ?

Elle acquiesça.

Après avoir inspiré, il souffla lentement.

— Je ne sais pas trop. Il faudrait d'abord que j'aie une discussion avec l'homme qui vous a mariés pour voir s'il était habilité à le faire.

— Mais les bans n'ont même pas été lus !

— Beaucoup de mariages se concluent de la sorte, Annelise. Le vôtre n'est ni le premier ni le dernier.

Un brusque vertige s'empara d'elle. Il ne pouvait avoir raison : à ses yeux, son mariage n'avait rien d'un engagement authentique !

— Mais…, protesta-t-elle.

Le père Dominique l'arrêta d'un geste de la main.

— Je ne dis pas qu'il serait impossible de le dissoudre si jamais il était valable. Il est très facile d'obtenir l'annulation d'un mariage qui n'a pas été consommé.

Les yeux fixés sur le sol, elle murmura :

— Il ne l'a pas été.

Elle se conforta dans sa position en se remémorant que Kendran et elle n'étaient pas encore mariés lorsqu'ils avaient fait l'amour.

Le prêtre parut soulagé par sa réponse.

— Dans ce cas, cela ne devrait pas poser de problème.

— Pourriez-vous entamer la procédure sans délai ?

— Ce ne sera pas trop compliqué de retrouver le moine dont vous m'avez parlé. J'irai le trouver moi-même.

Elle pâlit et n'osa pas le regarder.

— Il… Je… Au vu des circonstances, frère Matthew nous a jugés assez sévèrement. Il a eu l'impression que nous étions en état de péché, et… c'est pour cette raison qu'il a tenu à nous marier.

L'homme d'Eglise posa une main sur son épaule pour la rassurer.

— Ne vous inquiétez pas à ce sujet, mon enfant. Je vous

crois sur parole, et je me contenterai de l'interroger sur ce qu'il convient de faire pour vous dégager de ces liens.

Annelise n'eut pas le courage de croiser son regard plein de bonté. Si elle relevait la tête maintenant, elle ne pourrait plus continuer à mentir.

— Merci infiniment, mon père. Je dois vous laisser à présent. Je suis attendue à la maison.

Ils se levèrent d'un même mouvement.

— Je vais de ce pas rendre visite à quelques paroissiens qui seront heureux de recevoir une partie de l'aumône de notre bienfaiteur.

— Celui qui a fait ce don s'est montré vraiment généreux, affirma-t-elle sans ciller.

Le prêtre approuva et rabattit son capuchon sur sa tête. C'est alors qu'Annelise s'aperçut que celui-ci était bordé de rouge, comme celui que Kendran lui avait décrit à l'occasion de la rencontre secrète entre Kramon et un inconnu.

— S'agit-il d'une nouvelle cape, mon père ? demanda-t-elle avec curiosité.

— Oui, encore un cadeau offert par l'un de mes paroissiens. La couturière, Annie Barrow, en a confectionné une pour lui, et comme il lui restait beaucoup de tissu, il lui a demandé d'en coudre une pour moi. Peut-être est-ce la même personne qui a déposé sa bourse bien garnie dans le tronc.

Annelise savait que ce n'était pas le cas, mais elle garda prudemment ses commentaires pour elle.

— Elle est bien chaude, ajouta le prêtre avec une évidente satisfaction.

La jeune femme retint son souffle avant de trouver le courage de lui poser la question :

— Vous ignorez donc qui a commandé cette cape auprès de la couturière ?

— Oui.

L'espace d'un instant, elle ressentit un profond abattement.

Elle avait espéré que peut-être… Mais non, ce ne pouvait pas être si simple. Pourtant, elle prit ce signe comme un encouragement. Dès qu'elle en aurait l'occasion, elle irait trouver Annie Barrow.

Une fois qu'elle connaîtrait l'identité de l'homme, elle devrait se montrer prudente. En effet, rien ne garantissait qu'il soit effectivement le fameux inconnu de la forêt. Mais c'était un point de départ, et elle avait terriblement besoin de se changer les idées. Il lui fallait se distraire de sa tristesse et de sa honte.

Annelise fut déçue de découvrir que la couturière s'était absentée. Il lui faudrait revenir un autre jour. Un peu découragée, elle s'engagea sur le chemin du retour.

Consciente des dangers qu'il y avait à prendre le raccourci à travers bois, elle choisit de rentrer par la route qui longeait le village. Comme toujours, Max trottinait à son côté, la truffe collée au sol.

Soudain, il se figea et dressa l'oreille tout en reniflant l'air autour de lui. Suivant son regard, qui était tourné vers la forêt, Annelise finit par voir ce qu'il avait perçu bien avant elle : deux cavaliers venus des bois qui traversaient un petit champ au galop afin de regagner la route.

Max gronda. Pour elle, l'avertissement était suffisant. La gorge serrée, elle obligea ses jambes tremblantes à avancer. Sa voix trahit sa peur quand elle s'écria :

— Viens, Max !

Le chien la suivit. Regardant autour d'elle, la jeune femme chercha désespérément un arbre ou un buisson derrière lequel se cacher. Mais elle était uniquement environnée d'herbe grasse. Moitié marchant, moitié courant, elle continua droit devant elle, priant pour que les deux hommes l'ignorent.

Le fracas des sabots fit encore monter son angoisse, mais

elle ne s'arrêta pas pour autant. A présent, Max aboyait sans discontinuer.

Lorsque l'un des chevaux la dépassa et lui barra le chemin, elle n'eut d'autre choix que de s'immobiliser.

Sa respiration s'accéléra quand elle voulut faire demi-tour et qu'elle découvrit qu'elle était coincée entre les deux cavaliers.

— Qu'avons-nous donc là ? demanda l'un d'entre eux en la détaillant des pieds à la tête d'un air gourmand.

Max se plaça devant elle et se mit à gronder en montrant les crocs.

Le second cavalier, un homme maigre aux cheveux noirs et huileux, l'apostropha rudement :

— Fais taire ton chien. Son attitude me déplaît.

Annelise posa une main apaisante sur la tête de son chien. Elle savait que ces hommes sans cœur n'hésiteraient pas à tuer son fidèle Max si l'envie les en prenait.

Le premier qui avait parlé s'approcha et la dévisagea de ses yeux d'un gris terne. Soudain, il tordit la bouche et une expression désappointée se peignit sur son visage.

— Tu ne serais pas la fille Stanhope, par hasard ?

Levant fièrement le menton, elle répondit :

— Oui. Mais comment me connaissez-vous ? Je ne vous ai jamais vus, moi.

Aussitôt, elle comprit qu'ils devaient servir Kramon. Ainsi, se dit-elle avec amertume, son obstination à ne pas tenir compte des avertissements de son entourage l'avait jetée droit dans la gueule du loup. Malgré la terreur qui l'envahissait, elle grava dans sa mémoire le visage des deux hommes. Si jamais elle survivait à cette mauvaise rencontre, il fallait qu'elle puisse décrire ses agresseurs. Car elle n'imaginait pas un instant qu'ils la laisseraient aller sans lui faire de mal, d'une façon ou d'une autre. Tout comme leurs chevaux, leurs vêtements étaient de qualité, mais ils semblaient ne pas avoir souvent recours à l'eau et au savon pour leurs ablutions. Aucun des deux ne portait les couleurs de leur maître supposé, Kramon.

La colère qui bouillait en elle la rendit imprudente.

— Alors, vous vous apprêtez à exécuter les basses œuvres de votre maître ?

Le premier homme lui adressa un sourire édenté, visiblement amusé par son audace. Il se pencha vers elle.

— De quel maître veux-tu donc parler, ma belle ?

Sa tranquille assurance ne fit qu'accroître la fureur d'Annelise.

— Qui d'autre que Kramon ? répliqua-t-elle d'une voix sifflante.

Le voyant changer de couleur, elle comprit qu'elle avait visé juste. Il se mit à bégayer.

— Dis donc, toi,…

L'autre l'interrompit.

— Tais-toi, imbécile. Si la vie t'est précieuse, tiens ta langue.

— Mais elle…

L'autre homme se mit à maugréer à voix basse, mais Annelise distingua ses paroles.

— Tu es stupide ou quoi ? Tu l'as dit toi-même : c'est la fille du menuisier. Allons-nous-en. Nous n'avons rien à faire ici.

Lèvres serrées, celui qui venait de se faire tancer lui jeta un regard mauvais.

Annelise n'eut pas le temps de s'étonner de leur étrange comportement. Un cri s'éleva, et en se retournant, elle aperçut un homme à cheval qui fonçait droit sur eux.

Faisant demi-tour, les deux cavaliers s'élancèrent à travers champ pour regagner le couvert de la forêt. Ils étaient déjà loin quand elle se rendit compte que c'était Kendran, monté sur son étalon noir, qui les avait mis en fuite. Tirant brutalement sur les rênes, il s'arrêta à côté d'elle. Hors d'haleine, il demanda :

— Etes-vous… Vous ont-ils…

— Non, rattrapez-les.

Elle n'eut pas besoin de le lui répéter.

Après son départ, Annelise demeura immobile, comme frappée de stupeur. Au bout d'un instant pourtant, elle se remit à marcher d'un pas mal assuré. Son seul réconfort était la présence de Max à son côté.

Elle n'avait guère progressé quand de nouveau elle entendit un fracas de sabots derrière elle. Retrouvant toute sa vivacité, elle fit volte-face et découvrit que Kendran arrivait au grand galop.

Le soulagement l'affaiblit presque plus que la frayeur : ses jambes pouvaient à peine la soutenir. L'idée qu'il était venu à son secours la désespérait davantage que sa rencontre avec les deux cavaliers. Elle ne devait pas s'habituer à dépendre de lui pour sa sécurité.

Kendran mit aussitôt pied à terre et l'enlaça de ses bras puissants.

— O mon Dieu, Annelise, quand je les ai vus, j'ai cru que…

Elle se laissa aller contre son torse musclé avant de se ressaisir.

— Ils ne m'ont rien fait, grâce au ciel. L'un d'eux m'a reconnue et l'autre a dit qu'ils n'avaient rien à faire ici et qu'ils devaient partir.

Kendran fronça les sourcils.

— Pourquoi cela les a-t-il arrêtés ?

Elle haussa les épaules pour montrer qu'elle partageait son désarroi. Que leur importait-il donc, en effet, qu'elle soit la fille du menuisier ? Et comment ces hommes connaissaient-ils son nom ?

— Je l'ignore, mais je me rends compte à présent de ma

folie quand j'ai affirmé devant eux que je les tenais pour des hommes de Kramon.

Maintenant qu'ils étaient loin, elle comprenait qu'elle l'avait échappé belle : ils auraient pu la tuer pour empêcher qu'elle ne révèle leur secret à d'autres.

Un frisson lui parcourut l'échine quand elle songea à sa propre témérité, et au sort auquel elle avait sans doute échappé de justesse.

Avant qu'elle comprenne ce qui se passait, Kendran la souleva de terre et la jucha sur la selle avant de monter derrière elle.

Puis, sans un mot, il mit son cheval au trot et n'ouvrit pas la bouche jusqu'à ce qu'ils aient presque atteint la demeure des Stanhope.

Toujours muet, il contourna la maison en direction de l'endroit où la rivière faisait un méandre et pénétra dans le bouquet d'arbres qui la bordaient.

Enfin, il arrêta son cheval, sauta sur le sol et la saisit par la taille avant de la déposer doucement devant lui. Là, il plongea un regard sévère dans ses yeux bruns.

Kendran n'arrivait pas à croire qu'elle ait pu faire preuve d'une telle imprudence.

— Si j'ai bien compris, vous leur avez dit que vous saviez qui ils étaient comme ça, sans vous soucier des conséquences ?

— Ça n'a pas d'importance, Kendran, rétorqua-t-elle en se renfrognant.

— Oh, pardonnez-moi, dit-il d'une voix sarcastique. J'ai perdu de vue le plus important, apparemment.

— En effet. Et d'abord, pourquoi m'avoir entraînée ici pour me tancer alors que j'ai eu le courage de les affronter ?

— Vous imaginez le sort qu'ils auraient pu vous réserver ? Malheureusement, je n'ai pas pu les rattraper. Ils connaissent la forêt mieux que moi, et ils auraient pu faire un détour pour revenir vers vous.

— Ne vous ai-je pas dit et répété que sachant qui j'étais, ils ne m'auraient fait aucun mal ? Quand vous m'avez emmenée à l'écart, je me suis naïvement figuré que vous souhaitiez discuter avec moi de l'étrangeté de leur comportement. Vous voyez bien que je suis saine et sauve, aussi je vous saurais gré de garder vos réprimandes pour vous.

Kendran l'aurait volontiers fessée d'importance s'il avait pensé que cela pouvait avoir une quelconque influence sur son comportement à l'avenir. Il y renonça car il savait que cela ne changerait rien.

En tout cas, ce qui venait de se produire faisait pencher la balance en faveur de certaines de ses suppositions. Selon toute vraisemblance, la raison pour laquelle ces hommes ne l'avaient pas touchée avait tout à voir avec l'individu qui avait rencontré Kramon en grand secret dans la forêt.

Même s'il n'était pas encore disposé à lui confier ses soupçons, rien ne l'empêchait de l'y préparer progressivement.

— Annelise, j'ai quelque chose à vous dire.

— Autre chose que des reproches sur mon attitude, j'espère ?

Prenant une profonde inspiration, Kendran déclara :

— Pendant que nous étions à Haversham, je suis allé voir le shérif.

D'abord bouche bée, elle ne tarda pas à lui saisir les poignets.

— Mon Dieu, Kendran, pourquoi ne pas m'avoir prévenue plus tôt ?

Il tenta d'ignorer l'émotion que son contact provoquait toujours, mais en vain. Avec un effort, il reprit :

— Je... Beaucoup de choses se sont passées depuis. En outre, le shérif m'a fait part de certains éléments troublants. J'avais besoin d'y réfléchir un peu avant de vous en parler.

— Il faut que je sache, Kendran ! Je vous écoute.

— Le shérif, sir Heath, affirme qu'il n'a pas reçu la moindre lettre concernant votre mère.

— Comment est-ce possible ? s'exclama la jeune femme, très perplexe.

Peu désireux de répondre à cette question, Kendran poursuivit :

— La bonne nouvelle, c'est qu'il arrivera bientôt à Lundy pour essayer de tirer les choses au clair.

Annelise secoua la tête avec obstination.

— Il dit qu'il n'a jamais reçu les lettres ?

Elle le questionna du regard, attendant visiblement qu'il lui fournisse la clé de ce mystère. Soudain, elle murmura :

— Il faut prévenir Daniel. Allons le trouver.

Kendran se sentit blêmir.

— Annelise, non…

Fronçant les sourcils, elle lui tourna le dos.

— Bien sûr qu'il faut y aller.

Il la rattrapa par le bras.

— Non ! Annelise, je vous en prie, écoutez-moi pour une fois.

Furieuse, elle tenta de se dégager.

— Pourquoi ? Il faut que je le mette au courant. Je lui ai déjà celé beaucoup trop de choses, ajouta-t-elle d'une voix pleine de remords.

Kendran savait qu'il ne pouvait pas la laisser prévenir Daniel. Il la prit fermement par les épaules et l'obligea à se tourner vers lui.

— Ne lui parlez pas tant que je ne vous l'aurai pas demandé.

— Vous n'avez pas à me commander ni à vous mêler de nos vies ! Votre seul but, en restant ici, était de retrouver les coupables des crimes qui ont été commis, mais bien que vos intentions soient dignes d'estime, nous vous avons toujours été totalement indifférents.

Ces mots s'enfoncèrent en lui aussi profondément qu'un poignard. Même si lui-même s'était souvent répété cela pour se convaincre, ces paroles sonnaient faux, terriblement faux. Plongeant ses yeux dans ceux d'Annelise, il dit dans un souffle :

— Vous vous trompez.

— Non, j'ai raison ! répliqua-t-elle d'un air de défi. Vous serez heureux d'apprendre que je suis allée trouver frère Dominique ce matin même. D'après lui, il ne sera pas bien difficile de nous rendre notre liberté.

Comme auparavant, sa détermination à rompre le lien qui les unissait l'accabla. Une nouvelle fois, il chercha à la raisonner :

— Annelise, je…

Le menton fièrement relevé, elle lui lança un regard hostile. Malheureusement, ses airs de reine outragée la rendaient encore plus irrésistible.

— Taisez-vous !

Pourquoi refusait-elle encore de l'écouter ?

Kendran comprit qu'il était inutile de poursuivre cette discussion. Lui-même était tellement à bout qu'il hésita entre deux attitudes extrêmes : l'embrasser, ou l'étrangler de ses propres mains.

Il choisit de l'embrasser.

La résistance d'Annelise fut de courte durée. Au fond d'elle-même, bien qu'elle ait refusé de se l'avouer, elle attendait ce baiser depuis qu'elle l'avait vu arriver vers elle, monté sur son étalon noir. Elle avait été infiniment heureuse de découvrir qu'il était toujours là pour la protéger et prendre soin d'elle. En fait, elle y songeait sans cesse depuis qu'ils avaient fait l'amour la veille.

Sa colère laissa place au désir qui fondait sur elle chaque fois qu'elle se trouvait près de lui. Sous les lèvres de Kendran, sa bouche à elle se fit plus douce. Passant les bras autour de sa nuque, elle glissa les doigts dans les cheveux noirs à la base de son cou.

Lorsqu'il posa les mains sur sa chute de reins, elle se pressa contre lui, l'encourageant à resserrer son étreinte, ce qu'il fit.

Audacieuse, Annelise agaça les lèvres de Kendran du bout de la langue, et il ferma les yeux avec un petit gémissement de volupté. Elle sentit battre le sang dans son membre érigé, et comme en réponse, une chaleur envahit le creux de ses cuisses.

Les mains de Kendran glissèrent plus bas, sur ses fesses, et il la souleva pour mieux la plaquer contre lui.

Annelise s'émerveilla de la puissance de son désir et remua les hanches pour se frotter à lui.

Brutalement, Kendran comprit qu'il fallait qu'il s'arrête avant qu'il ne soit trop tard. Tout était sa faute, il n'aurait jamais dû l'embrasser.

Comme il écartait son visage de celui de la jeune femme, celle-ci ouvrit les yeux. Il la regarda, la mine soudain grave.

— Nous ne devons pas… Je ne peux pas prendre ce que vous ne voulez pas vraiment me donner, dit-il d'une voix rauque et tendue.

Soutenant son regard, elle inspira profondément.

— Vous avez tort. C'est bien ce que je veux. Et vous ? N'est-ce pas ce que vous voulez aussi ?

Kendran déglutit. Le cœur serré, il ne put s'empêcher de reconnaître qu'elle avait raison.

— Oui, mais…

— Ne vous inquiétez pas, l'interrompit-elle. Cela ne

changera rien entre nous. De toute façon, si le shérif vient à Lundy, vous ne tarderez pas à nous quitter. C'est la dernière fois que nous…

Et soudain, Annelise sut qu'il fallait à tout prix qu'elle passe ces derniers moments entre ses bras. Car elle l'aimait, elle l'aimait de tout son cœur et de toute son âme. Elle comprit qu'elle s'était aveuglée sur ses sentiments envers Daniel : ce qu'elle avait éprouvé pour lui n'avait jamais été de l'amour, mais une affection profonde qui les liait depuis l'enfance. Même après le départ de Kendran, jamais elle n'épouserait son ami. Il méritait un amour passionné semblable à celui qu'elle ressentait pour l'homme qui lui faisait face. Il méritait un amour qui ne s'affaiblirait ni avec le temps ni avec la distance. Son amour pour Kendran était de ceux-là, et c'était pour cette raison que ces quelques instants avec lui étaient infiniment précieux.

— C'est la dernière fois, Kendran, répéta-t-elle en le fixant avec une intensité nouvelle.

Il tenta de garder les idées claires, de faire le bon choix pour elle, mais il en était incapable. Sa volonté s'effaçait devant la perspective de la perte d'Annelise. Songer qu'il ne la toucherait plus, qu'il ne l'embrasserait plus, qu'il ne verrait plus jamais ces beaux yeux passionnés le rendait profondément malheureux.

Le jeune homme découvrit qu'Annelise l'observait avec un léger sourire aux lèvres, comme si elle savait quel combat le cœur et la raison se livraient en lui et qu'elle en connaissait par avance l'inévitable issue.

Kendran tendit les bras vers elle et elle s'y réfugia, son corps se moulant étroitement contre le sien. Levant la bouche vers la sienne, elle reçut le baiser qu'elle attendait.

Annelise avait laissé ses hésitations et sa timidité derrière elle quand elle avait déclaré qu'elle voulait faire l'amour avec lui. Le désir évident de Kendran l'avait enivrée et encouragée à s'abandonner à la force irrésistible qui la poussait vers lui.

Ils entrouvrirent leurs lèvres en même temps et leurs souffles se mêlèrent. Grisé par la douce haleine de la jeune femme, Kendran renonça à comprendre comment la furie qui l'avait défié quelques minutes plus tôt avait pu se transformer aussi soudainement en enchanteresse.

De ses mains impatientes, il parcourut son corps, frustré par la barrière formée par ses vêtements. Annelise parut deviner ce qu'il attendait, car elle s'écarta et se défit rapidement de son manteau.

Il l'attira de nouveau à lui et reprit ses lèvres avec avidité.

S'il avait cédé à son premier mouvement, il lui aurait arraché sa robe et sa chemise avant de l'étendre sur la mousse pour se perdre avec bonheur dans son corps de déesse.

Mais cette union trop rapide le laisserait insatisfait, il le savait. Puisque c'était la dernière fois qu'Annelise et lui pouvaient jouir l'un de l'autre, il fallait rendre ce moment inoubliable. Il saurait l'aimer lentement et longtemps, il ferait monter le désir de la jeune femme jusqu'à ce qu'elle le supplie d'entrer en elle.

Comme Annelise tirait avec insistance sur sa houppelande, il s'en débarrassa en la faisant passer par-dessus tête. Puis il ôta sa tunique. Du bout des doigts, elle lui effleura le torse, le mettant à la torture. Il gémit quand sa bouche prit le relais de ses mains.

Il libéra alors ses cheveux noués et plongea les doigts dans leur douceur soyeuse.

Emerveillée du pouvoir qu'elle avait sur lui, Annelise parsemait sans relâche le torse de son amant de baisers enflammés. Ses réactions l'incitèrent à descendre encore plus bas et à goûter la saveur de sa peau avec sa langue.

Kendran gémit et l'obligea à se relever pour reprendre sa bouche avec ardeur.

D'une voix rauque, il chuchota :

— Je veux te toucher, t'explorer comme une terre inconnue…

Prise de vertige, Annelise protesta faiblement :

— Mais, moi aussi, je veux…

Sa voix trahissait une passion telle qu'il fut tenté de se livrer à elle et de la laisser suivre sa fantaisie.

Appuyant son front contre le sien, il l'écarta un peu et essaya de retrouver son souffle. Il devait à tout prix reprendre le contrôle de lui-même, car il était certain que la récompense serait à la hauteur de l'effort surhumain qu'il aurait fourni pour y parvenir.

— Kendran ! appela Annelise, les yeux voilés de désir.

— Je vous désire à un point que vous ne pouvez pas imaginer, murmura-t-il en réponse.

Parcourue de frissons, elle voulut se coller à lui.

— Oh, Kendran, moi aussi je vous désire. Pourquoi nous refréner ?

— Ce que nous avons partagé n'est qu'un début. Laissez-moi vous apprendre le plaisir, Annelise. Je veux vous montrer ce que faire l'amour signifie.

La simple idée de lui donner un tel pouvoir sur elle était plus excitante que tout ce qu'elle avait pu se représenter. Son cœur se mit à tambouriner encore plus fort dans sa poitrine.

La gorge soudain sèche, elle ne put prononcer un mot et se contenta de donner son consentement en posant sur lui un regard brûlant.

Lentement, en retenant son souffle, Kendran s'écarta d'un pas, saisit tout à la fois sa robe et sa chemise et les ôta d'un seul geste. Tandis que les vêtements glissaient à terre, il ne la quitta pas des yeux.

Devant l'intensité de son désir, Annelise frémit, mais elle ne chercha pas à dissimuler sa nudité. Délibérément, il prit son temps pour la détailler, admirant la finesse d'une cheville, la rondeur d'un genou, le galbe d'un sein, s'arrêtant sur chacune de ses courbes avec vénération. Car Annelise était d'une beauté tellement parfaite qu'on aurait pu croire qu'elle était l'œuvre d'un artiste inspiré.

Le regard de Kendran, tendre et sensuel à la fois, lui donna de nouveaux frissons.

— Jamais je n'ai vu de femme aussi belle que vous, murmura-t-il avec émerveillement.

Annelise tendit les bras et il vint à elle. Il l'embrassa avec exaltation. Ivre de désir, elle posa sa bouche avide sur son cou et le dévora de baisers.

De nouveau, il fit un pas en arrière pour la contempler.

Même si elle avait accepté de se laisser guider, elle avait envie de le voir tout entier, comme lui la voyait.

Annelise tira sur ses chausses et il s'en débarrassa rapidement, ainsi que de ses braies.

Il ne fit aucune objection lorsqu'elle s'empara de son membre dressé pour le caresser.

— J'ai une confession à vous faire, chuchota-t-elle. Lorsque je vous ai soigné, j'ai failli soulever le couvre-lit pour…

— Je sais, gémit-il, fou de désir.

— A ce moment-là, c'était la curiosité qui me poussait. A présent, je… Vous me plaisez tellement !

— Sans vous connaître, je vous désirais déjà, dit-il d'une voix enrouée.

D'un doigt faussement paresseux, il dessina le contour de sa poitrine. Puis, lentement, il descendit dans la vallée entre ses seins, ne s'arrêtant que pour effleurer les boucles de son mont de Vénus. Tout le corps d'Annelise se tendit dans l'attente de ce qu'il allait faire ensuite, mais il se contenta de remonter jusqu'à sa gorge en prenant son temps. Là, il commença à agacer un mamelon avec le pouce et couvrit un des seins de sa large paume.

Annelise humecta ses lèvres soudain sèches, et Kendran se pencha pour suivre le tracé de sa bouche du bout de la langue.

Elle soupira quand il se mit à dessiner des cercles concentriques autour de ses pointes durcies.

Quand sa bouche remplaça l'une de ses mains, elle cria son nom :

— Kendran !

Apparemment conscient de la faiblesse de ses membres, il la soutint avec un bras sans cesser de lui suçoter la peau. Tremblante de désir, elle craignit de s'évanouir. Elle se sentait perdue à cause de cet homme qui lui avait mis le corps et l'esprit en feu.

Quand la main de Kendran redescendit le long de son ventre et qu'il glissa les doigts en elle, elle gémit en répétant son nom et ses jambes se dérobèrent. Kendran la retint sans cesser de caresser sa chair brûlante et il étouffa ses soupirs d'un baiser enflammé.

Annelise sentit le plaisir monter par vagues de plus en plus hautes jusqu'à ce que la jouissance la submerge.

Elle prononça son nom tout contre sa bouche :

— Kendran ! Kendran !

Il la serra contre lui tandis que les spasmes qui secouaient son corps s'apaisaient peu à peu.

Emerveillé d'avoir su lui donner ce plaisir, Kendran perçut la réponse de son propre corps. Pourtant, il attendit que la jeune femme rouvre les yeux avant de l'allonger sur la couche formée par l'ensemble de leurs vêtements.

Volontairement, il différa encore le moment de leur jouissance commune. Il reprit un mamelon dans sa bouche et passa de l'un à l'autre tandis qu'elle le suppliait d'entrer en elle.

Enfin, incapable d'attendre plus longtemps, il se plaça au-dessus d'elle et Annelise ouvrit les jambes pour l'accueillir.

Kendran s'immobilisa un instant, craignant, tant sa propre ardeur était grande, de ne pouvoir procurer de nouveaux transports à sa bien-aimée. Pourtant, alors qu'il était résolu à la pénétrer très lentement, elle souleva les hanches pour l'obliger à venir tout entier.

Kendran ferma les yeux et se concentra sur le plaisir d'Annelise. Lorsqu'il sentit les mains de la jeune femme appuyer sur ses reins et qu'il entendit les gémissements qui exprimaient l'urgence de son désir, il comprit qu'il était inutile de se contraindre à la lenteur.

Alors, avec un cri de bonheur, il s'abandonna à l'extase de l'instant.

Chapitre 14

Kendran avait perdu la notion du temps. Il attendit que les battements de son cœur se calment avant de se détacher à regret d'Annelise. Tirant son manteau, il en couvrit leurs deux corps étendus côte à côte. Ce moment béni ne durerait point, il n'en était que trop conscient, et il en concevait par avance une immense tristesse. Jamais il n'avait connu un tel abandon, un tel plaisir en faisant l'amour. Il avait le sentiment d'avoir été rendu à lui-même et d'avoir partagé quelque chose d'extraordinaire avec Annelise. Avec elle, il s'agissait bien plus que d'une union physique : c'était un rite sacré.

A présent, hélas, tout était fini. Les problèmes qu'ils avaient laissés derrière eux étaient toujours là. La culpabilité d'avoir maintenu la jeune femme dans l'ignorance de sa véritable identité le tourmentait de plus en plus. Il ne voulait pas souiller ce qu'ils venaient de partager en continuant à vivre dans le mensonge. Il fallait qu'il lui dise la vérité et qu'il en accepte les conséquences.

Kendran prit une longue et profonde inspiration.

— Annelise, je…

Il croisa son regard quand elle se tourna vers lui.

— Non, Kendran, je ne souhaite pas me quereller avec vous après…

Un peu embarrassée, elle s'interrompit, et une rougeur charmante colora ses pommettes.

— Mais pour une fois, écoutez-moi, reprit-elle. Je dois parler à Daniel, et pas seulement de ce que le shérif vous a dit…

— Vous ne pouvez pas lui parler de ça, intervint-il en fronçant les sourcils.

— Pourquoi ?

Kendran ferma les yeux un instant, conscient que ses paroles risquaient de la blesser.

— Parce qu'il est déjà au courant.

Annelise secoua la tête.

— C'est impossible ! Comment pourrait-il le savoir ?

— Daniel n'a jamais envoyé ces lettres, répondit-il en soutenant son regard.

Enveloppée dans un pan du manteau, la jeune femme s'assit brusquement.

— Que voulez-vous dire ?

La décision de Kendran faiblit. Même s'il était convaincu qu'elle n'était pas véritablement amoureuse de Daniel, son affection pour lui était véritable, de même, lui semblait-il, que celle de Daniel pour Annelise et son père, malgré la dissimulation terrible dont il avait fait preuve à leur égard. Apprendre l'implication probable de son ami dans la mort de sa mère risquait de bouleverser la jeune femme.

Pourtant, il devait absolument l'empêcher de prévenir Daniel, car ce dernier risquait d'éliminer toutes les traces de son alliance avec Kramon, voire d'avertir le baron. D'une voix ferme, il déclara :

— Daniel n'a jamais envoyé ces lettres, Annelise, parce qu'il ne souhaitait pas attirer l'attention du shérif sur la mort de votre mère.

— Comment pouvez-vous dire cela ? s'écria-t-elle avec

emportement. Et pourquoi aurait-il fait une chose pareille ? C'est insensé !

Kendran fut malheureux de constater qu'elle prenait le parti de son ami contre lui. Le cœur serré, il affirma :

— C'était Daniel, l'homme à la cape noire. C'est lui qui a rencontré le baron dans la forêt. D'une façon ou d'une autre, ils sont complices.

Ces mots transpercèrent Annelise comme une lame effilée. Elle ne pouvait pas, elle ne voulait pas y croire.

— C'est ridicule ! Qu'est-ce qui vous permet de l'accuser ainsi ?

Kendran la prit par les épaules.

— Réfléchissez, Annelise. Daniel a toujours affirmé avoir envoyé les lettres, et pourtant elles ne sont jamais arrivées.

— Il doit y avoir une erreur, répliqua-t-elle avec chaleur.

Elle voulut détourner les yeux, mais en vain.

— Non, il n'y en a pas, et cela explique pourquoi les hommes de Kramon sont repartis sans vous faire de mal tout à l'heure. Cela lève aussi le voile sur les mystérieuses paroles que nous avons surprises l'autre jour dans la forêt. Malgré tous ses mensonges, Daniel tient à vous et à votre père.

La jeune femme se leva, tremblante d'indignation.

— Pourquoi cherchez-vous à salir Daniel ainsi ? Il ne vous a rien fait, que je sache !

Très raide, le visage sombre, Kendran se leva à son tour.

— Je vois qu'une fois de plus, vous refusez de m'écouter.

— Parfaitement !

Terriblement consciente de sa nudité, Annelise se pencha pour ramasser ses vêtements. Tentant de se dissimuler avec le manteau, elle se rhabilla à la hâte.

Visiblement furieux, Kendran l'imita. Quand il eut terminé, il se retourna vers elle.

— N'y allez pas, Annelise.

— Il le faut, répondit-elle en évitant son regard.

— Très bien. Mais sachez que ce faisant, vous détruirez tout espoir d'amener le meurtrier de votre mère devant la justice.

Peu désireuse d'en entendre davantage, la jeune femme appela Max, qui s'était couché sous un arbre. L'animal parut percevoir les tensions entre eux, car il considéra tour à tour Annelise et Kendran avec de grands yeux tristes et réprobateurs.

Exaspérée par l'attitude de son chien, par les accusations sans fondement de Kendran, et par sa propre faiblesse, qui l'avait conduite à succomber à son désir une fois de plus, Annelise se dirigea vers sa maison d'un pas décidé.

Elle se rendit compte que Kendran l'avait suivie et qu'il murmurait des paroles de réconfort à l'inconstant Max, mais elle les ignora complètement.

A la dernière minute, elle aperçut son père, qui se tenait dans l'ombre, à côté de la porte de l'atelier.

Quand elle s'arrêta devant lui, Annelise sentit qu'il les soumettait, Kendran et elle, à un examen attentif. Or elle était échevelée, et des brindilles s'étaient accrochées à ses vêtements froissés.

D'une voix dangereusement maîtrisée, son père nota :

— Je vois que vous avez renoncé à annuler le mariage.

La jeune femme se redressa avec détermination.

— Je vous en prie, père. Je sais que vous parlez ainsi par amour pour moi, mais je tiens à ce que vous compreniez que la décision m'appartient.

Il demeura silencieux un long moment avant d'acquiescer.

— Je reconnais que je suis assez surpris de vous voir revenir tous deux dans cet état, mais puisque vous êtes mariés, cela vous regarde. J'espère, ma fille, que je t'ai suffisamment bien élevée pour te donner les moyens de faire le bon choix.

Annelise ne sut que répondre. En cette minute, elle n'avait pas la moindre idée de ce qui lui convenait le mieux. Pourtant, elle n'avait nulle envie que Kendran et son père devinent son irrésolution. La tête haute, elle pénétra dans la maison et ne s'arrêta que lorsqu'elle fut bien à l'abri dans le sanctuaire de sa chambre. Et même alors, tandis qu'elle se jetait sur son lit, les yeux brûlants de larmes retenues, elle avait une conscience aiguë de ce que la situation avait d'inextricable. Désolée d'avoir blessé son père, déchirée par ses sentiments envers Kendran, meurtrie par les accusations qu'il avait portées contre son ami d'enfance, elle ne savait plus vers qui se tourner.

La question qui aurait dû être la plus facile à résoudre, celle de l'innocence de Daniel, l'effrayait tout particulièrement. Elle ne pouvait imaginer qu'il les avait trahis, elle et son père. Ce dernier l'avait toujours traité comme un fils, et elle-même avait toujours été convaincue qu'un jour elle l'épouserait.

Pourquoi Kendran l'avait-il accusé ? Parce qu'il avait de bonnes raisons de le faire, lui répondit une petite voix. Si le shérif n'avait pas reçu les lettres, il était logique d'en déduire que Daniel ne les avait jamais envoyées.

Brusquement, une résolution nouvelle l'envahit. Elle ne pouvait pas continuer à se lamenter ainsi : cela ne la mènerait à rien. Suivant son intention initiale, elle irait trouver Daniel : il s'était toujours montré bon avec elle, et il lui fournirait sûrement une explication quant à cette histoire de lettres.

Pour la première fois en cinq ans, elle n'emmena pas Max. Pour se justifier, elle se dit que c'était parce qu'elle devait affronter seule son destin. Mais au fond, elle devait bien s'avouer que le chien, qui avait témoigné une grande affection à Kendran depuis le début, n'avait jamais vraiment apprécié Daniel.

Il ne lui fallut pas longtemps pour atteindre le village. En approchant de la boutique de l'apothicaire, elle ne put s'empêcher de ralentir le pas. Comment allait-elle aborder le sujet avec Daniel ? Si jamais elle lui posait la question directement, il s'imaginerait qu'elle le croyait coupable, et cette idée lui était insupportable.

Pourtant, elle voulait démontrer à Kendran qu'il s'était trompé et que Daniel était innocent. Il fallait donc qu'elle prouve que ses accusations étaient dépourvues de fondement.

En pénétrant dans la boutique, elle constata qu'Hamil était en train de servir un client du côté opposé à l'escalier. Sans attirer son attention, elle gravit discrètement les marches qui menaient à l'étage. Avant de s'avancer dans la pièce où travaillait Daniel, elle prit une profonde inspiration et rassembla tout son courage pour l'affronter.

Mais lorsqu'elle entra, elle découvrit que la bibliothèque était vide. Annelise ne fit pas demi-tour pour autant : Daniel était peut-être dans une autre pièce de la maison.

Elle ouvrit la porte qui donnait sur la cuisine et l'appela. Personne ne répondit. Devant sa chambre, elle hésita : jamais elle n'en avait franchi le seuil. Elle appela de nouveau, d'une voix forte, mais n'obtint pas plus de réponse que la première fois.

Se mordant la lèvre inférieure, la jeune femme songea qu'elle pourrait commencer par prouver que Daniel ne possédait pas de cape similaire à celle de l'inconnu de la forêt.

Il lui suffirait d'entrer et de passer rapidement ses effets en revue pour s'en assurer. Sans réfléchir davantage, elle ouvrit la porte. La chambre était parfaitement bien rangée et ne renseignait guère sur la personnalité de son occupant. Annelise se dirigea aussitôt vers le coffre placé au pied du lit et souleva le couvercle. Reconnaissant les tenues simples qu'affectionnait Daniel, elle fut prise de remords. De quel droit fouillait-elle ainsi dans les affaires de son ami ?

Pourtant, elle n'avait pas le choix : elle devait aller jusqu'au bout. Formant des piles nettes à côté d'elle, la jeune femme entreprit de vider le coffre méthodiquement. Comme elle approchait du fond, elle commença à respirer plus librement : il n'y avait toujours pas trace de la fameuse cape noire. En réalité, Annelise n'avait jamais vraiment cru qu'elle la trouverait. Mais, alors même qu'elle se faisait cette réflexion, elle souleva une tunique et tomba sur un vêtement noir de laine épaisse.

Elle se répéta que cela ne voulait rien dire, pourtant ce fut le cœur battant et les mains moites qu'elle le déplia lentement. C'était bien une cape. Retenant sa respiration, elle examina le capuchon : il était bordé de rouge !

Quelque chose se brisa en elle. Daniel était bien l'homme que Kendran avait aperçu en compagnie de Kramon, et cela signifiait que tout le reste pouvait être vrai.

La jeune femme crut défaillir de douleur. Soudain, une porte se referma brusquement, et la terreur la remit sur pied.

Daniel était de retour.

Que faire ? En toute hâte, elle jeta le manteau au fond du coffre et remit la pile de vêtements par-dessus. Puis, le plus silencieusement possible, elle rabattit le couvercle. Suspendant son souffle, elle tendit l'oreille. Rien. Aucun bruit de pas.

Elle inspira profondément et, priant pour que Daniel ne soit pas de l'autre côté de la porte, l'ouvrit.

Quand Annelise eut pénétré dans la maison, Kendran se redressa et regarda le menuisier sans ciller.

— Joseph, même si vous avez dit à Annelise que la

décision lui appartenait, vous êtes son père, et vous avez votre mot à dire. Il est normal que vous attendiez de moi des explications sur mes actes. Nous ne nous connaissons pas depuis très longtemps, et vous avez fait preuve d'une grande ouverture d'esprit en ne m'obligeant pas à vous révéler trop de choses sur moi-même. Je serais très heureux de lever le voile, mais il faut d'abord que j'aie une discussion avec Annelise.

L'artisan fronça les sourcils d'un air songeur et soupira.

— Il m'a fallu du temps pour m'apercevoir que ma fille avait grandi. Mais j'ai fini par le comprendre, et j'estime que vous devez régler vos différends entre vous. J'y mets une condition, cependant, reprit-il après un silence. J'exige que vous la traitiez avec respect. Elle a déjà suffisamment souffert par le passé, et elle mérite d'être heureuse.

Kendran s'inclina.

— Soyez rassuré, Joseph. A présent, j'ai une confession à vous faire. J'aime votre fille depuis le premier instant où je l'ai vue, mais ce n'est que maintenant que j'en prends pleinement conscience. J'ai l'intention d'être un bon époux si elle consent à rester ma femme quand elle saura tout de moi.

Ainsi, songea Kendran tout en parlant, il l'aimait. Chaque fibre de son être le lui confirmait, et cette révélation le remplissait de joie. Comme il l'avait soupçonné, l'attirance physique, quoique réelle et forte, n'était pas seule en cause. Tout, en Annelise, lui plaisait : son courage, sa détermination, son attention aux autres, sa douceur…

Il irait la trouver sur-le-champ pour lui révéler qui il était, pour s'expliquer ainsi qu'il en avait eu l'intention avant leur querelle à propos de Daniel.

Joseph interrompit ses pensées.

— Allez donc la voir, mon garçon. Ne la faites pas attendre davantage. Elle doit se morfondre.

Kendran n'eut pas besoin d'autre encouragement. Il se

rua à l'intérieur et monta les marches quatre à quatre avant de se précipiter dans la chambre d'Annelise sans même penser à frapper.

Constatant que la pièce était vide, il s'arrêta brusquement et les paroles qu'il s'apprêtait à prononcer moururent sur ses lèvres.

Une terrible angoisse l'étreignit : elle était partie chez Daniel ! Il avait déclenché sa fureur en accusant son ami de trahison, et elle avait dû se rendre directement chez lui pour tout lui raconter.

Bien que Daniel ait protégé Annelise des hommes du baron dans le passé, il était impossible de prévoir sa réaction lorsqu'il se verrait découvert. La jeune femme courait peut-être un grand danger.

Kendran retrouva son étalon derrière l'atelier, à l'endroit où il l'avait laissé. Il sauta en selle et partit au galop. Peut-être pouvait-il encore la rattraper. Jetant un coup d'œil derrière lui, il aperçut Max qui le suivait à quelque distance. Sa peur s'accentua : si Annelise n'avait pas emmené son fidèle compagnon, cela signifiait qu'elle était sans défense aucune face à Daniel.

Il ne la dépassa pas sur la route qui menait au village et se dirigea droit vers la boutique de l'apothicaire. Abandonnant les deux animaux, il entra et, sans tenir compte des protestations du petit homme qui préparait des potions, fila comme une flèche dans l'escalier. L'homme le rattrapa sur le seuil de la pièce où Daniel était justement en train d'ôter un grand manteau marron.

Un soulagement immense envahit Kendran quand il constata qu'Annelise ne se trouvait pas avec lui.

— Vous n'avez rien à faire ici ! l'apostropha rudement l'apothicaire. Allez-vous-en.

Kendran le considéra avec indifférence tandis que Daniel disait :

— Ne vous inquiétez pas, Hamil. Vous pouvez retourner à la boutique. Notre ami a une façon bien à lui de se présenter chez autrui, mais je ne le crains point.

Après avoir lancé un regard hostile à Kendran, le dénommé Hamil haussa les épaules et repartit.

Daniel s'installa tranquillement derrière une table.

— Je vous souhaite la bienvenue, mon brave.

Devant autant de suffisance et d'assurance tranquille, Kendran fut tenté de le saisir par le col pour lui dire son fait, et notamment ce qu'il pensait de son attitude envers Annelise et son père. Mais il savait qu'ainsi, il n'obtiendrait rien. Le moment était venu de l'affronter et de le battre sur le terrain des mots.

Il lui sourit sans aménité.

— Je ne tarderai pas à savoir si je suis véritablement le bienvenu chez vous.

Surpris, Daniel fronça les sourcils et se releva avant de contourner la table pour se mettre à sa hauteur.

— Eh bien, dites-moi donc ce qui vous amène. Ainsi, nous y verrons peut-être plus clair.

— Je me suis rendu à Haversham, déclara abruptement Kendran.

— Haversham ? répéta Daniel d'un air soudain hésitant.

Plus Kendran l'observait, plus ses certitudes se renforçaient : celui qui lui faisait face ne faisait qu'un avec l'inconnu de la forêt, c'était bien l'homme qui avait conclu une alliance secrète avec Kramon.

— Oui. Je suis allé voir le shérif. Il n'a jamais reçu la moindre lettre de votre part concernant la requête des Stanhope.

Daniel plissa les yeux, mais Kendran eut le temps de surprendre une lueur d'anxiété dans son regard.

— Il doit y avoir une erreur.

— Oh non. Il n'y a pas d'erreur, hélas.

L'autre demeura impassible, pourtant Kendran sentit qu'il avait visé juste, car Daniel commença à se frotter nerveusement les mains. Pourtant, ce fut d'une voix égale qu'il répliqua :

— Qu'aurais-je eu à gagner d'une telle tromperie ?

Kendran eut un haussement d'épaules.

— C'est exactement la question que je me suis posée, répondit-il avec un détachement feint avant de durcir le ton. C'est à vous de me dire ce que vous avez gagné en mentant à deux personnes qui vous aiment et qui ont placé leur confiance en vous.

Une certaine détresse passa dans le regard de Daniel, qui se détourna vivement.

— Moi aussi, je… j'ai beaucoup d'affection pour eux.

Soudain vindicatif, il fit volte-face et haussa la voix.

— Et puis, de quel droit venez-vous me demander des comptes ? Tout cela ne vous regarde pas.

Kendran tenta de contrôler la colère qui montait en lui.

— Cela me regarde beaucoup, au contraire. Je suppose que vous vous souvenez des circonstances pour le moins particulières dans lesquelles j'ai rencontré les Stanhope. Annelise m'a trouvé blessé et sans connaissance sur la route qui traverse la forêt. Selon moi, ceux qui m'ont attaqué ont également tué sa mère, et je pense que vous avez un intérêt tout particulier à ce que les coupables ne soient pas jugés.

— Qu'est-ce que tout cela a à voir avec moi ? Pourquoi protégerais-je ceux qui ont commis de tels actes ?

— J'aimerais bien le savoir. Je commence à me demander si ce n'est pas parce que vous-même avez commis quelque chose d'impardonnable.

— Comment osez-vous m'accuser ? demanda Daniel en s'avançant d'un pas.

Au lieu de reculer, Kendran s'avança à son tour.

— Vous pouvez bien jouer les indignés, pour ma part,

je n'aurai de cesse de démasquer le lâche qui a perpétré ou ordonné tous ces crimes, quel qu'il soit. Parlez-moi des lettres, à présent, et n'essayez pas de mentir. Sachez que le shérif va bientôt venir à Lundy pour s'occuper de cette affaire.

Daniel haussa les épaules.

— C'est vrai, je n'ai pas envoyé ces lettres. Et alors ? Je peux très bien fournir une explication plausible à Annelise et à son père. Ils me croiront sans difficulté.

Le cœur battant, Annelise écoutait la conversation depuis la cuisine. Ce ne fut que lorsque Daniel reconnut qu'il n'avait envoyé aucune lettre qu'elle comprit l'étendue de sa tromperie.

Mais pourquoi ? Pourquoi Daniel avait-il fait cela ?

Le besoin de savoir la poussa à entrer dans la pièce où les deux hommes se faisaient face. Daniel, qui l'avait repérée le premier, contourna Kendran pour s'approcher d'elle. Il lui tendit les mains dans une prière muette.

— Annelise !

Elle s'écarta et vit le chagrin se peindre sur son visage avant même qu'elle ne s'exclame :

— Comment as-tu pu faire une chose pareille ? Pourquoi avoir menti ? J'ai trouvé la cape noire dans ton coffre, tu sais, celle que tu portais quand Kendran t'a vu dans la forêt avec Kramon et ses hommes !

D'un air misérable, il répondit :

— Annelise, tu ne comprends pas.

— Qu'y a-t-il à comprendre ? demanda-t-elle, le cœur déchiré. Tu nous as bernés depuis le début, et pour quelle raison, Daniel, hein ? Pourquoi ? Nous avions foi en toi. J'ai même été assez folle pour croire qu'un jour tu m'épouserais.

Sa tristesse mêlée de surprise n'était pas feinte lorsqu'il murmura :

— T'épouser, Annelise ? Je t'aimais… Je t'aime encore, mais comme une sœur. Je n'ai jamais songé au mariage.

Elle prit conscience de son propre aveuglement lorsqu'il poursuivit :

— Je n'ai jamais voulu te faire du mal, je te le jure. Ta famille m'est aussi chère que la mienne. Même avant la mort de mes parents, je te considérais déjà comme ma sœur. Et j'aimais beaucoup ta mère, mais…

D'une voix horrifiée, elle l'interrompit :

— Qu'as-tu donc fait ?

Daniel voulut la prendre dans ses bras, mais Kendran s'interposa.

— Ne la touchez pas.

Le visage déformé par la rage, Daniel se retourna contre lui.

— De quel droit m'interdisez-vous de la toucher ? Vous ne m'êtes rien ! Vous êtes venu ici pour détruire tout ce qui m'est précieux.

— C'est vous, qui avez tout détruit, répliqua durement Kendran.

Annelise intervint avec une détermination et une force qui l'étonnèrent elle-même. Elle ne pouvait pas se permettre de devenir trop dépendante de Kendran.

— Je n'ai pas besoin de votre assistance, Kendran. Je n'ai rien à redouter de cet homme, et je souhaite entendre son récit.

Kendran fit la grimace mais relâcha Daniel. Annelise se tourna vers celui-ci avec accablement.

— Je t'écoute, Daniel.

Ce dernier la considéra longuement, et elle vit que les mots lui venaient difficilement.

— Je dois admettre, en toute franchise, que je suis responsable de beaucoup de maux.

Un frisson de panique la parcourut.

— Que veux-tu dire ?

Il déglutit avec difficulté.

— Je... Dieu me pardonne pour le mal que j'ai fait. Je sais que je ne mérite pas ta pitié, Annelise.

Incapable de supporter plus longtemps ces remords trop vagues, elle l'interrogea directement :

— As-tu quelque chose à voir avec la mort de ma mère ?

Il prit une profonde inspiration.

— Je ne l'ai ni agressée ni tuée, mais je connais les hommes qui l'ont fait. Ils travaillaient pour moi.

Le sang d'Annelise se glaça et elle se mit à trembler de la tête aux pieds.

— Ce n'est pas Kramon qui les a envoyés ?

— Non.

Cet aveu ne fit qu'aggraver la douleur de la jeune femme. Ainsi, Daniel était responsable de la mort de sa mère. Ses genoux fléchirent, mais un bras puissant prévint sa chute.

Kendran. Il lui apparaissait comme le seul élément stable de son univers dévasté. Malgré leurs querelles, elle savait que jamais il ne l'aurait trahie de la sorte. Il avait employé toute son énergie et toute son intelligence à découvrir les auteurs de ces terribles forfaits.

Annelise se reprit. Elle réfléchirait à tout cela plus tard. Pour l'instant, elle devait affronter Daniel et entendre la vérité de sa bouche, aussi atroce fût-elle. Il ne saurait jamais qu'il lui avait brisé le cœur ; non pas son cœur de femme, car il appartenait à l'homme qui la soutenait, mais celui de l'enfant qui était en elle et qui avait spontanément accordé sa confiance à Daniel sans jamais douter de lui.

Le jeune homme reprit la parole comme si cette confession lui permettait de soulager sa conscience torturée.

— Je n'ai jamais voulu que les choses tournent ainsi. Au début, c'était simplement une question d'argent. Mon père ne s'attendait pas à ce que je prenne sa suite, à la boutique. Ma mère et lui ont toujours considéré avec bienveillance mon désir d'étudier et d'apprendre sans cesse. Ils s'occupaient de tout. Quand ils sont morts, il a fallu que je me débrouille seul. Et je t'assure qu'il ne reste pas grand-chose, une fois toutes les denrées nécessaires achetées et les gages de Hamil payés.

Il fixa sur elle ses yeux d'un bleu presque transparent. Fascinée, elle ne parvenait pas à s'en détacher.

— Un soir, j'ai été attaqué par une poignée de vilains énergiques mais fort sots, et j'ai décidé de retourner la situation à mon profit. Ils avaient besoin d'un chef, j'avais besoin d'argent. Voilà comment tout a commencé. Au début, ils ne devaient s'en prendre qu'à des voyageurs suffisamment fortunés pour partager leurs biens avec d'autres. Je m'étais convaincu que c'était parfaitement raisonnable. Grâce à ce système, je pouvais continuer à étudier, et cela me permettrait d'apporter ma contribution à la science, et donc de rembourser ma dette à ma manière.

Son visage s'assombrit un peu, et son regard se perdit dans le lointain.

— Kramon a fini par avoir vent de notre petite organisation, et il a exigé d'être payé pour garder le silence. Il m'a menacé de me pendre comme voleur. Quand je lui ai dit que j'aurais du mal à respecter notre marché parce qu'il exigeait de trop fortes sommes, il m'a proposé quelques hommes à lui pour m'aider, des hommes sans foi ni loi. Ils travailleraient avec les miens. Tu ne vois donc pas que je n'avais pas le choix, Annelise ? J'ai été obligé de respecter les conditions de Kramon pour sauver ma tête.

La jeune femme aurait voulu se boucher les oreilles et oublier tout ce qu'il venait de dire. Au lieu de quoi, elle lui ordonna :

— Parle-moi de ma mère !

Il enfouit son visage entre ses mains avant de le lever vers le ciel.

— Je… je ne savais pas de quoi ils étaient capables. Quand j'ai appris que… qu'ils avaient attaqué ta mère, il était déjà trop tard. Mais ils avaient la bénédiction du baron, et je… j'étais lié par mon accord. J'étais obligé de me taire.

— Kramon est-il impliqué dans sa mort ? le questionna brusquement Kendran.

Daniel fit un signe de dénégation.

— Non. Il est vrai qu'il a laissé tomber son gantelet dans l'atelier ce jour-là, mais il était absent quand c'est arrivé. Les hommes ont vu ta mère se baigner dans la rivière, et ils l'ont suivie dans la maison. Comme elle était seule, il n'y avait personne pour les arrêter. De toute façon, ces hommes-là ne craignent rien ni personne. En fait, ils aiment répandre la terreur. Cela leur procure une jouissance extrême.

Ainsi, sa mère était morte parce qu'une bande de soudards déchaînés avaient assouvi leurs instincts bestiaux, songea la jeune femme avec horreur.

— Il y a cependant un point sur lequel j'ai toujours refusé de céder, Annelise, reprit Daniel. J'ai dit à Kramon que si lui ou un de ses hommes touchait à un seul cheveu de ta tête, je révélerais tout, quel que soit le sort qui m'était réservé ensuite. Tu avais suffisamment souffert en perdant ton adorable mère, qui était si bonne avec moi.

La jeune femme se rendait compte qu'à sa façon Daniel avait tenté de la protéger, néanmoins elle n'oubliait pas que même s'il n'avait pas participé au crime, il était responsable de la mort de sa mère. Elle entendit Kendran parler, mais sa voix lui parvint de très loin.

— Votre avidité va vous conduire tout droit à la fin que vous souhaitiez tant éviter, car rien ne pourra sauver votre tête à présent.

Soudain, Daniel arracha Annelise au bras protecteur de Kendran et la plaqua contre lui comme un bouclier. Elle poussa un cri de frayeur et il dit rapidement :

— Je suis désolé, Annelise, mais il ne m'arrêtera pas si facilement.

— Lâchez-la, Daniel. Vous lui avez déjà fait suffisamment de mal comme cela.

Annelise vit que Kendran tentait de dissimuler son angoisse et sentit Daniel se raidir.

— Vous n'avez pas de leçons à me donner. Si vous n'étiez pas venu fourrer votre nez dans mes affaires, personne ne souffrirait aujourd'hui. Mais non, il fallait que vous vous mêliez de ce qui ne vous regarde pas !

— De ce qui ne me regarde pas, vraiment ? Sachez que celle que vous retenez prisonnière est ma femme !

Défait, Daniel la fit pivoter et la fixa droit dans les yeux.

— Apparemment, je n'étais pas le seul à avoir des secrets, Annelise.

Là-dessus, il l'entraîna vers l'escalier et la relâcha juste avant de dévaler les marches en courant.

Kendran se précipita à sa poursuite, et elle l'imita.

Quand elle se retrouva dans la rue, elle aperçut Daniel qui s'éloignait sur l'étalon de Kendran. Max les suivait en aboyant de toutes ses forces.

A ce moment-là, Kendran cria :

— Viens, Tonnerre !

Le cheval s'arrêta brusquement et fit volte-face, ses sabots manquant de peu la tête du chien. Il se cabra pour éviter l'animal, désarçonnant son cavalier qui tomba rudement sur le sol, tête la première.

Prise de panique, Annelise se précipita vers lui. Kendran la dépassa et se pencha sur le corps inerte de Daniel.

— Il s'est rompu le cou, dit-il, le visage fermé. Il est mort.

Et avec sa mort disparaissait leur unique lien avec Kramon.

Chapitre 15

Kendran prit aussitôt les dispositions nécessaires pour qu'on s'occupe du corps. Un petit rassemblement s'était formé dans la rue après l'accident. Choqué et désolé, Hamil était accouru. Il avait vu Daniel prendre le cheval et avait été témoin de sa chute. Comme les autres, il ne comprenait pas ce qui s'était passé.

Entendant les commentaires attristés des villageois, Kendran résolut de garder le silence sur les crimes du défunt.

Il s'inquiétait davantage pour Annelise, qui était assise, pâle et muette, sur le seuil de la boutique. Malgré la révélation des atrocités cautionnées par Daniel, sa mort brutale n'avait pu que la plonger dans un profond désarroi.

Kendran se dirigea vers elle et lui dit d'une voix douce :

— Venez, Annelise, je vous ramène chez vous.

Le visage hagard, elle se releva en chancelant. Il tendit les bras et elle se laissa aller contre sa poitrine. En la serrant contre lui, il songea que c'était ainsi que les choses devraient toujours être : la joue de sa bien-aimée contre son cœur. Kendran ne pouvait que prier pour qu'elle veuille encore de lui une fois qu'il lui aurait avoué la vérité sur ses origines. L'aveu serait difficile, d'autant plus qu'il redoutait la réaction de la jeune femme. Comment supporterait-elle la nouvelle de sa dissimulation après la trahison de Daniel ?

De toute façon, il ne voulait pas lui parler à quelques

pas du lieu de la mort tragique de celui qu'elle avait cru son ami. Il alla chercher Tonnerre et installa Annelise sur le dos du cheval.

Après s'être assuré que Max, très perturbé par les événements, les suivait, Kendran fit presser le pas à sa monture pour regagner la demeure des Stanhope le plus vite possible. Ils n'étaient qu'à mi-chemin quand Annelise tourna la tête vers lui.

— Kendran, pourquoi avoir dit à Daniel que nous étions mariés ?

Il s'abîma un instant dans la contemplation de ses yeux de biche. Au fond de lui, il savait très bien qu'il avait dit cela parce qu'il aimait Annelise plus que sa propre vie. Il avait voulu apprendre à Daniel qu'elle était sienne.

Pourtant, le jeune homme répugnait à le lui avouer sur-le-champ. Le secret de sa naissance s'élevait toujours comme un mur entre eux, et il était décidé à l'abattre avant de lui déclarer sa flamme.

— Parce que c'est la vérité. Votre père sait que nous avons été ensemble, Annelise. Il ne faut plus songer à annuler notre mariage. De toute façon, la nouvelle ne va pas tarder à se répandre.

— Qu'allons-nous faire ?

Il poussa un profond soupir.

— Je ne sais pas encore. Il faut d'abord que vous vous remettiez de vos émotions. Il sera toujours temps de réfléchir à cette question plus tard.

A son grand soulagement, elle n'émit aucune protestation et se laissa de nouveau aller contre lui.

Kendran était incapable de prévoir sa réaction aux révélations qu'il s'apprêtait à lui faire. Même si sa méfiance à l'égard des nobles était partiellement justifiée, compte tenu des circonstances, il trouvait injuste qu'elle ait étendu ces sentiments à tous ceux de son lignage.

Sa famille faisait partie de l'aristocratie, pourtant elle n'avait jamais abusé de son pouvoir. Son frère, Benedict, était un homme bon, l'un des meilleurs qu'il ait jamais connus. Il avait d'ailleurs failli perdre son épouse tant il était dévoué aux gens qui vivaient sur ses terres, car il estimait qu'ils devaient passer en premier. Au fil du temps, tout en demeurant un suzerain juste et estimé, il avait fini par comprendre à quel point sa famille aussi était importante.

Kendran était tellement perdu dans ses pensées qu'il n'aperçut les cavaliers en grande discussion devant la maison des Stanhope qu'au dernier moment.

Il se raidit tandis qu'Annelise s'exclamait :

— Kramon !

— Non, ce n'est pas Kramon, répondit-il, le visage grave.

— Comment le savez-vous ? demanda-t-elle en tendant le cou vers lui.

— Je le sais, voilà tout.

Il aurait reconnu ces hommes n'importe où. Heureusement, eux-mêmes étaient trop occupés à rire et deviser gaiement pour avoir remarqué Annelise et son compagnon. Afin de les éviter, Kendran contourna la maison et conduisit la jeune femme devant la porte qui donnait sur la cuisine. Evitant son regard interrogateur, il l'aida à descendre.

Le cœur serré, il songea qu'il était trop tard pour lui parler de ses origines comme il l'avait espéré. Malgré tout, il fit une dernière tentative et posa une main sur le bras de la jeune femme.

— Annelise, il faut que je vous…

— Pas maintenant, Kendran, je vous en prie. Je veux savoir qui sont ces gens.

Lâchant son bras, il entra le premier. La cuisine était vide. Dans la pièce principale, Annelise se figea en découvrant les trois personnes installées face à son père et sa tante. Afin de la réconforter, Kendran mit les mains sur ses épaules.

La jeune femme, qui s'était instinctivement serrée contre lui, s'étonna de le sentir très tendu. Son père se retourna et se leva dès qu'il les vit.

— Annelise, Kendran, regardez qui est là.

— Qui sont ces gens, père ? demanda la jeune femme avec hésitation.

— Voici le baron de Brackenmoore, lady de Brackenmoore, et le shérif de Haversham.

L'homme aux cheveux d'un noir d'ébène se leva à son tour et fixa ses yeux très bleus sur les nouveaux arrivants.

— Kendran…

Abasourdie par leur ressemblance, Annelise fronça les sourcils.

— Que fais-tu ici, Benedict ? demanda Kendran.

L'épouse du baron vint se placer au côté de son mari. Annelise n'avait jamais rencontré de femme aussi belle. Cheveux auburn, prunelles mauves, elle portait une robe d'un vert sombre tissée de fils d'or.

— Tu n'as tout de même pas cru, Kendran, que je ne me poserais pas de questions en recevant ta mystérieuse lettre par l'intermédiaire de sir Peter ? Benedict et moi nous sommes rendus à Wingate le plus vite possible. Et c'est là que nous avons fait la connaissance du shérif de Haversham, dit-elle en lui adressant un sourire charmeur. Il voulait savoir si le baron avait un frère.

Le shérif eut un geste d'excuse à l'intention de Kendran.

— Il fallait bien que je m'assure que vous étiez celui que vous prétendiez être avant d'agir contre Kramon.

Prise de vertige, Annelise pivota sur ses talons pour affronter Kendran et lut le remords dans ses yeux. Trop abasourdie pour dire autre chose, elle répéta les derniers mots de lady de Brackenmoore.

— Un frère ?

— Oui, Annelise. Je vous présente mon frère, le baron de Brackenmoore, et son épouse, lady Raine.

Ignorant les personnes présentes, le cœur transpercé, Annelise déclara :

— Vous m'avez trompée.

— C'est hélas vrai, mais voilà plusieurs jours que j'essayais de vous le dire. Chaque fois, il s'est produit un événement qui m'a empêché de vous en parler.

La jeune femme se rappela qu'à de multiples reprises, alors qu'ils se trouvaient en tête à tête, il avait tenté de lui dire quelque chose. Mais elle songea également qu'il aurait dû aller jusqu'au bout de sa démarche sans se réfugier derrière le moindre prétexte pour ne pas le faire.

La voix de son père interrompit ses pensées.

— Je suis encore tout ébaubi d'avoir trouvé ces personnes devant ma porte, Annelise. Au début, je le reconnais, j'en ai voulu à Kendran, mais plus j'y réfléchissais, plus je comprenais pourquoi il nous avait caché la vérité. Il connaissait notre méfiance vis-à-vis des nobles. Et même s'il nous a dissimulé sa haute naissance, il s'est toujours comporté de façon irréprochable. A présent, il est ton mari. Peut-être devrais-tu revoir ton opinion au sujet de ses pairs.

— Kendran est marié ? s'exclama Raine. Eh bien, Benedict, n'est-ce pas là une merveilleuse nouvelle ?

A la grande surprise d'Annelise, il n'y avait pas la moindre trace de déception ou de réprobation dans la voix du baron lorsqu'il approuva :

— En effet.

Incrédule, le regard de la jeune femme alla de l'un à l'autre.

— Vous le pensez vraiment ? Après tout, votre frère a épousé une roturière dont vous ignorez tout. Comment pouvez-vous vous réjouir ?

Le baron la regarda droit dans les yeux. Sa ressemblance avec son frère était frappante, même si ses tempes commençaient à grisonner légèrement.

— Je connais bien mon frère, et j'ai confiance en son jugement.

Comment, devant le tel crédit qu'il accordait à son frère, aurait-elle pu lui avouer dans quelles circonstances ils s'étaient unis ? C'était impossible. Pourtant elle qui connaissait la vérité savait que Kendran l'avait épousée uniquement pour les tirer tous deux d'un faux pas. Au vu de ce qu'elle venait d'apprendre, elle ne pouvait admettre que le frère d'un baron souhaite demeurer l'époux de la fille d'un simple menuisier. S'il la désirait, il n'avait jamais laissé entendre que ses sentiments allaient au-delà de cette attirance physique.

Mais à présent que leur mariage était connu de tous, il leur serait d'autant plus difficile de défaire ce qui avait été fait.

Le regard d'Annelise se posa de nouveau sur Kendran. Tout ce qu'elle put dire fut :

— Vous m'avez dupée.

Il lui tendit une main tremblante.

— Annelise, je suis…

Refusant d'en entendre davantage, elle lui tourna le dos, se rua dans l'escalier et courut se réfugier dans sa chambre. Claquant la porte, elle se jeta sur son lit, aveuglée par les larmes qui jaillissaient de ses yeux et ruisselaient le long de ses joues.

Elle avait perdu la notion du temps quand elle entendit un grattement à la porte. Annelise retint son souffle. Elle ne souhaitait pas parler à Kendran. Elle ne voulait plus le revoir. Jamais.

La porte s'ouvrit, et la jeune femme se redressa lorsqu'une voix douce l'appela :

— Annelise ?

Ce n'était pas Kendran, mais la belle épouse de son

frère. Annelise cessa de sangloter. Prenant une profonde inspiration, elle tenta de maîtriser ses tremblements. Il ne fallait pas que cette femme sache à quel point Kendran l'avait blessée.

— Oui ?

— J'ai sévèrement tancé mon beau-frère. Il n'aurait jamais dû vous celer ses origines.

Annelise la considéra avec étonnement et remarqua qu'elle tenait un gobelet. Suivant la direction de son regard, Raine déclara :

— Je vous ai apporté du cidre tiède. J'ai pensé que cela vous ferait du bien après toutes les épreuves que vous avez traversées aujourd'hui.

Interdite, Annelise pensa qu'elle était sans doute en train de rêver. Sa propre voix résonna étrangement à ses oreilles.

— Lady de Brackenmoore ?

— Je vous en prie, je suis votre sœur à présent. Appelez-moi Raine.

Annelise ne sut que répondre. Jamais elle ne se serait attendue à tant de considération de la part d'une femme de la noblesse, et encore moins à une telle demande. Que Raine se considère comme sa sœur par alliance lui semblait inconcevable.

Kendran, se souvint-elle, avait loué sa famille avec chaleur. Mais il avait dit beaucoup de choses, et il avait menti. Comme si elle lisait dans son esprit, sa visiteuse demanda :

— Avez-vous l'intention de lui pardonner ?

— Pardonner à qui, ma da… Raine ?

— A Kendran, bien sûr. Pourrez-vous lui pardonner de vous avoir dupée ? Je comprends votre réaction. Il est normal que vous soyez en colère contre lui, mais c'est votre époux, dit-elle en posant le gobelet sur la table de chevet avant de s'asseoir au bord du lit.

Annelise détourna les yeux et se raidit.

— Veuillez excuser ma franchise, je vais certainement vous sembler grossière, mais il me semble que ce sont mes affaires. Pas les vôtres.

A sa grande surprise, Raine éclata de rire.

— Bien envoyé, jeune Annelise. Vous avez parfaitement raison. Néanmoins, j'aimerais vous raconter une petite histoire. Quand j'ai rencontré Benedict, je lui ai joué un bien mauvais tour à ma façon. Je l'ai attiré dans mon lit, et ensuite j'ai prétendu qu'il m'avait déshonorée pour l'obliger à m'épouser. De la sorte, j'assurais à mon frère un puissant tuteur et protecteur.

Annelise poussa un petit cri, et son interlocutrice la fixa sans ciller.

— Vraiment perfide comme manœuvre, n'est-ce pas ? Mais Benedict m'a épousée quand même. Malgré ma malice, il a vu qu'il y avait du bon en moi, même si je l'ignorais moi-même avant de le connaître. Et il m'a pardonné.

Après un long silence, elle reprit :

— Je vous assure, Annelise, que Kendran est un homme de valeur. La personne qui a fait la conquête de son cœur est certaine de trouver en lui le compagnon le plus fidèle et le plus dévoué qui soit. Faites-le souffrir un peu si vous le souhaitez, mais accordez-lui votre pardon. Il le mérite, et il mérite votre amour, lui aussi.

Raine se tut de nouveau et ne poursuivit que lorsque Annelise leva les yeux vers elle.

— Une chose encore. Votre père nous a parlé du meurtre de votre mère et de sa circonspection à l'égard des nobles. Je vous demande de réfléchir à ce que je vais vous dire. Les nobles, malheureusement, sont des hommes comme les autres : certains sont bons, d'autres non. Hélas, ils peuvent répandre le mal quand ils appartiennent à cette dernière catégorie. Mais ceux qui sont dignes d'estime peuvent faire beaucoup de bien autour d'eux, ne l'oubliez pas. Mon mari fait partie de ces hommes-là... Le vôtre aussi.

Elle se leva.

— A présent, je vais vous laisser. Mais songez à ce que je viens de vous dire, je vous en prie.

Après le départ de Raine, Annelise demeura longtemps immobile. Cette femme avait peut-être raison en disant que là où irait son affection, Kendran aimerait pour toujours, mais cela ne la concernait pas : Kendran se sentait responsable d'elle parce que son père savait qu'ils s'étaient connus, mais il ne l'aimait pas pour autant.

Malgré sa colère et sa tristesse, Annelise ne pouvait pas nier que si lui n'éprouvait sans doute rien à son égard, il n'en allait pas de même pour elle. Elle l'aimait toujours, et ne souhaitait rien tant que de se blottir contre lui.

Mais comment oublier ce qu'il avait fait ? Et si elle lui pardonnait, que se passerait-il ? Elle ne voulait pas d'un mari qui restait avec elle uniquement par sens du devoir. Ce n'était pas cela qu'elle attendait de lui.

La jeune femme fut tirée de ses sombres pensées par des éclats de voix provenant du dehors. Elle se précipita dans la chambre de sa tante et regarda à travers la petite fenêtre. Kendran, son frère, le shérif, et même son père étaient en train d'enfourcher leur monture. Accompagnés des hommes qu'elle avait aperçus en arrivant, ils s'éloignèrent.

Puis, alors qu'ils atteignaient un tournant de la route, Kendran se retourna et lança un regard désolé en direction de la maison.

Annelise devina sans peine où ils se rendaient, et son cœur glacé de terreur le lui confirma. Kendran avait dû leur rapporter les aveux de Daniel, et ils étaient allés affronter le baron.

Sa décision fut prise en un instant : elle allait les suivre.

Elle descendit les marches sans faire de bruit et se glissa

par la porte d'entrée sans être vue de Raine et Jane, qui devisaient tranquillement devant la cheminée. Avec l'intention de monter Hinge, elle se dirigea vers la petite bâtisse mais changea d'avis en découvrant une jument déjà sellée qui paissait tranquillement dans l'herbe. Sans l'ombre d'une hésitation, elle résolut de la prendre : il lui fallait à tout prix gagner le château avant qu'il n'arrive malheur à Kendran.

Quand les gémissements de Max lui parvinrent depuis la petite bâtisse, elle remercia intérieurement Kendran pour son attention. Le chien avait failli périr sous les sabots d'un cheval quelques heures plus tôt, et il risquait de se mettre de nouveau en danger si on le laissait gambader librement.

Peu accoutumée à monter, Annelise eut un peu de mal à enfourcher l'animal. Sa détermination lui tint lieu d'expérience. Une fois en selle, elle saisit les rênes et imita les gestes de Kendran. A son grand soulagement, la jument se montra extrêmement docile et prit la direction voulue. Pour autant, Annelise ne se fit pas d'illusions sur ses qualités de cavalière : si sa monture lui avait obéi, c'était sans doute qu'on l'avait bien dressée. De toute façon, peu lui importait. A ses yeux, la seule chose qui comptait était d'atteindre le château le plus rapidement possible.

Elle n'avait pas réfléchi à ce qu'elle ferait en arrivant, mais elle n'eut pas à s'en soucier : la herse était relevée et les environs déserts.

Quand Annelise s'était enfuie sans vouloir écouter ses explications ni ses excuses, Kendran n'avait eu qu'une seule idée en tête : courir la rejoindre. Mais ce n'était pas possible. Il fallait d'abord qu'il apprenne aux personnes présentes ce qui s'était passé dans la boutique de l'apothicaire. Comme il s'y attendait, tous avaient poussé des exclamations de surprise et d'horreur en écoutant son récit.

Kendran avait également révélé à Joseph ce qui était arrivé au cours de la petite enquête qu'il avait menée sur Kramon. L'artisan avait commencé par exprimer son irritation d'avoir été tenu à l'écart par Kendran et Annelise, mais il avait vite admis que l'heure n'était pas aux récriminations. Daniel, un jeune homme qu'il considérait comme un fils, avait été le chef d'une bande de hors-la-loi responsable du viol et du meurtre de sa femme et de bien d'autres méfaits.

Comme les autres membres de la petite assistance, le menuisier s'était rendu compte qu'avec la mort de Daniel, la culpabilité du baron pourrait difficilement être établie.

Néanmoins, la décision de se rendre au château pour arrêter Kramon avait été prise. Il était inconcevable de le laisser libre d'agir à sa guise plus longtemps.

Kendran fut surpris de la facilité avec laquelle ils purent entrer dans la place. La sentinelle s'absenta quelques instants et releva la herse à son retour.

Kramon vint les accueillir en personne avec un sourire figé. Il s'adressa d'abord au shérif.

— Bienvenue, sir Heath. Que me vaut le plaisir de votre visite ?

Son regard s'attarda sur ses visiteurs. A l'évidence, il les jaugeait avec l'intention d'adapter sa conduite à leurs réactions.

Kendran sentit une révulsion profonde l'envahir. Cet homme était d'une duplicité incroyable.

— Daniel est mort, annonça-t-il brutalement.

Une lueur de surprise passa dans les yeux froids du baron.

— Comme c'est dommage. Mais puis-je vous demander en quoi cela me concerne ?

— Il a tout avoué avant de mourir, Kramon, déclara Kendran. Nous connaissons le moindre détail de votre maudite alliance.

Le baron lutta pour demeurer impassible.

— Je ne comprends pas de quoi vous parlez, répliqua-t-il avant de dévisager Kendran plus ouvertement. Mais je te reconnais, toi ! Tu es l'ouvrier du menuisier. Que viens-tu faire ici ? Et que signifient ces accusations ? Je t'ai déjà dit de faire attention. Tu as la langue un peu trop bien pendue.

Après avoir remarqué la tenue de Benedict, il s'adressa à lui ainsi qu'au shérif, ignorant délibérément Kendran et Joseph.

— Vous n'êtes tout de même pas venus m'accuser de je ne sais quels crimes sur la foi de ce que vous a dit ce manant ?

Benedict se redressa sur sa selle et fronça les sourcils.

— Ce manant, comme vous dites, est le frère du baron de Brackenmoore.

Kramon secoua la tête après avoir lancé un regard dédaigneux à Kendran.

— Il est facile de brandir le nom d'un puissant. C'est à la portée de n'importe quel imbécile. Mais vous n'avez tout de même pas cru cet homme ! Il…

— Il suffit, Kramon. C'est vous, qui êtes un imbécile, car vous venez d'insulter Brackenmoore en personne.

Le baron pâlit et parut enfin prendre conscience de la situation délicate dans laquelle il se trouvait. Mais Kendran n'était pas d'humeur à se réjouir de ce retournement. Cet homme avait fait trop de mal autour de lui.

Kramon recula d'un pas, les yeux fixés sur le shérif.

— Vous n'allez tout de même pas m'arrêter, Heath ? Les accusations d'un mort n'ont aucune valeur.

— Nous avons bien l'intention de vous conduire devant la justice, riposta Kendran. Le roi lui-même apprendra ce que vous avez fait.

Kramon les toisa avec mépris.

— Vous ne pourrez rien prouver.

Kendran haussa les épaules.

— Les hommes qui ont travaillé sous vos ordres seront peut-être enclins à parler, on ne sait jamais.

Le baron se frotta le front avant de se tourner vers le shérif.

— J'insiste pour que nous tranchions l'affaire par un combat loyal.

Le shérif fit un signe de dénégation.

— Le roi n'a pas désigné de champion.

— Je serai le champion du roi, si vous acceptez de m'affronter, annonça Kendran.

Kramon lui sourit.

— Je serai ravi de croiser le fer avec vous, frère de Brackenmoore. Serai-je libre une fois que je l'aurai vaincu ? demanda-t-il au shérif.

— Et si c'est vous, qui êtes vaincu ? l'interrogea brusquement Benedict.

— Eh bien, je perdrai la vie, et avec elle toutes mes possessions.

Après avoir englobé d'un geste de la main tout ce qui l'entourait, il posa sur Kendran un regard condescendant.

— Mais je suis tellement confiant quant à l'issue de ce combat que je suis prêt à aller plus loin. Si vous l'emportez, frère de Brackenmoore, je consens à tout vous abandonner : mon titre, mon château, mes terres, et mes gens qui m'aiment tant.

Un murmure de surprise parcourut la petite foule qui s'était rassemblée dans la cour, même si chacun avait bien compris que Kramon était sûr de lui et n'imaginait pas un instant céder un pouce de terrain à Kendran. Le baron considéra ses gens en riant :

— Ne craignez rien, mes braves, vous dormirez sous ma protection cette nuit et toutes les autres nuits à venir.

Kendran ne daigna pas répondre à ses provocations. Benedict consulta le shérif.

— Sir Heath, êtes-vous prêt à servir de témoin ?

— Oui.

Kramon tira son épée de son fourreau.

— Alors, en garde !

Kendran sauta à terre d'un mouvement souple et tira l'épée à son tour.

Kramon se précipita à sa rencontre, une lueur d'excitation dans les yeux.

Avec un sentiment proche de la jubilation, Kendran s'avança vers son adversaire. Une émotion étrange s'empara de lui. Il n'était pas habitué à haïr ses ennemis : il s'était toujours battu pour protéger les siens ou son roi, mais cette fois-ci, il sentait couler dans ses veines une ardeur nouvelle qui avait tout à voir avec ce qu'il éprouvait pour le maudit baron.

Ils croisèrent le fer dans un fracas de métal et se retrouvèrent en position de lutteurs, chacun poussant l'autre pour le déstabiliser. Quand leurs yeux se rencontrèrent, Kramon eut un sourire cynique.

— Vous croyez vraiment que la fille du menuisier valait toute cette peine ? Vous auriez pu acheter ses faveurs pour quelques babioles et épargner à votre frère la douleur et l'humiliation qu'il connaîtra tout à l'heure, quand je vous étendrai à ses pieds.

Dans un cri de rage, Kendran le repoussa en chancelant. Mais Kramon, sans lui laisser de répit, revint promptement à la charge.

Le jeune homme se rendit compte qu'il ne pouvait pas se permettre de perdre son sang-froid face au baron. Les quelques coups qu'ils venaient d'échanger lui avaient montré que, quoique moins puissant en apparence, Kramon maniait fort adroitement l'épée et se déplaçait avec une grande vivacité.

Tout confiant en ses propres capacités qu'il fût, Kendran était suffisamment lucide pour reconnaître un adversaire dangereux, et il savait que le baron, conjuguant son agilité physique et son talent pour le sarcasme, mettrait tout en œuvre pour l'amener à la faute et remporter ainsi la victoire.

Annelise, qui était arrivée pendant la discussion avec le baron, l'avait entendu avec horreur poser ses conditions. Quand Kendran avait accepté de relever le défi et de se mesurer à lui, elle avait cru s'évanouir.

Et s'il perdait ? avait-elle songé tandis que la terreur l'envahissait.

Lorsque le combat s'engagea, elle suspendit son souffle. Chaque fois que les épées s'entrechoquaient, elle fermait les yeux.

Soudain, les deux hommes disparurent de sa vue tandis que le cercle qui s'était formé autour d'eux se resserrait. Désespérément, Annelise incita sa monture à avancer sans prêter attention à ceux qui pouvaient se trouver sur son chemin.

Il fallait qu'elle voie Kendran. Au fond d'elle-même, la jeune femme était convaincue que tant qu'elle garderait les yeux fixés sur lui, il ne lui arriverait rien. Même si son cœur saignait à cause de ses mensonges, elle l'aimait plus que jamais. Elle l'aimait pour tout le bien qu'il avait fait et qu'il ne manquerait pas de continuer à faire autour de lui si Dieu lui prêtait vie. C'était sa soif de justice qu'il l'avait poussé à affronter le cruel baron. Elle savait qui avait relevé le défi de Kramon pour que celui-ci ne demeure pas impuni. Avec la mort de Daniel, ils avaient perdu leur dernière chance d'établir la culpabilité de ce seigneur avide de richesses qui jouissait du malheur des autres.

Enfin, elle aperçut les combattants. Un cri d'épouvante se figea dans sa gorge. Les coups que les deux adversaires se portaient étaient d'une violence inouïe. A chaque instant, elle avait l'impression qu'ils allaient s'infliger la blessure fatale et s'écrouler dans un râle d'agonie.

Quand Kendran se retrouva acculé contre un mur, elle dut plaquer ses deux mains sur sa bouche pour étouffer un hurlement de terreur.

Malade de peur, Annelise voulut détourner le regard, mais elle en fut incapable. Ses yeux demeurèrent rivés sur Kendran tandis que celui-ci reprenait l'initiative de l'attaque. Pendant que Kramon reculait, elle constata qu'il tentait d'attirer son bien-aimé sur un sol inégal, à un endroit où la terre avait été fraîchement retournée. Au supplice, elle se demanda si Kendran, occupé à maintenir son avantage, l'avait remarqué.

Le soulagement l'envahit lorsque ce dernier s'adapta sans mal au nouveau terrain.

Mais le maudit baron avait plus d'un tour dans son sac, et il n'était pas homme à se décourager facilement. Sans jamais cesser de se déplacer avec la grâce d'un danseur, il parait et esquivait tous les coups de Kendran qui auraient pu lui être fatals, et revenait constamment à la charge.

Kendran n'était pas moins gracieux, mais sa taille et sa carrure imposantes l'empêchaient d'être aussi vif que son adversaire.

A la grande horreur d'Annelise, une occasion se présenta à Kramon. Kendran était en train de reculer lorsque sa botte se prit dans quelque chose. Entraîné par la force de son mouvement et son propre poids, il tomba lourdement sur le dos et lâcha son épée.

Prise de vertige, prête à défaillir, Annelise vit Kramon bondir vers lui en levant son épée à deux mains, apparemment résolu à le couper en deux.

Avec une promptitude telle qu'elle eut du mal à en croire ses yeux, Kendran roula sur le côté, saisit son épée et embrocha l'homme qui fondait sur lui. Les yeux écarquillés sous l'effet de la surprise et de l'incompréhension, Kramon demeura comme suspendu en l'air avant de lâcher son arme.

Lorsque Kendran retira brusquement son épée, le baron s'effondra sur le sol à côté de lui.

Le silence qui suivit sa victoire fut assourdissant. Tous les hommes au service de Kramon venaient de comprendre ce que la mort du baron signifiait pour eux.

Avec un soulagement infini, Annelise vit Kendran se relever lentement. Occupé à reprendre son souffle, le visage sombre, il n'affichait pas l'attitude arrogante du vainqueur.

Ainsi, songea-t-elle avec émotion, même si grâce à lui justice était faite, il ne se réjouissait pas pour autant d'avoir été obligé de tuer un homme.

Petit à petit, Kendran parut redécouvrir le monde qui l'entourait. Relevant la tête, il croisa le regard d'Annelise.

Une brève lueur de joie illumina ses yeux, ou du moins le crut-elle, car presque aussitôt ils furent obscurcis par un voile de tristesse. Le cœur serré, Annelise songea que c'était sans doute parce qu'il venait de se souvenir qu'il était lié à elle par un mariage qu'il n'avait pas voulu.

Désespérée, elle fit demi-tour et réussit à franchir l'enceinte du château avant que les larmes ne l'aveuglent totalement. Quand la jument s'arrêta brusquement, elle releva la tête et découvrit Kendran devant elle.

— Annelise.

Elle évita son regard.

— Je vous en prie, j'ai eu tort de venir. Laissez-moi partir.

D'une voix pleine de contrition, il déclara :

— Je suis profondément désolé de vous avoir menti, Annelise. Si je pouvais revenir en arrière et rectifier cela, je le ferais, je vous le jure. Tout ce que je puis espérer, c'est qu'un jour, vous m'accorderez votre pardon.

Les regrets de Kendran étaient sincères, elle le savait.

Mais cela ne signifiait pas pour autant qu'il l'aimait. Et elle ne voulait pas d'un mariage sans amour.

En outre, la distance qui existait entre eux allait encore s'accroître. Il allait hériter des terres de Kramon, de son titre même. D'une façon ou d'une autre, il fallait qu'elle trouve un moyen de défaire les liens qui les unissaient.

Avant qu'elle ait pu dire un mot, Kendran désigna d'un geste ce qui les entourait et reprit :

— Je vais avoir la possibilité de réparer le mal que Kramon a fait. Mais les hommes qui ont perpétré ces crimes n'ont pas encore été arrêtés. J'entends m'y employer avec ardeur. Bien que je ne dispose pas des ressources de mon frère, je ne suis pas pauvre pour autant. Le règne d'Edward a été pour le moins mouvementé, et j'ai bien gagné ma vie à son service. A présent, il va falloir que je m'occupe de ces terres, que je m'entoure de chevaliers dignes de confiance, de bons serviteurs… Tout cela risque de prendre du temps. La situation ne va pas s'améliorer en un jour, malheureusement.

Tandis qu'elle le fixait sans comprendre, il poursuivit :

— Je vous ai vue à l'œuvre. Vous êtes charitable, vous faites le bien autour de vous chaque fois que vous le pouvez. Pour mener à bien toutes ces tâches, j'ai besoin de vous à mes côtés.

— Pourquoi me voulez-vous à vos côtés ?

— Je vous l'ai déjà dit, vous vous souciez des autres. Vous vous êtes comportée en véritable châtelaine.

— Mais je suis une fille du peuple !

— La noblesse n'est pas qu'une question de naissance, Annelise. La force de caractère et le comportement comptent bien autant. Et puis, vous savez parfaitement que je n'attache aucune importance à votre origine. C'est vous qui avez toujours été mal disposée à l'égard de ceux de mon lignage. C'est pour cette raison que je vous ai menti, même si je sais que cela n'excuse rien.

Il disait vrai, pourtant elle détourna les yeux. Elle ne voulait pas qu'il devine ce qu'elle ressentait pour lui.

— Je ne veux pas d'un mariage sans amour, Kendran.

— Sans amour ?

Se redressant, elle se força à soutenir son regard tandis qu'elle parlait.

— Je sais que vous ne m'aimez pas, et je refuse de vous aimer sans espoir de retour.

Elle eut à peine le temps d'achever sa phrase. Soulevée de selle, elle se retrouva dans les bras de Kendran. Des bras puissants, qui avaient pour elle la sécurité d'un abri, des bras qui l'avaient tendrement bercée et passionnément serrée. Elle mit un moment à comprendre les mots qu'il lui murmurait à l'oreille.

— Je vous aime, Annelise, et je vous aimerai encore quand le dernier souffle de vie aura quitté ce corps.

L'espace d'un instant, elle s'autorisa à croire que c'était vrai, que son amour était partagé. Inondée de joie, elle l'enlaça. Mais bien vite, la raison reprit le dessus.

— C'est ce que vous dites maintenant. Mais je ne sais pas comment me comporter, et quand votre famille…

Il la reposa doucement et s'écarta un peu pour la regarder droit dans les yeux.

— Benedict et Raine ont déjà beaucoup d'affection pour vous. Quant aux autres… S'il n'y avait pas tant à faire, je vous emmènerais à Brackenmoore sur-le-champ pour vous les présenter.

— Vous avez parlé de trois frères mariés…

Kendran lui adressa un sourire malicieux.

— Oui, vous avez déjà rencontré Benedict et Raine. Et puis, il y a Lily et Tristan, Henry et Genevieve. Sans compter le frère de Raine, William, ainsi que tous mes neveux et nièces. Raine et Benedict ont quatre enfants, deux garçons et deux filles. Lily et Tristan, trois, deux fils et une fille. Quant à Henry et Genevieve, ils ont eu trois garçons et deux filles.

— Mon Dieu ! Tant que ça ?

Lorsqu'elle croisa de nouveau ce regard bleu qui la bouleversait tant, elle perçut un soudain changement en lui.

— J'ai bien l'intention de les rattraper, répliqua-t-il en riant.

Et au-delà de la passion, Annelise put enfin voir qu'il y avait de l'amour dans ces yeux tant aimés. Enfin, elle pouvait se laisser aller au bonheur qui l'envahissait et faisait chanter son cœur. Car l'amour de cet homme était ce qu'elle avait toujours secrètement désiré, même si elle avait longtemps refusé de se l'avouer. Elle se serra contre lui.

— Et je ferai de mon mieux pour que votre volonté soit faite, mon seigneur et maître.

Toutes les paroles devinrent inutiles quand leurs lèvres s'unirent.

Les Historiques

HARLEQUIN

Retrouvez prochainement,
dans votre collection

Les Historiques

Sous la protection du Viking, de Michelle Styles - N°906

SÉRIE : LES GUERRIERS D'ODIN - TOME 3

Royaume de Maerr, Norvège, IXe siècle

Depuis qu'il a assisté au massacre de son clan et à l'assassinat de son père, le roi Sigurd, Sandulf n'a de cesse de traquer tous les coupables, à l'instar de ses frères. Il a beau être le cadet de sa fratrie, il n'en est pas moins déterminé à venger sa famille ! Aussi s'empresse-t-il de quitter la Norvège pour rejoindre les terres sauvages de l'Écosse lorsqu'il est averti de la présence d'un des meurtriers dans un monastère isolé. La vengeance n'est plus très loin, Sandulf en est persuadé. C'était compter sans l'intrusion de Ceanna, une lady écossaise à la recherche d'un protecteur. Pour la première fois de sa vie, Sandulf hésite à se détourner de sa mission principale, car la belle Ceanna a emprisonné son cœur à l'instant même où il a posé les yeux sur elle…

Le chevalier aux yeux sombres, d'Ella Matthews - N°907

Pays de Galle, Moyen Âge

C'est le cœur serré qu'Ellena accepte de retourner vivre dans le château de son père, le compte d'Ogmore. Depuis la mort de son mari, un homme violent qui ne lui témoignait aucune tendresse, elle se retrouve à la merci d'individus malintentionnés, déterminés à faire main basse sur son héritage. Au château de Swein, elle sera au moins en sécurité, à défaut d'être libre… Car son père a exigé qu'elle soit escortée jour et nuit par le chef de sa garde, le chevalier Braedan Leofric, que tous surnomment « La Bête » pour sa férocité au combat. Une promiscuité dont Ellena se passerait volontiers, tant Braedan lui inspire des sentiments contradictoires. Un mélange de peur et d'attirance qui la trouble au plus haut point…

Au secours d'une damoiselle, de Meriel Fuller - N°908

Angleterre, XIIIe siècle

Désormais veuve, Lady Cecily est prête à tout pour protéger son héritage, y compris à fomenter le plan le plus dangereux. Un plan qui aurait fonctionné, si elle n'avait pas été démasquée par le chevalier Lachlan de Drummuir. Ce fidèle sujet du roi ne manquera pas de la dénoncer, elle en est persuadée. Pourtant, alors qu'elle s'apprête à se rendre à la cour pour accepter son jugement, Lachlan lui fait la plus surprenante des propositions : il la protégera elle et son héritage si elle l'épouse. Dès lors, les questions se bousculent dans la tête de Cecily. Pour quelle raison Lachlan lui soumettrait-il un tel marché ? Et, surtout, serait-elle prête à accepter, alors même que tous ses sens s'embrasent chaque fois que son protecteur pose les yeux sur elle ?

Les Historiques

La promise de lord Trevethow, de Bronwyn Scott - N°909

SÉRIE : SEIGNEURS DE CORNOUAILLES- TOME 2

Cornouailles, 1 824

Si vous prenez ma fille, Penrose, pour épouse, alors j'accepterai de vous vendre mes terres. À ces mots, Cassian Trevethow sent une rage sourde s'emparer de lui. Le dernier obstacle qui se dresse entre lui et l'accomplissement de son projet de toute une vie se présente sous les traits d'une lady à la moue boudeuse ! Une lady qu'il se voit contraint d'épouser, même si cela signifie renoncer à un mariage d'amour. Qu'à cela ne tienne, Cassian compte bien profiter de ses derniers instants de liberté avant de s'unir à cette Penrose. Une résolution qu'il ne met guère de temps à oublier dès qu'il pose les yeux sur sa future promise. Car en plus d'être d'une beauté exceptionnelle, Pen ne semble pas insensible à ses charmes...

Les noces écossaises, de Sophia James - N°910

Écosse, 1 360

En arrivant à Belridden, Grâce nourrit le secret espoir que son nouveau et séduisant mari, Lachlan Kerr, le seigneur des lieux, saura l'apprécier pour ses qualités, et non pour sa fortune. Hélas, elle déchante bientôt, car non seulement Lachlan ne voit en elle qu'une indésirable Anglaise mais, pire encore, il a une maîtresse attitrée ! Une situation insupportable pour Grâce qui doit affronter à la fois sa rivale, le mépris de son mari et de ses sujets. Malgré tout, elle décide de relever la tête : pour conquérir sa place dans le lit et dans le cœur de son époux, elle est prête à tenter l'impossible...

La comtesse sans nom, de Carol Townend - N°911

SÉRIE : CHEVALIERS DES TERRES DE CHAMPAGNE - TOME 5

Champagne, 1 173

Francesca n'est pas dupe. Si sa dame de compagnie l'a entraînée dans cette fête costumée, sous prétexte de lui changer les idées, c'est pour qu'elle se trouve un nouveau mari. Mais comment pourrait-elle oublier Tristan, l'homme qu'elle a épousé avant d'apprendre qu'elle n'était pas la fille d'un noble, comme elle l'avait toujours cru ? Tristan était en mission lorsque la vérité a éclaté et, depuis, il n'a répondu à aucune de ses lettres. Francesca sait parfaitement que son mariage va être annulé – car pourquoi un comte resterait-il marié à une roturière ? – et que Tristan ne reviendra pas. Alors, pourquoi le regard de l'homme masqué qui l'invite à danser lui semble-t-il si familier ?